Scarlet
스칼렛

www.bbulmedia.com

오늘까지
영하

SCARLET
ROMANCE
STORY

오늘까지 영하

한희연 장편 소설

CONTENTS

프롤로그

"하아, 하아."

달려서 겨우 도착한 버스 정류장 너머로 한 남자의 뒷모습이 눈에 비쳤다. 분주한 시선으로 남자의 뒷모습을 샅샅이 살핀 가현의 얼굴이 일그러졌다. 넓은 어깨와 가현과 머리 하나 차이가 날 정도로 큰 키. 까만 코트를 걸친 뒷모습은 기억 속 짓궂던 그 애와는 달리 완연한 남자에 가까웠다.

'낯설다.'

우습게도 가현은 익숙한 느낌조차 들지 않는 남자의 뒷모습 앞에서 약해졌다.

남자는 가만히 선 채 생각에 잠겨 있는 것 같았다. 윤손찬과 남가현이 마지막으로 이곳에 남겨 놓고 온 기억. 그들만이 공유한 시간의 목소리들. 같이 울고 웃고 싸우던 사소하지만 아팠던 나날들.

지금 저 남자가 바라보고 있는 것은 그 시간들일까.

'너 맞아? 정말 너야? 진짜로…… 윤손찬, 너야?'

그 시절의 기억을 가슴속 한구석에 처박아 버리고도 도저히 잊을 수가 없던 너. 한때는 귀찮고 짜증 나는 애였다가 또 어느 날엔 비밀을 공유하고, 또 언젠가는 가장 소중한 친구가 되어 버렸던 너. 그러나 어느 날 갑자기 말없이 증발해 버린 너. 어젯밤 내가 만났던 남자가 정말로 너였을까?

버스 정류장 쪽으로 다가서려는 가현에게 남자의 목소리가 들려왔다.

"나 안 잊는다더니."

투정 부리는 말투. 미성에 가깝던 그의 목소리가 아닌데도 가현은 알 수 있었다. 저 남자가 수년간 가현이 찾아 헤매던 사람이라는 걸.

윤손찬, 너라는 걸.

돌아선 그는 성큼성큼 가현에게로 다가섰다. 고작 네 발자국. 그의 걸음으로 두 사람의 사이는 고작 네 발자국의 거리였다. 순식간에 좁혀지는 간격에 당황한 가현이 불쑥 말을 내뱉었다.

"얼굴도 가리고 이름도 말 안 하는데 너라고 생각했겠냐, 이 나쁜 새끼야."

못나고 투박한 말투에도 윤손찬은 아무렇지 않은 얼굴이었다. 늘 그랬듯이. 웃으며 넘겨 버리고 만다.

"와, 진짜 우리 자기네."

"누구 멋대로 자기래. 넌 나한테 욕먹을 준비나 해. 내가 그날 너 기다리다가 눈 맞고 아주 한 달을 내리 앓았거든. 못 오면 못 온다고 연락 한 번 해 주면 될 걸 감감무소식에. 4년간 연락 두절하다가 갑자기 나타나면 반가워할 줄 알았어? 이, 이……."

더 욕해 줘야 하는데.

울컥. 울음 같은 것이 쏟아지려 했다. 울면 안 된다는 생각에 고개를 치켜들고 숨을 삼킨 순간, 예전 이 자리에 남아 있던 바람이 두 사람에게로 불어왔다. 친구, 선후배, 연인, 그 어떤 단어로도 정의되지 못한 채 내리 4년을 멎어 있던 두 사람. 낯익은 바람이 멈춰 있던 그들의 시간을 위로했다.

"가현아."

그 물기 서린 환영에 윤손찬이 화답해 왔다. 시간의 무게를 덜어내는 미소와 함께.

"정말 보고 싶었어."

다정한 포옹으로.

1화 **스치다**

막 버스에서 내린 남자가 몸을 움츠렸다.

10월의 중순에서 하순으로 넘어갈 무렵. 머잖아 입동이지만 절기는 여전히 여름에 가깝다고 생각하던 그였는데, 2년 만에 맞닥뜨리게 된 서울은 그의 기억 속보다 더 차갑고 낯설었다. 남자는 입고 있던 얇은 재킷의 지퍼를 끝까지 단단히 채웠다. 그러곤 아까부터 주머니 속에서 지긋지긋하게 울리던 핸드폰을 꺼내 들었다.

"네, 아저씨."

— 5시간 동안 어디서 뭘 하고 계셨습니까? 사모님께서 많이 걱정하셨습니다.

밤늦도록 집으로 오지도 않고 연락도 받지 않는 그 때문에 비서는 꽤 애를 태운 듯했다.

그걸 알고도 도련님이라 불린 남자는 짓궂게 응수했다.

"하긴 서울이 좀 위험하긴 하죠. 언제 무슨 사고가 생길지 모르잖아요."

일부러 비서를 곤란하게 만들었다는 사실을 굳이 감추지 않는 말투였다.

― 도련님.

"농담이었어요."

― 역시 제가 나가는 편이 좋겠습니다.

"기념으로 두부라도 들고 나오시려고요? 전 두부 별로 안 좋아하는데."

거침없이 던진 가시 박힌 말이 갑작스러운 침묵을 불러왔다.

― ……

아마 비서는 그를 달래면서 자신의 고용주들을 변호할 최적의 말을 고르는 중일 것이다. 그게 아니라면 예의상 잠시 입을 다물었든가.

― 도련님. 그렇게 생각하는 사람은 아무도 없습니다.

쓸모없는 대화라는 생각에 남자는 말투를 고쳤다.

"그냥 조금 걷다 보니 늦어졌어요. 두 분께는 길만 건너면 도착이라고 전해 주세요."

― ……알겠습니다. 기다리겠습니다.

겨우 전화를 끊고서야 남자는 주변을 둘러보았다.

2년 동안 눈에 띄게 변한 점이라면 꽃잎 대신 낙엽이 바닥을 구른다는 것 정도였다.

'꽃이 하나도 없네.'

쌀쌀한 날씨에 당연한 일이었지만 그는 꽤 아쉬워했다. 봄철이 되면 이 길을 가득 메우던 목련과 벚꽃을 무척 좋아했었으니까. 부산으로 떠나기 전에도 그는 그렇게 고운 길을 걸었었고, 그날의 기억은 여전히 생생했다. 하필이면 잊기 어려울 만큼 딱 예쁜 계절이기도 했었다. 바람이 불 때면 가루눈처럼 휘날리던 벚꽃, 사뿐히 밟히던 목련 꽃잎의 감촉과 봄처럼 맑게 웃던 그 사람까지.

모든 것이 잔혹할 만큼 아름다웠었다.

'다신 돌아오지 마, 윤손찬. 네가 돌아오면 그땐……'

기억들. 그리고 잊으려던 시간들이 불어온다. 그 사람의 결연한 목소리와 눈빛이 이처럼 생생한데 정말 집으로 돌아가도 되는 걸까. 티켓을 받은 순간부터 밤이 다 되도록 고민했지만 그는 여전히 답을 찾지 못한 채였다.

그런데도 정말…… 돌아가도 될까.

"잘 지냈어?"

"어?"

갑작스러운 인사에 그가 뒤를 돌아보았다.

"어디 아픈 데는 없었고?"

형체 없이 들려오는 목소리에 그가 계속 주변을 두리번거렸다.

"누나?"

"응, 잠깐 산책 중인데……."

그 순간, 그는 버스 정류장에 앉아 전화 통화를 하던 여자와 눈이 마주쳤다.

웬 미친놈인가 싶어 잔뜩 경계한 여자의 표정을 보고서야 손찬은 정신을 차렸다.

'절대로 마중을 나올 사람이 아닌데 무슨 착각을 한 거야?'

얼결에 손찬이 고갯짓으로 인사했지만 여자는 무시하고 통화를 계속했다.

"여기 동네는 밤에도 다 밝아. 걱정하지 마."

괜찮아. 걱정하지 마.

까칠한 표정과 상반된 여자의 다정한 목소리가 자리를 피하려던 그의 걸음을 붙들었다. 그에게 하는 말도 아닌데 바보처럼.

손찬이 멈춰 선 사이 그녀는 통화를 계속했다.

"저번에 그 팔은? 그거 산재잖아. 그러니까 내가 돈 아까워도 보험은 다 떼라고 했잖아. 아, 알았어. 남현우는 학교에서 몇 등 했대? 뭐? 반에서 15등? 아, 그놈 진짜. 제발 공부 좀 하라고 그래. 중학교 때 전교 1등 하던 애들도 고등학교 오면 바닥 치는 판에."

"풉."

가만히 듣고 있다가 갑자기 웃음이 터지고 말았다. 어쨌거나 쨍쨍한 목소리 덕분에 민망함이 가시고 정신이 들었다.

'똑 부러진 누나와 동생이라……'

그때 넋을 놓고 있던 그를 재촉하듯 다시 핸드폰이 울어 대기 시작했다.

그는 더 지체하지 않고 버스 정류장을 지나쳐 언덕길로 접어들었다.

늘 차들로 가득하던 오르막길. 사람 냄새보다 매연 냄새가, 철없이 뛰노는 어린아이들보다는 무거운 가방을 메고 언덕을 오르는 가정 교사들이 더 많던 동네. 그러나 손찬은 이곳에 사는 것을 자랑으로 여긴 기억이 없다. 가족이 그를 자랑으로 여긴 적이 없던 것과 마찬가지로.

"도련님!"

집 밖을 서성이던 비서가 얼른 달려왔다.

"제가 그렇게 못 미더우셨어요? 다시 전화 안 하셨어도 알아서 찾아왔을 텐데."

"죄송합니다."

가까이서 본 비서 김민중의 코끝이 빨갰다.

'언제부터 기다린 거야?'

손찬이 눈살을 찌푸렸다.

"도련님 짐은 내일 전부 올라올 예정이고 방은 정리해 놨는데 아마 당장 지내시는 데 불편한 점은 없을 겁니다. 아, 가방은 저한 테 주시면 됩니다."

손찬은 김민중이 내민 손을 무시하고 물었다.

"아버지는요?"

"서재에서 기다리고 계십니다."

"아저씨."

"예."

"아깐 죄송했어요. 절 걱정해 주셨는데."

진심 어린 목소리로 건넨 사과에 김민중이 두 눈을 크게 떴다.

"시간이 더 필요하다고 생각했어요. 겨우 2년이었으니까. 적어 도 몇 년은 더 부산에 있을 줄 알았거든요. 설마 이렇게 빨리 다시 부르실 거라곤 전혀······."

"도련님이 부산에서 보낸 시간은 절대 짧지 않습니다."

김민중의 단호한 말에도 손찬은 고개를 가로저으며 어깨를 축 늘어뜨렸다.

"고작 2년이었어요. 모두에게 충분한 시간이었다고 생각하세요?"

"언제까지고 충분하기만 기다릴 순 없는 일입니다."

'그러면 그렇지.'

이 집 사람들은 어떤 일이든 도통 예고편을 보내 주는 법이 없어서 스스로 캐내는 버릇이 들고 말았다.

"그만 들어가시죠."

무자비한 재촉에 손찬은 정원을 지나 현관문 앞에 다다랐다. 그리고 마지막으로 다시 한번 마음을 단단히 잡을 틈도 없이 문이 벌컥 열렸다.

"세상에, 우리 아들!"

그와 동시에 달려 나온 여자는 두 팔을 벌려 손찬을 끌어안았다. 한때는 그를 따뜻하게 안아 주던 커다란 품이 이제는 작고 약하게만 느껴져 마음이 아팠다. 계절 말고 변한 것은 아무것도 없다고 생각했는데 시간은 왜 이리 야속하게 흘러 버렸을까.

한참 후에야 손찬을 놔 준 김여정의 두 눈은 회한으로 흠뻑 젖어 있었다.

"어디, 얼굴도 좀 보자, 응?"

뭐라 대답하기도 전에 김여정은 두 손으로 아들의 얼굴을 감싸 왔다.

"이제 남자 티가 나네. 키도 많이 크고, 멋있어졌다."

애써 웃어 보이려는 어머니의 마음이 느껴져 손찬은 일부러 더 장난스럽게 응수했다.

"알아요. 거울은 매일 봤으니까."

"우리 아들. 앞으로는 아무것도 걱정하지 마. 아버지도 너 여기서 착실히 공부하라고 했고, 어디 보낸다는 말 없으셨어. 겁먹지 않아도 돼. 알겠지?"

"……."

그가 집을 떠나 있던 지난 2년이 어머니에겐 어떤 의미였을까. 편을 들어 주거나 따뜻한 말 한마디 해 주는 사람 한 명 없는 집에서 혼자 버티셨을 시간들이 문득 눈으로 본 것처럼 가슴에 무겁게 와 닿았다. 이젠 이 자리를 지키고 있어야 한다는 사실까지도.

"아버지께 가 볼게요."

"응. 식사 준비 해 놓을게. 갔다 와."

손찬은 여전히 감격스러운 얼굴을 하고 있는 어머니를 두고 돌아서서 서재로 향했다.

똑똑. 규칙대로 두 번의 노크.

"아버지, 들어가겠습니다."

2년의 시간이 비껴간 것처럼 서재 안은 그가 기억하는 모습과 한 치도 변한 것이 없었다. 읽어도 이해가 가지 않는 제목의 책들이 책장에 빼곡히 정리되어 있었고, 책상 앞에 앉은 아버지는 손찬이 들어와 인사를 하고 자리에 앉은 후에도 한 번의 눈길도 보내지 않았다.

늘 그랬듯 손찬 혼자서만 동동거리며 아버지의 안색을 살필 뿐이었다.

"건강하셨……."

인사를 마치기도 전에 똑똑, 노크 소리가 들렸다.

"들어와."

손가락을 주무르고 있던 윤성철 회장의 대답에 가정부가 쟁반을 들고 들어왔다. 동시에 알싸한 향이 방을 메웠다.

"저번에 주문하라고 하신 차입니다."

"수고했네."

차를 받아 든 윤성철 회장은 손찬에게 물을 건네려는 가정부를 보며 눈썹을 치켜올렸다.

"바깥에서 여직까지 돌아다녔으면 목은 알아서 축이고 왔겠지. 안 그러냐?"

돌려서 말씀하시는 버릇까지, 참 여전하시다.

"……네. 전 괜찮아요."

"자넨 그거 가지고 나가 봐."

"예. 회장님."

연신 고개를 숙인 가정부가 나가고서야 윤 회장이 느릿느릿한 말투로 본론을 꺼냈다.

"네 엄마가 널 아주 아껴. 얼마나 날 들들 볶던지. 선아는 늦기 전에 아예 너 외국 보내라고 해. 그래도 난 네게 기회는 한 번 더 주려고 한다. 다른 사람들처럼은 살 기회. 앞으론 다 너 하기에 달렸다."

"누나는 지금 어디에……."

"선아가 널 보고 싶어 할 것 같니."

항상 가쁘게 느껴지던 서재 안의 공기가 부피를 더한다. 얼른 떠오르는 생각들을 입술에 담기에는 생각보다 더 많은 용기가 필요했기에. 결국 그는 말없이 고개를 숙일 수밖에 없었다.

"실력으로 의대 가 봐. 부대 비용은 걱정 말고."

"전⋯⋯."

"개원 비즈니스 생각보다 까다로워. 감 없는 너한테 경영인까지 붙여서 투자하기엔 가치가 낮고. 펠로우까지 마치면 지방 쪽으로 자리 마련해 줄 테니까. 그 정도면 네 인생 꾸려 나가기에 부족하지 않겠지."

입술을 깨물지 않았다면 실소가 새어 나가고 말았을 것이다.

집을 떠나 있던 지난 2년. 손찬은 아버지를 만족시킬 성적을 지키는 일에만 최선을 다해 왔는데, 역시나 윤성철 회장은 같은 시간을 활용하는 클래스조차 남달랐다. 고작 2년 사이에 아들의 수십 년 후의 모습까지 촘촘히 설계해 놓으셨다니.

'시간 참 효율적으로 쓰셨구나.'

그런 생각이 들지 않을 수가 없었다.

그 원대한 계획에는 쓸데없는 욕심은 부리지 말고 주제를 알라는 직설적인 메시지가 담겨 있었다. 이건 선택이 가능한 거래가 아니라 명령이었다. 이 자리에 남기 위해 반드시 순응해야 할 명령.

손찬은 새삼 이것을 부당하게 여길 처지가 못 됐다.

"노력해 보겠습니다."

"그래."

"말씀 다 하셨으면 올라가 보겠습니다."

윤성철 회장은 인사하는 아들은 쳐다보지도 않고 물어 왔다.

"못된 버릇은 좀 잦아들었니."

한 글자 한 글자가 불로 지지듯 아프게 새겨진다. 그러나 이것은 그가 이 집에 머물기 위해 받아들여야 하는 또 하나의 암묵적인 규칙이다.

손찬은 두 눈을 질끈 감았다.

"……네."

"그럼 올라가 봐."

뒤돌고 있어서 다행이었다. 방을 나설 때만큼은 감정 없는 미소라도 꾸며 낼 여유를 얻을 수 있었으니까.

— 이번 달에는 집에 와?

"못 가. 모의고사에서 생각보다 점수가 덜 나와서 공부해야 돼. 수능이 코앞이잖아."

— 그래, 그렇지. 어디 아픈 데는 없지?

"엄마야말로 일하다가 다치지 말고. 다음 달에 수능 끝나고 봐. 끊을게."

통화를 마치자마자 주변을 살펴보니 아까 눈이 마주쳤던 미친놈은 사라지고 없었다. 아직까지 남의 통화를 엿듣고 있었으면 가서 한마디 해 주려고 했는데.

'아닌가? 아직까지 있을 미친 새끼면 상대도 안 하는 편이 나은가?'

머리가 어지러워 판단이 잘 서지 않았다.

"해열제도 가지고 나올걸."

나지막하게 읊조린 가현은 겉옷을 벗고 티셔츠 팔 부분을 걷어 올렸다. 구태여 핸드폰 라이트를 켤 필요노 없었다. 환한 가로등 불빛이 찢어지고 멍든 상처들을 선명히 비춰 주었으니까.

약을 바르고 밴드를 붙이고. 쓰레기 뒷정리까지 마친 그녀는 정류장 벽에 뒷머리를 기댔다. 감긴 두 눈과 입가에 걸린 엷은 미소가 마치 제집 안방에 누워 있는 사람처럼 평온해 보였다.

'바람 차네. 좋다.'

뺨을 스치는 찬바람이 싫지 않다.

어려서부터 그랬다. 가현은 남들은 춥다고 불평하는 계절을 유독 좋아하던 아이였다. 눈이 오면 눈사람을 만들어 냉동고에 넣어 두기도 하고, 동생과 동네 애들이랑 같이 코를 훌쩍일 때까지 밖에서 눈싸움도 했었다. 그런 날이면 엄마는 언제나 라면을 끓여 주곤 했다. 몸이 찰 땐 속이라도 따뜻해야 한다고.

하지만 눈이 오면 삽살개처럼 신나라 뛰놀던 시절은 지났다.

가현이 여전히 겨울을 반긴다면 더운 것보단 추운 쪽이 편해서일 것이다. 붕대를 칭칭 감고 지내야 한다면 여름보다 겨울이 백번 나으니까.

'더 늦기 전에 가야 하는데…….'

그러나 생각과 달리 걸음은 달팽이처럼 느릿느릿하기만 했다.

처음 이 길을 올라왔을 땐 드라마 속의 한 장면을 보고 있는 기분이었다. 성벽처럼 높은 담장, 당연하다는 듯 집집마다 있는 차고, 어두운 곳 없이 빽빽하게 거리를 빛내는 등불들이 참 신기했었다. 그리고 갈색 벽돌로 쌓은 담장 옆 나무 문 앞에 섰을 땐.

어땠더라. 앞으로 이 대궐 같은 저택에서 산다는 사실에 조금은 설레었던가. 바보같이.

"아가씨. 곧 사장님 들어오실 텐데 또 이렇게 간당간당하게 오시면……."

"집 앞에 있었어요."

"아, 지금 현관문 앞에!"

'있겠지.'

가현은 돌계단을 오르자마자 보이는 현관문 앞에 선 여자를 보며 눈살을 찌푸렸다.

날도 추운데 풀 메이크업을 하고 현관 앞까지 마중 나오는 정성이라니. 사랑받는 직업도 참 쉽지 않다.

"얘, 넌 인사도 안 하니?"

새된 목소리가 날아와 뒷문으로 가려던 가현의 발길을 붙잡았다. 가현은 겉옷 주머니에 양손을 꽂은 채 뒤돌아 고개만 까딱했다. 한눈에 보기에도 무성의한 인사에 기가 차서 웃는 소리가 잡지의 별책 부록처럼 따라붙었다.

"넌 지금 그걸 인사라고 하니? 니 엄만 너 여기 보내기 전에 인사법도 안 가르쳐서 보내셨나 보다. 아주 예의를 밥 말아 먹어선. 하긴, 뭐 아는 게 있어야 가르치지."

아. 기어이 또 전쟁의 서막을 열고야 만다. 저 멍청한 여자가.

"나가기 전에 어딜 간다, 언제 들어온다, 말은 해야지. 오빠가 자꾸 나한테 물어보잖아. 짜증 나게. 내가 너한테까지 일일이 관심 쏟아야겠어?"

서예리는 가현이 세어 보기를 포기한 아빠의 동거녀로, 밖에서 산전수전 다 겪고 이 집까지 굴러들어 왔다는 사실이 믿기지 않을 정도로 완벽한 미인이었다. 한 가지 흠이 있다면 그 자리의 다른 여자들이 그랬던 것처럼 자기 수제를 잘 모른다는 점 정도랄까.

"섭섭하네. 우리가 그 정도 사이는 되지 않나."

가현은 일부러 들으라는 듯 중얼거리더니 뒷말을 이어 붙였다.

"난 늘 아줌마 걱정 하거든요. 워낙 인사 변동이 잦은 위치잖아요, 거기가."

"그건 니가 알 거 없고. 넌 대체 언제까지 날 가정부 아줌마처럼 불러 댈 거니? 슬슬 호칭 정리는 해야지. 안 그래?"

애피타이저는 끝났는지 메인 디시가 치고 나왔다.

"똑바로 어머니라고 불러."

"어머니? 어머니요?"

가현이 웃음을 터뜨리자 서예리의 얼굴이 더 무섭게 일그러졌다.

"아니, 아빠랑 잔다고 다 엄마, 엄마 불러 대면 난 대체 엄마가 몇 명인지 헷갈리잖아. 그래서 스쳐 갈 여자들은 엄마라고 안 부를 생각이에요. 그러니까 아줌마. 쓸데없는 기대 버려요. 마음에 안 들면 혼인 신고는 둘째 치고 결혼식이라도 하고 오든가. 물론 쉽진 않을 거예요. 우리 아빠, 알잖아요?"

서예리는 마치 방금 자신의 버킨백이 짝퉁 판정이라도 받은 것 마냥 숨을 몰아쉬었다.

"너, 너, 니가 감히 나한테 이렇게 대하고도 괜찮을 것 같니?"

격앙된 목소리로 내뱉는 협박은 화자만 바뀔 뿐 6년째 똑같아 가현은 더 이상 아무것도 느끼지 못했다. 정말 무슨 일이 벌어질까 봐 두려워하는 것도, 용서를 빌면 무마시켜 줄까 싶은 비참함도, 그 남자의 동거녀를 조금이나마 비참하게 만들었다는 희열도, 만족도 전부 닳고 닳을 만큼 느껴 버려서. 풀벌레가 갉아먹은 잎사귀처럼 이제는 정말 아무것도 남지 않아 버렸다.

그래서 가현의 목소리는 교과서를 읽는 학생처럼 담담하기만 했다.

"안 괜찮겠죠. 잘 알면서도 이래요, 내가. 아직 철없는 고등학생 이잖아요."

"넌 니 아빠 원망만 하면서 권리는 다 챙기려고 들지?"

"그럼요. 자기 권리도 못 챙기는 애면 내가 여기서 6년이나 살아서 버텼겠어요? 그러니까 나보단 아줌마 걱정부터 해요. 갑자기 쫓겨나면 갈 데는 있어요? 창피해서 집에는 갈 수 있으려나? 호텔도 하루 이틀이지. 여자 혼자 모텔 방 전전하는 것도 남들 보기 창피해서……."

짜악!

"넌 니 아빠 딸로 태어난 게 그렇게 자랑거리니? 좋겠다. 허구한 날 친딸만 쥐 잡듯이 패는 인간을 아버지로 둬서?"

손으로 뺨을 감싸며 가현이 웃었다. 고작 한 대로는 기별도 안 오는 걸 알면서 배포도 참 작다.

"자랑스럽죠. 보상으로 챙길 돈이라도 많으니 얼마나 다행이에요. 제가 보기보다 정이 많아서 해 주는 말인데, 압구정 아파트랑 아웃도어 가게 하나씩 받아 나간 여자가 역대 최고였어요. 현금까진 잘 모르겠고요. 협상할 때 참고하세요."

"너 내가 그렇게 쉽게 여기서 나가 줄 거라고 생각하니? 나, 절대 죽어도 여기서 안 나가. 내가 왜 나가겠어? 모든 게 다 있는데. 이렇게 편하게 살 수 있는 곳이 또 없는데!"

"알아요."

가현이 미소를 머금었다.

오랫동안 아버지의 동거녀들을 엿 먹여 온 미소는 정교하게 조작된 기계나 다름없었다. 한편으로는 정말 순수하게 웃겨 하는 표정이기도 했다. 이 상황이 정말 황당할 정도로 웃긴 것만은 사실이었으니까. 정통 코미디보다는 블랙 코미디에 더 가까운 게 흠이라서 그렇지.

"피차일반이잖아요, 우리. 그러니까 계속 잘해 봐요. 더 나이 먹기 전에 여기서 챙길 수 있는 건 다 챙기라구요. 재수 없으면 빈손으로 쫓겨나는 수도 있으니까."

"너……."

"날이 춥네요. 아부 덜 떨어도 되는 친딸은 먼저 들어갈게요."

가현은 환한 미소와 함께 말을 끝맺었다.

쾅.

닫힌 문 앞에서 서예리가 뭐라 뭐라 말하는 것이 들렸지만 가현은 못 들은 척 두 눈을 꼭 감았다. 한두 번 치르는 일도 아닌데 심장은 왜 이리 뛰는지. 방으로 가기 전까지 긴장을 늦추면 안 되는데 두 다리가 후들거렸다. 여기서 주저앉아 울어 봤자 더 우습게만 보일 뿐인데.

"얼음주머니 준비해서 가져다 드릴게요."

조용히 다가온 가정부가 어깨를 토닥였다. 가현은 단호하게 그 손을 밀어 냈다.

"필요 없어요."

"아가씨……."

안쓰러워하는 목소리. 하지만 가정부가 내보이는 동정심보다 아버지가 돈을 주고 고용한 사람이라는 점이 먼저 떠오르고 마는 그녀다. 그런 이유로 사람을 경멸하는 자신이 지긋지긋했지만 타인을

24

믿는 것보다는 월등히 낫다고, 가현은 이미 오래전에 결론을 내 버렸다.

"그냥 가라고 했잖아요."

"식사는……."

"필요 없어요."

더 말을 걸 틈을 주지 않고 그녀는 계단에 발을 디뎠다.

뒤에 사람이 있는지 확인하며 두 손으로 난간을 꽉 잡고 계단을 오르는 습관마저 이 집에서 보낸 6년이라는 시간이 남긴 것이었다. 갑자기 떠밀려 굴러떨어지는 일은 한 번으로 족하니까. 경험에서 누적된 습관들이 말해 주는 집이라는 공간은 가현에게 그런 곳이었다. 언제 어떻게 죽을지 모르는 곳.

'나도 다 썩은 거지.'

가현이 웃었다. 울어야 할 때도, 화내야 할 때도, 체념할 때도 그랬듯이.

몸에는 흉터들을 남기고, 웃기지도 않는 갖은 습관들을 남기고, 가슴에는 상처가 남았는데, 이곳에서의 생활은 끝날 기미가 보이지 않았다. 차라리 가현은 아버지 남영호 사장이 질려서 내쫓아 버린 여자들이 부러웠다. 그녀들은 이곳에서 보낸 시간에 대한 넘치는 보상과 함께 자유까지 가져갔으니까.

'치사하게…… 부럽게.'

방으로 올라온 가현은 지친 몸을 누일 생각은 않고 창가에 선 채로 벤츠 한 대가 차고로 들어가는 모습을 지켜보았다.

'왔다.'

더 물어뜯을 것도 없는 손톱을 잘근잘근 씹으며 그제야 가현은 침대에 앉았다.

5분, 30분, 그리고 1시간.

'밥은 먹었을 거고. 씻었을 거고. 서예리가 다 말했겠지.'

방 밖의 상황을 유추하며 가현은 또다시 1시간 동안 그 자세 그대로 굳어 있었다. 그리고 다시 이십여 분이 더 지나고서야 그녀는 누구도 방으로 올라오지 않으리란 걸 깨닫고 안도했다.

'그래, 어제 한바탕했잖아. 오늘은 그냥 넘어갈 수도 있어. 괜찮은 거야. 그렇지?'

속으로 몇 번이고 되묻고 나서야 가현은 기지개를 켰다.

"아으, 아으."

한참 굳어 있던 목과 어깨, 허리 등등 온몸이 찌뿌드드하고 아팠다.

가현은 열이 오른 얼굴을 창문에 기댔다.

창밖으로 펼쳐지는 색색의 빛깔들. 그중 시야에 들어오는 것은 언제나처럼 십자가들이었다. 교회 지붕 위로 올라온 빨간색, 주황색, 하얀색 등 갖은 색으로 알록달록 빛을 내는 예쁜 십자가들. 세상을 구원할 유일무이한 절대적 존재를 알리려는 신호들.

하지만 가현은 신을 믿지 않았다.

'살기 힘드니까 그냥 아무거나 믿고 싶을 뿐인 거야. 의지만 된다면 뭐라도 좋은 거지.'

이 세상에 신이 있어서는 안 된다. 정말 신이 있었다면 아버지가 진즉 벌을 받았어야 하니까. 그녀가 벌써 집으로 돌아갔어야 하니까.

'혼자 키우기 힘들면 다 고아원에 갖다 버려.'

합의 이혼을 요구하며 행패를 부리던 그 남자가 엄마에게 외친 말을 가현은 똑똑히 들었었다. 엄마 주희수는 버티고 버텼으나 남영호의 손찌검이 아이들에게로 향하자 결국 이혼을 받아들였다.

그러나 막상 이혼이 끝나고 1년이 채 안 돼서 남영호는 양육비를 두고 아이들을 자신에게 보내라는 협박을 해 왔다. 이혼하고 혼자 나와 사는 꼴을 보니 남편 쪽이 잘못한 거 아니겠냐며 남들이 수군대는 게 분명하다고, 체면을 중요시하는 사람이니 저러는 거라고 이모는 욕을 했다. 양육비 강제 집행을 위해선 소송을 해야 했지만, 엄마는 법 앞에서 아빠와 싸울 여력이 없었다. 어렸던 가현이 그런 현실을 깨닫기까지는 그리 오래 걸리지 않았다.

유독 춥게 느껴졌던 그 겨울.

엄마는 찬 부엌 바닥에 누워 술을 마시고 있었다. 그러면서 지난 이틀 동안 한 마디도 하지 않았고 가현은 현우와 눈치껏 집에서 아무 음식이나 챙겨 먹었다. 전부 전에는 한 번도 없었던 일이었다. 집 안에 흐르는 공기는 낯설고 무거웠다. 모든 것이 차갑고 딱딱했다. 담요 한 장 없이 바닥에 누워 있는 엄마처럼.

가현의 눈에 비친 엄마는 꼭 죽은 것만 같았다.

그날, 가현은 차마 엄마에게 다가갈 용기가 나지 않아 이불을 든 채로 거실에 서 있었다. 찬 바닥에 한참을 서 있자 맨발이 얼어붙어 갔지만 숨소리조차 크게 낼 수가 없었다. 적막을 깨뜨리기가 무서웠다.

'괜찮아.'

한참 만에 엄마가 읊조렸다. 하지만 엄마는 가현을 보고 있지 않았다. 바닥에 누운 채 식탁 다리 쪽을 응시하고 있던 엄마의 시선은 더없이 공허했다.

'금방 정신 차릴게…….'

그 말은 스스로에게 하는 말처럼 들렸었다. 그녀에게만 매달리고 있는 두 아이들을 잊어버린 목소리. 어쩌면 잊고 싶어 하는 사람의 목소리처럼 느껴지기도 했다.

그래서 그때 가현의 가슴 깊은 곳에서 덜컥, 무언가가 무너졌다. 무엇이라 명명해야 할지도 모를 그것은 어린 동생을 혼자 책임져야 하는 무서운 상황에서도 가현이 흔들리지 않게 붙들어 준 기둥이자 등대였다.

까만 바다 위에서 빛을 잃은 배는 나아갈 방향을 바꾸었다.

'내가 아빠한테 갈게.'

농담으로 한 말이 아니었다. 남영호가 난동을 부릴 때마다 어린 동생이 울지 못하도록 막는 일밖엔 할 수 없던 가현이였다. 그러니 꼭 누군가 가야 한다면 어린 동생과 함께 가느니 혼자 남영호에게로 가는 편이 나을 거라 생각했다.

엄마는 말렸지만 가현의 뜻은 확고했다.

'잘 지낼 수 있어, 괜찮아. 성공해서 돌아오면 돼.'

마치 시골 마을을 떠나는 포부 넘치는 청년처럼 자잘한 결심들을 작은 가슴에 품고 가현은 초등학교 6학년 겨울 방학에 최선의 선택을 했다.

'걱정하지 마. 가자마자 전화할게. 매주 주말마다 버스 타고 집으로 올게.'

집 앞에 도착한 벤츠에 오르면서 가현은 마지막까지 웃어 보였다. 가족들을 남겨 두고 차가 출발할 때도 가현은 울지 않았다. 운

전기사가 안쓰러운 눈길로 바라봐도, 처음 탄 차가 낯선 도로 위를 달리고 있어도 가현은 정말 괜찮았다. 반드시 잘해 내고야 말 테니까.

그래야만 하니까.

진솔해지자면 어린 마음에 돈에 쪼들리지 않는 생활에 대한 약간의 환상도 품고 있긴 했었다. 생활비를 협박받지 않고 편히 지낼 수 있는 삶은 어떨까. 원하는 건 뭐든 가질 수 있는 일상은 어떤 걸까. 순진하면서도 순수하지 못한 환상. 그런 기대감은 가족과 떨어져 지낼 생활의 유일한 지지대이기도 했다.

하지만 이 아름다운 집에 입성한 순간, 모든 환상과 기대는 산산조각 나 버렸다.

'안녕? 네가 가현이구나. 어쩜, 자기랑 똑 닮았다.'

낯선 도시. 낯선 집. 낯선 여자. 모든 낯선 것들.

쉽사리 익숙해질 수 없는 것들에게 둘러싸인 가현에게 쏟아지는 요구들은 빠르게 숨통을 조여 왔다. 순종적인 태도, 자주 바뀌는 그 자리의 여자들에게 차려야 할 예의, 높은 성적과 번듯한 취미, 그리고 다른 요구, 요구, 요구들. 집에서 벌어지는 모든 일들은 어린 가현이 혼자 감당하기엔 벅찼다.

버틴다는 생각으로 지내는 하루하루가 일주일이 되고 한 달이 되었다. 그러나 여전히 가족의 생활비를 포함한 모든 돈은 남영호의 주머니에서 나오고 있었기 때문에 가현은 도망칠 곳이 없었다.

물 밖에 내던져진 물고기처럼 숨을 이어 가기 위해 발버둥 칠 뿐.

'대학 졸업 하고 돈 벌 때까지만 참으면 돼. 월급으로 우리 세 가족 생활비 정도야 충당되겠지. 현우 학비는 부족하면 일단 학자금 대출 받고. 다 같이 일하면서 갚아 나가면 돼. 그러면 앞으로 길어야 5년이야. 지금까지 버틴 시간만큼만 더 견디면 끝나. 나만 잘하면 돼. 나만 더…… 조금만 더…….'

조금만 더. 그 말을 끝없이 되뇌며.

가현은 이 저주스러운 시간이 어서 흘러가기만을 빌고 있을 뿐이었다.

2화 악연처럼 운명처럼

날이 밝고도 손찬은 여전히 침대에 누워 있었다.

예전이었다면 새벽마다 꼬박꼬박 식탁 앞으로 불려 갔겠지만 오늘은 누구도 그를 호출하지 않았다. 이윽고 가정부가 방문을 두드린 것은 오전 10시에 다다라서였다. 윤 회장이 한창 회사에서 업무를 보고 있을 시간이었다.

"잘 잤니?"

아래로 내려오자 어쩐 일로 아직까지 출근하지 않은 김여정이 식탁으로 반찬을 나르고 있었다.

손찬은 어머니가 앞치마를 두른 낯선 모습을 멍하니 쳐다보다 물었다.

"회사는요?"

"오후에 가도 괜찮아. 배 안 고팠니? 아침에 왜 안 내려왔어?"

"늦게 일어났어요. 어제 조금 피곤했나 봐요."

"그래? 얼른 앉아. 밥 식겠다."

김여정에게 이끌려 식탁 앞에 앉자마자 청문회가 시작됐다.

"어제 아버지가 뭐라고 하셨니?"

곧이곧대로 대답하면 진짜로 밥이 다 식을 질문이다.

'여기서 의대 얘길 꺼내면 괜히 집안만 시끄러워지겠지.'

오래전부터 김여정은 자신이 별도로 상속받은 외가의 사업체를 손찬에게 물려주고자 했었다. 실제로 그녀는 꿋꿋하게 손찬의 생일마다 일정 비율의 주식을 선물로 보내왔다. 윤 회장의 뜻에 명확히 반기를 드는 행보였다. 손찬은 어머니의 마음을 이해하는 한편 자신의 존재가 더 이상 분란의 소지가 되지 않길 바랐다.

그가 거짓말을 택한 이유였다.

"별말은 없으셨어요. 학교 애들한테 뒤처지지 않게 열심히 하라는 정도?"

"하긴. 너 처음 부산 내려가라고 하실 때부터 엄만 차라리 보딩스쿨 편입 알아보자고 했는데, 네 아버지가 일단 기다려 보라고 하셨어. 시간 두고 천천히 받아들일 생각이셨는지 몰라도 잘된 일이지. 결국 우리 아들이 집으로 왔으니까."

그녀는 잠시간 그가 밥을 먹는 모습을 지켜보다 문득 말했다.

"참, 배정은 부영고로 났어."

밥을 떠서 입으로 가져가던 손이 공중에서 멈췄다.

"부영사립고등학교? 어떻게 배정이 그렇게 됐어요?"

김여정이 의기양양하게 웃었다.

"새삼스럽게 뭘. 여기 애들 가는 데가 거기서 거기지. 고정 관념이니 뭐니 해도 아직 우리나라에선 부영재단만 한 곳이 없잖니. 이 번 겨울 지나면 3학년으로 올라갈 텐데 아는 친구 하나라도 더 있어야 빨리 적응할 거고."

어쩌면 서울행 티켓을 받아 든 순간부터 손찬은 예정된 경기에 등판했는지도 모르겠다.

"오후에 김 비서가 등록하러 학교 가 본다고 했는데 같이 다녀와 볼래? 이사장님께 미리 말 넣어 놨거든. 수영이네 아저씨가 이사장님인 건 안 잊어버렸지? 반 배정부터 해서 다 신경 써 주실 거야. 아무 애들하고나 섞여서 같이 수업 들을 순 없잖니."

"오늘 가 볼게요. 근데 꼭 등록을 바로 해야……."

그때 김여정의 핸드폰이 울렸다.

"잠깐만 아들. 여보세요? 응, 아니 집이야. 뭐? 그런 말 없었잖아. 비행기 시간 제대로 확인했어? 월급 꼬박꼬박 받아먹으면서 일을 그따위로 처리하면 어쩌라는 거야? 선약? 그게 무슨 소리야? 애초에 선약은 우리 쪽이랑 되어 있었는데. 가만히 두고 보다가 계약 다 놓치자는 거야?"

통화가 길어지자 김여정이 입 모양으로 사과를 하고 먼저 일어났다. 통화하는 내용을 대충 들어 보니 짧게 끝날 것 같지는 않았다.

"하아."

하긴 전화가 오지 않았더라도 이미 배정이 난 이상 손찬의 뜻이 개입될 여지는 없었을 것이다.

그리고 그 사실을 증명이라도 하듯 손찬이 학교로 갈 준비를 마치고 거실로 내려왔을 때 그를 맞이한 사람은 김 비서였다.

"학교로 가신다고요?"

반박할 명분이 없었다.

"네."

손찬은 힘없이 대답하곤 김민중과 함께 집을 나섰다.

✳

"너 오늘 늦게 왔지? 아침에 조회했는데 남가현 걔 저번에 교명 대 논술 대회 나간 거 대상 못 탔더라? 트로피 받는 표정 졸라 구리던데?"

"그렇게 바득바득 나가더니 최우수상밖에 못 받았어? 진짜 완전 쌤통이다."

"뭔 뜻이야?"

"몰랐어? 쌤들은 3반 박은주가 더 낫다고 했대. 근데 학교에서 남가현 뽑은 거라잖아. 솔직히 박은주가 날고 기어 봤자 인서울이 고작일 거 아니야. 될 만한 애 밀어주자 이거지."

"이사장 버프인가요. 뻔하지 뭐. 역시 돈이 좋긴 좋아."

쾅!

거칠게 문이 열리는 소리에 화장실 거울 앞에서 입술에 틴트를 바르던 여학생 둘이 화들짝 놀랐다. 뒤돌아볼 필요도 없이 거울이 비춰 주는 가현의 얼굴을 보자마자 여학생 둘은 합죽이처럼 입을 꾹 다물었다.

쏴아아.

가현은 손을 씻으며 가만히 두 여학생을 쳐다보았다. 거울에 비치는 머리끝부터 치마에 가려진 허벅지 중간까지. 시선을 내렸다가 다시 올렸다. 무시와 경멸이 가감 없이 담긴 눈빛과 지나치게 느릿한 시선 처리는 열아홉 살 여학생 둘이 수험 생활로 살찐 제 몸과 화장으로 떡 진 피부를 스스로 가현과 비교하며 부끄러워하게 만들기에 충분했다.

"뭐, 뭐! 그렇게 쳐다보면 어쩔⋯⋯."

마지막으로 가현의 시선은 여학생들이 들고 있는 틴트로 향했다. 가현은 아무것도 바르지 않았음에도 사과처럼 예쁜 색을 자랑하는 입술을 일그러뜨리는 것으로 말 없는 비아냥을 마무리했다.

"너!"

끼익, 쿵.

화장실을 나오자마자 안쪽에서 다시 개들이 짖는 소리가 들리기 시작했다. 그러나 가현은 들개들의 합창에는 별로 관심이 없었다. 시험지를 미리 받아서 풀었다는 소문부터 학교 선생들한테 뇌물을 다 돌렸다는 설, 거기에 이사장 친척이라는 헛소문까지 만연하게 된 건 그녀의 침묵도 한몫했으니 말이다.

'멋대로 떠들라지. 어차피 믿고 싶은 대로 믿을 애들이야.'

입 아프게 해명해 봐야 상황은 더 지저분해질 뿐이다. 스스로 구차해지는 것은 말할 필요도 없고.

부영사립고등학교는 매스컴의 계속되는 겨냥에도 굴하지 않고 클래스 운영 방식을 고수하고 있다. 각 학년에 단 한 반, 세 학년을 다 합쳐 봐야 100명도 되지 않는 소수의 최우수 학생들을 위해 학교는 대놓고 특혜를 제공했다. 생활하는 건물부터기 세 학년의 A반 학생들은 신관, 나머지 학생들은 구관으로 확실히 나뉘어져 있는 만큼 시기는 당연한 일이었다.

하지만 다른 애들의 눈살을 받더라도 그냥 넘어갈 수 없는 일이 있었다. 가현이 일부러 구관으로 온 이유도 바로 그 때문이었다.

"저기, 박은주 좀 불러 줄래?"

마침 3반으로 들어가려는 학생에게 부탁하자 교실 안에서 한 여학생이 고개를 내밀었다. 여학생은 가현을 보자마자 놀란 얼굴로 얼른 뛰어나왔다.

"남가! 구관에는 왜 왔어?"

"잠깐 얘기 좀 하자."

"매점 갈까? 안 그래도 좀 출출했는데."

은주가 냉큼 가현에게 팔짱을 껴 왔다.

"읏!"

가현이 얼른 은주를 밀쳐 냈다. 순간적인 통증을 이기지 못한 탓이었다. 저도 모르게 앓는 소리가 튀어나오려 하는 걸 가현은 입술을 꽉 깨물고 참았다.

이유도 모르고 밀려난 은주가 어리둥절해진 표정으로 물었다.

"왜? 팔 아파? 내가 너무 세게 잡았나?"

"아니 조금, 저려서. 매일 앉아만 있으니까 혈액 순환이 안 돼서 그런가 봐. 집에 가면 파스라도 붙여야겠다."

고개를 든 가현은 태연하게 두 팔을 공중에 휘저으며 스트레칭하는 척했다.

"야! 나 진심 놀랐잖아!"

"미안, 미안."

"너 그러니까 공부 좀 작작해. 수능까지 앞으로 한 달도 안 남았는데 몸 관리 잘해야지. 당일에 망치면……. 아니지. 너한테 내가 그런 말 할 처지는 아니야. 그치?"

은주는 팔짱을 끼는 대신 가현의 손을 잡고 매점으로 향했다.

"어제 치마 수선 하러 갔는데 더 이상 허리를 못 늘린다는 거야. 나 지금도 치마 때문에 숨이 잘 안 쉬어진다니까. 이 나라는 뭔가 시스템이 잘못됐어. 가장 예쁠 나이를 살에 허덕여서 보내게 하는 게 말이 되냐고."

"너 정도면 말랐는데 뭘."

"겨울이라 그렇지 여름이었어 봐. 지금 몸무게에 하복 입으면 으, 끔찍하다. 남가 너는 좋겠다. 앉아서 공부하는 시간은 다 비슷할 텐데, 넌 도무지 살이 안 쪄. 집에 가면 공부 안 하고 러닝머신 뛰지 너? 솔직하게 말해도 돼."

"픕. 아니라니까."

가는 내내 시답지 않은 얘기에 맞장구만 쳐 주던 가현은 매점 근처에 다다르자 학생들이 적은 계단 쪽으로 은주를 잡아끌었다.

"왜?"

"저기, 은주야."

"응?"

자, 이제 뭐라고 말하면 될까. 맞서 싸우는 짓은 익숙할지언정 해명에는 쥐약이라 막상 얼굴을 보니 말을 고르기가 어려웠다.

근거 없는 헛소문 때문에 너랑 서먹해지고 싶지 않다고 하면 될까? 이니면 지저분한 내 소문에 너까지 엮이게 만들어서 미안하다고 사과하면 될까. 뭐라고 말해야 너에게 상처 주지 않고 진심을 전할 수 있을까.

"너 무슨 일 있어?"

"이번 논술 말인데."

"야!"

갑자기 은주가 큰 소리를 내며 내처 물어 왔다.

"너 설마 그 소문 때문에 그래?"

"어?"

"나도 벌써 다 들었거든! 당연히 네가 나보다 잘하니까 뽑힌 거지. 너랑 나랑 교외 수상 내역부터 차이가 얼마나 나는데 널 두고 날 뽑겠어. 안 그래?"

미안한 마음에 가현은 긍정도 부정도 하지 못하고 우물쭈물했다.

'……은주 너니까.'

어느 날 갑자기 혼자 낯선 도시에 뚝 떨어진 가현은 너무 바쁜 학생이었다. 한 번도 공부하라는 말을 들어 본 적 없이 놀기만 하다 갑자기 명문사립중학교에 들어가고 나니 모든 것이 변해 있었고, 가현 역시 변해야만 했다.

덕분에 학교에서는 죽은 듯이 앉아서 공부만 했다. 수업 시간, 쉬는 시간, 하교 이후에도 가현의 친구는 문제집뿐이었다. 학교는 갖은 과외에 시달리느라 체력도 의욕도 없는 아이에게 절로 친한 친구가 생길 만큼 호락호락 곳이 아니었지만 상관없었다. 낮은 성적표를 들고 돌아가 매를 맞는 일보단 조금 외로운 편이 훨씬 나았으니까.

그렇게 천천히 새로운 삶에 적응해 가고 있을 무렵, 반으로 전학 온 아이가 바로 은주였다. 서울은 처음이라며 활짝 웃는 은주를 처음 본 순간, 가현은 그 아이가 자신과는 다르다는 걸 깨달았다. 머잖아 예상대로 은주의 자리는 반에서 가장 웃음소리가 많이 나는 곳이 됐지만 가현과는 상관없는 일이었다.

하지만.

'너 노트 필기 되게 잘한다! 엄청 꼼꼼하네. 이런 내용도 학원에서 배우는 거야?'

'집에 가는 거야? 저번에 보니까 너 사거리 쪽으로 가는 거 같던데. 오늘은 나랑 같이 가자! 나도 오늘은 그쪽에 볼일 있거든. 너랑 더 친해지고 싶기도 하고.'

'고등학교 1지망 어디 썼어? 나도 거기로 쓸까? 같이 다니면 좋잖아.'

혼자서도 외롭지 않다고 되뇌곤 했지만 역시 혼자보단 둘이 좋았고, 은주는 늘 제자리에서 썰렁한 분위기만 내뿜는 가현에게 먼저 다가와 준 유일한 친구였다. 그래서 더더욱 얼토당토않은 헛소문으로 상처 주고 싶지 않았다.

"미안해."

한참 만에 겨우 내뱉은 사과는 가현이 할 수 있는 최선의 말이었다.

"뭐가 미안한데? 설마 내가 너보다 월등히 더 잘해서 미안해, 뭐 이런 건 아니지?"

"아니! 그런 게 아니라!"

"야, 농담이야. 우리 학교 애들이 A반 욕하는 일이 어디 하루 이틀이야? 지들이 공부해서 신판 사년 될 걸 꼭 남을 깎아내려야 직성이 풀리는 것들이 있다니깐."

"하지만."

"정 미안하면 나 이번 모의고사 오답 좀 같이 봐 주든가."

"……그거면 돼?"

"당근 안 되지. 빵도 사 주고 교복 치마도 사 주고 매일 가방도 들어 주고, 용돈도 나눠 주고, 어때?"

하여간 장난. 하지만 덕분에 가현도 장난으로 맞받아칠 여유를 되찾을 수 있었다.

"왜 이참에 대학도 붙여 달라 그러지."

"그럴까? 기왕이면 S대 경영학과로 부탁할게."

"와 박은주 욕심도 많다."

"내가 또 한 욕심 하잖아."

은주는 잠시간 뽐내듯 거들먹거리더니 이내 웃어 버렸다. 이제 이 일은 그만 언급하자는 태도였다. 서운하다면 서운하다 말할 수 있고, 그 감정이 몰래 자라 싸움이 될 수도 있는 일인데. 은주는 늘 못난 감정들이 몸집을 불리기 전에 장난과 웃음으로 싹을 잘라 버리곤 했다. 그래서 더 고맙고 더 미안했다.

"먹고 싶은 거 다 사 줄게. 진짜로."

"그래! 아, 아니다. 나 이러다 수능 날 체육복 입고 가야 할지도 몰라."

"고3이 그 정도면 마른 거지. 그리고 대학 가면 살 다 빠진다잖아."

"없던 쌍꺼풀도 생기고 잘난 남자 친구도 생기고?"

"아마도? 고생 좀 하면?"

"뭐야! 고생 없이 자고 일어나면 딱 생겨야 되는 거 아니야?"

서로 지지 않고 대화를 나누던 두 사람은 잠시 후 매점에서 사이좋게 초코우유를 하나씩 들고 나왔다.

"남가."

매점에서도 내내 장난만 치던 은주가 갑자기 가현의 손을 잡아왔다.

"소문 같은 거 마음 쓰지 마. 아예 듣지도 마. 전부 무시해 버려. 최우수상이 어디야. 발표가 연기돼서 그렇지 9월 모의고사 준비하면서 그 정도 했으면 된 거야."

"고마워."

"너 오늘 야자 안 하지? 집에 갈 때 같이 가자."

"응. 내가 구관 쪽으로 갈게."

"그럼 먼저 간다!"

내내 밝은 얼굴로 손을 흔들던 가현은 은주가 시야에서 사라지자 굳은 얼굴로 신관을 향해 달렸다.

✢

"도련님, 회사에 일이 생겨서 통화를 좀 해야 할 것 같습니다."

김 비서의 말에 먼저 차에서 내린 손찬이 고개를 끄덕였다.

"어차피 아저씨보다 제 쪽이 더 오래 걸릴 테니까 먼저 출발할게요."

"신관 1층으로 가시면 될 겁니다."

"네."

손찬은 성큼성큼 학교를 둘러보며 걷기 시작했다.

'학교 참 쓸데없이 넓네.'

길을 잘못 들었는지 하필 가장 먼저 도착한 장소가 소각장이었다. 손찬은 주변을 둘러보다가 그냥 왔던 방향대로 계속 걷기로 했다.

'어차피 이쪽이나 저쪽이나 모르는 길인 건 똑같지, 뭐.'

조금 더 가 보니 두 개의 건물과 그 사이를 이은 연결 통로가 눈에 들어왔다. 신관과 구관으로 나누어 부를 필요가 없을 정도로 양쪽 건물 다 훌륭했다. 마치 둘 다 신관인 것처럼.

'뒤에 있는 건물은 박물관처럼 생겼는데. 아니면 강당인가? 대학교도 아니고 무슨 건물이 이렇게 많아? 대체 신관이 어디야? 신관이 신관이라고 써져 있을 리도 없고.'

하는 수 없이 손찬은 아무 건물이나 들어가 보기로 하고 가까운 출입구로 향했다.

휙! 계단을 올라 손잡이를 잡으려는 순간 갑자기 문이 저절로 열렸다.

"어?"

자동문은 아닌데, 하는 순간 안에서 누군가 불쑥 튀어나왔다. 그는 얼른 뒷걸음질 쳤지만 상대가 워낙 빨리 달려 나와서 피할 수가 없었다.

"으악!"

"아!"

쿠당탕탕탕탕! 두 사람이 부딪친 순간 시끄러운 소리가 귓전을 때려 왔다.

'아 시끄러워. 뭐야, 이 소리는?'

그는 살짝 휘청거린 정도였지만 상대는 뒤로 넘어져 엉덩방아를 찧었다. 시끄러운 소리의 출처는 출입구 계단 아래로 굴러떨어진 트로피인 듯했다.

금방 중심을 잡은 손찬이 넘어진 여학생을 향해 손을 뻗었다.

"괜찮아?"

"으읏……."

넘어진 채 팔을 움켜쥐고 신음하던 여학생이 퍼뜩 고개를 들더니 그를 노려보았다. 싸늘한 눈빛과 더불어 눈가에 그렁그렁 맺힌 눈물에 손찬의 머릿속이 새하얘졌다.

"어, 저기 갑자기 문이 열려서 안에서 나오는 걸 못 봤어. 정말 미안해."

그는 재차 사과하며 여학생을 부축해 일으켰다.

"으윽! 이거 놔!"

여학생은 기겁하며 거칠게 그를 밀쳐 냈다.

"하."

아니, 넘어져서 짜증 난 건 알겠는데 누가 보면 그가 파렴치한 짓이라도 하려고 한 줄 알겠다.

"어디 봐 봐."

자기가 달려와 부딪쳐 놓곤 피해자인 척 구는 태도에 짜증이 난 손찬이 억지로 여학생의 손목을 잡아끌었다. 순식간에 그의 코앞까지 끌려오고 만 여학생이 기겁하며 두 눈을 동그랗게 떴다.

"너 지금 뭐 하는 거야?"

"얼마나 다쳤는지 보려고. 손해 배상 해 주려면 견적부터 제대로 내야지. 안 그래?"

"뭐?"

손찬은 태연히 여학생의 마이를 걷어 올리고 손목 쪽의 셔츠 단추까지 척척 풀었다. 멍하니 당하고 있던 여학생은 뒤늦게 기겁하며 얼른 그의 손을 뿌리쳤다. 동시에 뭐 이런 놈이 다 있냐는 눈빛이 날카롭게 날아와 꽂혔다.

근데 그 눈빛이 낯설지가 않았다.

'어디서 본 적 있나? 노란 명찰. 남가현. 남가현, 남가현?'

교복이 조금 헐렁해 보일 정보로 빼빼 마른 체형, 창백해 보이는 피부에 싸늘한 눈빛까지. 아무리 예뻐도 목석같은 여자는 질색하는 그인데. 구면이라고 치기에 여학생은 그의 취향과는 너무 동떨어져 있었다.

'전학 가기 전에 중학교에서 마주쳤었나 보지.'

그 정도 안면이라면 일일이 기억하지 못하는 게 당연하다.

손찬이 생각에 잠긴 사이 여학생은 얼른 계단을 뛰어 내려갔다. 조금쯤 겁먹은 줄 알았는데 아래에서 쏘아보는 시선이 제법 독했다.

"야, 너! 앞으론 눈 똑바로 뜨고 다녀. 다신 마주치는 일 없게. 알겠어?"

"뭐?"

"진짜 별게 다 꼬여."

날 선 경고를 날린 여학생은 더 상대하기도 싫다는 듯 트로피를 주워 그가 왔던 길 쪽으로 가 버렸다.

지금 누가 누구더러 경고하는 거야?

"와! 무슨 저런 게! 내가 더 짜증 난다, 내가! 재수가 없어도 내가 더 없지! 어우!"

잠시간 열불을 토해 내던 손찬은 잠시 소각장 쪽을 쳐다보다 고개를 가로저었다.

'관두자. 시간이 아깝다.'

그는 애써 짜증을 억누르며 건물로 들어갔다.

이사장 최건후가 책상에서 서류를 뒤적이는 사이 손찬은 소파에 앉아 이사장실을 휘휘 둘러보았다. 값비싼 가구도 가구지만 여기저기 장식된 트로피며 상패가 쓸데없이 번쩍거려서 분위기만 보면 무슨 전시관 같았다.

"많이 컸구나."

드디어 일 처리를 마쳤는지 최건후가 맞은편 자리로 와서 앉았다.

"부산에서도 공부를 꽤 잘했던데."

"어차피 전국으로 보실 거잖아요."

"내신은 학교별 편차가 크니까. 이 성적이면 무리 없이 A반으로 갈 수 있겠구나."

최건후는 들고 있던 종이를 바라보며 흐뭇하게 웃었다.

"전체적인 시스템은 중학교 때랑 비슷해. 당연히 반 배정도 성적순이니까 엄한 애들이랑 섞일 일은 없을 거다."

당연하겠지.

남들이 자음 모음 공부할 때 이미 알파벳 떼고 발음 기호까지 암기한 아이들이 시험 지고 들어오는 곳이 부영재단이다. 고등학교 진학을 앞두고 1지망, 2지망 써서 운 좋게 들어온 바깥 애들이 그들만의 리그 안에서 쉽게 적응할 턱이 없다.

"그런 건 어머니나 걱정하시지 전 별로 상관없어요. 인맥으로 장사할 것도 아니고."

"하하. 너무 순진한 것도 안 좋다."

"아직은 순진해도 될 나이죠."

"아 참, 몸은 좀 어떠냐. 그거부터 물어봤어야 했는데 깜빡했구나. 아무리 몸이 안 좋아도 그렇지 무슨 요양을 부산까지 내려가서해. 인사도 없이."

'참 그랬었지.'

"어디 수술이라도 받았었니? 아니면……."

어려운 질문을 앞두고 고민하는 최건후 대신 손찬이 불쑥 정답을 말해 버렸다.

"건강은 핑계고요. 실은 눈치 안 보고 편하게 놀아 보고 싶어서갔어요. 꾀병 좀 부려 봤죠. 제가 또 추위는 딱 질색인데 거긴 따뜻하고 좋잖아요. 눈도 잘 안 온다고 하고. 그래서 갔는데 와, 부산애들 예쁘던데요?"

"어이고. 연애는 대학 가서 해. 괜히 우리 학교 물 흐리지 말고."

"연애한다고 공부 못할 애들도 아니잖아요. 다음 달에 수능 끝나면 바로 고3인데 그 전에 여자 친구는 만들어 놔야 학교 다닐 맛이나죠."

"학교가 뷔페냐? 맛 따져서 다니게."

지지도 않고 잘만 응수하던 손찬이 웃으며 두 손을 들었다. 분위기 환기는 이만하면 충분히 했다. 최건후도 그렇게 생각한 모양인지 슬슬 본업에 충실한 질문을 시작해 왔다.

"오늘 여유 되면 카운슬러랑 미리 커리큘럼 면담 해 보는 게 어떠니. 따로 지망하는 곳 없으면 SAT 준비반으로 편성하는 것도 나쁘지 않을 거다. 아버지께서도 유학에 대해 괜찮게 생각하시는 모양이던데. 의사소통에도 별 무리는 없을 거고."

"말 통한다고 단가요. 먼 곳은 별로예요. 전 가능하면 계속 한국에 붙어 있고 싶거든요."

"부모님께서 허락하신 거니? 아니면 한국에 달리 지망하는 곳이라도 있는 거냐. 학교라든가 학과라든가."

"글쎄요."

허락이라.

윤성철 회장은 의대, 김여정은 경영학과를 원하고 있으나 정작 손찬은 양쪽 다 흥미가 없었다. 어차피 부모님이 원하시는 대로 흘러갈 쳇바퀴 같은 인생. 이리저리 간 보며 안전한 쪽을 고르면 그만이다.

'쓸데없이 솔직해서 귀찮은 일 만들 필요도 없고.'

손찬은 커피를 마시며 태연히 대답했다.

"잘 모르겠어요. 아직까진 공부만으로 벅차서 진로는 천천히 생각해 보려고요. 평생 할 일이니까 더 신중하고 싶기도 하고요."

"고민되면 누나처럼 경영학과로 가는 것도 괜찮을 텐데. 물려받을 사업도 있으니까."

마음의 준비를 할 틈도 없이 튀어나온 말이었다.

'경영학과? 누나가?'

2년 만에 처음으로 듣는 누나의 소식이다. 그걸 방금 전학 온 학교 이사장님께 듣게 될 줄이야. 하지만 반가움보다는 의아함이 더 큰 소식이었다.

"제가 부산으로 갈 때까지만 해도 누나는 사범대에 다니고 있었는데. 언제……."

"그러고 보니 네가 부산에 갔던 무렵인 것 같다. 갑자기 재수한다고 들어서 놀랐지. 결과야 예상했던 대로 훌륭했지만."

"아, 그래요."

'결국 교사는 포기했구나.'

그 사고 이후 새삼 불안하기라도 했던 걸까.

잠시 생각에 잠긴 그에게 최건후가 물었다.

"학교는 언제부터 나올 생각이냐."

"교복 준비 되면 와야겠죠?"

잔을 내려놓을 때쯤의 그는 농담을 던질 만큼 차분해져 있었다.

"조만간 같이 밥이나 한 끼 먹자."

"어머니께 말씀 전해 드릴게요."

그때 핸드폰에서 진동이 울렸다. 마침 괜찮은 타이밍이다. 손찬은 내용을 확인하자마자 곧장 코트를 챙겨 들고 일어났다.

"가려고?"

"인사도 다 드렸고, 약속도 생겨서요."

"그래, 그럼 조심히 가라."

"네."

이사장실을 나가려던 손찬은 문 옆에 진열된 트로피들을 보고 걸음을 멈추었다.

"참 아저씨."

책상으로 돌아가던 최건후가 돌아섰다.

"왜?"

"노란 명찰은 몇 학년이에요?"

"지금은…… 아마 3학년일 텐데? 그건 왜?"

손찬은 물어본 말에는 대답 않고 뜬금없이 했던 인사를 반복했다.

"아뇨, 다음에 어머니랑 같이 봬요."

최건후는 멀뚱히 이사장실을 나가는 손찬을 쳐다보았다. 요즘 애들 행동은 도무지 머리로 따라잡을 수가 없다고 생각하며.

3화 위험 신호

차에 타고부터 그의 시선은 줄곧 김 비서가 받아 온 커리큘럼 책자에 머물러 있었다. 동아리부터 멘토링 활동까지, A반에게 제공되는 선택지가 많아도 너무 많다. 괜히 사람 머리만 아프게.

"이사장님은 잘 만나 보셨습니까?"

말없이 운전만 하던 김민중의 질문에 손찬이 고개를 끄덕였다.

김 비서는 백미러로 책자에 몰두하고 있는 손찬을 힐끔힐끔 쳐다보다 어렵게 다시 입을 뗐다.

"저어, 도련님. 실례지만 하나만 여쭤 봐도 괜찮겠습니까?"

"말씀하세요."

"아까부터 궁금했는데 그 트로피는 뭔가요?"

"아."

그제야 손찬은 책자에서 눈을 떼고 옆 좌석에 올려놓은 트로피를 쳐다보았다. 말이 좋아 트로피지 여기저기 다 찌그러진 흉물스러운 물건이었다. 불행인지 다행인지 나무 받침대에 적힌 원래 주인의 인적 사항은 무사했지만.

손찬은 지그시 트로피를 보다가 웃어 버렸다.

"증거물……일까요. 아니, 지금은 그냥 잠깐 맡은 분실물 정도겠네요."

"예?"

"교복 찾으러 가는 김에 이것 좀 먼저 제 방에 가져다 놔 주세요. 어차피 금방 주인에게 돌려줄 건데, 어머니나 아버지께서 보면 이상하게 생각하실 것 같아서요."

"네, 알겠습니다."

갑작스러운 외식만 아니어도 김 비서의 손을 빌리지 않았을 텐데. 늘 이런 식이다. 예고도 언질도 없이 갑작스럽게 멋대로 약속을 잡는다. 정말 하나도 변하지 않았음에 싫증이 난다고 하면 역시 새삼스러울까.

"학교에는 내일부터 등교하신다고 미리 연락해 두겠습니다."

"그러세요."

시트에 기대어 시간을 확인한 손찬이 나지막한 한숨을 내뱉었다.

'오후 4시.'

벌써부터 저녁 식사라니.

'이제야 돌아온 게 실감 나네.'

갑자기 속이 쓰려 왔다.

그가 기억하기로 윤성철은 옛날부터 식사에 유독 엄격한 인사였다. 특히 시간과 예절 엄수에 철저했다. 아버지와 같은 식탁에 앉기 위해 손찬은 젓가락질부터 시작해서 음식을 먹는 순서, 중간에 나누는 대화들을 비롯한 식사 예절을 공부하고 습관처럼 행동하도록 익혀야만 했다.

가장 힘든 건 시간이었다. 새벽에 먹는 아침밥, 늦은 오후의 저녁 식사처럼 아직 몸에 배지 않은 습관들. 특히 아침잠이 많을 나이의 아이에게 오전 6시의 아침 식사는 유독 가혹하게만 느껴졌었다. 어쩔 수 없이 가정부가 깨워서 식탁에 앉고도 꾸벅꾸벅 조는 날들이 늘어났다.

'밥상머리 앞에서 조는 놈이 무슨 큰일을 하겠어. 제대로 교육시키라고 했지 않나. 새벽잠 덜 자고 일찍 일어나서 공부할 생각을 해야지! 다 지가 노력을 해야 하는 거야.'

유독 그에게만 엄격한 규칙들. 하지만 손찬은 떼쓰거나 우는 대신 이를 악물었다.

해야 할 공부가 산더미 같아서 잠드는 시간은 바꿀 수 없었지만 대신 알람 많이 맞추기, 찬물 세수, 밥 먹는 내내 허벅지 꼬집기, 하다못해 바지 주머니에 얼음을 넣은 채로 밥을 먹기까지 했다. 그렇게 겨우겨우 졸음을 이겨 낼 즈음에 그를 찾아온 것은 신경성 식욕 항진증이었다.

쉬운 말로 폭식증이라 부르는 질환.

중간중간 몰래 먹던 간식과 군것질은 점점 식사가 되었고, 목이 꽉꽉 막혀 숨 쉬기 곤란할 정도로 먹어 대는 날도 늘었다. 그러다 어느 날 우연히 시작된 구토가 간간이, 그리고 계속 이어지기 시작했다. 순간의 허기를 이기지 못하고 무언가를 먹었다는 죄책감, 자신에 대한 실망, 우울감, 폭식, 구토, 위식도 질환. 악순환은 끝없이 반복되어 갔다.

이제 와 생각해 보면 그냥 헛웃음이 나는 일이었다.

'내가 바보 같았던 거지.'

고작 노력으로 좁힐 수 있는 거리가 아니었는데. 어째서 그 마라톤의 끝에는 마땅한 보상이 있다고 믿었던 걸까.

"도련님, 도착했습니다."

손찬은 창문을 내리고 바깥을 확인했다. 당연히 뭔가 특별한 자리일 줄 알았는데 예상 외로 사람도 없고 시끄럽지도 않았다.

"미리 들은 말은 없으세요?"

"가족끼리만 식사하는 걸로 알고 있습니다."

"가족끼리라……."

"다녀오세요."

손찬은 차에서 내려 고딕풍의 석조 건물을 향해 발을 디뎠다.

바깥에 나와 있는 직원들이 문을 열어 주자 넓은 홀이 나왔다. 샹들리에, 대리석 바닥, 나무를 덧댄 벽 장식, 모든 것이 전형적이고 조금 낡아 보였지만 우아했다.

안내받은 룸으로 들어가자 와인을 홀짝이고 있는 어머니가 보였다.

"우리 아들! 학교는 잘 다녀왔니?"

"네. 근데 아버지는요?"

"위층에서 회의 중이셔. 끝나면 바로 내려오실 거야. 여기 음식이 괜찮아서 엄마가 너도 꼭 한 번 데려오려고 했는데. 일정이 이렇게 딱 맞았지 뭐니. 참, 학교는 어땠어? 다니기 괜찮을 것 같니? 이사장님은 잘 지내시고?"

김여정은 오전에 직원과 통화할 때와는 다르게 온화함을 되찾은 모습이었다. 그녀는 발랄하게 학교에 대해 이것저것 물어보며 대화를 이어 갔다. 이사장이 유학 얘길 꺼냈다는 말을 듣곤 조금 놀란 눈치였지만 티 내지 않으려 애쓰는 듯했다.

그로부터 30분쯤 지났을까. 문이 열리고 들어온 사람은 윤 회장뿐이었다.

"오셨어요?"

"기다리게 했네. 먹자고."

윤 회장이 착석하자마자 관자가 곁들여진 프로슈토가 서빙되었다. 정확히 세 접시. 이 자리에 초대된 사람은 더 이상 없다는 뜻이었다. 가족끼리 식사한다는 김 비서의 말을 곧이곧대로 믿지 말 걸 그랬다. 그랬다면 실망도 하지 않았을 텐데.

"제이나 대표가 갑자기 일정 바꾸고 한국 들어왔다고 해서 먼저 만나 봤어요. 만난 김에 라오스 호텔 건도 미리 얘기 좀 해 뒀어요. 당신 비서실에 말 넣어 놨으니까 연락 오면 다이렉트로 갈 거예요."

"수고했어."

"거기 대표도 참 여전하더라고요. 우리랑 선약 잡아 놓고 비행기 스케줄 변경 통보도 안 하고. 경쟁사랑 몰래 미팅하려던 걸 직전에 겨우 잡아냈어요. 들어 보니까 우리보다 조건도 떨어지던데. 격 떨어지게 머리 굴리는 거하곤. 교양 없어서 정말."

"사업 얘긴 회사 가서 하고. 학교는 어땠니."

손찬은 슬쩍 김여정의 눈치를 본 후 대답했다.

"괜찮았어요."

"카운슬러랑 제대로 면담해 봐라. 어제 내가 했던 말은 잘 기억해 두고."

진로 희망 조사서에 뭐라고 기입했는지까지 비서를 통해 일일이 확인받을 생각이면서 뭘 굳이 압박하실까.

"집에 가면 책자부터 제대로 살펴보려고요."

"학교는 내일부터 가겠다고 했다면서."

"하루라도 빨리 적응하는 편이 좋으니까요."

"당신, 요즘 찬이 학업에 관심이 참 많네요."

두 눈을 반짝이며 경청하던 김여정이 만면에 미소를 띠우며 말을 이어 갔다.

"이번에 데려오면 제대로 공부시키고 싶다더니. 농담 아니라 진담이었나 봐요. 나 감동받으려고 그러네."

"관심 가져야지. 어느 집 아들인데."

"그럼요. 하나뿐인 우리 아들이죠."

손찬은 달리 할 말이 없어서 그냥 새로 서빙된 스프만 깔짝였다.

부모님의 대화가 이어지는 동안 혼자 속으로 코스의 순서를 헤아리며 때를 기다리던 그는 마침내 커피가 나왔을 때 입을 뗐다.

"누나가 경영학과로 갔다고 들었어요. 어느 학교예요?"

언제나 그랬듯 평화롭던 분위기는 그가 선아에 대해 입에 담자마자 산산조각 났다.

"네가 알 필요 없다."

"2년 전에 제가 병실에 있을 때 최 변호사님이 와서 말했죠. 공론화시킬 필요도 없는 사고라고. 그러니까 아무 말도 하지 말고 가만히 누워 있으라고. 더 거짓말하면 아버지께서 용서하지 않으실 거라고."

"찬아."

김여정이 간절하게 그를 불렀다.

더 언급해서 득 될 것이 없다는 설득일까. 아니면 그때의 일은 그만 잊어버리라는 호소일까. 하지만 손찬은 어머니의 눈빛에서 걱정이 아닌 초조함을 보고 말았다. 그러자 이제까지 외면해 온 어떤 서글픈 예감이 슬며시 고개를 들었다.

어쩌면 어머니마저 그의 증언을 믿지 못했던 건 아닐까?

'아니야. 그만둬. 정신 차리자.'

이미 시간의 무게에 덮여져 버린 일이다. 힘들게 견딘 시간들을 무의미하게 만들면서까지 새삼 들춰내 잘잘못을 따지길 원하는 것이 아니었다.

"전 2년 동안 아버지가 바라신 대로 믿었어요."

그가 바라는 것은 오직 하나.

"그러니까 이제 누나를 만나게 해 주세요. 부탁이에요."

짙은 커피 향이 룸 안의 공기를 데운다. 이 향이 두 사업가의 마음도 함께 데워 줄 수 있다면 얼마나 좋을까. 순간의 동정심이라도 불러일으켜 줄 수 있다면 얼마나 감사할까.

손찬이 속으로 자비를 비는 동안 윤 회장이 커피를 홀짝이는 소리만이 간간이 들려왔다.

"주말에 여기서 작은 모임이 있다. 그날 선아도 올 거고."

"여보! 그런 얘긴 없었잖아요."

"잠깐 들르기로 했어. 선아에겐 미리 말해 놓으마."

김여정의 눈에서 불꽃이 튀었지만 손찬은 못 본 척했다.

"감사합니다."

"인사는 됐다. 걔가 싫다고 하면 강요하지 않을 거야."

"알고 있어요."

그래도 믿어야지. 그녀가 또다시 그를 피하지 않을 거라고. 손찬이 자신의 자리에서 할 수 있는 일은 그뿐이니까.

✵

비디오를 볼 수 있는 낡은 스테레오와 작은 TV 한 대. 오래된 컴퓨터와 먼지 가득한 자료들이 책장에 착착 정돈되어 있는 공간. 가현은 이 작은 문고에 올 때마다 부영사립고등학교와는 참 안 어울린다고 생각하곤 했다.

'사실 도서실보다는 창고에 가깝긴 하지.'

여기 문고에는 오래된 교내 책자나 졸업 앨범처럼 찾는 사람 없이 먼지만 쌓인 잡동사니들이 가득했다. 가끔 들르는 사람이 있다고 해도 짐만 두고 나갈 뿐이라 가현은 A반 학생에게 특별히 제공되는 1인실을 마다하고 이곳의 열쇠를 받았다.

그리고 열심히 공부해야 할 지금 이 시간, 그녀는 컴퓨터 앞에 앉아 있었다.

'이게 도움이 될까?'

모니터에 띄운 자료를 멍하니 쳐다보며 가현이 중얼거렸다.

"어차피 난 아무것도 못 할 거야."

스크롤을 내려도 파일은 좀처럼 끝나지 않았다. 일기, 사신, 진단서, 일기, 진단서, 일기, 진단서, 진단서.

맥없이 모니터를 바라보던 가현이 닫기 버튼을 클릭했다.

수능까지 남은 시간은 앞으로 3주가량. 이런 식으로 시간이나 축내느니 공부를 하는 편이 나을 텐데. 웃기게도 이제 와서 의욕이 증발해 버린 기분이었다. 요즘 들어 묘하게 들뜬 주변 애들을 보면 혼자만 이상한 사람이 된 느낌까지 들었다.

'아직 앞으로 5년……'

좋은 대학에 붙는다고 그녀의 현실은 달라지지 않는다. 이미 각오를 마친 일인데 마음이 왜 이런지 알 수가 없었다. 새로운 일은 질색이고 변화는 사양이면서. 왜 다른 애들처럼 새삼 붕 뜨는 걸까.

'진짜 왜 이러니, 나.'

그때, 덜컥 소리와 함께 문이 흔들렸다.

'석식 먹고 온다더니.'

가현은 빈 모니터 화면을 다시 확인한 후 달려가서 잠긴 문을 열어 주었다.

"되게 빨리 왔……네?"

열린 문 너머로 낯선 얼굴이 보였다.

'누구지?'

은주가 아니다.

가현은 처음 본 남학생을 대충 훑어보았다. 파란 명찰, 2학년이니까 후배고, 이름은 윤손찬. 그래서 뭐? 얜 대체 왜 여기 서 있는 걸까?

"뭐야?"

"졸업 앨범 좀 보러 왔어. 아, 그리고 이건 선물. 내가 사 온 건 아니고, 밖에 있던 애들이 전해 달라고 부탁하더라."

"뭐?"

가현이 얼른 남학생을 밀치고 문 밖으로 고개를 내밀었지만 이미 복도는 텅 비어 있었다.

"아, 젠장."

"나한테 맡기고 다 튀었어. 걱정 마. 살짝 봤는데 폭탄은 아니었어."

남학생은 멋대로 문고 안으로 휙 들어가 버렸다.

가현이 뒤따라 들어가자 그가 불쑥 양손 가득 들고 있던 쇼핑백을 내밀었다. 내용물을 들여다본 가현은 기가 찼다. 케이크에 초콜릿에 음료수에 잘 포장된 선물까지. 바로 어제 매몰차게 거절했는데 또 가져오다니, 걔네도 참 집요하다.

"생일이야? 후배들한테 선물도 받고. 생각보다 인기 좋은 선배네."

'생각보다?'

그는 벙찐 가현은 본체만체하며 테이블 위에 쇼핑백들을 올려놓고 졸업 앨범이 정리된 구석 칸으로 가 버렸다. 가현이 여기 문고를 독서실 용도로 쓴 지 1년 하고도 반이 지날 동안 졸업 앨범을 보겠다고 찾아온 학생은 저 애가 처음이었다.

'별일이네.'

가현은 컴퓨터에 꽂아 뒀던 USB를 챙긴 후 가방을 멨다. 모르는 남학생이랑 단둘이 이 좁은 공간에 있으니 차라리 밖에서 은주를 기다릴 생각이었다.

문고를 나서기 전 가현은 책장 앞에서 앨범을 찾고 있는 남학생에게 말을 걸었다.

"갈 때 저 쇼핑백도 가져가. 가지든 버리든 알아서 하고."

"그래도 가져온 성의가 있는데 말이 좀 심한 거 아니야?"

"너 때문에 얼마나 귀찮은 일이 생겼는지 알고는 있어?"

"뭔 말이야?"

정말 모르는 표정이네. 기가 막힌 가현이 손으로 쇼핑백을 가리키며 말했다.

"내 생일은 11월 21일이라 아직 멀었고. 저기 저건 생일 선물이 아니라 수능 끝나면 수험 노트라도 물려 달라는 예비 청탁이야. 내용물 뒤져 봐. 걔네 이름에 연락처까지 들어 있을 테니까. 참고로 난 귀찮은 일은 질색이니까 저건 가져온 네가 알아서 처리해."

"어? 진짜?"

남학생은 테이블 쪽으로 가서 쇼핑백에 들어 있는 것들을 꺼냈다. 곧 그는 쇼핑백 바닥에서 가현이 말한 내용이 그대로 적힌 포스트잇을 찾아 들었다. 예상한 일이라 가현은 팔짱을 낀 채로 남학생의 사과를 기다렸는데. 돌아온 대답이 예상을 뛰어넘었다.

"와. 얘네 고작 간식 몇 개로 전국에서 노는 고3의 비결을 탐낸 거야? 진짜 더럽게 양심 없다. 그치?"

뭐지, 이 애.

"너 나 알아?"

"어?"

"내가 전국에서 노는지 아닌지 어떻게 아냐고."

"그 수준 아니면 이 학교 애들이 청탁까지 할까 싶어서. 왜, 틀렸어?"

말은 잘하네.

'윤손찬. 윤손찬.'

그제야 가현은 처음으로 남학생의 이름을 되뇌어 보았다. 암기만은 꽤나 자신 있는 머리인데 딱히 떠오르는 인물이 없었다. 가현의 머리는 처음 만난 애라는 답을 내놓았지만 어쩐지 석연치가 않았다.

'거기다 이 자식, 후배인데 초면부터 반말이잖아.'

그냥 예의 없는 놈인가?

'아 요즘 왜 이렇게 미친놈들이 자주 꼬이는 거야?'

통화 엿듣는 미친놈부터 시작해서 남의 옷 걷어붙이는 미친놈에, 예의 밥 말아 먹은 미친놈까지. 대체 수능을 얼마나 잘 보려고 3주 전부터 액땜을 콤보로 적립하고 있는지 모르겠다. 그것도 종류별로.

'피하자. 미친놈은 피하고 보는 게 상책이야.'

가현은 고개를 설레설레 저었다.

"아무튼. 여긴 쓰레기통 없으니까 들고 나가서 처리해. 다음에 왔을 때 음식 썩은 냄새 맡게 하지 말고. 여긴 엄연히 학교 허락받고 쓰는 내 개인 자습실이기도 하니까."

"우리 만난 적 있는데. 기억 안 나?"

뭐래.

"내가 학교에서 마주치는 애들까지 일일이 기억해야겠어?"

"그냥 마주친 거 아니었는데, 우리."

불현듯 짜증 나는 감각이 머리를 스쳤다.

'뭐지. 이 더러운 기분은?'

익숙한 불쾌함 너머로 무언가 기억이 날 듯 말 듯 해서 가현은 그를 빤히 쳐다보았다.

전체적으로 말끔하고 서글서글한 인상. 흔한 얼굴로 보이지는 않았지만 아무리 뜯어봐도 도무지 접점이 떠오르지 않았다. 같은 반 애들과도 말을 섞는 일이 거의 없는데 하물며 한 학년 아래인 애라면…….

'어? 잠깐만, 설마?'

장난스러운 미소에 번뜩 떠오른 기억이 있었다.

"문 앞에서 부딪친…….'

"응. 맞아. 그거 나야."

"그때 분명히 다신 마주치지 않게 조심하라고 했던 것 같은데."

그 말이 포인트였는데 지금 눈앞에서 방글방글 웃고 있는 꼴을 보니 깡그리 까먹은 모양이다. 아니면 무시했거나.

"그랬지."

"근데 너 왜 계속 반말이야? 2학년 주제에."

"내가 누나 소린 싫어해서."

기가 찬 가현이 꽥 짜증을 냈다.

"누가 누나라고 부르래? 똑바로 선배라고 불러. 꼬박꼬박 존댓말하고. 알겠어?"

그때 마이에 넣어 둔 핸드폰이 진동했다. 금방 문고에 도착한다는 은주의 메시지였다. 그 문자를 받고서야 가현은 아직도 자신이 문고에서 시간 낭비 중이었다는 사실을 깨달았다.

'안 돼. 더 말려들지 말자.'

황급히 문턱에 선 가현이 서둘러 경고 겸 부탁을 끝맺었다.

"아무튼 쓰레기 잘 챙겨 가. 문 꼭 잠그고. 그리고 앞으론 진짜 절대로 찾아오지 마. 졸업 앨범은 구관에 있는 도서관에서도 볼 수 있으니까."

"넌, 항상 그래?"

"뭐?"

돌아본 순간 맞닿은 눈빛이 그가 던진 원인 모를 질문처럼 날카롭게 그녀에게로 날아들었다.

"늘 남들이 다가가기도 전에 이런 식으로 싹둑 잘라 버리나 해서."

정말로 이상한 놈…….

창문을 통해 스민 붉은 햇살이 문고를 채운다. 익숙한 공간에서 늘 느껴 온 안온함이 불청객 한 명으로 인해 낯설고 불안정하게 변해 있었다. 지금 저 애는 가현을 비웃고 있는 걸까. 노을을 등진 윤손찬의 얼굴이 선명히 보이지 않았다. 알 수 있는 거라곤 그가 가현을 응시하고 있다는 사실 뿐.

묘한 불안감에 가슴이 뛰었다. 이건, 뭘까?

"……."

"네가 무슨 상관인데?"

"하긴 나랑 상관없긴 하지. 이렇게 질질 끌 일도 아니고. 오늘 내가 온 건 돌려……."

"뭐야? 가현아, 누구야?"

불쑥 은주의 목소리가 두 사람 사이에 끼어들었다. 가현은 화들짝 놀라며 문고 안으로 고개를 쓱 들이민 은주를 쳐다보았다. 동시에 사람이 온 것도 모를 정도로 윤손찬에게 집중하고 있던 자신에게 기가 찼다.

"졸업 앨범 보러 온 애인가 봐."

가현이 서둘러 얼버무리며 은주의 손을 잡아끌었다.

"빨리 가자."

"으, 응."

허둥지둥하는 가현에게 윤손찬이 또 뜬금없는 말을 던졌다.

"너희, 정말 재밌다."

'또 무슨 헛소리야?'

이번엔 그의 얼굴에서 선명한 미소를 볼 수 있었다. 정말 재미난 구경거리라도 발견한 듯 즐거워하는 미소 말이다.

"뭐가 재밌는데?"

그는 대놓고 불쾌해하는 그녀에게 아무것도 설명하지 않고 테이블에 올려 뒀던 가방과 쇼핑백들을 챙겨 들었다.

"또 보자, 선배."

"내가 한 말은 어디로 들었어? 다신 오지 말라고 했잖아. 그리고 존댓말……."

"갈게."

윤손찬은 가현과 은주를 뒤로하고 먼저 문고를 나가 버렸다.

"또 보긴 개뿔."

가현은 하교할 기운마저 잃고 의자에 축 늘어져 버렸다. 머리끝까지 열불이 나는데 반대로 몸은 기운이 쭉 빠졌다. 꼭 한차례 태풍이 지나간 것 같았다.

"가현아. 쟤 뭐야? 아는 애야? 후배지?"

"몰라 나도. 저런 미친놈."

알 리가 없지 않은가.

'처음 만났을 때는, 그래, 내가 좀 급했었지.'

망할 놈의 지저분한 소문들. 은주는 괜찮다고 했지만 가현의 마음은 친구만큼 너그럽지 못했다. 가현은 은주와 헤어지자마자 사물함에 넣어 둔 트로피를 들고 냅다 달렸다. 그 꼴도 보기 싫은 물건을 수업 시작 전에 쓰레기장에 버릴 생각이었다.

그러던 중에 그놈을 만났다.

평소라면 짤막하게나마 제대로 사과했을 것이다. 하지만 윤손찬이 팔을 붙잡은 순간 머릿속이 새하얘지고 말았다. 남자, 갑작스러운 접촉, 통증, 그리고 계단. 그곳엔 지독하다 싶을 정도로 가현이 쥐약인 것들이 전부 모여 있었다.

'걔가 팔을 보려고 하지만 않았어도……. 아니야. 더 생각하지 말자. 기분 더러웠어도 거기서 끝냈으면 될 일을 굳이 여기까지 쫓아온 거 보면 걔도 정상은 아니야. 진짜로 다신 안 마주치는 게 좋아.'

어차피 가현에 대한 소문 몇 마디 듣고 찾아온 놈일 것이다. 지금까지 비슷한 이유로 접근해 온 사람이 없던 것도 아니다. 미친 놈, 이상한 놈, 이기적인 놈. 하나로 정형화시킬 순 없지만 한 가지 분명한 건 그런 놈들은, 치가 떨릴 만큼 질색이라는 거다.

젓가락으로 밥알만 툭툭 건드리고 있던 가현이 고개를 들었다.

"내가 지금 뭘 잘못 들은 거야?"

목소리에 가감 없이 담긴 짜증에도 남영호의 고집스러운 표정은 변함이 없었다.

'어쩐 일로 일찍 들어왔나 했더니.'

식탁에 앉기가 무섭게 말도 안 되는 소리나 지껄이고 있다.

"나 수능까지 3주 남았어. 매일 피 터지게 공부해도 모자란 판에 어딜 가자고? 파티? 그것도 당장 내일?"

미쳤냐는 말이 목구멍까지 솟아올랐다.

"두어 시간 뺀다고 못 갈 대학이면 어차피 공부해도 못 가는 거 아니냐? 수능은 평소에 해 둔 만큼 보겠지. 시끄럽게 굴지 마. 내일은 무조건 너도 가야 돼."

"기가 차서 정말."

늘 이런 식이다. 말도 안 되는 일을 당연하게 요구하고 가현이 거절하면 어김없이 손찌검이 시작되곤 했다. 하지만 그런 일이 빈번하게 일어났던 건 가현이 남영호를 무서워하면서도 쉽게 져 주지 않아서였다.

바로 지금처럼.

"나 안 간다고 자빠질 사업이면 일찌감치 접는 게 어때?"

"청설 알지? 이번에 하청으로 새로 자재 넣게 된 곳이야. 단가 맞추기가 빡세서 그렇지 제대로 거래 트면 이익이 많을 업체야. 큰 파티도 아니고 소소하게 모이는 자리라니까 더 가서 얼굴 뵙고 인사드려야지."

인사 좋아하시네.

"상견례하러 가? 소소한 자리에 뭐하러 나까지 가서 인사를 해? 혼자 가서 관심 끌기 싫으면 옆에 앉은 여자 데려가면 되잖아. 가고 싶어 죽겠다는 표정인데. 사람들 시선은 걱정하지 마. 어차피 남인데 신경 쓰면 얼마나 쓰겠어? 그냥 어린 여자 좋아하나 보다, 하겠지."

어차피 초청한 쪽에서 가족 동반이라는 말은 한마디도 꺼내지 않았을 것이다. 남영호 혼자 체면 차릴 생각에 가현까지 끌어들이려는 게 분명했다. 다정한 가장 노릇에 필요한 엑스트라로 활용하기 위해 가현을 여기로 데려왔고 실제로도 늘 아낌없이 써 왔으니까.

"말로 할 때 미리 준비해 둬라."

"말로 안 하면? 또 때리게?"

싸늘한 남영호의 시선에도 굴하지 않고 가현은 비웃으며 말을 이어 갔다.

"상관없지 않아? 맹장이 터지게 아파도 기어이 끌고 나갔었잖아."

언제였더라. 열이 펄펄 끓고 배가 너무 아파서 가현이 자존심이고 뭐고 내려놓고 울면서 애원한 적이 있었다. 제발 하루만 쉬게 해 달라고.

당연히 이 사람에게는 통하지 않았었다.

'넌 어떻게 된 게 만날 아프냐? 중요한 날이니까 약 먹고 소란 떨지 말고 있어. 조금 있으면 손님들 오실 테니까.'

남영호는 허리도 다 펴지 못하는 가현을 억지로 데려가 손님 접객을 요구했다. 인사를 하고 피아노도 치고 하하 호호 대화를 하다가 분위기가 무르익을 무렵 가현은 테이블 밑으로 숨어들었다. 그곳에서 가현은 배를 꾹 누르고 숨소리까지 참아 가며 남몰래 울었었다.

탈진한 가현을 발견한 사람은 굴러떨어진 펜을 줍던 손님이라고 했다. 그가 소리를 질렀을 때 잠시 정신이 들었었지만 그 뒤의 기억은 또 새카맸다. 시끄럽다는 생각을 했고, 온몸이 춥다는 감각을 느낀 것이 전부였다.

다시 눈을 떴을 때는 이미 병실이었다. 의사는 조금만 늦었으면 맹장이 터질 뻔했다고 했다.

'일단 정신 말짱해질 때까지 더 누워 있다가 일어나서 좀 걷고 불편한 거 있으면 머리 위에 있는 벨 누르세요.'

다음 날 남영호는 저녁이 다 돼서 병원에 오자마자 병실 문을 굳게 닫았다.

딱딱딱…….

딱딱딱딱딱…….

병실 안에는 가현이 덜덜 떨며 만들어 내는 불규칙적인 울림만이 가득했다.

'넌 어디까지 날 무시해야 만족하냐? 아프면 조용히 가서 쉴 것이지. 일부러 테이블 밑에서 시끄럽게 굴었지? 사람들 앞에서 망신 주려고. 니가 지금 누구 덕에 풍족하게 산다고 생각해? 니 엄마랑 동생이 먹고사는 게 누구 덕이라고 생각하냐고! 전부! 다! 내가 버는 돈 덕분이야. 근데 감히 니가 날 개망신 줘?'

가현은 아무 말도 하지 않았다.

그래도 밖에 사람들이 있으니까 안 때리나 보다. 입원하고 있어서 다행이야. 운이 참 좋았지. 차라리 맹장이 터졌으면 좋았을걸. 병원에 더 오래 있고 싶은데, 그건 안 될까. 그저 침대에 앉은 채 그런 생각만 줄줄이 했을 뿐이었다.

병든 것이다. 가현은 스스로 그렇게 생각했다. 이 집에서 6년이면 정신이든 뭐든 썩기에 충분한 시간이라고. 그런데 정작 남영호 본인은 어쩌면 그렇게 태연하게 비슷한 짓들을 계속 요구할까.

'정말 질려.'

남영호도 그날의 기억이 되살아난 듯 보였지만 조금도 미안해하는 표정이 아니었다.

"차라리 그때 터져서 다행이지. 이젠 터질 맹장도 없으니까. 내일 제시간에 안 나타나면 알지? 잘 생각해라."

"와, 정말 대단하시네."

남영호는 가현의 비아냥에 대꾸도 않고 식당을 나갔다.

식당의 문이 닫히자마자 가현이 픽 웃었다. 지금 손대지 않았다고 고마워할 일도 아니다. 멍 자국 덜 빠진 딸을 파티에 데려갈 순 없어서 참은 것일 테니까.

"저 사람은 죽어도 아줌마 진지하게 생각 안 해. 그런데도 계속 여기 붙어 있고 싶어요?"

이제껏 침묵하고 있던 서예리가 가현을 노려보았다. 서예리는 언제나처럼 중요한 자리에는 초대받지 못했다는 비참함에 잔뜩 부아가 치민 표정이었다.

"니가 무슨 상관인데?"

가현은 날이 선 서예리를 보며 미소 지었다.

"그냥 물어본 거예요. 진지하게 생각 안 해 줘도 당분간은 잘 버텨 줬으면 해서. 나도 수능 얼마 안 남은 상태에서 새 여자랑 지지고 볶는 건 귀찮거든요. 차라리 수법 빤한 아줌마 쪽이 더 편하니까."

젓가락을 놓고 일어서는데 등 뒤에서 웃음소리가 들렸다.

"알고는 있니? 니 아빠랑 똑같아, 넌."

가현은 대답하지 않았다.

굳이 말로 확인시켜 주지 않아도 뼛속 깊이 알고 있는 사실이었으니까.

"어차피 가게 될 걸 쓸데없이 고집부리지 마. 집안 시끄러워지면 나도 짜증 나니까."

"그러죠 뭐. 아줌마는 발도 못 들이미는 곳이라 그런가. 갑자기 가고 싶어지네. 잘 주무세요. 나쁜 꿈 꾸시고."

태연히 손까지 흔들며 서예리를 더 화나게 만들고서야 가현도 식당을 나왔다.

'아이 씨.'

가현은 몇 번이고 넣었다 뺐던 책들을 다시 책장에 꽂으며 문 쪽을 쳐다봤다. 시선에는 어쩔 수 없는 초조함이 묻어났다. 윤손찬. 그 미친놈이 혹여 문고로 올까 봐 피해서 도서관까지 왔는데. 공부에 집중하려는 찰나 도서관으로 들어오는 윤손찬을 발견하고 만 것이었다. 어디 위치추적 장치라도 달아 놨는지, 어떻게 알고 여기까지 찾아왔는지는 별로 궁금하지 않았다. 그냥 얼굴을 부딪치는 일 자체가 껄끄러웠다.

"설마 나 피해서 숨은 거야?"

반대편 책장에서 갑자기 나타난 그가 활짝 웃으며 물었다. 책장 사이로 몰래 문 쪽을 쳐다보고 있었으면서 가현은 아닌 척 뻔뻔스럽게 대답했다.

"내가? 왜?"

"그럼 왜 여기에 있어?"

"책 찾는 중이었어."

시큰둥하게 대답하며 가현이 아무 책이나 탁탁 집어서 품에 끌어안았다.

"찾았네. 그럼 난 간다."

"조금 있으면 수능인데. 한가하게 소설이나 읽는 거야?"

하필 잡아도 그런 책을 잡았나 보다.

"그건……. 그보다 너, 내가 존댓말하랬지."

"내가 한다고 했었어?"

한다고, 안 했었나?

"진짜 짜증 난다, 너."

"반갑지는 않고?"

계속 싫은 티를 내는데도 굳이 쫓아와서 인사하는 꼬락서니를 보면 윤손찬은 눈치라곤 다 팔아 버린 놈이 분명했다.

"너 머리 나빠? 왜 사람 말귀를 못 알아먹어. 이쯤 했으면 알아서 떨어져 주는 예의라도 있어야지. 그런 것도 못 배우고 자랐어? 아니면 싫다는 사람한테 들러붙는 게 취미야? 눈치가 없는 거야 생각이 없는 거야? 난 벌써 두 번이나 분명하게 말했어. 다신 찾아오지 말라고. 학교에서 우연히 마주치더라도 모른 체해. 어차피 굳이 인사까지 할 만큼 좋은 사이도 아니잖아. 안 그래?"

이쯤 했으면 됐겠지.

가현이 책장 사이로 빠져나가려는데 손찬이 갑자기 팔을 뻗어 길을 막았다.

"머리는 좋은 편이고 말귀도 잘 알아들어. 그래서 니가 나 싫어하는 것도 잘 알겠어."

"근데?"

"너랑 마주치면 인사는 하고 싶고, 그러는 김에 친하게도 지내고 싶거든."

"친하게 좋아하시네."

기가 차서 정말. 역시 이놈은 짐작대로 본인이 재미있다면 상대방의 기분은 어떻든 마음 쓰지 않는 놈이 분명했다.

"어젠 대놓고 사람 비웃어 놓고. 오늘 와서는 친하게 지내고 싶다고? 장난해?"

"어, 눈치챘어? 하긴 모르기가 더 어려웠지? 미안, 미안."

와. 세상에. 미안하다는 말 듣고 이렇게 기분이 더럽긴 또 처음이었다.

"내가 원래 충고는 잘 안 하는 편인데 괜히 시궁창에 발 넣지 말고 그냥 가던 길 가."

"시궁창?"

"그래."

"정말 그래?"

되물어 오는 윤손찬의 눈빛이 반짝였다.

"되게 이상한 비유네. 왜 니 상황이 시궁창이라고 말하는 거야? 뭐가 시궁창인데? 어디 지저분한 일에 발이라도 빠졌어?"

그제야 실수를 깨달은 가현이 흠칫했다.

'제장.'

이미 엎질러진 물이다. 하지만 이 애는 아무것도 모를 텐데. 어째서 저 말이 유도 신문처럼 느껴지는 걸까. 가현이 너무 겁을 먹은 탓일까?

"그건……."

"그건?"

윤손찬이 점점 다가오자 가현은 뒷걸음질 쳤다.

'뭐라고 말해야 돼?'

거짓말이라면 밥 먹듯 해 왔는데 말이 잘 안 나왔다. 뚫어질 듯 자신을 바라보고 있는 윤손찬이 난 너에 대해 전부 다 알고 있다고 계속 말해 오는 것 같아서.

'미치겠네.'

그러다 책장 기둥에 뒷머리가 살짝 부딪친 순간 가까스로 대답이 튀어나왔다.

"알잖아. 이런저런 소문들. 너도 나랑 얽히면 좋을 거 하나도 없어."

"생각보다 친절하네."

"생각보다?"

생각보다, 생각보다? 분명히 저번에도 비슷한 말을 들었었는데.

'생각보다 인기 좋은 선배네.'

생각보다 인기 좋고, 생각보다 친절하다고 해 주시니, 고맙게도 덕분에 생각보다 더 짜증이 났다.

"니가 날 어떻게 생각하는지는 모르겠는데, 후배 주제에 예의 없게 굴고 있다는 생각은 안 들어?"

"나보다 겨우 141일 먼저 태어난 여자가 무서운 선배로 느껴지긴 어렵지."

"뭐, 여자?"

발끈하는 가현에게 그가 태연히 되물었다.

"아니면 남자였어? 아, 어쩐지 씩씩하다 했지."

"야."

"내 취향은 아닌데 전체적으로 나쁘진 않아. 걱정 마."

지금 대놓고 시비 거는 거야?

"뭐 이런 미친……."

가현은 입술을 깨물며 겨우 뒷말을 삼켰다.

'안 돼, 남가현. 여기 도서관이야. 쳐다보는 애들도 많다고.'

평판은 거지 같아도 나름 어렵게 유지해 온 평화로운 학교생활이다. 여기서마저 시끄러운 일에 말려들 수는 없었다. 그것도 이런 쓸모없는 놈 하나 때문에.

'참자, 참아.'

가현이 분을 삭이는 동안 윤손찬은 그녀가 들고 있던 책을 빼앗아 들었다.

"그런저런 소문들, 난 별로 상관없어."

그의 눈이 책의 제목들을 쭉 훑어 내려갔다. 내리깐 시선. 긴 속눈썹이 눈가에 그림자를 드리웠다. 문득 가현은 그와 너무 가까이 있다는 걸 깨달았다.

"난 내가 직접 확인하지 않은 소문은 안 믿거든. 거기다 나도 이미 꽤 진흙투성이니까 괜찮아, 너랑 있을래. 지루한 진흙탕보단 즐거운 시궁창이 나을 것 같아."

탁. 제목 확인을 마친 책들을 끌어안는 손찬의 눈이 반짝였다. 장난기 어린 시선과 마주한 순간 가현은 정신이 번쩍 들었다.

"누구 멋대로 같이 있고 말고를 정해?"

"난 자신 있어. 분명히 너도 내가 있어서 다행이었다고 생각하게 될 거야."

"어떤 부분에서?"

"모든 부분에서 명백하게."

역시 모르겠다. 뭘 믿고 이렇게 자신하는지. 그리고 왜 하필 이 귀찮은 상황의 재물로 그녀를 고른 것인지도.

"절대로 심심하지 않을 거야. 재밌을 거고, 생각보다 유익할지도 모르지."

"왜 하필 난데? 여기 도서관에서만 너 쳐다보고 있는 애가 못해도 다섯 명은 되는 것 같은데. 시간 낭비 말고 저 중에 골라잡지그래? 설마 나한테 먼저 안 빠져든 여자는 네가 처음이야, 뭐 이런 거야? 유치하게?"

"유치해도 별수 없어. 하필 네가 궁금해졌으니까."

설마가 사람 잡는다고, 진짜였단 말이야?

"너 진짜 처음부터 생각했지만 엄청 이상하다."

"너만 하겠어?"

"뭐?"

"안 빌릴 책이니까 대신 제자리에 가져다 놓을게요. 또 봐요, 선배."

억지로 덧붙인 듯 느껴지는 선배라는 단어가 신경을 긁었다. 하지만 가현은 또 멋대로 가 버리는 그에게 아무 말도 더 하지 못했다. 처음 마주쳤을 때나 문고에서 만났을 때와는 또 다른 기분이었다.

말하자면 어떤 예감이 들었다.

무슨 짓을 해도 저 애를 떨쳐 내긴 어려울 거라는 예감. 어쩌면 문고에서 느낀 묘한 두근거림은 이걸 뜻하는 것이었는지도 모른다. 문을 닫아걸어도 자물쇠를 뜯고 문을 부숴서라도 끝끝내 쫓아올 것만 같은.

'그래, 변화.'

저 애가, 변화를 몰고 올 것만 같아서. 그렇게 불안했던 것이다.

"찬아, 찬아!"

"같이 가!"

그가 도서관을 나오자마자 뒤따라온 여자애들이 거침없이 팔짱을 껴 왔다. 전에 잠깐 만났었다는 간단한 말로 설명할 수 있어 다행인 애들이었다.

"너 쟤랑 친해?"

"쟤?"

손찬이 고개를 갸웃하자 여학생들이 합창하듯 소리쳤다.

"남가현!"

"아아. 친한 건 아니고 좀 아는 정도."

"어디서 알았는데?"

"오다. 가다?"

적당히 사실대로 대답했는데 여자애들 눈에서 불꽃이 튀었다.

"걔 소문은 알고 있어? 진짜 입에 담기에도 지저분해서……."

"선배 아니야?"

"어?"

"3학년이면 선밴데 왜 멋대로 말 까냐고. 친해?"

"아니, 그게……."

여자애들은 바로 당황했다. 이래서 재미가 없다. 이런 애들은.

"농담."

"어?"

"쫄지 말라고."

웃으며 비위를 맞춰 주니 다들 금방 다시 신이 났다.

"뭐야! 아 진짜 윤손찬! 사람 마음 졸이는 데 뭐 있다니까."

"얘 일부러 이러는 거라니까?"

"장난도 진짜!"

"괜히 그 선배 귀찮게 하진 마. 그냥 재밌을 것 같아서 지켜보고 있는 거니까."

남가현 성격에 들러리들까지 달라붙으면 와, 상상도 하기 싫다. 안 그래도 좀처럼 곁을 주지 않아서 말 한 번 붙이기도 어려운데.

"뭐가 재밌을 것 같은데? 걔, 아니, 그 선배. 성격 더럽기로 유명해."

"맞아. 저번에도 화장실에서 어떤 애들이 상 받은 거 부럽다고 얘기하고 있는데 굳이 쫓아와서 벽으로 밀치면서 욕하고 그랬대. 자기 얘기 하지 말라고."

그 남가현이? 자존심이 세서 그런 짓은 안 할 것 같았는데.

"너도 설마 다른 애들처럼 얼굴만 보고 관심 가지는 거 아니지?"

"보이는데. 어떻게 안 봐? 그렇게 예쁜데."

"뭐?"

전반적으로 차가운 분위기의 미인이라는 점을 **빼면** 특이점은 없어 보여도 때때로 보이는 무심한 표정은 도무지 또래 같지가 않아서. 자꾸 떠오르곤 했다. 물론 그 송곳 같은 눈빛은 정말 취향이 아니지만.

"나도 관심 두긴 싫은데 벌써 엄청 흥미진진한 예고편을 봐 버렸거든."

"예고편?"

"응. 그래서 눈을 뗄 수가 없네. 그 선배한테서."

"그게 뭔데?"

처음 이 학교에 왔던 날. 볼일을 마치고 주차장으로 돌아가던 길. 시끄러운 소음 끝에 맞이한 그 이상하고도 무서웠던 광경. 물론 그뿐이었다면 관심은 금방 식어 버렸을 것이다. 하지만 트로피를 돌려줄 생각으로 찾아갔던 문고에서 그는 보고 말았다. 잠시도 시선을 뗄 수 없게 만드는 흥미진진한 상황을.

"그건……."

서울에 돌아오고 처음으로 찾아낸 재밌는 일이었다.

"비밀."

"뭐? 왜?"

"퍼뜨리긴 아까워서."

비밀이라는 녀석이 그렇다. 흥미롭던 안타깝던 두 손에 붙든 채 꽉 쥐고 있지 않으면 결말은 멋대로 비극이 돼 버린다. 설령 아무 상관없는 선배의 일이라고 해도 비극은 그가 좋아하는 장르가 아니었다.

"치. 그럼 대신 오늘 놀러 가자."

"맞아. 너 서울 돌아오고 아직 어디 제대로 간 적 없잖아."

"오늘은 약속 있는데?"

"무슨 약속!"

"오랜만에 누구 좀 만나기로 했거든."

"너 설마 그새 여자 친구 생겼어?"

"여자는 맞는데 친구는 아니야. 그럼 나 조퇴하러 간다."

손찬은 벙찐 여학생들을 내버려 두고 교실로 향했다.

'일찌감치 가서 죽치고 있어야지.'

잘 지냈던 거라면 좋겠고. 조금이라도 미안해했다면 그걸로 충분하다. 원망도, 비탄도 너무나 늦어 버려 새삼 쏟아 낼 것이 못 되기에.

'뭐 얼마나 대단한 곳인가 했더니.'

그냥 커다란 레스토랑 건물 하나를 대관해 연 파티다. 마주치는 손님들이 언제든 개인적인 대화를 나눌 수 있도록 별도의 룸이 제공되는 모양으로, 남영호는 청설의 오너가 아직 도착하지 않았다는 말을 듣자마자 가현을 내버려 두고 어딘가로 가 버렸다.

늘 있던 일이었다.

'참자. 꽃다발 역할 기껏해야 서너 시간이야.'

사실 특별한 목적이 없는 사교 파티야말로 가현이 가장 싫어하는 것이었다. 발표회든 축하연이든 목적이 있는 파티는 돌아가는 순서라도 헤아릴 수 있지, 이런 자리는 딜레이가 되면 끝이 없어서였다.

'여긴 사람 별로 안 오겠다.'

일부러 3층까지 올라간 가현은 복도의 가장 끝 쪽에 있는 룸으로 다가갔다.

"콜록, 콜록!"

문을 열자마자 먼지가 일어 절로 기침이 나고 말았다. 핸드폰 라이트를 켜고 보니 방 안에는 천이 덮인 조각상이나 낡은 의자 따위가 곳곳에 쌓여 있었다.

'창고인가?'

좁고 어둡고 지저분하다니.

"완전 좋은데?"

가현은 붉은 커튼을 헤치고 들어가 구석진 창가에 자리를 잡았다. 식탁 의자를 끌어다 대충 먼지를 털고 창가 앞에 앉으니 붙박이창 너머로 들어오는 달빛이 전신에 가득 스몄다. 달빛은 차가웠고 룸 안에도 냉기가 가득했지만 가현은 개의치 않았다.

'선상이든 정원이든 야외 파티 아닌 게 어디야. 추운데 바깥에서 벌벌 떠는 것보단 낫지.'

무슨 일이든 요령만 익히면 쓸데없이 비관적일 필요가 없는 법이다.

가현은 불편한 구두를 벗어 던지고 편하게 양반다리를 하고 앉았다. 대여해 온 롱드레스의 옆면이 절개되어 있어 가능한 자세였다. 물론 다리가 훤히 드러나서 남들 앞에선 절대 못할 자세지만.

'여기엔 아무도 없으니까.'

의자에 등을 기댄 가현은 클러치에서 소책자를 꺼내 들었다.

'34페이지부터. 때 되면 연락 오겠지. 핸드폰 소리 켜 놓고……
이제 공부 좀 해 볼까.'

가현은 은은한 달빛을 스탠드 삼아 영어 지문을 읽기 시작했다.
그것이 화근이었다.

쾅! 거칠게 문이 닫히는 소리에 가현이 화들짝 놀라며 눈을 떴
다.

'뭐, 뭐야.'

목소리도 잘 안 나왔다.

'왜 이렇게 춥지? 여기 어디야?'

두 팔로 으스스한 몸을 끌어안으며 가현은 황급히 주변을 살폈
다. 바닥에 대충 던져 놓은 구두, 무릎 위의 소책자, 창밖의 달빛,
그리고 방 안의 먼지 덮인 장식품들. 모든 것을 찬찬히 살피고서야
상황 파악이 됐다.

이 방에 다른 사람들이 들어왔다는 사실도 함께.

"너 진짜 미쳤지? 대체 무슨 생각으로 거기서 말 건 거야? 니가
나한테 반갑게 인사해 올 입장이 된다고 생각해? 오늘 같은 날까지
아버지가 전전긍긍하시는 모습 보여야 만족스럽냐고!"

"미안해. 하지만 누나가 그냥 가 버리려고 해서 어쩔 수가 없었
어."

그들은 격앙된 목소리로 대화를 나누느라 이런 후미진 곳에 누
군가 와 있을 거라곤 생각조차 못 하는 듯했다.

"그냥 안 가면? 니가 있는데 내가 어떻게 마음 편히 있겠어? 시
끄럽게 여러 사람 입에 오르내리는 일이 넌 좋을지 몰라도 난 아니

야. 양심이 있으면 이런 자리엔 나오질 말았어야지. 집구석에 처박혀 있어도 모자랄 판에 어딜 감히 이런 자리에 나와!"

"제발! 사람들이 다 날 배은망덕한 쓰레기로 대해도 누난 그러면 안 되는 거잖아."

가족인가?

"왜 안 되는데? 피해자인 내가 널 미워하는 게 뭐가 나빠?"

"정말 그렇게 생각해? 진심으로?"

"진심이 아니면? 너 정말 웃긴다. 진즉 결론이 난 일을 아직까지 운운하는 이유가 뭔데, 윤손찬."

'어?'

구석에서 최대한 이 상황을 외면하고 있던 가현이 숨을 삼켰다.

'윤손찬이 흔한 이름은 아닌데.'

마치 뭔가에 홀린 사람처럼, 가현은 몸을 숙이고 고양이처럼 살금살금 기어가 시야를 가로막고 있던 커튼을 슬쩍 헤쳐 보았다.

한눈에 보기에도 값비싸 보이는 드레스를 입은 완고한 분위기의 여자부터 확인한 가현의 시선은 바로 상대에게로 옮겨졌다. 교복 차림, 낯설지 않은 체격. 어쩐지 평소와는 다른 표정을 하고 있는 남자. 진짜 윤손찬이다!

'아 젠장. 말도 안 돼.'

가현은 얼른 다시 커튼 뒤로 몸을 숨겼다.

"난 한 번도 먼저 그 사고에 대해 말한 적 없어. 그 얘길 꺼내는 사람은 늘 누나였지."

"너!"

"말 나온 김에 확실히 해 두자. 누가 뭐라고 해도 난 그날 벌어진 일은 사고라고 믿어. 처음 눈을 떴을 때는 믿기 어려웠지만, 그래. 그때 난 제정신이 아니었으니까 착각했을 수도 있었겠구나. 아니, 전부 내 착각이었구나. 억지로라도 그렇게 천천히 다 받아들였다고."

계속 들을 내용은 아닌 것 같은데. 저 두 사람을 거치지 않고는 이 방에서 나갈 길이 없다. 설상가상으로 나 여기 있소, 외치며 끼어들 분위기도 아니었다.

"그게 나랑 무슨 상관인데?"

"제발, 누나."

"내가 여기서 소리 지르면 달려올 사람들이 널 믿을까, 날 믿을까?"

"한 번이라도 날 믿어 줄 순 없어? 그럴 생각 없다고 했잖아. 아무것도 바란 적 없다고 말했잖아! 누나가 조금만 더 이해해 줬다면 이럴 필요도 없었어. 이렇게, 우리가 멀리 올 필요도 없었다고."

저 기운 없는 목소리는 뭐야. 안 어울리게.

"이해? 아, 니가 벌이는 강도짓을 이해해 달라는 거야? 잘 들어, 난 니가 뭘 어떻게 생각하든 관심 없어. 시간 좀 지났다고 입장 파악도 못 하고 있나 본데. 모두에게 넌! 여전히 파렴치한 문제아일 뿐이야. 알겠어?"

말 한번 되게 더럽게 하네.

"……"

"전에 내가 했던 경고, 잊지 마."

살기. 간절함. 미움. 증오. 커튼 너머로 전해지는 목소리에서 그런 감정들이 읽혔다.

'저 둘, 그냥 남매인 거야?'

단순한 누나와 남동생 사이에 저런 대화가, 저런 감정들이 존재할 수가 있나?

"제발 너무 피하지 마. 우리 2년 만이잖아. 그리고 계속 말했다시피 난 아무것도 더 바라지 않아. 누나 생각처럼, 경영권이니 후계자 타이틀이니 그런 것들은 원하지 않는다고. 그러니까 나 때문에 그렇게 불안해하지 않아도 된다고 말해 주고 싶었어. 그냥 그러려고 왔을 뿐이야."

어느덧 가현은 자기도 모르게 두 사람의 대화를 경청하고 있었다.

"꿈? 아, 뭐, 너 때문에 경영학과로 옮긴 거?"

"역시 나 때문이야?"

되묻는 그의 목소리에 힘이 하나도 없어서. 저 커튼 너머에서 자기 얘길 들어 줄 마음이라곤 손톱만큼도 없는 여자를 혼자 상대하고 있는 그가, 조금쯤 안쓰럽게 느껴졌다. 자신이 누굴 불쌍하게 생각할 처지가 아니라는 걸 알면서도 그냥 그런 마음이 들었다.

"너 아니면 내가 거길 왜 갔겠어?"

"괜찮……."

"하나도 안 괜찮아. 그러니까 너도 괜찮지 마. 평생 미안해하면서 내 눈에 안 띄는 곳에 처박혀 살아. 그편이 너한테 더 어울리니까."

달칵.

'어, 문 열렸다!'

숨소리까지 죽인 채로 있던 가현이 얼른 다시 커튼 너머를 내다 봤다.

'아싸. 쟤네 둘이 나가면 조금만 있다가 따라 나가자.'

속으로 얼른 나가라, 얼른 나가라. 주문을 외고 있는데 손찬의 누나가 가현의 희망을 산산조각 내는 말을 내뱉었다.

"파티 끝날 때까지 여기 있어. 안 그러면 아버지한테 네가 예전 버릇 못 고쳤다고 말해 버릴 테니까."

'잠깐만, 여기 있으라니? 여기 있으라니!'

하마터면 달려 나가서 멱살 잡고 한마디 할 뻔했다. 누구 멋대로 여기에 문지기를 세우냐고. 아까의 대화를 엿들은 정황만 없었더라도 아니, 상대가 윤손찬이 아니었다면 가현은 진즉 그랬을 것이다.

"누나."

"싫으면 따라 나오든가. 아버지가 어떻게 나오실지 내가 다 궁금하네."

'개소리, 헛소리!'

속으로 이름도 모르는 여자를 욕하며 가현은 손찬이 반항해 주길 기도했지만 두 사람이 대화하는 태도만 봐도 그게 불가능하다는 걸 알 수 있었다. 그는 여자가 어떤 말을 하건 제대로 싸워 볼 생각조차 없어 보였고, 곧 예상대로 말없이 문 앞에서 비켜섰다.

'야, 너 뭐 해. 얼른 비켜! 진짜 안 된단 말이야!'

가현이 속으로 절규하는 사이에 여자는 벌써 문 밖으로 걸음을 내딛고 있었다.

"내 말대로 영영 돌아오지 말지 그랬어. 도망을 치든 고집을 부리든 악착같이 거기서 버텨 보지 그랬어. 그랬다면 너나 나나 지금보단 나았을 텐데. 내가 널, 조금쯤은 믿어 줬을지도 모르고."

"난……."

손찬이 말을 끝내기도 전에 문은 굳게 닫혀 버렸다.

내심 가현은 아무리 그래도 설마 계속 남아 있을까 싶었지만 윤손찬은 그 여자의 말이 법이라도 되는 것처럼 곧장 바닥에 주저앉아 버렸다. 정말로 이 방을 나갈 생각이 없어 보였다.

'아니. 대체 왜 안 쫓아 나가는데? 너 바보야? 면전에다 욕하고 꺼지라고 막말해도 능글맞게 다가올 땐 언제고. 저 여자한텐 왜 아무것도 못 하냐고. 그리고 파티가 언제 끝날 줄 알고 끝날 데까지 여기 있겠다는 거야? 진짜 미친 거 아니야?'

가현이 더 갑갑해서 열이 뻗쳤다.

꼭, 엄마에게 이불을 덮어 주지 못하고 한참을 망설이던 그 시절의 자신처럼 무력한 그의 모습에 자꾸만 화가 났다. 이미 오래전에 지난 일인데. 저 먼지 쌓인 곳에 힘없이 앉아 있는 그 때문인지 과거의 기억이 먹구름처럼 몰려왔다. 발바닥이 얼어붙던 감각마저 되살아나는 걸까. 온몸이 춥다.

'정말 널 만나고 하루도 내 기분이 정상인 적이 없어.'

이불을 들고 추운 거실에 서서 망설이던 아이는 영영 사라졌는데. 어째서 떠오르게 만드는 거야.

'진짜 이게 뭐야.'

가현은 제 무릎을 감싸 안으며 고개를 박았다.

'윤손찬이 넌서 나가 수지 않으면 어떡하지? 아, 제발. 지금 마주치면 어떤 얼굴을 해야 할지. 무슨 말을 하면 좋을지 아무리 생

각해도 모르겠단 말이야.'

차라리 말로 싸우면 싸웠지 처세술에는 정말 자신이 없는 그녀였다.

'분명히 넌 나보다 더 당황하겠지.'

커튼 너머에서, 지금 그는 무슨 생각을 하고 있을까? 정말 여기서 나가지 않을 작정일까? 그 여자가 나오지 말라고 해서?

'말도 안 돼.'

이따금 웅성거리는 목소리가 방으로 실려 오는 것을 빼면 방 안은 적막하고 추웠다. 걸칠 옷가지 하나 가져오지 않은 가현은 하는 수 없이 몸을 잔뜩 웅크리고 점점 싸늘해지는 공기를 느끼며 벌벌 떨었다.

시간이 얼마나 흘렀을까.

'한 5분쯤 지났나? 아니면 30분? 1시간?'

할 일 없이 기다리기만 하니 점차 긴장이 무뎌지고 점점 졸음이 몰려왔다. 꾸벅꾸벅 졸면서도 겨우 정신을 붙잡으려고 애쓰던 그때, 갑자기 구석에서 우렁찬 벨소리가 터져 나왔다. 윤손찬의 것이길 빌었지만 출처는 창가에 던져 놓고 온 클러치 안이 분명했다.

'악! 망했다. 망했어!'

가현은 일어설 정신도 없이 기어가서 서둘러 클러치를 열고 발신자를 확인했다. 하긴 지금 전화할 사람은 한 명뿐이지. 액정에 뜬 이름을 확인하자마자 손이 달달 떨려 왔다. 받지 않으면 어떤 일이 벌어질지 불 보듯 빤했지만 가현은 전화를 끊어 버렸다.

삐걱, 발소리와 함께 다가온 사람의 기척을 느껴 버렸으니까.

"누구야, 너."

"······."

역시 들렸구나. 하긴 안 들리기가 더 어려웠겠지.

엎드려 있던 가현은 혀를 찼다. 이 꼴이 얼마나 우스워 보일까. 어찌나 민망하고 당혹스러웠는지 차라리 남영호와 단둘이 이곳에 갇혀 있는 게 낫겠다는 생각이 들 정도였다.

"계속 그러고 있을 거야?"

그럴 리가.

하는 수 없이 가현은 천천히 일어나 고개를 돌렸다. 이 짤막한 순간에도 핸드폰을 무음으로 해 놓지 않은 자신을 속으로 열심히 탓하면서.

"너······ 남가현?"

그녀의 이름 한 글자 한 글자를 뱉어 내는 윤손찬의 목소리가 평소와는 확연히 달랐다. 그래, 그녀도 믿지 못할 상황이었으니까. 오죽 놀랐을까. 얼마나 당황스러울까.

'이 상황을 뭐라고 설명하면 되는 거야?'

사실대로 말해도 엿들은 점은 변함이 없는데. 쟤가 믿어 줄까? 본의 아니게 그런 모습을 보고 말았다고 말하면? 너무 황당해서 끼어들지 못했다고 말하면? 의도적인 상황이 아니라고 말하면 선뜻 그랬구나, 하고 물러나 줄까.

"저기, 그게······."

말문이 막히고 만다. 해명은 정말 쥐약이다.

"안녕."

기껏 나온 말이 인사라니. 스스로가 너무 한심해서 하마터면 주저앉을 뻔했다.

"아니, 그게 아니라. 믿기 어렵겠지만 방 구조 보면 알지? 내가 먼저 와서 자고 있었는데 말소리에 깼어. 어, 절대 일부러 엿들은 건 아니야. 분위기가 좀 애매해서, 어쨌든, 미안하게 됐어. 그럼 갈게."

할 말들을 서둘러 내뱉고 가현은 얼른 문 쪽으로 달렸다. 물론 부질없는 시도였다. 그사이 윤손찬이 정신을 차리고 가현의 손목을 잡아 왔으니까. 그러나 막상 부딪쳐 온 그의 두 눈은 여전히 무슨 말을 하면 좋을지 모르겠다는 듯 흔들리고 있었다. 가현이 그랬던 것처럼.

"아, 저기……."

"……."

"윤손찬."

무슨 말이라도 좀 해, 제발.

"어차피 이해도 못 했지만 그래도 비밀로 할게. 진짜로."

"전부 다……."

"아니. 전부! 하나도 못 알아들었어."

말부터 뱉어 놓고 가현이 손찬의 눈치를 살폈다.

'거짓말이 너무 티 났나?

그래, 누나랑 오랫동안 사이가 나빴고, 예전에 어떤 사고가 있었다는 것 정도는 충분히 알겠다. 하지만 이 와중에도 핸드폰은 계속 울리고 있고, 그 사람은 기다리고, 가현은 여기에 더 있을 수가 없는 상황이다.

"그러니까 좀 놔 줄래?"

"풋."

안 놔 주면 어쩌나 걱정하고 있는데 갑자기 윤손찬이 웃음을 터뜨렸다. 더 못 견디겠다는 듯이.

"푸하하."

'뭐지? 왜 웃지? 왜 웃는 거야. 뭐가 웃긴데?'

그는 웃느라 흘러내린 눈물을 손끝으로 닦아 내며 여전히 굳어 있는 그녀에게 말했다.

"아, 정말. 칠칠맞게 안 굴어도 우린 다시 만날 거니까."

"뭐?"

"네 물건은 알아서 잘 챙기라는 뜻이야."

그가 가현의 손에 부드럽게 클러치를 쥐여 주었다. 분명히 놀랐을 텐데. 언제 가방까지 챙겨 들고 쫓아온 걸까?

"참."

손찬은 멍 때리고 있는 가현에게 덧붙여 말했다.

"창문 앞에 있던 힐도 네 거지? 홀은 대리석이어도 다른 곳은 원목이니까. 구두는 신고 가는 편이 좋아. 발에 가시라도 박히면 귀찮아지잖아."

"아."

그 말을 듣고 보니 발과 드레스 밑단에 먼지가 가득 묻어 있었다. 하마터면 이 꼴로 홀을 활보할 뻔했다.

가현은 그의 충고대로 구두가 있는 창가로 돌아가려다 순간 멈칫했다.

'지금 얘, 남의 맨발까지 신경 쓸 정신이 있는 거야?'

허둥지둥한 그녀만 바보가 된 기분이었다.

'차라리 잘된 건가?'

대화를 엿들었다는 생각에 스스로 너무 위축되어 있었는지도 모른다. 가현의 앞에서 윤손찬은 평소와 다름없이 여전히 조금 장난 스러웠고 여유가 있었다. 그걸 확인한 것만으로도 가현의 마음은 한결 편해졌다.

창가로 돌아온 가현은 벗어 놓은 구두를 찾아 신기 시작했다.

'스트랩을 신고 오는 게 아니었는데.'

홀러덩 벗어 놔서 그런지 끈이 엉켜 있었다. 피팅이고 나발이고 귀찮아서 원장이 추천해 준 그대로 신고 온 건데, 이런 불상사가 생길 줄이야. 꼬인 줄이 생각보다 잘 풀어지지 않자 적당하다고 생 각했던 달빛이 갑자기 짜증 나기 시작했다.

"안 잡아먹으니까 천천히 해."

"참내. 누가 얌전히 잡아먹혀 준대?"

"넌 너무 말라서 잡아도 먹을 게 없을 것 같은데. 50kg도 안 되 지?"

"남이사."

"45kg 이하?"

"뭐? 어떻게……."

"다리만 봐도 알겠는데?"

"여자 다리를 엄청 많이 봤나 봐. 보기만 해도 알게."

"아, 역시 지질 않아요. 진짜 재밌어."

앗. 구두의 끈을 묶다 정신을 차려 보니 또 만담처럼 대화가 이 어지고 있었다. 항상 한 템포 늦게 깨닫고 만다. 윤손찬에게 말려 들고 있는 자신을.

'뭐가 좋다고 계속 웃고 있는 거야? 지금 상황이 즐겁기라도 한 거야? 아직 모르나 본데, 넌 나한테 약점 들킨 거라고. 근데 왜 웃는 거야? 어떻게 그래, 넌?

하지만 하나를 물어보면 이것저것 다 질문하게 되겠지. 질문이라
는 게 원래 처음만 어렵지 다음은 쉬운 법이니까. 그 여자의 말을
순순히 따르는 이유가 뭔지, 예전에 있었다는 일은 뭔지, 단순한
남매 사이가 맞는지. 서로가 거북해질 질문들을 던지게 될지도 모
른다. 그러니까 처음부터 아무것도 묻지 않는 편이 낫다.

"다음에 같이 뭐 먹으러 갈까? 수능 앞두고 있으니까 보양식 같
은 거. 어때?"

"내가? 너랑?"

대놓고 비웃었는데 돌아오는 대답은 진지했다.

"응. 내가 뼈나 껍질 바르는 데 선수거든. 편하게 먹게 해 줄게."

"설마 그런 것만 선수겠어?"

구석에서 또 웃음소리가 터져 나왔다.

"그리고 난 밥 먹을 때 남 부려 먹는 거 딱 질색이야. 물론 너랑
뭐 먹으러 갈 일은 죽어도 없겠지만……. 아, 됐다!"

"그럼 잘 가."

윤손찬은 바닥에 주저앉은 채 미련 없이 손을 흔들어 왔다.

그는 정말로 여길 나갈 생각이 전혀 없어 보였다. 원해서 남게
된 것도 아닌 주제에 웃는 얼굴은 또 어찌나 밝은지 자꾸만 신경이
쓰였다. 신기하고, 이상해서.

"넌 정말 여기 계속 있을 거야?"

"그래야지."

'왜? 왜 그렇게까지 하는데?'

그 생각이 목에 걸린 가시처럼 쉽게 사라지질 않았다.

'내가 끼어들 일은 아니지.'

그런데도 자꾸 돌아보게 된다. 이걸로 네 번째 만남. 이전까지와 무언가 달라졌을까? 울컥 치미는 짜증의 원인을 알 수가 없다.

"그래, 그럼 있든가."

억지로 마음을 다잡고 가현은 방을 나왔다.

계속 울리고 있던 전화를 받자마자 고함과 욕설이 날아왔다. 그 남자에게 갔을 땐 멱살부터 잡혔고 구석에서 뺨도 한 대 맞았지만 대단한 사람들이 북적이는 장소인 만큼 더한 수모는 면할 수 있었다. 아마 여기가 길거리나 시장 바닥이었다면 절뚝거리지 않고는 걷지 못할 정도로 맞았겠지.

'전화 씹었을 때부터 예상했던 거잖아. 괜찮아.'

고작 이 정도로 우는 일은 자존심이 허락하지 않는다.

찬물에 살짝 뺨을 식히고 화장을 고치고 진한 립스틱을 덧바르면 사람들은 조금 부은 뺨 같은 것은 알아차리지 못한다. 뺨 한 대쯤 맞은 일은 이렇게나 쉽게 없던 일이 된다. 굳이 울고불고하며 타인에게 치부를 드러낼 필요는 없다.

이제 즐겁게 웃기만 하면.

'아. 설마 걔도 그래서 웃었나?'

웃으면 없던 일이 된다고, 윤손찬도 믿고 있을까?

꽃다발 노릇을 마치고 잠시 분주한 홀을 벗어난 가현은 정원으로 나왔다. 1층, 2층, 그리고 3층. 둥근 모양의 창, 불이 켜지지 않은 구석방. 윤손찬은 아직 저기에 있을 것이다. 바보같이.

'추울 텐데.'

문득 가현은 왜 윤손찬의 일이 이렇게 마음에 걸리는지 깨달았다.

'겁이 나는데 발걸음은 무겁고. 선뜻 다가가지도 못할 거면서 그냥 가 버릴 수는 없고. 바라볼 수밖에 없는데 마음은 아픈, 그래, 그때 기억 때문일 거야. 하지만 결국 너나 나나 아무것도 못 했어. 넌 여전히 저 방에 남아 있고, 나는 그날 엄마에게 이불을 덮어 주지 못했으니까.'

그냥 그래서다. 윤손찬이 특별해져서가 아니다.

'괜찮아.'

아무것도 변하지 않았다. 아직은.

5화 비밀의 족쇄

　요즘 가현은 오후와 저녁 시간에는 항상 문고에 있었다. 집에 가 봐야 집중도 안 되고, 사설 독서실이 요구하는 지나친 정숙은 부담스러워서였다. 좁고 먼지 쌓인 공간이긴 해도 이곳은 오랫동안 가현이 원하는 모든 걸 갖춘 완벽한 장소였었는데.

　'어쩌다 일이 이렇게 된 거야?'

　가현이 샤프를 탁 놔 버리자 기다렸다는 듯 맞은편에서 낭랑한 목소리가 날아들었다.

　"집중이 잘 안 돼? 왜?"

　"왜겠어?"

　"왜일까?"

　손찬은 커다란 테이블 반대편에 앉아선 발랄하게 되물었다.

　"문제가 어려운가?"

"너 진짜 할 일 없냐?"

"나도 열심히 공부하고 있잖아. 봐 봐."

윤손찬이 장식품처럼 앞에 펼쳐만 놨던 문제집을 그녀에게 들이밀었다. 연필 자국 하나 없이 정답만 찍어 놓은 문제집이라니. 저 문제집에 비를 내리게 만들면 이 짜증이 좀 가라앉을까 싶어 직접 채점해 보고 싶은 마음이 무럭무럭 솟아났다.

"몇 점 나올지 궁금하네."

"만점?"

"뭐래. 희망 사항이겠지."

공간 도형 방정식 문제 풀면서 만점 좋아하시네. 거기다 저 문제집, 고3들도 어렵다고 기피하는 문제들만 모아 놓은 건데.

"이래 봬도 나도 공부는 꽤 해."

"네, 네."

"도무지 사람을 믿질 않네, 남가현은."

"그건 너도 마찬가지 아니야?"

레스토랑에서 마주쳤던 그날 이후.

윤손찬은 그녀의 번호를 어떻게 알았는지 문자를 보내오고, 학교에서 마주칠 때마다 남들 시선에는 아랑곳 않고 인사를 해 왔다. 건물은 같아도 학년은 다른데 왜 이렇게 자주 마주치는지. 그때마다 쏟아지는 눈길이 부담스러워 피해도 문고에는 아예 출석 도장을 찍고 있는 수준이라. 처음부터 이럴 생각으로 그날은 쉽게 보내 줬구나, 하는 생각이 들 정도였다.

"비밀로 해 준다는 내 말을 믿었으면 이렇게 끈질기게 찾아오시도 않았겠지. 안 그래?"

올 때마다 반복되는 화두에 그가 미간을 찌푸렸다.

"벌써 몇 번이나 말했잖아. 그날 일이 없었더라도 난 네 옆에 있었을 거라고. 그 대답을 몇 번이나 듣고 싶은 거야? 차라리 원하는 횟수를 말해 줘. 한꺼번에 말해 주게."

"왜 그렇게까지 하는데?"

솔직히 그때는 손찬의 사정에 대해 조금 궁금했지만 지금은 아니다. 가족끼리 사이 나쁜 사례는 발에 치일 정도로 많고 가현 역시 그런 경우니까. 진즉에 사연 있는 인생이구나, 정도로 깔끔하게 정리를 끝내 버렸다.

"난 남의 집안 사정까지 신경 쓸 만큼 한가롭지 못하고. 네가 어떻게 살았는지, 무슨 일을 겪었는지 손톱만큼도 안 궁금해. 기본적으로 뭐 캐내거나 남한테 떠들고 다니는 일은 딱 질색이고. 그러니까."

"참 고마운 성격이긴 한데. 난 진짜 너 보려고 찾아오는 거야."

"왜?"

"네가 궁금하니까."

그녀의 어디가 궁금하다는 걸까. 파헤쳐도 재밌어할 구석이라곤 전혀 없는데. 하지만 윤손찬의 말이니까 고민해 봤자 시간 낭비일 것이다. 가현의 머리로는 이해할 수 없는 놈이니까.

"또 헛소리한다."

냉랭하게 되받아쳤지만 돌아오는 건 진심 어린 미소뿐이었다.

괜히 머쓱해진 가현이 새삼 딴죽을 걸었다.

"그보다 여긴 내 자습실이라고 말 안 했어?"

"테이블은 커다랗고 의자는 네 개인데 좀 나눠 쓰면 어때. 저기에 컴퓨터 책상도 있는데."

"좋게 말할 때 딴 데로 가라? 공부에 방해된다고 쌤한테 확 찌르기 전에."

"언제 좋게 말했었어? 내가 귀가 먹었었나. 전혀 못 들었네."

"야."

짜증을 내고서야 손찬이 제대로 대답해 왔다.

"내 자습실은 이미 안 받는다고 해 버렸어. 대신 3학년에 남가현 선배가 졸업하면 여길 대신 쓰고 싶다고 했지. 맞다. 그거 알아? 벌써부터 네 합격 기운 받겠다는 후배들이 줄을 섰대. 진짜 웃기지?"

"웃겨서 죽겠네."

심드렁한 대꾸에도 손찬은 방글방글 웃을 뿐이었다.

"그래서 말인데 쌤한테 여긴 나한테 물려준다고 미리 말 좀 해 주라."

누구 좋으라고?

"하늘이 무너져도 그럴 일 없으니까 다른 자리 찾아보시지?"

"아아. 안 되는데. 난 여기가 정말 좋단 말이야. 첫눈에 반했거든."

왜 하필 이런 취향이 비슷한 거야?

"기분 나빠."

"왜, 또 나 때문에?"

"너 아니면 그럴 이유가 있겠어?"

"이번엔 또 뭘까."

뭐긴 뭐겠니, 생각하고도 말로 내뱉지는 않았다. 불평이든 뭐든 윤손찬에게는 먹히지 않으니까. 욕을 하면 웃고, 짜증을 부리면 농담을 던져 오고, 무시하면 대답해 줄 때까지 더 귀찮게 굴곤 했다. 그는 정말이지 화가 날 정도로 능숙해서 같이 있으면 대화가 끊어지질 않았다.

그러다 문득문득 지금처럼 그가 아무런 말도 하지 않고 지그시 바라보기만 할 때면, 가현은 당황스러워서 먼저 무슨 말이든 하게 되고 말았다. 결국 싫다, 싫다 노래 부르면서 잘도 놀아나고 있는 것이다.

"아, 제가 아무리 잘생겼어도 그렇게 뚫어져라 보면 부끄러운데요. 선배."

두 손으로 꽃받침까지 하고. 천연덕스러운 것도 저 정도면 국보급이다.

"내가 너 때문에 공부하다 멀미까지 해야겠어?"

"선글라스라도 하나 장만해 드릴까 봐요. 눈부심이 좀 과하긴 하죠?"

"야."

"농담, 농담."

혼자 웃어 대던 손찬이 대뜸 가현의 문제집을 짚어 왔다.

"어, 잠깐만 그 문제 오답인 것 같은데. 정답 2야. 두 수식 다 미분 가능하지만 이 문제는 아래 식만 풀어도 돼. 4차 함수 미분하면 4x의 3승이 되고, x가 1이면 미분 계수는 4니까. 상수의 값은 2."

"너 때문에 집중 안 돼서 그래. 조용히 좀 해 봐. 머리 아파."

"머리 아프다는 말 자주 하네."

단순 계산 문제를 틀린 게 짜증 나서 그냥 한 말인데 그의 표정이 흐려졌다.

"괜찮아?"

뭐야. 저런 얼굴을 하고 있으니까 꼭 진심 같잖아.

"어디 봐."

손찬은 거절할 틈도 주지 않고 다가와 멋대로 가현에게 손을 뻗었다. 짜증을 내며 쳐 내기도 전에 차갑고 커다란 그의 손이 이마를 덮어 왔다. 열이 식는 감각. 한여름에 찬물로 샤워할 때처럼 오스스 소름이 돋을 정도로 기분 좋은 감촉이었다.

그 시원함에 이끌려 저절로 그녀의 두 눈이 감겼다.

'엄마 집에 온 것 같다.'

더운 여름에 해가 질 무렵까지 뛰어놀고 열이 오르면 엄마는 항상 찬물에 적신 수건으로 온몸을 찜질해 주곤 했었다. 얼른 열이 내려야 할 텐데, 하며. 이마에 시원한 물수건을 얹어 주고, 젖은 머리칼을 쓸어 올리곤 하셨다. 행복한 기억이었다. 떠올린 것만으로도 절로 미소가 지어질 만큼.

'조금만 더 이대로……'

얼음에 적신 수건처럼 차가운 손 때문인가. 사소한 접촉일 뿐인데 이렇게 좋을 수 있구나. 이렇게, 위안받을 수 있구나.

"좋아?"

"응. 엄청."

"다행이다."

"어?"

지금 무슨 말을 했지? 두 눈을 번쩍 뜬 가현이 황급히 변명했다.

"그냥, 손이 시원하다는 뜻이었어."

"알아."

테이블 위에 앉은 채 손찬은 맑게 웃었다.

'가까이서 보니까 웃는 얼굴이 정말 예쁘긴 하구나.'

단순히 이목구비가 오밀조밀하게 잘 조화됐다는 뜻이 아니라. 웃을 때면 부드럽게 휘어지는 선홍빛 입술과 사근한 눈매가 그의 곁을 떠도는 온화함에 사르르 녹아들어 있어서, 그게 특별나게 예쁜 거였다. 가현의 것이 아닌데도 헤프게 흘리고 다니는 모습이 아까울 정도로.

"아는데 왜 웃어?"

"너 예뻐서."

"넌 늘 농담이……."

"아프지 마, 선배."

진짜 이상한 녀석.

"걱정돼."

투정 어린 걱정에 이번엔 가현이 웃고 말았다.

"진짜 멍청이."

정말이지 그는 가현에 대해 아무것도 모른다.

'만약 진짜 나에 대해 알게 된다면 넌…… 아니지. 미쳤어! 남가현. 수험 스트레스 때문에 잠깐 돌았나? 그런 일은 절대로 있으면 안 돼. 정신 차려!'

가현은 잠시 늘어졌던 정신을 단단히 붙잡았다.

"약 사다 줄까?"

"머리 좀 뜨거운 거 가지고 유난 떨긴."

"그래도."

"됐어. 저리 좀 가."

가현이 계속 밀어 내는데도 손찬은 제자리에서 꿈쩍하질 않았다. 비실비실해 보였는데 밀어도 밀어도 밀리지가 않다 보니 괜히 그의 가슴께를 만지는 꼴이 돼 버려서 민망해진 가현이 거두려던 손을 그가 붙들었다.

"뭐 하는……."

"흘려듣지 말고 몸 관리 해. 컨디션은 결국 몸 상태에 따라 결정되는 거고 몸은 한번 나빠지면 다시 예전처럼 좋아지기 힘드니까."

항상 부드럽게만 느껴지던 목소리가 어떤지 딱딱하게 들렸다.

"그래 봤자 내 몸인데 니가 무슨 상관이야. 이거나 놔. 아파."

아프다는 말에 그는 바로 손목을 놨다.

"아. 설마 내년에 나랑 같이 수능 보고 싶어서 그러는 거야? 그럼 선배 소리 더 못 들을 텐데. 괜찮겠어?"

"뭐? 이거 완전 수능 당일에 미역국 끓여서 갖다 줄 놈이네."

"필요해?"

"죽을래?"

진지한 협박에 손찬이 픽 웃었다.

"수험 걱정 너무하면 없던 병 생긴다. 어디든 가겠지. 안 그래?"

있는 집 자식이라 그런가? 물려받을 재산이 딱 있는 애들 생각은 확실히 다른 모양이다. 그녀 입장에서 볼 때 남영호의 재산은 거대한 빵 같은 거다. 작은 입으로 되는 만큼 뜯어 먹고 있지만 결코 전부 다 먹을 수 없는, 그런 빵.

"나랑 넌 입장이 달라."

"정말 그럴까?"

"뭐?"

"아, 오늘 진짜 춥다! 꼭 수능 앞두면 날씨가……."

그때, 발랄하게 안으로 들어오던 은주가 문간에 우뚝 멈춰 섰다.

"둘이…… 뭐 해?"

아. 정말 오해하겠다. 이렇게 딱 달라붙어선.

"하긴 뭘 해. 당연히 아무것도 안 하지. 야, 너 진짜 저리로 안 가?"

민망해진 가현이 얼른 다시 손찬을 팍팍 밀어 냈다. 아까와 달리 그는 순순히 자리에서 일어났다.

"어차피 이제 집에 갈 거잖아. 그치?"

어느덧 두 사람의 요일별 스케줄까지 줄줄 꿰게 된 그였다.

"아니면 혼자 남든가. 은주 선배. 남 선배는 두고 우리끼리 가요."

"에이. 장난 그만 쳐! 같이 가야지."

은주가 까르르 웃으며 손찬의 어깨를 툭 쳤다.

'더 친해졌네.'

처음에는 분명 은주도 손찬을 불편하게 생각했었다. 하지만 손찬은 그런 은주의 마음을 금방 눈치챘고, 그 뒤는 설명할 필요도 없었다. 윤손찬은 마치 물이 흐르듯 손쉽게 경계심을 무너뜨리고 둘 사이에 단단히 끼어들어 버렸으니까.

손찬이 오지 않는 날엔 은주가 먼저 그의 소식을 전해 줄 정도로.

하굣길은 대부분 학원에 가는 은주를 가현이 버스 정류장까지 데려다주는 코스였다. 은주와 하교할 때도 딱히 입만 다물고 있던 적은 없었고 항상 대화는 나눴다고 생각했는데, 손찬이 끼고 부턴 그런 기억마저 희미해졌다.

"기출문제 풀어 봤는데 난이도가 오락가락하던데요?"

"그걸 벌써 풀어 봤어? 너 아직 2학년이잖아."

"입시는 매년 바뀌니까. 기출문제 풀면서 보내기엔 1년도 짧죠. 그래서 기본은 다 미리 가르쳐 두나 봐요."

"설렁설렁하는 것 같았는데. 너도 A반 학생은 맞구나?"

"요즘은 초등학생들이 정석 푼다던데."

"세상이 미쳤다 진짜."

저번 모의고사는 난이도 조절 실패라는 말이 돌더라는 얘기부터 평소 학습법까지. 두 사람의 대화는 뛰어난 선수들의 랠리처럼 끊어질 줄을 몰랐다. 수다스러움과는 거리가 있던 가현은 청중을 자처했다.

"맞다. 은주 선배, 학원 수업은 들을 만해요?"

"왜? 우리 학원 다니게? 소개해 줄까?"

"학원 이름이 뭔데요?"

"새찬."

"어? 꽤 멀리 다니네요? 고3이라 체력 부족할 텐데 역시 부지런하구나."

하마터면 픽 웃음이 터질 뻔했다.

'부지런하지 않은 고3이 어디에 있다고. 아부에도 대회가 있으면 넌 기본으로 우수상은 타겠다.'

그런데도 은주는 뭐가 좋은지 신나라 웃었다.

"찬아, 너 우리 학원 올래? 우리 학원이 원래 문과보다 이과생 더 잘 가르친다고 소문났거든. 단과반 쌤들이 특히 교명이나 장운 같은 명문대 많이 보내셨고. 생각 있으면 내가 다음에 전단지랑 스케줄표 가져다줄게. 전화로라도 상담해 봐. 공부 잘하면 장학금도 나오고 학원비도 당연히 전액 면제야."

"그럼 생각해 볼까요?"

'윤손찬, 이과였구나.'

거의 매일 함께 공부하고 있었는데. 영역 가리지 않고 뭐든 수월하게 풀어내서 그저 공부를 잘한다고만 생각했지 이과인 줄은 몰랐었다.

"같이 다니면 정말 좋겠다. 덜 심심하고."

"참, 이거. 공부할 때 먹으면 좋을 것 같아서 샀는데."

짤막한 설명과 함께 손찬이 가방에서 ABC 초콜릿 한 봉지를 꺼내 들었다.

"와! 진짜?"

은주는 박수까지 치다가 갑자기 가현의 눈치를 살폈다.

"근데 나만 주는 거야? 괜히 가현이한테 미안해지게……."

"어?"

"선배 초콜릿은 준비 안 했는데. 서운해?"

서운은 개뿔! 당황한 가현이 두 눈을 크게 떴다. 초콜릿 먹으면 입이 텁텁해져서 원래 싫어하는데. 좋아하지도 않는 초콜릿 때문에 괜히 분위기만 이상해졌다.

'하여간 이 자식은 내가 없을 때 주면 될 걸 가지고! 꼭 여기서!'

획 손찬을 노려보자 그는 순진한 표정으로 딴청을 피웠다.

'저게…….'

"기다려! 금방 나눠 줄게!"

"아니야! 괜찮아!"

가현이 얼른 손을 내젓자 포장을 까던 은주의 손이 딱 멈췄다.

"그래도."

"너 언제 내가 초콜릿 먹는 거 봤어? 우유나 마셨지. 나 초콜릿 싫어해. 줘 봤자 안 먹고 버리기나 할걸. 아깝게 그럴 필요가 뭐 있어. 먹는 사람이 먹어야지. 번잡스럽게 여기서 까지 말고 가져가서 너 먹어."

"정말?"

"응. 진짜로 싫어해."

가현이 마음을 다해 정색하자, 그제야 은주가 초콜릿 봉지를 품에 안으며 활짝 웃었다.

"알겠어. 그럼 잘 먹을게, 찬아."

"어! 버스 온다."

"나 갈게! 고마워 찬아! 잘 먹을게! 둘 다 잘 가!"

은주가 버스를 향해 달려가자마자 가현은 손찬을 향해 돌아섰다. 그는 겨우겨우 웃음을 참고 있었다. 그 모습을 보자 열이 확 뻗쳤다. 이 새끼, 역시 일부러 그런 거였어.

"야. 너 진짜 죽을래?"

"은주 선배 정말 웃기지?"

"웃기긴 뭐가? 난 니가 웃겨 니가!"

"앞으론 조심할게."

살벌한 가현의 표정을 본 그가 얼른 두 손을 모아 사과했다.

"학원은 왜 따라가려고? 하다 하다 이젠 은주까지 쫓아가서 민폐 끼치려고?"

"어어? 설마 질투? 와, 오늘 엄청 운 좋은 날이네."

"넌 그런 게 좋아?"

"그러게. 이상하게 좋네."

대체 뭐가 좋은 거야? 그리고 좋으면 좋은 거지, 이상한 건 또 뭐야. 도무지 이해할 수 없는 말만 지껄여 대고 있다.

"내가 널 좋아하나?"

"뭐?"

그는 지그시 가현을 쳐다보더니 픽 웃었다.

"걱정 안 해도 돼."

"뭘?"

"난 학원보단 과외 체질이거든. 알다시피 사람 많은 곳은 질색이고. 내 시간 이해력 딸리는 애들이랑 나눠 쓰는 것도 싫어해. 그래서 이제껏 학원은 꾸준하게 다녀 본 적이 없어. 배울 만큼 배운 다음부턴 계속 독학만 했고."

"뭐야. 그럼 뭐하러 물어봤어? 꼭 갈 것처럼 사람 오해하게."

가현의 질문에 손찬이 다른 곳으로 고개를 돌렸다. 어쩐지 겸연쩍어 보이는 얼굴이다.

"그냥 알고 싶어서. 왜, 안 돼?"

"아."

좋아하나?

'하긴 은주 진짜 괜찮은 애지. 착하고 배려심도 깊고.'

누구든 그런 애에게 마음이 끌리는 건 당연하다.

"뭐, 니 마음인데 안 될 건 없지."

은주가 좀 아까워서 그렇지.

"역시. 선배는 쓸데없는 질문을 안 해서 좋아."

이렇게, 아무것도 묻지 말라고 자기가 먼저 요구하고 있으면서.

"이기적인 놈."

"내가 좀 그렇지?"

"웃지 마."

딱히 그가 예뻐서 캐묻지 않은 건 아니다. 그냥 미리 경계선을 쳐 두는 것뿐이다. 서로 어느 정도의 선 이상은 참견하지 말자고. 서로 얘기 한 적은 없지만 가현은 이미 말없이 합의된 사항이라고 생각했다. 레스토랑에서의 일에 대해 더 물어보지 않은 그때부터.

"맞다. 너 왜 은주한텐 존댓말하고 나한테만 말 까?"

"서먹하게 갑자기 또 왜 이런데?"

"이게 그런 문제야?"

"우린 겨우 141일 차이밖에 안 나잖아."

141일?

"그게 뭔데?"

"네 생년월일 빼기 내 생년월일."

"뭐 그런 쓸데없는 걸 다 외우고 다녀."

"외울 필요가 뭐 있어. 선배 생일만 안 까먹으면 되는 건데."

"암산한다고?"

"시간까지 계산해 줄끼? 초 딘위로."

가현의 입이 떡 벌어졌다.

'말도 안 돼. 초 단위? 그게 원래 암산이 되는 건가? 이게 나만 안 되는 거야?'

어려서부터 노력 없이는 성적이 좋아 본 적이 없는 데다 남들과 똑같이 노력하면 점수는 훨씬 덜 나오는 인생만 살아 본 입장에서는 어쩔 수 없이 부아가 치미는 이야기였다.

"너 진짜 짜증 나."

결국 부럽다는 말이 못나게 나오고 말았다.

"똑똑한 머리 나쁘게 만들 순 없고. 이거 받고 기분 풀어 줄래?"

손찬이 코트 주머니에서 사탕 한 개를 꺼내 내밀었다.

"내가 애냐? 무슨 사탕을……."

"설탕은 금방 당분이 되니까. 긴장될 때는 이게 좋거든."

"……."

긴장이라니?

'설마 겨우 몇 번 데려다준 걸로 내가 집에 들어가기 전에 긴장하는 걸 알아챘나? 대문 앞에서 망설이는 모습을 봤나? 만약 의심이 아니라 확증을 잡은 거라면? 그래서 지금 떠보려고 저런 말을 한 거라면?'

별것 아닌 선물에 가현의 가슴이 바짝 졸아들었다.

"무슨 말이야. 나 이제 집 가는데 긴장은 무슨. 나 하나도……."

"아니, 내 얘기."

"어?"

얼빠진 반응에 손찬이 웃었다.

"내 얘기라고. 난 집에 갈 때마다 좀 긴장되거든. 이쪽 거리에 마주치기 민망한 여자가 사는 것 같아서."

당황한 가현을 돌아보며 손찬이 물었다.

"왜? 너도 집에 갈 때마다 긴장돼?"

아무렇지 않은 얼굴.

'다행이다.'

전부 가현의 착각이었던 모양이다.

'하긴 그렇게 쉽게 다 알아챌 리 없지. 나만 조심하면 돼. 쓸데 없이 티 내지 말자.'

거짓말이라면 나름대로 일가견이 있는 그녀다. 새삼 입에 침을 바를 필요도 없었다.

"사실 긴장이 되긴 하지. 오늘은 공부 얼마나 했냐. 원하는 대학 갈 수는 있겠냐. 인서울 못 하면 등록금 안 대 준다. 갖은 협박 들으면서 잠드는 게 고3인데. 하긴 네가 뭘 알겠니. 고3 때는 자도 자는 게 아니란다."

"알겠으니 이거나 받으시지요, 잘난 고3님."

억지스러운 표정을 들키지 않으려고 얼른 앞서가던 가현을 손찬이 붙잡아 왔다. 그 찰나의 순간에도 태연한 척했던 걸 들킬까 봐 속으로 초조해했지만 손찬은 사탕만 쥐여 주고 바로 손을 놔 줬다. 레스토랑에서처럼.

'캐낼 생각이 없구나, 넌.'

차분해진 가현이 작게 읊조렸다.

"차다."

"응?"

"야. 너 주머니에 손 좀 넣고 다녀. 그러다 감기 걸려. 3주 뒤엔 네가 고3이라고 내가 몇 번을 말해야……. 뭐야? 또 왜 웃는데?"

왜 저렇게 좋아하나, 이상해하는데 갑자기 손찬이 덥석 가현의 손을 잡아 왔다. 아까처럼 스쳐 가지 않고 깍지까지 껴 오며 단단히, 굳게 쥐어 온다.

"추우면 선배 손 잡으면 되지. 마침 열나서 따뜻하잖아. 이용 좀 하겠습니다."

"야!"

"아, 따뜻하다."

손 하나 잡은 걸로 너무 밝게 웃어서. 가현은 잡힌 손을 뺄 수가 없었다.

'진짜 추웠나 보다. 하긴, 손 차가운 거 봐.'

아까는 덕분에 머리가 좀 시원해지기도 했으니까. 그냥 빚 하나 없앤다고 생각하기로 했다.

"나 전학 오기 전에 부산에서 지냈었거든."

"그런 것치곤 아는 애들 엄청 많아 보이던데?"

"어려서부터 동기인 애들이 많아서 그래. 그 재단 체계 자체가 그러니까. 중학교도 졸업 때만 없었지 같이 다녔고."

"중3 때 부산 간 거야?"

"응."

"근데 왜 사투리 안 써?"

뜬금없는 질문에 그가 웃었다.

"2년 살았다고 억지로 사투리 쓰면 오히려 애들이 놀려. 그냥 서울말이 편해."

설마 놀리기까지 하려고.

"아무튼. 거기에 비해 서울은 확실히 춥더라고. 그래서 더 추위를 타나 봐. 아마 금방 익숙해질 거야. 난 어딜 가건 잘 적응하는 편이거든. 사막에 던져 놔도 어떻게든 살아 돌아올걸."

"그거 재밌겠네. 지금 당장 가 보지그래. 난 일주일도 못 넘기는 쪽에 걸게."

"오기로라도 일주일은 살아남을 거야. 두고 봐."

기껏 충고했는데 또 대충 받아넘기기는. 레스토랑에서도 교복 차림으로 추운 방에 콕 박혀 있질 않나. 평소에도 장갑 한 짝, 목도리 하나 두르고 다니는 꼴을 못 봤다. 다른 애들처럼 기사 딸린 차 타고 다니는 것도 아니면서.

"이러다 감기 걸려서 코 찔찔대고 열도 좀 나 봐야 정신 차리지."

"이젠 네가 어떻게 말하는지 좀 알 것 같아."

"뭘?"

"걱정해 주는 거지?"

"……."

또, 또 헛소리. 가현은 얼굴을 구기며 그의 손을 휙 뿌리쳐 버렸다.

"잘못 짚었어. 확 독감이나 걸려 버려라."

"에이. 조금만 더 잡고 있지. 따뜻해서 좋았는데."

"내 손이 난로냐? 죽을래?"

"어, 화났다."

그는 활짝 웃는데 괜히 민망해져서 가현이 화두를 돌렸다.

"근데 넌 왜 집에 갈 때 긴장채? 너희 부모님도 성적으로 바가지 긁으셔? 너 성적 좋지 않아? 전국으론 떨어져?"

"아, 그거. 아니. 부산에서 서울로 올라오던 날에, 저기 버스 정류장 보이지?"

손찬은 그들이 방금 지나친 버스 정류장을 가리켰다. 가현에게도 익숙한 곳이었다.

"저 뒤를 지나가는데 누가 갑자기 인사해 오는 거야. 잘 지냈냐고. 근데 돌아보니까 아무도 없더라?"

귀신 얘기, 뭐 이런 건가? 이 밤에, 그것도 하필이면 밤에도 혼자 자주 지나다니는 길목에서?

"장르가 뭐야? 그거부터 대답해."

"코미디입니다."

"아니면 죽는다."

계속해도 된다는 허락에 손찬이 싱글대며 말을 이어 갔다.

"이상해서 주변을 둘러봤는데 그때 어떤 여자랑 눈이 마주쳤어."

"그래서?"

"와 진짜 얼마나 민망하던지. 누나냐고 물어보기까지 했는데, 난. 아무튼 그 여자가 진짜 미친놈 보듯이 날 보더니 계속 통화하더라. 이게 실제로 보면 웃겼을 텐데. 말로 하니까 별로 안 웃기네. 사실 그때 그냥 갔어야 했는데 내가 계속 서 있었어."

어?

"……왜? 왜 남의 통화를 엿들었는데?"

"가족이랑 떨어져서 사는 여자인지, 엄마 걱정 하고, 동생 성적 걱정하면서 화내는 게 대사는 영 아닌데 어쩐지 우리 누나 생각이 났나 봐. 그래서 집에 갈 때면 또 마주칠까 봐 좀 긴장하게 되더라고. 웃기지?"

설마.

'하지만……'

부정하고 싶었지만 본능적으로 알 수 있었다.

'저건 내 얘기야.'

가족에게 거짓말을 할 때도 태연하던 표정이 더는 마음처럼 되지 않았다. 대체 윤손찬은 무슨 생각으로 이 얘길 들려준 걸까? 그저 우연이었을까? 갑자기 몸살이 덮쳐 온 것처럼 온몸이 춥고 눈앞이 빙빙 돌았다.

'잘못을 했으면 맞아야지.'

'넌 내가 우습지. 그치?'

'누난 언제 집에 돌아와?'

'그냥 난 네가 웃는 게 싫어.'

'가현아. 아빠 집은 지낼 만해?'

'이젠 터질 맹장도 없으니까.'

잊으려던 기억, 목소리들, 싸늘한 감각이 한데 뒤엉켜 생생히 되살아났다.

'내가, 무슨 얘길 했었지? 이름은 말했었나? 어디까지 들었지? 얼마나 들은 거야? 얼마나…… 알아챈 거야?'

들키면 안 돼. 절대로 들키면 안 돼.

'아직은 그 여자가 나라는 걸 모르지만 이대로 계속 친하게 지냈다가 알게 되면? 나에 대해 전부 알게 되면? 조금이라도 의심하기 시작하면? 그러면 어떡하지? 들키면 안 되는데. 아무도 알아선 안 되는데.'

토할 것 같다.

"······가현아? 괜찮아? 왜 그래?"

심상치 않은 분위기를 느낀 손찬이 얼른 가현의 어깨에 손을 얹어 왔다. 얼굴을 들여다볼 생각이었겠지만 그녀는 필사적으로 손으로 얼굴을 가리고 고개를 돌렸다. 이대로 얼굴을 보이면 지금 하고 있는 생각들을 다 들킬 것만 같아서.

"······먼저, 갈게."

"어? 데려다······."

"아니야! 몸이 좀 안 좋아서. 그냥, 빨리 쉬고 싶어서 그래. 잘 가."

"많이 안 좋아? 괜찮아? 어디 봐."

얼른 언덕길로 도망치려는 가현을 손찬이 붙잡아 왔다.

가현은 고개를 숙인 채 웅얼거렸다.

"괜찮다고 했잖아."

"가현아."

"그러니까 좀······."

"안색이 너무 안 좋아. 병원부터 가야 하는 거 아니야? 택시 부를까?"

안색이 안 좋다고? 그럼 이 상황에 안색이 좋을 수 있겠어? 니가, 내가 몇 년 동안 목숨 걸고 지켜 온 비밀을 알게 될지도 모르는 이 상황에서?

가슴이 외치는 목소리들이 입술 밖으로 나가지 못해 속에서 메아리쳤다.

'안 돼.'

무슨 일이 있어도 절대로 티를 내서는 안 된다.

"아프면…… 갈게. 오늘은, 내가 너무 피곤해서. 부탁이니까 쫓아오지 마. 그냥, 내가 알아서 혼자 할 테니까. 어차피 거의 다 오기도 했고. 그러니까 내 말은……."

"가현아."

"학교에서 보자."

일방적인 인사를 남기고 가현은 그대로 언덕길을 올라 도망쳤다.

"하아, 하아, 하아, 하아."

뒤를 돌아볼 여유도 없이 가현은 계속 뛰었다. 다리가 후들거리고 심장이 터질 것만 같았지만 멈출 수가 없었다. 돌아보면 그가 있을까 봐. 전부 들키게 될까 봐.

"하아, 하아, 하아……."

얼마나 더 달렸을까.

가로등 하나 없는 골목 안에 들어서서야 가현은 쓰러지듯 그 자리에 주저앉았다. 고통스럽게 기침을 뱉어 내다 지저분한 맨땅에 머리를 숙였다. 그대로 계속 거친 숨만 내쉬었다. 그렇게 한참이 지나자 가슴이 너무 아파서 가현은 뒤돌아 하늘을 보고 누웠다.

달빛조차 보이지 않는 까만 밤이다. 꼭 가현의 처지처럼. 어두컴컴하고 희망 하나 보이질 않는다.

'이대로는 안 돼.'

맞다가 쓰러진 어느 날.

기절한 채 업혀 간 병원에서 정신을 차렸을 때, 의사는 솔직하게 말해 달라고 했다. 아무 거정 하지 말라면서. 그러나 기현이 솔직해지고 이틀쯤 지났을 때 의사는 아무 일 없다는 듯 퇴원을 권고했고,

그 뒤로 남영호는 자신이 허락한 의사에게만 상처를 보이도록 했다.

어느 날은 견디다 못해 도우미에게 제발 살려 달라 애원도 해 봤지만 돌아온 건 자신은 그냥 돈을 받고 일하는 사람이라는 변명뿐이었다.

'죄송해요, 아가씨.'

생각해 보면 당연한 일이었다. 그 사람들에겐 가현을 도울 이유가 없으니까.

지난 수년 동안 체념과 순응이 얽혀 매듭지어진 생활에는 이미 익숙해졌다. 기대도, 실망도, 계속되는 보복도 지긋지긋했다. 그러니 더 이상 타인이 진실을 알길 원하지 않는다. 남에게 도움을 청했다는 사실에 분노한 남영호가 든 매를 맞을 사람은 언제나 다시 가현이였으니까. 죽기 싫으면 입 다물라는 남영호의 말만이 가현에겐 진실이었다.

'내가 바보 같았던 거야.'

최대한 안전한 길만 골라 가도 모자랄 판에 저런 애를 곁에 뒀었다니. 사이가 틀어지면 전부 떠벌리고 다닐지 모른다. 충분히 가능한 일이다.

'뉴스가 나건 경찰이 개입하건 일이 시끄러워지면 결국 난 엄마 집에 돌아가게 되겠지.'

숨이 찬 와중에도 웃음은 터져 나왔다.

"하. 하하⋯⋯."

그거야말로 정말 웃긴 일이다. 지금까지 버텨 온 시간을 무의미하게 만들어 버리는 최악의 시나리오니까. 하루 빨리 벗어날 생각뿐이었다면 굳이 여기서 6년이나 썩을 필요도 없었다.

가현의 목표는 더, 더 먼 곳에 있다.

지금 당장 손을 뻗으면 절대로 닿지 않을 곳에.

'아직은 안 돼.'

가현은 여전히 배가 고프고 더 많은 빵 조각을 원한다.

'절대 다시 예전으로 돌아가지 않을 거야.'

생활비를 두고 협박당하면서 매번 전전긍긍하고, 존재 자체가 죄인 것처럼 눈치만 살피던 시절. 그것 외엔 아무것도 할 수 없어 남영호의 돈에 종속됐던 나날들.

'네 아빠도 사실은 외로운 사람이야. 사랑을 받아 본 적이 없어서 주는 법을 모르는 거야. 그래서 그래. 이해하지, 가현아?'

외로워서 돈을 두고 자식들을 협박한다니. 그걸 이해하라니.

'모르겠어, 엄마. 그러면 안 되는 거잖아. 우리가 진짜 가족이라면……'

어려선지, 머리가 나빠서였는지 가현은 엄마의 방법은 받아들여도 아버지의 행동은 이해할 수 없었다. 누구도 그녀에게 이해하는 법을 가르쳐 주지 않았으니까. 그때부터 가현은 그냥 일하러 간다고 생각했다. 좋은 돈벌이라고 자신을 다독이며 남영호가 필요할 때마다 가서 웃고, 재잘대며 훌륭하게 행복한 가족의 모습을 연기해 냈다. 손끝만 스쳐도 구역질이 나는 그 사람을 위해서.

가현에게는, 남영호의 액세서리를 자처하는 여자들을 경멸할 자격이 없다.

'아니야. 쓸데없는 생각은 관두자.'

그녀는 무겁게 머리를 눌러 오는 기억들을 애써 흐트러뜨렸다.

'지금은 윤손찬이 먼저야. 아직은 아무것도 탄로 나지 않았지만

계속 가깝게 지내면 머잖아 알게 될지도 몰라.'

TV 속에선 흔해도 실제론 남들이 쉽게 상상할 수 없는 상황이라는 게 유일한 안전장치지만 그 앤 똑똑하니까.

'언젠간 분명히 알게 될 거야.'

아직 갈 길은 멀고 중도에 변화가 생겨서는 안 된다. 가현은 까만 밤을 바라보며 결심했다.

더는 위험 신호를 무시하지 않기로.

6화 안녕, 그리고 시작된

다음 날 점심시간이 되자마자 가현은 손찬을 체육관 뒤의 벤치로 불러냈다. 밤새 마음의 준비를 했고 어쩔 수 없는 일이라고 스스로를 납득시켰다. 어쩔 수 없는 일이다, 이게 최선이다, 그렇게.

"내내 연락도 안 되고 어떻게 된 거야?"

그는 문자를 받자마자 달려온 모양인지 숨이 벅차 보였다.

"몸은?"

"무슨 몸?"

"어제 갑자기 아프다면서 갔잖아. 안색은 여전히 안 좋네."

말과 동시에 뻗어 온 손이 익숙하게 가현의 이마에 닿았다.

"아직 머리도 좀 뜨겁고"

가현이 손을 쳐 내든 말든 개의치 않고 그가 물었다.

"병원에는 다녀왔어? 아, 다녀올 시간이 없었나? 오늘 가 볼래?"

"쓸데없는 걱정이야."

"44kg밖에 안 되는 여잔데 걱정이 안 돼, 그럼?"

"뭐?"

결국 웃음이 나오고야 말았다.

그간 줄기차게 찾아와서 너와의 관계에 대해 묻던 여자애들은 이런 점을 좋아한 거겠지. 상냥하고, 같이 있으면 재밌고, 언제나 진심처럼 보이는 두 눈으로 바라봐 주니까.

'나도 네가 싫진 않았어.'

다정함, 온기. 내가 가지지 못한 것들. 어쩌면 예전에 잃어버렸을지도 모르는 것들이 너의 주변에는 공기처럼 가득했다. 눈에 보이진 않아도 이질적이라는 걸 느끼지 못할 리 없었다. 대화를 할 때도 함께 웃고 있어도 네가 나와 얼마나 다른 사람인지 매 순간 느꼈다.

'그런데도 나는 네게서 떠나고 싶지 않았어.'

꿈이라는 걸 알면서도 더 자겠다고 고집을 피우는 어린애처럼. 매일매일 위태로움은 묻어 두고 억지로 잠을 청했다. 오랫동안 그리워하던 소란함 속의 안정감. 그걸 너는 듬뿍 느끼게 해 줬으니까.

'하지만 언제까지 어린애처럼 굴 수는 없지. 그럴 여유가 없어 나한테는.'

너에게 조금 더 친절했더라면 좋았을 텐데. 새삼 미안하고 아쉽다.

"하지 말란 것도 참 많지, 우리 남 선배는."

푸념하듯 읊조리곤 손찬이 벤치에 앉았다.

잠시 동안 가현처럼 벤치 앞에 있는 연못만 응시하던 그가 뜬금 없이 말했다.

"억지로 말하라곤 안 해. 뭐가 있었겠지. 갑자기 집으로 뛰어가 야 했던 사정이."

"……."

똑똑한 머리로 이것저것 추론해 봤을 텐데. 쓸데없는 말은 보태 지 않아 줬다.

"고맙다고 해야 돼?"

"이젠 괜찮다고 말해야지. 아직도 안 괜찮으면 진짜 문제인 거니 까. 친한 사촌 형이 의사야. 내과나 신경 계통이 아니라 쓸모없을 지도 모르지만, 대학 병원에 인맥 있는 친구가 또 의외로 흔치가 않아요. 내가 그 정도로 메리트가 있는 사람이야."

"참내."

우리가 친구라니.

"꼭 네가 의사인 것처럼 자랑스러워한다?"

"자랑스럽지. 덕분에 아프면 나한테 제일 먼저 말해 달라고 얘기 할 수 있잖아. 다른 시시콜콜한 얘긴 안 해도 좋은데. 아플 땐 꼭 말해. 정말 아프면 제대로 치료를 받아야 하는 거고, 그럴 땐 혼자 보단 둘이 나으니까."

"……."

2주도 안 되는 짧은 시간 동안에 미친놈에서 선후배를 거쳐 친 구까지. 너는 벌써 내 경계를 세 꺼풀이나 벗겨 내고 이렇게나 가까이 다가왔다. 그러니 네가 나에 대해 전부 알게 되는 일은 시간 문제일 거야.

"……."

"수능 앞두고 제발 건강 좀 챙기자, 남가현."

이렇게나 걱정해 주는데. 이렇게 좋은 사람인데, 너는.

'왜 이렇게까지 하나 싶겠지. 널 버리고 내가 택할 게 뭔지 안다면 바보 같다고, 미친년이라고 할 거야. 그래도 이게 내가 살아온 방식이야. 너 하나 때문에 전부 망칠 순 없어. 너 때문에 우리 가족과 내 미래를 놔 버릴 순 없어. 그래, 이게 내 최선이야.'

이해해 달라고 할 생각은 없다. 이 상황을 겪지 않은 사람은 죽었다 깨어나도 납득할 수 없을 테니까.

"윤손찬."

다만 언젠가 기회가 닿는다면 너에게 말하고 싶어. 미안했다고. 그렇게 전해 줄 수 있으면 좋겠다.

"말로는 설득할 자신이 없어. 이해나 납득도 시키기 어려울 것 같아. 근데도 꼭 해야 하는 일이 있으면 넌 어쩔래?"

"진짜 무슨 일 있는 거야?"

"아니면 그냥 내 부탁 들어줄래? 그렇게 해 줄래?"

"뭔데."

"부탁인데, 우리 서로 몰랐던 때처럼 지내자."

의아하다는 얼굴. 그에겐 당연한 일이다.

"왜?"

"뭐가 있겠지. 갑자기 이래야만 하는 사정이."

쏘아보는 눈빛이 매섭고 차갑다. 그간 그녀가 알아 온 사람 같지 않게.

"지금 장난해?"

"넌 내가 아니어도 되잖아."

"그런 말이 어디 있어?"

"여기 있잖아."

넌 나처럼 하자뿐인 사람이 아니어도 괜찮다. 너에겐 나보다 훨씬 좋은 사람이 더 잘 어울릴 거야. 애써 끼워 맞춰 갈 필요 없이 같이 있으면서 편하게 웃을 수 있는 그런 상대. 어딜 가나 널려 있겠지.

그러니까. 부탁이니까.

"앞으론 찾아오지 마."

또래들처럼 장난치고, 웃고 떠들고 있어도 다르다는 걸 느꼈다. 때때로 드러내는 날카로운 직관이, 농담처럼 던진 말이 자신을 꿰뚫을 때마다 그녀는 어김없이 틈을 내보이고 말았다. 그러니 그 틈이 공백을 넓혀 언젠가 네가 진실을 보기 전에, 널 잘라 내야 했다.

"어제까진 잘 지냈잖아. 갑자기 왜 이러는 건데. 제대로 된 이유를 말해!"

"……넌 다르니까."

좋은 사람이라는 걸 안다. 그래서 더 상처 줘야만 한다는 이 아이러니가 미치도록 싫지만. 서예리의 말대로 가현은 지독하게 이기적이고 못돼 먹은 년이라서. 자기 자신을 위해 남에게 상처를 준다.

"너 생각 해서 말 안 하고 끝내려고 했는데 요즘 나 마주치는 애들마다 다 네 얘기야. 문란하게 놀았다, 사고 치고 부산으로 튀었던 거다. 낙태니 뭐니 별의별 소문들, 너도 걔랑 그런 거냐는 얘기들 이젠 전부 지긋지긋해."

친하지도 않은 애들이 얘기할 때마다 흘려듣던 말들이었다.

"그래서? 내가 누구랑 어쩌고 놀았는지 하나하나 다 말해 줘? 어디부터 어디까지가 사실인지 일일이 짚어 줘? 그거면 돼?"

"사실이든 아니든 난 관심 없어! 괜히 너랑 엮여서 애들 입에 오르내리는 게 너무 싫고. 한창 공부할 시기에 네가 알짱거리는 것도 거슬리고! 그냥 난 조용히 내 공부 하면서 지내고 싶은데 네가 끼어들고부터 하루도 조용한 날이 없었어!"

어느덧 벌떡 일어선 채 두 사람은 서로를 향해 소리치고 있었다.

"그게 다야?"

"그동안 찾아오지 말라고, 말 걸지 말라고, 연락하지 말라고 몇 번을 말했어? 넌 다 농담으로만 받아넘겼지? 그렇게 눈치가 없어? 한 번쯤은 그게 애 진심은 아닐까 생각해 봤어야지."

"가현아."

지금 앞에 있는 것이 넘어선 안 될 선이라는 것쯤은 알고 있다. 하지만 이 선을 넘지 않으면 그들의 관계는 깨뜨릴 수 없다. 그를 상처 입히지 못하면 가족을 지킬 수 없다. 이 선은, 살아남기 위해 반드시 넘어야만 하는 것이다.

가현은 마음을 굳게 먹었다.

"집에서 너한테 주는 관심이 부족한 건 알겠는데. 사랑받고 싶으면 사랑이든 시간이든 차고 넘치는 애들한테 가. 나한테 찝쩍거리지 말고 좀 꺼져 달라고."

"……."

기꺼이 그를 상처 입힐 준비가 되었다고 믿었는데. 공기가 무겁고 침묵이 아팠다.

"그래, 알겠어."

한없이 길게 느껴지던 침묵 끝에 나온 대답. 굳이 되묻지 않아도 알 수 있었다. 체념하듯 가라앉은 그의 두 눈동자가 말해 주었으니까. 이걸로 정말 끝이라고.

"그동안 귀찮게 했네요, 선배."

그답지 않은 존댓말. 작별 인사는 더 없었다. 사과도, 푸념도 아닌 애매한 말을 끝으로 손찬이 돌아섰다. 그는 구관 건물의 모퉁이를 돌아 사라졌고 머잖아 그림자마저 보이지 않게 됐다.

"하아."

가현은 쓰러지듯 벤치에 앉았다.

'이걸로 된 거야.'

이제 더는 아무것도 할 필요가 없다. 무엇도 할 수 없게 되어 버렸으니까.

'넌 니 아빠랑 똑같아.'

가현이 두 손으로 얼굴을 감쌌다.

'알고 있어.'

세상에서 가장 증오하는 사람과 거울 보듯 닮아 있다는 사실은 누구보다 잘 알고 있다. 하지만 확인하고 싶진 않았었는데. 이런 순간에조차 남영호를 닮아 가는 자신에게 미치도록 화가 나서. 그에게 미안한 마음은 거의 느껴지지 않았다.

'핏줄은 못 속이는 법이지.'

비겁하고 잔인하기 짝이 없는 자신에게 소름이 끼쳐 왔다.

'난 진짜 구제 불능이야.'

기분은 더러운데 웃음이 난다. 울지 못해, 자꾸만 웃음이 난다.

며칠 후 평일 저녁.

이 동네의 카페는 어딜 가나 붐빌 시간이지만 손찬이 들어선 곳은 문에 'Close' 팻말을 걸어 둔 덕분에 텅 비어 있었다. 그럴 필요까지 없다고 말해 뒀는데. 그를 핑곗거리 삼아 쉬려는 모양이었다. 여기 주인은 그 못지않게 괴짜니까.

"아아, 왔다, 왔다! 오랜만이야! 찬아!"

"와, 깜짝이야."

갑자기 달려와 안긴 여자에게서 진한 향수 냄새가 풍겼다. 오래전부터 샤넬 No.5를 짝사랑하고 있는 송영은 화려한 금발 머리에 매끈한 다리를 그대로 드러내는 차림을 하고도 그녀가 광고하고 있는 주얼리 브랜드처럼 고급스러운 인상을 풍겼다.

"새로 염색한 거야? 흑발도 잘 어울렸는데."

"금발은 더 끝내주지?"

"응. 예쁘다."

솔직한 평가였는데 송영은 아이처럼 좋아했다.

"엊그제 커버 촬영 때문에 잠깐 물들였다가 아예 탈색해 버렸어. 사실 다들 두 번만 더 탈색하라고 했는데 두피가 찢어질 것 같더라고. 생각보다 색도 덜 빠지고 그래서 당분간은 이대로 지낼 거야.

염색이라면 몰라도 탈색은 더 못 하겠어."

"지금도 보기 좋으니까 무리하지 마."

송영은 스스럼없이 찬에게 팔짱을 끼며 팔에 머리를 기대 왔다.

"아! 역시 다정한 남자가 최고야. 찬아, 우리 다시 사귈까?"

"너만 좋으면 난 상관없는데."

"정말?"

"다정은 개뿔. 내가 해 준 말이랑 비슷한데 뭐가 다르다고 유난이야."

양다리는 허용하지 않겠다는 듯 엄격한 목소리가 끼어들었다.

"오랜만이다, 형."

손찬이 바 안쪽에 서 있던 이선오를 향해 손을 들어 보였다.

"돌아왔다 인사 한마디 없이 빼기더니. 이제 와서 반가운 척이냐?"

"보고 싶었지, 당연히."

"일 처리 해 줄 사람이 필요했던 건 아니고?"

"난 찬이 돌아온 거 대환영이야. 그만 혼내."

송영이 끼어들고서야 이선오가 음료를 내주며 인사를 마무리 지었다.

"둘 다 잘 지냈지?"

"어중간하게 지냈지. 선오 오빠, 너랑은 달리 프랑스까지 가고도 여자 친구 선물 같은 건 사 오지 않는 아주 무심한 남자라서 연애가 재미없네."

아. 어쩐지 포옹이 격하다 했다.

"또 그 얘기야?"

분명히 한쪽만 만날 때는 매번 잘 사귀고 있다고 들은 것 같은데. 왜 같이 만나기만 하면 서로를 못 잡아먹어 안달인지 모르겠다.

"부부 싸움은 나중에 해 주면 안 될까, 형."

"쟤 어쩔지 충고부터 좀 해 줘라."

"당장 홍콩에라도 가서 선물 사 오는 게 어때."

"쟬 몰라? 분명히 붙어 적힌 영수증까지 요구할걸?"

두 사람이 작게 속닥거리는 사이 송영은 구석진 곳에서 와인을 꺼내 왔다. 옆에 선 선오가 눈살을 찌푸리는 걸 보니 아무래도 저게 오늘 다툼의 원인인 모양이었다.

"나라면 하루 종일 낡아 빠진 마켓 돌면서 빈티지 와인을 사 오는 대신 까르띠에에 들러서 귀걸이를 사 왔을 거야. 공수해 오기도 훨씬 쉽잖아. 안 그래?"

손찬은 이 지겨운 논쟁을 빨리 끝내기로 했다.

"형이 잘못했네."

"야."

"그치? 그치?"

"둘이 여행이라도 다녀와. 부탁한 일도 있었으니까 티켓은 내가 선물할게."

"그런 선물 받을 정도로 힘든 일도 아니었어. 벌써 다 끝내 놨고."

손찬이 감탄했다.

"역시 빠르네."

"진작 만나자니까 며칠 동안 연락도 안 되고. 어디서 뭘 한 거야?"

물어본 말에는 대답할 틈도 안 주고 선오가 말을 이어 갔다.

"영이 후배 중에 그 학원 다니는 애들이 있더라고. 이미 박은주랑 같이 수업 듣는 애도 있어서 일이 쉽게 끝났어. 얘가 이래 봬도 사람이랑 친해지는 일은 너 못지않으니까. 당장 내일이라도 걔랑 베프 먹었다고 팔짱 끼고 여기 나타날까 봐 걱정 중이다."

선오는 바 체어에 앉은 송영의 머리를 쓰다듬었다. 무뚝뚝한 말투에 배어난 애정에 송영이 잡지에나 실릴 법한 눈부신 미소를 지어 보였다.

"걱정 마, 오빠. 찬이의 최종 오더만 떨어지면 멋지게 떼어 낼 거니까."

송영은 특유의 자신만만한 표정으로 덧붙였다.

"사실 속물이랑 친해지는 데 친화력은 별로 필요하지 않아. 밥 몇 끼랑 시계 하나로 해결 봤거든. 그게 마르티니였나? 어차피 내 취향 아니라 구석에 박아 놓은 거였는데. 주니까 아주 좋아 죽더라."

"만난 지 얼마나 됐다고. 벌써 속물이라고 확정한 거야?"

"벼룩이나 기생충보단 낫지 않아?"

대답하기 민망할 정도로 참 해맑게도 되물어 온다.

"우린 그런 애들이라면 태어난 순간부터 평생을 겪어 왔어. 자기 스스로 빛나지 못하고 남에게 들러붙는 애들 말이야. 정말 역겹지 않아?"

"애인 있는 데서 참 예쁜 말 쓴다."

"해는 해고 달은 달이라고 해 줘? 고상하게? 아무리 그래도 사실은 사실이야. 네 부탁 아니었으면 평생 말도 안 섞었을 거야."

"미안. 내가 직접 했으면 좋았겠지만 괜한 오해는 피하고 싶어서."

"일단 들어 봐. 네가 원하는 내용이 맞는지."

송영이 핸드폰을 누르자 익숙한 목소리가 흘러 나왔다.

— 학교에서도 남가현 좋아하는 애 없어. 나니까 참고 옆에 붙어 있어 주는 거지. 너희 말대로 성격 더럽고 자기만 알고. 돈 받은 선생들이 빨아 준다고 신나서 의기양양하는 꼴도 진짜 웃겨서. 뭐, 그래도 집에 돈은 많잖아. 알아 놓으면 써먹을 데 많을걸? 지금도 그렇고.

중도에 녹취 재생을 중단시킨 송영이 발랄하게 말했다.

"이런 내용의 영상, 녹취록이 여러 개야. 학교에서는 꽤 조심한 것 같던데. 학원에선 거리낌이 없더라고."

"어중간한 증거는 쓸모가 없는 법이야. 하려면 제대로 해야지."

"맞아! 기왕 먹일 거면 빅 엿을 먹여!"

송영이 던진 핸드폰을 받은 손찬이 씩 웃으며 짤막하게 인사했다.

"두 사람 다 고마워."

"진짜 고마워?"

"어, 진짜로 고맙지."

떨떠름하게 대답하자마자 송영이 코앞까지 얼굴을 들이대며 소리쳤다.

"그럼 걔에 대해서 얘기해 줘!"

"누군데 이렇게 공을 들이냐?"

반짝이는 두 쌍의 눈동자가 손찬을 향했다. 방금까지 열심히 싸워 댔으면서 이럴 때는 또 죽이 척척 맞는 커플이다.

"두 사람이 생각하는 그런 거 아니야. 내 취향도 아니고."

"네 취향은 영이지."

"맞아, 나지?"

이런 발랄한 커플 같으니라고.

"그래. 너지. 완벽히."

어쩌다 보니 예쁜 여자들이 꼬여 들었을 뿐, 원래 손찬은 얼굴이나 몸매를 따지는 타입이 아니었다. 그저 잘 웃고 사랑받고 자란 티가 나서 함께 있으면 그까지 절로 마음이 따뜻해지는 사람이면 충분했다.

석고상처럼 차가운 인상의 여자는. 남가현 같은 여잔 백 번을 만나도 절대 마음이 끌리지 않을 거라고 생각했다. 실제로도 그래 왔기 때문에 손찬은 쉽게 남가현의 일에 개입하기로 마음을 먹었던 거였다.

"처음엔 정말 단순하게 재밌는 일을 발견했다고 생각했어."

"트로피 말이지?"

통화로 미리 사정을 전해 들은 선오의 말에 손찬이 고개를 끄덕였다.

"전학 수속 때문에 학교에 처음 갔던 날 보고 말았으니까."

이사장을 만나고 주차장으로 돌아가는 길에 그를 사로잡은 시끄러운 소리.

깡, 깡, 깡!

쇠끼리 부딪치는 소리 같은 게 불규칙적으로 들려왔다. 사실 다가가고 싶지 않았지만 주차장으로 돌아가기 위해 지나야 할 방향이었다. 학교 폭력, 사이코패스, 쓰레기 소각 하는 소리 등등을 상상하며 다가간 그곳에서.

'뭐야. 여학생이잖아.'

의외로 작은 키에 조금 통통한 여학생이 막대기 같은 걸 들고 무언가를 마구 내려치고 있는 장면을 목격했다. 하지만 '아 여학생이구나.' 하고 그 앞을 지나갈 수가 없었다. 무서울 정도로 살벌한 분위기라 굳이 말려들거나 눈길을 끌고 싶지 않았으니까.

결국 그는 건물 옆에 숨어서 수업 종이 치기를 기다리기로 했다.

'매번 이런 식인데 말뿐인 사과로 뭐가 바뀐다는 거야? 일부러 그러는 거 다 알고 있어! 돈이면 다 된다는 거지? 이 나쁜 년!'

막연히 화풀이를 하나 보다, 생각했었다. 그 이름을 듣기 전까진.

'넌 항상 이런 식이야, 남가현! 평생! 넌 날 들러리로만 생각하잖아! 평생!'

어쩐지 익숙한 이름. 말라깽이에 차가운 눈빛을 가진 여학생 하나가 얼른 떠올랐다.

마침 종이 울리고 여학생이 떠난 자리에는 엉망진창으로 망가진 트로피만이 남아 있었다. 3학년 A반 남가현. 받침대에 적힌 학적으로 아까 부딪친 여학생이 들고 있던 것임을 확인했다.

'이거 재밌겠는데?'

살짝 골려 줄 생각이었다. 성격이 그따위니까 다른 애들한테 미움을 사는 거라고. 트로피를 돌려주며 그렇게 살지 말라고 한마디

하고 나면 그날의 짜증이 좀 가실 것 같아서. 그래서 일부러 문고까지 찾아간 거였는데.

그때는 미처 몰랐었다. 설마 더 재미있는 광경이 기다리고 있을 줄은.

'뭐야? 가현아, 누구야?'

문고 문을 열고 들어온 박은주를 본 순간. 이거 의외로 로또 당첨이구나, 했다. 당장 알은 체하며 박은주가 소각장에서 했던 짓에 대해 까발릴 수도 있었지만 말해 봐야 남가현이 코웃음만 치고 끝나겠다는 생각이 들자 아까운 마음이 들었다.

'믿게 만들려면 시간은 좀 걸리겠지. 하지만 시간이라면 넘칠 만큼 있어. 친한 친구가 사실은 오랫동안 자길 미워했다는 사실을 알면, 남가현은 어떤 얼굴을 할까?'

재밌을 것 같았다. 상상만으로도 기대가 돼서 잠이 안 올 정도로.

"내가 가벼운 마음이긴 했어. 정말 재밌을 것 같아서 주변을 맴돈 것뿐이었는데. 이젠 잘 모르겠네. 처음엔 우리 누나랑 닮았다고 생각했는데."

"엑. 어디가? 싸가지 없는 얼굴? 싸가지 없는 성격?"

"풋. 싸가지 없는 얼굴은 또 뭐야."

"아무튼 뭐 어디가 닮았는데?"

"아무리 노력해도 가까워질 수 없는…… 그런 사람처럼 보인다는 점?"

하지만 시간문제라고 생각했다. 좋은 첫 만남은 이니이도 친친히 서로가 서로를 받아들이고 있다고 믿었다. 근처에 가기만 해도 날을 세우던 그녀가 점차 같은 공간을 허락해 주고, 그가 날리는 시원찮은 농담에 이따금 적선하듯 웃어 줄 때마다 아, 이젠 꽤 친해졌구나. 역시 어려운 상대는 아니었구나, 생각하며 자신만만해했었다.

그러다 결국 이 꼴이지만.

"윤선아 같은 게 더 있다는 걸 알게 되다니. 내 세상이 한결 더 끔찍해졌어. 하필이면 넌 왜 또 그런 여잘 찾아냈어."

"아니면 누나를 향한 집착이 그런 형태로 발전한 거냐?"

"아냐, 내 착각이었어. 우리 누나랑은 다른 사람이야. 정말로 많이 다른 사람이야."

남가현은······.

대화 한번 나누기가 힘든 상대여도 항상 솔직했고. 자존심이 강해 조금만 건드려도 날뛰면서 또 의외의 것엔 초연한 모습을 보여 줘서 생각보다 훨씬 귀엽고 재밌었다. 그래서였을까. 이런 장난은 관둬야 한다고, 더 길어져서 좋을 게 없다고 되뇌면서 결국 여기까지 오고야 말았다.

"진작 사실대로 불고 끝내 버렸으면 이렇게 찜찜하지도 않았을 텐데."

왜 그러지 않았을까.

"못 한 거지, 넌."

송영은 할 말을 잃은 손찬을 가만히 바라보더니 씩 웃었다.

"당연한 거잖아."

그녀는 선오가 따라 준 토닉 워터를 마시며 산뜻하게 말을 마무리 지었다.

"트로피를 돌려주고 박은주에 대해 경고해 주고 나면 같이 있을 명분이 사라지니까. 덤으로 가현이라는 애도 상처받게 될 거고."

"뭐?"

그건 꼭…….

"아까도 말했잖아. 그건 말도 안 돼."

이번에는 선오가 가세했다.

"깔끔하게 인정하지그래? 넌 니가 접근한 이유를 걔가 알게 되면 관계가 끝날까 봐 겁내고 있던 거라고. 지금 네 꼴을 보면 쉽게 답이 나오는 문제야."

손찬이 두 눈을 크게 떴다.

"와. 형 눈에 콩깍지 씌었나 보다. 날 너무 예쁘게 봐 주네."

"뭐야. 그러면 진짜 아니라고? 내가 보기에 너 분명히……."

어쩐지 너무 열심히 발 벗고 나서 준다 싶더라니.

"오해하게 만들어서 미안한데, 정말 그런 감정은 아니야. 아니, 이런 거 저런 거 다 떠나서 남가현을 좋아한다는 게 말이 안 돼. 둘이 걜 몰라서 그래. 가끔 웃기긴 한데. 그래, 얼굴도 예쁘긴 한데. 정말 그럴 생각은 손톱만큼도……."

'이러다 감기 걸려서 코 찔찔대고 열도 좀 나 봐야 정신 차리지.'

갑자기 그 말이 왜 떠올랐지?

"손톱만큼도 뭐."

"딱 손톱만큼 마음 쓰이는 거. 그게 다라고."

"왜? 제일 친한 친구에게 뒤통수 맞고 있는 꼴이 불쌍해서?"

"걔 상황이 엿 같은 건 사실인데 무슨 말을 그따위로……."

저도 모르게 짜증을 내다 묘하게 상기된 두 사람을 보고 손찬이 얼른 입을 다물었다.

"에이. 들켰네, 들켰어!"

"와 이 새끼, 이거 편들어 주는 거 봐라?"

"편드는 게 아니라. 그냥, 잘 모르겠는데. 그냥 뭔가 달라."

"그러니까 그게 좋아하는 거 아니면 뭐냐고."

이걸 뭐라고 말하면 좋을까. 남가현에게는 떨어져 있어도 언뜻언 뜻 자꾸 생각나게 만드는 무언가가 있다. 처음엔 또래 같지 않은 인상 때문이라고 생각했는데. 그게 아니었나 보다. 그건 어떤 느낌 에 가까워서 말로 설명하기가 어렵지만…….

"굳이 말하자면 의외로 너무 올곧아서?"

"뭐? 그게 뭐야?"

딸랑. 얼음이 녹아 잔의 더 깊은 곳으로 떨어졌다.

"더 이상 연락하지 말라고 했을 때, 남가현은 나한테 제대로 된 이유를 설명하지 못했어. 내가 계속 다그치니까 말 같지도 않은 이 유들을 댔지만 진심처럼 보이지는 않았거든."

그때의 남가현은 무슨 말이든 던져서 얼른 그 순간을 모면하고 싶은 것처럼 보였었다. 누가 뒤에서 쫓아오는 것도 아닌데. 그렇게 나 다급하게만 보였다.

'레스토랑에서 들었던 얘기로 협박하면 일이 훨씬 수월했을 텐 데.'

아무리 태연한 척했어도 예사롭지 않은 대화라는 걸 느꼈을 테 고 그의 약점이 될 만한 얘기라는 것 정도는 알았을 것이다. 그런 데도 그 여자는 그런 순간에조차 아무에게도 말하지 않겠다고 했던, 놀라고 당황해서 실수처럼 내뱉었을 그 약속을 지키려 하고 있었다.

'각서 쓰고 지장 찍은 것도 아니고. 이용하려면 이용할 수 있었을 텐데.'

남가현은 그러지 않았다. 제 방식대로여도 줄곧 정정당당했다.

작별 인사를 하고 돌아섰을 때, 그걸 깨달았다.

그런 식으로 혼자 나쁜 사람이 돼서 지켜 내고 싶었던 게 정말 조용한 수험 생활인지는 모르겠지만, 설령 아니라고 해도 그에겐 진짜 이유를 파고들 자격이 없다. 그때도, 지금도 여전히.

"그럼 걔 말대로 해 주지 말고 속 시원하게 다 말하고 끝내지 그랬어. 증거야 우리가 금방 모아 주리란 거 알았을 텐데 왜 지저분하게 뒷일을 남기고 왔어?"

"그러면 좋았을 텐데."

"근데?"

반은 치기 어린 마음에. 그리고 반은, 안쓰러움이었다.

"울고 있더라고. 안 어울리게."

남가현은 눈물 한 방울 흘리지 않았지만 그냥 알 수 있었다. 지금 울고 있구나, 하고.

"보는데 기분 참 별로더라."

"울면 우는 대로 넌 알아서 해라, 하고 지 할 말은 다 하는 놈이?"

"그러게."

그런 놈이었다.

다 먹은 과자 봉지를 버리듯 상대가 울든 욕하든 무감했다. 필요하니까 만났고, 괜찮으니까 사귀었고, 외로움이 채워지지 않으면 헤어졌다. 면전에서 쓰레기라는 말을 들어도 아무렇지 않았었다. 그래, 하고 돌아서면 그만이었다. 눈이 쌓인 길만 걸어도 발자국은 남는데, 추억은 아무리 쌓여 있어도 그에게 한 점의 감정조차 남기지 못했었다.

그런데.

네가 바들바들 떨면서, 아닌 척, 냉정한 척 어떻게든 상처를 주겠다는 듯 표독스러운 눈으로 그만하자고 말하던 모습은 왜 며칠째 머릿속에서 사라지지 않는 걸까. 오히려 잊으려고 노력하면 할수록 물에 젖은 솜처럼 기억 속에서 멋대로 부피를 늘려 갔다.

"피곤하다."

"왜? 잠 못 잤어?"

"어? 아니. 혼잣말. 괜찮아."

습관처럼 튀어나온 괜찮다는 말에 송영이 입술을 비죽였다. 괜찮다, 괜찮다. 지겹게 들던 말이라 사귀던 시절이라도 떠올랐나. 그렇다면 두 사람 모두에게 미안해지는데.

"그래서? 박은주한테서 철수해, 말아?"

다시 일 얘기로 돌아와 준 송영이 고마웠다.

"철수해도 돼."

"넌? 어떡하려고."

지금 그의 손에는 박은주가 온갖 소문을 유포시키고 뒤에서 욕을 해 댄 증거가 있다. 하지만 남가현에게 이걸 들려주고 싶지는 않았다. 가능하다면 차라리 이대로 아무것도 모른 채 지내 줬으면 좋겠다. 그가 없던 시절처럼.

"우선은 트로피를 돌려줘야겠지. 그냥 경고만 해 주고 싶어. 적어도 지금은 박은주에 대해서 억지로 받아들이게 만들고 싶진 않아."

"그리고?"

그러고 나선.

"다신 찾아가지 않을 거야."

그런 남가현의 모습은, 정말 보고 싶지 않으니까.

'또 보면, 그땐……'

돌아서지 못하게 될지도 모르니까.

며칠 동안 윤손찬은 가현의 앞에 나타나지 않았다. 건물이 같아서 필연적으로 한 번은 마주칠 줄 알았는데 괜히 긴장했던 게 무색할 정도로 정말 한 번을 마주치질 않았다. 우연이건 일부러건 가현의 입장에선 고마운 일이었다.

"아쉽다."

다 마신 음료수 캔을 찌그러뜨리며 은주가 말을 이어 갔다.

"같이 공부하면 찬이가 이것저것 잘 사 왔잖아. 졸릴 땐 잠도 깨워 주고. 네가 싫은 티 팍팍 내도 날카롭게 굴지도 않았고. 무슨 과목이든 엄청 알기 쉽게 설명해 줬고. 진짜 괜찮은 애였는데. 니가 몰라서 그렇지 다른 애들도 엄청 부러워했어."

"너라도 친하게 지내. 난 상관없어."

"근데 연락이 안 돼. 학교에서 마주쳐도 쌩하고. 어제 만에 한번 찾아가 봤는데 엄청 무뚝뚝하게 굴고. 찾아갈 때마다 같은 반 여자

141

애들은 3학년이 왜 왔냐면서 수군대고."

은주가 가현의 무릎에 손을 얹었다.

"저기, 가현아. 둘이 왜 싸운 거야? 그냥 화해하면 안 돼?"

"글쎄."

미안한 마음은 생각처럼 오래가지 않았다. 흔한 경험 중 하나라고 생각했다. 이제껏 그런 식으로 밀어 낸 사람들에게 일일이 미안한 마음을 품었다간 끝이 없을 테니. 슬슬 이 마음을 놓아줘도 괜찮다고. 손찬의 일은 손가락에 박힌 가시처럼 며칠 동안 마음속에서 까끌까끌거렸지만 계속 곱씹으니 제법 무감해질 수 있었다.

그러니까. 무감해진 일은 무감해진 채로 내버려 두는 게 맞다.

"아마 니가 가서 사과하면……."

"사과해도 안 받아 줄 거야. 이번엔 내가 많이 잘못했거든."

"왜 그랬어. 너답지 않게. 너 누구랑 싸우는 거 싫어하잖아."

풋, 웃음이 터져 나왔다. 힘없는 웃음이었다.

'싫어하긴.'

집에서 보내는 하루하루가 너무 전쟁 같아서 학교에선 입을 다무는 쪽을 택했을 뿐이다. 제발 조금이라도 조용하게 살고 싶어서.

"그러게."

"아쉬우면 그냥 눈 한번 딱 감고……."

"미안. 그건 염치가 없어도 너무 없는 짓일 거야."

그럴 마음도 없고 그래서도 안 된다. 윤손찬에겐 그날 못된 말만 골라서 해 버린 것만으로도 충분히 미안했으니까.

"나 먼저 갈게. 너도 얼른 들어가. 춥다."

가현은 운동장 스탠드에 은주를 남겨 두고 황급히 일어났다.

교실로 가는 대신 가현은 바로 보건실로 왔다. 일정과 다르게 오늘 아침 갑자기 터진 생리 때문에 몸이 영 좋지 않아서였다. 일단 가지고 있던 약을 먹었지만 빈속이라 그런지 메슥거림만 추가되었을 뿐 나아지는 것이 없었다.

"많이 아프진 않지?"

"네, 괜찮아요."

알약을 받은 가현이 망설이다 말했다.

"죄송한데, 약 좀 더 주세요."

"얼마나?"

"네 알은 더……."

"다섯 알이나 먹겠다고?"

"제가 그 정도는 먹어야 돼서요."

오전에 먹은 한 알을 마지막으로 하필이면 항상 가지고 다니는 상비약 중에서 진통제만 뚝 떨어졌다. 두통, 생리통 때문에 매일같이 약을 달고 사니 어쩔 수 없는 일이었다. 평소라면 보건실에 와서 이러지는 않았겠지만 간간이 찌르듯 아파 오던 아랫배에 격통이 찾아오는 간격이 점점 줄어들고 있어 이것저것 따질 여유가 없었다.

"한 번에 너무 많이 먹으면 안 돼."

보건 선생님의 따가운 시선을 받으며 가현은 진즉 약국에 다녀오지 않은 걸 뒤늦게 후회했다.

"심하면 차라리 조퇴를 하고 집에 가서 쉬어. 알았지?"

'아플 때 집이라니.'

이런 몰골로 집에 가면 박수 치고 좋아할 인간이 있는데 가긴 어딜 가란 말인가.

'차라리 버스 정류장에 앉아 있는 편이 더 낫겠다.'

하지만 대답할 기운도 남지 않은 가현은 말없이 진통제를 먹고 보건실을 나왔다.

'일단 문고에라도 가서 좀 쉬면, 아. 문고엔 윤손찬 있을 수도 있겠다.'

어젯밤, 윤손찬에게서 문자가 왔었다.

[오늘 잠깐 문고에서 보자.]

그날 이후 처음 온 연락이었다. 답장을 할까 말까 한참을 고민했다. 멀미처럼 시끄럽던 속이 이제야 겨우 잠잠해졌는데. 다시 얼굴을 봐 봤자 좋을 게 없을 것 같아서. 역시 거절하자, 생각했다. 하지만 손찬은 가현의 침묵에서 그런 껄끄러운 마음을 알아챘는지 거절할 틈도 주지 않고 다시 문자를 보내왔다.

[돌려줄 물건이 있어.]

돌려줄 물건이라니.

'거짓말도 뭐가 좀 그럴 듯해야 속아 주지. 뭘 빌려준 적이 없는데 돌려주긴 뭘 돌려줘.'

만에 하나라도 정말 전해 줄 물건이 있다면 문고에 두고 가면 될일이니까. 굳이 다시 얼굴을 볼 필요는 없다고 생각했다. 그래서 끝까지 답장은 하지 않았다.

'기다리다 안 오면 질려서 관두겠지.'

그편이 더 나았다.

"하아."

벽을 짚어 가며 계단 쪽으로 걷던 가현이 풀썩 주저앉았다. 커다란 진동이 머릿속에서 계속 징징 울려 댔다. 이마도, 손도, 목도 땀이 맺힐 만큼 뜨거운데 복도의 공기는 이빨이 덜덜 떨려 올 정도로 추웠다.

'안 되겠다. 주사, 주사를……. 아니지. 약부터……. 일단, 내과에 가자. 갔다가…… 카페에, 룸 카페에 가서 좀 자자.'

가현은 파랗게 질린 입술을 깨물며 애써 몸을 일으켰다.

담임은 가현의 얼굴을 보자마자 바로 조퇴를 허락했다. 억지로 기듯이 걷고 걸어서 반으로 돌아간 가현은 지갑과 핸드폰만 챙겨서 겨우겨우 학교를 나왔다.

'안 그래도 날짜 늦추려면 약 먹어야 해서 귀찮았는데. 수능 전에 해 버리면 훨씬 좋지 뭐.'

아플 때마다 이 정도라서 다행이다, 돈이라도 많이 줘서 다행이다, 뼈 안 부러져서 다행이다, 살아서 다행이다, 그런 생각들만 해 와선지 이번에도 다행이라는 생각이 먼저 들었다.

'그 인간 덕분에 나도 참 긍정적이지.'

이것도 나름대로 덕을 본 건가?

마냥 웃다.

가현은 겨우겨우 언덕길을 내려와 버스 정류장에 앉았다. 택시가 올 때까지 잠시만 이대로 앉아서 기다릴 생각이었다. 하지만 바람이 생각보다 차갑고 매서웠다.

'잠바는 열 식히려고 일부러 두고 왔는데. 괜히 그랬나. 다시 다

녀오면…….'

가현은 정류장 의자에 앉아 추위가 좀 가시길 빌며 몸을 웅크렸다.

'일어서! 일어서! 똑바로 서!'

지끈거리는 머릿속에서 또 그 목소리가 울린다.

'가만히 서 있어! 일어서라니까! 안 그러면 진짜 죽어.'

몸을 웅크리고 필사적으로 머리를 보호하던 그녀에게 늘 그 사람이 하던 말이었다. 일어서, 일어서라고. 똑바로 일어서서 가만히 서 있으라고. 가슴부터 무릎까지, 팔은 손목을 벗어나지 않는 범위로 사람들 눈에 덜 띄는 부위를 골라 때리려는 속셈이었겠지만, 머리칼이라도 잡혀 억지로 일으켜 세워지지 않는 한 그 말대로 하기란 정말 어려웠다.

가현도 사람이라서 겁이 났으니까.

'왜 말을 안 들어! 네가 말을 안 들으니까 내가 때릴 수밖에 없잖아!'

머리로는 말도 안 되는 논리라고 생각하면서도 몸은 반항하지 못했다. 언제나 지금처럼 웅크린 채 속으로 제발 살려 달라고 빌곤 했었다. 살려 주세요. 제발 살려 주세요. 한 번만 봐주세요. 닿지 않을 목소리로 그렇게 빌곤 했었다.

'하여튼 몸이건 정신이건 조금만 해이해지면 이 모양이지.'

이래서 아픈 게 싫다. 기억 속에 묻어 둔 목소리들이 자꾸만 메아리쳐 온다. 잠들지 않는 이상 가현에게는 그 기억들을 피할 방법이 없는데. 자꾸자꾸 들려온다.

'좀만 더 있다 갈까.'

계속된 통증 탓인지, 아니면 머리를 왕왕 울려 대는 목소리들 때문인지 피로가 덮쳐 왔다. 일어날 기운도 없었다. 이대로 조금만 더 쉬고 싶었다. 아주 조금만.

'괜찮지 않을까?'

어차피 병원이든 룸 카페든 시간 재면서 편하게 쉬지 못한다는 점에선 버스 정류장과 다를 바 없는데.

'여긴 학교 근처인데…… 사람들 눈에……. 하지만……. 그래, 아직 택시가 안 보이잖아.'

결국 가현은 두 눈을 감았다.

"남가현, 남가현!"

시끄러운 목소리가 코앞에서 들려와 순간 짜증이 확 났다. 뭐야. 진짜 방금 전에 눈 감았는데.

"정신 들어? 왜 여기서 이러고 있어? 괜찮아?"

"그…… 콜록, 콜록!"

입을 떼자마자 기침이 터져 나왔다. 어, 잠깐만 이러고 있던 게 아니었나?

"추워? 감기야?"

"너, 왜…… 콜록, 콜록!"

"하아. 내가 진짜 너 때문에 미치겠다. 꺼져 달래서 꺼져 줬더니 혼자 이게 무슨 꼴인데. 이 날씨에 여기서 이러고 있으면 당연히 감기 들 거란 생각 못해? 그렇게 머리가 안 돌아가? 아니, 감기는 그렇다 치고 미친놈이 와서 해코지라도 했으면 어쩔 뻔했냐고."

질문인지, 욕인지 모를 말들을 계속해서 쏟아 내면서도 손찬은 자기가 입고 있던 외투를 벗어 가현에게 둘러 주고 있었다. 밀쳐 내려 했지만 손가락 하나 까딱할 힘이 없었다.

"무슨 땀이 이렇게 나. 몸은 또 왜 이렇게 차가워. 미치겠네, 진짜."

"……."

가현이 말없이 빤히 쳐다만 보고 있자니 그가 변명을 해 왔다.

"내 얼굴 보기 싫어하는 거 알아. 아는데, 직접 전해 줘야 해서 왔어."

또 그 있지도 않은 물건 타령?

"하, 그럼 줘."

"그 전에 꼭 해야 할 얘기가 있어. 잠깐이면 돼."

그러면 그렇지. 가현이 온몸의 힘을 짜내 자리에서 일어났다.

"남가현."

"나 진짜 너랑 싸울 기운 없어."

"싸우려고 온 거 아니야."

"물론 아니……. 하아, 됐어. 나중에, 다음에 해."

둘러져 있던 외투를 벗어서 억지로 손찬에게 쥐여 주고 가현은 차도로 내려섰다. 저 멀리에, 저건 분명히 택시다. 얼른 잡아타야 하는데. 그래야 여기서 도망칠 수 있는데. 자꾸만 시야가 흔들렸다.

"데려다줄게. 혼자는 못 보내겠어."

"됐어."

"지금 니가 어때 보이는 줄은 알아?"

아파 보이겠지. 아프니까. 당연한 거 아니야? 그렇게 힘차게 되

받아쳐 주려고 했는데. 마법처럼 땅이 점점 가까워지고 있었다.

'아. 그렇구나.'

다 꿈인가 보다. 버스 정류장에 앉아서 잠든 게 분명했다. 하긴, 수업 시간인데 윤손찬이 어떻게 알고 여기까지 쫓아 나왔겠는가. 요 며칠 잠을 제대로 못 자서, 그래서 지금 꿈을 꾸고 있나 보다.

'하여간 꿈속까지 찾아와서 사람 피곤하게 만들고 있어.'

가현은 마음 편히 다시 두 눈을 감았다.

'일어서!'

"선배? 남가현."

'가만히 서 있어!'

"가현아! 가현아!"

저 시끄러운 목소리들이 제발 잦아들길 바라며.

"으음……."

하얀 커튼, 침대, 주삿바늘이 꽂혀 있는 팔. 눈을 뜨자마자 보이는 익숙한 풍경에 가현은 가만히 상황을 되짚어 봤다.

'나 또 맞았나? 그래서 병원에 실려 온 거야? 언제부터? 얼마나?'

하지만 그런 것치곤 몸 어디에도 딱히 통증이 없었다.

'진통제를 놔 줘서 그런가? 그럼 수술? 아냐, 회복실도 아니고 입원실도 아니고. 옷도 교복 차림이잖아. 팔엔 멍만 좀 남아 있고,

배도 깨끗하고. 붕대도 없지? 숨 쉴 때 통증도 없고, 발가락도 괜찮고. 다리도…….

그럼 왜 병원에 있지?

한참 생각해 보다 지금 남영호가 해외 출장을 가 있다는 게 떠올랐다.

'그치. 수능 끝나는 날 돌아온다고 했는데. 그럼 뭐지?'

곰곰이 생각해 보다 설마, 싶은 기억이 떠올랐다. 조퇴, 버스 정류장, 그리고 윤손찬. 꿈일까? 아니면 기억일까?

"어? 깼어요?"

멍하니 천장을 올려다보고 있자니 지나가던 간호사가 가까이 다가왔다.

"몸은 어때요?"

"저기…….."

"아. 교복 입은 남학생이 데려왔어요. 윤 선생님이랑 아는 사이 같던데. 같이 진찰실로 간 지 좀 됐으니까 금방 돌아올 거예요. 조금만 기다려요."

교복 입은 남학생?

"아, 미치겠네. 그거 꿈 아니었어?"

"네?"

하필이면 윤손찬 앞에서 기절이라니. 최악이다.

"여기, 잠깐만. 예성대학병원?"

간호사의 옷에 적힌 이름을 확인한 가현이 놀랐다.

"예성대학병원 윤진서 선생님이요?"

"맞아요. 전에 진료받으신 적 있으세요?"

진료받았다마다.

"아이 씨. 미치겠네. 저기, 이것 좀 빼 주세요. 지금 바로 퇴원할게요."

"아직 다 안 맞았는데. 그리고 윤 선생님이 몇 가지 검사 좀 해보자고 하셨어요. 진료도 봐야 한다고 하셨고. 검사는 복잡한 건 아니고 기본적인 혈액 검사랑……."

"아뇨. 그냥 다 빼 주세요. 일이 있어서요. 몸도 괜찮고요."

"그래도 기왕이면 검사까지 다 받고 가는 게 좋을 것 같은데요."

"불편하면 제가 다음에 와서 다시 꼭 진료받을게요. 네? 얼른요."

주저하던 간호사가 결국 주삿바늘을 빼 줬다.

"돈 내고 가면 되죠?"

"아. 원무과는……."

"2층이죠. 네, 감사합니다."

당황한 간호사를 두고 가현은 비틀거리며 응급실에서 나왔다. 머릿속에는 온통 윤손찬이 돌아오기 전에 얼른 병원을 나가야 한다는 생각뿐이었다.

'팔에 아직 멍이 남아 있어. 의심할지도 몰라. 하필이면 여긴 내가 진단서 떼려고 자주 왔던 병원이잖아. 그 의사랑 아는 사이면 진짜 알아챌 수도 있어.'

그러니까 지금은 마주치면 안 된다. 여기서는 죽어도 안 된다.

엘리베이터를 기다릴 정신도 없었다. 비상계단을 통해 2층으로 내려간 가현은 원무과에 바로 돈을 지불했다. 비싼 응급실 비용에 잠깐 숨을 삼켰지만 낭비할 시간이 없었다.

곧장 1층으로 내려온 가현은 출구 쪽에 혹여 윤손찬이 있을까 두리번거리다 재빨리 병원을 휙 빠져나왔다.

'됐어, 나왔어.'

그녀는 곧장 택시를 타기 위해 아픈 몸을 질질 끌고 정문으로 향했다.

"가현아! 남가현!"

'젠장.'

가현은 못 들은 척 계속 걸어갔지만, 달려온 윤손찬에게 금방 손목이 붙들리고 말았다. 그의 힘에 이끌려 돌려세워지는 그 짧막한 순간에도 가현은 그가 무슨 말을 할까 무서워서 굳어 버렸는데.

막상 얼굴을 마주하자 손찬은 얼른 가현의 손목을 놔 주었다.

가현보다도 더 당혹스러워하는 얼굴로.

"미안해. 아팠어? 그냥, 그냥 급해서 잡은 거였는데. 미안해."

왜 사과해?

"왜……."

설마. 흔들리는 가현의 눈동자가 손찬에게로 향했다.

'아닐 거야. 아니지? 그렇지?'

하지만 그는 고개를 돌렸다. 바보가 아닌 이상 알 수 있었다.

어째서 손찬이 지금 가현을 똑바로 쳐다보지 못하는지, 아까의 사과가 무얼 의미하는지 정도는.

"그렇구나."

알아 버렸구나, 니가. 내 모든 걸.

"……."

더는 피하지 못할 바람이 그토록 두려워하던 모습으로 불어와 삽시간에 그들을 삼켰다.

이제 모든 것이 변하겠지.

　손찬은 길가에 앉아 담배를 꺼내 물었다. 지나가던 사람들이 어떤 눈으로 볼지 생각할 정신도 없었다. 기가 막혀서, 황당해서, 진짜 말도 안 돼서. 이대론 머리가 영영 정지해 버릴 것만 같아 숨이라도 쉬려고 오랜만에 꺼내 든 담배였다.

　"하."

　구급차를 타고 이동하면서 미리 전화를 해 두었고, 형의 조언대로 이 병원에 가현을 데려왔던 거였다. 사촌 형 윤진서는 인사할 겸 들렀다며 응급실로 오더니, 가현의 이름과 얼굴을 확인하자마자 손찬을 진찰실로 데려갔다.

　'걔랑 무슨 사이야?'

　'사이? 사이일 게 있어? 그냥 같은 학교 선배. 왜?'

　손찬의 대답에 윤진서는 망설이다 이상한 질문을 하기 시작했다.

'혹시 걔 학교 폭력 같은 거 당하니? 부모님과는 알고 지내? 집은 어때? 화목한 편이야? 가 본 적 있어?'

윤진서가 마치 진료에 꼭 필요한 질문인 양 진지한 태도로 일관한 탓에 손찬도 순간 이게 진짜 필요한 대화인가 헷갈릴 정도였다.

그러나 손찬은 곧 정신을 차렸다.

'무슨 의도로 하는 질문인데 그거? 지금 걔네 집이 화목한지 아닌지가 중요해? 왜 쓰러졌나, 어디가 아픈 건가, 큰 병은 아닌가, 그게 더 중요한 거 아니야?'

하지만 윤진서의 대답은 아까의 질문보다 더 이상해졌다.

'의료법상 환자 개인 정보를 말해 줄 순 없지만 아는 사이라고 하고, 또 같은 학교라니까 물어보는 거야. 만약 내가 생각한 상황이 맞다면, 센터에 알리고 신고도 해야 하니까. 전부터 좀 이상하다고 생각했는데 그런 걸 물었더니 갑자기 안 오더라고. 연락처도 없고. 주소도 동까지만 나와 있고. 그래서 일단 너한테 물어본 거야.'

센터? 신고?

대체 무슨 황당한 추론을 하는 거냐며 화를 내려고 했을 때, 간호사가 들어와 여학생이 가 버렸다는 말을 전해 줬다.

덕분에 병원에서 도망치던 가현을 붙잡을 수 있었지만 동시에 깨닫고 말았다.

형이 물어본 말들의 진짜 의미를.

'진짜 말도 안 돼. 남가현은, 걘 그런 일을 당하고도 얌전히 있을 애가 아니잖아. 걔가 뭐 동화 속 공주 같은 타입은 아니어도 정상적이고, 그래, 정상적이잖아. 쌀쌀맞아도 그냥 보통 여자애잖아.

평범한…… 정말 정상적인 보통 애잖아.'

진짜로, 그런 말도 안 되는 일과 연관될 사람이 아닌데.

정말 말도 안 돼서 헛웃음도 나오질 않았다.

손찬은 라이터를 찾을 생각도 못 하고 담배를 사탕처럼 계속 입
에 물고 있었다.

'신고, 센터, 폭행……'

올려다본 하늘이 우중충하다. 구름이 겹겹이 쌓인 게 꼭 비라도
내릴 것 같다. 그러나 지저분한 날씨보다 그를 짜증스럽게 만드는
건 그간 가현과 있었던 일들이 자꾸 형의 어이없는 질문과 오버랩
되고 있다는 점이었다.

'맨 처음 부딪쳤을 때…… 남가현은 팔을 움켜쥐었었어. 분명히
가슴에 부딪쳤고 뒤로 자빠졌는데 팔을 붙잡고 아파했었다고. 옷을
걷었을 땐 기겁했고.'

팔을 보여 주고 싶지 않았던 거야.

간호사가 손목 부분의 단추를 풀고 주삿바늘을 꽂아 넣을 때까
지만 해도 손찬은 가현의 팔에 난 멍을 보고도 별생각을 하지 않았
었다. 걷다가 어디 부딪쳤나, 하여간 은근히 칠칠맞아. 그렇게만 생
각했을 뿐이었다.

'왜 진작 이상하다고 생각 못 했지?'

왜 눈치채 주지 못했던 걸까. 징후가 분명히 있었는데.

'괜히 시궁창에 발 넣지 말고 그냥 가던 길 가.'

'너도 나랑 얽히면 좋을 거 하나도 없어.'

'머리 좀 뜨거운 거 가지고 유난 떨긴.'

상냥하지 않아 재밌었고, 져 주는 법이 없어 더 흥미로웠다. 조

금만 아파도 관심 가져 달라며 몸부림치는 다른 여자애들과는 달라 좋다고, 그렇게 가볍게만 생각해 왔다. 왜 남가현만 다른지, 어째서 그런 사람이 된 건지 진지하게 고민해 본 적이 없었다.

'무슨 말이야. 나 이제 집 가는데 긴장은 무슨……'

문득 깨달았다.

말로 설득할 자신도 없으면서. 이해나 납득도 시키지 못할 거면서 갑자기 절교를 선언한 이유가 뭔지. 말해 주지 못한 사정이 뭔지. 그리고 함께 집으로 가던 그날 밤 그가 저지른 실수가 뭐였는지.

'그건 너였어.'

처음부터 너였던 거야.

축축해진 담배를 주머니에 쑤셔 넣으며 손찬이 일어섰다. 곧 비가 내릴 것이다.

기껏 택시까지 잡아타고 도망 온 곳은 집 앞 버스 정류장이었다. 멀리멀리 도망쳐야 하는데 생각나는 곳이 여기밖에 없었다. 6년 동안 기껏 도망쳐 본 곳이라곤 여기뿐이었으니까.

가현은 그 자리에 앉아 엄마에게 전화를 걸었다.

'제발, 받지 마. 받지 마. 받지 마. 남가현 너 지금 무슨 짓을 하고 있는지 알아? 제발 정신 차려. 끊어야 돼. 끊어야 한다고. 무슨 말을 하려고 이래. 제발, 미친 짓이야. 그만하자.'

신호음이 들리는 와중에 계속해서 자신을 다그쳐 봤지만 몸이 말을 듣질 않았다.

달칵.

그 소리에 심장이 내려앉았다.

— 우리 딸. 어쩐 일이야? 학교에 있을 시간 아니야?

시끄러운 주변 소음 사이로 다정한 목소가 들려왔다. 가현이 여전히 살아 있는 이유. 계속 버틸 수 있게 해 준 존재. 그리운 목소리. 그리운 내 사람.

"어…… 쉬는 시간이야. 엄만 일하지?"

— 응. 잠깐은 괜찮아. 왜?

"그냥."

수년간 잘 지낸다는 말만 반복해 온 그녀였다. 행복하게 잘 살고 있다고. 공부도 잘하고 있고 아빠와도 아무런 문제가 없다고. 나한텐 참 잘해 준다고. 지난 6년 동안 그렇게만 말해 왔는데. 이제 와서 다른 말을 할 수 있을 리가 없는데. 아무것도 말하지 못할 거면서 왜 전화를 하고 말았을까. 수상쩍게 보이면 어쩌려고.

— 무슨 일 있어? 왜 그래?

병원에서부터 참고 참았던 눈물이 주르르 흘렀다. 가현은 남이 볼세라 얼른 눈물을 닦아 내며 먹구름 낀 하늘만 쳐다보았다. 찬바람이 얼른 눈물을 말려 주기만을 바라면서.

— 가현아. 왜 그래. 진짜 무슨 일 있는 거야?

"아니, 그냥……."

가현은 떨려 오는 제 목소리를 느끼고는 얼른 뒷말을 삼켜 버렸다. 울컥울컥 자꾸 울음이 올라와 핸드폰을 얼굴에서 떼고 잠시 호흡을 가다듬었다.

그러곤 자랑해도 될 만큼 완벽한 미소를 지으며 말했다.

"그냥 전화했지! 엄마 목소리 듣고 싶어서. 일 바쁘지?"

— 식당이 다 그렇지. 괜찮아.

"밥은 잘 챙겨 먹고? 현우도 잘 지내고? 걔 공부는 좀 해?"

— 그럼. 당연하지.

"그래, 다행이다."

잠깐 서로 말이 없었다.

"엄마."

— 응.

"있잖아……."

'오늘 말이야. 내가, 다 들켜 버렸어. 별짓을 다 했는데. 오랫동안 절대로 누구한테도 들키지 않으려고 했는데. 바보처럼 쓰러져서 걔가 다 알아 버렸어. 이제 어떡하면 돼? 제발 비밀로 해 달라고 빌어 볼까? 아니면 이번에야말로 나도 다 폭로해 버리겠다고 협박해야 될까? 여기서 멈출 수는 없는데, 절대로 돌아갈 순 없는데.'

윤손찬이 다 알아 버렸어.

— 가현아.

"힘들다. 그래서 그래. 그냥, 조금 힘들어서."

처음으로 부려 본 투정에 주희수가 안쓰러운 목소리로 대답해 왔다.

— 어휴. 수능 때문에 너무 부담 가지지 마. 우리 딸 공부 잘하잖아. 똑 부러지고. 몸 관리 잘하고 기운 내면 평소처럼 잘 볼 수 있을 거야. 엄마가 여기서 맛있는 거 많이 해 놓을 테니까. 수능 전에 또 전화해. 알았지? 기운 내고.

"……응, 그래야지."

근데 엄마, 나 이젠 기운이 안 나. 여기서 5년만 더 버티면 바라던 전부를 가지게 될 거라고 믿었는데. 계획대로 차근차근 목표에 접근해 가고 있다고 생각했는데.

지금 그 모든 노력들이 한순간에 빛바래지려 하고 있었다.

'어떡하지? 이제 어떡하면 돼? 겨우겨우 버텨 왔는데. 어떻게 해.'

머리가 계속 지끈지끈거린다.

"빨리 엄마 집 가고 싶다."

그건, 하고 싶던 수많은 말들 중 가현이 유일하게 내뱉을 수 있는 말이었다.

— 수능 끝나고 오면 되지. 엄마 이제 일하러 가야 돼. 손님 왔다.

"응, 또 전화할게."

통화를 마치고 가현은 정류장 벽에 머리를 기댔다.

'잘했어. 잘된 거야. 윤손찬에 대한 일은 어떻게든 내가 알아서 해결하면 돼. 그래, 일단 어디든 가자. 여긴 안 돼, 여기는, 전에도 개랑 마주친 적 있잖아.'

정신을 좀 추스르면 분명히 좋은 방법이 생각날 것이다. 협박이든 부탁이든 적어도 선택은 하게 되겠지.

'비…… 우산도 안 가져왔는데.'

비가 오는 날이면 항상 몸이 여기저기 쑤시곤 했는데. 오늘은 생리 때문인지 그걸 느낄 정신도 없었나 보다. 정류장 밖으로 뻗어 본 팔이 금세 흠뻑 젖었다. 놀랄 정도로 차가운 겨울비인데도 전신에 소름이 돋아 가는 감각이 싫지 않았다.

'시원하다.'

가현은 멍하니 빗물에 젖어 가는 팔을 바라보았다.

흐린 시야, 쌩쌩 소리를 내며 차도를 달리는 자동차들. 이런 날이면 차 타고 제 갈 길 잘 가는 사람들의 인생을 망쳐 버릴 못된 짓이 생각나곤 했다. 남의 인생 따위 어떻게 망가지든 무슨 상관이냐며 합리화시키던 짓.

'하지만 마지막까지 나는 아무것도 못 할 거야.'

이럴 때 누군가 등을 확 떠밀어 주면 얼마나 고마울까. 정말 조금도 원망하지 않을 수 있는데. 이제 가현은 혼자 힘으로는 더 이상 아무것도 할 수가 없었다. 악착같이 버티는 일도, 도망치는 짓도, 거짓말도. 당장은 너무 지쳤다.

'울지 마. 남가현, 울지 말자. 질질 짠다고 해결되는 일은 없어. 방법을 찾아야 해. 무슨 짓이든 해야 돼. 여기서 포기할 순 없잖아. 여기서, 고작 여기서……'

입술을 꽉 깨물고 울음을 참는데, 멀지 않은 곳에서 그의 목소리가 들려왔다.

"하아, 하아, 역시, 맞구나."

뒤를 돌아보자 정말 질리도록 원망스러운 한 사람이 떨어지는 빗방울 속에 서 있었다. 그를 바라보는 가현의 눈동자가 원망으로 흠뻑 젖어 갔다.

"역시 너였구나."

"……."

가현은 말없이 손차을 쳐다보다 얼른 돌아섰다.

"이번엔 어디로 가려고? 집? 학교? 아니면 다시 여기? 이제 내가 모르는 곳이 없는데 또 어디로 도망가려고?"

그의 목소리가 시끄러운 빗속에서 도망칠 곳 없이 선명하게 다가왔다.

'네 말이 맞아. 갈 곳이 없지. 그렇게 잘 알면 쫓아오지 말지 그랬어. 내가 널 어떻게 밀어 냈는지 알아? 그 인간이랑 닮아 가는 날 느끼면서 얼마나 끔찍해했는지 알아? 왜 내가 계속 같은 짓을 반복하게 만드는 거야. 날 어디까지 더 끔찍하게 만들려는 거야. 얼마나 더 닮아 가게 만들어야 속이 시원한 건데.'

내가, 너한테 뭘 얼마나 잘못한 건데.

"가현아."

"그래! 짜증 나 죽겠어! 꺼지라고 했잖아! 몇 번을 말해? 왜 다시 돌아왔어! 왜, 왜 알아낸 거야. 난 더 버틸 힘이 없는데. 그냥, 가만히 있는 것도 힘든데, 그래도 밀어 냈는데! 하필 너같이, 너 같은 놈한테! 왜 네까짓 게! 왜 이렇게 괴롭혀. 왜……."

왜 하필 너인 거야. 왜 다시 온 거야. 왜 지금이어야 했어.

왜. 왜.

자꾸 내가 더 견딜 수 없게 만들어.

입술을 꽉 깨물고 가빠지는 호흡을 어떻게든 정돈시키려 애쓰며 가현은 흐르려는 눈물을 참았다. 꼴사납게 여기서 울면 아직 그가 묻지 않은 수많은 질문에 절로 동그라미를 그려 버릴까 두려워서. 정말 돌이킬 수 없는 일이 돼 버릴까 겁이 나서.

"가현아."

"……이러지 마, 제발. 난 더 갈 곳이 없어."

어느덧 코앞까지 다가온 그의 손이 가현에게 닿았다. 망설이듯 살짝 닿은 손이 이내 가현을 굳게 잡아 왔다.

찰나였다. 일으켜 세워져 그의 품에 안기기까지는.

겨울비에 젖은 얼음장 같은 몸이 맞닿아 와 정신이 번쩍 들었다. 뒤늦게 벗어나 보려 했지만 벌써 그가 반항하는 가현의 두 팔을 붙잡은 후였다.

"제발!"

"이제 됐어. 그만해."

"안 돼. 고작 여기서, 난 여기서……."

여기서 멈출 수는 없어. 어떻게 6년을 버텼는데. 그 집에서 어떻게 살아남았는데. 어떻게 죽지 않고 버텨 왔는데.

"제발, 난……."

"약속할게. 네가 두려워하는 일은 절대로 벌어지지 않을 거야. 이제 괜찮아. 괜찮아, 가현아. 괜찮을 거야. 아무 일도 없을 거야. 제발, 괜찮아. 응? 알겠지? 전부 괜찮아."

작게 속삭이는 약속이 가현에게로 전해졌다. 천천히 흥분이 가라앉자 가현은 두 팔을 늘어뜨린 채 반항을 그쳤다. 얼굴을 적시는 빗방울에 섞여 뜨거운 눈물이 흐르기 시작했다. 가현은 숨죽여 흐느끼다 결국 그의 품에서 엉엉 큰 소리를 내며 아이처럼 울어 버렸다. 창처럼 내리치는 빗소리가 묻어 버린 목소리들. 그러나 그에게만은 분명하게 맞닿을 아픔들.

"괜찮아. 괜찮아……."

그는 그 아픔들과 가현을 더 강하게 끌어안아 줬다. 이 순간 너 외에 다른 건 아무것도 생각하지 못하도록.

추적추적 내리는 비를 맞으며 두 사람은 덜덜 떨었다.

두 대의 택시가 그들을 태우길 거부한 이후, 걷는 내내 가현은 아무 말도 하지 않았고 그건 손찬 역시 마찬가지였다. 사실 온몸이 얼어붙어서 입을 떼기조차 힘들었다. 어쨌거나 지금은 한겨울이었고, 비를 쫄딱 맞고도 괜찮을 계절은 결코 아니었으니까.

"들어가자."

"어떻게?"

그가 멈춰 선 곳은 학원가 근처의 셔터가 내려져 있는 건물 앞이었다.

"기다려 봐."

손찬은 발로 셔터를 차올렸고 잠깐의 소음 끝에 문이 닫힌 카페가 모습을 드러냈다. 손찬은 가현이 뭔가를 더 묻기도 전에 카페의 전자키를 누르고 문을 열었다.

"뭐야?"

"주인이 여행 갔거든. 아마 적어도 한 달은 한국에 안 돌아올 거야."

그러니까. 그 주인이 누군데 비밀번호까지 공유하는 거냐는 질문처럼 안 들렸나?

"알바라도 쓰라니까 자기 공간이라 싫대. 어차피 취미로 하는 일이니까. 귀찮아지는 게 싫은 거겠지. 거기 서 있지 말고 얼른 들어와. 문은 꼭 닫고. 진짜 손님이라도 오면 곤란하니까."

친한 사이는 맞는지 손찬은 가게에 들어가자마자 제집처럼 여기저기를 분주히 돌아다녔다. 금방 불이 켜졌고, 천장에서 따뜻한 바람이 나오기 시작했다.

가현은 멀뚱히 선 채로 내부를 구경했다.

불을 다 켜지 않은 건지, 아니면 원래 이런 디자인인 건지 내부는 TV에 나오는 칵테일 바처럼 어둑어둑했다. 주인의 취향이 명확히 드러나는 빈티지한 가구들은 딱 제자리에 놓여 있는 느낌이라 군더더기가 없어 보기 좋았다.

"자, 받아."

그때 손찬이 어디선가 옷을 가져와 건넸다. 그것도 여자 옷을.

"안에 탈의실 있으니까 천천히 갈아입어."

"주인이 여자인가 봐?"

"질투 나?"

"미쳤어?"

가차 없는 응수에 손찬이 웃음을 터뜨렸다.

"하긴 그렇지? 내 옷은 아니지만 부담 없이 입어도 돼. 쫄딱 젖은 채로 있을 수도 없잖아. 뭣보다 넌 겨우 2시간 전까지 응급실 침대에 누워 있던 환자라는 걸 잊지 마."

"잔소리는."

"더 듣기 싫으면 빨리 갈아입고 오지? 아니면 내가 직접 도와줘?"

"미쳤어?"

어떻게 저런 말을 눈 하나 깜빡 안 하고 내뱉지?

"미치진 않았고 돕고는 싶네. 지금 너, 되게 도와주고 싶게 생겼어."

어차피 입씨름으로 이길 수 있는 상대가 아니다.

"됐고. 엿보기만 해. 가만 안 둬, 진짜."

"네, 네. 들어가시지요."

옷을 받아 든 가현은 카운터 안쪽에 있는 방으로 들어왔다.

'대박.'

문을 열고 들어와 더듬더듬 불을 켜자마자 가현은 감탄할 수밖에 없었다. 침대에 책상에 책장에. 여기가 카페에 딸린 쪽방인지 보통 가정집인지 구분이 안 갈 정도였다.

'나 같아도 아르바이트생이랑 공유하기 싫겠네.'

가현은 방 안에 CCTV가 없는지 꼼꼼히 확인하고 받아 든 옷을 펼쳐 들었다. 그런데 옷을 보자마자 가현의 얼굴이 확 굳었다. 갈 기갈기 찢긴 스웨터는 자비롭게 넘긴다고 쳐도 무슨 치마가 이렇게 손바닥만 하지?

'입으면 속옷 다 보이겠네. 환자고 어쩌고 번지르르한 말은 잘만 하더니.'

당장 그에게 한마디 하러 가려다 가현은 문에 가려져 있던 옷장을 발견했다.

'빌려 입는 주제에 따지긴 미안한데. 그래도 이거보단 나은 게 있겠지.'

분명 그런 생각으로 옷장을 열었는데.

'무슨 옷이 다 이래?'

시스루 셔츠, 퍼 재킷, 망사 원피스, 등이 파인 티셔츠, 거기다 스타킹은 아주 종류별로 구비해 놓으셨다. 여기가 런웨이 뒤편도 아니고, 화보 촬영 현장도 아닌데. 어디서 이런 옷만 골라 왔는지.

'미치겠다. 평소에도 이런 옷을 입는 여자가 진짜로 있단 말이야?'

이쯤 되니 이 옷을 입는 사람의 존재보다 오히려 이런 옷을 입는 여자가 윤손찬의 취향이라는 점이 더 놀라웠다.

'몰랐는데. 얘, 완전 노골적인 글래머가 취향이었구나. 누가 남자 아니랄까 봐. 학교에서 죽자 사자 재만 쫓아다니는 애들이 이걸 알아야 하는데.'

잠시간 야한 옷의 향연 속에서 가현은 간신히 남자용 셔츠를 찾아냈다. 그나마 입을 옷이라곤 이것뿐인 듯했다. 하의는 사이즈가 안 맞아서 별수 없이 손찬이 줬던 치마로 갈아입었다.

'살다 살다 이런 치마를 다 입네.'

쭈뼛쭈뼛 밖으로 나오자 카운터에 기대서 있던 손찬이 휘파람을 불어 왔다.

"와. 아가씨. 모델 해 볼 생각 없어요? 아, 키가 조금 모자라려나?"

"기술 참 좋네."

"칭찬해 주시니 영광이네요."

그는 김이 모락모락 올라오는 머그컵을 내밀었다.

"뭐야?"

"핫초코. 다룰 줄 아는 기계가 없어서. 그래도 몸은 녹여야 하니까. 젖은 옷은 이리 줘. 저쪽에서 말리자."

교복을 받아 든 손찬은 담요를 건네줬다.

가현은 그가 옷을 갈아입으러 간 사이 허리에 담요를 두르고 한쪽 테이블 소파에 앉았다. 푹신하고 보드라운 감촉에 빗속에서 한참 사투했던 몸이 빠르게 녹아내렸다. 카페 안은 창밖의 빗소리를 빼면 고요했고, 핫초코는 딱 적당하게 달았다. 모든 것이 생각보다 제법 괜찮았다.

"여기 좋다."

나지막한 감탄에 마침 작은 방에서 나온 손찬이 웃었다.

"우리 취향에 딱 맞지?"

"그러게. 인정하긴 싫은데 딱 좋네."

"또 오자."

이제 여기까지 오는 내내 외면해 온 주제에 대해 얘기할 차례였지만 어느 쪽도 쉽게 먼저 입을 열지 않았다.

가현은 머그컵에 손을 녹이며 가만히 그를 바라보았다.

'기어이 여기까지 오고 말았구나.'

전에 얼마나 절박한 심정으로 그를 밀어 냈는지 가현은 기억하고 있었다. 그를 믿을 수가 없었고, 제 자신 또한 믿을 수 없었다. 진실은 무겁고 가야 할 길은 멀고 짊어진 짐은 이미 많았기에. 어쩔 수 없는 선택이라 생각했고 지금도 여전히 그때의 결정에 후회는 없다. 당시엔 그게 최선이었으니까.

'결국 보람도 없이 이렇게 되고 말았지만. 정말, 넌 왜 여기까지 쫓아온 거야.'

대놓고 못되게 굴기만 했었는데. 질리고 지쳐서 멈춰 섰어야 정상인데. 어쩌자고 그는 여기까지 달려와 버린 걸까. 정말 어떡하려고 여기까지 함께 와 버린 걸까, 그녀는.

'이대로 아무 말 없이 넘어갈 순 없겠지.'

무슨 일을 당하고 살았는지 사촌 형이라던 의사에게서 대충은 들었을 테고, 무엇보다 그녀가 얼마나 필사적으로 감추려 했는지 이미 알고 있을 테니까. 없던 일처럼 조용히 덮고 넘어갈 순 없을 것이다. 그건 사태를 더 안 좋은 방향으로 키우는 바람이 되고 말 테니까.

'아무리 계산해 봐도 다른 방법이 없네.'

결국 가현은 담담히 사실을 인정했다.

"그래, 나 아빠한테 맞아."

바 체어에 앉은 채 말이 없는 그를 대신해 가현이 낯선 공간에 목소리를 채워 갔다.

"매일은 아니야. 가끔 어쩌다 한 번씩. 전부 기억나지도 않아. 그냥 정신을 차려 보면 뭐가 하나 부러져 있거나…… 그게 다야. 그럼 난 책상 위에 있는 돈을 챙기면서 아, 오늘은 끝났구나 하는 거지."

기억은 없지만 감각은 남아서, 모든 일이 끝나고 나면 그때의 상황이 하나씩 추론되곤 했다. 머리는 보호해야 하니 두 팔로 감쌌겠지. 그러다 양팔이 찢어지거나 멍들었겠지. 엎어진 상태에서 걷어차였으니 옆구리가 아린 거겠지. 하지만 그 사람은 이성을 유지했을 테니 사람들 눈에 잘 띄는 곳에는 상처가 없을 거야. 그러니까 괜찮아.

창살이 쳐진 창문 밖을 바라보며 늘 그렇게 자신을 다독이곤 했다.

살았으니까. 이제 됐다고.

"차라리 다행이지. 전부 기억 못 해서."

"힘들면 억지로 말하지 않아도 괜찮아."

다정한 만류에 웃음이 나왔다.

"한 번은 아빠가 집에서 운동하다가 아령을 던졌는데 발가락 두

개가 부러졌었어. 덕분에 엄마 집에도 못 가고 방학 내내 누워서 가을까지 다음 학기 내용을 전부 예습했지. 좋은 경험이었어. 어떤 상황에서도 발가락은 부러지면 안 된다는 걸 배웠거든."

"가현아."

"언제는 소주병을 휘둘렀는데 이미 깨져 있던 거라 머리가 좀 찢어졌어. 여기 왼쪽 귀 뒤에. 네 바늘인가. 꿰매긴 했는데 의사가 일부러 보여 주지 않는 한 티는 안 날 거라고 걱정 말라더라. 진짜 티 안 나지? 아무도 몰라. 네가 처음이야."

너무 웃겨서일까. 평생 해 본 적 없던 말들이 거를 겨를도 없이 계속해서 쏟아져 나왔다.

"생각해 보면 아빠가 그걸 다 어디서 구해 왔는지 모르겠어. 빗자루야 집에서 쓴다고 쳐도 마대는 보통 학교에서나 쓰잖아. 검도 하는 사람 없는 집에 죽도나 목검이 있는 것도 이상하고. 그래도 진검은 없어서 천만다행이었지. 식칼로 문을 찍은 적은 있지만. 하하."

"지금 웃음이 나와? 그러다 죽을지도 모른다는 생각은 못해?"

"그래. 어쩌면 죽을지도 모르지."

하지만 여전히 살아 있다. 역설적이게도 살기 위해 여기에 남아 있다.

"난 여기에 있어야 돼."

"왜?"

"미래를 위해서. 일종의 투자야."

투자라는 말에 손찬의 얼굴이 확 구겨졌다.

"아직도 헛소리할 기운이 남았어?"

"난 한창 돈이 많이 들어갈 시기고 동생도 아직 어려. 엄마가 일하고 있긴 한데 오래는 못 하실 거야. 몸이 좀 안 좋으시거든."

"그래서?"

이해가 가지 않는다는 표정이다. 하긴 부잣집 도련님께서 쉽게 이해하실 장르의 이야기는 아니다. 하지만 누구라도 계산기만 두드려 보면 지금 가현이 얼마나 남는 장사를 하고 있는지 금방 알 수 있을 것이다.

"내가 여기서 지내는 것만으로도 우리 집은 매달 생활비를 받고 내 학비도 부담하지 않을 수 있어. 매달 몇백은 돼. 난 너처럼 똑똑하지 않아서 공부에 돈이 꽤 들어가거든. 솔직히 학생인 내가 어디가서 그런 돈을 벌 수 있겠어."

어릴 적에 남영호가 양육비를 빌미로 가족을 협박할 때면, 가현은 자신이 밥이나 축내는 쓰레기 같았다. 겨우 초등학생이었는데. 돈을 벌 수 없다는 이유로 매일 그런 생각을 하며 살았었다. 그러니까 그때보단 지금이 월등히 행복하다. 착실히 앞으로 나아가고 있고 가족들에게도 도움이 될 수 있으니까.

"벌써 6년을 버텼어. 앞으로 취업까지 길어야 5년이야. 그때까지 난 여기서 뜯어낼 만큼 다 뜯어낼 거야. 잘해 낼 자신 있어. 지금까지도 그래 왔고. 앞으로도 별반 다르지 않겠지. 그러니까……."

"그럼 넌!!"

갑작스러운 큰 목소리에 그 자신이 더 놀란 듯했다. 제 이마를 짚는 그의 손이 격한 감정 탓인지 덜덜 떨리는 것처럼 보였으니까. 착각일까? 그게 아니라면 왜 저렇게 흥분하는 걸까. 정말 그럴 필요 없는 일인데.

"그런 표정 짓지 마. 네 생각처럼 끔찍하진 않아."

웃음이 났다. 늘 웃곤 했으니까.

"매일매일 맞는 것도 아니고. 눈치만 보고 사는 것도 아니야. 할 말도 다 하고. 좋을 땐 또 좋은 사이야. 가족이라는 게 원래 그렇잖아. 우리 집만 특별하다곤 생각 안 해. 다른 집도 다 비슷하겠지. 어떨 땐 철천지원수였다가, 또 어떨 땐 가족이고. 그런 거."

"그래서? 몇 년 동안 계속된 폭행이 아무 일도 아니라고? 지금 웃음이 나와? 식칼에 소주병까지 휘두르는 정신병자랑 살면서?"

계속된 폭행. 익숙해야 할 낯선 단어가 가현의 머리를 때리고 지나갔다.

"그런 거 아니야."

"뭐가 아닌데? 폭행이 거짓말이었어? 뭐가 아닌데. 말해 봐, 지금까지 했던 얘기 중에 뭐가 사실이 아닌데?"

"그냥, 아니야! 그러니까!"

"그러니까 뭐. 신경 끄라고?"

의자에서 벌떡 일어난 그가 순식간에 바 근처에서 가현의 자리까지 다가왔다. 가현은 코앞까지 온 그를 똑바로 쳐다보며 소리쳤다.

"그래! 신경 꺼! 난 괜찮다고 했잖아! 내가 괜찮다고 하잖아!"

"정신 차려, 남가현. 뭐가 문제인지 모르겠어?"

"시끄러워! 내 상황 정도는 누구보다 내가 잘 알아!"

"아니, 넌 몰라. 너무 가까이에 있어서 아무것도 안 보이는 거라고!"

아니야. 모든 게 잘못된 것처럼 말하지 마.

아무것도 모르면서.

왜 돌아갈 수 없는지, 이곳이 행복하다고 말하면서 웃어야 하는 심정이 어떤지. 감춰 온 삶이 낱낱이 발가벗겨진 지금 얼마나 창피한지, 그럼에도 가족들을 위해 뭐라도 할 수 있는 이 구역질 나는 현실에 얼마나 감사한지.

아무것도 모르면서.

"너 편한 소리만 함부로 지껄이지 마!"

"지금 넌 정상이 아니야."

"그따위로 말하지 마! 넌 아무것도 모르잖아!"

"그래! 몰라! 니가 어떤 마음으로 버티는지. 왜 그딴 계산을 하면서까지 여기에 남겠다는 건지 전혀 모르겠고 이해도 안 가! 하지만 니가 제정신이 아닌 것쯤은 알 수 있어. 내가 아닌 다른 누구라도 지금 널 보면 그 정도는 알 거라고!"

"시끄러워! 듣기 싫어! 아무것도 모르면서 뭘 안다고 지껄여!"

화가 난 가현이 멱살을 잡자 그는 할 테면 해 보라는 듯 도전적인 눈빛을 보냈다. 두려움 없이 담담히 쳐다보는 손찬의 모습은, 맞아 죽을까 봐 언제나 머리부터 감싸 쥐는 가현과는 달랐다.

"해도 돼."

"……."

덤덤한 목소리로 그가 재차 말했다.

"때리고 싶으면 때려."

"……."

때린다고? 널? 누가?

'내가? 내가…… 널?'

그제야 가현은 자신이 한 손을 높게 들어 올리고 있다는 사실을 깨달았다. 정말로, 그녀는 그를 때리려 하고 있었다.

그걸 깨닫자 숨이 벅차고 손이 달달 떨려 왔다.

'화가 난다고 손부터 올라가다니, 꼭…… 아빠 같잖아.'

대체 얼마나 남영호를 닮아 버린 걸까? 그렇게나 증오하고 있는데 왜 이렇게 닮아 버린 거야. 왜 계속 닮아 가는 거야. 얼마나 더 비슷해지려는 거야? 얼마나 더 그 사람처럼 변해야 집으로 돌아갈 수 있는 거야.

웃어야 하는데 웃을 수가 없다. 그럴 수가 없었다. 더는, 웃음이 나오질 않았다.

"하……."

적나라하게 드러난 상처들은 이미 거짓된 미소로 주워 담기엔 늦어 버렸다. 그걸 깨닫자 손이 스르르 미끄러져 내렸고 동시에 울음이 터졌다. 울지 않으려고 했는데. 웃을 수가 없어서 눈물이 났다.

"……."

손찬은 아까처럼 위로해 주는 대신 그저 가현을 가만히 내려다보기만 했다. 눈물을 다 쏟아 내길 기다리는 것처럼. 조용히, 그리고 인내심 있게 가현을 지켜봤다.

한참 후 카페 안을 적시던 울음소리가 멎어 가고 다시 적막이 깃들었을 때, 그가 나지막이 말했다.

"이제야 좀 사람 같다, 너."

차라리 안도했다는 목소리였다.

진이 빠져 바닥에 주저앉은 채였지만 가현은 알 수 있었다. 그는 분명히 다정한 미소를 짓고 있을 거라는 걸. 고개를 들어 보니 그는 예상한 얼굴 그대로 가현을 바라봐 주고 있었다. 더 이상을 바랄 수 없을 정도로 따뜻하게.

"다 울어. 속이라도 후련하게."

그랬어야 했나 봐. 꾹 참지 말고. 속에 담아 놓지 말고. 나중을 기약하며 그 시간을 흘려보내지도 말고. 아플 때면, 힘들 때면 울었어야 했나 봐. 그랬다면 지금보단 나았을까? 그랬다면, 조금은 더 후련했을까?

"……버티고 버티다 넌 어쩔 작정이야?"

"진짜 집으로 돌아가는 거지. 멋있게."

"……."

가현의 시선이 아득한 어딘가를 향했다.

"난 누구보다 행복할 자신 있어. 하루하루 감사하면서 살게 되겠지. 열심히 일하고, 언젠간 우리 집도 살 거야. 그게 내 꿈이야. 언제든 어디에 있든 돌아갈 수 있는 진짜 우리 집을 갖는 거. 동생이 군대 다녀와서 대학 졸업하고, 직장을 잡으면 엄만 더 이상 일하지 않아도 될 거야. 지금도 허리가 많이 안 좋으시거든. 휴가철엔, 그래. 엄마랑 현우랑 셋이 여행도 다닐 거야."

"……."

"바닷가, 산, 좋은 호텔, 제주도…… 어디든 좋겠지. 어디서든 행복할 거야. 5년 후엔."

확신에 찼던 두 눈이 순식간에 생기를 잃었다.

가현은 힘없이 허공을 바라보며 다시 읊조렸다.

"5년 후엔……."

그녀는 몇 번이고 같은 말을 반복했다.

5년 후엔. 5년 후엔.

"……."

퍼뜩 정신을 차린 가현이 불안한 눈빛으로 손찬을 바라보았다. 그는 여전히 가현을 쳐다보고 있었지만 아무 말이 없었다. 꼭 다른 생각에 빠진 것처럼 느껴지는 그를 앞에 두고 가현은 덜컥 겁이 났다.

'너무 많이 말해 버렸어.'

차라리 더 캐물어 주는 편이 나을 텐데. 저렇게 조용히 듣고만 있으니 무슨 생각을 하고 있는지 알 수 없어 마음이 다급해졌다. 아무리 부탁하고 설득해도 다 퍼뜨려 버릴까 봐.

"이제 뭘 더 말해 줄까? 어디까지 말해 주면 만족할 거야? 내가 어떻게 하면 돼?"

"……가현아."

"난 여기에 있어야 돼. 아직은 어디도 못 가."

그녀가 손찬의 팔을 꽉 움켜쥐었다.

"널 믿을 수가 없어. 너라서가 아니야. 그냥 내가 아무도 못 믿는 거야. 내가 나쁜 거야."

이럴 땐 듣기 좋은 말로 환심이라도 사야 했지만 그럴 수가 없었다. 믿으면 살아남을 수가 없었으니까. 철저히 혼자가 되어야만 버틸 수 있었으니까. 그렇게 살았고, 그래야 살았으니까. 이제 와서 쉽게 타인을 믿을 수 있을 리가 없었다.

"나도 이런 내가 싫어. 싫은데, 싫어도 이게 나라서. 내가 이런 사람이라서……."

그때 손찬이 쭈그려 앉더니 하늘이 무너지기라도 한 것처럼 깊은 한숨을 뱉어 냈다.

"하아."

"……."

"너 어렵다. 진짜. 미치겠네."

"……."

잠깐의 침묵 후 그가 눈을 맞추며 말했다.

"잘 들어. 난 네가 원하는 대로 할 거야. 아무에게도 말하지 말라고 하면 그렇게 할게. 누구에게든 적극적으로 도움을 청할 거라면 그것도 도울 거야. 아까 약속했잖아. 괜찮을 거라고, 네가 원하지 않는 일들은 절대 벌어지지 않을 거라고."

진지한 그의 목소리에 마음이 가라앉아 갔다.

살면서 셀 수 없이 많은 거짓말을 해 왔는데. 정말 밥 먹는 것보다 더 많이 거짓말을 해 왔는데. 그래서 제 자신도 못 믿고 남도 못 믿는데. 허무맹랑하게도 이제껏 쌓아 온 편견들이 와르르 무너지는 것만 같았다.

네가 말하니까. 정말로 어떤 나쁜 일도 벌어지지 않을 것만 같았다. 바보같이.

"대신 나한텐 다 말해 줘."

"뭘?"

"뭐든. 너한테 어떤 일이 벌어지건 아까처럼 숨김없이 전부 얘기해 줘. 물어보면 솔직하게 대답해 주고 안 물어봐도 먼저 말해 주고. 그렇게 해 줘. 어때?"

"……."

털어놓기로 마음먹었을 때도 가현은 손찬을 곁에 두겠다는 생각은 하지 않았다.

그런데. 막상 널 보고 있으니까 그런 말이 안 나와. 그저 바보같이 믿고 싶다. 네 요구대로만 하면 모든 게 괜찮을 거라고, 그렇게.

"정말 그거면 돼?"

"아마도. 당장은."

제 자신도 확신할 수 없다는 듯 애매모호한 대답. 입술 끝에 걸린 미소가 마음에 걸렸다. 여전히 완벽하게 믿을 수는 없다. 가현은 그런 사람이니까. 하지만 여기까지 와서, 이렇게까지 말해 주는 그를 더 밀어 낼 자신도 없었다.

'이미 난 널 떨쳐 낼 수가 없어. 널 두고 도망칠 곳도 없고.'

그렇다면 나는, 내게 내밀어진 너의 손을 잡을 수밖에.

"그럴게. 말해 줄게."

그가 싱긋 웃었다.

"약속한 거다. 어떤 상황에서도 무르기 없기."

"응."

"그럼 이제 일어나. 바닥이 차."

"그래."

될 대로 되라지. 처음으로 그런 마음이 들어서 웃음이 났다. 이 감정이 뭔지 모르겠어. 그냥 웃음부터 나오고 말아. 너에게 전염된 건지도 몰라. 그렇지만 기분이 나쁘지는 않다. 그래, 인정하긴 싫지만 나쁘지 않다. 이 상황이, 눈앞에서 웃고 있는 네가.

이제는 싫지 않아.

가현에게 자고 있으라고 말한 후 손찬은 카페를 나왔다.

'어차피 옷도 덜 말랐을 거고 문도 잠그고 나왔으니까 어디 안 가고 쉬겠지.'

억지로라도 좀 쉬게 만들어야 하는 여자다. 남가현은.

"으으, 춥다."

바람은 횡횡 불어 대고, 비가 온 뒤라 기온이 차서 그런지 온몸이 덜덜 떨렸다. 거기다 하늘을 점령한 시커먼 먹구름은 언제든 다시 비를 쏟아 낼 것처럼 보여서 마음이 자꾸 급해졌다. 히터를 최대한으로 틀어 놓긴 했어도 바깥 날씨가 이렇게나 쌀쌀하니까.

'담요라도 몇 개 더 덮어 주고 오는 건데. 아니면 방에 있는 이불을 가져다줄 걸 그랬나.'

걱정스러운 마음에 손찬은 꾸물대지 않고 약과 죽을 산 후 바로 편의점으로 향했다. 우산 두 개를 집어 결제하려던 그는 잠시 생각하다 하나를 다시 제자리에 가져다 놓았다. 왜 우산이 하나뿐이냐며 집에 가는 내내 짜증을 부릴 남가현의 얼굴이 떠올라 웃음이 났다.

'어지간하지 진짜. 그런 너나 이런 나나.'

편의점을 나오자마자 빗방울이 툭툭 떨어지기 시작했다.

'이제 어떡할까?'

남가현에겐 미안하지만 아까 했던 말의 반은 거짓말이었다. 당장 안심시켜 주려고 약속을 하긴 했는데, 지금이 그런 듣기 좋은 꽃노래나 부르고 있을 상황은 아니니까.

'이걸 어디서부터 풀어야 하지?'

남가현은 본인이 겪고 있는 상황의 심각성을 제대로 인지하지 못하고 있다.

남들은 상상도 못할 끔찍한 화두를 웃는 얼굴로 술술 풀어내는 가현을 보며, 손찬은 그녀가 이미 세상의 상식과는 너무도 동떨어져 버렸다는 걸 깨달았다.

'네 의지로 버티고 있으니 괜찮다고?'

아니. 그건 전부 자기 위로고 오해고 착각이다. 직접 선택한 거니까 괜찮다, 억지로 있는 게 아니다, 계획대로 되고 있다. 홀로 버티기 위해 해 왔을 그 생각들이 그녀를 이 지경까지 몰고 온 것뿐이다. 오랜 폭행과 주변의 방관이 낳은 진짜 문제는 바로 그 점인데. 본인만 까맣게 모르고 있다.

'혼자선 절대로 못 벗어나. 어떻게든 도와줘야 해.'

하지만 어떻게 도우면 좋을까. 억지로 상황을 매듭지어 버리면 지금껏 그녀가 견뎌 온 시간이 허사가 될 텐데. 무엇보다 가현 스스로가 용납하지 않을 텐데.

'그래, 너는 그런 사람이지.'

무섭도록 맹목적이고, 강인하고, 또 어리석다.

'5년 후에 돌아가면 무조건 행복해질 수 있을 거라고? 그냥 그렇게 생각하지 않으면 버틸 수 없을 뿐이잖아. 지금 넌, 그만큼 힘든 거잖아.'

벼랑 끝에 서서 아무리 거센 바람이 불어와도 절대 뒤로 밀려나지 않을 거라고 믿는 널, 내가 어쩌면 좋을까.

'서두르면 전부 망치게 될 거야.'

차근차근, 가장 좋은 방법을 모색해야만 했다. 네가 영원한 거짓 안에 갇혀 살아갈 날이 하루라도 줄어들도록. 기억의 무게가 가슴을 짓눌러 차라리 전부 멈추고 싶다는 생각이 들지 않도록. 너만은, 결코 그렇게 되지 않도록.

죽이 다 식을 무렵이 되어서야 그는 카페 안으로 들어왔다.

손찬은 가현이 아직 자는지부터 확인했다. 아무리 조용히 들어왔
어도 문이 열리고 닫히는 소리라는 게 있는데 가현은 꼭 죽은 사람
처럼 꼼짝도 하지 않았다. 덜컥 겁이 난 손찬은 숨을 쉬는지부터
확인한 뒤에야 구석에 있는 담요들을 가져다 덮어 줬다. 혹시 바람
이 불면 깨지 않을까 조마조마해하며 하나씩 살살.

'내가 널 깨울 생각이 없구나. 그래, 많이 무리했으니까.'

깊게 잠든 모습이 안쓰러웠다. 아까 학교 앞에서도 그렇고 병원
에서도 그렇고 밖에만 나오면 잘 자는 것 같아서. 집에서는 잠도
제대로 못 자나 싶어서. 갑갑했다.

'자주 데려와야겠다. 너 조금이라도 편하게 재우려면.'

얼굴도 조막만 하고 머리를 베고 있는 손목은 부러질까 걱정될
정도로 얇은데. 이렇게 빼빼 마른 작은 여잔데. 때릴 데가 어디에
있다고 그렇게 때렸을까. 왜 피부가 멍들고 뼈가 부러지도록 괴롭
혔을까. 왜, 그런 얘길 웃으면서 말하게 만들었을까. 이 작은 여자
애를 병들게 만들 데가 어디 있다고.

'하긴 나라고 뭐가 다르겠어. 너한테 엿 먹일 작정으로 다가간
거였는데.'

자책하면서도 한편으론 다행이라는 생각이 들었다. 자신이 쓰레
기 같은 놈이라 다행이었다고. 악취미건 오기건 여기까지 쫓아온
덕분에 이만큼이나 너에게로 다가올 수 있었으니까. 이렇게, 너의
민낯을 볼 수 있게 됐으니까.

"약한 줄 몰라서 네가 참 싫다."

가현의 입술에 붙은 머리칼을 떼어 내며 손찬이 읊조렸다.

"강하지 않은 건 괜찮은데. 잘 버티고 있다고 착각하는 너는, 싫어."

약속을 잘못했나 보다.

'너는 열 번 해야 할 말을 덜어 내고 숨겨서 한 번도 말 안 할 여잔데. 네가 그러면 이렇게 가까이 있어도 아무것도 모를 사람인데, 나는.'

옆에 있는 사람에게 마음 써 본 일이 거의 없었다. 미리 그어 놓은 선 안에서만 널을 뛰는 관계가 익숙한 그였기에 대부분의 관계가 비정상적일 수밖에 없었고 이렇게까지 남의 일에 개입한 적 또한 없었다.

'그래서 낯설고 서툴러, 내가.'

약속 하나도 제대로 못 할 만큼.

'네가 어디서 뭘 하든 옆에 있겠다고 약속했어야 하는데. 너 깨면 다시 약속해야겠다. 이번엔 진짜 제대로⋯⋯.'

그때, 뒤척거리는 기색도 없이 가현이 눈을 떴다.

서로의 눈이 깜빡이며 마주친 순간, 그가 그녀에게 키스했다. 열이 올라 뜨겁고도 건조한 살갗이 맞닿고서야 그는 자신이 뭘 하고 있는지 깨달았다. 바보같이. 이럴 생각이 아니었다고 생각하면서도 손찬은 멈추지 않고 가현에게로 더 깊게 파고들었다. 멈출 수가 없었다. 너에게로 다가가는 나를.

"읍⋯⋯."

가현의 입술은 생각보다 더 메말라 있었다. 마치 그녀 자신처럼.

가현은 숨소리 한 번 내지 못할 정도로 굳어 있었지만 손찬은 개의치 않고 부드럽게 그녀의 입술을 다독이며 메마른 곳곳을 계속해서 적셔 갔다. 무슨 일을 벌이고 있는지, 나중에 어떻게 해명하면 좋을지, 그보다 제 자신의 마음이 어떤지조차 확신하지 못한 찰나에 벌어진 일이었다.

멈춰야지, 멈춰야 하는데.

그런 생각과 다르게 손은 열에 달뜬 뺨을 쓸어내리다 턱 끝으로 향했고, 입술은 여전히 그녀의 숨결 사이를 헤매고 있었다. 그러다 문득 가슴을 쿵쿵 두드리는 손길이 느껴져 입술을 떼니 당황한 얼굴로 숨을 몰아쉬는 가현이 내려다보였다. 홍조가 오른 얼굴이, 묘했다.

"하……아."

뭘 한 거지?

"뭐, 야, 너……."

"깼어?"

어쩌다 보니 태연한 물음이 나오고 말았다.

'이게 뭐지? 좋아하나? 내가 남가현을 좋아하나?'

키스부터 해 버리고 뒤늦게야 그런 의문이 들었다. 하지만 남가현은, 지금까지 사귄 여자들과는 너무 다른데. 예쁘지만 안쓰럽고, 좋지만, 잘 모르겠다. 무엇보다 남가현은 연애랑은 참 안 어울리는 사람인데. 넌 뭐야. 왜 이렇게 달라서 고민되게 해. 그보다 왜 키스 같은 걸 해 버린 거야.

"깨……지 그럼 안 깨?"

미치겠다. 어떡하지. 남다르거나 어려운 여자는 싫은데.

'갑자기 왜 이렇게 예뻐 보이지?'

이제껏 자신의 취향이 아니라고 쉽게 단정 지었었는데. 차갑던 너. 웃던 너. 울던 너. 나에게 힘없이 안기던 너. 지금 나를 바라보는 너. 기억 속에 박힌 남가현의 꼿꼿한 모습이 지금 눈앞에 있는 붉어진 얼굴과 함께 머릿속에서 뒤죽박죽되었다.

"안 비켜? 죽을래?"

"우리 사귈까?"

"미쳤어?"

"그치, 미친 거지?"

근데 네가 싫다고 안 했으면 좋겠어. 장난 관두라고 웃으면서도 또 고개를 끄덕이고 그러자고 해 줬으면 좋겠어. 이러면 진짜 심상치 않은 거 맞지?

"알면 좀 비켜."

"근데 난 진심인가 봐."

"뭐?"

네가 비키라고 하니까. 비켜서면서도 일어나 가 버리려는 널 잡아 다시 앉히는 거 보니까. 고개를 돌려 버리는 널 보면서 갑갑한 거 보니까, 진짜인가 봐. 네가 안쓰러워 보여서가 아니라, 네 상황이 불쌍해서가 아니라. 그냥 네가 예뻐 보여서.

"네가 좋아졌어."

"……진심이야, 너?"

"네 눈에 내가 어떻게 보이는지 아는데 마음도 없이 아무한테나 이러진 않아."

말을 내뱉고서야 진심을 깨달았다. 그래, 마음이 먼저 알고 움직인 거야. 머리를 이해시키기도 전에 너에게로 가 버린 거야.

"……."

고민하는 가현을 보니 심장이 쿵쾅거렸다. 첫사랑을 고백한 소년
도 아니고 유치하게 왜 이러나 모르겠다. 남가현이 눈치채면 촌스
럽다고 웃을 것 같은데. 그 자신도 이 상황이 낯간지러워 못 견디
겠는데.

그래도 진심이라서.

"네 대답 듣고 싶어."

"어, 그게. 진심이라니까 하는 말인데. 다른 사람은 몰라도 넌
알잖아. 내가 지금 집이나 수능도 그렇고. 누구 사귈 마음이나 시
간적 여유도 없고. 진짜 상황이 너무 최악이라……."

남가현은 어울리지 않게 주절주절 말끝을 흐렸다.

"내가 싫은 게 아니라 상황이 그래서?"

"그건……."

"전부 상황 때문이라고?"

"이런 장난 관둬, 진짜."

그렇구나. 거절에 마음이 아픈 걸 보니까 이제는 확실히 알겠다.
널 정말로 좋아하는구나, 내가.

"그치. 좀 찌질했지? 대놓고 싫은 얼굴 하고 있는 여자한테."

근데 남가현. 네 말대로 상황이 이런데. 널 좋아하게 만들면 어
떡해. 넌 너무 특이해서 다른 비슷한 여잘 찾아낼 자신이 없는데.
왜 그때 깨어나선. 왜 눈이 마주쳐선. 당장 내가 답답해 미치겠는
데. 고개 숙인 널 보는 게 더 싫은 사람이 되게 만들었어.

"윤손찬."

목석같은 여자 취향이 아니라고 잘도 말해 놓곤 미안해하는 저 표정에 새삼 상처받는 자신이 우스웠다.

"그냥 꿈이었다고 생각해 버려. 가끔씩 꾸는 싫은 꿈 같은 거. 다시 자. 깨고 나면 아마 기억 안 날 거야."

손찬은 바닥에 떨어진 담요들을 주워 가현에게 안겨 주고 일어섰다.

"어디 가?"

"바람 쐬러."

"밖에 추워."

가현이 그의 팔을 잡았다.

"추워야 열 식히지."

"그래도."

그는 제 팔을 잡은 가현의 손을 천천히 떼어 냈다.

"넌 꼭 자."

"윤손찬."

농담이 아니었는지 손찬은 정말로 카페 밖으로 나가 버렸다.

'밖은 아직 추울 텐데.'

걱정이 들었지만 같이 있자고 잡을 수가 없었다. 미안하고, 민망해서.

혼자 남은 가현은 그가 쥐여 주고 간 담요를 푹 뒤집어썼다.

"이게 어떻게 그냥 꿈이 되냐."

싫은 꿈 아니었는데.

그냥 기억하면 안 되는 꿈일 뿐이야. 그러니 그의 말대로 자야지. 그래서 잊어야지. 손찬이 성큼 다가올 때 느꼈던 설렘도, 입술이 닿은 순간의 당황스러웠던 감각도, 고백하는 그를 보며 트램펄린을 탄 것처럼 높이 뛰어올랐다가 지금의 암담한 상황을 돌아보며 푹 꺼져 버린 마음도.

네 말대로 얼른 자고 다 잊어야지.

8화 내 불안을 지우는 너

　'이틀 후면 수능이구나.'

　디데이 달력을 보던 가현이 픽 웃었다.

　수능을 앞둔 3학년들의 분위기는 무척 날카롭고 예민해서 학교
는 각자 자습실에서 공부하는 걸 허락한 지 오래였다. 가현 역시
긴장은 하고 있지만 솔직히 말해 날짜를 체크할 때마다 드는 감정
은 놀라움 쪽에 기울어져 있었다.

　신기했다. 그와 만난 지 아직 한 달이 채 되지 않았다는 사실이.

　'못해도 서너 달은 지난 줄 알았는데.'

　정말, 웬만큼 다사다난했어야지.

　"으으, 안 추워, 선배?"

　"어휴."

　감회는 뒤로 미루고 다시 문제집에 집중하려던 가현이 한심스럽

다는 얼굴로 손찬을 쳐다봤다. 코트에, 담요에, 장갑에, 전기난로와 핫팩까지 끼고 덜덜 떨고 있는 모양새하고는. 누가 보면 혼자만 시베리아 한복판에서 겨울을 나고 있는 줄 알겠다.

"이 학교는 히터를 너무 과하게 틀어서 창문이라도 안 열면 갑갑하단 말이야. 여기서 끌 수 있는 것도 아니고."

더우면 졸리고 집중도 안 된다는 이유로 문고의 창문은 활짝 열려 있었다.

"너는 부, 분명히 뭔가 잘못됐어⋯⋯. 지금은 11월이라고, 에취!"

목에 모터를 달아 놓은 것처럼 손찬의 목소리는 달달달 떨리고 있었다. 가현은 그 가엾은 모습에 눈길 한 번 주지 않고 냉랭하게 대꾸했다.

"싫으면 교실이든 집이든 가. 남의 공부 방해하지 말고. 대한민국에서 11월은 수험생 우대 기간이야."

"완전 독재자네."

"자질은 충분하지. 피는 못 속이니까."

동시에 두 사람 모두 웃음이 터졌다. 빗속에서 난리를 쳤던 때가 벌써 까마득하게 느껴졌다. 그도 그럴 것이 손찬은 예전처럼 맞은편에 앉아 시시덕대고 있고, 약속대로 가현이 두려워하던 일은 정말 하나도 벌어지지 않았으니까.

생각보다 훨씬 나쁘지 않았다. 지금 너와 나의 사이는.

'생각보다?'

풋, 또 웃음이 터지고 만다.

6년 만에 처음으로 저런 농담을 던지고 함께 웃을 수 있는 사람이 생겼다. 윤손찬 앞에서는 아무것도 숨기지 않아도 된다. 이곳에서 그와 있을 때 가현은 누구보다도 자유롭다. 이게 얼마나 가슴 뛰는 일인지 너는 알까.

"어? 창문 닫아 주는 거야?"

"너 때문에 나까지 감기 걸리면 안 되니까."

"또, 또…… 일부러 말 그렇게…… 에취!"

"진짜 그냥 집에 가지그래?"

그가 가져온 보온병 안의 커피를 잔에 따라 건네며 가현이 핀잔을 줬다.

'공부할 때 창문 안 닫는 거 뻔히 알면서 왜 굳이 버티고 앉아선. 본인 공부에 집중해도 모자랄 시기인데. 내 수능이 끝나면 자기가 고3이 된다는 걸 자꾸 잊는단 말이야. 머리 좋다고 너무 낙관하고 있는 거 아니야? 쓸데없는 장난이나 쳐 대고. 난 정말 저런 애랑……'

비밀을 공유하고. 친구가 되고.

첫…….

생각을 따라 손끝이 저도 모르게 입술로 향하고 만다.

'나 왜 이러니.'

손찬은 진심이라고 했지만, 감정은 사실이라 쳐도 그날의 고백과 키스는 분명 실수였을 거다. 그날 가현은 좀 가엾었을 테고, 두 사람은 너무 가까이 있었다. 그래, 한마디로 말해 분위기에 휩쓸리고 만 거다. 입을 맞춘 그는 가현 못지않게 당황한 모습이었으니까.

'그래 놓고 뻔뻔한 척 고백이라니.'

친구로서는 나쁘지 않다. 하지만 다른 관계라면 문제가 달라진

다. 소문처럼 쓰레기는 아닐지라도 손찬 자체가 워낙 이 애, 저 애 다 설레게 만들어 놓고 쉽사리 고개 돌려 버리는 타입이니까. 어떤 여자건 사귀면 마음고생 좀 해야 할 거다. 분명히.

'그래. 그런 애야. 쟨 친구론 좋아도 남친으로는 꽝인 그런 애라고.'

그날부터 속으로 몇 번이고 되뇌고 있다. 쟨 그런 애라고.

"왜 그렇게 빤히 봐? 나랑 사귀고 싶어졌어?"

"참내."

먼저 그날 일을 잊으라고 말한 주제에 협조는 눈곱만큼도 안 해 준다.

"그냥. 진작 털어놓고 지낼 걸 그랬다는 생각이 들었을 뿐이야."

"에이, 뻥."

"진짜거든."

단순히 민망한 마음에 둘러댄 말은 아니었다. 진작 누군가에게 솔직히 털어놓았더라면 지금과는 다른 6년을 보내지 않았을까, 그런 생각이 요 며칠 동안 계속 들곤 했으니까.

"정말로 지금까지 아무한테도 말 안 했어?"

"너한테 했던 것처럼 내가 다 말한 적은 없지. 말해도 달라질 것도 없고. 물론 달라져서도 안 되는 거였고."

"박은주한테도?"

왜 뜬금없이 은주 얘기지?

"응. 그랬는데."

"그랬는데?"

말꼬리를 잡고 늘어지는 그에게 가현이 대답했다.

"이젠 다 말해 버리려고. 너한테 말하고 나니까 숨기는 게 무조건 최선은 아닌 것 같아서. 이제 와서 털어놔 봤자 서운해할지도 모르지만. 이해해 주지 않더라도 계속 숨기는 건 아닌 것 같다는 생각이 들어. 그래도 제일 친한 친군데. 그래서 조만간⋯⋯."

"아니. 그러지 마. 가현아."

손찬이 단호하게 가현의 말을 잘라 냈다.

"뭐?"

"말하지 말라고."

"왜?"

"별로 알아서 좋을 일도 아니잖아."

"그렇지만 은주는⋯⋯."

"말하지 않았으면 해."

뭐야. 자긴 다 들어 놓고 남한텐 얘기하지 말라니. 아무한테도 얘기 안 하고 악착같이 버티던 사람 입을 억지로 연 게 누군데.

"니가 아는 건 괜찮고 은주가 아는 건 싫다는 뜻이야?"

"그래. 정리하면 그렇겠네."

헛소리라는 걸 알 텐데. 윤손찬의 말투는 담담하기 그지없었다.

"왜?"

"글쎄."

손찬은 가현을 보지 않고 잠시 고개를 돌렸다. 멋대로 다정하게 굴고 헤실헤실하다가도 또 저렇게 갑자기 차가운 눈빛을 하곤 했다.

"네 비밀은 나만 알고 싶어서?"

짤막한 침묵 끝에 등장한 이유가 너무도 터무니없어 가현이 바보처럼 얼빠진 소리를 내고 말았다.

"어?"

"잘 생각해 봐. 내가 얼마나 힘들게 들은 얘긴데! 나처럼 너랑
몇 번은 싸우고 절교도 하고 빗물에서 좀 굴러 줘야 그런 얘길 들
을 자격이 생기는 거지. 안 그럼 내가 억울하잖아. 그러니까 너, 아
무한테나 막 얘기하고 다닐 생각 하지 마라."

"그게 다야?"

기가 차서 되묻자니 뒤늦게 해맑은 얼굴로 덧붙여 온다.

"아! 곧 수능이기도 하니까 거사는 나중에 치르자는 의미에서?"

"야."

"아니면 다른 거창한 이유가 있길 바란 거야? 왜, 특별히 짐작
가는 이유라도 있어?"

"당연히 그건 아니지만."

괜히 뭔가 있는 줄 알았잖아.

'그래도 덕분에 은주 생각이 났네.'

손찬과 싸운 후론 어쩐지 은주와도 데면데면해져서 만나는 날이
뜸해졌었다. 하교도 따로 하고, 연락도 거의 않고. 물론 서로 수능
을 앞둔 처지니까 예민해서 그런 거겠지만.

'그래도 화해했다는 얘긴 해 줘야지.'

가현은 가방 구석에 쑤셔 넣어 뒀던 핸드폰을 찾아 들었다.

"아 참."

문자를 잘 입력하다 말고 가현이 핀잔을 줬다.

"너 은주 연락 씹었었다며? 찾아가면 말도 안 하고. 니가 몰라서
그렇지 은주가 엄청 걱정해 줬어. 나한테도 몇 번이고 화해하라

고 했었고."

"은주 선배, 우리 화해한 거 알고 있어."

담담한 그의 대답에 가현이 두 눈을 크게 떴다.

"뭐? 어떻게?"

"어제 내가 연락해 놨거든. 오늘 여기로 오겠다고 하더라."

"그래? 다행이네……."

윤손찬은, 늘 이렇게 종잡을 수가 없다.

"아무튼 고마워."

"별로. 그 편이 나을 것 같아서 연락했을 뿐이야."

뭐가 낫다는 거지? 하지만 가현이 물어보기 전에 은주가 활기차게 문을 열고 안으로 들어왔다. 오랜만에 본 은주는 전보다 기분이 훨씬 좋아 보였다. 그녀는 같은 테이블에 앉아 있는 두 사람을 보자마자 환히 웃더니 쪼르르 달려와 가현에게 팔짱부터 꼈다.

"둘이 결국 화해한 거야?"

"응."

"진짜 잘됐다!"

"그러게."

"남가 넌 내가 계속 화해하라고 해도 찬이가 사과 안 받아 줄 거라고 그러더니. 역시 말만 그랬던 거야? 무슨 일이었는지 이젠 말해 줄 거지? 니가 엄청 잘못했었다며!"

그걸 뭐라고 설명하면 좋을지 몰라 고민하는데 손찬이 멋대로 끼어들었다.

"남 선배가 그랬어요? 자기 잘못이라고?"

어디로 보나 가현의 잘못이 맞는데, 꼭 말도 안 된다는 투였다.

손찬은 거기서 그치지 않고 고개까지 갸웃하며 읊조렸다.

"왜 그랬지? 선밴 잘못 없는데."

"무슨……."

"매번 내가 잘못했지. 안 그래?"

하도 단호하게 말해서 뒤늦게 부정하기도 애매해지고 말았다.

"아. 그래? 난 가현이 니가 은근히 홀가분해하는 것 같아서. 어쩔 수 없겠다 했었는데. 아니면 화해하는 게 맞는 거지 뭐. 나쁜 감정 오래 끌고 가서 좋을 거 없잖아. 정말 잘됐다."

가현이 우물쭈물하는 사이 은주가 어색하게 둥둥 떠 있던 분위기를 정리해 버렸다.

"그러게."

"슬슬 공부나 하죠."

평소와는 다르게 손찬이 먼저 책을 펼쳐 들며 제안했다. 곧 세 사람은 테이블에 앉아 각자의 공부에 집중하기 시작했다.

'정말 잘됐다.'

어쩐지 서먹서먹해지고 말았던 은주와의 일까지 해결되고 나니 꼭 모든 게 손찬과 싸우기 전으로 돌아간 것만 같아 가현은 자꾸 배시시 웃음이 났다.

반지하 방에 들어서자마자 가현이 손바닥으로 벽을 쓸었다. 벽은 몹시 차갑고 축축했다. 엄마와 함께 살 때는 봄마다 새로 벽을 도배하는 일이 연례행사였는데. 도배할 때가 됐다고 풀 쑤자 재촉하던 딸이 떠난 이후부터 엄마는 그마저 잊은 모양이었다.

'방도 하나뿐이면서.'

엄마와 현우의 짐만으로도 벽찰 좁은 방 안에는 예전에 그녀가 쓰던 물건들까지 버려지지 않은 채 꽉꽉 채워져 있었다. 보는 것만으로도 갑갑하고 숨이 막히는 광경이었다. 사람이 사는 집이 아니라 그냥 잠깐 잠만 자고 나가는 공간처럼 보여서, 그게 마음이 아팠다.

적어도 앞으로 몇 년은 더 이 집으로 돌아올 가망이 없는 딸의 물건이 아니라, 똑같이 쓸모없어도 차라리 풍경화나 하나 걸려 있었으면 이것보단 마음이 덜 아프지 않았을까.

'내 물건들은 다 버리라니까. 자리만 차지하잖아.'

가현은 어릴 적 안고 자던 곰 인형을 바라보며 한숨지었다. 그 한숨은 또렷하게 눈에 보이는 형태로 나타나 공중에 흩어졌다. 한겨울인데 집 안에 온기라곤 찾아볼 수가 없었다.

"집이 왜 이렇게 추워?"

그녀의 문자를 받고 집에 온 동생 현우는 아직도 잠바를 벗지 않은 채였다.

"보일러 틀었는데. 아마 1시간은 있어야 따뜻해질 거야."

1시간이라니? 이 겨울에?

"물은? 온수는 나와?"

"어, 나오긴 해."

나오긴, 한다고?

한숨을 참으려고 그녀가 입술을 깨물었다.

"집주인이 오래된 거니까 갈아 주겠다고 했는데, 나중에 또 자기들끼리 싸웠는지 보일러 교체 비용을 내라는 거야. 우리가 여기에

산 지 오래됐다고. 웃기지, 처음 들어왔을 때부터 해 주기로 한 거 차일피일 미뤄 온 거면서. 아무튼 엄마가 일단 알겠다고는 했는데 좀 더 있다가 고치기로 했어. 여기 앉아, 누나. 전기장판 틀었어."

"그거 얼마나 한다고 미련하게 안 고치고 있어!"

"조금 더 기다려 보면 주인집에서 해 줄지도 모른다고. 저번에 수도 터졌을 때도 그랬거든. 알아서 고치라고 하다가 나중엔 자기들이 민망했는지 해 줘서. 우리가 빨리 돈 많이 모아야 집도 사고, 누나도 다시 돌아올 거 아냐."

"……밥은 먹었어?"

가현은 냉장고를 열면서 말을 돌렸다.

"엄마가 아무리 바빠도 음식은 해 놓고 가. 누나 저녁 먹고 갈 거야?"

"아니. 내일이 수능이잖아. 가서 공부해야지. 근데 넌 어디 있다 왔어?"

"친구 집에."

"추워서?"

"아니야."

"그래? 공부는? 잘하고 있어? 왜 성적표 안 보내?"

현우는 열심히 하고 있다며 작게 웅얼거렸다.

그녀보다 네 살 어린 현우는 착한 동생이었지만 공부에는 영 소질이 없었다. 그러나 안타깝게도 가현은 성격이 나빠도 공부를 잘하는 편이 인생에 더 도움이 된다고 생각하는 깐깐한 누나였다.

"내가 너희 담임 선생님한테 전화해서 성적표 메일로 보내 달라고 얘기해야겠어?"

"미안."

"열심히만 하면 뭐해. 결과가 좋아야지. 너나 나나 공부 열심히 해서 나중에 돈 많이 벌어야 엄마가 편하게 쉬시지. 지금도 몸 안 좋은데 계속 일하시잖아. 전부 우리 때문인 거 모르겠어?"

열이 오른 이마에 손을 얹으며 가현이 다시 입술을 깨물었다.

잘 대해 주고 싶은데. 지금의 동생보다 두 살이나 어릴 때 이미 아빠의 집으로 가길 택했던 자신과 비교하면, 저도 모르게 가끔씩 짜증이 치밀곤 했다.

"미안."

"아니야."

"……."

가현은 잠시 전기장판 위에 앉아 있는 동생을 쳐다보다 가방을 열었다. 그 안에는 수능 응원 선물이랍시고 여기저기서 받은 각종 간식들이 들어 있었다. 그녀는 그걸 전부 현우 앞에 쏟아 놓고 가방 앞주머니에서 봉투를 꺼냈다.

"엄마한테 드려. 보일러 얼른 고치라고. 알았지? 꼭 고쳐야 돼."

"어디서 났어?"

"용돈."

"이렇게 많이?"

가현이 픽 웃었다.

"몇 달 모은 거야. 간다."

"벌써? 왜, 더 있다가 가지."

"수능 잘 봐야 너한테 공부 열심히 하라고 더 잔소리하지."

일어서려는데 현우가 팔을 잡아 왔다.

"누나, 괜찮지?"

"뭐가?"

"그냥, 다."

부모님이 이혼하셨을 때 현우의 나이는 고작 아홉 살이었다. 그때 현우는 가현보다도 더 집안이 어떻게 돌아가고 있는지 몰랐지만, 부모님이 언성을 높일 때면 겁을 먹은 채로 가현에게 오곤 했다. 가현이 누나로서 해 줄 수 있는 일이라곤 어린 동생의 귀를 막아 주는 것뿐이었는데도 말이다.

'그땐 나도 참 어렸지.'

그런 날이면 누구도 외면할 수 없는 소음이 집 안을 가득 울리곤 했었다. 그 소리가 가까워지지는 않을까, 지레 겁을 먹고 있으면 어설프게 열린 문틈 사이로 손을 치켜드는 그림자가 덮쳐 왔고, 가현은 현우와 함께 이불 안에서 덜덜 떨며 어서 그 시간이 지나가길 빌곤 했었다.

끔찍한 기억일수록 선명한 법이라 가현은 현우의 질문이 무슨 뜻인지 곧장 이해했다.

"야, 당연히 괜찮지. 그 좋은 집에서 용돈 두둑이 받으면서 매일 소고기만 먹는데. 필요한 건 뭐든 가질 수 있고, 잠도 넓은 방에서 편하게 자고, 따뜻한 집에서 혼자 잘 지내는데."

그렇게, 나 혼자서만 잘 먹고 잘 살고 있는데 내가 어떻게 괜찮지 않을 수 있겠어.

"진짜지?"

"당연하지. 조금만 더 참아. 나두 몇 년만 더 있으면 돈 벌 거고, 물론 대학 가도 아르바이트할 거야. 네가 고3 될 때쯤이면 훨씬 상황이 좋을 거니까 제발 공부 열심히 하고, 자주 연락해. 엄마한테 무슨 일 있거나 집주인이 지랄하면 꼭 얘기하고."

"하지만 누난……."

가현은 최대한 장난스러운 표정을 지었다.

"싸우려면 내가 싸워야지. 그럴 사람이 우리 집에 나 말고 또 있어? 같이 살진 않아도 여전히 여긴 내 집이니까. 그치?"

"응."

"다 괜찮을 거야. 니가 성적표만 꼬박꼬박 보내 주면."

떨떠름해하는 현우를 보며, 가현은 방금 그 말은 손찬이 했음 직한 농담이라고 생각했다.

현재 시각 오전 7시 10분.

남영호는 해외 출장, 당연히 서예리도 휴업. 도우미는 아직 출근 전인 시간이었다. 당연히 수능 잘 보고 오라는 응원을 해 주는 사람 한 명 없는 아침이었지만 가현은 개의치 않고 힘찬 걸음으로 깜깜한 집을 나섰다.

'마음에도 없는 응원 받아 봐야 불편하기만 하지.'

그런 가현의 생각을 미리 알았다면 서예리는 기를 써서 아침밥이고, 도시락이고 준비해 줬을 것이다.

'으, 소름.'

하마터면 수능 날 아침부터 쓰레기통을 찾아 헤맬 뻔했다.

"잠은 잘 잤어?"

"어? 너……."

골목을 내려오자마자 편의점 의자에 앉아 있던 손찬이 쪼르르 달려왔다. 전날부터 몇 시에 출발할 거냐고 계속 캐묻더니 처음부터 이럴 생각이었나 보다. 가까이서 보니 얼굴에 졸음이 그득그득한 게 가현이 먼저 가 버릴까 봐 새벽부터 와서 기다린 게 분명했다.

이런 건 진짜 낯간지러운데.

"올 거면 온다고 하지."

"수험장 앞에서 피켓 들고 응원하는 건 다른 애들이 할 것 같아서."

그가 웃으며 손을 잡았다.

"난 집 앞을 공략하기로 했지."

"풋."

긴장이 한순간에 날아가 버렸다.

"택시 불러 놨으니까 일단 타. 늦지 않게 가야지."

"지금도 충분히 빨리 나왔는데? 아, 잠깐만. 나 편의점 들러야 돼."

"도시락?"

어떻게 알았대.

"편의점 도시락 먹게 할 생각이었으면 일부러 여기까지 오지도 않았어. 타기나 해."

대기하고 있던 택시에 타자마자 손찬이 옆자리에서 에코백을 들어 올렸다.

"뭐야?"

"도시락. 죽으로 사 올까 하다가 후기 찾아보니까 머리 쓰느라 은근 배 많이 고프대서 최대한 든든한 걸로 사 왔어. 미리 예약하고 2시간 전에 가서 받아 온 거야. 초콜릿이랑 사탕이랑 이건 조그만 빵인데 혹시 배고프면 먹어. 그리고 이건 따뜻한 녹차. 시원한 물도 있어."

간략한 질문 하나에 돌아오는 대답이 만만치가 않았다.

'그냥 도시락이나 하나 사 가면 되는데. 얜 대체 몇 시에 일어난 거야?'

너무 열심히 준비해 와서 오히려 고맙다는 말이 더 안 나왔다.

"뭘 굳이 이렇게 고생스럽게……."

"후회 없이 응원해 주고 싶어서."

짐들을 다시 가방에 챙겨 넣어 주며 손찬이 말을 이어 갔다.

"조금이라도 춥거나, 덥거나. 배가 고프거나 어디가 아파서 망쳐 버리기엔 선배한테 너무 중요한 날이잖아."

"그걸 드디어 깨달은 거야? 한창 공부할 때 알아주지 그랬어."

"내가 좀 늦긴 했지."

"알긴 아네."

수능 보는 당일이 되어서야 그걸 깨닫다니.

"잘 보란 말은 지겹도록 들었을 테니까 흔해 빠진 응원은 관둘게."

"그럼?"

시트에 눕듯이 기대 앉아 있던 가현이 그를 바라보며 되물었다.

"고사장에 들어가기 전에 하나만 확실히 해 두자."

"뭘?"

"넌 그동안 입버릇처럼 수능이 끝나도 달라질 게 없다고 말했지만, 난 생각이 달라."

"뭐가 어떻게 다른데?"

"더 좋은 미래가 네 생각보다 가까이에 있다고 믿거든. 그러니까 힘내."

바보 같다. 그가 아니라 내가.

아직 5년의 형벌이 남아 있는 걸 알면서도 저렇게 확신에 찬 그를 보면, 자꾸 현실을 잊어버리고 마니까. 정말, 네 말대로 더 좋은 미래가 가까이에 있을 것만 같아져. 손을 뻗으면 닿을 만큼 가까운 곳 어딘가에.

'이 순간이 꿈이라면 분명 기분 좋은 꿈일 거야. 우리가 같이 있고, 네가 행복한 미래를 얘기하고, 내가 그걸 듣고, 너를 믿으니까.'

가현은 헛소리 말라고 핀잔을 주는 대신 조용히 두 눈을 감았다.

"잠들면 안 돼."

"알아."

"넌 잘할 거야."

"……알아."

흔들리는 택시 안에서 서로의 몸이 닿자 그가 조용히 손을 잡아 왔다. 가현은 뿌리치지 않았다. 기운이 없어서가 아니라, 이대로 그의 손을 잡고 있고 싶어서. 가만히 그의 어깨에 머리를 기댔다. 어깨에 힘이 들어가는 게 느껴졌다. 그 단단함은 안도감이 되어 다시 가현에게로 전해졌다.

작은 초조함. 번져 가는 불안함. 불길한 상상들. 이 모든 걸 너는 지우개처럼 쉽게 내게서 지워 낸다. 그래서 조금도 무섭지 않아. 너와 함께 있으면.

파도처럼 반에서 쏟아져 나오는 학생들에게 떠밀려 고사장에서 나오고 보니 바깥은 벌써 새카만 밤이었다. 시험 내내 열에 달떠 있던 피부를 식혀 주는 찬 공기와 바람이 그저 반가웠다.

'진짜 끝난 거지?'

서럽게 우는 사람부터 집으로 갈 생각은 않고 옹기종기 모여 떠드는 학생들까지. 주변은 귀가 멍멍할 정도로 북새통이었다.

가현은 비슷한 1년을 공유했을 다른 수험생들의 파노라마를 바라보며 담담히 교문을 향해 걸었다.

'언어랑 수리는 됐고. 외국어 난이도가 좀 의외이긴 했는데. 그래도 이 정도면 등급 나올 때까지 걱정은 안 해도 될 것 같긴 한데. 혹시 모르니까 집에 가서 다시 천천히 풀어 보고 적어 온 정답이랑 맞는지 비교해서……'

"우리 자기, 고생했어요."

갑자기 인파를 헤치고 나타난 사람이 가현을 끌어안았다. 누군지 묻지 않아도 알 수 있어서 가현이 그의 품 안에서 픽 웃었다.

"자기 같은 소리 한다."

핀잔을 주면서도 가현은 그를 밀쳐 내지 않았다. 이렇게 너에게 안긴 적이 몇 번이나 되더라. 몇 번이나 되기에 이렇게 네 존재가 당연하게 느껴지는 걸까.

"잘 봤냐고 묻진 않을게."

"물어봐도 되는데?"

"어? 진짜? 그럼 잘 봤구나! 그치?"

어린애처럼 신나 하는 게 느껴져서 그녀까지 웃음이 났다. 하지만 가현은 품에서 나오자마자 표정을 가다듬고 괜히 심술궂게 말했다.

"안 물어본다며?"

"역시 남가현…… 쉽지가 않아."

"그걸 이제 알았어?"

손찬은 가현의 손을 잡고 앞서서 인파를 헤쳐 나갔다.

"기분은 어때?"

"잘 안 들려!"

"기분이 어떠냐고!"

"좋아! 끝났다! 자유다!"

쟤네 뭐냐는 수험생들의 시선에도 마냥 웃음만 났다. 잘해 낼 거라고 믿었지만 혹시라도 수능이라는 시험의 무게에 짓눌릴까 봐 겁이 났다. 수능은 장장 12년을 달려온 길고 긴 마라톤의 결승점이니까. 막바지에 실수를 해서 망쳐 버리면 어쩌나 내심 긴장이 됐었다.

"걱정은 안 되고 마냥 후련하기만 한 거 보니까 진짜 잘 보긴 했나 봐, 나. 모의고사에서도 이런 기분 느낀 적 별로 없었는데."

"넌 잘할 거라고 했잖아. 난 걱정 안 하고 있었어."

"넌 원래 남 걱정 잘 안 하잖아."

"선배 걱정은 많이 했거든. 아, 이제 창문도 닫을 수 있고, 데이트도 마음껏 할 수 있겠다! 아싸!"

갑작스러운 손찬의 외침에 가현이 화들짝 놀랐다. 얼굴이 화끈거릴 정도로 창피한데 그의 손을 놓을 마음은 손톱만큼도 일지 않아 신기했다. 미친 것 같지만 아니, 정말 미치게 즐거웠다.

"이제 뭐 하고 싶어?"

"그냥. 쉬고 싶어."

"하긴 그렇겠다. 아, 저기 있다. 미리 차 불러 놨어. 데려다줄게."

도로에 대기하고 있는 택시를 보고 가현이 우뚝 멈춰 섰다. 왜 안 가냐고 표정으로 묻는 그에게 그녀가 재차 말했다.

"오늘은, 쉬고 싶어."

"……."

가만히 가현을 바라보다 손찬이 웃었다. 반쯤은 한숨이 섞인 미소였다.

손찬은 잠긴 카페 문 앞에 가현을 세우고 뒤에서 껴안듯이 손을 잡았다.

"뭐 해."

"자, 수능 끝난 아가씨. 기억하세요. 별 4105 별이야."

"무슨, 니 가게도 아니잖아."

"제대로 허락받았으니까 걱정 마."

농담이 아니라 정말 선오에게 미리 연락을 해 뒀었다. 공부를 하건 휴식을 취하건 남가현이 잠시라도 편하게 머물 공간을 갖게 해 주고 싶어서. 사실 자기 공간 나눠 쓰는 걸 싫어하는 사람이라 좀 걱정했었는데.

'쓰레기는 그때그때 버려라.'

'그거면 돼?'

'니 애인 니가 챙기겠다는데. 내가 무슨 말을 더 해.'

애인 사이라는 걸 인정하라는 권고에 가까웠지만 거기서 인정해도 남가현은 모를 테고. 구구절절 설명하기도 귀찮아서 손찬은 얌전히 이선오가 내린 관계의 정의를 받아들였다. 어차피 언젠가 그렇게 될 예정이니까.

"……널 참 많이 믿나 보다."

"우릴 믿는 거지. 자, 눌러 봐."

가현이 말없이 비밀번호를 누르자 문이 열렸다. 잘됐지, 하고 물으며 가현을 돌려세웠는데 순간 심장이 졸아들었다. 무섭도록 싸늘한 표정 때문이었다.

"마음 넓은 여자네."

"어?"

"그 여잔, 네가 다른 여자 데려와서 놀려고 비밀번호 물어본 거 알고 있어?"

"어? 여자?"

무슨 여자를 말하는 거지? 순간 너무 놀라서 머릿속이 새카매졌다. 남가현을 만난 후론 저런 따가운 눈총을 받으면서까지 관계를 유지한 다른 여자가…… 없다고 생각하다 손찬이 뒤늦게 답을 찾아냈다.

"아."

저번에 빌려줬던 옷 때문에 오해했었구나.

"지기, 기현이……."

해명을 하기도 전에 가현은 뚜벅뚜벅 안으로 먼저 들어가 버렸다. 화가 난 것 같은데, 얼른 저 고집불통 아가씨의 오해를 풀어 줘야 하는데. 정작 손찬은 배시시 웃음이 새어 나오려는 걸 참고 있었다.

"화났어?"

"웃어?"

어라. 티 났나?

'표정 하나도 제대로 못 감추고. 정말 남가현 앞에선 정신이 나가는구나, 나도.'

이대로 더 놀릴까, 기분을 풀어 줄까, 고민하다 오늘은 수능이었으니까. 마음 편하게 해 주자는 쪽을 고르는 데는 5초도 걸리지 않았다.

"미안해, 가현아."

손찬이 가현의 손목을 붙들었다.

"전엔 말하는 걸 잊었는데. 여기 주인, 남자야. 나랑 친한 형이고 그날 빌려줬던 옷은 그 형 여자 친구 거야. 그리고 혹시나 해서 말하는데 부담스러워할 필요는 없어. 옷이든 뭐든 내가 좋아하는 여자라면 얼마든지 쓰라고 할 사람들이거든."

"그런 사이구나."

오해는 풀렸다고 생각했는데, 어쩐지 가현의 태도가 석연치 않았다.

'내가 너무 신경을 쓰는 건가?'

하긴 그럴지도 모르겠다. 이미 많이 신경 쓰고 있으니까. 그리고 앞으로도 더 신경 써 주고 싶은 사람이니까.

"그 형 여자 친구는…… 왜 너랑 친해?"

"왜 친하다고 생각해?"

"얼마든지 입으라고 했다며. 모르는 사람한테 옷 빌려주는 거 좋아하는 사람 솔직히 없잖아. 거기다 자기 남친의 아는 동생이 아는 여자면 벌써 몇 다리를 건너는 건데."

"아."

송영과 어떻게 아는 사이냐는 질문은 이미 익숙했다. 그만큼 대답도 쉬웠다. 예전에 사귀었었다고 말하면 그만이니까. 송영은 손찬에게 있어 그럭저럭 좋게 끝난 거의 유일한 여자 친구였고, 현재까지도 좋은 친구이며 친한 누나이기 때문에 늘 그의 대답에는 거침이 없었다. 그런데 지금은 꼭 엄마 몰래 잘못을 저지른 아이처럼 우물쭈물 말이 안 나왔다.

"궁금해?"

고민 끝에 슬쩍 던져 본 질문에 가현이 즉답했다.

"궁금해. 근데 알기 싫어."

모순된 대답. 스스로도 이상하다는 생각이 들었는지 가현이 질문을 바꾸었다.

"우리 사귀는 사이 아니라고도 얘기했어?"

"안 했어."

"왜?"

"아직은 우리가 친구니까."

"또 무슨 헛소리래."

"지금은 때가 아니라는 뜻이야."

손찬은 그저 자신들이 휴전선 앞에 서 있다고 생각했다. 지지고 볶고 싸우며 가까워지다 어느 날 갑자기 강제로 그어진 선 앞에 멈쳐 있을 뿐이라고. 그러니까 이 거지 같은 상황만 종결되면 그는 언제든 그 무의미해진 선을 넘어 그녀에게로 갈 준비가 되어 있었다. 이렇게까지 누군가에게 확신이 든 건 처음이었으니까.

"다들 너 보고 싶어 하는데. 애인 되면 소개해 줄게."

"누구 멋대로?"

"항상 그랬듯이 내 마음대로지."

또 당황하긴. 얼른 고개를 숙여 버리는 모습이 귀엽다.

"옷은 아무 데나 벗어 놔."

"옷을 왜 벗어."

"코트. 히터 틀어서 곧 더울 테니까."

"아. 그렇지, 그래야지."

그러고 보니 저 소파였구나. 잠에서 막 깬 가현에게 키스했던 곳이. 이 순간 그 사실을 의식하고 있는 사람은 비단 그 혼자만이 아닌 듯했다. 슬쩍 쳐다보니, 남가현은 눈 한 번 안 마주치려고 애써 동동거리는 게 느껴졌으니까.

'관두자. 그날 일은 생각 안 하는 편이 나아.'

태연한 척 대하고는 있지만 실은 죽도록 애쓰고 있는 거다. 요즘 들어 가현은 손도 잡게 해 주고, 먼저 어깨에 머리를 기대 오며 쉽게 곁을 내주고 있어 더 힘들었다. 자꾸 이런저런 욕심이 들어서.

'역시 이런 해바라기 같은 장르는 나랑 안 어울린다니까.'

이제껏 사귄 애들이 이 상황을 알게 된다면 기겁을 했을 것이다. 와, 윤손찬 저렇게 독수공방하면서 살고 있다니, 하고. 어쩌면 벌받았다고 속시원해할지도 모르겠다. 넌 좀 당해 봐야 싸다고.

'우스운 꼴이라는 건 알아.'

그러나 걷잡을 수 없이 변해 가고 있다. 뭘 더 해 줄 수 있을지 밤새 고민하고, 행동 하나하나 오해를 살까 봐 조심하게 되고, 계속 너의 표정만 살피며 전전긍긍한다. 내가 아무리 불편하고 귀찮아지더라도 네가 곁에만 있어 준다면 상관없어진다. 이게 짝사랑이라면 정말 못할 짓인 거다.

"뭐 만들어? 여기서?"

"저녁 안 먹었잖아. 혹시 몰라서 이것저것 사다 놨어. 버너랑 냄비도 미리 가져다 놨고."

"그냥 시켜 먹지. 괜히 힘들게."

"오늘은 어디든 2시간은 기다려야 할걸. 넌 쉬고 있어."

말하는 중에도 그는 베이컨을 굽고 있었다. 앉아만 있기 미안했는지 가현이 옆에 와서 그가 하는 모양을 구경했다.

"안 피곤해? 너야말로 오늘 몇 시에 일어났어? 새벽부터 도시락 챙겨서 우리 집 앞까지 와 줬잖아. 나 수험장 들어가고 좀 잤어? 집에 가서?"

"가서 앉아 있어. 부산스러워."

어, 이거 남가현 화법인데.

'그새 옮았나?'

어쨌든 효과는 좋았다. 가현이 소파로 돌아가 줬으니까.

그렇게 겨우 요리에 집중하다 문득 피아노 소리가 들려 뒤돌아보니 가현이 코트를 이불 삼아 누워 음악을 듣고 있었다. 저번에 키스한 이후로 아무리 피곤해도 그의 앞에서 눕는 일은 자제하더니, 오늘 긴장이 풀리긴 풀린 모양이다. 자기도 모르게 작게 흥얼거리는 목소리가 요리 소리에 묻히는 것이 아쉬웠다. 저런 남가현을 볼 수 있는 날은 드문데.

"갑자기 웬 음악?"

"그냥. 클래식 싫어하는데 갑자기 듣고 싶어서."

"왜 싫은데? 지루해서?"

"어릴 때 배워 보고 싶어서 일부러 피아노 학원이랑 겸하는 유
치원으로 옮겼었거든. 근데 막상 배우기 시작하니까 너무 어려운
거야. 감각도 없고. 그래서 금방 그만뒀는데, 아빠 집에 오니까 다
시 배우라고 하더라. 나중엔 밤에 공부하다 심심하면 연습하라고
디지털 피아노랑 헤드셋까지 사 주는 거 있지."

저런 얘길 할 때면, 남가현의 목소리에는 언제나 웃음기가 서려
있었다. 울어야 할 때 울지 못하고 어떻게든 웃으며 견뎌 왔을 사
람. 새삼 만난 적 없던 시절의 아련한 모습이 엿보여 마음이 무거
워졌다.

"난 공부만으로도 심심할 틈이 없었는데……. 내가 심심해 보였
나."

"그럼 당분간은 좀 심심하겠네."

화제를 전환해 주니 또 언제 그랬냐는 듯 평소 같은 목소리로 돌
아온다.

"절대 안 심심하지. 고3 왕위는 너한테 물려주고 난 토익이나 공
부하려고. 찍는 방법만 배우면 된다고들 하는데, 남들이랑 비슷한
시간 쏟아서 요령 배우는 걸로는 턱도 없어, 나는. 머리가 나빠서
남들보다 진짜 몇 배는 더 노력해야 점수가 엇비슷하게 나오거든."

"대단하다 넌."

뭐 하고 놀까 생각하기에 바쁜 밤일 텐데. 오늘 하루쯤은 그래도

될 텐데.

"너야말로 대단해야지. 이제 고3이잖아. 기분이 어때?"

"별로. 아무렇지도 않은데."

그의 대답에 가현이 벌떡 일어나 앉았다.

"뭐? 진짜? 정말로? 어떻게 아무렇지가 않아? 그 시험으로 인생이 결정되는데?"

"뭘 인생까지야."

오히려 손찬은 가현이 그런 평범한 일에 스트레스를 받고 있었다는 점이 더 신기했다.

"너도 참 대단하다. 난 작년 이맘때 엄청 스트레스받았었는데. 이제 내가 고3이구나, 하면서. 다음 날엔 집에서 진짜 수능 보는 것처럼 문제도 풀고 그랬었어. 그때 갈비뼈에 금이 갔나, 그래서 얌전히 요양 중이었거든."

"근데도 공부를 했다고?"

"그럼 그 자세로 공부 말고 뭘 해?"

참 한숨 나올 만큼 긍정적인 사람이다. 존경스럽다는 생각이 들 정도랄까. 하긴 저만큼 긍정적이지 않았다면 지금까지 견딜 수 있었을 리가 없지.

'다행인데. 다행이지가 않다.'

대화하는 동안에도 묵묵히 움직이며 손찬은 수월하게 요리를 마쳤다. 구운 식빵에 볶은 잎채소와 양파, 베이컨, 계란을 얹은 2인분의 식사였다. 별로 대단한 음식은 아니어도 수능이 끝나면 직접 맛있는 걸 먹여 주고 싶어서 나름대로 연습해 온 것이었다.

"와!"

재료를 고르느라 핸드폰을 들여다보며 한참 동안 마트를 서성거리던 시간이 저 표정 하나로 전부 보상되는 기분이라니. 참 기가 막히게 신선하다.

"너 요리 배웠어? 이건 뭐야? 장식이야? 먹어도 돼?"

"플레이팅? 먹어도 돼. 드레싱 있으니까 같이 먹어."

"난 절대 못할 것 같은데. 정말 손재주가 꽝이라서."

내내 감탄사를 연발하며 가현이 손가락으로 콕 찍어 소스부터 맛봤다.

"와, 진짜 장난 아니다. 이거 파는 거야?"

"발사믹에 볶은 렌탈콩 섞은 거야. 어제 미리 만들어 놨는데 괜찮지?"

"진짜 완전 괜찮아. 빈말이 아니라 진짜 맛있어. 도시락도 맛있었고, 간식도 잘 먹었는데. 오늘은 정말 하루 종일 너한테 얻어먹네. 와! 이거 진짜 맛있다. 너 나중에 요리사 해도 되겠다! 진짜 맛있어."

수능이 끝나서 기분이 좋은 건지, 아니면 음식이 정말 마음에 든 건지 가현은 평소답지 않게 계속해서 칭찬을 늘어놓으며 제 몫의 음식을 깨끗하게 비워 냈다.

"에이드도 직접 만든 거야?"

"미리 물어봐 놨지. 괜찮아?"

"정말 최고다. 정말……."

"가현아."

갑작스럽게 바뀐 분위기를 느끼고 손찬이 그녀의 손을 잡았다.

"미안해."

"왜 사과해."

고개를 숙인 그녀를 바라보며 손찬이 대답을 기다렸다. 벌써 숨소리부터 달라진 게 느껴지는데, 이 여자는 또 아닌 척 티 내지 않으려 애쓰고 있다.

"그냥, 너 만나고 내가 변했나 봐."

웃으며 얼굴을 든 가현의 두 눈이 젖어 있었다.

"감정이 제어가 안 돼. 그냥, 고마워서 이래. 감정이라는 게 누구한테 한번 덜어 내고 나니까 자꾸자꾸 덜어 내고 싶어지나 봐. 네가 나 같은 애한테 와 줘서 고맙고. 그냥, 왜 이러지 진짜."

눈물을 닦아 내면서도 가현은 바보처럼 계속 웃었다.

"진짜 미쳤나 봐."

"울어도…… 예뻐."

어라. 울어도 괜찮다고 말하려고 했는데.

"풋!"

그래도 네가 웃으니까 그걸로 됐다.

"고마워."

가현이 두 팔로 그의 목을 감싸 안아 왔다. 몸이 밀착되는 순간 그가 숨을 들이켰다.

'빼빼 마른 주제에 자기도 여자라고……. 아 미치겠다.'

밀어 낼 수도 없고. 이런 와중에도 당혹스러운 설렘이 전신으로 퍼졌다.

"너 오늘 이상하다. 갑자기 사람이 변하면……."

"어제 통화하는데. 엄마가 우리 딸 수험생인데 고사장에 들고 간 도시락 하나 못 싸 준다고. 미안하다고. 식당에서 일하는데 딸 도

시락 하나 못 챙겨 준다고. 난 괜찮다고. 알아서 맛있는 거 잘 싸
갈 거라고. 걱정 말라고 거짓말밖에 못 했는데……."

무슨 말을 하고 싶은 건지 더 듣지 않아도 알 수 있었다.

"괜찮아. 괜찮아, 가현아."

손찬은 가현을 꼭 끌어안고 울음이 그치길 잠자코 기다렸다.

해 주고 싶은 말이 너무 많은데. 우는 모습 보여 주기 싫어하는
여자라서. 참 고집스럽고 자존심도 센 사람이라서. 하고 싶은 말들
을 등을 쓸어 주는 손길로 차근히 전했다.

'넌 변하지 않았어. 처음부터 넌 너도 모르게 다정했고, 친절했
어. 너는 원래 눈물도 많고 따뜻한 사람인 거야. 남들 한 번 아픈
게 싫어서 혼자 열 번씩 앓는 애지. 난 그냥 이런 널 찾아낸 것뿐
이라고 생각해. 살고 싶어서. 버텨야 하니까 꽁꽁 숨겨 놓고 너조
차도 잊어 가던 널, 그냥 내가 찾아낸 거라고.'

그래서 더 소중하고. 더 놓을 수가 없는 거라고.

'내가 널 놓으면 또 누군가 진짜 너를 찾아낼 때까지 혼자 외로
워야 하니까. 안 놓을게. 그러니까 아무리 힘들어도 너도 나 놓지
마. 벼랑 끝에 서 있어도, 아래로 굴러떨어지게 되더라도 끝까지
잡고 있어. 시궁창이든 벼랑 아래든 나는, 너 혼자 안 보내.'

아직은 전하기 부담스러울 이야기들을 가슴으로 삼켜 내며 손찬
은 제 품에 안겨 있는 가현의 머리를 천천히 쓰다듬었다. 아이를
토닥여 주듯. 제 품에 안겨 울고 있는 그녀가 괜찮아지길 바라며.
조금이라도 위안받고 잠깐이라도 평안하길 바라며.

시간이 조금 지나고 가현이 그와 눈을 맞추며 말했다.

"나는 항상 내가 넘어지면 바로 끝이라고 생각했어."

"……."

마주쳐 오는 물기 어린 눈매가 다시 휘어지며 웃음을 그려 냈다. 울던 얼굴인데 못나지 않고 예쁘기만 하다.

쿵, 쿵. 심장 소리가 들릴까 봐 숨조차 편히 쉴 수가 없었다.

"……."

"그러니까 절대로 넘어지지 말아야지. 내가 넘어지면 우리 가족들은 정말로 의지할 데가 없어지니까. 절대 실수하지도 말고, 멈추지도 말고, 어떻게든 악착같이 버텨야지. 다른 사람은 못 그래도 나는 해내야지 했는데. 요즘은 내가 넘어지면 네가 잡아 줄 것 같아서. 그래서 고맙고 좋아."

"좋다는 말은 함부로 하지 말지?"

진심인데. 투정인 줄 아는지 가현이 웃음을 터뜨렸다. 맑게 웃는 얼굴에 그 혼자 만감이 교차했다.

'왜 이렇게 예뻐서 고민되게 해. 오늘은 쉬게 해 주려고 데려온 건데. 너무 예뻐서, 진짜 좋아 죽겠다.'

결국 이러다 일을 낼까 봐 견디다 못한 손찬이 말했다.

"그만 웃어."

"웃지 말고, 울라고? 예쁘게?"

농담을 던지며 가현이 미소 지었다. 미소가 너무 예뻐서, 가슴이 저릿해져서. 널 향해 번져 가는 마음을 말릴 수가 없다.

"찬아."

신호처럼 코끝이 부딪쳐 왔다. 그러나 가현은 차분한 시선으로 응시할 뿐 몸을 뒤로 빼거나 고개를 돌리며 피하지 않았다. 서로의 진지한 눈동자를 마주하며 침묵이 흘렀다. 다음으로 이어진 행동은 누가 먼저랄 것도 없었다. 손찬이 부드럽게 그녀를 끌어당겼고, 가현의 두 팔은 다시 그의 목에 감겼다. 그녀는 눈을 감고 그에게 몸을 기댔다.

"좋아해, 남가현."

부드럽고 달콤한 감각이 입술에서 번져 갔다.

마치 뜨거운 불을 끌어안고 있는 것처럼 전신이 따스해진다. 정작 넌 자신을 다 타고 남은 재처럼 생각하지만, 잿가루조차 바람에 불어 날아오면 저와 같은 색으로 사람을 물들이는 법이다. 그래서 이렇게, 어느덧 내 일상은 전부 너로 이어졌다. 밥을 먹을 때도, 잠을 잘 때도 너 없이 어떻게 살았었나 싶을 정도로 네 생각뿐이다.

진심, 헌신, 애정. 한때 유치하다고 비웃던 마음들이 내 안으로 들어와 이제는 정말 진심으로 그 모든 감정들을 무겁게 체감한다.

"알아 둬, 가현아. 어떤 네가 됐건 난 널 좋아할 거라는 걸. 잊지 않았으면 좋겠어."

"너 정말……."

"곤란하지?"

알고 있어. 그래서 참고 또 참고 참다가 겨우 한 번을 내뱉은 말이었다.

"미안해. 가현아. 그런데 정말로 좋아해."

당장은 강제로 그어진 선 앞에 멈춰 서 있어야 하는 처지여도 나는 너에게 다가갈 수 있는 만큼 다가설 거야. 언젠가 우리 앞에 선이 사라졌을 때, 곧바로 내가 너에게 닿을 수 있도록. 네가 나를 돌아볼 수 있도록.

그렇게, 우리가 정말로 시작될 수 있도록.

"벌써 12시네요."

소파에 앉아 죽일 듯이 시계만 노려보고 있던 남영호에게 구태여 서예리가 말을 보탰다.

"오늘이 오빠가 출장에서 돌아오는 날인 거 알고도 이런다니까요."

아직 귀가하지 않은 가현을 두고 하는 말이었다.

분명 화가 났을 텐데 남영호는 언짢은 얼굴로 침묵하기만 했다.

'웃겨. 자기 딸이라고 애지중지하는 것 좀 봐. 하긴 평소에도 화만 나면 죽어라 패면서 절대로 쫓아내진 않잖아. 없으면 곤란하니까.'

남영호가 그런 식으로 어떻게든 곁에 붙들어 두려는 사람은, 오로지 남가현뿐이다. 영리하고 예쁘고. 어느 모로 보나 완벽한 모습을 갖춘 딸의 이용 가치를 정확히 알고 있는 것이다.

'가뜩이나 내가 불리한 상황인데 명문대까지 가면 이 인간은 개만 더 아끼겠지. 그 독한 년한테 수능쯤이야 껌일 텐데.'

처음 이 집에 들어왔을 때, 남가현은 서예리에게 말 한마디 걸지 않았었다. 무심히 한 번 쳐다보곤 아, 하고 돌아선 게 인사의 끝이었다. 어차피 오래 머물지 못할 거라는 걸 잘 안다는 의미의 시선이었다. 그건, 난봉꾼인 남영호 다음으로 이 집에서 가장 오래 산 사람다운 행동이기도 했다.

'그년은 아무리 맞아도 주저앉는 법이 없지. 이제껏 쫓겨난 여자들도 분명히 그년이 뒤에서 다 내쫓은 걸 거야. 그래, 가뜩이나 날 깔보는데. 선수 치지 않으면 다음엔 내가 쫓겨나겠지. 그러니까 이게 최선이야. 난 이럴 수밖에 없어.'

서예리는 끝끝내 마음을 바꾸지 않았다. 선한 사람인 채로, 아무 것도 놓지 않고 가지려 들기에는 원하는 것이 너무나 무거웠으니까.

"걔, 남자 생긴 거 맞아요."

"헛소리 마."

확신에 찬 목소리였다.

"걔 아직 고3이야. 징후도 없었어. 친구들이랑 뒤풀이하는 거겠지."

"친구?"

웃음이 났다. 정말 그렇게 믿고 있는 거야? 그렇게, 생각할 수 있는 거야?

"어느 집 애인지 다 따져 보고 성에 안 차면 아예 말도 섞지 말라는 말을 당사자 앞에서 대놓고 하는데, 그 애한테 제대로 된 친구가 남아 있겠어요? 콩고물 뜯어먹으려는 빈대가 아니고서야."

"내 말은 죽어도 안 듣는 애야. 뒷구멍으로라도 만났겠지."

좋네. 믿음이라곤 없다는 점이.

"맞아요. 뒷구멍으로 만나더라고요. 오빠 출장 간 동안 걔가 어떻게 지냈는지 모르죠? 곧 수능인데 술 냄새 풍기고 다니고, 외박하고. 이게 뭔지 알죠?"

서예리는 남영호의 다리 위로 동전 지갑을 던졌다. 예전에 남영호가 출장 선물이라며 가현에게 준 지갑이었다. 서예리는 미리 복사해 둔 열쇠로 가현의 방에 들어가 저 지갑을 찾아내 약을 넣어 두었다. 이 순간을 위해서.

"내가 먹는 약을 몰래 가져갔나 봐요."

"피임약이라고?"

"오빠 내가 걔 싫어서 이러는 줄 알죠? 정말 내 선에선 해결이 안 돼서 그래요. 걱정을 해 줘도 동거녀 주제에 간섭 말라는 태도니까. 엄마처럼 잘 챙겨 주고 싶어도 걘 날 그렇게밖에 안 본다구요."

"……."

세상에는 친딸보다 남이 더 잘 알게 되는 사실도 있다.

'그래. 남가현은 모르지. 당신이 얼마나 쓰레긴지. 나보다도 더 몰라.'

남영호는 귀가가 늦어지는 날이면 어김없이 속옷에 여자 흔적을 묻혀 오면서도 정작 제 주변 사람들, 특히 여자에겐 결벽적인 정절을 요구했다. 그에게 여자란 돈으로 사는 소유물에 불과하니까. 친딸마저 그런 존재로 생각하는 남영호가 이런 스캔들을 절대로 용서할 리 없었다.

"오늘은 안 가지고 나간 거 보면 피임도 하다 안 하다 하는 거겠죠. 하긴 무식한 지 엄마한테 뭐 제대로 배운 게 있겠어요? 미리 말해 두는데, 난 걔 데리고 낙태 수술 해 주는 의사 찾아다닐 생각 없어요. 자기 몸 관리 못하고 주제에도 안 맞는 새끼 배는 년들은 정말 딱 질색이니까."

"……."

"못 믿겠으면 내일 아줌마 왔을 때 불러서 물어보든가요."

서예리는 자신 있었다. 이 세상엔 돈으로 안 되는 일이 없으니까.

"하아. 미안해요, 오빠."

타이밍을 잰 그녀는 갑자기 태도를 바꿔 상심한 남영호의 팔을 쓸어 올리며 조심스럽게 말했다.

"내가 말이 좀 심했죠? 근데 난 정말 걱정돼서 이러는 거예요. 가현이, 정말 예쁘고 똑똑한 애잖아요. 아직 앞길도 창창한 나이인데. 어디서 만났는지도 모르는 놈이랑 함부로 몸 굴리다가 인생 망칠 일 생기면 어떡해요. 당신 체면도 있는데."

체면이라는 단어에 남영호의 입가가 씰룩였다. 누구도 믿지 않는다는 입장을 고수하려 애쓰고 있지만 사실 속으로는 미친 듯이 흔들리고 있는 게 분명했다.

'멍청하긴.'

실제로 남자가 있을 가능성은 현저히 낮을 테지만 언제나 그랬듯 진실은 중요하지 않았다. 남가현은 무조건 없다고 할 테고, 그럼 이 지독한 남자는 더 의심할 테니까. 그건 두 사람 모두에게 아주 지옥 같은 일일 것이다. 특히 남가현에겐 더더욱 그렇겠지. 난데없이 날아든 이 양날의 검을 정통으로 껴안게 될 테니까.

어느덧 새빨갛게 변한 남영호의 얼굴을 보면서 그를 출구 없는 미로 속에 던져 놓았음을 확신한 순간, 현관문 열리는 소리가 났다.

"다녀왔……."

동시에 남영호가 번개처럼 튀어 나갔다. 짜악! 곧이어 들려온 뺨을 갈기는 날카로운 소리, 동시에 남가현이 넘어졌는지 쿵 소리가 났다. 하지만 남영호는 그걸로 만족하고 멈출 위인이 아니었다.

쿵, 쿵, 쿵. 시끄러운 소리가 집 전체를 울리기 시작했다. 쿵, 쿵, 쿵. 끔찍할 정도로 익숙한 소음 속에 사람 목소리는 조금도 들려오지 않았다. 남영호는 아무것도 묻지 않았고, 그건 남가현도 마찬가지였으니까.

'정말 진저리 날 정도로 닮았어.'

밑도 끝도 없이 시작된 폭력과 그걸 당연하게 받아들이는 상황은 이 집에 사는 이들에겐 일상생활과 같은 것이었다.

"⋯⋯."

팔짱을 낀 채 거실에 서 있던 서예리는 머리채가 잡힌 채 질질 끌려오는 남가현과 눈이 마주쳤다. 잔뜩 겁에 질린 눈이었다. 그 이상을 바랄 수 없을 정도로.

'한겨울에 이 집에서 쫓겨날 사람이 너인지, 나인지는 더 두고 봐야 할걸.'

서예리가 가현을 보며 씩 웃었다.

9화 어긋난 관계의 끝

수능이 끝난 교실 안은 부산스러웠다. 멍하니 앉아 있는 애가 있는가 하면 내내 울기만 하는 애도 있었다. 아예 학교에 나오지 않은 애는 물론, 신나서 성형외과 팸플릿을 뒤적이는 애들도 적지 않았다.

"잘 봤어?"

"그럭저럭."

은주의 애매한 미소에 친구들이 웃었다.

"잘 봤구나? 하긴, 너 원래 공부 잘하잖아."

"에이. 아니야."

얼굴은 웃고 있었지만 속은 쓰렸다.

'그럭저럭 정도만 되어도 좋을 텐데.'

자신 있던 언어 영역은 물타기라는 말이 나오는 걸로 보아 등급

의미가 없어진 것 같았고, 목숨을 건 수리는 완전히 망했다. 어젠 집으로 돌아가자마자 울기만 했다. 핸드폰 붙들고 재수 학원 알아보면서.

"남가현은 잘 봤대?"

"글쎄."

잘 봤을 거라고 말하긴 싫어 대답이 시큰둥해졌다.

"얘기 안 해 봤어?"

"응. 바쁜가 봐."

"그래? 사실 나 아까 걔네 교실 가 봤는데 아예 나오지도 않았더라."

"안 나왔다고?"

"응."

그러고 보니 어제 잘 봤냐는 문자를 보냈는데 아직까지 답장이 없었다.

"남자랑 노느라 안 온 거 아니야?"

한 친구의 뜬금없는 발언에 반 전체가 찬물이라도 뒤집어쓴 것처럼 조용해졌다.

'남자라고? 걔가?'

은주가 정신을 차렸을 땐 이미 다른 친구들이 득달같이 달려들어 무슨 뜻이냐고 캐묻는 중이었다.

"나 어제 걔랑 같은 고사장이었거든. 상운고. 근데 진짜 장난 아니었어. 남들 다 보는 데서 찐하게 굴고. 남자가 엄청 잘생겨서 눈에 딱 띄는데, 와. 진짜 재주도 좋아. 아무튼 끝나고 그 남자랑 같이 택시 타고 가더라? 날씨 엄청 추웠는데 걔 수능 끝나고 나올 때까지 기다렸나 봐."

"그 정도면 그냥 아는 사이는 아닐 거 아냐."

"그치?"

은주가 알기로, 남가현과 그럴 만한 남자는 오직 한 명뿐이었다.

'하지만 엊그제 문자 할 때만 해도 그런 말은 전혀 없었는데? 잠깐만, 그럼 걔 나한테 거짓말한 거야? 윤손찬이랑 둘이 노는 거 들키기 싫어서? 왜? 내가 끼어들까 봐?'

순간 심장이 쿵, 하고 곤두박질쳤다. 여우 같은 남가현이 얄미운 건지, 아니면 윤손찬과 어디까지 갔을까 상상하는 게 끔찍해서인지 스스로도 알 수가 없었다. 쏟아 내고 싶은 말은 많은데 입이 떨어지질 않았다.

"얼마나 잘생겼는데?"

"완전 장난 아님. 어지간한 아이돌이 풀 메이크업 받고 무대 의상으로 세팅하고 와도 걔보다 못하겠지 싶더라. 청순하다고 해야 하나? 예쁘장하다고 해야 하나? 피부도 새하얘 가지고. 진짜 상운고에서 수능 보고 나오는 애들 중에 걔 못 본 애가 없을걸. 몰래 사진 찍어 가는 애도 있더라. 어디 엔터 연습생인지 찾아내겠다고."

"대박. 우리 학교 앤가?"

"우리 학년에 그런 앤 없는 것 같은데. 예고도 아니고. 아, 정원 예고 쪽인가?"

"또 모르지, 신관에는 있을지. 그쪽은 마주칠 일이 거의 없잖아."

그래도 그 정도면 소문은 나지 않았겠냐며 친구들이 웅성거렸다.

"그나저나 남가현 걔도 얼굴 엄청 밝히는구나."

"진짜. 남자들은 얼굴만 예쁘면 다인가? 대체 그런 애 어디가 좋다고 쫓아다니는지 모르겠어. 지들이 죽어라 쫓아다녀 봐야 걘 손톱만큼도 신경 안 쓰는데."

"야. 설마 지금도 그 남자애랑 있느라 안 오는 거 아니야?"

친구 중 한 명이 내뱉은 말에 모두가 숨을 삼켰다. 은주의 자리를 둘러싸고 모여 있던 애들은 하나같이 은밀한 비밀을 공유하듯 서로의 얼굴만 쳐다봤다.

"어젯밤부터 지금까지 계속?"

속삭이듯 작은 목소리가 침묵의 마침표를 찍었다.

세상에, 맞나 봐, 웬일이니. 친구들의 반응이 줄줄이 이어지는데 은주는 여전히 아무 말도 할 수가 없었다. 만에 하나라도 진짜일까 봐. 정말로 남가현이 밤새 손찬과 함께 있던 거라면 기분이 더 끔찍해질 것 같아서.

'아니지. 진짜가 아니면 왜 걔가 거짓말을 했겠어? 거기다 어제부터 계속 연락도 안 되잖아. 남가현이라면 충분히 그럴 수 있어. 얼마나 여우 같은데. 평소에도 내가 찬이랑 조금만 친해 보이면 대놓고 싫어했잖아. 맞아, 걘 분명히 윤손찬을 좋아하는 거야.'

그래서 혼자 독차지하려고, 그녀를 떼어 놓으려는 것이 분명했다.

'그러고 보니까 걘 찬이랑 화해했을 때도 연락 한 통이 없었잖아.'

결국 화해했으니 걱정 말라고 먼저 연락해 준 사람 역시 손찬이

였고. 다음 날 바로 문고에 갔을 때도 남가현은 당황한 눈치였다. 아니, 늘 당황하고 있었다. 둘만 있을 때 은주가 가면 꼭 하던 말을 딱 멈추곤 방해꾼 보듯 했으니까.

'어떻게 지금까지 눈치를 못 챘지?'

세상에. 그 머리 좋은 애를 그간 너무 만만하게만 봤었나 보다.

"학교야 걔가 무슨 짓을 하던 이름 들어간 현수막만 달면 만족하겠지."

"하긴. 편의 봐주는 게 하루 이틀이었어? 수업 안 들어가고 자습하겠다는 것도 다 허락했다더라. 혼자 공부해야 집중 잘된다니까 담임이 바로 그러라고 했대."

"와, 개싸가지."

계속되는 친구들의 험담 속으로 은주의 목소리가 섞여 들었다.

"그러게. 진짜 재수 없지."

"어?"

이제껏 학교에서만큼은 남가현의 친구라는 포지션을 포기하지 않던 은주였다. 하지만 뒤에서 몰래 남자나 후리고 다니는 앤데. 친구 고마운 줄 모르고 백날 들러리 취급이나 하는 앤데. 언제까지 혼자만 감싸고 챙기고 참아 줘야 할까?

"은주야. 너 걔랑 싸웠어?"

은주가 픽 웃었다.

"싸움도 친해야 하지. 걘 나 친구로 안 봐. 항상 거짓말에, 어장 관리 엄청 하면서 아닌 척 내숭 떠는 꼴을 너희가 못 봐서 그래. 한 번이라도 옆에서 겪어 봤으면 정 떨어져서 친구 못 했을걸. 나만 항상 혼자 친구라고 생각하고! 걘, 걘 늘……."

"헐. 야, 은주 울려고 그래."

"괜찮아?"

"그년은 신경도 안 쓸 텐데 억울하게 왜 너만 울어. 솔직히 걔가 너 이용하는 거 우리 눈엔 다 보였어. 그래서 매일 말했잖아. 그런 애랑 뭐하러 친구하냐고."

"울지만 말고 우리한테라도 다 털어놔 봐."

친구들은 악랄한 남가현 옆에서 오랫동안 견뎌 온 그녀를 따뜻하게 감싸 줬다. 하긴 이제 와서 겁낼 게 뭐가 있을까. 거짓말을 하는 것도 아니고 본인이 행동을 똑바로 했으면 이런 일은 생기지 않았을 거다.

'다 가졌으면서. 부족한 것도 없으면서 남자 하나 양보 못 하고 베프한테 여우처럼 구는 니가 못돼 처먹은 거 맞잖아. 안 그래?'

모두가 속고 있는 거다. 남자애들도, 학교도, 선생님도, 찬이도. 지금은 아무것도 몰라서 걔 뒤만 졸졸 쫓아다니는 거다. 누군가는 진실을 알려야만 한다. 남가현은 제 행동에 대한 합당한 대접을 받아야 마땅하니까.

"실은 그동안 남들이 이상하게 볼까 봐 말 안 하던 건데."

"응, 응. 말해 봐."

"걔, 학교에서 따로 허락해 준 자습실에서 남자 후배랑 매일 놀아. 근데……."

직접 눈으로 봐 온 일들을 털어놓으며 은주는 속으로 자신이 나쁜 짓을 하는 건 아니라고 생각했다. 이건 졸렬하게 친구를 배신하는 짓과는 다르다면서.

[왜 연락이 없어.]

[무슨 일 있어?]

[답장 좀 해.]

[읽기라도 해 제발.]

아무리 애원해도 답장은 돌아오지 않았다.

손찬은 상대가 확인도 하지 않은 대화창을 바라보며 책상에 엎어져 내내 한숨만 쉬었다. 어제 집에 데려다줄 때까지만 해도 당장 내일부터 연락이 두절될 거라고는 예상치 못했었다. 언제든 그런 일이 벌어질 수 있다고 생각했으면서 정작 닥쳐온 건 처음이라서.

속된 말로 정말 미칠 것 같았다.

'혹시 병원에 가 있나? 우선 형한테라도 연락해 볼까? 괜히 의심 샀다가 경찰에 신고한다고 나오면? 아니, 지금까지 연락이 없으면 정말 신고해야 하는 거 아니야? 무슨 짓이든 해서 안전부터 확인하는 게 우선 아니냐고.'

남가현은 분명 엄격한 얼굴로 이렇게 말할 것이다.

'절대로 참견하지 말고 모르는 척하고 있어.'

그 목소리와 얼굴이 선명해서 더 기가 막히고 화가 났다. 왜 진작 이런 사태가 발생했을 경우를 대비해 미리 의논해 놓지 않았을까? 어째서 생각하지 못했던 걸까? 어째서 당분간은 이대로 지켜만 보자고 멋대로 결정해 버렸던 걸까? 탁, 탁, 탁. 이렇게 정서 불안 환자처럼 책상을 두드리는 일 외엔 정말 아무것도 할 수 없는 건가?

'아무 일도 없지는 않을 거야. 자기 건강이라곤 죽어도 염려 안 하는 애야. 조금 아프다고 학교를 쉴 리 없어. 수능 끝나는 날에 아버지가 출장에서 돌아온다고 했었으니까 가능성은 그쪽이겠지. 하지만 대체 왜? 수능 결과가 나온 것도 아니고, 설령 결과가 나왔더라도 애가 학교도 못 나올 정도로 그렇게⋯⋯. 그게 말이 돼?'

그 외에 다른 가능성에 대해선 생각조차 안 나고, 성적이라는 이유는 이해가 되질 않았다. 나름대로 성적에 엄격한 집에서 자랐는데도 불구하고 그랬다.

'혹시 정말 큰일이⋯⋯. 아니야. 그럴 거였으면 진즉에⋯⋯.'

탁, 탁, 탁, 탁. 책상을 두드리는 소리가 초조한 마음을 대변하듯 점차 빨라지고 있었다.

'하지만 그 새끼는 미친놈이라고. 아무리 명예니 체면이니 중시해도 자식한테 소주병을 휘두르지 않나, 그냥, 그 새끼는 미친놈이야. 상식이 통할 리가 없잖아.'

만약 약속 운운하며 얌전히 있을 상황이 아니라면? 한시가 급하다면, 정말 도움이 필요한 거라면? 그래서 나중에 이렇게 멍청이처럼 앉아만 있던 시간을 뼈저리게 후회하게 된다면?

"야, 너 들었어?"

"뭘?"

"3학년 A반에 남가현. 어제 수능 끝나고 아직까지 남자랑 놀고 있대. 학교도 안 오고 밤새. 다들 어디 모텔이라도 간 거 아니냐고 수군대더라."

"뭐?"

이건 또 뭔 개소리인가 싶어 손찬의 얼굴이 확 구겨졌다. 세상에 교복 입고 모텔 들어가는 멍청이가 어디 있다고, 그딴 헛소문이 퍼졌단 말인가?

"지금 3학년들은 온통 그 얘기야."

"오해겠지."

"같은 고사장인 선배가 봤다던데?"

"모텔에 들어가는 걸?"

"아니. 대놓고 남자랑 붙어 다녔다고. 난 그래서 너인 줄 알고 내 친구 같다고 그랬는데. 그 선배 말이, 그럼 양다리 걸치고 있던 거 아니냐는 거야. 원래 여기저기서 남자 후리고 다닌다는 소문이 많았대. 알고 있었어?"

손찬이 제 관자놀이를 꾹꾹 눌렀다.

'가뜩이나 머리 아파 죽겠는데. 어디서 이런 쓸데없는 소문까지……'

하지만 남가현이 학교로 돌아왔을 때 양다리 걸치느라 결석한 애라는 시선을 받게 내버려 둘 수도 없는 일이었다. 진실의 여부를 떠나서 소문은 엄청난 후폭풍을 몰고 올 테고, 남가현은 그런 일까지 짊어질 여유가 없는 사람이니까.

"헛소문이야."

단호한 어조로 손찬이 말문을 열었다.

"니 말대로 어제 고사장에 같이 있던 남자, 나 맞거든. 몸이 안 좋다고 해서 내가 집까지 데려다줬어."

중간 과정 생략은 있어도 엄연한 사실이었다.

"누가 그딴 말을 유포하고 다니는지는 모르겠는데, 진짜 어이가 없네. 그 선배, 정말 미쳤다 싶을 정도로 공부해. 한겨울에 집중한

232

다고 창문 열고 문제 푸는데, 솔직히 몸살이 안 나고 배기겠냐?"

"와. 진짜 미치긴 했네. 이 날씨에."

친구는 역시 전국 3%는 다르다며 잠시 부산을 떨었다.

"근데 그러면 그 소문은 뭐지?"

"뭐겠어. 믿는 사람만 머리 빈 거 인증하는 소문이지. 애초에 그 소문 자체가 말이 안 되지 않냐? 그딴 말이 나돌 정도로 남자를 후리고 다녔으면 학교에서도 최소한 두어 명은 남가현이랑 만났다는 놈이 있어야 정상인데, 그것도 아니잖아. 친하게 지낸 놈이라고 해봐야 그나마 내가 같은 자습실을 쓴 정돈데."

"그것도 그러네."

사람을 모함하려면 좀 제대로 할 것이지, 누가 시작한 일인지 참 허술하기 짝이 없었다.

"하긴 널 두고 양다리가 가당키나 하냐."

결국 친구도 남가현이 정말 아파서 못 왔다는 쪽으로 생각이 바뀐 모양이었다.

"넌 어디서 들었는데."

"3학년 교실에서. 우리 누나가 말해 줬는데 3학년들은 다 믿는다더라. 되게 신빙성이 있다나 뭐라나. 니 말 듣고 보니까 신빙성은 무슨. 다 개뻥이네."

친구는 머쓱해하며 반에서 나갔다.

'고사장 앞에서 했던 행동 생각하면 어지간한 소문쯤이야 이해해. 사귀는 남자가 있다, 정도까진 날 수도 있지. 하지만 평소에 어쩌고저쩌고 지껄여 댄 말을 다들 믿은 걸 보면, 역시 박은주가 걸려.'

손찬은 사물함 안에 넣어 놓은 가방을 챙겨 들고 교실을 나왔다.

구관으로 향한 그는 물어물어 3학년 3반, 박은주의 반에 도착했다.

"저기, 은주 선배 보러 왔는데. 교실에 없네요?"

"잘 모르겠네. 화장실 갔나?"

3반 입구에서 붙잡은 여학생에게 알겠다고 말한 후 돌아서는데 뒤에서 꺅꺅 소리가 들렸다. 슬쩍 시선을 돌려 보니 내가 봤던 애가 쟤라는 둥, 시끄럽게 떠들어 대는 여학생 무리가 보였다.

'쟤들이 박은주 친구구나.'

확인을 마친 손찬은 빠른 걸음으로 3학년 복도를 벗어났다.

[수능 끝난 거 축하해요. 학교에서 잠깐 봐요. 문고에 있을게요.]

박은주에게 문자를 보내 놓고 가현과의 대화창을 확인해 봤지만, 역시 아직 답장이 없었다.

'괜찮은 거지, 남가현?'

손찬은 가방을 테이블에 내려놓고 그 옆에 앉았다. 박은주를 만나 이 일을 처리하면 바로 학교를 나갈 생각으로 담임에게 조퇴 허락까지 받아 놓았다.

'그래. 언젠간 겪어야 할 일이었어.'

멍청한 박은주가 점차 제 감정을 드러내며 가시 돋친 말들을 툭툭 내뱉고 있었고, 눈치 없는 남가현은 제 비밀을 털어놓을 생각을 하고 있는 와중이었으니까. 끔찍한 일이 터지기 전에 정리할 기회가 생겨 차라리 다행이었다.

'넌, 사람한텐 참 약하지. 이미 곁을 준 사람은 의심할 생각조차

못 하고.'

성적만 보는 학교에서는 간판스타로 칭송해 줘도 정작 그런 일에 있어서 가현은 아이처럼 서툰 사람이다. 하지만 눈치가 없든 서툴든 상관없었다.

'너는, 그대로여도 돼.'

이런 일은 그가 먼저 해결해 버리면 그만이니까.

"미안! 늦었지! 우리 교실에 왔었다며? 애들이 얘기해 주더라. 누구냐고 하도 물어봐서 이름 말해 주니까 그제야 알던데? 이름은 아는데 얼굴은 몰랐대. 신관이랑 구관이랑 거리가 있어서 그런가. 아무튼 너, 나름대로 우리 학교 유명 인사야."

박은주는 기분이 좋아 보였다.

"참, 아깐 잠깐 교무실에 갔었어. 진학 상담차. 수능 끝나고 나면 마냥 한가할 줄 알았는데, 그건 또 아니더라. 기껏 찾아와 줬는데 미안."

잠시 동안 그녀는 수능 난이도가 어떻고, 수시 2차 발표가 어떻고 하며 쓸데없는 말들을 늘어놓았다. 궁금하지도 않았고, 더는 관심 있는 척 경청할 필요도 없는 이야기들이었다.

손찬이 대꾸 한 번 없이 무심한 태도로 일관하자 결국 박은주가 먼저 다른 화두를 입에 올렸다.

"가현이는 오늘 학교 안 왔더라. 얘기 들은 거 있어?"

"아니. 선배는?"

"나도 없어."

역시.

기대 없는 질문이었는데도 가슴 언저리가 뻐근하게 아파 왔다.

"아! 설마 그거 물어보려고 부른 거야? 에이, 실망이야."

은주는 장난스러운 투로 말했지만 진심이라는 걸 알 수 있었다.

"걱정이 돼서."

"그럴 필요 없어. 그동안 나도 다 해 봤는데 부질없더라. 한두 번이 아니거든. 아마 며칠 있으면 또 멀쩡하게 다시 학교 나올 거야. 걔가 은근히 잔병치레가 잦아서. 생리통도 옆에서 보면 당장 죽을 것처럼 앓더라니까."

"그게 정확히 며칠인데?"

"글쎄. 그때마다 좀 달랐지. 빠르면 하루, 오래 걸리면 일주일 정도? 방학엔 아예 연락 안 될 때도 많았고. 근데 그건 걔네 아빠가 워낙 여행을 좋아하셔서 방학만 하면 가현이도 데려가서 그런 거고. 아, 거기다 또 걔가 핸드폰을 워낙 자주 잃어버려서. 너도 걔 성격 알잖아. 무심한 거. 지 핸드폰 잃어버려도 누가 새로 사다 주기 전까진 그냥 다니더라니까."

태연한 박은주의 태도에 쓴웃음이 나왔다.

'너 참 대단하다. 정말 다 숨겼구나.'

결코 짧지 않았을 시간인데. 그동안 정말 모든 걸 혼자 끌어안고 있었구나. 아프다고 학교에 나오지 않은 날에, 갑자기 여행을 떠났다는 변명을 남겼을 때, 혹은 그런 연락조차 하지 못했던 때에, 너는 정말 어디서 무얼 하고 있었을까.

"그래서 선배는, 걱정이 안 돼?"

"걱정은 무슨. 니가 이런 일이 처음이라 그래. 몇 번 겪고 나면 괜찮아져. 아! 기분 꿀꿀하면 어디 놀러 갈까? 영화관, 놀이동산, 뭐 이런 데. 가고 싶은 곳이 진짜 많았는데 수능 때문에 다 참았거든. 이제 하루 이틀쯤 논다고 뭐라고 할 사람도 없을 거고. 어때?"

"내가 왜?"

"어?"

"시간 아깝게."

농담이라고 생각하는지 은주의 입가에는 희미한 미소가 남아 있었다.

"넌, 무슨 그런 장난을 쳐."

"이상하네. 진심이었는데 왜 장난처럼 들렸지?"

"찬아."

"그럼 차라리 본론으로 들어갈까?"

손찬은 곁에 놨던 가방에서 트로피를 꺼냈다. 은주의 얼굴은 흉물스러운 물건을 알아본 순간 험악하게 일그러졌다. 그녀는 할 말을 잃고 트로피와 손찬을 번갈아 쳐다보기만 했다.

"머리 나쁘고 눈치 없어도 기억력은 좋은 모양이네."

"그걸, 왜, 그게 왜 너한테……."

"가현이가 소각장에 버린 걸 니가 이 모양으로 만들었지. 실은 그날 다 봤어. 그래서 문고에 찾아왔을 때 첫눈에 널 알아봤고. 어떤 생각으로 남가현 옆에 있는지도 알아."

핸드폰을 꺼내 음성 녹음 파일을 재생시키자 은주의 목소리가 흘러나왔다.

— 선생들이 빨아 준다고 신나서 의기양양하는…….

"뭐야, 뭐야, 그거?"

"그냥, 작은 보험."

박은주의 얼굴은 사색이 되었다가 점점 붉게 달아오르기 시작했다.

"알고도, 다 알고도 넌 왜……."

"내가 가현이 옆에 있었으니까. 너 같은 건 걱정도 안 됐고, 차라리 이대로 조용히 끝났으면 했어. 근데 바짝 엎드리고 있어도 모자랄 판에 니가 먼저 도발을 해 오니까. 결국은 일이 이렇게 되네."

"실수였어!"

머리가 나쁜 건지 단순히 부아가 치밀었는지 감히 박은주가 목소리를 높였다.

"트로피를 찌그러뜨린 건, 실수였다고! 그리고 그, 그, 녹음은. 그게 나라는 증거가 어디 있어? 목소리 비슷한 사람 데리고 녹음했을 수도 있잖아! 일부러 날 모함하려고!"

이 와중에 변명이라니. 박수라도 쳐 주고 싶은 심정이었다.

"동영상을 보여 주면 인정할 거야?"

"……."

"그럼 그땐, 너랑 닮은 앨 찾아서 녹화한 거라고 할래?"

더 이상 물러날 곳이 없다는 사실을 깨달은 것이 분명했다. 적어도 솔직해졌으니까.

"걘 아무것도 노력하지 않고 쉽게 얻었잖아. 얼굴이든 성적이든! 그렇게 쉽게 다 가졌는데! 운 나빠서 그러지 못한 사람들끼리 몇 마디 좀 할 수도 있지. 그게 뭐가 나쁜데? 사람이라면 당연한 거 아니야? 왜? 너도 다 가진 애라서 우리 같은 사람들 추하게만 보여? 밉기만 해?"

"운?"

문득 송영이 했던 말이 떠올랐다. 혼자선 빛나지 못하고 남에게 들러붙는 사람. 그거 참 별로구나.

"쉽게 얻었다고? 말은 참 쉽네."

"뭐가 틀린데? 전부 사실이잖아."

"예쁜 거야 그렇다 쳐. 하지만 다 떼어 놓고 공부는? 노력이라는 단어가 뭘 말하는 건지, 어떤 인간한테 써먹어야 하는 단어인지, 걜 한 달 본 나도 느끼는데 넌 아무것도 느낀 게 없어?"

보지 못했을 리 없다. 느끼지 못했을 리도 없다.

'전부 거짓말이고 자기 합리화야. 그냥 넌 믿고 싶지 않았던 거야.'

부잣집 딸에, 예쁘기까지 한 그 애가 노력으로 무언가를 성취하고 있다는 사실을 그저 부정하고 싶었던 거다. 남가현보다 더 노력할 자신이 없으니까. 처음부터 가질 수 없었던 거라고 단정 지으면 마음은 편하니까. 운이라고 믿으면 욕하기가 더 쉬워지니까.

"궁금해진다. 전교생이 다 너랑 같은 생각을 하고 있는지."

"……어쩔 생각이야?"

"쉽지. 전송 버튼 하나면 답은 금방 나올 텐데."

그때 박은주가 구석에 몰린 생쥐처럼 달려들어 손찬의 손에 들린 핸드폰을 빼앗아 가더니 탁! 벽을 향해 핸드폰을 힘껏 내던졌다.

"이제 어쩔래?"

자못 당당하게까지 느껴지는 목소리에 그저 기가 막힐 뿐이었다.

"저것만 부수면 끝이라고 생각해?"

"나랑 걔가 몇 년 친구인 줄 알아? 당연히 네가 무함하는 거라고 생각할 거야! 이제 와서 이러는 거 솔직히 이상하잖아. 안 그래?

가현인 날 믿을 거야. 니가 거짓말한다고 하면 날 믿을 거라고!"

"해 봐."

담담한 손찬의 독려에 물기 서린 박은주의 눈가가 일그러졌다.

"내가 못 할 것 같아?"

"아니, 하겠지."

두 번이고, 세 번이고 남가현이 믿을 때까지 옆에 앉아서 쫑알대겠지. 그러다 남가현이 그만하라고 하면 둘 중에 한 사람을 택하라고 할 거야. 그러나 그 유치한 행동은 친구를 지키기 위함이 아니라 자기 자신만 보호하려는 본능일 뿐이다. 그래서 눈앞의 박은주가 더 가증스러웠다.

"그러니까. 해 보라고."

"너 뭘 믿고……."

"남가현은 날 믿을 거야. 그런 사이거든, 우리가."

"그럼 너희 설마 정말로……."

퍼렇게 질린 박은주의 모습은 가엾지도 통쾌하지도 않았다.

"원하는 대로 다 해 봐. 상상이든 뭐든 멋대로 지껄여 보라고. 전교생이 지금 니가 차고 있는 시계를 받은 과정에 대해 알게 되는 일은 꽤 재밌을 거야. 평생 기억에 남을 추억이 되겠지. 안 좋은 일일수록 잊기 힘든 법이니까."

번뜩 생각나는 것이 있었는지 박은주가 차고 있던 손목시계를 감쌌다.

"너, 정말."

"내일을 기대해. 반드시 니가 저지른 이상으로 되돌려 받게 될 테니까."

'입구에서 막히면 방법은 그때 다시 생각해 보자.'

경찰, 변호사, 경호원. 뭐든 상관없었다.

'그러니까, 제발 무사해라 남가현. 제발, 제발, 제발.'

택시에서 내리자마자 손찬은 내리달렸다. 금방 골목길 앞 편의점이 눈에 들어왔다. 저 편의점을 지나 언덕만 올라가면 금방 남가현의 집이니까. 머지않았다는 생각에 숨 한 번 고를 틈도 없이 언덕을 올라가려는데.

"잠깐."

그때 누군가가 그의 팔을 붙잡았다. 잔뜩 쉰 목소리. 당연히 남자일 거라 생각하고 돌아보니 체구가 작았다. 커다란 야상에 야구모자, 마스크까지 더해 얼굴은 거의 보이지 않았지만 손찬은 누구인지 알아볼 수 있었다.

"……남가현."

그녀를 부른 것이 아니었다. 정말 남가현이라고, 살아서 지금 여기 내 눈앞에 있다고, 제 자신에게 확인시켜 주기 위해서였다. 눈으로 보고도 믿을 수가 없어서. 안고 있어도 안심할 수가 없어서. 여기까지 오는 내내 터질 듯 뛰던 심장에게, 갖은 끔찍한 시나리오만 써 대던 머리에게 어떻게든 남가현의 존재를 인식시켜야만 했다.

"걱정, 했구나."

겨우 기침을 억누르는 목소리. 왈칵 눈물이 날 것 같았다.

'그걸 지금 말이라고 해? 그럼 걱정을 안 했겠어? 네 사정 다 아는데, 아무리 연락해도 답장 한 통이 없는데! 걱정을 안 했겠냐고!'

당장이라도 소리치고 싶은데 그러면 울음까지 함께 쏟아질 것 같아 그는 입을 굳게 다물었다.

"걱정시켜서 미안해."

힘없는 손길이 등을 토닥여 왔다.

그 손길에 미친 듯이 뜀박질을 하던 심장이 제 속도를 되찾아 가고, 나쁜 생각만으로 가득했던 머리가 천천히 정지해 갔다. 이게 얼마나 끔찍한 일인지 너는 알까? 니가 살아 있다는 지극히 당연한 사실이 당연하지 않게 느껴지는 기분을. 니가 웃으며 술술 풀어냈던 말들이 숨통을 옥죄는 감각을, 네가 이해할 수 있을까?

'안다면 넌 여기서 더 버틴다는 말은 절대 못할 거야.'

걱정을 넘어서 죄책감마저 들었다. 미리 최악의 상황을 대비해 놓지 않은 자신에게 화가 났고, 당장 너에게 달려오지 못해 미안했다. 네가 아버지로부터 학대받았던 일들을 털어놨을 때 정말 진심으로 그것들을 받아들였었는지, 믿기는 했었는지 미심쩍어졌다.

아니, 내가 정말 너의 말을 온전히 믿었었다면 그동안 어떻게 널 그 집까지 바래다줄 수 있었던 걸까? 함께 이 길을 태연하게 걸어 오고 잘 들어가라고 웃으며 손을 흔들어 주는 짓을, 그간 어떻게 아무렇지도 않게 해 올 수 있었을까? 그 집이 너에게 어떤 곳인지 진심으로 이해했다면 내가 어떻게 그럴 수 있었을까?

'하지만 그런 건 다 됐어.'

그녀는 살아 있다. 또 지금 그의 눈앞에 있다. 당장 그보다 더 중요한 일은 이 세상에 존재하지 않았다.

"너라면 오후 수업이 끝나기도 전에 올 것 같더라."

"그래. 너한테 가고 있었어. 언제든 그럴 거야."

똑같은 일이 생기면 다시 또 너에게 갈 거라고, 그는 말하고 있었다.

"그래. 그렇겠지."

그의 품에서 나온 가현이 마스크를 벗었다. 그의 눈에 터진 입술보다 뺨에 난 상처가 먼저 들어왔다. 뭔가에 베인 건지, 길쭉한 모양으로 난 상처에는 이미 피딱지가 앉아 있었다.

"연락해 주고 싶었지만 방법이 없었어. 밖으로 연락할 수 있는 수단이라곤……."

"뺨에, 그건 뭐야."

"뺨?"

가현은 그제야 제 뺨을 더듬었다.

'어젯밤부터 오늘 오후가 될 때까지 거울 한 번 못 본 거야? 화장실을 못 간 거야, 거울이 깨졌던 거야? 아니면 정신이 없었던 건가? 설마 아파서 걷지도 못했던 거야?'

온갖 생각들이 덮쳐 오며 또다시 분노와 같은 모양의 걱정이 울컥 치밀었다.

"아, 이거."

가현은 그가 건네준 핸드폰 액정에 얼굴을 비춰 보곤 픽 웃었다.

"그래서 학교 가지 말라고 했구나. 콜록, 콜록! 왠지 이상하다 했지. 걱정 마. 이 정도는 금방 사라져. 자다가 긁었다고 하면 아무도 의심 안 해. 흔한 상처잖아. 입술도…… 건조해서 찢어진 거라고 하면 돼. 물론 물어볼 사람도 없겠지만."

지금 그가 남들이 의심할까 봐 걱정하고 있는 줄 아는 건가?

"이게 웃겨?"

"아니 그냥, 이건 바깥에 여자가 생겼다는 뜻이거든."

마치 일 더하기 일은 이라고 말하듯 담담한 투였다.

"집에 들인 여자한테는 반지 안 해 줘. 밖에서 애인으로 삼은 여자한테만 커플링을 해 주는데. 아, 왠지. 거실에 새로 걸린 그림이 거지 같다고 생각했었는데, 여자가 준 거였구나. 내가 수능 때문에 정신이 없었던 거지. 이번에 출장 가서 새로 맞춘 건가 봐."

그랬구나, 그랬구나. 하면서 가현은 연신 고개를 끄덕였다. 여자애면서, 자기 얼굴에 생긴 상처보다 제 아빠의 내연녀를 몰랐었다는 사실이 더 중요한 듯했다.

"너."

"어차피 오래가진 않겠지. 일단 좀 앉자."

"그럼 여기서 이러지 말고 병원부터 가자."

눈에 보이는 곳은 피해서 때린다는 그 인간이 얼굴에 상처를 남길 정도면 다른 곳은 어떤 상태인지 머리가 앞서 상상하며 걱정을 부풀려 갔다. 마음 같아선 당장 카페로 데려가 전부 벗기고 샅샅이 확인하고 싶었지만, 그래 봐야 그의 손으론 치료도 뭣도 해 줄 수 없으니까.

"형이 있는 병원이 불편하면 다른 곳으로 가면 돼. 아무것도 물어보지 않을 의사를 찾을게. 전화 몇 통이면 돼. 넌 앉아만 있어. 내가 찾을 테니까 넌 그냥, 기다려."

스스로 듣기에도 애원에 가까운 목소리였다. 하지만 남가현은 택시를 부르려던 그의 손을 붙잡고 고개를 저었다.

"병원은 됐고. 부탁이 있어."

당장 병원에 가는 일보다 더 급한 일이 뭔지 손찬은 상상이 가질 않았다.

"이것 좀 가지고 있어 줘."

"립스틱?"

"아니."

가현이 쥐여 준 립스틱의 뚜껑을 열어 보고서야 손찬은 그게 USB라는 걸 알아챘다. 그만큼 정교한 모양으로 만들어진 USB였다.

"이게……."

그가 이 안에 뭐가 들었냐고 묻기도 전에 가현이 속사포처럼 말을 쏟아 냈다.

"도저히 집에 둘 수가 없었어. 아빠가 뭔가를 찾는 것 같았거든. 그게 뭔지는 모르겠지만 핸드폰에 노트북까지 뒤졌는데 아무것도 못 찾으니까 더 난리가 난 거야. 통화 목록이나 문자 내용 같은 건 내가 집에 들어갈 때마다 다 삭제해 버리거든. 엄마랑 자주 연락한 것만 봐도 화내니까. 엄마랑 살 때 자기한테도 이렇게 애틋했어야 하지 않느냐면서."

"생활비 두고 협박이나 하는 인간 주제에?"

"그러니까."

가현이 미소 지으며 고개를 끄덕였다.

"그래서, 압수라도 당했어? 왜 연락 못 해 준 건데?"

"부서져서."

"뭐?"

그가 큰 소리를 치자 가현이 얼른 주변의 눈치를 살폈다.

"조용히 해! 누가 들으면 어쩌려고."

미안하지만 행인 1이 그들의 대화를 경청하는지의 여부는 그의 관심사가 아니었다.

"남가현. 넌 지금 그게 중요해?"

"대단한 일은 아니었어. 그냥 던지니까 부서진 거야."

"누가 그게 저절로 부서졌대?"

그가 다시 물었다.

"무슨 일이 있었던 거야? 왜 그 난리를 친 건데?"

손찬의 질문에 가현이 손등에 턱을 묻으며 잠시 생각에 잠겼다. 이 시간이 되도록 왜 이런 일이 생겼는지에 대해선 생각해 보지 않은 모양이었다.

"글쎄. 출장지에서 일이 잘 안 풀렸나 보지. 뭐 기분 상하는 일이 있었어도 거긴 회사 사람들이 같이 있었을 테니까 참고 집까지 왔을 텐데. 어젠 나도 집에 늦게 들어갔고……."

"그게 다야?"

"아마도. 아닐 수도 있고."

기껏 들은 대답은 상식적으로 이해할 수 없는 것이었는데도 정작 남가현은 그게 무슨 상관이냐는 태도였다. 가현의 이런 초연한 태도는 도리어 이제껏 남가현이 당한 일이 얼마나 끔찍한 것이었는지 손찬이 다시 확인하게끔 만들었다.

'어차피 맞을 건데 원인 따위야 알아서 뭐하겠냐는 거겠지. 알아봤자 달라지는 것도 아니고. 그냥 기분 풀이로 때릴 때는 원인이랄

것도 없었을 테니까.'

이미 가현은 자신에게 선택권이 없음을 잘 알고 있던 것이다. 그래서 체념하고, 순응하는 거겠지. 아버지란 인간의 말도 안 되는 짓거리에 대해서.

'더 이상 방치할 수 없어. 니가 원하건, 원하지 않건.'

손찬은 마음을 굳혔다. 그렇다면 남은 일은······.

"이제 갈게."

"간다고?"

"응. 처음부터 그거만 전해 주고 들어갈 생각이었어. 벌써 꽤 기다렸으니까 집에서 일러바치기라도 하면 좀 곤란해. 아빠가 일찍 퇴근하면 밖에서 마주칠 수도 있고. 그러니까 너도 얼른 가. 같이 있는 거 들켰다간 서로한테 좋을 거 없어. 알겠지?"

손찬이 가현을 붙잡았다.

"내가 널 못 보내겠다면 어떡할래?"

"······윤손찬."

"설득하려고 하지 마."

"하지만."

비가 내리던 그날, 카페에선 일단 추이를 더 지켜봐도 된다고 생각했었다. 하지만 그때는 너에게 정말로 어떤 일이 벌어질 수 있는지 잘 몰랐었던 것뿐이다. 죽다 살아온 널 진짜로 마주한 지금과는 달리.

"당장 신고하자."

"뭐? 신고?"

"여기서 이렇게 당하고 지낼 이유가 없어."

가현이 고개를 저었다.

"말했잖아. 지금이 최선이라고."

"최선? 네가 최선이 무슨 뜻인지 알기나 해?"

학교에도 못 올 만큼 끔찍한 일을 당했는데, 당장 널 걱정해 주는 사람이 나뿐인 이 상황이 최선이라고 어떻게 말할 수 있어?

"그래. 알아."

"아니, 넌 아무것도 몰라."

더는 방치할 수 없었다. 무언가 변해야만 했다. 남가현이 버티고 버티다 죽기 전에. 하루라도 빨리, 1분 1초라도 더 빨리.

"변호사, 병원, 경찰. 이 순서대로 진행할 생각인데, 네 생각은 어때."

"내 인생을 왜 니가 멋대로 진행하는데?"

"내가 알아서 하라는 뜻이지?"

"이러지 마!"

다급하게 가현이 그의 손을 잡았지만 그는 떨쳐 내고 벌떡 일어섰다. 그가 앞서서 걸어가자 가현이 얼른 뒤로 따라붙었다. 그녀는 어떻게든 그를 멈춰 세우기 위해 팔을 잡아끌며 간절한 목소리로 말했다.

"내 말대로 한다고 약속했잖아. 내가 결정한 대로 따르겠다고 했잖아."

약속? 이렇게, 날 붙잡는 네 손에 힘이라곤 하나도 없는 상황에서 어떻게 약속 따월 운운할 수 있어?

"우리가 친구로 지내려면, 계속 같이 있으려면 받아들여 주겠다고 약속했잖아."

"그럼 친구 관두면 되겠네. 미친 짓 한 번 하고, 다 관두겠다고."

"너!"

말문이 막혔는지 남가현이 우뚝 멈춰 섰다. 그녀의 눈엔 눈물이 그렁그렁 맺혀 가는데 그의 가슴에는 분노만이 더 휘몰아쳤다. 이 상황을 만든 쓰레기는 아무 죄책감 없이 출근까지 했다면서 왜 네가 울어. 왜 너만 이렇게 울어.

'니가 못 하면 내가 해. 그게 뭐든.'

그래, 이게 최선이다. 처음 진실을 들었을 때부터 이대로 남가현을 방치할 마음은 없었다. 결단이 늦어지고 말았지만 이제라도 모든 걸 제자리로 돌려놔야만 했다.

"설령 우리가 끝난다고 해도 너한텐 나에 대해 떠들고 다닐 자격 없어! 친구도 뭣도 아닌 때로 돌아갈 거라면 더더욱!"

"그게 싫었으면 나한테 이걸 주지 말았어야지."

USB를 들어 보이며 내뱉은 말에 가현의 얼굴이 더 절망적으로 변했다. 그의 결심이 얼마나 확고한지 분명히 알았을 텐데. 그녀는 포기하지 못한 모양이었다.

"도와 달라고 한 적 없잖아! 내가 너한테 대신 맞아 달라 그랬어? 내 대신 돈 벌어다 우리 집에 가져다 달라고 했어? 아니잖아! 그냥, 내가 다 감당하겠다고 했잖아. 내가 알아서 한다고 하잖아! 근데 왜 이래? 네가 뭔데 이래!"

"어떻게 외면해, 널!"

화를 쏟아 내며 손찬이 소리쳤다.

"어떻게 이 꼴을 보고도 모르는 척할 수가 있어? 어떻게 그러라는 거야! 넌 너한테 주먹 휘두른 놈만 나쁜 놈이라고 생각해? 내 눈엔 지금껏 니가 죽을 고비 넘긴 꼴 보고도 외면한 인간들도 다 똑같아. 다 똑같은 쓰레기일 뿐이라고!"

"그래서? 너 혼자 좋은 사람 되자고 이러는 거야?"

"그래. 나 혼자 좋은 사람 되려고 이래. 그러니까 잡지 마."

따지는 것도 화를 내는 것도 통하지 않자 그녀가 애원하기 시작했다. 그를 미치게 만들려고 작정한 사람처럼.

"이러지 마! 제발!"

"부탁해도 소용없어."

"제발, 내가 이렇게, 윽!"

쓰러지듯 주저앉는 소리에 심장이 무너졌다. 뒤돌아보지 않을 수 없었다. 길바닥에 엎어진 채 울고 있을 그녀의 모습을 상상해 버린 머리가 멋대로 그를 되돌아가게 만들었으니까.

"괜찮아? 다쳤어? 좀 봐."

맨바닥에 한쪽 무릎을 꿇고 손찬이 가현을 살폈다.

"다리야? 다리가 아파?"

"부탁이야. 제발."

서 있을 힘도 없던 주제에 가현이 두 손으로 다시 그를 꽉 붙잡았다. 매가리라곤 없는 그 손길에 분노가 휘몰아치는 동시에 코끝이 찡해 왔다.

"뭘 부탁하고 싶은 건데? 니가 계속 맞고 살게 내버려 둬 달라고? 그러다 죽으면 그러려니 하라고? 그래? 똑바로 말해 봐. 대체 나한테 원하는 게 뭐야!"

"조용히만 있으면 다 괜찮을 거야. 아무 일도 없을 거야."

"그러리란 보장이 어디 있는데. 어느 날 갑자기 무슨 일이 벌어질지 어떻게 알아? 누가 확신할 수 있겠냐고!"

"약속할게. 절대로……."

"그건 니가 약속할 수 있는 일이 아니야."

손찬이 딱 잘라 말했다.

"그건 널 때리는 그 새끼조차도 약속할 수 없는 일이라고. 알겠어?"

"그 인간, 나 때문에 자기가 가진 걸 다 무너뜨릴 사람 아니야. 죽일 거면 벌써 죽였을 거고, 죽을 만큼 약했으면 나도 예전에 죽었어. 얼굴에 상처가 나서 그렇지 지금도 사실은 하나도 안 다쳤어. 이렇게 잘 걸어 다니고, 널 잡을 힘도 있잖아. 그러니까."

죽을 거면 예전에 죽어? 잘 걸어 다녀? 잡을 힘이 있어?

"지금 그걸 말이라고 하는 거야?"

네가 이렇게 아프고, 힘들고, 또 혼자서 울고 있는데. 어떻게 별일이 아닐 수가 있어. 어떻게 외면하라고 말할 수가 있어.

"뭐가 문젠데? 대체 어떤 이유가 있어야 그런 일을 당하면서까지 여기에 남겠다고 말할 수 있냐고!"

"이미 말했잖아. 전부 들었잖아!"

"고작 돈? 그게 이유야?"

"고작?"

실언이었다. 입 밖으로 내뱉을 생각은 없었는데.

"미안, 방금 그 말은……."

"너한텐 고작이겠지. 결국 넌 아무것도 이해하지 못한 거야. 난 진흙탕 싸움을 할 마음이 없어. 양육비 달라고 소송해 봤자 돈 갈아 넣을 아빠를 이길 방법도 없을 거고, 만에 하나 내가 이긴다고 해도 얻을 게 없을 테니까! 아빠가 화나면 우리 가족을 거들떠나 보겠어? 한겨울에 그런 집에서 버티고 있는 엄마랑 현우를, 내가 어떻게…… 나 혼자 편하자고 외면해?"

"편하자고 이러는 게 아니잖아!"

"그래서 경찰에 신고하라고? 보호 조치, 접근 금지 한두 달 지나고 나면 그 뒤는 어떻게 되는데? 아빠가 교도소라도 가면? 출소하고 나면 그 뒤는? 우릴 찾아내기라도 하면 그 뒤는 누가 책임지는데! 판사가 책임져? 경찰이 책임져? 네가 책임져? 책임질 사람은 언제나 우리 가족뿐이었어! 우리뿐이었다고!"

가현에겐 더 이상 그의 말이 들리지 않는 듯했다.

"그래서 책임질 사람이 어떤 인생 살지 결정하겠다는데, 그게 왜 나빠. 왜 자꾸 이래!"

울먹이던 가현이 넋이 나간 것처럼 다시 읊조렸다.

"나도 마음 같아선 대학이고 뭐고 다 때려치우고 차라리 일만 하고 싶어. 가끔씩, 가끔은 그냥, 그 방에 갇혀 있으면 전부 때려치우고 차라리 몸이나 파는 게 나을 거라는 생각이 들 때도 있어."

손찬은 누군가 몽둥이로 뒤통수를 때린 것처럼 큰 충격을 받았다. 설마 그런 생각까지 하고 있는 줄은 상상도 못 했었다.

"너 지금 그걸 말이라고 해?"

화가 난 그가 가현의 어깨를 꽉 움켜쥐었다. 그러나 정면으로 마주 본 남가현의 얼굴은 초연했다.

"뭐 어때. 죽으면 썩을 몸. 굴려서 돈이라도 왕창 버는 게 낫지. 어차피 지금도 남의 돈 뜯어먹고 사는 건 똑같은데, 뭐가 더 달라지겠어? 그깟 술집에서 몸 좀 파는 게 뭐가 어때서!"

"남가현!"

"알아! 미친 생각이라는 거! 나라고 신고할 생각 안 해 봤겠어? 도망치기 싫어서 여기 있는 거라고 생각해? 정말 여기가 좋아서 남아 있다고 생각해? 내가 여기에 남아 있는 이유는 이 집에서 버티는 게 가장 최선이라는 걸 알기 때문이야. 내가 뭘 하건! 지금처럼 벌면서, 내 가족 지키면서 내 미래까지 준비할 순 없을 테니까!"

그는 할 말을 잃고 말았다.

'돈 같은 것 때문에 저런 일들을 견디면서 살겠다고? 정말 진심으로 그럴 수 있단 말이야? 그깟 돈 때문에? 아니야, 그럴 리 없어. 그럴 수 있을 리가 없어.'

겨우 돈인데. 고작 돈인데. 그런 생각만이 손찬의 머릿속에서 메아리쳤다.

"나라고 평생 시궁창에서 살 생각은 아니야. 그래서 더 악착같이 공부한 거고."

"알아. 넌 똑똑하지."

하지만 널 지켜봐야 하는 사람의 마음은, 계산기가 내 주는 정답과는 너무도 다르다.

"정말로 날 생각한다면 그 USB만 잘 보관해 줘. 부탁이야."

"아니야."

그가 가현의 팔을 꽉 잡았다.

"뭔가 틀렸어."

"……뭐?"

손찬은 그녀를 뚫어져라 바라보며 말을 이었다.

"내가 아는 넌, 돈 없다고 공부 포기할 애도 아니고, 어차피 몸

같은 건 죽어도 안 팔 사람이야. 만에 하나라도 정말 니가 그런 짓까지 할 수 있었으면 아직 여기서 이러고 있었을 리 없잖아. 몸이 재산일 텐데."

남가현은 대답이 없었다.

"돈이 전부가 아닌 거지? 다른 이유가 있는 거지?"

다 말한다고 약속했으면서. 그날 카페에서도, 우리가 함께한 모든 시간과 지금 이 순간까지 너는 거짓말을 하고 있었던 거야. 돈이라는 그럴싸한 이유를 대고, 밑바닥을 보이지 않으려고 마지막 문을 닫아걸고 있는 거다.

왜 그렇게까지 하는 거야? 뭘 감추려고 하는 거야.

"그런 거 없어."

"거짓말이야."

"아니야!"

"아닌데, 왜 날 못 봐."

손찬이 억지로 가현의 턱을 쥐고 자신을 보게 만들었다. 힘없이 흘러내려 뺨을 적시는 눈물이 애처로웠다. 그러나 애처로워서 마음이 아린 만큼, 심지는 더 단단하게 굳어 갔다.

"울어도 소용없어. 도망쳐도 안 봐줘. 끝까지 쫓아가서 끝까지 붙잡고 어떻게든 들을 거야. 그러니까 여기서 말해. 그따위 개소리 하면서까지 나한테 감추고 있는 게 뭐냐고."

"……."

가현아. 그 문 너머에 너의 밑바닥이 있다는 걸 알아. 하지만 이해하지 못하면, 진실을 알지 못하면 널 이 엿 같은 세상에서 꺼내 줄 수 없어. 그러니까. 부탁이니까. 내가 널 도울 수 있게. 네 손을 잡고 그 지옥에서 끌어낼 수 있도록.

"말해."

제발, 말해. 네가 정말 두려워하는 게 뭔지, 제발 내게 말해 줘.

"……."

"내 꼴 정말 웃기지."

가현이 웃었다. 보는 것만으로도 마음 아플 정도로, 상처받은 얼굴로.

"네 말대로 고작 돈 때문에 시작된 일인데. 이젠 그 돈 때문에 버틴 시간들이 내 발목을 잡아. 나는, 도망 못 치고 맞는 것보다. 그 방에 가둬져 있는 것보다 나는, 알려지는 게…… 너무…… 무서워서. 그게 무서워서……."

알려……지는 거?

'무슨 말이야?'

붙잡은 가현의 팔이 덜덜 떨리고 있었다. 아니, 온몸이 사시나무 떨듯 떨리고 있었다. 겨우겨우 내뱉는 숨과 이어지는 목소리마저도.

"현우랑 우리 엄만, 내가 잘 지낸다고 알고 있는데. 건강하다고, 행복하다고, 몇 년 동안 속여 왔는데. 내가, 여기서 내가 도망치면, 신고하면, 갑자기 집으로 돌아가면, 그래서 집에서 알아 버리면 나는, 나는…… 어떻게 살아."

그렇게 말하곤. 남가현은 두 눈을 질끈 감아 버렸다.

"……."

지금 그의 눈앞에서 애처롭게 울고 있는 이 작은 여자는, 아버지란 사람이 칼을 들고 덤비고, 때리고 협박하고 감금하는데도 도망

안 치겠다고, 여기서 6년을 버틴 사람이었다. 그리고 그는 그 말도 안 되는 짓이 가능했던 이유를 이제야, 이렇게 뒤늦게야 정말로 이해할 수 있었다. 거짓말보다 더 거짓말 같은 진짜 이유.

가족. 네가 가진 유일한 두려움의 이름.

엄마랑 동생 마음에 작은 상처 하나라도 날까 겁이 나서. 조금이라도 어그러질까 봐 네 몸 다치는 건 아랑곳 않고 두 팔이 부서져라 소중히 껴안고 있는 것. 가장 소중해서, 가장 무거운 짐. 그게 네게 도망칠 곳이 없는 이유였구나.

'그래서 이렇게 추운 날에 성치도 않은 몸으로 날 기다린 거였어? 네가 목숨 걸고 지켜 온 걸 내가 다 무너뜨릴까 봐 별거 아니라고 안심시켜 주고, 웃고, 괜찮다고 오히려 날 다독인 거야? 니가 여기서 겪은 일을 가족이 알면 안 되니까?'

넌 참 말도 안 될 정도로 지독하고…….

"미련하다."

"알아. 어떤 사람들은 나 같은 앤 맞다 죽어도 싸다 그래. 뼛속까지 노예라고. 근데 나 그런 애 맞아. 그런 애라서 여기 있겠다고 하는 거야. 여기서 난 아빠만 견디면 되지만 집으로 돌아가면, 다 알려지면 나는, 하루도 못 버텨."

"……."

집으로 돌아가 봤자, 남영호가 여자들과 희희낙락하는 동안 가현의 가족은 자신들의 존재가 그녀에게 짐이 되었다는 걸 깨닫고 아파해야 할 것이다. 어쩌면 그녀를 볼 때마다 죄책감에 괴로워할지도 모른다. 그건 하루가 될지, 이틀이 될지, 혹은 평생이 될지 누구도 짐작할 수 없고 헤아릴 수도 없는 괴로운 여정일 것이다.

'처음에, 넌 도망쳤어야 했어.'

몇 살 때부터 시작되었던 건지 모를 첫 폭행. 그것을 묵인하고 여기서 견디기로 결정했을 때부터 남가현은 뼈가 부러지고 살갗이 찢겨 나가도 중도에 기권할 수 없는 잔혹한 레이스에 등판하게 된 셈이었다. 그렇게 열심히 달려왔는데. 중도 포기도 불가하고, 결승점까지 달려 봤자 흉터밖에 얻을 것이 없는 레이스라니. 이렇게 억울한 이야기가 또 있을까. 이렇게, 끔찍한 기분으로 넌 지금까지 달려온 거였을까.

"내 말, 전부 이해했지?"

"그래."

이 이상이 없을 정도로 완벽하게.

"그럼 아무 짓도 하지 않을 거라고 약속해 줘. 변호사든 경찰이든 찾아가지 않겠다고. 아무리 걱정돼도 절대 여기까지 또 오지 않겠다고, 지금 나한테 약속해 줘."

"……."

"그렇게 보지 마."

걱정할 것 없다면서 남가현은 찢어져 피가 난 입술로 또 웃었다.

"한동안은 조용할 거야."

"그래."

"참, 그리고 은주한테도 대신 연락 좀 해 줘. 어제 문자가 왔었는데 내가 답장을 못 했어."

"그래."

그는 아무 생각 없이 입에서 나오는 대로 대답했다.

"며칠만 있으면 다시 학교에 갈 수 있을 거야. 알겠지?"

이번에도 대답부터 하려다 손찬이 그녀를 불렀다.

"가현아."

"어?"

"만약 소송을 하지 않고도 안정적으로 생활비를 받을 수 있다면. 여기서 벌어졌던 일들을 비밀로 하고 가족과 살 수 있게 된다면. 넌, 집으로 돌아갈 거지?"

"그런 방법은……."

"있다면? 만에 하나라도 있다면?"

손찬은 흔들리는 가현의 눈빛 속에서 확답을 읽었다. 남가현이 절대 숨기지 못할 진심. 그걸 확인하고서야 처음으로 마음이 편해졌다.

"그래. 넌 돌아갈 거야. 돌아가야 해."

"……쓸데없는 소리 말고 얼른 가. 여기 오래 있으면 진짜 안 돼. 알겠지?"

가현은 손찬의 어깨를 떠밀곤 다급히 언덕을 올라갔다.

절뚝절뚝, 비틀비틀, 팔을 움켜쥐고. 또 팔을 다친 게 분명했다. 저번에 말했던 대로 살기 위한 발악이었겠지. 이제 그녀가 했던 말들은 단순히 머릿속을 떠도는 정도를 넘어 눈으로 직접 본 것처럼 생생하게 느껴졌다. 그녀가 겪은 고통, 상처, 그리고 딸을 차갑게 내려 보며 흉기를 휘두르는 한 남자의 모습까지.

선명하게.

"네가, 가현이 친구구나."

지금 뒤에서 들려오는 목소리처럼. 진저리 쳐질 정도로 선명하게.

손찬은 천천히 몸을 돌렸다.

벤츠를 등진 채 선 남자는 잘 차려입고 있었지만 두 눈은 먹잇감을 포착한 짐승처럼 미친 듯이 번뜩이고 있었다. 굳이 주먹 쥔 손에 낀 반지까지 확인하지 않아도 알 수 있었다.

그가 누구인지. 그리고…….

10화 아픈 진실

쌩쌩 바람이 불어닥쳤다. 창문이란 창문은 모두 활짝 열어 놓기. 정신을 붙잡고 있어야 할 때 자주 쓰는 방법이었다. 밤낮없이 공부를 해야 하거나, 마음 편히 잠들면 안 될 때처럼.

"집에 있었구나."

침대 끝머리에 앉아 있던 가현은 남영호를 쳐다보지도 않고 대답했다.

"그럼 이 꼴로 어딜 갔겠어?"

"핸드폰 사 왔다. 노트북도."

남영호가 책상 위에 두 개의 상자를 올려놓았다. 물론 두툼한 봉투도 빠뜨리지 않았다.

처음엔 친구들과 맛있는 간식이라도 사 먹으라며 조심스럽게 건네던 돈이었는데, 이제 남영호의 얼굴에선 미안한 기색 따윈 찾아볼 수 없었다.

'돈이 참 대단하긴 대단하네.'

사람이 사람으로서 가져야 할 감정조차 잊게 만드니.

"두고 나가."

"내일부터 다시 학교 가."

뜻밖의 말이었다. 보이는 상처가 다 아물 때까지는 감금 상태일 줄 알았는데.

"갑자기 왜?"

"학생이 당연히 학교를 가야지."

뭔가 이상했다.

'왜 저렇게 기분이 좋지?'

분위기가 확 바뀐 느낌이랄까.

"왜, 가기 싫냐?"

어째 석연치가 않았음에도 대답은 망설임 없이 튀어나왔다.

"아니. 갈게."

"그래. 푹 쉬고 잘 자, 우리 딸."

역겨워하는 그녀의 표정을 보고도 남영호는 욕을 하는 대신 기운 내라는 듯 어깨까지 툭툭 두드리곤 얌전히 방을 나갔다.

쾅! 가현은 바로 방문을 닫아걸고 다시 침대로 돌아와 앉았다.

'왜 저러는지 몰라도 여기에 갇혀 있는 것보단 백번 낫지.'

일단 집 밖으로만 나가면 서예리가 올려 보내는 반찬 하나 없는 식사는 피할 수 있을 것이다. 걱정하고 있을 엄마와 통화도 할 수 있을 거고. 무엇보다 다시 윤손찬을 만나 더는 아무 일도 없을 거라고 당당하게 말해 줄 수도 있을 것이다.

'문자부터, 아니, 초기화부터 해야지.'

핸드폰에 무슨 짓을 해 놨을지 일일이 확인하기도 귀찮아 가현은 새 핸드폰을 꺼내자마자 초기화부터 시켰다.

그 뒤, 외워 둔 손찬의 번호로 바로 문자를 보냈다.

[잘 들어갔지? 나 다시 핸드폰 생겼어. 내일부터 학교에 가도 된대.]

문자를 보내고 가현은 침대에 드러누웠다. 다행이라며 좋아할 그를 생각하니 저도 모르게 입가에 미소가 떠올랐다.

'그래. 너한테 가고 있었어. 언제든 그럴 거야.'

'만약 이대로 내가 널 못 보내겠다면 어떡할래?'

아직도 생생했다. 그의 걱정 서린 눈빛과 목소리들이.

혹시라도 일이 더 커질까 봐 내내 겁을 먹은 채였지만 지금 다시 돌이켜 보니, 그런 걱정보단 반가움이 더 컸었던 것 같다. 많이 반가웠고, 기뻤고, 고마웠던 것 같았다.

[벌써 자?]

다행이라고, 다행이라고 난리를 칠 줄 알았는데, 손찬은 확인조차 하지 않았다.

"피곤했나?"

하긴 피곤할 만도 하지. 어쩌면 밤새 가현을 걱정했는지도 모르겠다.

'답장만 기다릴 필욘 없지. 내일 학교에 가서 보면 돼.'

가현은 보낸 문자를 지우고 핸드폰을 베개 밑으로 밀어 넣었다.

등교하자마자 교무실에 들러 담임과 면담을 한 후에야 가현은 교실로 돌아올 수 있었다. 반 애들은 가현이 자리에 앉자마자 무리 지어 와서 가채점이니 등급이니 이런저런 질문을 던졌다. 사실 가현은 해 줄 말이 없었다. 고사장에서 나온 이후 수능에 대한 생각은 싹 잊어버렸으니까.

"정채은은 언어에서 4개나 틀렸대. 완전 망한 거지 뭐."

"이번에 망쳤다는 애들이 많더라. 참, 근데 우리 너한테 물어볼 거 있었는데."

"어, 잠깐 화장실 좀."

교실을 나온 가현은 걸으면서도 계속 핸드폰만 쳐다보고 있었다.

'아직도 답장이 없네.'

지금껏 한 통도 답장이 오지 않은 것도 그렇고, 집에서 나오자마자 걸어 봤던 전화도 신호만 갈 뿐 받지 않는 게 계속 마음이 쓰였다. 정말 이런 적이 한 번도 없었으니까.

쾅!

"윤손찬!"

가현이 먼저 손찬을 찾으러 간 곳은 문고였다.

"윤손찬. 윤손찬?"

좁은 문고 안을 휙휙 훑어봤지만 그는 보이지 않았다. 그제야 번뜩 가현은 자신이 수능 끝난 고3이라 수업 시간이 널널한 거라는 당연한 사실이 떠올랐다.

'그렇지, 기말고사도 남았고. 이제 고3인데 공부하다 보면 연락

이 없을 수도 있지. 왜 이렇게 정신을 못 차려.'

속으로 어이없다며 자신을 타박하면서도 가현의 걸음은 더 빨라지고 있었다. 수업 중인 걸 알지만 정말로 수업을 듣는 중인 건지, 학교는 왔는지 멀리서나마 확인해야 이 초조함이 가라앉을 것 같아 가현은 2학년 A반이 있는 층으로 향했다.

교실 앞에 도착했을 때 마침 수업이 끝났는지 학생들이 쏟아져 나왔다.

"저기, 이 반에 윤손찬 있지?"

"어? 3학년 남가현 선배다!"

한 남학생의 외침에 반 학생 여럿이 우르르 몰려들었다. 다들 마치 신기한 거라도 발견한 듯 눈을 반짝이고 있었다.

"와, 그 미친 새끼. 진짠가 보네. 미션 임파서블인 줄 알았더니."

"선배 정말로 걔랑 사귀세요? 진짜로요?"

"완전 헛소문은 아니었나 봐."

"저기……."

"몰려들어서 뭐 하냐?"

난감해하고 있는데 한 남학생이 다른 애들을 헤치고 나와 가현의 앞에 섰다.

"선배, 얘기 좀 해요."

"어? 어."

가현을 데리고 복도로 나온 남학생은 주변의 눈치를 보곤 조용히 물었다.

"혹시 어제나 오늘 윤손찬한테서 뭐 연락받은 거 없으세요?"

바로 가현이 하려던 질문이었다.

"아니. 없어. 걔 오늘 학교 안 왔어?"

"안 왔죠."

당연하다는 투였다.

"넌 무슨 연락 받았어? 걔랑 친해?"

"아, 그게. 연락을 받은 건 아니고 말해도 될지 모르겠는데. 아무한테도 말 안 하고 있자니 좀 찜찜하기도 하고. 전에 들어 보니까 선배가 그 새끼랑 사귀는 사이인 것 같기도 하고. 그래서 선배는 무슨 일인지 아나 싶어 가지고요."

"뭔데, 무슨 일인데."

남학생은 머뭇거렸다. 정말 말해도 될지 계속 고민하는 눈치였다. 머리를 긁적이며 연신 다른 곳으로 시선을 던지는 후배의 태도에서 심상치 않은 분위기를 읽은 가현은 초조하게 대답을 기다렸다.

"실은 어제 학원 가는 길에…… 봤거든요. 밤 9시인가 그랬는데. 학원도 안 다니는 놈이 그 근처 어슬렁거리는데 걷는 것도 좀 이상하고."

정말 심장이 어딘가로 곤두박질친 것만 같았다. 저도 모르게 남학생의 팔을 잡은 가현이 다시 물었다.

"걷는 게 왜?"

"좀 절던데. 가까이 가 보니까 얼굴도 안 보이려고 하고. 지랑 마주친 거 아무한테도 말하지 말라던데. 쌤한테 여쭤 보니까 오늘 안 온 것도 무단결석이라고, 집에서도 연락 없었다고 그러시고. 아무리 생각해도 좀 이상해서요."

혹시 들은 거 있냐는 다음 질문은 그냥 한 귀를 스쳐 한 귀로 흘러가 버렸다. 가현은 후배에게 고맙다는 말도 없이 돌아섰다. 이미 반쯤 넋이 나간 채였다.

'아니야. 아닐 거야. 하지만……'

생각을 부정하고, 무시하고, 아닐 거라고 계속해서 자신을 다독이던 가현이 갑자기 우뚝 멈춰 섰다.

'어쩌면 은주랑은 연락이 됐을지도 몰라. 만났을 때 은주에게 연락해 달라고 부탁했으니까. 오늘은 아니더라도 어제는 연락을 하지 않았을까?'

"은주야!"

수능도 끝났고. 이동 수업도 없을 때인데 은주의 자리는 비어 있었다. 머릿속이 온통 윤손찬 생각으로만 가득 차 있던 가현은 초조한 마음에 엄지손가락만 잘근잘근 깨물었다.

'그냥 답장 한 번 안 한 게 아니라 계속 아예 연락이 안 되잖아. 하필 어제 나 만나고 나서 갑자기 이러면 너무 이상하잖아. 거기다 다친 것처럼 보였었다면……'

당연히 아무 일도 없을 거고 반드시 그래야 하지만 상처들이 마치 경고하듯 쑤셔 와서. 저린 팔을 움켜쥘 때마다 윤손찬 생각이 났다. 사라지지 않는 흉터처럼 계속해서 아른거렸다.

"남가현?"

정신을 차리고 보니 3반 애들이 모여 웅성이고 있었다.

"얘기 듣고 온 거야?"

"무슨 얘기?"

"이건 변명이 아니고 니가 오해할까 봐 사실대로 말해 주는 건데, 우린 진짜로 아무것도 몰랐어. 솔직히 걔가 그런 미친년인 줄 어떻게 알았겠어? 바로 옆에 있던 너도 몰랐는데. 안 그래? 우린 그냥 걔가 우니까 불쌍해서 몇 마디 보탠 게 다였는데 소문이 이상하게 나서. 물론 니가 가장 어이없었겠지만 우리도 일부러 그런 건 아니었다고."

미친년은 뭐고 소문은 뭐고. 적어도 가현의 기억으로는 처음 말을 섞어 보는 애들이 갑자기 왜 이렇게 저자세로 나오는지 하나도 이해할 수가 없었다.

"무슨 일인지 모르겠는데. 그보다 오늘 은주 학교 나왔지? 물어볼 게 좀 있어서."

"당연히 그래야지."

"뭐?"

어쩐 분위기가 묘하게 돌아가는 느낌이 들었다.

"무슨……."

어차피 은주를 기다려야 하니 다들 왜 이러는 거냐고 물어보려 했는데, 누군가 뒤에서 팔을 잡아 왔다.

"어, 은주야."

"나와. 나가서 얘기해."

"어차피 다 까발려진 거 그냥 여기서 얘기하지, 왜? 뒤에 가서 이번엔 남한테 뭘 덮어씌우게?"

방금까지 가현에게 사과하고 있던 애를 중심으로 반 애들이 모여들었다. 하나같이 싸늘한 표정을 하고 노려보고 있는 상대는 가현이 아니라 은주였다. 잘은 모르겠지만 언제나 친구들과 잘 지내던 은주였기에 도리어 가현이 더 당황스러웠다. 아무 말도 못 하고 있는 은주의 분위기도 이상했고.

"무슨 일인지는 모르겠는데 내가 은주한테 물어볼 게 있어서 온 거니까 끼어들지 않았으면 좋겠다. 가자. 네 말대로 나가서 얘기하는 게 낫겠다."

가현은 은주를 데리고 교실을 나왔다.

은주는 텅 빈 교정까지 가는 내내 한마디도 하지 않았다. 걸어가면서 가현도 은주에게 무슨 일이 있는 건지 물어봐야겠다는 생각이 들긴 했지만, 당장은 윤손찬의 일이 먼저였다.

"나 비웃어 주러 왔니? 어떤 꼴 당하고 있는지 확인하러 왔어? 그래서 이제 속이 시원해?"

사람이 없는 곳에 도착하자마자 은주가 꺼낸 첫마디는 아까 그 애들의 행동만큼이나 당황스러운 것이었다.

"그게 무슨 말이야?"

"니가 더 잘 알면서 뭘 물어?"

정말 하나도 이해가 되지 않아서 잠시 멍해 있던 가현이 두 눈을 깜빡이며 말했다.

"어, 무슨 오해를 하고 있는 건지 모르겠는데. 내가 사과할 일이면 사과하고 오해면 풀고……. 근데 그 전에 물어볼 게 있는데. 혹시 윤손찬한테서 뭐 연락받은 거 없어? 만났다거나, 무슨 얘기 들은 거 있어?"

"아."

알겠다는 듯 내뱉어진 감탄사에 가현이 질문을 쏟아 냈다.

"왔어? 뭐래? 언제 왔어? 혹시 오늘 연락됐어?"

"왜? 잠깐 연락 안 되는 것도 못 견디겠어?"

"미안한데 그래서 왔어, 안 왔어?"

안절부절못하는 가현을 보며 은주가 픽 웃었다.

"와. 걔가 너한테 되게 특별한가 보다. 안 그래? 내 연락은 그렇게 씹어 댔으면서 걔랑은 잠시도 떨어져 있질 못해? 그래서 수능 날도 혼자 고사장 간다고 거짓말하고 하루 종일 걔랑 있었던 거야? 내가 그렇게 아니꼬웠어? 그렇게 거슬렸어? 그럼 말을 하지 그랬어? 아닌 척, 착한 척 내숭은 다 떨어 놓고 뒤에서 무슨 짓인데, 이게?"

맥락에 맞지 않는 대답이 돌아왔다.

"무슨, 아니꼽고 그런 게 어디 있어."

"너 윤손찬 좋아하잖아. 내가 걔 좋아하는 거 진작 다 알고 있었잖아!"

좋아한다고? 너도? 아니, 그게 아니라. 네가?

전혀 몰랐었다. 전혀 상상조차 한 적이 없었다. 조금 멍해진 가현이 더듬더듬 대답했다.

"걔가 널 좋아하나 싶었을 땐 있었어도 네가 걜 좋아할 거라고는 난 전혀⋯⋯."

"왜 넌 늘 몰라?"

"은주야."

"더 얘기하기 싫어. 앞으론 찾아오지 마. 이미 너 때문에 충분히 내 인생 꼬일 대로 다 꼬였으니까."

인생이 꼬이다니? 그게 무슨 말인지, 어째서 저렇게나 화가 났는지 이해할 수가 없었다. 마냥 당혹스러운 와중에도 은주가 상처를 받았다는 사실만은 분명하게 전해져서. 가현은 홱 돌아서서 가 버리려는 은주를 황급히 붙잡았다.

"잠깐만! 하고 싶은 말이 있으면 똑바로 해. 갑자기 왜 이러는 건데? 문자에 답장을 못 했던 건 핸드폰이 고장 나서였어. 수능 날 고사장은 어차피 너랑 다른데 미리 말할 필요 없는 거잖아. 그리고 나도 걔가 찾아올 줄 몰랐어. 고사장에 가려고 나왔는데 걔가 집 앞에 와 있었던 것뿐이야."

이것저것 생각나는 대로 설명해 봤지만 은주의 태도는 여전히 싸늘하기만 했다.

"너야말로 갑자기 왜 이러는데? 언제부터 니가 내 마음 같은 걸 신경 썼다고 이래?"

"그런 말이 어디 있어?"

은주는 한동안 가현을 가만히 응시했다.

"걸레 년."

한참 만에 은주가 내뱉은 말이었다.

"너 지금 뭐라 그랬어?"

"걸레라고 했어. 왜, 찔려?"

미소 짓는 은주의 얼굴이 새삼 상처가 되어 다가왔다.

"너 남자만 있으면 되는 애 맞잖아. 아닌 척 계속 내숭 떨 생각 이야? 왜? 아직 내가 필요해? 너희 둘 좋아 죽는 꼴 지켜보면서 질투라도 하라고? 아니면 내가 원하는 것만 족족 뺏어 가는 니 옆에서 병신처럼 웃어 줄 사람이 필요해? 왜? 윤손찬은 그런 짓은 못 해 주겠대?"

꼭 은주가 다른 사람에 대해 흉을 보고 있는 것만 같았다. 정말 못된 어떤 다른 애에 대해서.

"네가 왜 이러는지 모르겠지만 그런 말도 안 되는 생각 해 본 적 없어. 난 절대……."

"그렇게 보지 마!"

꽥 소리를 지르며 은주가 온몸을 부르르 떨었다. 스스로 감당하지 못할 만큼 화가 나 보였지만 여전히 가현은 그런 은주를 이해할 수가 없었다.

"제발! 그렇게 무시하면서 쳐다보지 마!"

"무시? 내가 언제? 내가 언제 널 이용했는데? 내가 너한테서 뭘 뺏어 갔는데? 대체 무슨 소릴 하는 건데!"

"이것 봐. 넌 입만 열면 거짓말이잖아. 다 알고 있으면서 모르는 척!"

"아니, 모르겠어. 하나도 모르겠다고!"

"그래. 가해자는 늘 아무것도 모르는 법이지."

거짓말? 가해자?

"멀리 갈 것도 없이 지난번 대회도 그래. 내가 더 잘해도 학교는 늘 널 선택하지! 우리 부모님은 선생들한테 쥐어 줄 돈이 없으니까! 너한테 꼭 필요한 수상 내역도 아니었잖아. 상금? 그런 푼돈 필요 없잖아, 넌! 근데도 넌 뭐 하나 양보하는 법이 없지. 안 그래?"

기가 막혔다.

"그게 왜 널 이용한 게 되는 건데?"

아니, 그보다 은주는 애들 사이에서 헛소문이 떠돌 때면 언제나 먼저 가현을 토닥여 주던 친구였다. 네가 얼마나 노력했는지는 옆에서 봐 온 내가 더 잘 알고 있다고 속상해하지 말라고 위로해 주던 친구였다. 그래서 가현은 저 애의 따스함을 의심해 본 적이 없었다.

"어떻게 그렇게 말할 수 있어? 다른 사람도 아닌 니가?"

"피해자 코스프레 작작해. 역겨워."

"어떻게 그런 말을 해?"

휭휭, 불어오는 바람이 가슴을 관통한다. 항상 좋은 친구였던 은주에 대한 기억이 흐릿해지고 마음은 눈앞의 사람에 대한 감정을 깎아 낸다.

"어떻게……."

그 과정이 너무 아파서 가현은 망연히 은주를 바라만 보고 있었다.

"누가 보면 니가 억울한 줄 알겠다. 잘난 남가현, 덜떨어진 박은주. 이렇게 한 세트로 몇 년을 지낸 사람은 난데. 피해를 당했어도 내가 당했고, 억울해도 내가 억울한데 아무도 알아주지 않고 모두가 날 욕하고 있잖아! 이 정도면 된 거 아니야? 왜? 아직 부족해?"

"……."

화를 내 볼까. 해명을 할까. 달래 줘야 하나. 수만 가지 생각이 들다가 문득 가현은 모든 걸 이해했다. 내가 이렇게 너를 몰랐고, 너도 날 이렇게 몰랐으니까. 그게 자신들이 어그러져 버린 이유라는 걸 깨달았다.

"니 말이 맞나 보다."

"뭐?"

"우리, 친구 아니었나 봐."

손찬에게 그랬던 것처럼 너에게도 차분히 설명해야 했다. 어째서 대회만 열리면 빠짐없이 참석했는지. 그 상금을 어디에 썼는지. 아주 옛날에 그녀는 은주를 이해시켜야만 했다. 그런데 그러지 않았었다. 지금까지 계속 숨겨 왔다.

"지금 네가 이러는 건 내 잘못도 크다고 생각해."

친구라는 이유로 무작정 이해를 강요했고, 너라면 괜찮을 거라고 믿어 버렸다. 그렇게 일방적인 관계가 정상적으로 유지될 리 없는데. 아무것도 설명하지 않은 채로 널 혼자 내버려 뒀다. 결과적으로 오해와 실망만 남은 관계가 되고 말았다. 옹졸하게도 내 안위만 챙겼고, 그래서 네가 상처받고 만 거야.

"미안했어."

은주가 웃었다.

"이제 와서? 앞에선 착한 척 다 해 놓고 뒤에 가서 더러운 수작 부리려는 거 내가 모를 줄 알아? 너나 윤손찬이나 내가 만만하지? 그래, 이제 보니까 너희 참 잘 어울린다. 걸레랑 쓰레기. 내가 끼어들 자리가 없는 게 당연했네."

"근데. 내가 사과한 건 지금이 아니면 영영 못 할 것 같아서야. 그러니까 이 말도 지금 해 둘게. 난 더 이상 니가 날 뭐라고 부르든 상관하지 않을 거야. 나한테도 잘못이 있으니까. 하지만 윤손찬에 대해선 단 한 마디도 함부로 말하지 마."

은주는 모른다. 갖은 지저분한 소문은 그저 그를 둘러싼 허울에 불과하다는 걸. 윤손찬은 그런 소문과는 전혀 다른 사람이라는 걸. 지금, 그녀에게 있어 누구보다 중요한 사람이라는 걸.

"넌 아무것도 몰라."

돌아섰을 때 뒤에서 격렬한 욕설들이 들려왔다. 간간이 개에 대해 알고 사귀는 거냐. 아무것도 모르는 사람은 너라는 둥의 말들이 또렷하게 들렸지만 가현은 한 번도 뒤를 돌아보지 않았다.

✳

"하아, 하아, 하아."

길거리에 멈춰 서서 무릎에 손을 얹은 채 가현이 한참 숨을 헐떡였다. 이제는 집 못지않게 익숙한 이 거리는, 후배가 말했던 학원이 즐비한 골목과 가까웠다. 손찬과 가현이 아지트처럼 이용해 온 카페 역시 이곳에 있었다.

셔터가 올라가 있는 카페를 보고 가현은 확신했다.

'분명히 저 안에 있어.'

쾅! 쾅! 쾅!

"윤손찬! 문 열어!"

쾅! 쾅! 쾅!

"안 들려? 문 열어! 문 열라고!"

분명히 인기척이 느껴졌었는데 소란을 피우자마자 문 너머가 쥐죽은 듯 조용해졌다. 전화를 걸어 보니 통화 중이라는 안내 음성이 흘러나왔다. 가현이 계속해서 전화를 걸자 안쪽에서 벨소리가 울렸다. 물론 몇 초 되지 않아 금방 끊어져 버렸지만 이미 가현이 들은 후였다.

"네가 안 나오면 내가 못 들어갈 것 같아?"

기세 좋게 외쳐 놓고 비밀번호를 눌렀지만, 문은 열리지 않았다.

"번호까지 바꾸고 틀어박히셨어?"

쾅! 쾅! 쾅!

"야! 나와! 나오라고! 내가 사람 불러서 문 따고 들어가야겠어?"

쾅! 쾅! 쾅!

"잠깐만, 잠깐이면 돼. 윤손찬! 윤손찬!"

미친 사람처럼 문을 발로 차고 두드리고 손잡이를 잡아당기며 가현이 계속해서 소리쳤다.

"문 열어. 문 열라고!"

상가가 밀집된 구역답게 금방 구경꾼들이 모여들었다. 경찰을 불러야 하는 것 아니냐며 숙덕이는 소리는 가현에게 들리지 않았다.

쾅! 쾅! 쾅! 쾅! 쾅! 쾅!

공허한 소리가 쌓여 갈수록 심장이 졸아들었다.

"제발. 지금 나 너 못 보면…… 미칠 것 같단 말이야. 그러니까 제발 문 좀 열어. 제발, 얼굴 한 번만 보자. 제발 한 번만……."

그때, 달칵하고 잠금이 풀리는 소리가 거짓말처럼 들려왔다.

'열렸다.'

가현은 손잡이를 꽉 움켜쥐었다. 직감할 수 있었다. 이 문을 열면 앞으로 많은 게 변하리란 걸. 마음은 열고 싶지 않아 하는 비겁함과 그래도 외면할 순 없다는 생각으로 모세의 파도처럼 갈라졌다.

'하지만 도망칠 순 없어. 이 안에 네가 있다면 나는 널 두고 도망칠 수 없어.'

그녀는 숨을 흑 들이마시고 손잡이를 잡아당겼다.

"가현아."

하지만 막상 교복 차림의 그를 마주한 순간 생각해 둔 모든 말들이 증발해 버렸다. 가현은 단 한 마디도 할 수 없었다. 그녀의 시선은 그의 뺨에 난 상처에 고정되어 있었다. 구태여 물어보지 않아도 알 수 있었다. 그건 이제껏 몇 번이고 거울 속 자신의 얼굴에서 봐 왔던 상처였으니까.

갑자기 가현은 한참 전부터 울고 있던 것처럼 목이 멨다.

"……."

"남가현."

더 볼 것도 없었다. 가현은 휙 뒤돌아서 뒤 한 번 돌아보지 않고 성큼성큼 앞을 향해 걸었다.

그런 가현을 손찬이 달려 나와 붙잡았다.

"멈춰 봐. 잠깐 얘기 좀 해."

"놔."

"기다려!"

"놔!"

"가현아!"

가현이 그의 손을 휙 뿌리치며 소리쳤다.

"얘기? 기다려? 내가 뭘 기다려야 하는데? 뭐? 사실대로 전부 말하기로 약속해? 무슨 일이 있어도 솔직하게 말해 달라고? 넌 이 꼴로 학교도 빠지고 집에도 안 가고 여기 숨어 버렸으면서? 결국 넌 나한테 아무것도 말할 생각이 없던 거잖아!"

손찬은 감히 부정하지 못했다.

"놔."

"놓으면?"

"널 이렇게 만든 인간한테 갈 거야. 어제 무슨 일이 있었는지 난 알아야 하니까."

"가현아."

한숨 섞인 부름에도 마음은 변하지 않았다. 이건 그가 나설 일이
아니었다.

"일주일 정도 연락 끊기면 경찰에 신고나 해 줘. 죽어서 뉴스거
리 되긴 싫으니까."

"그따위로 말하지 마."

"사실이 그따위인데 그럼 어떡해! 내 상황에선 이게 최선인데 그
럼 어떡해! 죽을 각오 하고 가서 싸우는 게 내가 할 수 있는 마지
막 발악이니까 부탁한 거야. 진심으로. 살고 싶어서."

"가지 마. 가지 말자, 가현아."

그가 애원하듯 뒤에서 가현을 안아 왔다. 아마 그녀가 떨고 있다
는 걸 벌써 눈치챘을 것이다. 그런 눈치 하나는 정말 기가 막히게
타고났으니까. 하지만 여기서 멈출 수는 없었다. 지금 멈춰 서면
도망치고 싶어질 테니까. 목숨이 아까워서. 죽을까 봐 겁이 나서.

"말했잖아. 난 가야 돼. 난 너한테까지 비겁해지고 싶지 않아."

"갈 땐 가더라도 지금은 아니야. 기다려. 하루, 아니 반나절만이
라도."

"내가 뭘 기다려야 하는데?"

가현이 그의 손을 풀고 시선을 맞추며 소리쳤다.

"기다리면 뭐가 달라지는데? 집에 돌아갈 날만 기다리면서 6년
을 참았어. 근데 상황은 더 나빠지기만 할 뿐이잖아. 어떻게 이럴
수가 있어! 어떻게, 어떻게 너한테까지 손을 대! 말도 안 되잖아,
이건 아니잖아! 어떻게 이래, 어떻게! 그 새끼가 아무리 미친놈이어
도 어떻게 이런 짓까지 할 수가 있어?"

화를 낼 입장이 아닌데. 대답해 줄 사람은 그가 아닌데. 그걸 알면서도 울음처럼 분노가 터져 나왔다.

"아닐 거라고 생각했어. 내내 불안했지만 아닐 거라고. 설마 그렇게까지 미친놈은 아닐 거라고. 아무리 그래도 너한테까지 손을 대진 않았을 거라고. 근데 어떻게…… 어떻게 이럴 수가 있어. 네가 뭘 잘못했다고 이래! 어떻게 널 때려! 어떻게 이래!"

남영호가 바로 앞에 있기라도 한 것처럼 가현이 죽어라 악을 썼다. 분노에 이성이 함몰되고. 미친 듯이 쏟아지는 눈물을 막을 수가 없었다. 부끄럽고, 창피하고, 미안하고, 미안해서. 너무나 미안해서. 가현은 두 손으로 얼굴을 감쌌다.

"나 괜찮아. 그러니까 울지 마. 응?"

"네가 다쳤어. 아무 잘못도 없는 네가, 아무 상관도 없던 네가! 이유 없이 맞고 왔어. 네가 괜찮아도 나는…… 내가……."

그는 이런 일을 당할 사람이 아니었다.

'너무 착하고. 다정하고. 언제나 날 위해 줬는데.'

그 배려들이 무가치한 일로 전락해 버린 건 분명히 잘못된 일이다. 그러니 계속 울고만 있을 수는 없었다. 여기서 울어 봤자 아무것도 변하지 않을 테니까.

"……넌 병원에나 가. 꼭."

이를 악물고 가현이 거칠게 눈물을 닦아 냈다. 하지만 결심을 무너뜨리려고 작정한 사람처럼 손찬이 다시 그녀를 잡았다.

"가서 따지면? 따지고 맞으면? 또 핸드폰이든 뭐든 박살 나고 그 집에 갇히면? 그러면 다 해결되는 거야? 모두 괜찮아져?"

"아니더라도 난 가야 해. 그렇더라도 나는……."

"영영 도망치라고 말하는 거 아니야. 원한다면 가도 돼. 근데 가더라도 내일 가. 말하더라도 내일 말해. 오늘은 하지 말자. 오늘은, 제발 부탁이니까. 오늘은 가지 말자."

"이제 와서 하루 더 기다린다고 뭐가 달라지는데?"

손찬은 대답 대신 가현을 안아 주었다. 등을 어루만져 주는 너의 손길. 당연하게 들려오는 너의 숨소리에 안도하는 것마저 이렇게나 면목 없게 되어 버렸는데. 당당하게 널 마주할 수가 없게 되어 버렸는데. 그게 너무 화가 나고 슬픈데. 하루라도 빨리, 조금이라도 더 빨리 이 지옥 같은 기분에서 벗어나 너에게 속죄하고 싶은데. 넌 왜 자꾸만 기다리라고 말해.

"날 믿어 가현아. 지금 잠깐 아프고 나면, 많은 게 변해 있을 거야. 전부 괜찮아질 거야. 더 이상 괴로울 필요 없어. 아무것도 참지 않아도 돼. 다 괜찮아질 거야."

눈물이 주르르 흘러 손찬의 옷을 적셨다.

"미안해. 미안해……."

입이 열 개라도 달리 할 수 있는 말이 없었다.

"네 잘못 아니야."

"아니, 전부 나 때문이야. 내 잘못이야. 내가 잘못했어. 미안해. 미안해, 윤손찬."

"네가 뭘 잘못했는데?"

혼자만 견디면 된다고 생각해 왔다. 나만 맞으면 내 사람들은 다 지킬 수 있다고 믿었다. 어릴 적 엄마가 그녀와 현우를 위해 그래 줬던 것처럼. 혼자 아빠 앞을 막아서면 다른 사람들은 다 괜찮을 거라고. 체면을 중요시하는 사람이니까. 다른 사람들에게까지 손을 뻗치진 않을 거라고 믿었다.

그래서 네가 다친 거다. 내가 어리석어서. 내가 아직까지 살아서 견딘 바람에.

"내가 병신 같아서. 내가, 나 아니었으면 넌 이런 일 겪지 않았어. 그러니까……."

"가현아."

"미안해, 윤손찬. 미안해."

다 내 잘못인데. 잘못한 주제에 양심 없이 울어서 미안해. 날 만나게 해서 미안하고. 갖은 꼴 다 지켜보게 해서 미안하고. 착한 네가 나 불쌍해서 못 떠나게 만들어 미안하고. 피해자인 네가 여기 혼자 틀어박혀 있게 해서 미안했다. 자신의 모든 것이 그에게 미안했다. 함께 있어 행복하고 위로가 되던 하루하루들까지도. 가슴이 아플 만큼 전부 미안했다.

"정신 똑바로 차려. 남가현."

손찬이 가현의 한쪽 옷깃을 쥔 채 매섭게 말했다.

"친구 걱정이 돼서 병문안을 갔을 뿐이야. 근데 그 친구 아빠란 사람이 딸의 친구를 폭행한 거고. 네 눈엔 이게 정상적인 것 같아? 아파서 학교에 못 온 친구 잘못으로 보여? 정말로 그래?"

"나는……."

설령 네 말이 맞다고 해도 내가 어떻게 그렇게 말할 수 있겠니. 네가 다쳤는데.

"다신 이 일로 나한테 사과하지 마."

매서운 말투도, 눈빛도 네가 아닌 것처럼 낯설었다. 가현은 그마 저 제 탓인 것 같아 그저 미안하기만 했다.

"내가 사과하지 않으면 너는? 아무 잘못 없이 그런 일을 당한 너는? 나라도 사과하지 않으면, 난 너한테 미안해서 어떻게 견뎌? 어떻게 다시 널 볼 수 있어, 내가? 너를 잃지 않으려면 나는, 뭔가를 해야만 하는 거잖아."

다 터져 나오지 못한 울음이 숨통을 꽉꽉 틀어막고 있어, 끅끅 당장이라도 숨이 넘어갈 듯 우는 가현을 손찬은 담담히 마주 보았다.

"사과는 그 새끼한테 내가 알아서 받을 거야. 하지만 가현아. 제발, 네 생각을 좀 해 볼 순 없어? 사과를 받아야 하는 사람은 나뿐만이 아니잖아. 내가 당연히 사과받아야 한다면, 넌? 누가 너한테 사과했는데? 그 당연한 걸 넌 왜 바라지 않는데? 왜, 그 새낀 너한테 돈을 주니까? 넌 그거 하나면 정말 전부 괜찮은 거야?"

괜찮지 않아. 하지만 그 대답은 입술 밖을 넘어가지 못한 채 속에서만 맴돌 뿐이었다. 괜찮지 않아 봤자 달라지는 건 없었으니까. 괜찮지 않다고, 힘들다고 인정해 봤자 이 끔찍한 곳에서 계속 지내야 하는 현실은 변하지 않으니까. 괜찮다고, 견딜 만하다고 자신을 다독이는 것만이 최선이었으니까.

"정말 나한테 미안하다면, 잊고 싶다고 발버둥 치지 말고, 외면하지도 말고 이제까지 네가 겪은 일들을 떠올려. 그 새끼가 칼을 들고 설칠 때 얼마나 무서웠는지, 집에 갇혀 있을 때 네 기분이 어땠는지, 무슨 생각을 하고 있었는지 하나하나 기억해 내."

"이건, 그런 일이랑 상관없어."

가현은 그에게서 고개를 돌렸다.

"기억해 봤자 괴롭기만 하고 아무런 의미도 없어."

"가족이랑 통화할 때마다 괜찮다고 거짓말하면서……."

"싫어! 싫다고 했잖아! 이제 그만해!"

"날 똑바로 봐!"

손찬이 여전히 쥐고 있던 옷깃을 끌어당겨 억지로 가현이 자신을 보도록 만들었다.

"보여? 아직 네 얼굴에 남아 있는 상처가, 나한테도 있는 게 보여?"

"……."

알이 박힌 반지가 얼굴을 내려칠 때 생겼을 상처. 입술을 깨물고 숨을 삼켜도 참을 수 없어 다시 눈물이 뚝뚝 떨어지기 시작했다. 그래서 그를 마주 볼 수 없던 거였다. 널 보면 나조차도 외면해 온 나를 보는 것만 같아서.

"어제 나한테 벌어진 일은, 네가 수년 동안 혼자 겪어 온 일에 지나지 않아."

"……."

"하나도 다르지 않아, 가현아."

"……알아."

질끈, 눈을 감았을 때 눈물이 턱 끝으로 떨어졌다.

"알고 있었어. 알고도…… 모르는 척했어, 내가."

숨을 죽여야 살아남을 수 있는 오늘보다, 당장 다가올 내일이 변하는 게 더 무서워서 비겁하게 살았다. 그래서 그가 다친 거였다. 그녀가 여기까지 왔기 때문에. 그걸 모르지 않아서 더 괴로웠던 거였다.

"그리고 이제 와서야 나는 내가 그러지 않았더라면, 한 번이라도 용기를 냈더라면 달라졌을까, 후회해. 하지만 이런 후회가 무슨 의미가 있겠어? 이미 너는 다쳤고 나는 도망칠 수 없는데."

"힘들었다는 거 알아, 가현아. 하지만 아직 아무것도 끝나지 않았어. 이제라도……."

멍하니, 하늘도 땅도 그도 아닌 어딘가를 바라보며 그녀가 들릴까 말까 한 목소리로 조곤조곤 읊조렸다.

"나는, 아무것도 아니야. 영화 속 주인공처럼 싸울 용기도 없고. 반항하고, 맞고, 그러다 죽고……. 나는 그게 무서웠어. 죽기 싫고. 살고 싶고. 비겁해 보여도 난 그래. 그래서 지금도 난 아빠한테 돌아가는 게 무서워. 그냥 이대로 도망치고 싶어. 하지만 내가 그러면……."

"지금은 지금만 생각하자. 다 내려놓고 너만 생각해."

"하지만."

가족에 대한 염려, 돈에 대한 걱정, 변해 버릴 내일. 수년간 벗어날 수 없었던 족쇄 같은 두려움들에 대해 가현이 미처 입에 다 담기도 전에 손찬이 말했다.

"전부 괜찮을 거야. 알고 있지?"

무릎을 굽힌 그가 가현의 얼굴을 감싸고 이마를 맞대 왔다. 서로의 코끝이 부딪치고 울음 섞인 숨소리가 엉킨 와중에 제 뺨을 어루만지는 그의 손길에 흥분이 가라앉아 갔다. 그저 네가 있다는 사실에. 네가 눈앞에서 무사히 숨 쉬고 있어 준다는 사실만으로도.

"오늘은 나랑 있자."

"……응."

겨우겨우 목소리를 짜내 대답하며 그의 품 안에서 가현은 마침

내 인정했다.

이젠 정말로 모든 것이 변해야만 한다는 것을.

"딱 하루야."

집 근처 골목에 다다랐을 때 손찬이 딱 잘라 말했다.

새벽 6시. 주변은 아직 어두컴컴했다. 해가 뜨기에는 이른 시간이었다. 한참 울고 소리 지르느라 진이 빠진 가현을 카페에서 밤새 달래 주며 그는 계속해서 조금만 더 기다리자고 했다.

그러나 가현은 그럴 기운조차 없었다. 그저 모든 걸 얼른 끝내 버리고 싶었다. 그래서 결국 새벽녘이 되어서 두 사람은 카페를 나선 것이었다.

"알고 있어."

"내일 이 시간까지 나한테 연락 없으면 바로 신고할 거야."

"기억할게."

"가현아."

그가 무슨 말을 하고 싶어 하는지 알고 있었다. 이 시간까지 손찬은 직접 만날 필요 없다, 무슨 일이 생길지 모르는 거 아니지 않느냐며 계속 변호사를 통해 해결하자고 졸랐으니까. 결국 가현의 고집을 꺾지는 못했지만.

"내가 마무리 지어야 하는 일이야."

"말했잖아. 꼭 네가 갈 필요 없어. 사람 보내서……. 아니, 그래. 다른 사람이 싫으면 차라리 같이 들어가. 너 혼자 가 봤자 다치기만 할 거야. 위험하기만 해. 그러니까."

"너한텐 이미 많이 고맙고, 많이 미안해. 나머지는 내가 알아서

할게."

"제발. 지금 그 인간 제정신 아닐 거야. 반쯤 미쳐 있을 거라고.
아무 일도 없을 리가 없어. 굳이 너 혼자 가서 겪을 필요 없는 일
이라고."

픽 웃음이 나왔다.

'꼭 죽을 사람 보듯 하네. 안 그래도 되는데.'

가현은 다정하게 손찬의 팔을 두드렸다.

"괜찮대도. 여기서 이러고 있지 말고, 너도 집에 들어가. 나 때
문에 외박했잖아."

"가현아."

"집에 가래도. 괜찮을 거라니까."

못 미더운 눈치였는지 손찬은 한 발짝도 움직이지 않았다. 어젯
밤부터 그랬듯 그는 계속 상황을 재느라 미간을 찌푸린 채였다. 변
호사를 통해 해결하고 싶은데, 그건 안 된다고 하고. 같이 들어가
는 것도 안 된다고 하니, 차라리 못 가게 막고 싶어서, 걱정되니까
저러고 있는 거겠지. 이제 그 마음을 이해한다. 그렇지만 가현은
이 일만은 직접 마무리 지어야 한다고 생각했다. 이게 마지막이라
면 더더욱 그래야만 한다고.

"찬아."

"기다릴게. 계속 여기 있을게. 알았지?"

그게 그가 최대한으로 양보할 수 있는 선임을 결국 가현도 받아
들였다.

"응. 그럼 갈게."

그를 두고 가현은 혼자 골목길을 올랐다.

'처음 여기 왔을 땐 지금보다 훨씬 어렸는데.'

가족을 떠난다는 불안감, 언제 돌아갈 수 있을지 모른다는 아득함. 낯선 생활을 향한 두려움과 설렘. 어린아이가 혼자 감당하기 어려웠던 감정들을 품고 벤츠에서 내렸을 땐 더 이상 돌아갈 곳이 존재하지 않으리란 사실만은 분명히 알고 있었다.

그 뒤로 이어진 견디기 힘들었던 하루하루.

괜찮다, 잘 지낸다, 행복하다는 숱한 거짓말로 연명해 온 하루들.

이곳에서 중학교를 졸업하고, 고등학교를 졸업하고, 대학을 졸업할 때까지의 하루들을 매일같이 상상하고 그 상상 안에 갇혀 살아왔다. 계속해서 머리로 계산기를 두드리며 현명한 선택을 하고 있다고 자신을 위로했다. 도망치고 싶어질 때면 갈 곳이 없다고 자신을 몰아붙였다.

그렇게 여기까지 견뎌 왔다.

'어쩌면 다신 이 집 대문 밖으로 못 나올지도 몰라.'

남영호가 이번엔 정말 미치도록 화가 나서 이제까지와는 다르게 실수를 저질러 버릴지도 모르니까.

그러나 가현은 지금 이 순간을 후회하지 않을 것이다. 이제 더이상 여기서는 하루도 더 살지 못하게 되어 버렸으니까.

죽음, 아니면 변화. 어떤 결말을 맞이하든 끝은 필요했다. 그런 각오로 온 거였다.

'남가현, 그동안 너 참 열심히도 버텼다. 지금까지 잘해 냈어. 겁먹지 마. 괜찮을 거야. 전부 괜찮아질 수 있어. 윤손찬 말대로 꼭 그럴 거야. 그러니까 물러서지 말고, 이제 가자.'

대문이 열리고, 정원을 지나 현관문을 열었을 때 가현은 불꽃처럼 뺨을 갈기는 힘에 휘청거리다 넘어졌다. 어디가 터졌는지 입 안에서 비린 맛이 나 실소가 흘러나왔다.

'늘 뺨부터 때리지.'

가현은 천천히 일어서서 자신을 노려보고 있는 사람을 마주했다.

자신을 지속적으로 학대해 온 사람. 딸의 친구마저 폭행한 쓰레기. 아빠. 내 아빠.

"걔 왜 때렸어?"

"감히 말도 없이 대놓고 외박을 해?"

"걔 왜 때렸어?"

"뭘 잘했다고 따지고 들어! 이 미친년이! 천박한 년이! 무슨 망신을 시키려고!"

이번엔 손바닥이 아니라 주먹이 날아왔다. 가현에게는 그 주먹을 막을 힘이 없었지만 넘어지고, 다시 일어서고, 쓰러지고, 또다시 일어설 힘만은 남아 있었다. 몇 번을 더 넘어지고, 일어서고, 넘어지고, 또다시 일어서서 가현은 그가 오랫동안 바랐던 대로 계속해서 똑바로 선 채 남영호를 마주했다.

"왜 때렸냐고 묻잖아. 안 들려?"

"어디서 그런 새끼랑! 네가 무슨 짓을 했는지 알아? 네까짓 게! 키워 주고 밥 먹여 준 아빠를 얼마나 곤란하게 만들었는지 알고는 있어? 어?"

곤란이라는 단어에 가현이 웃었다.

"그럼 때리지 말지 그랬어. 그랬으면 좋았을 텐데. 왜 그런 머리 나쁜 짓을 했어."

"아빠 다 너 생각 해서!"

"날 생각해서 내 친구를 때렸다고 말하는 거야, 지금?"

"어디서 목소리를 높여? 지 잘못은 하나도 생각 안 하고! 쓰레기 같은 짓 못 하게 막아 주려는 걸 고맙게 여기지는 못할망정 어디서 감히 아빠가 하는 일에 대들어!"

당당하다 못해 뻔뻔한 남영호의 태도에 가현이 소리쳤다.

"그래, 아빠 그렇겠지. 아빠 스스로 떳떳하지 못해서 걔랑 내 사이 지레짐작하고 더럽다고만 생각하는 거잖아. 그게 아니면 걜 때릴 이유가 뭐였겠어? 쪽팔리지도 않아? 추잡스러운 행동으로 더 추잡한 머릿속을 인정하는 게?"

"지레짐작이라고? 증거가 다 있는데? 이! 남자에 미친년! 이, 미친 게! 미친 게!"

따악! 이번에는 다시 일어설 틈조차 주지 않고 남영호가 발길질을 했다. 가현은 머리를 감싸 안고 이를 악물었다.

"네가! 행동을 똑바로 했으면! 이런 일이 없었어! 천박하게! 학생이 몸이나 굴리고 다니고! 사람들이 알면! 날 어떻게 생각하겠어! 남자에 미쳐 가지고! 천박하게!"

"그만해!"

가현이 그의 다리를 잡아 밀쳐 내고 벌떡 일어섰다. 졸지에 밀려나 벽에 등을 부딪친 남영호는 놀란 표정이었다.

"하아, 하, 그만하자. 더는 못 해 먹겠어."

그녀는 가방에서 서류들을 꺼내 바닥에 내던졌다. 서류는 드라마에서처럼 공중에 휘날리는 일 없이 뭉텅이째로 바닥에 뚝 떨어졌다. 진단서, 사진, 일기들. 오랫동안 그저 마음의 위안거리 삼아 쌓아 뒀던 증거들. 손찬이 뽑아서 보고 있던 USB 안의 내용물이었다.

"집으로 돌려보내 줘."

"너. 네가 어떻게…… 감히 이딴 짓을……."

서류를 집어 든 남영호의 손과 목소리가 분노에 차 떨리고 있었다.

"내가 그거 들고 나가서 남영호 이름 석 자에 먹칠하게 할래, 아니면 집으로 돌려보내 줄래?"

"이…… 미친 게 감히 누구를 협박해? 어? 이깟 걸로? 이깟 걸로!"

눈앞에서 종이들이 쫙쫙 찢어졌다.

"어디 있어."

이제 남영호는 가현의 가방까지 뒤집어 까서 내용물들을 뒤적이고 있었다.

"파일 어디에 있어? 대답 안 해? 죽고 싶어? 어?"

순간 덜컥 겁이 났는데도 가현은 입술을 꽉 깨물고 아무 말도 하지 않았다. 살고 싶어서 이러는 거니까. 살려고 여길 떠나려는 거니까.

"너 진짜 혼나 봐야 정신 차리겠어? 어?"

"내가 그걸 들고 여길 왔겠어? 하루야. 내일까지 결정 안 하면 밖에 있는 내 친구가 변호사한테 갈 거야. 일류 변호사니까 아무 걱정 할 필요 없다더라. 아빠 덕에 좋은 학교 가서 친구도 부자거든."

"또 변호사냐? 너 대체 바깥에 나가서 무슨 짓을 하고 돌아다니는 거야!"

"나 집으로 돌려보내 주고 매달 꼬박꼬박 돈 보내. 예전처럼 협박하면 나도 가만히 있지 않을 거니까. 그리고 앞으로 평생 얼굴 보면서 살 생각……."

짜악!

말이 끝나기도 전에 벼락같은 목소리가 집 안을 울렸다.

"가만있지 않으면? 가만히 안 있으면? 네가 감히 날 협박해? 이제껏 먹여 주고 키워 준 은혜도 모르고!"

"그 값은 이제껏 열심히 갚았잖아. 안 그래?"

"니 엄마랑 현우가 지금 누구 덕에 먹고 사는지도 다 잊었지? 남자한테 눈이 멀어서!"

다시 발이 날아오자 가현은 두 눈을 감고 몸을 웅크렸다.

'너무 화가 나서 뭐 가지러 갈 정신도 없구나.'

죽을지도 모르는 상황에서 그런 웃긴 생각이 들었다. 그리고 다시 들려오는 마찰음은 보다 못한 서예리가 진짜 죽을 수도 있다며 말리러 올 때까지 계속됐다. 그때 가현은 서예리의 얼굴에서 만족스러운 미소를 엿보았지만 그건 관심 밖이었다.

죽기 전에 내일이 와 준다면. 더 이상 이곳에 있지 않을 테니까.

11화 기억과 상처와 너를 남겨 놓고

더럽게 춥고 건조한 아침.

손찬은 달달 떨면서도 버스 정류장에 버티고 앉아 있었다. 찬바람이 때리고 간 귀는 얼얼했고 뺨을 비롯해 얼굴에는 아무런 감각이 없었다. 정 추울 때만 잠깐 근처 편의점에 들어가서 몸만 데우고 나왔으니 거의 12시간 내내 이런 상태로 자리를 지킨 셈이었다.

물론 그 긴 시간 동안 한가롭게 앉아만 있던 것은 아니었다.

"전 딱히 신고를 하려는 게 아니에요."

통화를 하고 있던 상대가 웃었다.

— 조급해 마라. 전부 순조롭게 처리될 거다. 시끄러워지는 건 피차 원치 않으니까. 상대측 변호사는 자기 고용인이 뭘 원하는지 분명히 알고 있었어.

최 변호사의 대답에 손찬이 미간을 찌푸렸다.

"그보단 본인 고용주 상황이나 분명하게 인지하고 있었으면 좋겠네요."

전치 3주로 신고해 봐야 단순 폭행으로 합의 종용이나 받겠지만 이건 상황이 다르니까.

"가벼운 법으로 판단할 일이 아니죠. 하청 업체 사장 따위가 청설 그룹 회장의 아들을 폭행한 전대미문의 사건이니까."

윤손찬이라는 이름에는 아무런 힘이 없지만 평생 그를 옥죄기만 했던 배경을 이용하면 더 쉽게, 더 많은 걸 얻어 낼 수 있을 거라는 의미였다.

― 블랙박스도 확보했고, 네가 녹음한 파일도 있으니 상대방은 반론의 여지가 없어. 거기다 넌 미성년자잖니. 그쪽은 어느 것 하나 유리할 게 없는 상황이다.

물론 그럴 것이다. 먼저 각본을 짠 건 이쪽이니까.

"초안은요?"

― 어제 전달했고 답변을 기다리는 중이다. 합의가 끝나면 두 아이에 대한 친부로서의 권리는 박탈될 거다. 친권, 양육권, 면접 교섭권 같은 권리를 주장할 수 없게 되지. 원래 법적으로는 자녀에 대한 범죄가 인정되어야 하고 과정이 지난하지만 어차피 이 일은 법에 대한 얘기는 아니잖니. 법원이 내리는 판결보다 엄중히 지켜진다는 점까지 해서 말이다.

"처벌은, 늘 죄보다 가벼우니까요."

그래서였다. 신고해서 감옥에 처넣고 싶은 마음을 억누른 것은.

고작 몇 달, 길어야 3년 남짓.

'항소에 항소가 이어지면 그마저 확실치 않지. 경찰에 끌려다니면서 피해자 진술이니 뭐니 재판 과정 지켜보게 해 봤자 남영호가 다시 생활비로 협박하면 이 싸움은 필연적으로 길어질 수밖에 없고. 어쩌면 자기 손으로 직접 몇 차례나 탄원을 해야 할지도 모르지.'

공정한 법의 집행은 듣기 좋은 말일 뿐, 정말 가현에게 필요한 자유와 보상을 가져다주지는 못할 것이다. 그렇다면 굳이 수지 타산도 맞지 않는 법의 힘을 빌릴 이유가 있을까?

'그래, 굳이 거기까지 갈 필욘 없어.'

그런 건 자유도 뭣도 아니라는 걸 이미 알고 있었기에. 조금 다른 방법을 택했을 뿐이다.

'물론 넌 이런 귀찮은 과정까지 알 필요 없어.'

보복에 대한 두려움도, 돈에 대한 걱정도 없이 너는 그냥 자유로워지면 된다.

남영호는 오래 고민하지 않을 것이다. 자식과 회사 사이에서 오래 갈등할 인간이라면 애초에 상황을 여기까지 몰고 오지도 않았을 테니까. 그럼에도 불구하고 굳이 남영호에게 기회를 준 건, 스스로 선택한 거라고 못 박기 위해서였다. 훗날 후회하더라도 다신 돌이키지 못하도록.

— 그런데, 이건 그 아가씨도 합의한 내용인 거냐?

"글쎄요. 그 아가씨가 합의할 부분이 어딘지 모르겠네요. 전 그저 제 합의서에 들어갈 내용을 직접 골랐을 뿐이라……."

합의서 안의 내용이 어떻건 간에 그녀의 사건과는 별개라는 의미였다.

고작 전치 3주로도 가현에게 자유는 선물해 줄 수 있었으니까. 당장은 그걸로 충분했다.

― 그래, 알겠다. 어쨌든 아무것도 걱정할 것 없어. 모든 걸 분명하게 제안해 뒀다. 이 사건이 터질 경우, 남영호가 잃게 될 것들에 비하면 거기에 명시된 생활비나 학비 따위야 아주 사소한 조항들이니까. 절대로 거절할 수 없을 거다.

"네, 반드시 그래야 할 거예요."

이쪽은 모험을 할 여유가 없는 상황이니까.

― 그래서 대체 어떤 아가씬데 몸까지 날린 거냐. 니가 3주로 끝난 것도 기적 같던데. 알고도 그랬니?

모르고 그랬을 리 없다는 걸 알면서도 질문을 던지는 속내가 엿보여 손찬이 픽 웃었다.

"그 질문을 왜 이제 하세요. 내내 한마디도 없으셔서 안 궁금해하시는 줄 알았더니. 제가 치른 값이 부족하세요?"

날이 선 말투에 최 변호사는 한 발짝 물러났다.

― 실례했구나. 마음에 담아 두지 마라.

"이런 걸 마음에 담아 뒀다면 아저씨한테 도움을 청하지도 않았겠죠."

― 명확히 하자. 미리 말했던 것처럼 이건 선의로 돕는 일과는 달라. 네 말대로 일종의 거래일뿐이지.

이런 점 역시도 아버지의 사람답다고나 할까.

"어느 쪽이든 상관없어요. 이번 일만 확실히 처리해 주세요. 제가 아저씨를 선택한 걸 후회하지 않도록."

― 장담하마. 설득할 필요도 없는 일이야. 네 아버지 회사 명함

을 들이밀었을 때 그 사람 얼굴을 네가 봤으면 넌 지금 아무 걱정도 안 하고 있었을 거다. 벌써 몇 번이나 말했다시피 남영호 사장은 그 아가씨가, 아니 네가 원하는 대로 해 줄 수밖에 없어. 조금만 기다리면 분명 긍정적인 답변이 올 거다.

"그러네요."

갑자기 손찬이 말했다.

"지금 보이네요. 긍정적인 답변."

그가 미소 지었다. 버스 정류장으로 오고 있던 그녀도 웃었다.

날도 추운데 또 저렇게 얇은 카디건 하나만 걸치고 나와선. 절뚝이면서도 괜찮은 척 손을 흔들면서. 어제보다 더 퉁퉁 부은 얼굴 위로 터진 입술에 미소를 한가득 담으면서. 네가 나에게로 걸어오고 있었다.

끝에 다다라 진짜 끝을 향해.

"예정대로 접선해서 공중 절차 밟으세요."

전화를 끊은 손찬이 얼른 일어나 입고 있던 점퍼부터 벗었다.

그러나 가현은 그에게로 오는 길을 몇 발자국 남겨 놓고 멈췄다. 믿을 수 없다는 듯. 그 자리에 멈춰 서서 소리 없이 울기만 했다. 틀어 놓은 수도꼭지처럼 눈물이 흐르는데 울음소리는 들리지 않았다.

손찬은 이 순간에조차 찬바람이 자꾸만 그녀를 스쳐 가는 것이 거슬렸다. 이렇게 추운데, 저렇게 다쳤는데 감기까지 걸릴까 봐.

"이리 와."

손찬이 두 팔을 벌리며 가현을 불렀다. 기댈 곳 없이, 넘어져도 잡아 줄 사람 없이 혼자만 저기에 서 있는 모습이 거슬려서. 그럼에도 이 순간 네가 스스로 끝의 끝으로 걸어와 주었으면 해서. 제자리에 멈춰 선 채로 다시 가현을 불렀다.

"가현아."

네가 와도 나는 괜찮아. 이젠 누가 우릴 보게 되더라도 괜찮아. 아무도 다치지 않을 거야. 가현을 바라보는 그의 두 눈이 그렇게 말하고 있었다.

괜찮아, 괜찮다고. 그러니까.

"이제 여기로 와."

"……응."

짤막한 대답과 함께 가현이 천천히 그의 품으로 걸어와 안겼다. 손찬은 제 품을 채우는 그녀의 존재를 느끼고서야 진심으로 안도할 수 있었다. 다행인데 안심이 되면서도 희미한 숨결을 느낄 때마다 가슴이 아팠다. 괜찮아. 울지 마, 울지 마, 하면서 그도 울고 있었다. 다시 또 살아남아 준 게 고마워서. 너무 다행이라서. 정말로 다행이라서.

"아무 일 없을 거라더니……. 너 나 죽는 꼴 보고 싶어서 이러지. 솔직하게 다 말하기로 해 놓고. 아주 입만 열면 거짓말이야."

"미안."

"됐어. 다 됐어. 이제 다 됐어, 가현아."

너는 무사하고, 이제 내게로 왔으니까.

"나…… 집으로 가. 우리 집으로."

"다행이네. 근데, 일단 좀 앉자. 이것도 입고."

손찬은 가현을 버스 정류장 의자에 앉히고 제 옷을 둘러 줬다. 그리고 옆에 앉아 그녀의 손을 잡았다. 매일 손 차갑다고 혼내더니, 정작 그녀의 손이 훨씬 더 차가웠다. 도리어 그가 온기를 느낄 정도로.

"친권 포기 각서 봤어. 그걸 보는데 다 끝났구나. 내가 진짜로 다 견뎌 냈구나. 끝이 있긴 있었구나. 다행이다, 진짜 다행이다……."

지금 울고 있는 너는 어떤 기분일까. 감히 상상이 가질 않는다.

"항상 여기 앉아서 누가 내 등을 떠밀어 주기만 기다렸는데……."

"가현아."

"나는, 여기에서 있던 일들 다 잊을 거야. 문득문득 떠오르면…… 그래도 다 잊을 거야. 없던 일처럼. 아무것도 기억 안 할 거야."

"너 그러다 나도 잊겠다."

장난처럼 던진 말에 가현이 망설임 없이 대답했다.

"내가 널 어떻게 잊어."

손찬이 웃었다.

"그 말 꼭 지켜야 돼, 남가현."

"누가 보면 우리 영영 헤어지는 줄 알겠다."

이번엔 가현이 웃었다.

"나 돌아가도 연락하고 자주 만나면 돼. 누구 눈치 볼 필요 없이 전화하고 싶을 때 전화하고. 만나고 싶을 때 만날 수 있어. 물론 당분간은 적응하느라 좀 바쁠 거고 너도 고3이라 힘들겠지만. 그래도 내가 먼저 연락할게."

"그래."

겨울 햇살이 깃든 가현의 얼굴은 환하게 빛나고 있었다. 행복한 사람은 저런 얼굴을 하는구나, 생각이 들 정도로. 앞으로도 꼭 저렇게 웃게 만들어 주고 싶다는 생각이 들 만큼, 딱 그만큼 예뻤다.

"짐이랑 서류 정리 되는 동안 병원에 있기로 했어. 집보단 병원이 편하기도 하고. 엄마한테 가기 전에 검진도 받고. 얼굴에 멍은 빼야 할 것 같아서. 거기서 얼마나 있을지 모르지만 가끔 놀러 와."

"그래."

"그럼……."

그들 두 사람은 서로 잠시 말이 없었다. 무려 6년이나 꿈꿔 온 삶이 이제 그녀의 눈앞에 있는데. 드디어 앞으로 나아갈 수 있게 됐는데. 이제 와 내게서 한 걸음도 멀어지지 못하게 널 끌어안고 싶은 이유가 뭘까. 여길 떠나 살아갈 널 상상하면 행복하고, 등을 떠밀길 잘했다고 생각할 나를 알면서. 이 순간, 마음이 아플 정도로 간절하게 널 보내기 싫다.

"왠지 이상하다. 앞으로도 계속 만날 건데 인사하려니까."

"그러게."

"인사하지 말고 갈까?"

웃는 네가, 벌써 그립다.

'병신.'

어차피 넌 떠나는데. 무슨 생각을 하고 있는 건지 모르겠다.

"이제 절대로 돌아오지 마. 돈 때문에 잃어버린 시간들. 살기 위해 악착같이 버텼던 기억들. 도망치고 도망치다 결국 다시 마주하게 되는 날이 올지도 모르지만, 그래도 네 말대로 처음부터 겪지 않았던 것처럼 전부 여기에 내려놓고 가."

"응."

가현의 눈물이 후두둑 무릎 위로 떨어졌다.

"……정말 그럴 거야."

살다가 습관처럼. 자다가 악몽처럼. 갑자기 찾아갈 기억이라는 이름의 고통이 정말 너의 말대로 지워졌으면 좋겠다고. 처음부터 아무 일도 없었던 것처럼 흔적 없이 깨끗하게 사라져 줬으면 좋겠다고. 그게 불가능하다는 걸 알면서도 손찬은 진심으로 기도했다. 신 따위는 믿어 본 적도 없으면서.

"앞으론 나 보고 싶으면 아닌 척하지 말고 바로 말해. 언제든 갈게."

"응, 응……."

그녀는 다짐하듯 몇 번이고 같은 대답을 반복하며 울었다.

"가현아."

"……어?"

손찬은 울지 말라고 말하는 대신 손끝으로 눈물을 닦아 냈다. 마지막인데. 이렇게 울린 채로 보내고 싶지가 않아서. 그의 손끝이 부드럽게 가현의 눈을 감겼다. 달래듯 입을 맞추었을 때, 입술에 난 상처에서 비릿한 맛이 느껴졌다. 메마른 입술을 적신 후에도 그는 잠시도 가현에게서 눈을 떼지 않았다. 긴 속눈썹, 하얀 피부에 난 자잘한 멍. 눈물이 지나간 자리들. 가현의 모든 것을 이 순간 하나하나 세심하게 기억에 담았다.

가현아,

네가 도려내고 싶은 지옥 같은 기억 속에 내가 있겠지만. 그래서 이렇게 바라는 게 염치없고 미안하다는 생각이 들지만. 서로의 존재만이 위안이었던 시간들을 기억해 줘. 잊지 마. 널 좋아한 내가 여기에 남아 있다는 걸.

잊지 말아 줘.

'가만히 서 있어! 일어서라니까!'

아니야. 거짓말이야. 이젠 여기에 있지 않아.

'남자에 미쳐 가지고! 천박하게!'

아무것도 모르면서 그렇게 말하지 마.

'가만있지 않으면? 가만히 안 있으면? 이 미친 게!'

벗어난 줄 알았는데. 내가 아직도 여기에 있어. 그 사람 집에 그
사람이랑 같이 있어. 세상에, 아직도 여기에 있어. 죽을 거야. 이번
엔 죽을 거야. 도망쳐야 돼. 제발 문 좀 열어 줘.

열려라. 제발, 제발! 여기에 더 있을 순 없어.

'가현아.'

제발!

'가현아.'

누군가 그녀를 붙잡았다.

그리고…….

"가현아!"

순간 소스라치게 놀라며 가현이 벌떡 일어나 앉았다. 트랙이라도 완주하고 온 것처럼 숨이 벅찼다.

"하아, 하아."

두 손으로 내려온 머리칼을 쓸어 올리자 손에 식은땀이 흠뻑 묻어났다.

'꿈이었어. 괜찮아. 잘 봐, 여기가 어딘지 알잖아. 정신 차려.'

우리 집. 엄마랑 현우랑 사는 우리 집. 그러니까 전부 괜찮다고. 이미 그곳에서의 시간들은 다 버텨 냈다고. 절대 그곳으로는 돌아가지 않을 거라고, 가현은 계속해서 제 자신을 달랬다.

'벌써 4년이 지났는데.'

이런 기억은 불청객처럼 갑자기 찾아들곤 했다. 시간은 몸에 남은 상처를 낫게 해 줬지만 마음에 남은 잔상까지 도려내 주지는 않았다. 그럼에도 시간의 자비에 기대는 것 외에는 할 수 있는 일이 없어서. 잊기 위해 죽도록 노력하고, 상기하지 않으려 애쓰며 버텨 온 4년이었다.

"딸, 일어났어? 오늘 일찍 나가야 한다며. 얼른 나와. 밥 먹고 가야지."

가현이 침대 옆에 걸어 둔 수건으로 얼굴을 빡빡 닦고 일어섰다.

"응. 나가."

그리고 대답처럼 방을 나가려다 다시 침대로 돌아왔다.

베개를 들추고 매트리스 위에 깔아 놓은 이불 위를 더듬자 숨겨 놓은 핸드폰이 나왔다.

길고 길던 서울 생활의 잔재 같은 것이었다. 방 곳곳에 먹을거리를 숨겨 놓거나, 집에 들어올 때면 핸드폰 사용 내역을 지우거나. 난간을 꽉 붙잡지 않으면 계단을 내려가지 못하는 것처럼 아주 사소하지만 조금 불편한 버릇들. 몸에 남은 흉처럼 쉽사리 지워지지 않는 습관.

부재중 전화 0통. 확인하지 않은 문자 0통.

'바보……'

가현은 다시 핸드폰을 제자리에 숨겨 두고 방을 나왔다.

교명대학교 밀레니엄관 경영학부 학과 사무실.

조교는 지루한 오전 근무 중 단비 같은 프라페 배달을 받은 참이었다. 뜬금없이 음료를 들고 나타난 선주형은 여기 사무실을 자기집 안방 드나들 듯 해 온 학생이었다. 군대 때문에 휴학하기 전에도 그랬고, 제대하고 무사 복학 한 이후에도 죽 그래 왔다. 하지만 시험 기간도 아닌데 강의가 없는 날에 굳이 학교를 찾아온 건 확실히 드문 일이었다.

"뭔데. 뇌물은 또 왜 바치는데?"

조교의 질문에 선주형이 씩 웃었다.

"우리 만년 과사 알바 얼굴 좀 보려고요."

"그 알바, 이번 학기부터 관둔 건 알고?"

선주형이 웃었다.

"알죠. 아는데, 그래서 언제 와요?"

"무슨 일인데."

"별일 아니에요."

대수롭지 않은 투로 말했지만 사실 친구는 꽤 간곡하게 부탁해 왔다.

'내가 진짜 이런 부탁 잘 안 하는 거 알잖아. 딱 한 번만 소개시켜 주라. 응?'

어지간하면 귀찮아서 관두자 했겠지만 숫기 없는 놈이 그렇게까지 매달리는데, 매정하게 외면할 수가 없어서 결국 오고야 말았다.

'말이라도 한번 섞어 보고 좋아하게 된 건지. 원.'

딱히 한눈에 반한 걸 욕하는 건 아니다. 오리엔테이션, 입학식, 환영회. 신입생을 위해 마련된 짤막하고 단조로운 일정 속에서 남가현은 조용히 앉아만 있어도 유독 눈에 띄는 후배였으니까. 일단 얼굴이 끝내주게 예쁜 데다 어딘지 또래 애들과 달라 보이는 분위기는 덤이니 눈이 돌아가는 건 어쩔 수 없었겠지.

'사내새끼들 생각이 거기서 거기였는지 이놈이건 저놈이건 막 입학한 후배랑 교양 하나라도 겹쳐 보겠다고 기를 썼으니까.'

그러나 남가현은 개강한 지 2주 만에 선배에게 '팀 과제 이따위로 할 거면 이름을 빼 버리겠다'고 선언한 강심장 후배가 됐다. 정말 철저하게 예의보단 실리, 실리보단 자기 성적이 우선인 후배랄까.

핑크빛 로맨스를 꿈꾸던 여러 남학생에게 유독 잔혹했던 한 학기가 지난 뒤, 나중엔 선후배 할 것 없이 모이기만 하면 갈비뼈에 붙은 살 뜯어 먹듯 남가현을 씹어 대곤 했다. 하지만 그런 술자리에서 욕을 지껄이는 놈들의 대부분은 똑똑한 후배 덕 좀 보려다 실패한 놈들이었고, 나머지는 가차 없이 차인 놈들이었다.

"너 혹시⋯⋯."

"어우. 아니에요."

선주형은 얼른 손사래를 쳤다.

'참나. 쌤 입이 가볍지만 않았어도 소개팅 정도야 사실대로 말했을 거라고요.'

덕분에 얼른 용건을 처리하고 여길 떠야겠다는 생각이 들었다.

"그래서 걔 몇 시에 와요?"

"이제 곧?"

"진짜 오긴 오네. 어떻게 돈도 안 받고 돕겠다고 그러지? 몇 년 동안 교수들이랑 적당히 친분 쌓았겠다, 돈 꽤나 벌었겠다, 학교에 계속 남을 거 아니면 굳이 발붙이고 있을 이유가 없는데. 안 그래요?"

진담 반 농담 반이었다.

"걔가 선행이 어울리는 캐릭터도 아니잖아요."

"가끔 좀 돕는 건데 선행이란 말까지 나올 일이니? 너도 참⋯⋯."

"안녕하세요."

그때, 마침내 기다리고 기다리던 하늘 같은 후배님이 등장하셨다.

"어, 왔어?"

"네."

남가현은 두툼한 패딩 점퍼에 목도리, 장갑으로 중무장을 하고 있었다. 그러고 보니 항상 저렇게 고시생 모드인 후배였다. 졸업 앨범에 들어갈 사진을 찍는 날에도 다른 애들처럼 화사하게 꾸미고 오는 꼴을 못 봤다. 소개팅을 주선하기 민망한 옷차림이긴 한데. 뭐, 나가는 사람은 그가 아니니까.

"휴."

주형과 눈이 마주치자마자 남가현이 한숨을 뱉어 냈다.

"선배, 그 귀는 장식이에요?"

컴퓨터 전원을 켜며 그녀가 내뱉은 첫마디였다.

"안 간다고 몇 번을 말했는데, 왜 또 왔어요? 사람이 말을 하면 좀 들어요, 제발."

"가끔 쉬면 좋지 뭘 그렇게 정색하고 거절해. 네 덕에 결원에서 A+ 받았는데 선배 체면에 그냥 물러날 순 없잖아. 오래 있으라고 도 안 해. 딱 1시간, 어때?"

남가현의 얼굴이 사정없이 구겨졌다.

"A+? 누가 그래요? 아직 기말은 보지도 않았는데."

"상대 평가인데 제일 좋은 평가 들었으면 A+ 확정이지. 안 그래?"

"보지도 않은 기말은 왜 빼는데요. 그리고 진짜 제 덕에 좋은 점수 받았다고 생각하면 그냥 다른 애들처럼 아닌 척 조용히 계세요. 저도 그게 더 편하니까."

과연 남가현.

'어떻게 한 마디를 안 지냐.'

하긴 일이 쉬우면 명성이 우는 법이다.

"어쨌든 오는 거다?"

"안 가요. 자, 이제 용건 끝났죠?"

"그래. 그만 귀찮게 하고 너 얼른 가. 가현아 이거 학번대로 정리하고 체크 리스트 좀 만들어 줘. 다 되면 오후에 강의 들어가기 전에 교수님 사무실에 가져다 놓고. 난 잠깐 화장실 좀."

"네. 다녀오세요."

조교가 나가자 내내 기회를 엿보고 있던 주형이 씩 웃었다. 굳이 비싼 학비 내며 배운 마케팅 원리까지 끌어들일 것도 없었다. 그에겐 히든카드가 남아 있었으니까.

"남자 친구 때문에 그래?"

효과는 좋았다. 내내 컴퓨터 모니터에만 고정되어 있던 남가현의 시선이 그를 향했으니까. 물론 당장에라도 잡아먹고 싶어 안달이 난 얼굴이었지만.

"선배."

이를 악문 경고에도 주형은 싱글벙글 웃기만 했다.

"천하의 남가현도 남친 눈치는 보네. 근데 걱정하지 마. 내가 보기에 니 남친은 괜찮다고 할 거 같거든. 오히려 잘 놀다 오라고 등 떠밀어 줄지 누가 알아? 아니다, 분명히 그럴 거야. 그치?"

남가현이 망설이다 입을 뗐을 때 조교가 다시 사무실로 돌아왔다.

순간 남가현과 눈이 마주쳤다.

"아. 혹시 비밀이었나? 근데 내가 말해 버린 거야?"

"비밀? 무슨 비밀?"

조교가 참전한 순간 1초의 망설임도 없이 대답이 돌아왔다.

"갈게요."

주형은 그럴 줄 알았다는 듯 의기양양하게 웃으면서 다시 물었다.

"뭐라고?"

"가요, 간다구요. 장소랑 시간 톡으로 보내 놔요. 그럼 됐죠?"

"이따 저녁에 보자."

혹시 다른 말이 나올까 봐 주형은 냉큼 사무실을 나왔다.

'역시 약점 하나 잡고 있는 게 제일이라니까.'

친구의 부탁이 있긴 했지만 혹평 없이 살아남은 팀이 없는 과제에서 덕분에 좋은 소리를 들어 보기도 했고, 더는 그 교수님 얼굴 볼 일 없게 만들어 줘서 더 고마웠다. 보답으로 술을 사고 싶다는 말은 진심이었다.

'진짜로 폭로할 생각은 없었는데. 까발려지는 게 어지간히도 싫었나 보지?'

"그래서? 간다고 했어?"

"어."

가현의 대답에 라승혜가 주먹을 불끈 쥐곤 아무것도 없는 허공을 향해 주먹을 날렸다.

"어우, 짜증 나. 고마우면 협박을 할 게 아니라 그런 걸 덮어 줘야지. 선배가 돼 가지고 진짜 후배한테 하는 짓하곤. 내가 가서 멱살 잡고 따져 줄까?"

"됐어. 이미 간다고 했는데 뭘."

"대체 왜 그런대? 아, 혹시 너 좋아하나?"

가현이 곧바로 단호하게 고개를 저었다. 그랬다면 차라리 따로 데이트를 하자고 했을 테니까.

"잘난 척은 아닌데. 그건 진짜 아닌 것 같아."

"잘난 척은 무슨."

"아니 그냥 좀…… 재수 없어 보일까 봐."

민망해하는 가현을 보며 승혜가 픽 웃었다.

"재수 없긴. 난 그런 걸로 일일이 까는 애들이 더 재수 없어. 남이사 인기가 많든 말든 지들이 무슨 상관이라고. 야, 니가 가만히 있으면 더 그런다니까. 내가 몇 번을 말해. 그런 것들은 대놓고 멱살 잡고 욕이라도 해 줘야 돼."

"하하."

가현이 힘없이 웃었다. 실제로도 승혜는 그렇게 살아온 애였다. 부당한 일은 절대 참는 법이 없었다. 하지만 가현은 구설수 따위야 익숙해진 지 오래고, 괜한 일에 정력과 시간을 낭비할 생각이 없었다. 당장 누가 와서 자신을 때리거나 죽이려고 들지 않는 한, 다른 건 아무래도 좋았다.

"아마 자기 딴엔 고마워서 저러는 거겠지."

"고맙긴 개뿔. 그래서 거기 가면 약속은 지켜 준대?"

"그 선배가 입은 가벼워 보여도 약속은 지키는 사람이니까. 믿고 가 봐야지."

"재수도 없지 진짜. 하필 그걸 딱 봐 가지고."

"그러게."

며칠 전, 가현은 한 학기 동안 자신을 쫓아다닌 선배에게 고백을 받았었다. 선배라고 해도 복학생이라 겹치는 강의가 많았고, 빌미를 준 적이 없는데도 쓸데없이 말을 걸어오곤 했었다. 그뿐이면 다행인데, 한 학기 동안 용건 없이 학과 사무실에 찾아와 빤히 쳐다보다 돌아가는 일도 잦았다. 가현이 학사 아르바이트를 그만두는 데에 지대한 공헌을 해 주신 셈이었다.

차라리 고백이나 하면 얼른 차 버리고 끝낼 수 있을 텐데, 생각하던 바로 그때. 그 선배가 고백을 해 왔다.

'아싸, 드디어 됐다 싶었었지.'

정말 살면서 받아 본 모든 고백을 통틀어 가장 반가웠었다. 고백을 받는 순간 정말 구름을 헤치고 한 줄기 햇살이 비쳐 드는 느낌이었다고나 할까. 물론 그 가슴 뛰는 고백에 대한 대답은 아주 오래전부터 정해져 있었다.

'제가 지금 남자 친구가 있어서요.'

다른 이유를 대면 빙빙 도는 대화가 계속될 것 같아 가현은 끼고 있던 반지까지 보여 주며 단호하게 박진수를 쳐 냈다.

'거짓말하지 마.'

'어? 왜 거짓말이라고 생각하시지? 저, 남친 없게 생겼어요? 예뻐서 좋다면서요. 근데도 진짜 없어 보여요?'

'웃기고 있네. 야, 니가 남자 있었으면 소문이 나도 벌써 났지. 왜? 내가 마음에 안 들어? 그래서 구라 치냐?'

'마음에 안 들긴 하죠. 근데 진짜 남친 있다니까요?'

화를 내던 박진수가 욕지거리를 시작할 때쯤 승혜가 등장해 무섭도록 몰아붙였다. 키도 크고 성격도 시원시원한 승혜는 남자들과 잘 어울려 다녀서 그런지 박진수 같은 아웃사이더들은 감당하기 어려운 상대였다.

결국 박진수는 도망치듯 떠났다.

여기서 끝났으면 참 좋은 결말이었을 텐데. 승혜도 놀라서 물어보고 말았던 것이다.

'너 남친 있었어?'

'아니. 남자 사귈 마음 없다고 하면 자기가 어디가 부족하냐고 난리고. 연애가 싫다고 하면 그런 사람 어디 있냐고 하니까. 도도한 척한다고 면전에서 욕하는 인간들도 있거든. 그럴 땐 사귀는 남자 있다고 해 버리면 왜 진즉 말 안 했냐고 욕은 먹더라도 끝은 나니까.'

중고등학교 다닐 때는 그런 일이 별로 없었는데, 이상하게 대학에 들어오고부터 별별 일이 다 생겨서 나름대로 고안해 낸 방법이었다.

그런데 하필 그 모든 장면을 선주형이 지켜보고 있었을 줄이야.

"선주형도 진짜 웃겨. 앞뒤 상황 뻔히 알면서 니가 거짓말 좀 했다고 어떻게 그걸로 협박을 할 수가 있어. 진짜 생각할수록 열 받네. 박진수 그 새끼가 너 스토커처럼 쫓아다니는 동안 누구 하나 도와준 사람이 있었냐고. 다 살겠다고 한 거짓말이잖아."

"그래도 까발려지면 욕 더럽게 먹겠지?"

웃으며 던진 질문에 승혜의 표정이 굳었다. 차마 아니라고는 말 못 하겠는 모양이었다. 차라리 거친 말을 하면 했지 곧 죽어도 거짓말은 안 하고 사는 게 또 라승혜니까.

"어, 아주 많이. 적어두 10년쯤은 불의의 시고를 긱정하지 않아도 되는 수준?"

"그렇지. 그래서 가는 거야. 곧 졸업이어도 마지막까지 시끄럽게 지낼 필요는 없으니까."

승혜도 금방 수긍했다.

"응, 너 꼭 가야겠다."

그치, 하고 가현이 웃는데 승혜가 기습 질문을 날렸다.

"근데 넌 왜 남자 안 사귀어? 공부 때문에 바빠서? 나 같으면 귀찮아서라도 하나 옆에 끼고 다니겠다. 기왕이면 완전 괜찮은 애로 어때? 같이 다니면 애들이 부러워하고, 남자들은 감히 너 넘보지도 못하게. 그럼 너도 편해질걸?"

"욕 더 먹고 무병장수하라고?"

"그런 게 아니라. 아! 야, 야, 그러고 보니까 화공과 애들이 니 얘기 하던데!"

"화공과? 건물도 먼데 그 얘길 어떻게 들은 거야?"

그게 더 신기했다.

"걔들이 나 알바하는 데 왔었지 뭐."

"아, 그런 경로."

가현이 웃었다.

"웃지만 말고 한번 진지하게 생각해 봐. 너 남자 사귀어야 해. 계속 이렇게 지낼 순 없잖아. 요즘은 조용했지만 가끔씩 너……."

"기념관 들러야 하는데 깜빡할 뻔했다."

황급히 돌아선 가현의 등 뒤로 승혜가 열심히 소리쳤다.

"야! 난 진짜 걱정돼서 그러는 거야! 생각해 봐! 생긴 것도 괜찮았고! 너도 알겠지만 우리 학교 화공과 리쿠르팅이 잘돼 있어서 굳이 대학원까지 안 가도 졸업장만 따면 탄탄대로잖아!"

"먼저 갈게."

걱정해 주는 마음은 알고 있다. 곁에서 지켜보며 답답했을 것이다.

'근데, 승혜야. 그게 그렇게 쉬웠으면 난 진즉에 다른 사람 사귀었을 거야.'

겨울이면 더 생각나곤 해서. 매해마다 정말 곤란하니까.

딱 봐도 비싸 보이는 차 끌고 다닐 때부터 어느 정도 짐작은 했지만, 막상 입구에 선 직원들로부터 선주형이 이 커다란 클럽을 통째로 빌렸다는 얘길 듣고 가현은 놀라고 말았다.

'생일 파티 하겠다고 이런 데 빌리는 인간은 어떤 인간인가 했더니, 우리 과 선배였네.'

대학에서 돈이 많다는 건 시간이 많다는 뜻으로 치환된다.

복수 전공이든 대학원이든 공부 방법을 선택하는 폭도 넓고, 삼십 줄 가까워질 때까지 공부에만 매여 있어도 형식상 인턴 한 번 거치고 나면 연줄로 어디든 취업할 수 있겠지. 부잣집 도련님이란 자고로 그런 거니까. 수명 줄여 가며 전공 두 개를 8학기 안에 끝내도 사회 나가면 졸업장 하나로 아등바등해야 하는 가현과는 다른 현실에 있는 사람이다.

같은 대학인데 또 그렇게 나뉜다.

'그거 다 인정하니까 더 바쁘게 사는 건데, 왜 이런 데에 불러내고 난리야.'

시끄러운 음악 소리에 귀는 먹먹하지, 사람들은 발 디딜 틈도 없이 꽉 들어찼지. 정말 참아 보려고 해도 좋게 봐 줄 수가 없다.

"와, 너도 왔어?"

"안녕하세요, 선배."

"우리랑 놀래? 술 잔뜩 시켜 놨는데."

"아뇨, 전 얼굴 도장만 찍고 갑니다. 그럼 노세요."

가현은 안으로 계속 전진했다.

'그 인간은 대체 어디 있는 거야?'

아니, 이런 장소를 골랐으면 머리에 형광 고깔모자라도 하나 쓰고 있든가.

"아, 죄송합니다."

"왜 그렇게 죽상을 하고 있어?"

주춤거리다 부딪친 남자가 친근하게 말을 걸어왔다. 어두운 실내, 화려한 조명이 번쩍이고 있어도 부딪친 남자는 눌러쓴 모자 때문에 얼굴이 보이질 않았다. 하긴 뭐 얼굴까지 볼 필요 있나. 딱 들어도 작업 멘트인데.

"억지로 끌려온 건데 좋을 것도 없죠. 근데 왜 말 까세요? 저 아세요?"

당연한 질문을 당돌하게 받아들였는지. 아, 입술은 보이는구나. 화났을 줄 알았는데, 웃고 있다.

"억울하면 모자 벗어 보시든가요. 선배면 선배 대접 해 드리게. 우리 과예요?"

"나랑 나가서 놀래?"

"제가 왜요?"

"와. 너무 단칼이다."

아니 생판 모르는 남이랑 뭐 하고 놀아?

"여기 있는 것보다 밖으로 나가는 게 나을 텐데."

"제 생각도 같은데, 모르는 사람이랑 나갈 마음은 없어서요. 다른 사람 찾아보세요."

"오! 우리 남 후배!"

갑자기 누군가 어깨를 감싸 와서 쳐다보니 선주형이었다.

"어, 선배."

"진짜 왔네!"

가현은 얼굴을 찡그리며 그의 팔을 밀어 냈다.

"무슨 사람이 이렇게 많아요? 한참 찾았네."

"자기들끼리 친한 애들 알음알음 데려왔을걸. 공짜 술이니까."

지불해야 할 술값이 늘어나는 일 따위는 신경 쓰지도 않는다는 투였다.

서울에서 집으로 돌아오고 가현에게 생긴 명확한 변화 한 가지가 있다면, 그건 돈에 대한 가치의 하락이었다. 돈은 꼭 필요하지만 그게 가장 중요하지 않다는 걸 깨달았다고나 할까. 그런데도 피곤에 찌든 와중이라 그런지 순간 자신과는 다른 입장에 있는 그가 약간 부러워졌다.

'역시 굳이 나서서 밉보일 필요는 없는 사람이지. 이런 사람 저런 사람 다 알아 두면 언젠가는 쓸모가 있다는데.'

얕은 생각이긴 해도 가현은 어차피 스스로를 속물로 생각하는 사람이었다.

"왔으니까 약속은 지켜 주세요."

"그래. 그래."

"아. 그리고 지금 9시니까 딱 10시에 나갈 거예요."

"그러지 말고 일단 뭐라도 좀 마셔! 아, 아니면 조용한 데 가 있을래? 이리 와 봐."

선주형은 덥석 가현의 손을 잡고 계단으로 향했다. 이대로 있다간 귀가 먹을 것만 같던 참이라 가현은 얌전히 2층으로 올라갔다. 그가 안내한 방은 확실히 음악 소리가 덜 들리긴 했다. 클럽 입구에서부터 느껴진 커다란 진동은 이 방에까지 울리고 있었지만.

"좀 덜하지?"

"네. 되게 조금 덜하네요."

"풉. 빈말은 죽어도 안 하지. 아! 자정쯤엔 이벤트도 있는데. 그러지 말고 늦게까지 있다가 가. 오늘 재밌는 사람들 많이 올 거야."

자정까지면, 2시간이나 더 있으라고?

"재밌는 사람은 무슨. 됐어요."

"알겠어. 알겠어. 뭐라도 올려 줄게. 여기서 기다려."

선배는 방을 나갔다. 방 안은 시설 좋은 노래방 같은 느낌이었다.

'조용하기만 하면 괜찮았을 텐데.'

웃음이 났다. 이런 취향은 정말이지 여전하구나, 싶어서.

'어? 아니 진짜 이대로 아무도 안 들어오면 1시간은 그냥 가겠는데?'

가현이 벌떡 일어섰다. 안에서 문을 잠글 수 있는지 확인하기 위해서였다.

'에이, 잠금장치 없네. 다른 방에도 없나? 하나쯤은 있을 법도

316

한데.'

가현은 다시 복도로 나왔다. 복도에는 어깨동무를 하고 딱 봐도 으슥한 곳을 원하는 커플들이 가득했다. 다른 방을 찾아보려던 가현은 남자의 목을 끌어안고 열정적으로 키스를 퍼붓던 여자와 눈이 마주쳤다.

"흠흠."

가현은 도망치듯 더 안쪽으로 들어가 방이 보일 때마다 조심스럽게 열어 봤는데, 그럴 때마다 더 민망한 풍경과 마주하기 일쑤였다.

'어우, 안 되겠다. 더 못 하겠네.'

도리질을 치고 원래 있던 방으로 돌아왔지만 그곳은 이미 다른 커플이 점령해 버린 후였다. 반쯤 나체 상태인 커플은 짜증스러워하며 얼른 나가라고 손짓했다.

"죄, 죄송합니다!"

당황한 가현은 얼른 머리 숙여 사과하고 문을 닫았다.

"이야. 찾았다! 어딜 그렇게 바쁘게 쏘다녀?"

"선배?"

하지만 팔을 잡은 상대는 처음 보는 남자였다.

"누구세요?"

"네가 남가현이지?"

"그런데요?"

"주형이가 자기 대신 접대 좀 해 달라고 해서. 받아."

가현은 남자가 건넨 뚜껑 없는 병맥주를 빤히 쳐다만 봤다. '지 안에 뭘 탔을 줄 알고?' 하는 생각을 하며. 겉모습으로 판단해서 미안하지만 남자는 그런 걱정이 저절로 들 정도로 찌들어 보였다.

'그런데도 진짜 이 남자 때문에 날 여기로 부른 거란 말이야?'

갑자기 가현은 선주형을 찾아내 쌍욕을 해 주고 싶어졌다.

"안 마실 거야? 술 못해?"

"다른 약속이 있어서요. 술은 가져온 분이 드세요. 그럼 전 이만."

"에이. 섭섭하게 그러지 말고 한 병만 마셔. 아니면 밑에 가서 춤이나 출래?"

"아뇨."

약속이고 나발이고. 이런 남자에게 잡혀 있느니 애들한테 욕 한번 더 먹는 게 낫겠다.

"그럼 계속 여기 있게? 난 그래도 상관없긴 한데."

주변 분위기는 이미 열정적인 커플들로 인해 후끈 달아 있었다. 남자는 그걸 다분히 의식한 것처럼 보였고, 생각을 바로 실행에 옮겼다. 한 손에 맥주를 모아 쥐더니 다른 손으로 가현의 허리를 감싼 것이다. 순식간에 곁에 다가온 그에게서 땀에 뒤섞인 담배 냄새가 났다.

그는 가현이 얼굴을 찌푸리든 말든 관심이 없어 보였다.

"공부도 잘하고, 이렇게 예쁜데 왜 아직도 남자 친구가 없어? 여기서 이러지 말고 오빠가 방 찾아볼까? 아니면 1층 구석에도 방 있긴 한데. 좁아도 상관없으면 갈래?"

조금, 머리가 멍해졌다.

도망쳐야 하는데. 그 사람한테서는, 도망쳤는데.

'아니야, 여긴 서울 집이 아니고, 난 언제든 도망칠 수 있어. 어

디든 갈 수 있어. 괜찮아, 정신 차려. 괜찮아.'

가현은 숨을 삼키며 가까스로 정신을 다잡았다.

"당장 안 놓으면 추행으로 신고할 거예요."

신고한다는 말에 남자의 몸이 딱 떨어졌다.

"무슨 말을 그따위로 해? 조금 장난친 걸 가지고."

"언제 추행을 장난이라고 부르는 세상이 됐대요? 신고해서 벌금형밖에 안 나온다고 해도 엄연히 기록은 남는 거 아시죠?"

"야."

"전 원래 말을 이따위로 해요. 그러니까 공부 잘하고 이렇게 예쁜데도 아직 남자 친구가 없죠. 그리고 그쪽 같은 남자는 열 트럭을 갖다 줘도 사절이고."

얄보이면 안 된다는 생각에 필사적으로 냉랭함을 유지하고 있긴 했지만, 사실 다리가 후들거리고 있었다.

"이제라도 알았으면 관심 꺼 주세요. 그럼 전 이만."

"야!"

그러곤 홱 돌아서는데 뒤에서 쫓아오는 기척이 느껴졌다.

"너 거기 안 서?"

'안 돼. 빨리 어디로, 숨어야……'

겁이 나서 멀리 가지도 못하고 가현은 바로 앞에 있는 화장실로 들어와 버렸다.

달칵. 간발의 차로 문을 잠그자마자 바깥에서 쿵쿵 발로 문을 차는 소리가 들렸다.

"야, 문 열어! 야!"

달칵. 달칵. 달칵. 문이 당장이라도 열릴 것만 같아서 가현은 뒷걸음질 치며 벽 쪽으로 붙었다.

"아이 씨. 바깥으로 나갔어야 했는데."

선주형에게 전화를 해 봤지만 받지 않았고, 승혜에게 해 보려다 아직 아르바이트를 하고 있을 시간이라는 걸 떠올렸다. 승혜가 와 준다고 해도 아르바이트가 끝나려면 앞으로 두어 시간은 더 있어야 할 텐데.

'그때까지 계속 화장실에서 죽치고 있을 수도 없고. 괜히 와 가지고는……. 어쩌지?'

입술만 뜯고 있는데 바깥에서 다시 문을 두들기는 소리가 났다.

쾅, 쾅, 쾅! 세상에서 가장 싫어하는 소리에 오싹 소름이 돋았다. 가뜩이나 갇혀 있는 것만으로도 겁이 나서 죽겠는데.

'경찰이라도 불러야 하나? 아니면 클럽은 원래 이런 거야? 저 문 부서지는 거 아니겠지?'

어떡하지, 어떡하지, 하는데 순간 문이 벌컥 열렸다.

'분명히 잠가 놨었는데!'

하지만 화장실로 들어온 사람은 그 죽돌이가 아니었다. 키부터가 달랐으니까. 화들짝 놀란 가현의 시야로 들어온 건 남자가 입고 있는 검은 코트뿐이었다. 얼굴을 보기도 전에 무언가가 머리를 푹 덮어 와 저절로 고개가 숙여졌으니까.

"이게 뭐……."

"그러게. 나가서 놀자니까."

"예?"

웃음기 서린 남자의 목소리는 낮았고, 크지 않음에도 선명하게 귀에 박혔다.

'아까 그……'

손으로 더듬어 보니 그가 씌어 준 건 다름 아닌 야구 모자였다. 본능적으로 얼굴을 확인하려고 고개를 드는데 다시 한번 모자의 챙이 잡혀 시선이 아래로 떨어지고 말았다.

"저, 저기, 이봐요."

장난치자는 건가?

"이제라도 나갈래? 나랑."

"하지만 밖에……."

"괜찮아."

그때 고민하는 가현의 앞으로 불쑥 손이 내밀어졌다.

"가자."

그 말에, 가현은 무언가에 이끌리듯 그의 손을 잡았다. 그리고 고개를 든 순간, 예쁘게 휘어진 남자의 입술을 어디선가 본 것 같은 기분이 들었다. 참 이상했다. 분명히 낯선 사람인데.

'왜 이렇게 난 이 사람이……'

남자는 세게, 그러나 아프지 않을 정도로만 가현의 손을 쥐었다.

"혹시 모르니까 고개 숙이고 걸어."

화장실을 나오고 슬쩍 둘러본 복도는 무척 한산했다. 아니, 한산한 게 아니라 열렬하게 키스하던 커플들도, 문 앞에서 매달리던 죽돌이도 마치 모든 게 신기루였던 것처럼 복도에는 아무도 없었다.

'다들 어디로 갔지? 룸으로 들어갔나?'

하지만 룸 안에서 커플들이 만들어 내던 소음마저도 무음 처리를 해 놓은 것처럼 전혀 들리지 않았다.

'뭐가 어떻게 된 거지?'

가현은 성큼성큼 제 앞에서 걷고 있는 남자를 바라봤다. 큰 키, 넓은 어깨, 낯설기만 한 목소리. 그는 어느 모로 보나 가현이 아는 사람이 아니었다.

'착각이었나?'

막연히 그렇게 생각하고 있을 무렵 계단을 내려왔고, 어렵지 않게 인파를 헤치고 바깥으로 나올 수 있었다.

"다 왔다."

차가운 공기가 뺨에 닿자 내내 불안했던 마음이 진정됐다. 고맙다는 인사를 하려고 남자를 향해 돌아서는데, 그가 또 모자 챙을 잡았다.

'설마 또 하겠어?'

그러나 어김없이 또 고개가 아래로 푹 떨어져 버렸다.

"이봐요, 장난은 이제 그만…… 아!"

가현이 말을 마치기도 전에 챙을 잡고 있던 남자가 불쑥 모자를 들어 올렸다. 동시에 불어온 칼바람에 머리카락이 사방으로 휘날렸다. 가현은 잠시 고개를 숙여 한꺼번에 머리칼을 쓸어 올린 후 다시 눈앞의 남자를 봤다. 그사이 남자는 모자를 푹 눌러쓰고 고개까지 숙여 버려서 가현이 볼 수 있는 건 아까와 마찬가지로 웃고 있는 입술뿐이었다.

"너무 고마워하지 않아도 괜찮아."

"아직 고맙다고 안 했는데요?"

연예인도 아니고 뭘 저렇게 가리나 싶어서 저도 모르게 말이 퉁명스럽게 나오고 말았다. 하지만 남자는 불쾌해하지 않았다. 적어도 가현이 느끼기로는.

"어, 좀 고마워할 만도 한데. 아니었어?"

"그래요. 도움받은 건 사실이니까. 인사는 제대로 해 둘게요."

가현은 제대로 머리까지 숙이며 인사했다.

"고마웠어요. 안녕히 가세요."

그러곤 바로 돌아서서 걸음을 서둘렀다.

'내가 진짜 선주형 가만 안 둘 거야. 뭐, 내 덕에 A+을 받아? 고맙다, 고맙다 하더니 은혜를 이렇게 갚아? 어떻게 그런 쓰레기 같은 놈을 갖다 붙일 수가 있냐고. 소문? 내라고 해. 기가 막혀서 진짜. 조용히 처리하려던 내가 미친년이지. 그깟 소문 무서워서 내가 아무것도 못 하고 당해 줄 줄 알아?'

1분 1초라도 빨리 벗어날 생각으로 경보하듯 걷다 문득 가현이 멈춰 섰다. 그림자 하나가 뒤를 쫓아오고 있어서였다.

'설마 아까 그 새끼?'

쿵쾅거리는 심장을 부여잡고 휙 돌아보니 모자남이 몇 걸음을 사이에 두고 서 있었다. 짤막한 시간 동안 온갖 무섭고 끔찍한 상상을 해 버렸던지라, 정말로 누가 있었다는 사실에 깜짝 놀라 가현은 그 자리에 주저앉고 말았다.

"아. 진짜."

약한 모습 드러내면 우습게 보고 이상한 짓 할 수도 있는데. 너무 놀라서, 겁이 나서, 잠시 숨을 고르고서야 다시 일어설 만큼 진정할 수 있었다.

"뭐예요? 아직 용건 남았어요?"

"아니. 그대로 쭉 걸어. 택시 타는 데까지만 뒤따라갈게."

"예?"

"혼자 보내기엔 마음이 안 놓여서. 넌 예쁘고, 여긴 미친놈이 많거든."

무슨 헛소리야.

"저기. 지금 제 눈엔 그쪽이 더 수상하거든요? 그리고 난 누가 뒤에서 쫓아오는 거 딱 질색이에요. 그러니까 이제 각자 갈 길 가죠?"

"그래. 그래야겠다."

남자는 바로 수긍했다.

가현이 다시 갈 길을 가려는데 뭔가가 손을 휙 채 갔다. 방금 그 남자였다. 남자는 클럽에서처럼 앞서서 사람들을 헤치며 가현을 이끌었다.

'아직도 클럽 안인 줄 아나?'

한숨을 푹 내뱉으며 가현이 다시 말했다.

"이봐요. 내 말 뜻은."

"역시 기분 더럽네. 더 했어야 했나."

뭘 더 해?

"이봐요."

"불편하다."

"불편하면 손 좀 놓지?"

결국 반말이 나오고야 말았다.

"그거 말고. 너라면 괜찮을 줄 알았는데. 너무 예뻐서 불편해."

저게 무슨 미친 소리야?

"진짜 나 알아요?"

"다 왔다."

남자는 택시가 주르르 세워진 도로 앞에 도착하고서야 손을 놨다.

"얼른 타고 가."

낯선 모습, 익숙한 분위기.

가현은 택시 앞에 서고도 차 문을 열지 않고 가만히 서 있었다.

'혹시 모르잖아. 만에 하나라도…….'

입가에 쓴웃음이 배어났다. 예외 없이 또 그 미친 짓을 하려고 했구나 싶어서.

'관두자. 이젠 진짜 관둬야 돼. 그러기로 했잖아. 흔들리지 말자. 더 그러면 안 돼. 확인하고 실망하고. 확인하고 실망하고. 진짜 언제까지 그렇게 살래?'

억지로 마음을 다잡고 택시 문을 여는데 패딩 주머니 안으로 그의 손이 쑥 들어왔다.

"뭐, 지금 뭐 하는 거야?"

"긴장 풀라고."

"뭐?"

핸드폰 훔치려던 건 아니고?

"아가씨, 타려면 빨리 타. 뒤에서 경적 울리잖아."

"아, 네."

얼결에 택시에 오르자마자 그가 손을 흔들었다. 얼핏, 그의 얼굴이 보인 것 같았는데. 어라, 낯설다고 생각했는데 뭔가 닮았다.

"또 보자."

'또 보긴 개뿔.'

뒤차의 성화에 생각을 입으로 내뱉기 전에 택시가 출발했다.

가현은 주소를 말하고 뒷자리에 머리를 기댔다. 참 이상한 사람이었지, 생각하면서 추위에 곱은 두 손을 주머니에 넣었는데 뭔가가 잡혔다. 부스럭부스럭하는 소리와 비닐의 감촉이 느껴졌다. 꺼내고 보니 다름 아닌 그냥 작은…… 사탕?

'뭐야. 내가 애도 아니고 무슨 사탕을?'

'내가 애냐? 무슨 사탕을…….'

불현듯 어떤 목소리가 들려왔다.

'설탕은 금방 당분이 되니까. 긴장될 때는 이게 좋거든.'

긴장?

'긴장 풀라고.'

설마? 설마!

"아저씨! 잠깐만요! 스톱! 스톱!"

"뭐야, 왜?"

"저 여기서 내릴게요!"

"뭐? 아, 아가씨!"

마침 신호에 걸려 차가 멈춰 있었다. 가현은 지갑 안에서 얼른 만 원짜리 한 장을 꺼내 기사에게 주고 바로 문을 열었다.

"아가씨 잔돈……."

탁! 거칠게 문을 닫고 그녀는 곧장 아까 택시를 잡았던 자리로 달려갔다.

"하아, 하아!"

하지만 그곳엔 줄 서 있는 택시만 가득할 뿐이었다.

'아니야, 아닐 거야. 아니겠지만, 아니어도 나는…….'

가현은 미친 사람처럼 두리번거리다 왔던 길을 다시 거슬러 올라갔다. 바쁘게 달려가면서도 까만 코트를 입은 남자만 보이면 쫓아가서 얼굴을 확인했다. 미쳤느냐, 너 뭐냐, 짜증을 부리고 욕까지 하는 사람들에게 몇 번이고 사과하면서도 가현은 멈추지 않았다. 걸음은 점점 더 빨라졌고 클럽 간판이 보이기 시작했다. 그러나 그 남자는 찾을 수 없었다. 아무리 찾아도 보이지가 않았다.

결국 클럽 입구까지 온 가현은 마침 문을 지키고 있던 직원을 잡고 물었다.

"저기요. 하아, 하아. 저, 하아, 방금 나온 사람인데요. 혹시 저랑 나왔던 남자 여기로 다시 돌아오지 않았어요? 까만 코트에……."

말이 끝나기도 전에 직원은 딱 잘라 대답했다.

"아뇨. 못 봤어요."

"그래요?"

어떡하지, 어떡하지. 초조해하다가 번뜩 스치는 생각이 있었다.

"오늘은 초대 손님만 들어오죠?"

"예. 동행인을 데려오는 건 가능한데 리스트에 없는 분은 입장이 불가합니다."

"죄송한데, 저 그것 좀 보면 안 돼요?"

가현이 가리킨 것은 직원이 소중하게 들고 있는 일명 리스트였다.

"개인 신상 정보라 직원과 대관하신 분만 볼 수 있습니다."

"그럼 이름 하나만 찾아 주세요. 윤손찬이라고. 부탁이에요."

그녀가 하도 매달리니 직원이 리스트를 펼쳐 들었다. 가니다순으로 정리된 리스트. 슬쩍 보다가 눈이 마주쳐서 모르는 척 고개를 돌렸다.

잠시 후 확인을 끝낸 직원이 말했다.

"그런 이름은 없습니다."

"……알겠어요."

하지만 직접 본 것도 아닌데 쉽게 단념할 수 있을 리 없었다.

가현은 다시 클럽 안으로 들어와 열심히 선주형을 찾기 시작했다. 어디 있지, 어디 있지. 무대 근처도 보고, 1층 테이블, 바까지 갔는데도 선배는 없었다. 결국 망할 2층으로 다시 올라왔는데 마침 화장실에서 나오는 선주형이 보였다.

"어! 선배! 선배! 잠깐만요!"

양손을 크게 휘저으며 가현이 그를 불렀다.

"깜짝이야. 뭐야? 남가현?"

죽돌이에 대해 따져야 한다는 생각은 이미 사라진 후였다. 가현은 일단 선주형을 붙들고 숨부터 골랐다.

"하아, 헉, 헉."

"뭐야, 왜 그래? 무슨 일 있어? 뛰어왔어? 왜?"

"헉, 하아. 저기, 선배. 혹시 윤손찬이라고 알아요? 나이는 저보다, 아니 선배보다 네 살 어리고 오늘 까만 코트에 야구 모자 쓰고 왔는데. 봤어요?"

"윤손찬?"

"네!"

선주형이 고개를 갸웃했다.

"글쎄. 처음 듣는 이름인데."

"처음 들어요? 정말요?"

그를 잡은 손이 뚝 떨어졌다.

"응. 몰라. 왜?"

"그래요. 어…… 아! 근데 오늘 저한테 누구 소개시켜 주려던 거 아니에요?"

바보같이 희망을 버리지 못한 가현이 다시 물었다.

"귀신이네. 소개시켜 주려던 건 맞는데, 오다가 갑자기 일이 생겼다고 그러더라고. 그래서 다른 친구한테 말 좀 전해 달라고 부탁했는데, 못 만났어?"

"다른 친구 누구요? 그 사람 뭐 입고 왔는데요? 어떻게 생겼는데요?"

"키는 한 이만하고, 아까 너한테 준다고 맥주 가져갔는데. 한참 안 보여서 난 너랑 얘기하고 있는 줄 알았지. 진짜 못 만났어?"

아. 그렇구나. 하긴 그럴 리가 없지. 진짜였을 리가 없어. 알고 있었는데. 분명히 그럴 거라고 생각했는데. 왜 또 터무니없는 기대를 걸어 버린 걸까.

"……갈게요."

가현은 터덜터덜 다시 클럽을 빠져나왔다.

그렇게 멍하니 한참을 걷다가 주머니에서 핸드폰을 꺼내 이제껏 몇 번이고 몇 번이고 전화를 걸었던 그 번호를 다시 눌러 보았다.

몇 번의 신호음, 그리고 들려오는 달칵, 소리에 가현이 먼저 말했다.

"……윤손찬?"

— 학생. 또 술 먹었구나? 이게 벌써 몇 년째야. 아니, 요 몇 달은 얌전하더니 갑자기 또 왜 이래. 이 정도면 이거 병이야. 그거 뭐

야, 집착? 강박? 내가 몇 번을 말해. 그만 잊고 딴 놈 사귀라니까. 자꾸 왜 이래.

"그죠. 그래야 되는 거죠."

이 번호는 네 번호가 아니고. 넌 돌아오지 않고. 나는 너를 잊고 딴 놈 사귀면서 살아야 하는 게 맞는데.

"한심하죠, 정말."

— 먹었네, 먹었어. 나이도 어린데. 정신 좀 차리고 살아. 아직 한창땐데 왜 그래 진짜.

"내가 진짜 그 잔소리 듣기 싫어서 다신 전화 안 하려고 했는데."

— 고맙게 여기지는 못할망정!

뚝. 전화 끊기는 소리에 겨우 붙잡고 있던 이성도 끊겼는지 울컥 가슴 안에서 화가 치밀어 올랐다.

'진짜 할 수 있는 건 다 해 봤는데. 그래도 안 돼서 다 잊고 혼자라도 잘 살아 보자 했는데, 고작 사탕 하나가, 빌어먹을 사탕 주제에 사람을 이렇게 뒤흔들어!'

가현은 두 손으로 얼굴을 감쌌다.

'나쁜 새끼.'

걷다가 비슷한 목소리가 들리면 혹시 너일까 돌아보고. 누가 거리에서 윤손찬, 하고 부르면 그 이름이 흔한 이름은 아닌데, 하면서 달려가고. 비슷하게 생긴 사람이 보이면 차 타고라도 꼭 쫓아가서 확인했다. 그래 왔던 시간이 어느덧 4년이었다.

'안 그러려고 노력해도 나는 날 막을 수가 없어.'

알아? 4년이 지났는데 난 아직 이렇게 멍청이같이 너를 찾아 헤매. 너에게 난 아무것도 아닐 텐데. 그래서 연락 한 통 없이 쉽게 버린 걸 텐데. 나는 여기에 남아서 네가 정말 떠났다는 걸 아직도 인정 못 한 채로 혼자 이렇게 바보처럼 헤맨다고.

이 나쁜 새끼야.

13화 술잔을 채우고 또 비우면서

처음에는 당연히 이렇게 될 거라고 생각지 못했었다.

적응하느라 바쁜 와중에도 하고 싶은 얘기들은 늘 산더미처럼 쌓여 있었고, 가현이 문자를 보내면 그는 전화를 걸어 오곤 했다. 목소리로 듣고 싶다면서. 그래서 두 사람은 매일같이 통화를 했다. 편안히 잠든 밤, 가족들과의 외식, 현우의 성적, 대청소 등. 세상만사가 신기한 아이처럼 가현이 쉴 새 없이 재잘대는 갖은 시시콜콜한 이야기들을 그는 즐겁게 들어 주었다. 떨어져 있었지만 멀어졌다고 느낀 적이 없었다.

그러다 슬슬 만나야지, 했을 때 그가 먼저 약속 날짜를 정했다.

'얼른 보고 싶다.'

'응. 나도.'

가현은 많이 들떠 있었다.

4년이 지난 지금까지도 그날의 날씨, 그날 입은 옷, 그날 했던 생각들이 여전히 생생했다. 그날은 폭설 주의보가 내린 날이었다. 오전에 일기 예보를 보며 춥겠구나, 한숨지었는데도 가현은 두툼한 패딩 점퍼 대신 코트를 걸쳤었다. 평소에는 대충 묶고 다니기만 했던 머리카락을 정성스럽게 말렸고 한참을 거울 앞에서 서성거렸다. 얼른 멍이 빠진 얼굴을 보여 주고 싶었고, 예쁘게 다 나은 입술로 걱정 없이 활짝 웃어 주고 싶었었다.

약속 시간은 오후 5시. 지하철 출구 인근 공원의 시계탑 앞.

준비해 온 우산을 지하철에 두고 내렸음에도 가현은 편의점에 들르지 않고 바로 공원으로 향했었다. 혹시라도 그가 기다릴까 봐.

공원에 도착하자마자 눈이 내리기 시작했던 것도 기억났다. 비라면 모를까, 눈은 내려 봐야 지저분하고 불편해서 싫어했는데 그날은 배시시 웃음이 났다.

— 고객님이 전화를 받지 않아 삐 소리 이후 음성 사서함으로 연결됩니다.

"내가 빨랐나?"

그러나 오후 6시가 되도록 손찬에게서는 연락이 없었다.

꽁꽁 언 몸 위로 계속해서 내리는 눈이 점차 비처럼 느껴졌다. 더 빨리 스며들어 더 빨리 추워졌다.

— 고객님이 전화를 받지 않아 삐 소리 이후…….

— 고객님이 전화를 받지 않아…….

평소 성격이면 그대로 집에 돌아가 버렸을 텐데, 그날따라 가현은 멍청이처럼 계속 그곳에 있었다.

— 고객님이 전화를…….

삐.

열이 나는지 어지러웠고, 벌써 몇 번이나 들은 전자음이 그의 목소리처럼 들려와서, 할 말 있으면 해 보라고 말해 주는 것 같아서.

가현은 두 손으로 겨우 핸드폰을 붙들고 그에게 말했다.

"하아……. 너 왜 안 와. 나 너무 춥고…… 힘든데. 부르면 언제든 오겠다더니. 왜 빨리 안 와. 지금 나 우산도 없고, 몸도 얼어서, 여기서 한 발짝도 못 걷겠는데. 너 진짜 빨리 안 오면 가만 안 둔다. 이대로 안 와도 가만 안 두니까, 늦어도 괜찮으니까, 얼른 와. 지금 너 오고 있는 거지? 약속 장소 잊고 바보같이 딴 데 가 있는 거 아니지?"

기다릴게. 계속 기다리고 있을게.

그렇게 말하자마자 딱딱하게 얼은 손이 핸드폰을 놓치고 말았다.

날은 무섭도록 추웠다. 떠날 수도 없는데 점차 기온이 떨어지고 바람이 매서워졌다. 눈이 비로 변했고. 해가 달로 변했고. 낮이 밤이 되는 동안에 기다리고. 기다리고. 기다리다가 끝내 그가 오지 않으리라는 사실을 깨닫고서야 진짜 기다림이 시작됐다.

그 없이 보낼 4년의 시작이었다.

✲

'번호는 다른 사람이 쓰고. 애들은 모른다고 하고. 선생님들은 개인 정보라 안 된다고 하고. 집은 모르고. 부산에서 어디서 지냈는지도 모르고. 가족도, 친한 친구도 나는 아무것도 아는 게 없었어. 정말 아무것도 몰랐어.'

그걸 그가 사라지고서야 깨달았다.

'진짜 난 뼛속까지 나만 알았던 거야.'

레스토랑 구석방에서 마주쳤던 그때부터 작별하던 순간까지 줄곧 자신만 중요했던 거다.

'내가 이런 사람이라서, 질려서 말없이 떠나 버린 거지?'

앞에 놓인 하나뿐인 술잔이 오늘따라 더 외롭게만 보였다.

'나한텐 아무 힘이 없어.'

어떻게든 참으려고 해도 바람에 겨울 냄새가 실려 오면 어쩔 수 없이 네가 떠오르곤 하니까. 추위를 참 많이 타던 앤데. 어디서 또 장갑 한 짝, 목도리 하나 안 두르고 쏘다니고 있는 건 아닐까 걱정이 돼서.

'아무리 돌고 돌아도 다시 너야, 나는.'

겨울비 아래서 싸우던 순간과 추위에 덜덜 떨면서도 언제나 가현을 기다려 주고, 제 옷을 벗어 주던 모습들은 4년의 시간이 지났음에도 기억 속에서 빛바래지 않은 채 선명한 색채로 남아 있었다. 겨울밤은, 늘 그런 기억들로 물들어 갔다.

그를 잊으려고 한 잔, 두 잔 마실 때면, 내 잘못이라고. 내 목숨만 신경 쓰던 내 탓이라고 괴로워하다가. 더 마시면 네가 나쁜 놈이었던 거라고 원망하고. 그러다 또 너처럼 가벼운 놈 믿는 게 아니었다고, 미련했던 나를 탓하다가. 우리가 함께했던 시간들을 떠올리면 또 어떻게 그런 널 믿지 않을 수 있었겠냐고, 나를 속인 너를 탓하고.

다시 술잔을 채우고 또 비우면서. 너를 믿은 내가 바보인지, 나를 버린 네가 나쁜지.

의미 없이 따지고 비교하다 지쳐 결국엔 네가 그리워 이러고 있다는 빤한 사실을 잊으려고 다시 또 술을 마신다.

"또 청승이야? 왜 그래 대체. 그만 좀 울어. 누가 보면 세상 다 끝난 줄 알겠네!"

"한 병 더요."

"또 동생한테 업혀 가려고 이러지?"

"왜. 내 돈 내겠다는데, 왜 안 돼요."

"아이고. 내가 진짜 미쳐."

결국 새 술이 놓이고, 가현은 맥주잔 안에 소주만 가득가득 채웠다. 그리고 망설임 없이 한 잔을 원샷했을 때, 무언가 뚝 끊기는 기분이 들었다. 그래, 이 맛이지. 이러려고 맛없는 술을 돈 주고 마시지.

"에고, 에고! 또 전화하네, 또 해!"

뚜르르. 뚜르르. 달칵.

— 야! 지금 몇 시인 줄 알아? 내가 진짜 스팸을 해 놔야 내 명에 죽지! 어우!

뚝.

'그치? 너 아니지? 이제는 네 번호 아니지? 그런데 난 왜 아직도 이 번호로 전화하면, 네가 약속한 대로 나한테 와 줄 것만 같지? 이제 넌 없는데. 어디에도 없는데.'

자신을 욕하면서도 가현은 다시 전화를 걸었다. 정말 스팸으로 등록하셨는지 금방 전화를 받을 수 없다는 안내 음성이 나왔는데도 가현은 핸드폰을 테이블에 놓고 혼자 주절대기 시작했다.

"너만 떠나면 다냐? 이 나쁜 새끼야. 맞은 건…… 사과했잖아.

내가, 대신 미안하다고. 미안하다고. 몇 번을 말했잖아. 그땐 더 사과하지 말라더니. 다 뻥이었지? 그거 때문에 나 벌주고 싶어서 이렇게 못되게 구는 거지? 다 알아. 나는, 다 알아."

포장마차 주인아주머니가 뒤에서 혀를 차든 말든 가현은 핸드폰을 노려보며 계속해서 울분을 쏟아 냈다.

"야, 야, 야, 안 받아? 야! 야! 대답 안 해? 야!"

그 꼴을 지켜보던 주인아주머니가 결국 가현의 등짝을 쳤다.

"아이고! 나 같아도 안 받겠네! 그만 좀 해! 핸드폰이 무슨 죄야! 난 무슨 죄고, 그 아저씬 무슨 죄고, 여기 손님들은 뭔 죄가 있어서 너 혀 꼬부라진 소리를 들어야 해! 죄 없는 사람들 그만 괴롭히고 취했으면 얼른 집에나 가!"

"후우."

쿵! 가현의 머리가 아플 정도로 세게 테이블로 떨어졌다.

통증은 마비되고. 이성은 예전에 날아갔는데, 끝맺어지지 못한 채 여기까지 끌고 온 감정만이 남아서. 버리지도 못하고 잊지도 못한 기억들만 남아서. 반쯤 정신을 잃고도 가현은 미친 사람처럼 계속 혼자 중얼거렸다.

"나는 다 알아…… 내가 잘못한 거. 아는데. 나는, 눈치껏 헤어지고, 잊어 주고 그런 거는 잘 몰라. 근데 나는 이래도. 나는 이 모양이어도 너는 알잖아. 너는 날 그렇게 잘 알면서. 다 알면서. 내가 이러고 있을 수도 있다는 거 다 알면서……."

왜 안 돌아와. 왜. 잊히지도 않으면서 돌아오지도 않아.

왜.

"너 또 술 먹고 뻗었었다며?"

— 이모 통신 아직 건재하네.

"우리 이모야 언제나 건재하시지. 가니까 너 없던데. 집엔 어떻게 갔어?"

— 몰라……. 어떻게 집까진 왔나 봐. 현우가 왔었나.

"그러게 작작 좀 마시지. 목소리 간 것 봐라."

소용없는 일이라는 걸 알면서도 결국 승혜의 입에서 쓴소리가 나오고야 말았다.

"너, 계속 그러다 진짜 집에 못 가고 길에서 큰일 나는 수가 있어. 덜 취하도록 조절을 하건 상담을 받든 뭐라도 해야지. 이건 뭐 술 마시는 시한폭탄도 아니고. 그 정신에 쓴 졸업 논문이 패스된 게 신기하다. 너, 손은 안 떨리니? 눈가에 경련은 안 일어나고?"

가현이 웅얼대는 소리가 들렸다. 그렇게까지 심하지는 않다고, 걱정 안 해도 된다고, 조절할 수 있다고, 또 헛소리를 지껄여 대고 있는 게 뻔했다.

"됐고. 이번엔 또 왜 그랬는데?"

— 별…….

"아. 별거 아니어서 술을 떡이 되게 마셨구나? 뭐? 안 들려. 크게 좀 말해. 뭐라고?"

— 사탕. 사탕 때문에.

"사탕?"

변명? 거짓말? 그것도 아니면 그녀가 모르는 은어인 걸까?

"너 진짜 괜찮은 거 맞지? 아니면 알콜 중독 센터 알아봐 줘? 졸업 전엔 정상으로 돌아오는 편이 낫잖아. 안 그래?"

돌아올 대답을 예상하면서도 그렇게 물어볼 수밖에 없었다. 예상대로 남가현은 곧바로 괜찮다고 대답해 왔다. 얼굴이 하얗게 질릴 정도로 아플 때도, 갑자기 길바닥에 주저앉아 덜덜 떨 때도, 울고 있을 때도 남가현은 항상 괜찮다고만 했다. 마치 괜찮다는 말 외엔 아무 대답도 하지 못하는 사람처럼.

— 오전 강의 없어서. 좀 더 자고 오후에 갈게.

"그래, 일단 더 자."

오전 10시에 잘 자라는 인사를 남기고 승혜는 전화를 끊었다.

'애 진짜 괜찮은 거 맞아?'

어제 선주형의 연락을 받고서부터 도통 걱정이 가라앉질 않았다.

'윤손찬. 윤손찬……'

또 그 사람이다. 어디 내놔도 똑 부러진 그 애가 반쯤 정신이 나간 사람처럼 구는 날이면 어김없이 등장하는 이름. 남가현이 좀처럼 놓지 못하고 미련하게 붙들고 있는 이름.

'윤손찬.'

대체 어떤 사람일까.

"저기요."

억지로라도 무슨 조치를 취해야 하는 거 아닐까? 하지만 가족도 아닌데 무슨 조치를 취해 줄 수 있을까?

"저기, 죄송한데."

그때 누군가 승혜의 팔을 툭 건드렸다.

"네? 뭐요, 왜요."

"혹시 밀레니엄관이 어딘지 아시나 해서요."

'우리 학과?'

하지만 승혜는 남자를 보고 5초가 지나기도 전에 그 생각을 거뒀다. 일단 힐을 신은 자신보다 키가 큰 남자 자체가 학과에 거의 없었고, 이 남자라면 명동에서 0.5초만 스쳐 갔더라도 또렷이 기억하고 있을 것 같아서였다.

'무슨 남자 피부가 저렇게 깨끗해?'

조명 판을 댄 여배우처럼 투명하게 반짝이는 피부로도 모자라 매끄럽게 빠진 눈매에, 날카로운 콧날에, 붉은 입술까지. 눈앞의 남자는 조물주든 압구정 의느님이시든 누군가 한쪽이 작정하고 빚어 낸 결과물처럼 보였다. 심지어 입고 있는 까만 코트와 회색 터틀넥마저 맞춤옷처럼 완벽히 잘 어울려서.

아. 모델이구나, 생각했다.

"저기."

'그치. 이래서 돈 주고 모델한테 옷 입히는 거지.'

"저기요?"

"아, 네."

넋을 놓고 있던 승혜가 머리를 흔들었다. 불여우라도 본 것처럼 순간 넋이 나가고 말았다. 정신 차려야지. 안 그러면 진짜 홀리겠다.

"아. 밀레니엄관. 저도 가는 길이에요."

"그럼 혹시 경영학과 학생이세요?"

"그런데요."

"와."

남자가 잘됐다며 활짝 웃는데, 불가항력적으로 가슴이 쿵 내려앉았다.

"그럼 혹시 남가현이라고 알아요?"

"어? 가현이를 아세요?"

아니지. 새삼 놀랄 거 있나. 가현이야 학교의 유명 인사인데.

"네. 어제 클럽에서 잠깐 만났었는데."

클럽? 생각지 못한 대답에 승혜의 두 눈이 커졌다.

'아니, 그럼 이 자식이 가현이한테 치근댔다는 그 쓰레기? 정말로…… 이 사람이?'

굳이, 왜? 이런 말은 하고 싶지 않았지만, 굳이 싫다는 여자에게 매달리지 않아도 될 것 같은 이 남자에게 '치근댔다'는 표현은 정말 안 어울렸다.

혹시 무슨 오해가 있었던 건 아닐까?

'아니지. 오해는 무슨 오해. 직원이 목격하고 선주형한테 말했다는데. 어쩌면 지 잘난 맛에 빠져 사는 부류인지도 모르지. 네가 감히 날 거부할 수 있을까, 뭐 이런 느끼해 빠진 대사 날리면서 상대 의사 무시하는 놈들처럼.'

그렇게 생각하니 갑자기 짜증이 확 솟았다.

"아니. 어떻게 그런 짓을 해 놓고 뻔뻔스럽게 찾아올 수가 있지? 당신 이름이 뭐야. 몇 학번인데? 내가 안 그래도 오늘 가현이 만나면 신고하자고 얘기하려던 참이었어. 훈방 조치 되더라도 경찰 앞에 불려 가서 훈계라도 들으라고."

"어?"

"사람이 싫다면 싫은 줄 알아야지. 싫다는 게 무슨 뜻인지 몰라?"

"아아."

남자가 웃음을 터뜨렸다. 손등에 입술을 묻고 못 견디겠다는 듯 미소를 흘리는 남자를 보면서 이상하게도 승혜는 오히려 자신이 실수를 한 것 같은 기분이 들었다. 전해 들은 바로는 분명히 나쁜 새끼 맞는데. 웃고 있는 남자를 보니 뭔가……. 진짜 왜 이러지?

"미안해요. 내가 말을 잘못했어요."

행동을 잘못한 게 아니라?

"날 만나면 분명히 반가워할 거예요."

"뭘 믿고 그렇게 확신해요? 얼굴 믿고 이래요? 그쪽이 잘생겼으니까? 내가 정말 안쓰러워서 충고해 주는 건데, 세상에 자기 추행한 사람 좋게 기억하는 여잔 없어요. 그러니까 시간 낭비 말고."

거침없이 비아냥거리다 남자와 눈이 마주친 순간 승혜는 움찔했다. 방금까지 아이처럼 웃던 사람은 온데간데없이 남자는 얼음장처럼 싸늘한 얼굴을 하고 있었다.

"저기……."

승혜가 무슨 말을 하기도 전에 갑자기 남자가 전화를 받았다.

"네, 제가 보내 드린 서류는 검토해 보셨죠? 자문이 필요할 것 같은데. 네, 마침 근처로 갈 일이 생길 것 같네요. 지금 바로 뵙죠."

통화하는 내내 남자의 시선은 승혜를 향해 있었다. 도망칠 수도 없게.

"실례했어요."

짤막한 통화를 끝낸 남자가 살짝 미소 짓고서야 승혜는 자신이 숨도 편하게 못 쉴 만큼 긴장하고 있었다는 걸 깨달았다.

"이걸 전해 주면 날 알아볼 거예요. 부탁할게요."

남자는 수첩을 꺼내 대충 휘갈긴 페이지를 찢어 승혜에게 건넸다. 얼결에 받아 들고 정신을 차렸을 때 남자는 이미 저만치 가 버린 후였다.

'뭐야 완전 자기 멋대로.'

그럼에도 기가 쭉 빨린 기분이라 쫓아갈 엄두가 나지 않아 승혜는 그가 쥐여 준 쪽지를 펼쳤다.

「버스 정류장에서 기다릴게.」

'버스 정류장? 뭐야. 이게 끝이야?'

종이를 뒤집어 보고 햇빛에 비춰도 봤지만 진짜 그게 전부였다.

'어디 정류장을 말하는 거야? 학교 앞? 우리 학교 근처 정류장이면 못해도 네 곳은 될 텐데. 약속 시간도 없고, 연락처도 없는데? 이걸 보고 어디로 찾아오라는 거야?'

어디 하나 심상치가 않은 사람이다.

'가뜩이나 애 심란한데, 저런 이상한 사람 굳이 다시 만날 필요는 없겠지.'

승혜는 마침 길 옆에 있던 쓰레기통에 쪽지를 버렸다.

"어제 일은 정말 미안하다."

선주형은 두 손을 가지런히 모으고 고개 숙였다.

"조용한 데서 맥주라도 마시고 가라는 뜻이었는데, 그렇게 될 줄은 몰랐어. 지도 창피한지 전화해도 받지도 않고. 어쨌거나 내가 초대한 놈이니까, 내가 대신 사과할게. 정말 미안하게 됐다."

됐어요, 라는 말이 선뜻 나오지 않는 건 가현이 옹졸해서는 아닐 것이다.

"아직 화 안 풀렸지?"

"24시간도 안 지났는데 그럼 풀렸겠어요?"

"내가 눈앞에 데려다 놓고 꼭 사과하게 만들게."

멋대로 허리를 만지고, 소리를 질러 대서 화가 난 게 아니었다. 남자에게 잡힌 순간 가현은 어김없이 패닉에 빠졌고, 자신이 아직도 과거에서 벗어나지 못했다는 걸 다시 깨달아야만 했다. 가현이 화가 난 건 그래서였다. 하지만 가족에게도 말하지 못한 상처였다. 그런 기억과 감정을 털어놓을 수 있는 사람은 이제 없다. 그게 어제 일이 그녀를 화나게 만든 두 번째 이유였다. 그가 곁에 없다는 걸 다시 떠올리게 만들었으니까.

"또 보고 싶은 마음 없어요. 정 미안하면 차라리 다신 눈에 안 띄게 해 주세요."

"어? 무슨 자격으로 또 왔어요, 선배는?"

그때 강의실로 들어온 승혜가 바로 선주형에게 매섭게 눈을 부라렸다.

"가만히 있는 애 불러내서 안 겪어도 될 일 겪게 하고. 사과는 했어요?"

"응, 했어."

선주형 대신 가현이 먼저 대답했다. 오해는 풀렸고 결과야 어쨌건 의도는 나쁘지 않았고. 무엇보다 선주형의 잘못은 아니니까.

"나 괜찮으니까 너도 그만해."

"학교 오지 말고 좀 쉬지. 아까 통화할 때도 목소리 안 좋았잖아."

"아깐 자다 일어나서 그랬지. 어차피 오후에는 학사도 가 봐야 하고."

"그냥 도와주는 건데 뭘 그렇게 열심히 해. 이런 날은 재끼지. 근데 선밴 언제까지 여기 앉아 있을 거예요? 가현이 옆에서 수업 들게요?"

"아. 미안."

선주형이 뒷자리로 옮기자 승혜가 옆에 앉았다.

가현은 바로 책을 펼치고 강의 들을 준비를 시작했는데, 옆에서 끈질긴 시선이 느껴졌다.

"왜?"

"어?"

"왜 쳐다봐."

"어……."

무슨 말이든 솔직하게 뱉어 놓고 보는 승혜가 우물쭈물하니 더 궁금했다.

"뭔데."

"그게, 너 당분간 조심해야겠어. 신경 쓰일까 봐 얘기 안 하려고 했는데, 실은 나 아까 오전에 그 클럽 죽돌이 만났어. 너 학과도 벌써 알고 찾아왔더라. 없다니까 그냥 가긴 했는데, 그래도 조심해. 굳이 마주쳐서 좋을 거 없잖아."

"진짜? 그 새끼, 내 연락은 안 받더니."

"그런 짓 해 놓고 선배한테 답장했겠어요?"

승혜는 바로 주형에게 일갈하고 다시 가현에게 말했다.

"아무튼 넌 조심해. 또 찾아올지도 몰라. 용건은 몰라도 다시 만나자고 쪽지까지 전해 달라고 하더라니까."

"뭐라고 쓰여 있었는데?"

"그게."

승혜가 대답하려는데 미리 예고한 대로 시험지를 끌어안은 교수가 들어와 그들의 대화도 자연스럽게 마침표를 찍었다.

전공 3시간. 쉬는 시간 한 번 없는 잔혹한 풀 강의가 끝나고 가현은 얼른 가방을 챙겼다.

"어디 가? 학사?"

"어."

"봉사치곤 열심히 한다, 너?"

"봉사라도 해야지. 얻은 게 얼만데."

가현은 선주형과 승혜를 남겨 두고 먼저 강의실에서 튀어나왔다. 하지만 바쁜 생각과는 다르게 강의실을 나오자마자 걸음이 딱 멈췄다.

"진짜 왔네."

나지막하게 읊조린 말을 들은 상대가 번뜩이는 눈으로 가현을 쳐다봤다. 영화 보면 마약 같은 거 빠져 사는 놈들이 저렇게 퀭해 보이던데. 밤에 봐서 싫은 놈은 낮에 봐도 싫은가. 짧은 순간에 별생각이 다 들었다.

"미안해. 정말로 미안해."

갑작스러운 방문 못지않게 당황스러운 첫마디였다.

"내가, 어젠 술에 취해서."

"여기가 경찰서인 줄 알아요? 취했다고 하면 다 봐주게?"

"아니, 그게. 네가 너무 예뻐서 실수했어. 진짜로 미안해."

"그렇게 들으니까 꼭 내가 예쁜 게 잘못인 것처럼 들리네. 사과하러 왔는데 왜 자기 보호를 해요. 적어도 자기 잘못에 대해서는 솔직해져야지. 그쪽이 원래 남의 감정 같은 건 신경 안 쓰고 자기만 좋으면 되는 사람이라 억지로 추행했었다고 말해죠."

조목조목 집어 주자 남자는 면목이 없는지 얼굴을 들지 못했다.

"정말 미안해. 다신 안 그럴게. 한 번만 용서해 줘."

"알았어요."

"용서해 주는 거야?"

"더 보기 싫으니까 여기서 끝내요."

"그럼 나중에 누가 찾아와서 무슨 얘길 하더라도 내가 제대로 사과했다고 말해 줄 거지? 지금 제대로 사과했잖아. 너는 용서했고. 그치?"

뭐?

기가 막혀서 말문까지 막혔다. 얼굴을 일그러뜨린 채 쳐다만 보고 있자니 선주형이 강의실에서 나왔다. 그 역시 친구를 보자마자 인상을 팍 쓰고 가현의 팔부터 잡았다.

"가현아, 일단."

"선배. 내 팔 잡아당기지 마요. 나 안 숨어요. 저 사람이 무슨 얘길 하는 건지 제대로 들어 봐야겠어요."

"그냥, 사신이잖아. 시괴히고 용서한 기. 그렇지? 그렇게 밀해 줄 거지?"

"너 뭐 하냐? 그게 지금 사과하러 와서 할 말이야? 미쳤냐?"

"뭐야? 뭐 해? 이 사람은 누군데 이러고 있어?"

뒤늦게 강의실에서 나온 승혜도 이 광경을 목격하고 다른 애들처럼 우뚝 멈춰 섰다. 가현은 여전히 죽돌이를 노려보며 대꾸했다.

"아까 네가 만난 사람. 진짜로 찾아왔어. 오전부터 내내 기다렸나 봐."

"이 사람 아니었는데?"

"뭐?"

"어?"

두 사람이 동시에 놀라자 오히려 승혜가 당황했다.

"전혀 달라. 아예 다른 사람이야. 난 이 사람 처음 봐."

"무슨 소리야. 어제 내가 클럽에서 만난 사람은 한 명……."

설마. 미친 짓이겠지. 이번에도 아니겠지. 몇 배로 또 실망할 거야. 그래도, 그렇지만.

"그 남자 이름이 뭐랬어? 너한테 뭐랬는데? 받았다는 쪽지는? 어디에 있어?"

"어, 내가 버렸어. 근데 진짜 별 내용 없었어. 버스 정류장에서 기다린다나. 근데 어디 정류장인지도 안 써져 있고. 주소도 없고. 그것만 보고 어디로 오라는 건지……. 야! 남가현!"

승혜의 말이 끝나기도 전에 가현은 달려가 버렸다.

"쟤가 왜 저러지?"

"설마."

번뜩 어떤 예감이 들었다.

"왜? 뭔데?"

"어제 선배가 나한테 말해 줬잖아요. 클럽에서 가현이가 누구 봤냐고 물어봤었다고."

남가현이 술만 먹으면 끊임없이 외쳐 대던 이름.

"윤손찬?"

"어쩌면요."

봄이 오면 바라곤 했다.

휘날리는 꽃잎과 함께 네가 내게로 날아들었으면, 하고. 낙엽 떨어질 무렵엔 우리가 함께 있던 시간들을 되새겼고, 겨울이면 장갑 한 짝 제대로 안 챙기는 네가 생각나서. 거리 곳곳에서 파는 목도리나 장갑들을 스쳐 갈 때마다 마음이 아팠다. 계절이 바뀔 때마다 으레 걸리는 감기처럼, 그렇게 한 번씩 너를 앓았다.

어디에 있을까. 뭘 하고 있을까. 괜찮을까. 혼자 도돌이표처럼 똑같은 질문만 반복해 왔는데. 4년 만에 처음으로 이런 질문을 던진다.

여기에 있을까? 돌아온 걸까? 정말로, 너일까?

"하아, 하아."

달려서 겨우 도착한 버스 정류장 너머로 한 남자의 뒷모습이 눈에 비쳤다. 분주한 시선으로 남자의 뒷모습을 샅샅이 살핀 가현의 얼굴이 일그러졌다. 넓은 어깨와 가현과 머리 하나 차이가 날 정도로 큰 키. 까만 코트를 걸친 뒷모습은 기억 속 짓궂던 그 애와는 달리 완연한 남자에 가까웠다.

'낯설다.'

우습게도 가현은 익숙한 느낌조차 들지 않는 남자의 뒷모습 앞
에서 약해졌다.

남자는 가만히 선 채 생각에 잠겨 있는 것 같았다. 윤손찬과 남
가현이 마지막으로 이곳에 남겨 놓고 온 기억. 그들만이 공유한 시
간의 목소리들. 같이 울고 웃고 싸우던 사소하지만 아팠던 나날들.
지금 저 남자가 바라보고 있는 것은 그 시간들일까.

'너 맞아? 정말 너야? 진짜로…… 윤손찬, 너야?'

그 시절의 기억을 가슴속 한구석에 처박아 버리고도 도저히 잊
을 수가 없던 너. 한때는 귀찮고 짜증 나는 애였다가 또 어느 날엔
비밀을 공유하고, 또 언젠가는 가장 소중한 친구가 되어 버렸던
너. 그러나 어느 날 갑자기 말없이 증발해 버린 너. 어젯밤 내가 만
났던 남자가 정말로 너였을까?

버스 정류장 쪽으로 다가서려는 가현에게 남자의 목소리가 들려
왔다.

"나 안 잊는다더니."

투정 부리는 말투. 미성에 가깝던 그의 목소리가 아닌데도 가현
은 알 수 있었다. 저 남자가 수년간 가현이 찾아 헤매던 사람이라
는 걸.

윤손찬, 너라는 걸.

돌아선 그는 성큼성큼 가현에게로 다가섰다. 고작 네 발자국. 그
의 걸음으로 두 사람의 사이는 고작 네 발자국의 거리였다. 순식간
에 좁혀지는 간격에 당황한 가현이 불쑥 말을 내뱉었다.

"얼굴도 가리고 이름도 말 안 하는데 너라고 생각했겠냐, 이 나

쁜 새끼야."

못나고 투박한 말투에도 윤손찬은 아무렇지 않은 얼굴이었다. 늘 그랬듯이. 웃으며 넘겨 버리고 만다.

"와, 진짜 우리 자기네."

"누구 멋대로 자기래. 넌 나한테 욕먹을 준비나 해. 내가 그날 너 기다리다가 눈 맞고 아주 한 달을 내리 앓았거든. 못 오면 못 온다고 연락 한 번 해 주면 될 걸 깜깜무소식에. 4년간 연락 두절 하다가 갑자기 나타나면 반가워할 줄 알았어? 이, 이……."

더 욕해 줘야 하는데.

울컥. 울음 같은 것이 쏟아지려 했다. 울면 안 된다는 생각에 고개를 치켜들고 숨을 삼킨 순간, 예전 이 자리에 남아 있던 바람이 두 사람에게로 불어왔다. 친구, 선후배, 연인, 그 어떤 단어로도 정의되지 못한 채 내리 4년을 멎어 있던 두 사람. 낯익은 바람이 멈춰 있던 그들의 시간을 위로했다.

"가현아."

그 물기 서린 환영에 윤손찬이 화답해 왔다. 시간의 무게를 덜어내는 미소와 함께.

"정말 보고 싶었어."

다정한 포옹으로.

14화 시간은 흘렀다

　'전엔 조금만 고개를 들면 바로 눈이 마주쳤었는데.'

　그런 생각을 하고 있었다. 윤손찬과 마주 서 있으면서.

　그는 한눈에 알아보지 못할 정도로 키가 컸고 분위기도 변했다. 마냥 예쁘장하던 얼굴은 그대로인데 묘하게 어른스러운 티가 났다. 이렇게, 많이 변할 만큼 긴 시간이었다.

　"예쁘네, 여전히."

　"……."

　"잘 지냈지?"

　"너야말로 대답해. 이젠 네가 대답해."

　"내 걱정 많이 했구나."

　걱정? 걱정?

　태연한 표정으로 쉽게 내뱉어진 단어에 가현의 눈가가 젖어 갔다. 진짜 머리끝까지 화가 나서.

"나 만나러 오는 날 연락 두절 됐는데 그럼 걱정이 안 돼? 이럴 애 아닌데 왜 연락이 없지. 오다가 사고라도 났나. 이럴 애 아닌데. 이럴 애 아닌데 하면서! 몇 시간 동안 너 기다리다 앓아눕고도 내내 안 좋은 생각들만 들어서 나는……."

숨이 흐트러졌다.

"눈만 뜨면 나는. 제발 니가 무사하게 해 달라고 빌었어. 나는 내가 맞을 때도 살려 달라고 기도한 적이 없는데. 신 같은 거 믿어 본 적이 없는데. 너는 제발 무사하게 해 달라고 빌었어. 당신, 나는 안 도와줬으니까. 나 도와준 한 사람만은 데려가지 말아 달라고."

너만은 내버려 두라고. 제발.

"그러면 나는 당신 존재도 믿고, 내가 겪었던 일들로 다시는 당신을 원망하지도 않을 거라고. 뭐가 어떻게 되어도 좋으니까. 그냥 제발 살아 있게 해 달라고. 무사하게 해 주세요. 그렇게 빌었어, 내가."

꾹꾹 눌러 참고 있었는데, 입술을 깨물고 하늘을 올려다봐도 눈물이 그치질 않아 가현이 도망치듯 돌아섰다. 우는 얼굴은 보여 주기 싫었는데. 그는 이미 코앞에 다가와 있었다.

"울고 싶으면 울어. 그렇게 참지만 말고. 제발."

따스한 품. 그리웠던 너. 그런데도 가현은 그를 밀어 내려 발버둥을 쳤다.

"내가 뭐 많이 바란 줄 알지? 나는 어떤 말이든 상관없어. 실렸다. 싫어졌다. 하다못해 다신 보지 말자는 말도 괜찮았어. 그냥 못 온다는 연락 한 통이면 됐던 건데. 그게 뭐가 어려워서 4년이나 기다리게 만들었어. 왜 너만 걱정하면서 살게 만들었어. 이 나쁜 새끼야!"

"미안해."

미안했으면 나 혼자 밤거리를 헤매게 만들지 말고 돌아와서 지금처럼 안아 줬어야지.

"전부 화내."

"너무 늦어 버렸다는 생각은 안 들어?"

"들어. 이렇게 우는 걸 보니까 마음이 아파."

"나도 그래. 마음이 아파. 그래서 화내고 풀고 싶은데, 어떻게 화를 내야 할지도 모르겠어. 어떻게든 너도 나만큼 힘들게 만들어 주고 싶은데! 그것조차 난 어떻게 하면 되는지 하나도 모르겠어."

이 와중에도 너는 미소 짓고 있는데. 눈가가 그렁그렁해도 어떻게든 참고 있는데. 나만 혼자 운다. 참지 못하고 바보처럼.

"하고 싶은 대로 다 해 봐. 화내고 욕도 해. 다 들을게. 내가 몇 번이고 널 만나러 갈게. 다 풀릴 때까지 내가 계속 빌고 빌게. 화 풀릴 때까지 내가 노력할게. 내가 계속 기다릴게."

"놔."

그를 밀어 놓고 가현은 두 손으로 거칠게 눈물을 훔쳤다.

"노력이라는 말, 너만큼이나 신물이 나."

"가현아."

"내가 4년 동안 어떻게 지냈는지 모르지? 너 때문에 나는, 그 집에서 견뎌 낸 시간들이 자랑스럽지가 않았어. 내가 나만 생각하는 년이라 네가 떠났나 싶고. 차라리 내가 그렇게 아득바득 견딜 줄 모르는 사람이었더라면, 지금 네가 내 옆에 있었을까 싶어서."

나를 원망하고, 나를 비관했다. 떠난 네가 나쁜 게 아니라 잡지 못한 내가 나쁘다고. 내가 좋은 사람이 아니라서 널 잡을 기회조차 얻지 못했던 거라고.

"나는 나만 탓했어. 그땐 그게 내가 할 수 있는 유일한 일이었으니까! 그러다 나는 너무 힘들어서, 네가 나빴던 거라고. 전부 네 잘못이라고. 나는 피해자라고. 위안하고, 그걸 믿고. 네가 미워질 때까지 꼬박 4년이 걸렸어."

뚝뚝, 눈물이 계속해서 뺨을 덮었다.

"그 전에 네가 돌아왔다면 나는 네가 반가웠을 거야."

그게 가현의 진심이었다. 너를 반가워하고 싶었는데. 돌아온 너를 보며 행복해진 모습으로 웃어 주고 싶었는데. 그럴 수가 없게 된 상황이, 추억 하나 없이 지나간 세월과 돌아오지 않았던 네가 미워져서. 어쩔 줄을 모르겠는 거.

"내가 보고 싶긴 했어?"

그런 눈으로 보지 마. 누가 보면 내가 못된 사람인 줄 알겠어. 진짜 나빴던 건 넌데. 이제 나는 철석같이 그렇게 믿게 됐는데. 아주 나답게 나만 편해지려고 그렇게 믿어 버렸는데. 왜 그렇게 바라봐 나를.

"보고 싶었어, 가현아. 지금도 나는……."

"아니. 거짓말이야. 나만 널 보고 싶어 했던 거야. 나만 그리웠고, 나만 널 찾아 헤맨 거야. 우리가 같은 마음이었다면 4년이나 만나지 못했을 리 없어. 이제, 그렇게 쉽게 니한데서 돌아설 수 있었을 리가 없어."

몇 년을, 또 몇 달을 바쳐서 수백 번 했던 다짐.

'다신 찾지 말자. 잊고 살자. 제발 그러자는 내 다짐은 네가 건 낸 사탕 하나에 산산조각이 났는데. 너는 날 보고도 모르는 척, 아닌 척, 태연하게 택시에 태웠잖아.'

그래선 안 되는 거였다고 가현은 생각했다.

"널 보러 간 거였어. 널 만나려고 돌아온 거야."

"그럼 알은척을 했어야지. 화장실에서도, 클럽 밖에서도. 나한테 사실대로 말할 시간은 차고 넘쳤는데. 왜 한마디도 안 했어? 거긴 왜 왔던 거야? 내가 화장실에 있는 건 어떻게 알았어? 대체 4년 동안 어디서 뭘 하고 있어서! 내가 이렇게 너한테 궁금한 게 많아질 동안 연락 한 번을 안 했어?"

가슴도 머리도 담아 둘 용량이 초과돼 질척한 감정과 질문이 한꺼번에 터져 나왔다.

손찬은 그런 가현을 말없이 바라만 보고 있었다.

한때는 그것만으로도 위로가 되던 눈빛이 이제는 참 미웠다. 무사하게 돌아와서 다행인데 밉고, 미운데 용서하고 싶고. 용서라는 단어를 상기하면 또다시 네가 미워진다. 네 존재 하나가 내 세상의 하나뿐인 불빛인 것처럼 내 마음을 환하게 빛내다 또 순식간에 어둠으로 물들인다.

"네가 대답하지 못하면 난 널 더 미워하게 될 거야."

가현은 이를 악물고 말했다.

"그러니까 말해. 변명이든 뭐든 해."

"하고 싶은 말이 너무 많은데. 할 수가 없다. 그렇지만 가현아."

"지금 말 안 하면 다신 너 안 봐. 그래도 좋아?"

아무리 보고 싶었어도, 아무리 그리웠어도. 4년 만의 재회는 없던 셈 치고 가 버릴 거야. 그 다음엔 네가 아무리 찾아와도 외면할 거야. 아무것도 대답하지 못하는 너는 돌아와도 돌아온 게 아니니까. 또 언제 훌쩍 떠날지 모르니까. 그런 너라면 마음 더 아프기 전에 내 쪽에서 거절이니까.

가현이 다시 말했다.

"말해."

"……알겠어. 알겠으니까 일단 좀 앉아. 그러다 너 쓰러질까 겁나."

"니 기억 속에 나는 아직도 약하기만 하지? 툭하면 쓰러지고. 근데 이젠 내가 안 그래. 시간이 많이 지났거든. 니가 내 옆에 있었더라면 당연히 알았겠지. 하지만 넌 없었고, 그래서 쓸데없는 걱정을 하고 있잖아. 시간이라는 게 그런 거야. 쓸데없이 걱정만 많아져. 같이 있지 않았다는 건 이런 거라고. 왜, 내가 자꾸 기억하게 만들어?"

"미안해."

"사과 바라는 거 아니야. 질문에 대답 안 할 거면 갈래."

돌아선 가현에게 그의 대답보다 손이 먼저 닿았다. 혼자 가 버리는 걸 용납하지 않겠다는 듯 힘이 들어간 손. 화가 난 상황에서도 그립고 그립던 감촉에 다시 왈칵 눈물이 쏟아질 것 같았다.

"날 붙잡고 싶으면 말해. 내가, 너한테 간절한 만큼 말해."

"……아는 사람이 초대 명단에 네 이름이 있다고 알려 줬어. 혹시 너일지 모른다는 생각에 갔던 거고. 반가웠지만 급하게 가 볼 곳이 있어서 알은척할 수가 없었어. 다시 만난다면 차근차근 얘기하고 싶었으니까. 우리에겐 그럴 시간이 필요하다고 생각했으니까."

"4년 동안은 어디서 뭘 했는데?"

"유학."

다른 때 다 놔두고 고3 되자마자 갑자기 유학?

"어디로?"

"미국. 네가 떠나고 한 달쯤 지났을 때부터 얘기가 나왔어. 입학허가는 진즉에 나 있었다는데. 인터뷰 끝나고 비자 나올 때만 해도 어떻게든 안 가고 버틸 생각이었어. 그래서 너한테도 말하지 않았던 건데. 그럴 수가 없어서 갑자기 떠나게 됐어. 계속 거기에 있었고."

그러면 너는 학교도 다니고, 수업도 들을 만큼 멀쩡하고 괜찮았던 거구나.

'다행이다. 평범하게 지냈던 거라서. 어디 아픈 데 없이 잘 지냈던 거라서 다행이야.'

걱정이 빠져나간 자리에 졸렬하게도 원망이 다시 자라났다. 그랬으면 어떻게든 돌아왔어야지. 한국행 티켓 사서 비행기 타고 날아왔어야지, 하고. 사람 마음이라는 게 이렇게나 모순적이고, 마치 시소를 탄 것처럼 금방 위로 솟았다가 아래로 꺼진다.

지금 가현은 다시 땅에 닿아 있었다.

"당장 돌아오지 못한 건······. 그래, 내가 이해할 수 없는 어떤 복잡한 문제가 있었다고 쳐. 나는 지금 너를 이해하고 싶어서 미치겠으니까. 어떻게든 네가 나를 이해시킬 수 있게 그건 넘기자. 근데 미국에는 핸드폰이 없어? 인터넷이 안 돼? 그런 나라야, 미국이?"

아니니까. 아니라고 해.

'세상의 누구라도 널 이해할 만한 사정이 있었다고 해. 내가 납득하고 너에 대한 미움을 털어 버릴 수 있게. 널 원망하던 시간들을 후회하면서 너 참 힘들었겠구나, 하고 다시 너를 받아들일 수 있게. 전부 말해 줘.'

그러길 바랐는데. 그렇게 빌었는데도.

"핸드폰을 잃어버렸고. 네 번호도 잊어버렸어. 그래서 널 찾지 못했어. 그게 지금 내가 말할 수 있는 전부야. 미안해, 가현아."

돌아오는 그의 대답은 담담했고, 가현을 처참하게 했다. 코앞에서 얼굴을 보고 있는데, 먼발치에서 뒷모습만 보고 있던 때처럼 그가 낯설었다.

"생각해 볼래."

"가현아."

"갈래. 따라오지 마."

가현은 뒤 한 번 돌아보지 않고 가 버렸다.

"너 괜찮니?"

사무실로 걸려 온 전화 한 번 못 받았다고 조교가 대번에 걱정하는 얼굴을 했다.

"몸 안 좋으면 그냥 들어가. 힘들게 버티고 있을 필요 뭐 있어."

"아뇨, 괜찮아요."

"괜찮긴. 과제한다면서 아까부터 PPT 화면이 첫 장에서 더 나가질 않는데."

그랬었나.

"여기가 집중이 잘돼서요."

"그래, 그럼. 아, 거기 박람회 자료 좀 다시 줘 볼래?"

"여기요."

"학과장님께 전해 드리고 얘기 좀 하다 올게. 성림에서 취업 박람회 부스 자리 마음에 안 든다고 쓸데없이 클레임 걸어서 지금 좀 머리 아픈 상황이거든. 중간에 전화 오면 그거나 좀 받아 줘."

"네. 다녀오세요."

조교가 나가고 가현은 기지개를 켜며 일어섰다.

히터가 빵빵하게 틀어진 사무실 안의 공기가 갑갑했다. 가현은 창문을 열고 바깥으로 얼굴을 내밀었다. 쌩쌩 부는 바람이 코끝을 스쳤다. 늘 그녀가 좋아해 온 감각이었다.

'겨울이라 해가 빨리 지네.'

떠들썩하고 사람이 많던 공간일수록 밤이 찾아오면 낯설고 쓸쓸한 모습으로 변한다. 겨우 반나절만 지나도 이렇게 많은 게 변하는데. 그 반나절이 하루가 되고, 또 그런 하루들이 쌓여서 지나간 4년. 그 뒤에도 그가 한결같기를 바라기라도 한 걸까. 아니면 변해 버린 너는 필요 없다고 생각한 걸까. 내가 여기서 줄곧 기다리고 있던 너는, 어떤 너인 걸까.

'내 감정이고 내 고민인데 너한테 묻고 싶으면 정상은 아닌 거지?'

기껏 고민해 봤지만 결론은 나오지 않았다.

'오늘 일 끝나면 술이나 마실까?'

그러면 이 갑갑함이 조금은 씻겨 내려갈까?

한참을 멍하니 있는데 덜컥, 문이 열리고 조교가 들어왔다.

"다녀……."

그런데 조교 옆에 윤손찬이 서 있었다. 가현의 눈이 매섭게 휘어졌다.

"1층에서 만났는데 친구라 그래서. 어, 맞다. 난 화장실 좀."

무언의 약속이 되어 있었는지 조교가 바로 자리를 피했다. 문이 닫히자마자 가현이 기다렸다는 듯 냉랭히 물었다.

"너 이러면 내가 용서할 것 같아?"

"아니."

"근데?"

"너 혼자 있는 거 싫어하니까."

가현이 픽 웃었다. 기가 차서 정말.

"편할 대로 각색하지 마. 싫어한 적 없었어. 난 혼자 있어야 마음 편하던 사람이었어. 근데 니가 나타나고 다 망가졌지. 싫다는데 멋대로 쫓아와선 너 없인 못 견디는 사람 만들어 놓고, 정작 넌 떠나 버렸잖아."

그래 놓곤 미안하다는 말 한마디로 다 때우려는 널, 어떻게 좋게 봐 줘?

"너랑 있는 건 더 싫어. 가."

"담아 놓고 있지 말고 화풀이해. 그러라고 왔으니까."

이미 각오를 마친 듯 담담한 어투에 결국 눌러 참고 있던 말이 터져 나왔다.

"내가 아는 넌, 떠나면 떠난다 연락 한 통은 해 줬을 사람이었고, 핸드폰을 잃어버렸어도 내 번호는 잊지 않을 사람이었어. 그런데 다 잊어 놓고 말없이 떠났다가 갑자기 돌아와선 아무것도 더 설명하지 않으려는 너한테! 내가 여기서 무슨 말을 더 해?"

"내 잘못인 거 알아. 전부 인정해. 그래서 미안해."

"넌 언제나 쉽지? 떠나는 것도 쉽고, 돌아오는 것도 쉽고! 다 쉽지, 넌? 항상 나만 고민하고 나만 어렵지?"

너는 정말, 너무 힘든 사람이라는 걸 진즉 알았어야 했는데.

"……."

"멀리에 있었지만 항상 너에게 돌아오고 있었어. 늘 너만 생각했어. 그 마음만 믿고 딱 한 번만. 한 번만 그냥…… 나 좀 받아 주면 안 돼? 제발 가현아."

애원하는 그를 보며 마음이 아팠다. 이 감정이 정말 미움일까? 원망이 맞을까? 아니면 믿음에서 비롯된 실망과 상처가 뭉쳐져 무겁게 내려앉았을 뿐인가.

혼란스러웠다.

"네 말이 맞네. 우리에겐 시간이 필요하고 지금은 타이밍이 틀리지. 아는데, 잘 알고 있는데도 나는 너한테 꼭 듣고 싶은 대답이 있어."

더 참을 수 없이, 직선으로 본론을 찌르는 말. 그를 곤란하게 만들어 버릴 질문.

"왜 유학을 가야 했는지 말해 줄 수 있어?"

"……."

침묵 끝에 그가 고개를 숙였다. 분명한 거절의 뜻을 내포한 행동이었다.

"나쁜 새끼."

"그렇게 된 지 꽤 됐지."

그때 조교가 두 사람의 눈치를 살피며 조심스럽게 사무실로 돌아왔다. 이제 됐지, 하는 표정이었다.

"쌤."

"어?"

"이 사람, 제 친구 아니에요. 모르는 사람이에요."

"남자 친구 아니야? 소문 쫙 돌았던데."

박진수, 그 인간이 결국 소문을 냈구나. 남자 친구 있는 거 거짓말이라면서 그렇게 죽일 듯 노려보더니. 아무튼 그 얘긴 지금 일과는 아무 상관이 없다.

가현은 문가로 걸어가 팔짱을 끼고 그를 올려다봤다.

"그쪽이 말해 봐요. 나 알아요?"

손찬은 뭐라고 대답하면 좋을지 고민하는 눈치였다. 평소엔 무슨 말이든 잘 이어 붙이던 그가 꿀 먹은 벙어리처럼 입을 다물고 있는 꼴을 보니 조금 속이 시원해졌다. 어차피 가현은 착한 여자는 못 된다. 4년이나 사람 물 먹여 놓고 돌아와선 뻔뻔하게 용서해 달라고 말하는 인간 앞에서는 더더욱.

"남의 남자 친구 사칭하고 다니는 이유는 안 물을 테니까 경찰 부르기 전에 나가요."

"실례가 많았습니다. 또 올게."

"끝까지!"

가현은 그가 나가자마자 철문을 쾅, 하고 닫아 버렸다. 두 사람 사이에서 눈치를 살피던 조교만 그 소리에 화들짝 놀랐다.

"싸웠어?"

"모르는 사이인데 싸울 게 뭐가 있어요."

"에이. 딱 봐도 모르는 사이가 아닌데. 무슨 일인지는 모르지만 풀어. 어우, 나는 저런 남친이 나 일하는 데까지 찾아와 주면……."

'저런 남친 뭐요? 사람 흔들어 놓고 멋대로 떠나 버리는 그런 남자요? 쟤 저거 완전 얼굴만 번지르르하지 자기만 아는 놈이에요. 저런 남자가 정 좋으시면 쌤이 사귀…….'

더 있다간 말도 안 되는 실수를 저지를 것 같아 가현이 벌떡 일어섰다.

"저 오늘 일찍 들어갈게요. 쌤 말대로 진도가 안 나가네요."

"그래. 얼른 가 봐."

가현은 얼른 코트와 가방을 챙겨 나왔다. 아닌 척했지만 문턱을 넘기 전부터 마음은 이미 많이 조급해져 있었다.

"하아."

서둘러 계단을 내려오던 가현은 창밖에서 손찬을 발견했다. 그는 벌써 저만치 멀어져서 금방 정문을 빠져나갈 것만 같았다. 가방은 목에 걸고 코트는 손에 든 채로 더 빨리 계단을 뛰어 내려갔다. 난간을 잡을 새도 없이, 뒤에 사람이 있는지 확인할 틈도 없이. 그를 놓쳐 버릴까 봐.

쿵, 쿵, 쿵. 사람이 없는 학교 안에 가현의 발소리만 울렸다.

"하아, 하아."

쏜살같이 빠져나왔는데 벌써 그가 보이지 않았다.

'아직 핸드폰 번호도 모르는데. 어디서 지내는지도 모르는데.'

4년을 후회했다. 그에 대해 좀 더 알아 둘걸, 하고. 그런데 그 긴 후회가 무색하게 다시 기회를 날려 버리고 만 것이었다.

그녀는 멀지 않은 곳에 있었다. 전화를 걸더니 친구를 만났고, 함께 포장마차로 들어가는 모습을 보고서야 손찬도 근처 벤치에 앉았다. 벤치는 차갑게 얼어 있어서 앉자마자 온몸이 시려 왔지만 당장은 포장마차로 들어갈 수도 없는 처지니 별수 없었다.

그는 따뜻한 곳을 찾는 대신 주머니를 뒤져 담배와 라이터를 꺼냈다. 순전히 잠들지 않기 위한 발악이었다. 몇 년 동안 편히 잠든 날이 거의 없었지만, 지난 몇 달은 특히 더 그랬으니까. 어쩌면 뒤늦게 후유증이 오는지도 모르겠다.

"후."

연기 섞인 한숨이 공중으로 흩어져 갔다.

'그쪽에선 이미 손찬 씨를 유책 사유의 원인 제공자로 만들어 놨어요. 내용이 얼마나 진실에 가까운지는 중요하지 않습니다. 모든 자료가 갖춰져 있으니까요. 어쩌면 생각보다 어려운 소송이 될지도 모르겠습니다.'

계속 머리가 지끈거렸다. 떠밀려 쫓겨나듯 떠난 이후 돌아왔을 땐 언제나 혼자 해결하기에 복잡한 문제들이 산적해 있곤 했다. 부산에서 서울로 돌아왔던 4년 전이 그랬고, 멋대로 학업을 중단하고 돌아온 지금도 마찬가지였다.

'여기에만 매달려 있을 때가 아닌데.'

알면서도 좀처럼 벗어날 수가 없었다.

'보고 싶다.'

머리 길이는 전보다 짧아졌고, 전보다 더 잘 울고, 성질도 잘 내고. 하고 싶은 말 안 참고 다 하는데 여전히 변함없이 예쁘다. 눈도 코도 입술도 전부 다. 마주 서 있던 틈틈이 예쁜 가현의 얼굴을 열심히 머릿속에 새겼는데, 손만 뻗으면 닿을 곳에 그녀가 있으니 오히려 참기가 더 힘들었다.

이런 초조함은 오랜만이었다.

"어?"

포장마차에서 나온 라승혜가 그를 발견했다. 마침 인내심이 바닥나려던 참이라 손찬이 반갑게 손을 흔들었다.

"또 보네요."

그는 피우던 담배를 휴대용 재떨이에 넣고 일어섰다. 라승혜는 그런 그를 위아래로 훑어보며 탐탁지 않다는 시선을 던졌다.

"굳이 안 그래도 되는데. 저도 한 대 피우러 나온 거라."

라승혜는 입에 담배를 물고 불을 붙인 후 찬찬히 다시 손찬을 쳐다봤다. 한 모금 깊게 빨아들이면서도 그녀의 시선은 줄곧 그에게로 고정되어 있었다. 뭔가를 묻고 싶어 하는 느낌이 역력했으나 정말 그래도 되는지 생각해 보는 눈치였다.

"그래서 왜 여기 있어요? 우연? 아니지. 알고 왔죠?"

"잘 아네요."

"어쩐지 우연은 안 어울리는 사람 같아서요, 그쪽은. 필연이나 계산이라면 모를까."

묘하게, 눈치가 빠른 여자 같았다.

"그쪽 이름이 윤손찬은 맞죠?"

"네. 맞아요."

"그치. 그럴 것 같았어요. 진즉 알아챘어야 했는데. 어떤 사람인지 줄곧 궁금했었는데."

라승혜는 뒷말을 더 잇지 않았다.

"덕분에 오늘 가현이를 만났네요."

"덕분에 쟨 지금 저기서 술이나 퍼마시고 있구요."

라승혜가 퉁명스럽게 말했다.

"괜히 도와줬나 봐요. 솔직히 어쩌다가 그렇게 된 거긴 하지만."

그녀는 벤치 옆 쓰레기통에 탁탁, 담배를 털고 말했다.

"아무튼 오늘 일은 미안했어요. 누구한테 찝쩍댈 사람 같진 않았는데. 그쪽이 먼저 클럽 어쩌고 하니까. 후. 그냥 그 사람인 줄 알고. 실수였어요. 그건 제대로 사과해 둘게요. 빚 만들어 두긴 싫으니까."

걸걸한 성격에 진솔함이 덤이라.

'괜찮네.'

손찬이 픽 웃었다.

"혹시 아직 미안하면 이번엔 진짜로 도와줄래요?"

"안 그래도 힘든 애 한 번 더 울리자고요? 그게 취미예요?"

그녀는 곧바로 방어적인 자세로 나왔다. 바늘을 찔러 넣을 틈도 없을 것처럼 단호하게만 보였지만 정작 손찬은 여유로웠다. 그녀가 싫어할 제안을 대놓고 던질 만큼.

"오늘 먼저 돌아가 주면 내가 참 고마울 것 같은데. 어때요."

라승혜의 눈이 가늘어졌다.

"……."

잠시 말이 없던 그녀는 조금 후 다시 연기를 뱉으며 말했다.

"가현이 그쪽 많이 좋아해요. 그래서 힘들어한 거예요. 걱정돼서 털어놓으라고 하면 또 죽어도 말은 안 해요. 그쪽 미움받게 하기 싫은 건지 뭔지 입 꾹 다물고 있었어요, 몇 년 동안. 근데 아까 마주 앉아 있으니까 그쪽이 돌아와서 뭐라고 했는지, 아까 사무실 찾아와서는 또 뭐라고 했는지 말해 주더라구요. 듣다 보니 내가 진짜 기가 차긴 했는데, 싸우든 뭘 하든 결국 그쪽이 있어야 할 수 있나 봐요, 쟤는."

"알아요. 내가 죽일 놈인 거."

"잘 달래 주세요. 더 힘들어하는 모습 보기 싫어요."

거짓말처럼 들리지는 않았다. 까 보기 전까진 백 퍼센트 신뢰할 순 없어도 느낌이 좋았다. 이 사람이 그동안 가현이의 곁을 지켜 줬구나, 싶어서. 박은주와는 다르다는 생각이 들어서 승혜를 바라보는 시선이 부드럽게 풀어졌다.

"승혜 씨가 좋은 사람이라 내가 걱정 하나 덜었네요."

"예?"

"조심히 가라는 뜻이었어요."

손찬이 자신의 재떨이를 내밀었다. 라승혜는 미심쩍은 눈빛으로 그를 바라보다 제 담배를 껐다.

"그쪽 좀……. 아니, 뭐 됐어요. 가현이나 잘 부탁할게요."

라승혜는 바로 자리를 떠났다. 손찬도 포장마차로 가기 위해 일어서는데 갑자기 핸드폰이 울렸다.

'이 번호……. 그래, 이 번호였구나.'

4년 전 그날, 필사적으로 기억 속에서 도려냈던 번호. 아무리 애써도 다시 떠오르지 않던 번호.

달칵. 핸드폰 너머로 그리웠던 목소리가 들려온다. 예쁜, 너의
목소리.

— 보고 싶다.

— 니가 보고 싶어.

같은 말만 반복하는 목소리가, 반갑고, 그립다.

— 지금 니가 내 앞에 있으면 하고 싶은 말은 뭐든 다 할 수 있
을 것 같은데. 아까랑은 다른 말 할 수 있을 것 같은데.

"그럼 대답해. 내가 들어갈까, 네가 나올래?"

가현이 귀에서 핸드폰을 뗐다. 여전히 윤손찬이라고 저장되어 있
는 이름. 그리고 지금 들려오는 목소리는…….

— 마음 내킬 때 나와. 기다릴게.

아무 생각도 들지 않았다. 밖에 있다는 너의 말에, 기다린다는
그 말에. 얼른 너에게 가야 한다는 조급한 마음만 앞섰다.

가현은 곧장 지갑에서 돈을 꺼내 올려놓고 바깥으로 달려 나왔
다.

그는 멀지 않은 곳에 서 있었다. 또다시 그의 걸음으로 네 발자
국만이 두 사람 사이에 남겨진 채로. 한 손에는 핸드폰을 든 그가
서 있었다.

"번호……."

"원래 내 번호였으니까. 돌아왔으니까."

그는 웃는데, 가현은 두 손을 주머니에 넣은 채로 가만히 그를

바라보기만 했다. 전처럼 예쁜 얼굴. 전과 다른 눈높이. 예전 같은 미소. 하지만 언제 어디에 있더라도 나를 가장 우선해 주던 예전과는 달라진 너.

그러나 달라진 건 그 혼자만이 아니었다.

'그래. 하루도 아니고. 이틀도 아니고. 너도 나도 변했겠지. 서로만 보면서 붙어 있던 옛날과는 너도 나도 달라.'

그렇다면 가현에게 남은 명제는 하나였다. 네가 없는 내가 나은가, 네가 있는 내가 나은가. 제 자신에게 그걸 묻기 전에 먼저 그에게 하고 싶은 말이 있었다.

"4년이면 다른 사랑이 찾아올 수도 있었을 거야. 생각지도 못한 순간에 생각지도 못한 사람을 만나서 좋아하게 되고 사귀게 될 수도 있었겠지. 너와 그랬던 것처럼. 하지만 내가 어떻게 그럴 수 있었겠어? 평생 바람이나 피워 대던 아빠를 혐오한 내가, 제대로 끝나지도 않은 널 두고 어떻게 다른 남잘 좋아할 수 있었겠어?"

"가현아."

"사실을 말하는 거야. 내가 4년이나 혼자 외로웠던 건 전부 니 잘못이라고. 오랫동안 미안해해야 하고, 오랫동안 값을 치러야 하는 유죄라고 말하고 있는 거야, 나는."

"알아, 전부 내 탓인 거. 알고 있어, 가현아."

이제 그토록 바라고 원하던 그를 끊어 낼 수 있는 기회가 생겼는데. 그 모든 결심과 기도가 전부 거짓말이었던 것처럼 이렇게 또 널 놓치기가 싫었다.

"난 머리가 나빠서 계산기를 두드렸어. 4년이 얼마나 긴지. 그 4년을 보내고도 감이 안 잡혀서. 일 년이면 365일. 그게 4배면 1460일이

더라. 내가 여전히 아빠 집에 살았으면 곧 탈출이구나, 생각했을 시간이더라."

떠올리기 싫은 과거지만 그를 볼 때면 상기하지 않을 수가 없었다. 그 암울하던 시절에 스스럼없이 다가와 내 빛이 되어 줬던 나날들을 잊을 수가 없었다. 너와 내가 아무리 변해도 우리의 그 시간들은 빛바래지 않았으니까.

"그렇게 4년을 보내고 지금 드는 생각은, 그냥 시간이 아깝다는 거 하나야."

"어?"

"우린 투투도 못 챙겨 보고. 백 일 이벤트도 못 해 보고. 싸구려 커플링도 못 껴 보고. 남들 하는 거 아무것도 못 해 보고. 사귀는 것도 뭣도 아닌 채로 그 긴 시간을 놓쳤잖아."

"그럼 나 용서해 주는 거야?"

조심스럽게 건넨 말에 가현이 고개를 저었다.

"아직. 그 전에, 너 정말로 돌아온 거지?"

"응."

"다시 떠나지 않는 거지?"

"응."

한 치의 망설임도 없이 돌아온 대답에 가현이 마침내 안도했다.

"그럼 됐어."

이제 떠나지 않을 거라면, 계속 내 옆에 있어 줄 거라면, 지금 우리가 서 있는 곳이 어디인지, 앞으로 어디로 가게 될지 알게 되겠지. 네가 없으면 어차피 나는 견딜 수가 없으니까. 뭐가 어떻게 되더라도 옆에만 있어 준다면, 당장은 그걸로 됐어.

그런 생각들을 가슴으로 삼키고 가현이 그의 팔을 잡았다.

"기억해 둬, 4년의 생이별은 무조건 니가 잘못한 거니까 너한텐 날 떠날 권리가 없는 거야. 그러니까 절대 아무 데도 가지 마."

"응. 그렇게. 안 갈게. 널 두고는 어디도 안 갈게."

손찬은 포근한 미소를 지으며 가현의 손을 잡았다. 다신 놓지 않을 것처럼.

그와 팔짱을 낀 채로 함께 찬바람이 쌩쌩 부는 밤거리를 거닐자, 술기운은 금방 가셨다.

"포장마차에서 술이라니. 내가 아는 남가현이랑은 너무 언밸런스해서 놀랐다."

난데없는 지적에 가현이 어이없다는 듯 혀를 찼다.

"참내. 그게 뭐가 어때서. 애당초 내가 누구 때문에 주량이 늘었는데."

"내 생각 많이 했다는 말로 들린다?"

"제대로 들었네."

서로를 마주 보며 실없이 웃다가 가현이 뜬금없는 질문을 던졌다.

"근데 그 아저씨, 죽어도 번호 안 바꿀 거라고 그랬었는데. 자긴 막 개업해서 번호 바꿀 수가 없다고. 그러니까 아가씨가 포기하라고. 어떻게 팔게 했어? 무슨 대단한 방법이라도 쓴 거야?"

"그게 궁금해?"

"궁금하지."

별 쓸데없는 질문 다 들어 본다는 듯 손찬이 웃었다. 미묘하게 대답을 회피하는 듯 느껴져서 가현이 다시 물었다.

"어. 대답 안 하고 웃기만 하네. 뭔데, 뭘 어떻게 했는데. 나한텐 죽어도 안 된다던 사람이 뭘 했기에 그렇게 쉽게 번호를 포기해?"

"세상에서 가장 쉬운 방법을 썼지."

"그 말은, 번호 하나에 쓸데없는 돈을 썼다는 뜻이구나. 얼마나? 얼마에 샀는데?"

"쓸데없진 않지. 아까 네가 전화 걸어 줬잖아."

그게 뭐야.

"전화야 어떤 번호든 네 번호이기만 하면 앞으로 계속 걸 텐데 뭐하러 그랬어. 아깝게."

"아까 네가 전화해 줘서 정말 기뻤어. 그걸로 됐어."

잡고 있는 손 너머로 포근한 기분이 전해져 온다. 함께 걷고 있는데도 때때로 믿기지가 않아 한 번씩 손에 힘을 주면 그는 가현의 마음을 다 알고 있다는 듯 미소 지어 주곤 했다. 이젠 정말로 같이 있다고 다독이듯이.

"번호 얘긴 관두고 어머니 건강은 좀 어떠셔? 옛날에 안 좋다고 했었잖아."

"아. 비슷하지 뭐. 그래도 특별히 어디 크게 아픈 곳은 없으셔. 생활비도 넉넉히 받으니까 나야 일 그만두셨으면 하는데. 엄만 돈 모으려면 벌긴 벌어야 한다고 그러셔서. 아마 일을 안 하면 불안한 걸 거야. 사실 나도 똑같아서 더 강하게 말리지는 못했어."

"어떤 분이신지 궁금하다."

"우리 엄마 요리 진짜 맛있어. 아빠 집에 살 때 그 까다로운 인간이 고르고 고른 사람이 밥해 줘도 별로였거든. 역시 우리 엄마 손맛이 제일이더라니까."

손찬처럼, 가현도 환하게 웃었다.

"현우는?"

"수능 최저만 맞추면 되는데. 하아, 아직 기다리고 있지, 뭐. 정시로 하려면 운이 받쳐 줘야 하는데 진짜 걱정이야. 안 되면 정시 지원 해야겠지만. 아, 제발, 제발 그냥 최저 맞춰서 수시 붙은 곳으로 갔으면 좋겠다."

"뭘 그렇게 걱정해. 어차피 입시 자체가 운이잖아. 상향 지원 해서 붙을 수도 있는 거고."

"기본이 있어야 운도 따지는 거지. 안 그래도 올해 수능 불수능이라고 기사까지 뜨던데. 나도 풀어 봤는데 어렵긴 하더라. 수리 같은 건 기억도 잘 안 나고. 아, 너는? 넌 어느 대학 갔어?"

가현은 여전히 그가 어지간한 문제는 암산으로 풀어냈던 걸 기억하고 있었다. 한국에서 난다 긴다 하는 사람들만 모인 대학에서 그만한 능력은 칭송받을 수준까진 아니라는 걸 깨달았지만, 그래도 어쩐지 그라면 미국에서도 잘해 냈을 거란 생각이 들었다.

"별로 유명한 곳도 아니고 관심도 없는 학과야."

"무슨 과인데?"

"지금은 나랑 전혀 상관도 없고."

"말하기 싫구나?"

그가 픽 웃었다.

"나중에."

그 나중이 언제냐고 물을 순 없었다. 유학과 관련된 이야기는 일체 꺼내지 않으려는 그를 받아들인 건 가현이였으니까. 그래도 투정까지는 어쩔 수 없었다.

"치사해. 나는 너한테 다 말했잖아."

"안 하려는 거 억지로 하게 했지, 내가."

"나도 그렇게 해야 말해 줄 거야? 지구 끝까지 쫓아가서 한바탕 해야? 아니면 비 언제 내리나 기상청 들어가 봐?"

진담 반 농담 반. 굳이 따지자면 진담 쪽에 더 기울어진 질문이라는 걸 손찬도 알아챈 듯했다.

"그냥 조금만 시간을 줘, 가현아. 나도 언제까지고 비밀로 할 생각은 없으니까."

"그 조금이 얼마만큼인지도 못 물어보고. 성격 참 많이 죽었다, 남가현."

하고 싶은 말도 다 못 하고, 묻고 싶은 것도 다 못 물어보고. 지금 우리 관계에선 내가 약자구나, 싶다.

'근데도 좋아. 갑이든 을이든 상관없어. 니가 내 옆에 있으니까.'

시시콜콜한 대화 도중 우뚝 멈춰 선 가현이 손으로 빌라를 가리키며 말했다.

"짠, 여기가 우리 집."

"이 빌라? A동?"

"어. 겉으로만 좀 낡아 보이지 안에 들어가서 보면 생각보다 좋아. 들어갈 때 도배랑 장판 싹 하고 화장실 공사까지 했거든. 집 바로 앞이 버스 정류장이고, 주변에 마트도 여러 개고. 저기! 저쪽으로 쭉 가면 응급실 딸린 종합 병원도 히나 있어. 가끔 새벽에 시끄럽긴 한데 그것도 뭐 장점이니까. 아직은 전세, 좀 더 모아서 아예 사는 게 꿈."

신이 난 가현의 설명을 조용히 듣다가 손찬이 물었다.

"근데 셋이 살기에는 좁지 않아?"

"각자 방 하나씩이고, 거실이랑 부엌도 떨어져 있는데? 셋이 사는데 이 정도면 됐지, 뭘 더 바래. 우린 이게 딱 적당해. 조금 있으면 현우 겨울 방학이라 엄마랑 둘이서 제주도 여행 간다고 했거든. 그때 되면 집에 나만 남으니까 구경시켜 줄게."

손찬은 대답 않고 가만히 가현의 집을 올려다보기만 했다. 그 시선이 무거웠고 침묵은 깊었다.

"무슨 생각 해?"

"그냥. 마음 편하다는 생각. 여기가 진짜 너희 집이구나, 뭐 그런 생각."

"그래?"

어쩌면 예전 일이 그에게도 트라우마로 남은 건 아닐까. 매일 아무렇지도 않게 바래다주던 집이 가현에게 어떤 공간인지 실감한 후론 그 역시 괴로워했었으니까.

"미안해."

"뭐가?"

"그냥, 전에 나 때문에 힘들었던 거 전부 다. 생각해 보니까 너한테 신세만 졌던 거 같아서. 걱정도 많이 해 줬었는데. 근데 이젠 안 그래도 돼. 집으로 돌아오고 나서 아빠한테 연락 온 적도 없고. 나도 많이 괜찮아졌어."

"그래 보여. 정말로 안심이 돼."

그의 편안한 미소를 보고 가현이 가슴을 쓸어내렸다.

"다행이다. 실은 좀 걱정했어. 공부랑 아르바이트 병행하다 보면 지쳐 보이는 거 어쩔 수 없는 건데, 하필 그럴 때 니가 돌아와서 날 볼까 봐. 난 정말로 행복한데 괜히 걱정할까 봐. 다른 사람은 몰라도 너한테만은 꼭 잘 지낸 모습 보여 주고 싶어서."

말없이 떠나 버린 널 미워하면서도 또 말없이 돌아올지 모른다는 생각에 하루하루 조금이라도 더 행복해지려고, 그래 보이려고 노력했다.

"왜 그랬어. 너만 더 힘들게."

"니 덕분이잖아. 나 지금 여기에 있는 거."

"내가 한 게 뭐 있다고. 백날 옆에서 꽥꽥대며 싸우기나 했지."

"아니, 너였어. 내가 발을 담그고 있던 곳이 수렁이 아니라 지옥이었구나, 깨닫게 된 계기. 도망쳐야겠구나, 생각하게 된 동기. 용기를 내게 된 이유. 다 너였어. 나는 전부 너였어, 윤손찬."

그때 네가 나를 쫓아와 주지 않았더라면, 내 등을 떠밀어 주지 않았더라면. 나는 아직도 그곳에 남아 내일을 두려워하며 버티고 있었을 것이다. 하루살이처럼.

"절대로 잊지 마. 지금 내가 살아 있는 건 전부 네 덕분이라는 거. 나도 안 잊을 테니까."

"그래. 안 잊을게. 절대로."

어린애를 보듯 애정이 묻어나는 눈빛으로 마주쳐 왔다. 추운 겨울인데. 너는 또 이렇게 햇살처럼 눈부시고 따뜻했다. 가현은 그 미소가 마냥 반갑고 보기 좋았다.

"좋다. 니 돌아와서."

"나도 좋다. 선이 사라져서."

"선?"

무슨 선이냐고 물어보려고 했는데, 뺨을 어루만지는 손길이 너무 다정해서. 부딪쳐 오는 입술이 너무 부드러워서 하려던 말도 잊고 가현은 두 눈을 감은 채로 그의 키스를 받아들였다. 영원히 멀어지지 않을 것 같은 안정감. 집으로 돌아오고도 내내 비어 있던 가슴 속 어딘가가 빈틈없이 채워지는 기분. 행복이 부풀어 오르는 감각. 오직 너만이 줄 수 있는 행복이 번져 갔다.

'아, 정말 난 네가 그리웠나 봐.'

입술을 뗀 그가 이마를 맞대며 투정을 부렸다.

"우리 예쁜 가현이, 내일까지 보고 싶어서 어떡하지."

"내일 보자고?"

"매일 보자고."

"뭐? 매일?"

"응, 매일."

두 사람은 서로를 마주 보며 웃음을 터뜨렸다.

"그래. 매일."

이 순간, 그 외에 다른 것들은 아무것도 느껴지지 않았다. 지금이 몇 시인지, 여기가 어디인지, 그런 것 따위는. 지금 눈을 마주쳐 오는 그 외에 다른 건 아무것도.

"누나?"

안 들어오는 줄 알았는데.

"어. 혀, 현우야."

가현이 화들짝 놀라며 손찬을 확 밀쳐 냈다.

"지금, 아, 그렇지, 오늘 친구들이랑 놀다 온다고 했지."

"어. 근데……."

현우의 시선이 옆에 선 손찬에게로 향했다. 당황스러운 와중에도 키스하던 장면을 들킨 게 아니라 천만다행이라는 생각이 들었다. 물론 이 장면도 난감하긴 했지만. 이 정도라면 어떻게든, 아마도, 원만하게 해결할 수 있지 않을까?

"아. 네가 현우구나. 반가……."

손찬의 말이 끝나기도 전에 가현이 얼른 그의 등을 팍팍 떠밀었다.

"반갑긴 뭐가 반가워. 가. 얼른!"

가현은 온 힘을 다해 손찬을 길가로 떠밀었다. 얼결에 그가 밀려난 틈을 타 가현이 현우의 팔을 잡고 도망치듯 함께 집으로 들어왔다.

'하필 와도 그때 오냐. 현우가 오해했겠다. 되게 오래 만나 온 사이……는 아닌데, 또 오래 알긴 했고.'

뭐라고 설명하면 좋을까? 어디서부터 어디까지 봤나 싶어 창피한 마음에 고개를 들 수가 없었다.

"너무 좋아하지 마."

"뭐?"

"어쩐지 옛날 누나 같은 느낌이 나."

"그게 무슨 느낌인데."

"있어. 그런 느낌이. 아무튼 너무 좋아하지 말라고. 여자 마음고생 시킬 타입 같으니까."

"어쭈. 누나 걱정 해 주는 거야? 많이 컸다? 쪼그마하던 게."

민망했던 마음은 날아가고 웃음부터 났다.

"마음고생은 벌써 할 만큼 다 했네요."

농담 같은 진담을 던지며 가현은 소파에 드러누웠다.

'행복하다.'

꼭 오랜 여행을 마치고 돌아온 것 같았다. 정겹고, 기쁘고, 비로소 마음이 놓인다. 그래서 그날, 가현은 모든 것이 제자리로 돌아왔다고 생각했다.

15화 **하고 싶어지면**

전면 유리창으로 과할 정도의 햇살이 비쳐 들었다. 주변에 이 집
의 조망권을 침해할 만큼 높은 건물이 없어 햇살이 안 비치는 곳이
없는 집이었다. 세 개의 침실과 서재, 드레스 룸, 하다못해 세탁실
까지도 전부.

'괜찮네.'

여기서 지낼 사람의 감상이야 어떻든 일단 이선오는 만족스러웠
다. 집 한 채 구해 놓으라고 비서에게 말했을 때 가장 먼저 붙인
조건이 바로 채광이 좋은 집이었으니까. 어떤 일도 허투루 처리한
적 없는 비서는 그의 요구를 아주 충실히 따랐다. 어둠 속에 숨고
싶어도 숨을 곳이 없는 집을 찾아왔으니까.

'방이야 적은 것보다 남는 게 백번 낫고.'

그나저나 거실 바닥에 앉아 있는 놈은 아까부터 가타부타 말이

없었다. 누가 보면 그가 억지로 잡아다가 여기에 가둬 놓은 줄 알
겠다.

"좀 둘러보고 앉은 거냐?"

이선오는 대답 없는 윤손찬을 발로 툭 찼다.

"야, 대답."

"응. 좋네."

기운 없는 목소리였다.

"방은 하나면 된다고 했는데."

"이 근처는 작은 매물 구하기가 더 힘들어. 그 경쟁에 끼어드는
것도 머리 아프고. 당분간은 너도 어디 정식으로 계약하고 있기 애
매하니까 그냥 여기서 지내. 가구는 내일 비서 시켜서 채우라고 하
게 잠깐 어디 호텔이라도 가 있든가. 아니면 다시 우리 집으로
와."

"내가 알아서 할게."

참내. 알아서 한다는 말이 잘도 나온다.

"차는?"

"면허가 1년짜리라 아예 다시 따고 사려고. 당분간은 렌트하
면……."

"지하에 대 놨으니까 써."

그는 바로 손찬의 캐리어 위에 자신의 차 키를 내려놨다.

"형, 나한테 죄진 거 있지?"

손찬이 뜬금없는 농담을 던지며 웃었다.

"이상하다. 난 짚이는 게 전혀 없는데 왜 이러지? 혹시 영이가
아직 나 좋아하나?"

"슬슬 누나라고 부를 때 되지 않았냐? 헤어진 지가 몇 년인데 어디다 대고 아직도 영이야."

저도 모르게 목소리에 짜증이 실리고 말았다.

"아, 네네. 영이 누나요."

"보면 되지 뭐가 어렵다고. 걔도 너 보고 싶어 해."

문장을 더 명확히 완성하자면 '지금은'이라는 조건이 붙어야 했다. 한때 송영은 인사 한마디 없이 도망치듯 미국으로 떠난 윤손찬을 한참 욕했었으니까. 물론 분노는 오래가지 않았다. 처음부터 정말로 손찬에게 화가 난 건 아니었을 테니까.

하지만 윤손찬이 미국에 있는 동안 한 번도 송영을 만나 주지 않은 건 다행인 일이었다. 이선오가 미국에서 본 다 죽어 가던 이 새끼의 얼굴을, 송영은 기억하지 않아도 되니까.

'이게 최선이었어.'

윤손찬을 봐 온 시간이 길었는데도 그때의 모습은 어느 기억보다 또렷했다.

'최선? 지금 이딴 모습으로 여기에 있는 게 최선이냐?'

'그러게. 지금은 이러네. 그래도 괜찮아. 곧, 전부 괜찮아질 거야.'

그 힘없던 목소리가 잊히질 않아서 집이든 차든 다 내주게 되었다. 머잖아 정말 혼자가 될 이 녀석이 혼자라고 생각하지 않도록.

"미국은 언제 다녀오게."

"상황이 좀 정리돼야 떠날 수 있을 것 같은데. 아직은 철창신세라서."

부산에서 서울로, 서울에서 미국으로, 그리고 다시 여기로. 어려서부터 윤손찬은 그 사람들의 이해와 목적에 따라 이리저리 옮겨지기만 했다. 그런 삶밖에 살아 보지 못한 놈이었다. 그래서 철창신세라는 표현은 듣기는 싫어도 참 제대로 된 비유처럼 느껴져서 그게 참 거지 같았다.

"가려면 비자도 새로 받아야 하고, 서류도……. 와, 생각보다 할 일이 많구나. 남이 해 줄 땐 어려운 줄 몰랐는데. 역시 당분간은 미뤄 놔야겠다. 나중에 진짜 심심해지면 그때 처리하지 뭐."

"재떨이 없다."

그제야 손찬이 제 손에 들린 담배를 발견한 듯했다.

"그러네. 참아야지."

"기왕이면 끊어라."

"왜. 흡연도 사유가 될까 봐?"

"야."

"농담이야."

그런 주제로 농담이 나오냐, 넌?

"본가에는? 가 봤어?"

고심 끝에 던진 질문에 손찬이 웃었다. 못 만났다는 뜻이겠지.

"어차피 이렇게 될 거 떠나지 말았어야지. 인터뷰도 가지 말고, 공항에도 가지 말고. 어디 시골에 처박혀 있더라도 어떻게든 한국에서 뻐기고 있었어야지."

그 4년을 낭비하지 않았더라면 넌 하루라도 더 먼저 자유로워졌을 거고, 조금이라도 더 빨리 행복을 찾을 기회를 잡았을지 모르는데. 4년은 그럴 수 있을 만큼 충분히 긴 시간인데.

"그런 인간들 뭐가 좋다고 4년이나……."

"희생이라곤 말하지 마. 그건 그냥 선택이었으니까. 애초에 난 누굴 위한 희생 같은 거 해 본 적 없어. 집에서 요구하는 대로 했던 건 그냥 내가 무서워서 그랬던 거야. 원래 있던 곳으론 돌아가기 싫어서."

"그게 당연한 거지."

오랫동안 바라고 원하다 겨우 기회를 얻게 됐을 텐데.

"욕심냈다고 해서 니가 잘못했거나 못돼 먹었던 건 아니야. 방금도 말했다시피 그건 그냥 당연한 거야."

"그런가. 당연한 건가."

무언가 꼭 있어야 할 어떤 것이 결여된 것 같았다. 가족에 대해 얘기하는 윤손찬에게선 항상 그런 느낌을 받았다. 그게 뭔지도 모르면서. 그 뭔지도 모를 것 때문에 윤손찬은 가족과 있어도 늘 혼자 표류하는 섬처럼 보였었다.

"그런데도 가현이는 나랑 달랐어. 엄마와 동생을 위해 거침없이 희생했지. 그 앨 보면서 아, 저게 진짜구나. 계산이든 상식이든 안 통하고, 물불 안 가리고 뛰어들어 버리는구나. 역시 나와는 다르구나."

"……"

"그걸 깨달았을 땐 이미 내가 변해 버려서 한국으로 돌아올 수가 없었어. 나한테도 어떻게든 지키고 싶은 진짜가 생겼으니까."

윤손찬은 협박을 당했었다.

기껏 몸 날려서 받아 낸 합의를 무효로 만들어 버리겠다는 협박. 원치 않으면 얌전히 미국으로 떠나라며 티켓을 들이미는데 이미 남가현을 마음에 둔 이 새끼가, 그 여자가 어떻게 견뎌 왔는지 옆에서 지켜본 이 마음 약한 놈이 어떻게 미국행을 선택하지 않을 수 있었을까.

"그래서 네가 병신이라는 거야."

아버지의 사람에게 도움을 청해 약점을 내보인 것. 최 변호사에게 제 권리를 위임시켜 준 것. 모두 어리석은 선택이었다.

"그때 내 머리에선 그게 최선이었어. 만에 하나라도 실패하면 남는 건 뭐지. 남가현은 겨우 용기를 냈는데 그 용기가 무너지면 이앤 대체 앞으로 어떻게 되는 거지. 아니, 앞으로라는 게 있을 수가 있나. 당장 그때까지 살아 있던 게 신기한 수준인데. 그렇게 생각하니까 선택지에 남는 사람이 최 변호사뿐이더라고."

아버지의 이름을 팔고, 회사 이름을 팔고, 경력을 대지 않더라도 누구에게도 지지 않을 사람. 그런 사람이 모질게도 최 변호사였던 것이다.

그렇게, 같은 발판을 딛고 남가현은 가족에게로 돌아갔고 윤손찬은 미국으로 떠났다.

"우리 둘 중에 한 명은 행복해야 했어. 그럴 때도 됐었잖아."

"……."

"내가 남았으면 둘 다 불행했을 거야."

저가 불행했던 건 안중에도 없어 보여서 선오는 갑갑함이 밀려왔다.

"하지만 넌 힘들었잖아. 이 멍청한 새끼야."

"힘은 들었지. 타국 생활 거저먹는 사람이 어디 있어. 다 그런 거지. 그러니까 괜찮아. 형 눈엔 내가 미국에서 보낸 4년이 쓸모없어 보일지 몰라도 그 사람들이 가현이를 두고 협박하는 일은 포기해 줬으니까. 그걸로 충분해."

결국 이선오는 이렇게 물어볼 수밖에 없었다.

"그래서 걘, 잘 지냈대?"

"많이 행복했대. 엄마랑 동생이랑 살면서 이사도 가고. 전보다 살도 더 붙었더라. 좋은 친구도 있고, 공부도 열심히 하고. 아르바이트도 열심히 했고. 졸업해서 돈 벌 생각도 하면서 멋지게 계속 나아가고 있었어. 하긴 어디에 내놔도 그럴 사람이지, 남가현은. 멈출 줄을 몰라. 나 같은 놈이랑은 비교도 안 될 정도로 강하고 대단해."

"좋냐?"

"응. 너무 좋아. 정말로 위안이 돼."

손찬이 아이처럼 순진하게 웃었다.

"나는 형, 늘 불안하기만 했어. 오랫동안 간절히 원하던 걸 얻고도 조금만 힘을 빼면 내 손에서 빠져나가 버릴까 봐 매일 겁이 났어. 근데 남가현은 달라. 그 앤, 멀리 떨어져 있는 동안에도 내내 내가 기댈 수 있는 사람이었어. 그런 사람은 남가현 하나뿐일 거야. 그걸 내가 찾아낸 거야. 그런 사람을 만난 거야, 내가."

지켜보는 사람 마음 문드러져 가는 것도 모르고 저 혼자만 좋다고 웃고 있다.

"……내가 참견할 일 아닌 거 안다. 근데."

"알아."

더 듣고 싶지 않았는지 손찬이 말을 뚝 잘라먹었다. 하지만 그런 태도는 역풍만 불러올 뿐이었다. 말하지 말아야지, 이건 참아야지, 하며 속에 꼭꼭 담아 놨던 말들이 결국 튀어나오고 말았으니까.

"알면 좀 따라 주면 안 되냐? 치사하고 더러운 세상 너보다 몇 년 더 산 사람이 하는 말이니까. 그냥 맞겠구나, 하고 따라 주면 안 돼? 왜 혼자 머리 아프게 굴고 있어. 왜 너만 병신같이!"

"미련하게 보이는 거 알아. 근데 형, 난 아직 정리할 수가 없어. 아직은 해야 할 일이 남았거든. 만나야 할 사람도 있고. 때가 되면 다 놓게 될 거야. 그러니까 그때까지 이 일은 더 얘기하지 말자."

더는 할 수 있는 게 없었다.

"알겠다."

그렇게 말하고, 그저 물러나는 일밖에는.

― ……그래서 이 소문은 남친도 있는 년이 굳이 클럽까지 가서 남자를 꼬드겨 왔는데. 알고 보니 그 남자가 끝이 아니라 또 딴 남자가 있어서 결국 클럽 헌팅남까지 대놓고 버렸다는 게 골자 스토리야.

승혜의 설명에 가현은 그저 헛웃음만 나왔다.

"문창과 애들이 붙었나. 소문에 왜 이렇게 창의력이 넘쳐."

한 다리도 아니고 세 다리라니.

― 창의력보단 정성인 거지. 박진수가 문창과는 아니잖아. 그 새끼가 너한테 차이고 틈틈이 네 욕을 하고 다니는 건 알았는데 설마 이렇게까지 한가한 놈일 줄은 몰랐다. 터무니없는 소문이긴 해도 조심해. 누가 너한테 물어보면 잘 해명하고. 괜히 이름 팔리지 않게.

"터무니없는 소문 경력만 몇 년 차인데, 내가. 걱정 마. 등장인물 셋 중에 제대로 실물 떴던 사람은 죽돌이밖에 없고, 윤손찬은 잠깐만 왔었던 거라 적당히…… 얼버무리면……."

통화를 하며 교정을 걷던 가현이 우뚝 멈춰 섰다. 동시에 술술 나오던 대답도 뚝 끊겼다.

저기 저 멀지 않은 거리에서 재학생들의 시선을 한 몸에 받으며 모델 워킹을 하고 있는 저 남자가 어째서인지 윤손찬처럼 보여서였다. 점점 거리가 좁혀지는 동안 숨만 삼키고 있던 가현은 마침내 그가 코앞에 도착하고서야 제 눈이 틀리지 않았다는 걸 깨달았다.

— 뭐야. 왜 말을 하다 말아. 무슨 일 있어?

"안녕."

여학생들을 구름 떼처럼 끌고 와 놓고 태연하게 뭐? 안녕?

"……어, 승혜야. 내가 다시 전화할게."

"대박, 연예인 아니야?"

"어? 저 선배, 나랑 같이 교양 듣는데."

"남가현? 그럼 옆은 남친? 그 1, 2, 3 중에 하나? 진짜 장난 아니다."

수군대는 목소리들이 확성기를 단 것처럼 귀에 콕콕 박혔다. 그러고 보니 이 녀석, 원래 사람들 시선을 꽤나 끄는 타입이었다.

가현은 잔뜩 풀이 죽은 사람처럼 몸을 수그리고 아주 작은 목소리로 물었다.

"뭐야? 왜 왔어."

"매일 보기로 했잖아."

"학교로 올 줄은 몰랐지! 왜 연락 안 했어?"

"문자는 감질나고 목소리 들어 봐야 마음만 더 급해지니까. 와, 역시 실물이 제일이네. 어젠 잘 잤어?"

눈이 부실 만큼 상냥한 미소였지만 여전히 가현은 주변 눈치부터 살피느라 바빴다. 설상가상으로 인파는 점점 더 늘어 가고 있는 와중이었다.

"일단, 여기는 안 돼. 따라와, 빨리."

마냥 웃고만 있는 손찬을 데리고 가현은 얼른 현장을 벗어났다.

"……이제 다 이해했지? 나도 어이가 없긴 한데 아무튼 지금 상황은 그래. 남들은 니가 1, 2, 3번 중에 뭔지 관심 없어. 그냥 저년은 참 답이 없구나, 욕하고 싶을 뿐인 거지. 이제 알겠지?"

상황 설명을 마친 가현은 돌아올 사과를 기다렸는데, 손찬은 사과는커녕 표정만 잔뜩 일그러뜨리며 물었다.

"그래서? 그 새끼가 너한테 뭐라고 하면서 달라붙었는데? A부터 Z까지 읊어 봐. 카테고리별로 정리하게."

"지금 그 긴 설명 속에서 박진수 하나만 머리에 박아 놓은 거야?"

기가 막혀 물으니 윤손찬이 당당하게 대답했다.

"내가 알아야 할 얘기는 그것뿐이었거든."

"이럴 때는 상식적으로 그랬느냐, 미안하다, 몰랐다, 어떻게 도와주면 되겠냐. 이런 말이 먼저 나와야 하는 거 아니야?"

"그건 우리가 친구일 때의 상식이지."

손찬의 태도는 기가 막힐 정도로 단호했다.

"내 상식에선 박진수라는 놈을 가만두면 안 되겠다는 답만 나오거든, 지금."

"그냥 무시하면 될 일……."

"내가 나서서 시끌벅적하게 해결하는 것보단 네가 먼저 소문은 소문일 뿐이고 그냥 남자 친구가 있다, 정도로 정리하는 게 낫지 않을까 싶긴 하네."

무슨 일을 어떻게 해결하려고 저런담.

"뭐 어쩌게."

"아니면 소문을 소문으로 상쇄하는 쉬운 방법도 있지."

"뭐 어떻게?"

얼마나 쉬운 방법인지 들어나 보자 했는데 코트 주머니에 양손을 넣은 채로 손찬이 가현을 향해 허리를 숙여 왔다. 갑자기 코앞까지 다가온 그의 얼굴에 깜짝 놀란 가현이 숨을 삼켰다.

"이렇게."

여유로운 웃음과 함께 돌아온 대답에 가현이 참고 있던 숨을 내뱉으며 얼른 그를 밀어 냈다.

"미쳤나 봐. 대낮에 학교에서!"

설마 그사이에 누가 본 건 아니겠지? 최대한 사람 없는 데로 데려오긴 했지만 그래도 교정 안인데. 혹시 모른다는 생각에 가현은 다시 열심히 주변을 살폈다.

"뭐 하고 있어. 빨리 따라와. 커피라도 들려서 강의 들여보내게."

어느덧 손찬은 앞서 걸어가고 있었다.

"풋."

갑자기 터져 나온 웃음에 쓸데없는 언쟁이 바로 끝나 버렸다. 가현은 종종걸음으로 그를 쫓아가 코트 주머니 속의 손을 꼭 잡았다.

"나 이제 강의 없는데? 학사도 안 갈 거고."

"근데 왜 학교에 있었어?"

"너 언제 만날지 모르니까 공부나 할까 했지. 근데 이제 너 왔으니까 공부 싫어. 놀자."

해맑은 가현의 말에 손찬이 웃었다.

"하고 싶은 건 있고?"

"없었는데 방금 생겼어."

"뭔데?"

기대에 찬 그의 질문에 가현은 괜히 짓궂은 웃음으로 대답을 대신했다.

❖

"우리 학교에서 가깝네? 와! 목소리 울리는 거 봐. 장난 아니다. 집이 무슨 운동장 같아. 넌 밖에 안 나가고 집만 뛰어다녀도 엄청 운동 되겠다. 어? 저거 한강이지? 그치?"

손찬은 가만히 선 채로 토끼처럼 집 안을 뛰어다니는 가현을 지켜봤다.

오전에 열쇠를 넘겨받은 집은 당연히 가구 하나 없이 텅텅 비어 있었는데, 가현은 방문을 하나씩 열 때마다 완벽하게 꾸며진 집을 구경하는 것처럼 이런저런 말들을 쏟아 냈다.

"큰 침실이 저쪽이니까. 저기에서 자고, 작은 침실은 손님방으로 하면 되겠다! 화장실 들어가 봤어? 엄청 좋아! 욕조 완전 대박이야.

어, 저기! 저기에 책장 놓으면 되겠다. 아, 근데 암막 커튼부터 하나 사야겠는데? 밝아도 너무 밝네. 넌 늦잠은 못 자겠다."

쿵쿵, 발소리. 웃음과 감탄 어린 목소리가 집 안 곳곳에서 울렸다. 어쩌면 저렇게 귀엽지? 가끔 보면 선배가 아니라 애기 같다.

"너 못 본 사이에 많이 발랄해졌다?"

"나 원래 집 보러 다니는 거 좋아해. 지금 우리 사는 집도 내가 골라서 계약한 거야. 다섯 번째 집이었나, 그랬지."

"풋."

자부심이 가득 넘쳐 나는 말투에 그만 웃음이 터지고 말았다. 그러거나 말거나 남가현은 여전히 신난 채로 물었다.

"나 자주 와도 되지? 도서관에 자리 없을 때 와서 공부하면 딱 좋을 것 같은데. 응?"

"내가 진로를 부동산 쪽으로 잡았어야 했나 보다. 너무 좋아하네."

선오와 함께 왔을 땐 공허하기만 한 집이었는데, 가현이 오니까 쩌렁쩌렁 울리는 목소리가 공허하기는커녕 마냥 듣기 좋아 웃음만 났다.

"그렇게 좋아?"

"어, 완전……."

망아지처럼 집 안을 뛰어다니던 가현을 손찬이 뒤에서 끌어안았다.

"뭐, 뭐야."

"좋다. 남가현이."

키도 딱 적당히 작아서 여린 어깨에 이마를 기대고 있기에도 좋고. 네 목소리도 좋고, 향기도 좋고. 네가 여기에 있는 것만으로도, 좋다.

"아니까 좀 놓지?"

"안 놓으면?"

"안 놓게?"

"오늘. 왜 우리 집에 온다고 했어?"

장난기가 가신 그의 목소리에 가현의 몸이 긴장하는 것이 느껴졌다. 이렇게 감정 못 숨기는 여자가 예전엔 어떻게 그렇게 거짓말만 입에 달고 살았었는지, 새삼 신기했다. 그리고 제 품 안에서 한껏 느껴지는 그녀의 존재도, 이상하게 신기했다.

"그냥. 우리 집이 어딘지 보여 줬으니까, 나도 보면 좋을 것 같아서. 이번엔 너희 집이 어딘지 알아 놓고 싶기도 했고. 아무튼 대답했으니까 이제 좀……."

"기분이 이상하다."

"왜?"

"네가 있어서."

지금 내 앞에 있어 줘서.

손찬은 가현을 돌려세워 입을 맞췄다. 벌써 몇 번째 키스인데 매번 당황하면서 움직일 생각은 못 하는 가현이 귀여웠다. 귀엽고, 예쁘고, 사랑스러워서 입을 맞추는 것만으로는 만족할 수 없는 자신의 감정을 그녀가 따라올 수 있을까 걱정스럽다.

'아직 키스조차 서툰 네가 날 따라오려면 얼마나 더 기다려야 할까.'

마음은 자꾸만 조급해진다. 걱정스럽고, 겁이 나는데도 계속 욕심내게 된다. 너도 나에게 그런 마음일까. 이렇게 무겁고, 감당하기 힘들 만큼 깊은 감정을 매 순간 느끼고 있을까.

"찬아."

당혹감이 묻어나는 목소리에 가현의 코트 앞섶에 가 있던 그의 손이 딱 멈췄다. 가현이 부르지 않았다면 뭘 하려 했을지 머리에 그려져 얼굴이 달아올랐다.

'미치겠다.'

그는 얼른 가현을 놔 버렸다.

"앞으론 오지 마. 공부하러 잠깐도 안 돼. 이유는, 이미 알지?"

"……."

손찬은 미련을 남기지 않으려고 서둘러서 집을 빠져나왔다.

닫힌 문 안에서 어리둥절해하고 있을 그녀의 모습이 눈에 선했다. 하지만 당장은 돌아가고 싶어도 억눌러야 한다. 그가 기다린 4년 후 두 사람의 모습은 이 안에 있지만. 그녀가 그리워한 기억 속 윤손찬은 현관문 앞에서 멈춰 설 줄 아는 남자였을 테니까. 기다린 시간 동안 해 온 상상도, 좋아한 기간도 4년 동안 벌어진 그들의 키만큼이나 차이가 나 버렸다.

서두르면 다친다.

그 간결하고 묵직한 사실만이 이제 이 현관문을 사이에 둔 그들에게 남겨져 있는 유일한 선이다.

"차를 사셨다."

조수석에 앉은 그녀가 손가락을 까딱거리며 읊소렸다.

"산 건 아니고 빌렸지."

"빌릴 사람 많아서 좋겠네. 이래서 다들 인맥, 인맥 하나 봐. 필요한 건 뭐든 다 빌려 쓰고. 돈이 덜 들잖아, 일단."

집에서 나올 때는 머뭇거리면서 눈도 잘 못 맞추던 가현은 차에 타자마자 다시 말이 많아졌다. 예전엔 항상 그가 한 번이라도 더 말을 걸어 보려고 애쓰곤 했었는데, 4년이 길긴 길었나 보다. 석고상처럼 꼿꼿하던 시절의 네가 까마득했다.

"너도 아는 형이야. 예전에 우리 자주 가던 그 카페 주인."

"그 사람은 너한테 왜 이렇게 잘해 줘?"

"그냥 내가 신경 쓰이나 봐. 안 그래도 되는데."

"왜 신경 쓰는데? 너한테 뭐 잘못했대?"

"아니. 나도 모르겠네."

정말 안 그래도 되는데. 하여간 쓸데없이 마음이 넓어서 탈이다.

"그건 그렇고. 집에 짐이 왜 딸랑 캐리어 하나밖에 없어? 침대도 없고, 이불도 없고. 잠은 어디서 잤어?"

"아. 그게……."

"아아! 그렇지."

그가 대답하기도 전에 가현이 혼자 고개를 끄덕였다.

"본가에 가 있었겠구나. 막 귀국했었으니까. 그럼 왜 따로 나와서 지내? 차고에 정원까지 딸린 대저택이 따로 있을 거 아니야. 몇 년 동안 한국에 아예 안 들어왔으면 집에서도 너 보고 싶어 했을 거고. 다들 뭐라고 안 하셔?"

"넓고 커다란 집이 내 취향 아닌 건 네가 더 잘 알잖아."

"아까 그 집은 작고?"

그러게 말이다.

"여유 되면 나와서 지내는 게 낫지. 그래야 여자 친구도 집에 데려가고 그러지."

태연하게 대답한다고 했는데 갑자기 가현이 시무룩해졌다. 운전하며 간간이 옆을 보는데도 눈 한 번을 안 마주친다.

'내가 실수했나?'

그렇게 잠시간 창밖만 응시하던 가현이 여전히 시선을 바깥쪽에 고정한 채로 물었다.

"아까…… 화났어?"

"어떤 거."

"내가 당황해서. 너 아무것도 못 했잖아."

"뭘 하려고 했는지는 알았고?"

또, 말이 없어진다. 그 모습이 참 귀엽고 조금, 갑갑했다.

"나는, 네가 싫지는 않은데. 좋은데. 너랑 손만 잡아도 막 떨리고 그래서. 마음의 준비가 안 돼서. 좀 놀라고 당황해서. 난 오랫동안 그런 걸 하는 사람은…… 아빠밖에 본 적이 없고. 남자랑 집에서 단둘이 있어 본 적도 없고. 전부 불편하고 어색하고, 낯설어. 싫은 게 아니고 정말로 낯설어서 그래."

드문드문 내뱉어지는 말 안에 담긴 진심이 전해져 왔다.

"어떤 마음인지 알아. 이해해."

"이해해도 내가 계속 안 하면, 우리 헤어져?"

'계속 안 하면, 까지는 상상해 본 적이 없는데?'

순간 말이 안 나왔다.

'계속 안 할 생각이야 설마?'

말도 안 되는 일이다. 그는 가현에게 처음 키스하던 4년 전부터 줄곧 그 뒤의 진도만 상상해 왔다. 뺨이나 손을 어루만지는 데서 멈추지 않고 네 살결을 쥐고, 깨물고, 쓸어내리며 누구의 손도 닿지 않았을 곳곳에 키스하는 순간을 생각하며 홀로 자신을 달래곤 했었다.

'근데, 계속 안 하겠다고?'

아무리 예쁘게 굴고 사랑받으려고 애쓴다고 한들 결국 그 역시 그런 본능이 탑재된 보통 남자일 뿐이었다.

"……."

말이 없는 그를 보며 가현이 불안해졌는지 대답을 재촉했다.

"정말 그래? 우리 정말로 헤어져?"

"너, 날 남자로 보기는 하는 거지?"

"보니까 사귀지."

그런 말이 아닌데.

"휴."

대체 언제쯤이면 좋아하는 여자랑 하고 싶은 게 당연하다는 걸 이 여자가 이해해 줄까. 아니면 그가 먼저 이해하게 만들어야 할까? 그것도 아니면 이런 마음은 그의 이기심인 걸까. 갑자기 손찬은 생각이 많아졌다.

"헤어지진 않아. 힘은 들어도."

"힘들어? 지금도?"

"어. 지금도."

가현이 한숨을 푹 내쉬었다.

"마음 같아선 나도 다 해 주고 싶은데…… 미안해."

가현이 고개를 푹 숙였다.

마침 대기 신호를 받아 차를 세운 손찬이 말했다.

"미안하면 아까처럼 유혹이나 하지 마."

"어?"

"정말 좋아해."

"야."

"널 좋아할수록 더 힘들어지겠지만 참을게. 손잡는 것도, 안는 것도 나는 다 같아. 네가 싫으면 절대 아무것도 억지로 안 해. 너랑 내가 둘 다 원하지 않으면 아무 의미 없으니까. 천천히 하자. 네가 바라게 될 때."

머잖아 그런 날이 올 거란 말은 굳이 덧붙이지 않았다. 어차피 남가현은 절대 인정하지 않을 테니까.

⁂

두 사람은 몇 시간 동안 거대한 매장에 들어가서 내내 가구를 구경했다. 컵이나 그릇을 보며 가현은 클래식한 디자인을, 손찬은 색감이 강한 걸 좋아한다는 것도 알게 됐다. 이후로 뭘 고르든 두 사람의 의견은 짜 맞춘 것처럼 불일치했다. 소파 옵션으로 가현이 블랙을 고르면 손찬이 블루가 낫다고 말하는 판이었다.

두 사람이 단번에 의견 일치를 본 가구는 침대 하나였다. 유일한 조건은 무조건 크고 푹신푹신할 것. 그들은 침대만 보이면 경쟁하듯 달려가서 누워 보고, 뒹굴어도 보다가 서로 눈이 마주치면 누가 먼저랄 것도 없이 일어섰다.

"이건 어때?"

"이거 좋지?"

동시에 같은 말을 내뱉고 함께 웃었다.

"어머. 안목이 좋으시네요. 요즘 신혼부부들 사이에서는 이런 침대가 유행이에요. 바닥 청소를 따로 할 필요가 없고 소파로 이용하실 수도 있어요. 컬러도 화이트, 카멜, 다크 네이비, 블랙, 스카이 그레이로 다양하고. 괜찮으시면 견적 낼 직원을 집으로 보내 드릴까요?"

"아뇨. 그냥 이걸로 할게요. 배송 가능한 날짜만 알려 주세요."

두 사람은 직원의 추천을 받아 그 자리에서 이불과 베개까지 바로 해결해 버렸다.

"어지간한 건 다 시켰고, 4층으로 가 보자."

가구에서 가전제품으로 넘어가는 동안에도 손찬은 내내 가현의 손을 잡고 있었다. 사람이 적은 코너 안쪽에선 갑자기 끌어안아 오기도 했다. 우연히 마주친 사람들이 더 부끄러워하는 와중에도 손찬의 장난스러운 애정 행각은 계속됐다. 만류하거나 가구에 집중하자고 훈계하면서도 가현의 얼굴에는 내내 웃음꽃이 피어 있었다. 함께 있다는 이유에서 오는 이 사소한 안정감은 가현이 오랫동안 그를 그리워한 이유였으니까.

"와. 이거 너무 예쁘다. 소파 옆에 놓으면 밤에 책 읽을 때 좋겠다. 어때? LED등이래."

"아까부터 너, 치수는 재 보지도 않고 무조건 사라고 하는 거 알아?"

"에이. 집이 그렇게 큰데 무슨 걱정이야. 소파 옆에 세워 두자, 응?"

잡은 그의 손을 질질 끌며 가현이 의욕적으로 쇼핑에 임했다.

"왜 이렇게 서두르는데."

"서두르긴. 그냥 예뻐서 그러지."

가현은 손찬을 따라 웃으면서도 솔직하게 말할 수가 없었다. 아까 봤던 집은 무척 좋았지만, 방문을 열 때마다 느껴지는 묘한 한기에 마음이 아팠다고는.

'꼭 예전에 엄마랑 현우가 살던 집 같았단 말이야.'

그래서 더 일부러 시끄럽게 굴었지만 속으론 그곳을 얼른 사람 냄새가 나는 공간으로 바꿔 주고 싶다고 생각하고 있었다. 그게 첫 데이트를 가구 매장으로 온 이유이기도 했고.

"별로야? 아니면 다른 층으로 가 볼까?"

"내려가자. 목말라."

"응."

손찬이 커피를 시키고 올 동안 가현은 지금까지 구매한 목록을 정리하고, 얼마나 썼는지 계산기를 두드렸다.

"자. 마셔."

그가 아이스 아메리카노 두 잔을 들고 돌아왔을 때, 가현이 심각하게 말했다.

"이제 그만 사야겠다."

손찬은 말없이 웃기만 했다.

"아직 배달 안 됐으니까. 몇 개는 취소할까?"

"조명 안 샀다며?"

"어차피 천장에 등 다 달렸던데, 뭐. 그기면 됐지."

영수증을 보고 현실 감각이 돌아왔는지 가현의 말투가 무섭도록 확고했다.

"괜찮아. 다 필요한 것들이었고. 네 말처럼 넓은 정원 딸린 집에 사는 부자 부모님이 용돈 넉넉히 주셨으니까. 처음부터 기왕이면 네가 골라 줬으면 좋겠다고 생각했어. 젓가락 한 짝까지도 다. 내 말은, 오늘 쇼핑 같이 해 줘서 고맙다는 뜻이야."

"……."

귀찮은 일은 전부 떠맡기겠다는 뜻인데 왜 이렇게 예쁘게만 들리는지 모르겠다. 하여튼 이놈의 콩깍지.

"내가 너네 부모님이었으면 짤없었어. 그냥 집에 들어와서 살면 되지 이 돈을…… 읍!"

말이 끝나기도 전에 입 안으로 빨대가 들어왔다.

"자, 마셔요, 선배. 슬슬 차 막힐 시간이야."

"이씨. 벌써 다 마셨거든?"

짜증을 내면서도 순간 웃음이 터져 나오고 말았다.

"웃겨? 뭐가 웃겼지?"

"선배 소리 오랜만에 들어서."

"그거…… 좋아했어?"

"그땐 좋았지. 존댓말은커녕 선배 대접 죽어도 안 해 주는데. 그래도 얘가 내가 선배인 걸 알고는 있구나. 엎드려 절 받는 심정? 그때 넌 진짜 제멋대로라서 엎드려서라도 절 받아야겠다 싶었다니까."

"그랬나."

이런 차고 넘치는 흔한 얘기도 너 아닌 사람과는 하지 못했었다. 실수할까 무서워서.

"그리웠어. 정말로."

"가끔 해 줄까? 선배, 남 선배, 하고?"

"그런 뜻 아니었거든? 슬슬 일어나자. 나 내일 아침부터 강의 있어."

일어나긴 가현이 먼저 일어났는데 가방과 영수증을 챙기는 사이에 손찬이 먼저 다 마신 음료와 쟁반을 가져가 정리했다.

"가자며. 뭐 해?"

"저기 저 커플."

"커플?"

가현이 가리킨 건 화장실 앞에서 여자의 가방을 받아 드는 남자였다.

"저거 진짜 해 주는구나. 드라마에만 나오는 장면인 줄 알았더니. 너도 저런 거 해?"

"칸마다 가방 걸이 다 있는데 뭐하러 가방 뺏어 들고 서 있어. 립스틱이든 위생 용품이든 필요한 물건은 가방에 다 들어 있을 텐데. 그냥 들고 들어가는 쪽이 편하지 않겠어?"

웃자고 해 본 질문에 돌아온 대답이 가관이었다.

"……너 그동안 데이트 꽤나 했나 보다? 딴 여자들 화장실 간다고 할 때 짐 들어 준다고 하니까, 그 여자들이 이건 다 필요한 거고 구조는 어떻다고 설명까지 해 줬나 봐?"

"그랬지."

어쭈. 당당한 거 봐라?

"야. 내가 진즉 말하려고 했는데. 난 이해심 같은 거 없다? 내건 내 거고, 아닌 건 아니고, 싫은 건 죽어도 싫어. 그러니까 니 앞으론……."

"남가현만 기다리고. 남가현이랑만 데이트해야지."

손찬이 선수 쳐서 대답하고 씩 웃었다.

"……."

"그치?"

더 화낼 생각이었는데. 얄밉도록 예쁘게만 달래 주는 그의 행동에 마음은 스르르 녹아내리고 말았다.

정말, 예나 지금이나 그녀에겐 벅찬 상대였다.

"음. 차를 사야겠다."

빌라 주차장에 차를 대자마자 가현이 내뱉은 말이었다.

"뭐?"

농담처럼 들렸는지 그가 웃으며 다시 물었다.

"면허는 있고?"

"따면 되지. 드라이브 진짜 너무 좋다. 이래서 사람들이 답답할 때 드라이브하나 봐. 기름 낭비, 시간 낭비라고만 생각했는데."

바람이 얼굴을 스치는 감각이 좋았다. 언뜻언뜻 보이는 야경에 얹어진 다른 자동차들의 노랗고 빨간 불빛들이 색채를 더해 보고만 있어도 예쁜 그림을 감상하는 기분이 들었다. 빨간 신호에서 차가 잠깐 멈출 때면 옆에 앉은 그의 얼굴을 한 번씩 훔쳐볼 수 있어 좋았고, 파란불이 켜지면 다시금 창문을 통해 불어오는 바람결도 좋았다.

"자주 하자."

"이제 가."

"아직 할 일이 좀 남았어."

"할 일? 여기서?"

주차장에서 뭘 하려는 건가 싶어 멀뚱히 쳐다보고 있자니 그가 주머니에서 작은 상자를 꺼냈다. 진녹색의 벨벳 상자였다.

"뭔데?"

"선물."

"뭐?"

그가 중앙 부분을 누르자 꽃이 피듯 상자가 열렸다. 그제야 가현은 이게 반지 케이스라는 걸 알아차렸다. 케이스 안에는 노란 자동차 조명 아래 예쁘게 반짝이는 반지가 하나 들어 있었다.

"아, 이거……."

"반지."

"그건 나도 알아."

"사이즈는 감으로 찍었어. 한번 껴 봐."

"부담스럽게 뭐 이런 걸……."

딱 봐도 비싸 보이는 반지 앞에서 주저하는 가현에게 그가 재차 말했다.

"그냥 받아. 반지는 꼭 하나 선물해 주려고 했어. 기왕 소문이 날 거면 더 제대로 났으면 해서."

"무슨 소문?"

"잘생긴 연하 남친 타이틀만으로는 만족이 안 되거든, 내가. 기왕이면 다른 놈들이 너 쳐다보지도 못할 정도로 완벽한 남자가 옆자리 딱 지키고 있는 걸 모두가 알았으면 좋겠어. 그런 마음에서 주는 반지야."

뭐, 잘생긴 뭐?

"전부터 알고는 있었지만 넌 진짜 얼굴 두껍다."

"다 사실이라 반박은 못 하겠지?"

가현이 입술을 비죽였다. 잘생긴 것도 사실이고 연하인 것도 사실인데, 뭐 더 할 말이 있겠는가.

"고맙긴 한데. 난 너한테 이렇게 좋은 반지 사 줄 수도 없고……."

"커플링인데, 내가 하나만 샀겠어?"

그가 왼손을 들어 보이자 약지 손가락에 당연하다는 듯 커플링이 끼워져 있었다. 가현의 두 눈이 동그래졌다.

"언제부터?"

"오늘. 넌 전혀 모르더라. 계속 손잡고 다녔는데."

"어. 몰랐어. 근데……."

"보자. 내가 사이즈를 잘 골라 왔나."

그가 반지를 꺼내 손가락에 끼워 줬다. 눈대중으로 몸무게까지 알아맞히던 그답게 반지는 미리 가서 껴 보고 구매한 것처럼 딱 기분 좋게 잘 맞았다. 그건 그런데, 기분은 왜 이렇게 이상한지 모르겠다. 고작 반지 하나 꼈을 뿐인데.

"딱 맞네. 여자치고도 작은 사이즈라고 해서 좀 걱정했는데."

그가 미소 지었다.

"다행이다."

"얼마야? 얼만데?"

"너한테 줄 수 있는 만큼이야. 걱정 마."

"그게 얼마냐니까. 아니면, 과제 내주는 거야? 집에 가서 인터넷 쫙 돌라고?"

"오랫동안 기다리게 했잖아. 생일이나 크리스마스 같은 기념일도 못 챙겼고. 전부 내 탓이었으니까. 내가 미안해서 내 마음 편해지려고 주는 거야. 그러니까 그냥 받아. 넌 얼른 집에 들어가야 하고, 아직 선물은 더 남았으니까."

밀린 선물을 변제하러 온 산타클로스도 아니고, 그가 주머니에서 뭔가를 또 꺼냈다. 이번에 그의 손에 딸려 나온 물건은 아까완 달리 가현이 한눈에 알아볼 수 있는 거였다.

"열쇠?"

살짝만 가져다 대도 휘릭 문이 열린다는 바로 그 물건이었다.

"우리 집 열쇠."

"오지 말라며."

"오고 싶어지면 오라고."

순간 가현의 얼굴이 확 붉어졌다.

"너 그, 그러니까 내가……."

"나랑 하고 싶어지면."

그가 가현을 대신해 산뜻하게 말끝을 맺어 버렸다. 갑자기 가슴이 막 뛰기 시작했다. 그 대화는 아까로 끝난 줄 알았는데. 그녀가 바라게 되는 때를 정말로 기다리려는 걸까? 아니, 그런 것보다 그에게는 창피함이라는 감정이 태초부터 결여되어 있었던 건 아닐까?

'어떻게 저런 말을 아무렇지도 않게 할 수 있지?'

그녀는 키스 한 번에도 힘이 풀릴 정도로 당황스럽고, 당황스럽기만 한데.

"그럴 일은 절대 없을 거야. 절대!"

"또 모르지."

"야."

"넌 절대 장담 못 해. 내가 계속 널 가만히 안 둘 예정이거든."

말을 하다 말고 그가 한 손으로 좌석을 짚어 오더니 가현에게 입을 맞추었다.

그의 키스는 항상 가현을 이해시켰다. 좋아한다는 감정에 대해서, 맞닿아 오는 사람의 체온이 얼마나 따스한지에 대해서. 가현이 외면하지 못하게 만들었다. 더 바란다는 듯 좀처럼 열리지 않는 입술을 깨물면서도 숨 쉴 틈을 내어 주는 배려 안에서 다정한 감정과 자신을 아끼는 마음들이 농도 짙게 전해져 온다. 그의 모든 다른 행동들과 마찬가지로.

'알아? 나는 여전히 이런 널 받아들이는 것만으로도 벅차.'

이런 내가 너와 다른 걸 하게 되면, 그때는 어떻게 변해 버릴지 짐작이 가질 않아. 그래서 더 무섭다. 이미 너에게 약자가 되어 버린 내가, 얼마나 더 달라질지 예상할 수가 없어서.

뺨을 어루만지며 흐트러진 머리칼을 정리해 주는 네 손이 기쁘면서도 혹 다른 유혹을 해 올까 덜컥 겁이 난다.

입술을 떼면 그는 항상 미소 짓곤 했다. 지금처럼.

"이렇게."

평소와 달리 애교 부리듯 예쁘게 휘어진 눈가보다 젖은 입술이 더 가현의 눈에 들어왔다. 가슴이 뻐근하게 아파 오면서 얼굴이 확 달아올랐다. 그저 당혹스럽기만 했다. 얼른 도망치고 싶어질 정도로.

"갈래. 너도 가."

"너 잘 들어가는 거 보고. 네 방 불 켜지는 거 보고."

손찬은 차 키를 뽑아 들고 먼저 차에서 내렸다.

'고집은.'

가현은 잠시 뛰는 가슴을 진정시키고 천천히 차에서 내렸다. 그녀는 태연한 척하려고 일부러 다른 곳을 바라보며 말했다.

"어, 음, 어, 내일은 꼭 연락하고 와. 풀강이라서 그냥 오면 오래 기다려야 할 수도 있어. 팀원들이랑 발표회 얘기도 좀 해 봐야 하고."

"알겠어. 추워. 들어가."

"어, 가야지."

근데 집을 코앞에 두고도 들어가기가 싫었다. 집으로 돌아오고부터는 항상 집에 오는 길이 좋았었는데. 내가 돌아왔구나, 생각하면서 뿌듯하기만 했었는데. 윤손찬이 돌아오니 집에 가기가 싫어진다.

'방금 차 안에서는 도망치고 싶다고 생각했으면서.'

1분도 안 지난 것 같은데 마음이란 게 참 변덕스럽다.

하지만 몇 초 후, 가현은 이 순간 그를 얼른 차에 태워 보내지 않은 걸 뼈저리게 후회했다. 이 늦은 시간에 어딜 다녀왔는지, 막 집으로 돌아오던 엄마와 마주쳤기 때문이었다.

"가현아?"

그리고 가현은 생각했다. 내가 진짜 다신 집까지 데려다 달라고 하지 말아야지, 하고.

괜찮다고 몇 번을 말했는데 그 말은 누구에게도 닿지 못한 채 부질없이 흩어졌다.

정신을 차렸을 땐 이미 손찬과 함께 집에서 저녁을 먹고 난 후였다. 밥을 먹는 동안에도 엄마는 계속 고기반찬을 손찬의 앞으로 밀어 놓으며 유난을 떨었다. 가현이 말리려고 해도 소용이 없었다. 늦은 시간에 여기까지 왔는데 밥도 안 먹이고 보낼 수는 없지 않느냐면서 엄마는 손찬을 놔 주지 않았다.

"반찬은 입에 맞았어?"

"아, 네. 잘 먹었습니다. 정말 맛있었어요."

잘 먹긴 개뿔. 체하지나 않았으면 다행이지.

"이제 밥 다 먹었으니까 가. 얼른."

"그럼 저는……."

"가기는! 앉아 있어. 마침 성주네 아줌마가 사과 몇 개 갖다 줬는데, 좀 먹고 가."

"엄마, 뭘 또 먹으려고. 벌써 충분히 많이 먹었어. 그냥 가!"

"그냥 가긴. 배는 꺼지고 가야지."

"그렇게 많이 먹었는데 배가 꺼지려면 뭐, 오늘 밤은 여기서 자고 가란 소리야?"

식사 내내 계속되던 눈치 싸움이 재개되자 손찬이 먼저 나서서 항복했다.

"아닙니다. 먹고 갈게요. 감사합니다."

결국 가현이 피하려고 애쓰던 자리가 마련되고야 말았다.

"가현이랑 동갑이니?"

포크에 찍은 사과와 함께 첫 질문이 날아왔다. 연하라서 만난 것도 아니고 연하라고 느낀 적도 별로 없었는데 갑자기 연하라는 두 글자가 돌처럼 굳어져 머리 위로 쿵 떨어진 기분이었다.

"아뇨. 제가 한 살 어립니다."

"어, 그러면 올해 스물둘?"

"네."

"학교는? 가현이랑은 같은 학교 다녀?"

"아뇨. 다른 대학 다닙니다."

대답은 해야겠고, 당황스럽긴 했는지 평소에는 어디에 내놔도 반죽이 좋던 그인데 지금은 꼭 다른 사람 같았다.

"어디?"

"임마. 뭘 그런 걸 물어. 어느 학교 다니면 뭐. 엄마가 어쩌려고."

가뜩이나 나한테도 대학 얘긴 일절 안 하려고 하는데.

"알아 놓으면 좋지. 네가 대답할 거야?"

"……."

몰라서 대답을 못 하는 가현을 두고 손찬이 말했다.

"유학 중입니다."

"어휴. 어린 나이에 다른 나라에 혼자 가서 사는 거 쉽지 않을 텐데 대단하네. 자주 못 봐서 부모님이 서운해하시겠어. 근데 부모님이 뭘 하시는데 그렇게 지원을 다 해 주셨어?"

"아……. 두 분 다 사업하십니다."

"엄마. 그만해. 야, 너 이제 가."

참다 참다 못한 가현이 벌떡 일어나서 손찬의 팔을 딱 잡아 일으켰다.

"아니, 왜 애를 쫓아내."

"쟤도 얼른 가서 씻고 자야지. 야, 뭐 해! 안 나가?"

그 시끄럽고 정신이 없는 와중에도 손찬은 예의 바르게 허리를 숙여 인사를 했다. 나중에 정식으로 꼭 다시 찾아뵙겠다면서. 예의 바르면서도 완고한 그의 태도에 엄마도 결국 한 발 물러섰다.

"따라 나오지 마. 이따가 내가 다 얘기할게."

부탁 아닌 강요의 말을 내뱉어 놓고 가현도 서둘러 손찬의 뒤를 따라 나왔다.

통화를 하고 있던 손찬은 슬리퍼만 신고 뛰어나온 가현을 보고 웃으며 전화를 끊었다.

"무슨 전화야?"

그에게 하려던 사과를 잠시 뒤로 미뤄 놓고 가현이 물었다.

"친한 형. 술 마시자는데 너도 같이 갈래? 안 그래도 널 궁금해한 지 오래됐는데. 내가 자랑을 꽤 많이 했거든."

"술은 무슨. 엄마한테 빤히 널 들켜 놓고 이 시간에 외출이 되겠어?"

"이제 안 되는 거야?"

도리어 놀랐다는 투였다.

"안 되진 않아도 좀 그렇지. 아무튼 아까는 진짜 미안."

"뭐가?"

"아니, 엄마가 평소에도 걱정이 많았거든. 요즘은 헤어지면 집까지 찾아와서 해코지하는 미친놈들도 많고. 이별 보복, 데이트 폭력 이런 얘기도 뉴스에 자주 나오고. 엄마가 남자 잘 사귀어야 한다고, 집도 알려 주지 말라고 자주 그러셨거든. 널 나쁘게 봤다는 게 아니라! 그냥 걱정돼서 그러신 거야. 무조건 이해해 달라는 건 아니지만 그래도……"

"아. 괜찮아."

그가 가현의 머리를 쓰다듬었다.

"전부 좋았어. 음식은 네 말대로 맛있었고. 어머니는 좋은 분 같으셨어. 네가 왜 여길 지키려고 아등바등했는지 이해도 갔고. 걱정하지 마. 불쾌한 일은 전혀 없었으니까."

거짓말처럼 들리지는 않았다.

"다행이다."

"그럼 갈게."

"잠까마."

그가 차 문을 열자마자 가현이 키를 빼앗아 들고 먼저 운전석에 앉아 버렸다.

"뭐 해?"

"조수석에 앉아 봐."

가현의 말대로 손찬은 조수석에 들어와 앉았다. 그녀가 장난을 치고 있다고 생각했는지 웃는 낯이었다.

"왜?"

"괜찮았다니까 폐 한 번만 더 끼치려고."

"뭐?"

"엄마랑 얘기하는 거 듣다가 생각났는데, 너 혹시 누나 때문에 집에서 나온 거야? 누나랑 사이 안 좋았었잖아."

그는 말이 없었다.

"이런 얘기 묻는 거 불편해하는 거 알고, 그래서 모르는 척 조용히 기다릴 생각이었는데. 기다리기만 하면 언제 대답을 들을 수 있을지 모르겠어서. 생각난 거 하나씩 물어보고, 대답해 주고. 그 정도도 안 돼?"

"예전에 레스토랑에서 들었던 얘기 기억났구나."

"응."

대화 내용을 전부 기억하지는 못했다. 그때의 가현은 남의 일에는 손톱만큼도 관심을 쏟아 본 적이 없었으니까. 그럼에도 선명히 기억나는 말이 있었다.

"자기가 피해자라고 했잖아, 그 여자가."

"……"

가현은 팔을 뻗어 망설이는 손찬의 손을 잡았다. 바람을 많이 맞은 차가운 손이었다. 어떤 일이 있어도 놓고 싶지 않은 사람의 손이었다.

"니가 말하기 싫다고 하면 난 그냥 집으로 들어갈 거야. 때가 되면 말해 줄 거라던 네 약속을 믿으니까. 근데 찬아, 사실 난 하루라도 빨리 듣고 싶어. 내가 좋아하는 너니까. 듣고 싶고, 알고 싶어."

"들어 봤자 답답하고, 기가 차고. 얘, 왜 이렇게 살았나 싶은 얘기들뿐일 거야."

"내 얘기도 거의 늘 그런 식이었잖아. 그런데도 넌 들어 줬고."

그러니까 내게도 기회를 달라고 덧붙일 필요가 없었다. 이미 잡고 있던 가현의 손을 더 굳게 쥐어 오며, 손찬이 이야기를 시작했으니까.

"사고가 있었어."

담담한 목소리로, 손찬이 깊은 곳에 묻어 두었던 그날의 기억을 끄집어냈다.

"중학생 때. 누구 연락을 받은 건지, 어디로 가던 길이었는지는 기억이 안 나. 그냥 나는 신호를 기다리고 있었고, 파란불에 길을 건넜는데, 건너편에 도착하기 전에 갑자기 달려온 차에 부딪쳤지."

몸이 붕 떠오르던 순간은 기껏해야 몇 초 남짓이었을 것이다. 드라마에서처럼 곳곳에서 피가 터져 나오지는 않았다. 그저 차로부터 조금 떨어진 곳에 쓰러진 채 일어서지 못했을 뿐이었다.

의식이 남아 있는 동안, 그는 차니찬 노로 위에 누운 채 누군가를 향해 손을 뻗었다. 상대는 차에서 내렸지만 곁에 오래 머물지 않았다. 머잖아 차는 그를 두고 그곳을 떠났다. 손찬은 줄행랑치는 차의 뒤꽁무니만 바라보다 정신을 잃고 말았다.

"심각한 상처는 없었어. 큰 사고도 아니었고."

왼팔을 여덟 바늘 꿰맸고, 발목이 부러지긴 했어도 가현이 겪었던 일에 비하면 아무것도 아니라고 생각하며 손찬이 말을 이어 갔다.

"나중에 정신을 차렸을 때 내 옆엔 변호사가 와 있었어."

그건 그가 깨어나길 가장 간절히 기다린 사람이 최 변호사라는 뜻이었다.

"그 변호사는 의사를 부르는 대신 이렇게 말했지. 그날 벌어진 일은 공론화시킬 필요 없는 사고라고. 그러니까 더 이상 아무 말 하지 말고 가만히 누워 있으라고. 더 거짓말을 하면 아버지가 용서 하지 않으실 거라고."

"사고는 네가 당했는데 거짓말은 뭐고, 용서는 또 뭐야?"

저 당연한 질문에 선뜻 대답을 해 주는 이가 없었다. 정신을 차 리고 3일이 지났을 때에서야 처음으로 병문안을 온 김여정은 그제 야 손찬에게 진실을 말해 줬다.

"내가 처음 눈을 떴을 때, 옆에 있던 간호사에게 뺑소니 차량에 누나가 타고 있었다고 증언했대. 누나는 어디에 있냐고 물으면서."

"진짜야? 정말로, 타고 있었어?"

"응."

차도에 쓰러진 자신을 바라보던 냉랭한 시선. 달아나던 상대의 뒷모습. 그는 그날 윤선아의 행동을 선명히 기억하고 있었다.

그러나 최 변호사는 부정했다.

'네 기억이 틀렸던 거다.'

'아저씨.'

'진범을 찾았다. 여자야. 젊은 여자. 인상착의가 비슷해서 헷갈렸을 거다. 젊은 여자들은 다 비슷하잖니. 머리도 길고, 옷도 화려하게 입고. 거기다 넌 차에 치인 직후였어. 충분히 착각할 수 있지. 경찰이 사진을 보여 줄 거다. 넌 고개만 끄덕이면 돼. 그럼 전부 끝나.'

CCTV도, 블랙박스도 요구할 수 없었다.

그가 반항할 틈도 없이 모두에게서 이번 일에 대해 함구하라는 압박이 쏟아지기 시작했다. 단 한 사람도 그가 사고 당시를 기억하길 원하지 않았다.

'처벌을 바라는 게 아니에요. 그냥 믿어만 주세요. 제가 누날 억지로 모함하고 있는 게 아니라는 것만 알아주면 전 아무래도 좋아요.'

하지만 돌아온 건 뜻밖의 애원이었다.

'엄만 물론 널 믿지. 근데 찬아. 이번 한 번만 덮고 넘어가면 안 되겠니? 누나도 이런 일이 생겨서 많이 힘들어하고 있어. 만약 정말로 누나가 낸 사고라고 해도 당연히 실수였을 거고. 그렇지? 알고 있지? 우리 아들은 착한 동생이니까. 누나 실수 감싸 준다고 생각하고 한 번만. 딱 한 번만 덮고 넘어가자. 너도 무사하고 고작 이런 일로 우리 가족이 다 뿔뿔이 흩어질 수는 없잖니. 그러니까 엄마 믿고, 제발 이번 한 번만. 응?'

그날 병실에 찾아온 여자는 손찬의 엄마가 아니었다. 절망스럽게도.

'가족이니까 당연히 너도 그렇게 할 생각이었겠지만 이번만 조

용히 넘어가 주면 누나도 너한테 고마워할 거고, 다 괜찮아질 거야. 아무 문제도 없을 거고. 그렇지?'

배신감이 휘몰아치는 와중에도 손찬은 김여정의 말을 믿고 싶었다. 잠시도 사고를 잊지 못하게 만드는 몸의 통증도, 가슴에 맺힌 채 어떻게 풀어야 할지 모를 막연한 분노도 최 변호사가 시킨 대로만 증언하면 다 사라질 거라고 믿고 싶어서. 살기 위해서 그렇게 했다.

머잖아 의사가 이 환자는 사고 당시를 잘 기억하지 못한다는 진단을 내렸을 때 어머니를 포함한 주변 사람들은 모두 안도했다.

"얼마 지나지 않아서 내 첫 증언을 들은 간호사가 병원을 떠났고, 사고는 조용히 덮였어. 하지만 우린 아무도 괜찮아질 수가 없었지. 누나는 화가 났고, 아버지도 화가 나셨고, 어머니도 화가 나셨어. 그리고 나도 화가 났지. 우린 모두 화가 나 있었어."

그리고 길을 잃은 진실은 마음 안에서 곪아 버렸다.

"시간이 필요했어. 우리 모두가 화를 풀 시간. 그 일을 잊을 시간이 절실했지."

결국 그가 등 떠밀려 부산으로 떠나게 됐다.

슬픔과 먹먹함을 끌어안은 채 바라본 마지막 길은 아름다웠었다. 햇살을 자잘하게 흐트러뜨리며 휘날리던 벚꽃, 간간이 보이는 목련 나무로 들어차 있던 길. 모든 건 부산에 준비되어 있을 거라는 말에 짐도 없이 집을 나와 그 길을 걷다가 정류장 앞에 서 있는 누나와 마주쳤다.

'드디어 가니?'

'결국, 누나였어?'

'무슨 말인지 난 전혀 모르겠는데?'

그때 손찬은 어린 시절을 떠올리지 않을 수 없었다.

계단에서 굴러떨어진 그를 내려 보며 웃고 있던 누나가 그때의 누나와 겹쳐 보여서, 섬뜩함을 느끼지 않을 수가 없었다. 누나는 그에게 온실이 아무리 넓고 따뜻해도 빛이 가장 잘 드는 자리는 따로 있다는 걸 처음 알려 준 사람이었다. 또 윤선아는 온실을 독차지하려는 욕심을 숨기지 않는 사람이기도 했다.

'하지만 이건 너한테 좋은 기회가 될 거야. 그러니까 다신 돌아오지 마, 윤손찬. 네가 돌아오면 그땐 부산 정도론 끝나지 않을 테니까. 알잖아, 무슨 일이 벌어지더라도 아버지는 내 편, 그 여자는 방관자라는 걸.'

그 말은 온실 안의 법이자 영원한 진실이었다.

"찬아."

잡았다는 사실조차 잊고 있던 손에 힘이 느껴졌다.

내가 어떻게 잠시라도 널 잊었을까 놀랄 정도로 따뜻하고 강력한 힘이, 그를 아득한 과거 속에서 현실로 끌어당겨 주었다.

"분명히 네가 내 앞에 있는데, 꼭 다른 곳에 가 버린 것 같으면 내가 어떻게 하면 돼? 이젠 내가 알아야 할 것 같아."

"방법은 많지."

가현이 바람 빠진 풍선처럼 힘없이 웃었다.

"모르겠어. 네가 뭘 좋아할지……."

"아무거나. 아무거나 해 줘, 가현아. 내가 너에게 돌아올 수 있게."

"사랑해."

담담하게 내뱉어진 고백에 그가 웃었다.

"아직 나도 못 한 그 말을 왜 하필 지금 해."

"집에 가서 혼자 후회하기 싫어서. 너랑 헤어지고 집에 들어가면 이런 말을 했어야 하는데, 저렇게 할걸, 혼자 후회하거든. 어떤 생각 하는지는 쪽팔리니까 말 안 할 거야. 물어보지 마."

"응."

흔하디흔한 세 글자인데. 그 흔한 말이 참 좋다.

"좋다. 밤새 계속 더 듣고 싶을 정도로."

"내가 좋은 방법을 딱 찾았네. 효과가 좋으니까 앞으로 필요할 때만 말할 거야."

"뭐?"

"이제 얼른 가. 늦었어."

진심이었는지 가현은 그의 손에 차 키를 쥐여 주고 후다닥 집으로 들어가 버렸다.

"정말 남가현."

항상 예상을 뒤엎지.

그는 웃음을 삼키고 핸들을 잡았다.

"여보세요?"

— 잘 가고 있어?

시계를 보니 집 앞에서 헤어진 지 20분도 안 지난 때였다.

"응."

— 술 마시러 간댔지? 그러고 보니까 난 너랑 술 마신 적이 없네.

"그러게."

― 다음엔 나랑 마셔. 나 꽤 잘 마셔.

"그래."

― 오늘, 네 얘기 해 줘서 좋았어.

운전에 집중이 안 될 것 같아서 그가 잠시 길가에 차를 댔다.

"솔직히 안 들었으면 좋았겠다, 싶지? 이제 불쌍해서 너 나 못
버려. 화가 나도 편히 화 못 낼걸. 내가 그걸 노리긴 했는데, 너무
치사했나 싶어서 지금은 좀 미안하네."

그런 얘기 듣게 해서. 이제 겨우 행복해진 네 마음 아프게 해서.
그런 과거를 가진 사람이라서.

"미안해, 가현아."

― 난 고마운데.

"뭐가."

― 그날 다치지 않고 무사해 줘서.

"……."

― 이 말을 네가 병실에서 처음 눈떴을 때 들었어야 했는데. 아
직까지 못 들었을까 봐 제일 고마운 내가 이제라도 말하는 거야.
네가 무사해 줘서 나는 너무 기쁘다고.

말문이 막혔다.

― 아직 궁금한 것도 많고 듣고 싶은 얘기도 많은데, 오늘은 여
기까지 하자. 나는 너를 더 알고 싶지만 상처를 헤집고 싶지는 않
거든. 무리하는 널 보는 게 싫어. 이런 마음이었지, 너도? 무서워하
는 나한테 천천히 하자고 했잖아. 그거랑은 다른가? 근네 나도 비
슷하다고. 답답하지만 괜찮아. 걱정하지 말고 하나씩 하자. 그래서

오늘은 여기까지야.

"……."

— 잘 자란 말은 너 무사히 들어갔다고 연락 오면 할 거야. 운전 조심하고, 꼭 연락해.

모두의 말대로 진실을 덮기로 마음먹은 후로 그는 운 적이 없었다. 그 사고는 다른 누군가의 실수였고, 누나는 아무런 관련이 없고, 그에게는 기억이 없어야 하니까. 그때를 떠올릴 때 불어오는 바람이 시려도 울 수가 없었다. 울면, 기억하는 사람이 되는 것 같아서 억울하고 원망스러워질까 봐.

근데 살아 줘서 고맙다는 너의 말에 이렇게 다 커서, 목이 멘다.

"사랑해."

— 알아. 니가 나한테 하는 말이 아니라 내가 너한테 한 말인 거. 너도 알지?

"응. 알아."

이제 그 말은 그가 어디에 있든 혼자가 아님을 일깨워 주는 약속이 되었다.

꼭 너의 존재처럼.

"변호사들은 많이 만나 봤니?"

최 변호사가 물었다.

미국은 어땠니. 잘 지냈니. 그때는 미안했다. 적어도 이 셋 중에서 한마디는 나올 줄 알았는데. 아버지의 사람들은 어쩌면 이렇게 변함이 없을까.

"만나 봤죠."

"실력 있는 사람들이었으면 좋겠구나. 네가 최선을 다했다는 느낌이라도 안고 돌아가게."

"잊으셨나 본데, 육아원으로 돌아가기엔 제 나이가 좀 많아서요."

돌아가도 안 받아 줄 나이가 될 때까지, 정확히 말하면 그가 미성년자의 테두리에서 벗어나 일이 수월해질 때까지 미국으로 쫓아내 놓고 그 일을 도운 사람이 그걸 잊으면 참 민망하지 않은가.

"농담할 기운도 있구나."

"농담이라도 해야 시간이 갈 것 같아서요. 아니면, 소송 얘기나 할까요?"

"재산 분할에 대해 정리한 서류는 벌써 받아 봤을 텐데. 더 필요한 게 있니?"

"어머니가 매년 증여해 주신 것만 해도 꽤 어마어마해서요."

"조언 하나 하마."

최 변호사가 앞으로 몸을 숙였다.

"외가에서도 네 어머니한테 넘겼던 지분 돌려받겠다고 나선 모양이던데, 그쪽 지원을 받아라. 그럼 이기진 못해도 더 많은 걸 받아 낼 수 있을 거야. 아쉽지 않을 정도로 한몫 단단히 챙기라는 뜻이야. 물론 떼 줘야 할 돈은 더 많아지겠지만, 어차피 너에겐 의미 없는 지분 아니니. 경영권 승계를 받을 것도 아니니까."

"그러곤 느낌만 안고 돌아가라고요? 돈은 돈대로 떼 주고? 그쪽 사람들이랑 뒤에서 손잡은 걸 모를 것 같아요? 아버지가 어머니 회사 지분 뺏을 기회만 호시탐탐 노리는 걸 지켜봐 왔는데?"

손찬이 웃었다.

"어떻게 이렇게 하나도 안 잃으려고 하세요? 피 한 방울 안 섞였어도 법적으론 아들인 사람 내쫓는 일인데, 명예든 지분이든 뭐든 조금은 잃을 각오를 하셔야죠."

"많이 컸구나. 미국 물이 좋았나?"

"아저씬 그대로시네요. 남의 상처로 돈벌이하는 것도 여전하시고."

최 변호사도, 아버지도 대가 없이는 한 푼의 선의도 베풀 사람들이 아니라는 걸 진즉부터 알고 있었으니까. 더 속을 것이 없었다.

"외가에도, 그 집에도 제 편은 없죠. 그러니까 거짓말은 관두세요."

"네 아버지께선……."

"네. 아버지께선 언제나 아저씨를 앞세우고 혼자 안전지대에 계시죠. 그래서 아버지랑 나눠야 할 대화를 늘 아저씨랑 하고 있죠, 저는."

날카로운 그의 태도에 최 변호사가 입을 다물었다.

"아버지가 왜 그러시는지 알아요. 처음 입양이 결정됐을 때부터 오늘까지 한 번도 저를 아들로 생각하지 않으셨으니까. 아버지껜 그냥 잠깐 집에 굴러들어 온 애에 불과했을 테니까. 미워도 손댈 가치조차 없었겠죠."

무시와 냉대. 혹은 명령.

윤성철 회장은 손찬에게 있어 참 한결같은 사람이었다.

"아버지는 한 번이라도 제게 찾아오셨어야 했어요. 입원했을 때

도, 미국으로 떠나라고 할 때도. 그리고 지금 이 순간에도. 병실에
서 어머니를 설득하셨듯이 한 번은 절 이해시켜 주셨어야 했어요.
하지만 아버지는 그러지 않으셨죠."

"그건⋯⋯."

"아버지께 전하세요. 이젠 더 이상 아저씨만으로는 설득되지 않
을 거라고. 전, 제가 가고 싶은 길을 가겠다고. 그러니까 제가 마음
을 정할 때까지 그 집에서 그냥 기다리기만 하시라고. 그렇게 전하
세요."

17화 나 너희 집 갈까?

　　매일 보기로 약속했었는데. 그 후로 며칠 동안 두 사람은 통 만
나질 못했다.

　　마지막 학기답게 연일 무서운 난이도의 과제들이 쏟아진 탓에.
가현은 틈틈이 도서관이나 카페에 처박혀 과제를 하거나 팀원들과
함께 졸업 발표회를 준비하느라 밤을 새곤 했다.

　　"하암."

　　"돈 들더라도 조금이라도 더 자고 택시 타고 가라니까."

　　"아니야. 괜찮아."

　　"괜찮기는. 눈도 다 못 뜨면서."

　　덕분에 엄마는 걱정이 이만저만이 아니었다. 하긴 눈 아래는 푹
꺼졌지· 안색은 창백하지, 타향살이하는 애처럼 가끔씩 집에 들어와
선 좀비 같은 몰골로 씻지도 못하고 픽 쓰러져 자는 딸을 지켜보며

속을 졸이셨을 것이다.

"오늘도 늦어? 그 가방은 또 뭐야."

"옷 좀 챙겼어. 아무리 졸업반이래도 3일이나 같은 옷으로 버티는 건 좀 아닌 것 같아서."

"그 학교 앞에서 자취한다는 애 집에 갖다 놓는 거야?"

"응. 어차피 졸작 PPT 같이 봐야 해서 그러라고 하더라고."

"어휴. 피곤해서 어쩌니."

마지막 학기에는 학교 좀 편하게 다녀 보겠다고 그간 열심히 저축해 놨는데 그럴 필요가 없었나 보다. 지출은 개뿔, 어디다 돈 쓸 시간이 없다. 밥 먹을 시간도 부족해서 요즘엔 거의 빵이나 삼각김밥 같은 걸로 끼니를 때우는 실정이었다.

"참, 그 친구는 왜 또 안 와?"

"그 친구? 누구? 승혜?"

"아니. 네 남자 친구."

"아."

그러고 보니까 학교에 처박혀 지내느라 데이트 못 한 지 어언…… 며칠이 지났더라? 연락은 그래도 꼬박꼬박하는 편인데. 요즘은 하루가 한 달 같고, 이틀이 석 달 같아 그런지 날짜 감각이 없었다.

"걔, 애가 참 괜찮더라. 밥 먹는 거만 봐도 정갈하니 태가 다르더라니까."

"후광 효과 아니야? 난 그런 거 별로 못 느꼈는데."

"말도 예쁘게 하고 행동도 바르고. 진작 좀 집에 데려오지. 그렇게 오래 사귀었으면서."

고등학생 때 만났다고만 말했더니 엄마는 두 사람이 꽤 오래 사귀었다고 생각하시는 모양이었다. 어차피 어떻게 만났고, 또 무슨 일들이 있었는지 구구절절 설명할 수도 없어서 가현도 굳이 오해를 바로잡지 않았다.

"걔 언제 또 온다니?"

"왜?"

"온다고 하면 갈비 좀 양념에 재워 놓게. 반찬도 좀 해 놓고."

반찬은 무슨.

"엄마가 그런 걸 왜 신경 써."

"신경 쓴다고 뭐 대단한 거 해 주니. 아니면 언제 네가 한번 갔다 와. 너 시간 괜찮다고 하면 반찬 해 놓을 테니까. 알았지? 물어보고 엄마한테 얘기해."

가긴 어딜!

그 집은 하늘이 무너지고 땅이 솟고 우박이 내려도 절대로 발을 들여놔서는 안 되는 공간이라는 걸…… 말은 못 하고, 가현은 가방을 들고 벌떡 일어났다.

"갔다 올게."

— 과제 때문에 내가 정신이 없었잖아. 본 지도 꽤 됐고. 물어볼 것도 있고. 오래는 힘들어도 잠깐은 괜찮거든. 어때? 시간 괜찮아?

오랜만에 가현이 반가운 제안을 해 줬지만 손찬은 담담히 거절했다.

"미안. 오늘은 선약이 있어서. 이따가 내가 전화할게."

"가현이라는 애니?"

손찬은 핸드폰을 주머니에 넣었다.

"이젠 어머니도 알게 되셨네요."

"……."

바깥 날씨가 추운데도 김여정은 스커트 차림이었다. 가지런한 정장. 집에서도 편한 옷을 입고 있는 모습을 본 적이 거의 없었다. 그래서 4년 만에 아들을 찾아오기로 했을 때도 별 뜻 없이 출근하는 것처럼 차려입고 오셨을 거라고 생각하기로 했다. 실은 이번이 마지막이라는 생각으로 오셨을 테지만. 그렇게 생각하면 아직은 마음이 아프니까.

"아버지께서 이젠 어머니더러 절 설득하라고 하세요?"

"엄마가 어떻게 너한테 그렇게 말할 수 있겠니. 어떻게 너한테……."

"왜요. 그럴 자격이 있는 유일한 분이신데. 전 잘 지냈어요. 걱정하지 않으셔도 괜찮아요. 궁금해하실 것 같아서."

"그랬니."

무슨 말을 제대로 꺼내기도 전에 김여정은 울먹이고 있었다. 손찬은 그런 어머니를 소파로 이끌었다.

"따뜻한 차라도 드리고 싶은데 아직 사다 놓질 못했어요."

손찬이 웃었다.

"그릇은 샀는데 생각해 보니 컵을 안 사서. 싼 걸로 아무거나 사 올까 했는데, 가현이가 컵은 절대로 싸구려로 사넌 안 된다고 해서요. 그래도 어머니가 오시기 전에 소파라도 들여놔서 다행이에요.

슬리퍼도 그렇고."

보일러를 틀었어도 스타킹만 신은 발로 집 안을 돌아다니기에는
추운 날이니까.

"신경을 써 줬어야 했는데."

"제가 갑자기 들어와 버렸죠. 그럴 때가 됐다고 생각했거든요.
가현이도 곧 졸업할 거고, 제가 가진 돈이면 당분간은 어떻게든 될
거라고 판단하기도 했고. 물론 가현이는 절대 제 도움은 안 받으려
고 하겠지만 모르게 도울 방법은 많으니까요."

한참 후 김여정이 어렵게 입을 열었다.

"엄만, 너에게도 좋은 일이라고 생각했어. 단지 시간이 조금 필
요하다고 생각했어. 네가 원하지 않는데 떠난다고는…… 엄마에게
말했다면 절대 널 그렇게 미국에 오래 두지 않았을 거야."

"말하고 싶었어요, 저도. 이번엔 남고 싶다고 말하려고 했죠. 하
지만 실은 그날 아버지와 하시는 얘길 들었어요."

"무슨……"

"4년 전에, 병원에서요. 최 변호사한테 비행기 티켓을 받았을 땐
솔직히 떼를 쓰고 싶었거든요. 그래서 멋대로 병원에 찾아갔었어
요."

당시 김여정은 과로로 쓰러져 절대적 안정이 필요하다는 주치의
의 권고에 따라 입원해 있던 상황이었다. 그런 시기에 손찬의 유학
이 절차대로 착착 진행되고 있던 거였다.

마지막 발악이라 생각하고 용기 내 찾아간 병실에는 이미 다른
손님이 와 있었다.

'언제까지 끼고돌 생각이야. 처음 그 애를 들인 것부터가 전부

당신 고집이었어. 그때 당신이 힘들어한 걸 알았기 때문에 이해하고 눈감아 준 거야. 유산했던 아이 대신 위안거리라도 삼으라고. 밖에서 선아 데려온 내 잘못도 잊지 않고 있었으니까.'

'찬이, 우리 아들이라고 그랬잖아요. 피는 안 섞였어도 우리 아들이라고…….'

'누구의 피도 안 섞였는데 어떻게 아들이 되겠나.'

아버지의 말에 새삼 상처받기에는 그간 견뎌 온 세월이 길었다.

편할 대로 젓가락을 쥐고 처음 보는 진귀한 음식들을 들쑤시는 어린아이와는 겸상을 할 수 없다고 하셨을 때부터 꾸벅꾸벅 졸면 가정부를 혼내고, 성적이 낮으면 상종도 하지 않고, 식탁에서의 모든 대화를 영어로 하신 일 따위는 모래알처럼 셀 수 없이 많았으니까. 그래서 새삼 제 위치에 대해 불평할 마음이 들지 않았었다.

'당신 딸 아니라고 선아한테 정 덜 주는 거 다 알아. 그래도 당신 이번에 입원하고 선아가 매일같이 찾아와서 수발 다 들고 옆에 있어 주고 했잖아. 걔가 노력하는 만큼 당신도 노력을 해야지. 언제까지 이렇게 남남처럼 지낼 거야.'

'내 딸이 아니라서가 아니었어요. 알잖아요! 그 앤 날 엄마로 본 적이 없어요!'

'언제까지 다 지나간 세월만 붙잡고 앉아 있을 생각이야? 지금 선아가 당신한테 얼마나 노력하는지를 봐야지.'

'찬이는…….'

'자선은 이만하면 충분히 했어. 이젠 자립할 수 있게 해 줘야지.'

어머니는 더 화내거나 매달리지 않았다. 그저 늘 그랬듯 아무런 말도 하지 않았을 뿐이다. 그런데 새삼스럽게도 그 침묵이 어떤 잔인한 말보다도 상처가 되었다.

"엄만 그것도 모르고……."

상처라고 해 봐야 엄마에겐 엄마의 가족이 있고, 그 안에 자신은 영원히 속할 수 없다는 사실을 인정하게 된 것 뿐이었다. 미국으로 떠나야만 한다는 사실 역시.

"별로 사과하지 않으셔도 되는데."

"아니야. 엄마가, 엄마가 미안해. 네 아빠한테 뭐라고 했어야 했는데. 그땐 엄마가 너무 지쳐 있어서, 너무 힘이 들어서……. 선아가 먼저 찾아와서 미안하다고, 후회한다고. 조금만 더 시간을 주면 더 노력하겠다고. 그때 그 사고도 너한테 진심으로 사과하겠다고. 그래서 엄만 네가 그 동안만 한국을 떠나 있으면 전부 해결될 거라고 생각했어."

"솔직히 전엔 원망하는 마음도 있었지만 이제는 없어요."

어떻게 미워할 수 있을까. 평생 남처럼 데면데면하게 지내 오던 딸이 처음으로 내보인 따스함에 기대고 싶어지는 그 당연한 마음을. 진짜 가족이 되고 싶다는 꿈에 처음으로 희망이 덧씌워진 기쁨을 누가 감히 탓할 수 있을까.

"전부 이해해요."

한 걸음만 내디디면 넘어설 수 있는 꿈의 문턱 앞에서 손찬을 돌아보기에는 김여정이 그 집에서 혼자 외로이 견뎌야 했던 시간이 너무나 길었다. 오랫동안 곁에서 지켜봐 온 간절함이, 너무도 깊었다.

"그러니 울지 마세요. 더 미안해하지도 마세요. 남들은 받고 싶어도 못 받는 교육만 골라서 받았잖아요. 중간에 멈추고 와 버리긴

했지만, 결과적으로는 대단한 경험을 한 거니까. 그렇게 미안해하
실 정도로 괴롭기만 한 시간들은 아니었어요."

다르게 표현하자면 자선은 훌륭했다는 뜻이었다.

"미국은, 부산에 있을 때랑 비슷했어요."

미국행 비행기에 올라탔을 때부터 그는 이미 미련도 기대도 모
두 훌훌 털어 버린 후였다. 그러나 절망하지는 않았다. 훗날 돌아
왔을 때 잘 지냈다고 말할 수 없다면, 미국에서 보내는 모든 시간
이 무의미해질 거라고 생각했기에. 4년 동안 매 순간 최선을 다해
살았다.

"물론 지칠 때도 있었지만 그건 다른 유학생들도 다 마찬가지니
까."

눈을 감으면 동시에 선명히 떠오르는 한 사람이 있었기에 더 무
겁고 짙었던 향수. 그것은, 소나기처럼 무섭게 쏟아져 내려 흠뻑
젖어선 물기가 마르길 마냥 기다릴 수밖에 없는 감정이었다.

"······하긴 괜찮을 리가 없는데. 혼자서, 많이 외로웠을 텐데."

손찬이 웃었다. 가볍고 담담하게.

"그냥 어머니가 걱정하지 않으셨으면 했어요. 어차피 미국까지
오실 수도 없는데, 괜히 신경 쓰이게 만들고 싶지 않았어요. 어머
닌 한국에서 건강히 잘 지내시고, 전 미국에서 잘 있으면 된다고
생각했어요."

그렇게. 그런 식으로 홀로 그리움을 삼켜 내는 방법밖에는 배우
지 못했다. 혼자 인내하고, 기다리고, 참아 내기. 누구에게도 의지
하지 않기. 아무리 아파도 티 내지 않기. 입양된 후로 님들이 부러
워할 많은 조건을 갖추게 됐지만, 그 집에서 정말 제대로 배운 건

그런 거였다.

"한국에서도, 미국에서도 전 항상 최선을 다했으니까. 아쉽지 않아요. 여기까지면, 충분히 다 했다고 봐요. 그렇죠?"

매듭이 지어져야 한다는 말임을 이해한 김여정이 회한이 담긴 목소리를 쏟아 냈다.

"그러지 말았어야 했어. 그때 선아 편을 들면 안 되는 거였는데. 걔가 너에게 한 짓을 알고도 엄만 벌을 주자고 말할 수가 없었어. 네 아버지를 설득하지도 못했고. 그냥 엄마는 시간이 지나면 우리가 정말 가족이 될 수 있을 거라고 믿었어. 그래서 미안해, 찬이 너한테. 고작 돈으로 보상할 순 없겠지만, 그래도 엄만 네가 부족함 없이 지내도록……."

"아뇨."

손찬이 단호하게 말을 잘랐다.

"남들이 부러워할 만한 재산도, 청설 그룹 회장의 아들이라는 타이틀도 바란 적 없어요. 그러니까 어머닌, 그런 쓸모없는 걸 저에게 물려주려고 더 노력하지 않으셔도 돼요."

"엄마가 너한테 줄 수 있는 게 고작 그런 것뿐이라서 그래. 부족하지 않을 만큼. 줄 수 있는 만큼 다 주고 싶어. 지금 이 기회를 놓치면……."

"정말 괜찮아요."

거듭되는 거절에 김여정이 울먹였다.

"너무 미안해서…… 잘해 주고 싶었는데. 많이 사랑해 주고 싶었는데. 엄만 이제 어떻게 하면 좋을지 모르겠어. 너한테 아무리 사과해도……."

"알 것 같아요. 그거."

손찬은 사과하는 어머니에게서 가현이와 제 자신을 보았다. 시간은 잘못을 지워 주는 지우개가 아니기에. 시간의 무게가 쌓여 더 무거워진 과오를 바로잡는 일은 늘 어렵다.

"어머니만 그런 거 아니에요. 다들 그렇게 살겠죠. 아니, 적어도 전 그랬어요."

그러니까 미안해하지 않으셨으면 했다. 정말, 진심으로.

"모든 걸 정리하려고 한국으로 돌아왔지만 어쩌면 좋을지 모르겠어서 흐지부지 지내고 있었어요. 어떤 날은 싸울 생각이 들었다가 어떤 날은 전부 놔 버리자 생각했어요. 싸우지 않은 걸 후회할지, 싸운 걸 후회하게 될지 모르겠어서. 지금도 여전히 그런 상태지만 끝이 나기 전에 어머니가 와 주셔서 다행이에요."

손찬이 김여정의 손을 잡았다.

어릴 적 센터에서 그를 데리고 나올 때 김여정이 이렇게 손을 잡아 줬었다. 그 커다랗고 따뜻하던 손의 감촉을 이렇게 오래 기억하리라고 누가 생각이나 했을까. 망설임 없이 우리 아들이라고 불러 주던 목소리가 여전히 어제 일처럼 생생하다는 걸 남들이 믿어 주기나 할까.

"누구보다도 잘해 내고 싶었어요. 감히 누구도 어머니의 선택을 두고 손가락질 못 하게 만들고 싶었어요. 절 선택하신 걸 후회하지 않도록. 아버지가 어머니의 선택을 납득하게 해 드리고 싶었어요."

그의 지난 삶은 그런 노력들로 점철되어 있었다. 스포츠로 치면 마라톤처럼 긴 레이스였고, 계절로 지면 봄이 오길 하염없이 기다리는 겨울의 어디쯤이었을 것이다. 그렇게 길었고, 추웠고, 또 숨이 벅찬 나날들이었음에도 불구하고 우리 아들이라고 불러 주던 당신이 있어 견딜 수 있었다.

"여덟 살 때 어머니를 만났으니까, 14년이었네요."

"……그래. 참, 길고, 참 짧았다."

담담하려 애쓰는 목소리였다.

"맞아요. 길고 짧았어요."

비록 피는 섞이지 않았어도 꼭 닮고 싶을 정도로 곱고 예쁘던 당신의 손에 주름이 늘고, 그 손을 잡기가 버겁던 꼬마가 독립하기까지. 정말 길었는데. 돌이켜 보니 또 참 짧았다.

"아직…… 아직 어린데…… 겨우 스물둘인데. 아직도 이렇게……."

김여정은 잡고 있던 그의 손에 얼굴을 묻었다. 축축하고 뜨거운 숨결이 느껴지는데 울음소리는 들리지 않았다. 지금 이 모습을 이 순간을 두 사람은 평생 잊지 못할 것이다.

"제게 주신 행운과 모든 사랑에…… 감사드려요."

언젠가 이런 날이 온다면 홀가분한 기분이 들 거라고 생각했는데. 함께여서 감사했던 시간의 기억들이 무겁게 가슴을 짓눌러 왔다. 이 순간이 지나가면 우연히 마주쳐도 어머니라고 부를 수 없고, 사람들 앞에서 떳떳하게 인사를 건넬 수도 없고, 아프셔도 찾아갈 수 없는 사이가 될 테니까.

그런 생각이 들어서 가슴이 부서질 듯 아프지만.

괜찮으실 거라 믿고, 행복하실 거라 믿고, 그렇게 살아가야만 하겠지만.

그럼에도 불구하고.

"만약 저에게 미안한 마음이 남았다면 그만큼 건강하세요. 제가 그리우면 그리운 만큼 건강하시고, 사랑이 남았다면 꼭 아픈 데 없이, 제발 무리하지 말고 건강히 지내세요. 저는 이제 어머니랑은 다른 곳에서…… 마주치지 않고 살 거니까. 건강하게 잘 지내고 계신다고 믿으면서 살 생각이니까. 행복하세요, 꼭. 저도 그럴게요."

"감기…… 조심해야 해. 밥도 챙겨…… 먹고. 차도 조심하고 꼭……."

"네, 그럴게요. 꼭 그럴게요."

"미안해. 우리 아들. 정말 미안했어."

마지막으로 어머니를 안으며 손찬은 두 눈을 감았다.

잠시, 흘러가는 시간이 아쉬워 붙잡고 싶은 마음이 들었지만, 그건 불가능하니까. 이별을 피할 수는 없으니까. 담담히 전부 괜찮을 거라고 믿었다. 더는 시간이 해결해 줄 수 없는 일에 헛된 희망을 품지 않아도 되니까. 해내지 못한 일을 돌아보며 후회할 필요가 없으니까. 그저 앞을 향해 나아가면 되니까. 네가 있을 곳을 향해서 걸어가면 되니까.

"그동안 정말 감사했습니다."

이제 나에게는 네가 있으니까.

＊

교내에 있는 카페테리아. 마주 앉아 공부를 하고 있던 승혜가 갑자기 테이블에 엎어섰나.

"아 지겨워 죽겠다, 진짜. 가현아. 넌 졸업 유예 안 해?"

"그거 할 돈이면 해외여행 한 번 다녀오는 게 낫지. 왜, 너 하려고?"

"졸업 예정자가 취업에 더 유리하다니까. 괜히 제때 졸업했다가 취업 늦어지면 완전 하자품 취급 당할 거 아냐."

"그러게. 세상이 참 쓰레기야. 그치?"

가현은 방금 작성을 마친 수기 레포트를 옆으로 밀어 놓고 찢어질 것처럼 늘어진 가방에서 전공 도서를 꺼내 들었다. 주문해 놓은 아메리카노를 다 마시기 전에 이 책을 다 읽고 요약까지 끝내는 것이 오늘의 첫 번째 목표였다.

"아, 너 근데 요즘 남자 친구 안 만나는 거 같던데. 그 사람 일해?"

삥삥이처럼 계속되는 공부 얘기가 지겨웠는지 승혜가 다른 대화 주제를 꺼내 들었다.

"그 사람은 무슨. 말 낮추라니까."

"됐어. 불편해."

"왜?"

"그냥 분위기 자체가 대하기가 좀 어려워."

"걔가?"

학생 때부터 워낙 장난스러운 모습을 많이 봐서 그런가. 멀쑥하게 커서 돌아왔어도 가현의 눈엔 여전히 그때처럼 보일 때가 많았다. 아, 이거 혹시 기억이 만든 콩깍지인가?

"그래서 왜 안 만나는데."

"요즘에 내가 바쁘잖아."

"잠깐 학교로 오라고 하면 되지. 밥 먹고 카페에서 공부하는 시간에 짬짬이 봐도 되고."

"그러긴 싫어."

이상하게 느껴질 수도 있겠다 싶어 가현이 얼른 덧붙였다.

"요즘처럼 바쁘고 피곤할 때 만나 봐야 괜히 걱정만 들게 할 거야. 안 그래도 걘 걱정이 많아서 뭐 하나 알게 되면 하루 종일 내 생각만 하고 있을걸. 아, 뭐 이게 닭살 멘트가 아니라 진짜로 별의별 생각을 다 할 거라니까."

"너도 마찬가지 같은데?"

정곡을 찌르는 말에 가현이 픽 웃었다.

"사실 오늘 잠깐 볼까 했는데, 선약이 있대."

"서운하겠다."

"내가 그럴 입장이 못 돼서."

"왜 그럴 입장이 못 되는데? 너 뭐 잘못했어?"

"아니. 그냥."

누나에 대한 이야기를 들은 후부터 재회했던 날 그에게 쏟아 냈던 말들이 하나하나 콕콕 가슴을 찔렀다. 나는 너무 힘들었고, 아팠고, 네가 미워졌고. 너도 그만큼 아팠으면 좋겠다니.

'어쩌면 그렇게 내 감정만 중요하게 생각했을까?'

털어놓기 힘든 사정이 있었던 건지도 모르는데, 왜 그렇게 못된 말들만 골라서 했는지 모르겠다.

"무슨 일 있는 거 아니지?"

"응."

"바빠서 못 보더라도 통화는 자주 하고 지내. 바쁘디고 눈앞에 있는 일만 하다 보면 나중에 만났을 때 괜히 서먹하고, 할 말도 생각 안 나고, 섭섭하고 그렇거든. 그러니까 힘든 일이든 좋은 일이든 그때그때 나누라고."

승혜의 진지한 충고에 가현이 두 손으로 턱을 받치며 웃었다.

"자기 연애 얘긴 잘 안 하더니? 아무튼. 뭐, 좋은 조언이었습니다."

가현이 일어나자 승혜가 물었다.

"어디 가?"

"네 말대로 연락이라도 하려고. 어차피 엄마한테 오늘도 못 들어간다고 전화도 해 드려야 하고, 잠도 깰 겸 겸사겸사."

"어쩐지 안 돌아올 것 같다."

그럴 리 없다고 생각하면서도 가현은 장난스럽게 대답했다.

"그렇게 되면 내 짐 좀 부탁할게."

"그래. 세영이네 맡겨 놓을 테니까 걱정 말고 가. 내일 보자."

농담 같지 않은 배웅을 받으며 가현은 겉옷과 핸드폰만 챙겨 들고 카페를 나왔다.

"으으. 엄청 춥네."

벤치에 자리를 잡고, 가현은 바로 윤손찬에게 전화를 걸었다.

'결국 이 번호로 끝까지 가는구나. 근데 왜 안 받지? 이상하다. 윤손찬 번호 맞는데. 신호도 잘 가고. 아까 잠깐 통화했을 때가 5시쯤이었으니까…….'

가현은 아까의 짧은 통화 내용을 떠올렸다.

'미안. 오늘은 선약이 있어서. 이따가 내가 전화할게.'

생각해 보니 그 약속이 뭔지, 누굴 만나는지, 어딜 가는지 들은 것이 없었다. 문자도 없고, 전화도 다시 안 오고.

"설마⋯⋯."

혹시 또 무슨 일이 생긴 걸까?

가현은 황급히 다시 통화 버튼을 눌렀다.

'받아라, 받아라, 받아라. 제발, 전화 좀 받아.'

기도가 간절해질 무렵. 달칵, 소리가 들려왔다.

"윤손찬? 너야?"

— 응.

"뭐야, 너? 어디야? 뭐 하는데 이렇게 전화를 안 받아, 사람 걱정되게. 그깟 전화 한 통 받는 게 뭐가 어려워서 이렇게⋯⋯."

— 미안해.

그냥 전화를 못 받은 걸 사과하는 거였을 텐데. 그런 가벼운 말이었을 텐데.

'왜 이렇게 넌 또⋯⋯ 날 불안하게 만드니.'

"⋯⋯나, 지금 너희 집으로 갈까?"

졸업 발표회가 코앞이고, 읽어야 할 500페이지짜리 책이 네 권이고, 당장 내일 있을 발표 연습도 덜 했는데, 모든 걸 다 멈추고 당장 너에게로 가지 않으면 안 될 것 같았다.

— 가현아.

네 목소리가, 그렇게 떨리고 있었다.

"내가 갈게. 아무 데도 가지 말고 집에 있어."

가현은 바로 핸드폰을 주머니에 쑤셔 넣고 달리기 시작했다.

손잔이 순 열쇠로 로비를 통과하고 집까지 거침없이 들어간 기현은 신발을 벗기도 전에 바로 그를 불렀다.

"윤손찬!"

그런데 돌아오는 대답이 없었다.

"윤손찬! 윤손찬!"

집 안 곳곳을 누비며 그를 찾아다녔지만 어느 방에서도, 어디에서도 그를 찾을 수가 없었다. 집에서 기다리라고 했는데. 불길한 예감대로 그는 여기에 없었다.

가현이 거실 바닥에 털썩 주저앉았다.

'설마 또, 사라져 버린 거야? 그날처럼 아무리 기다려도 돌아오지 않을 거야? 그러지 않기로 했으면서. 이젠 안 떠난다고 했으면서?'

다 괜찮아졌다고 생각했는데. 이제야 모두 제자리를 찾았다고 생각했는데.

'네 생각만 하면 애처럼 눈물부터 나게 만들어 놓고. 넌 왜 이렇게 멋대로 굴어.'

툭툭, 떨어진 눈물이 손등을 적셔 갔다.

그때. 문이 열리고 윤손찬이 들어왔다.

"어…… 가현아."

그는 거실 바닥에 주저앉아 있는 가현을 보고 깜짝 놀라 신발을 벗을 정신도 없이 달려와 한쪽 무릎을 꿇고 앉았다.

"추운데 왜 이러고 있어."

가현은 그런 그의 팔을 꽉 잡았다.

"어디 갔었어?"

"잠깐 편의점. 너 온다는데 집에 아무것도 없어서."

정말로 그는 편의점 비닐봉지를 든 채였다. 하지만 그걸 확인하고도 한번 놀란 마음은 쉽게 가라앉지 않았다.

"집에 있으라고 했잖아. 아무 데도 가지 말라고 그랬잖아! 내가 얼마나…… 내가……."

"정말 집에 너무 아무것도 없어서 너 오기 전에 뭐라도 사다 놓으려고 나갔던 거야. 놀라게 할 생각은 아니었는데. 미안해, 가현아."

할 말이 없었다. 스스로 제정신이 아니라는 생각이 들어서.

'미쳤어 진짜. 잠깐쯤 집을 비울 수도 있지. 바쁘면 전화 못 받을 수도 있고. 이렇게 미안하게 만들 일이 아니었는데.'

왜 이렇게 잠깐도 견디질 못하게 되어 버린 걸까.

"아니야, 내가 미안하지. 진짜 미안. 어, 내가 잠깐 어떻게 됐었나 봐."

"가현아."

"진짜라니까. 진짜…… 미안해, 놀라게 해서. 별거 아니야. 그냥 내가 가끔씩 이래. 쓸데없이 겁이 나고, 불안하고 그래. 정말 쓸데없는 거 있잖아. 뭐, 버스 같은 거 타면 뒤에 앉은 사람이 갑자기 때릴까 봐 무섭고, 계단 앞에 서면 누가 밀칠까 봐 무섭고. 갑자기 니가 내 전화를 안 받으면…… 또 떠났을까 봐 무섭고."

그냥 그렇게. 아무것도 아닌 일에 불쑥불쑥 찾아오는 별것 아닌 감정이었을 뿐이다.

"아니었으면 됐어. 떠난 것도 아니고, 네가 여기로 돌아왔으니까 됐어. 그렇지?"

"불안하면 그렇다고 해. 그래도 괜찮아."

"억지로 웃는 거 아닌데? 진짜 괜찮은데도 불안하다고 말해?"

활짝 웃는 가현을 보며 그가 한숨지었다.

"진짜 남가현 고집⋯⋯."

"그걸 이제 알았어? 그래서, 어디에 있었는데? 진짜 그냥 편의점만?"

"겸사겸사 좀 걷기도 했고."

"추운데 차도 없이 그냥 밖에서?"

"응. 그냥."

그냥이 아니구나. 무슨 일이 있었구나. 그런 생각이 들었지만 가현은 묻지 않았다.

"오늘따라 더 예쁘다, 내 애인."

"집이 춥다."

맥락에 안 맞는 말을 남기고 가현이 벌떡 일어섰다.

가현이 보일러 버튼을 찾아 온도를 높이고, 차라도 한 잔 끓여 주려고 포트에 물을 올리는 동안 윤손찬은 말없이 졸졸졸 그녀를 쫓아다녔다.

"저기."

그러지 말고 추운데 가서 이불이라도 덮고 있으라고, 그렇게 말해 주려고 했는데 돌아서고 보니 싱크대와 그 사이에 가둬진 채였다.

"좀 비키지?"

"추워서. 목도 마르고."

건조한 목소리였다.

"그래서 내가 지금 뭐라도⋯⋯."

말이 끝을 맺기도 전에 그가 마른 입술을 부딪쳐 왔다. 해갈하듯

444

본능적으로 느껴지는 움직임이었다. 입술에 닿은 그는 사막처럼 건조하고 뜨거웠다. 가현은 두 눈을 감았다. 저절로 허리가 싱크대 안쪽으로 휘어져 가자 뒷머리에 그의 손이 와 닿는 것이 느껴졌다.

"하아."

나지막한 한숨을 내뱉었을 뿐인데, 그의 표정이 무섭게 굳어졌다.

"아니, 나는 싫다는 게 아니라. 조금 숨이 막혀서."

"그런 뜻 아니야."

"그러면? 무슨 뜻인데?"

쏘아보는 시선이 낯설다. 낯선, 남자 같다. 지금의 그는.

뒤에서 커피포트 안의 물이 끓는 소리가 들렸지만 돌아볼 수가 없었다. 숨도 편히 쉬지 못할 만큼 가현은 긴장하고 있었다. 싱크대 위에 있던 그의 한 손이 천천히 다가왔다. 그 손이 젖은 입술에 붙은 머리칼을 떼어 주는 순간, 갑자기 가현은 이 집에 오지 말라던 손찬의 경고가 떠올랐다.

"차는 직접 마셔. 나는, 가 봐야겠다."

최대한 자연스럽게 말한다고 했는데, 그는 비켜 주질 않았고 어색한 침묵은 계속됐다.

"저기."

"알아, 가현아."

알고 있다고 말하면서 무겁게 내려앉은 그의 시선은 여전히 가현을 붙잡아 두고 있었다. 메시지를 가진 눈빛이었다. 날 여기에 혼자 두고 떠나지 말아 달라는 마음이 소리 없이 분명하게 전해져 왔다.

너의 눈빛은 늘 이렇게 수백 가지의 현란한 말보다 더 빠르고 온전하게 나를 설득시키곤 했다.

"늦었어. 그리고……."

"가지 마. 조금만, 더 같이 있어 줘."

끝내 뱉어진 진심.

가현이 여전히 제 뺨에 닿아 있던 그의 손을 잡았다. 그의 손은 어째서 늘 이렇게 차가운지 모르겠다. 왜 이렇게 순간순간 외면할 수 없을 만큼 마음이 아픈지, 함께 있는데도 어째서 빙판 위를 걷는 것처럼 아슬아슬하게 느껴지는지…….

"내가 너를 더 잘 알았으면 좋겠다. 그러면 널 더 이해할 수 있을 텐데."

"가현아."

미안함이 잔뜩 묻어난 목소리에 그녀가 옅게 미소 지었다.

"아무것도 강요 안 해. 우린 서로 그러기로 했었잖아. 그러니까 오늘은 이렇게 하자. 너는 강요한 적 없이 순전히 내 마음대로 너랑 더 있는 걸로. 대신 처음부터 끝까지 내 방식대로 할래."

투정 부리는 아이를 달래 주듯 그가 다정하게 물었다.

"그래. 뭐부터 할까?"

"일단은. 배가 고파."

주문한 치킨을 먹고. 나란히 바닥에 앉아 소파에 등을 기댄 채로 두 사람은 치킨보다 많이 주문한 맥주를 마시며 별것 없는 이야기를 이어 갔다. 굳이 그가 껄끄러워하는 주제에 대해 얘기할 필요는 없었다. 그 외에도 할 얘기가 정말 많았으니까.

"진짜? 정말로 그래?"

"어. 한번은 내 앞에 웬 할아버지가 서 계셨는데, ID카드를 두고 왔다고 점원이 절대로 술은 못 판다는 거야. 원래 엄격하긴 한데 우리 동네는 더 그랬어."

"한국이었음 그냥 바로 샀을 텐데."

취기가 오른 가현이 손뼉까지 치며 웃었다.

"어! 잠깐만. 그럼 너 미국에서 술은 거의 못 마셨겠다. 원래 대학 들어가면 다들 죽어라 퍼마시잖아. 마시기 싫어도 처음엔 환영회니 뭐니 눈치 보느라 빠지기도 힘들고."

"편법 쓰면 못 마실 것도 없는데, 굳이 그럴 생각이 없었어. 공부할 게 많았거든."

"에이. 니가?"

설마 하는 생각이 말투에 그대로 묻어났다.

교복 입던 시절부터 윤손찬은 영리하고 똑똑했다. 가현이 틀린 문제를 노려보고 있을 때면 맞은편에서 수험서보다 친절한 해법을 적어 건네곤 했으니까. 앤 뭐하러 시간 아깝게 고등학교 다니나, 검정고시 보고 수능 쳐서 대학 가 버리지, 생각한 적도 있었다.

"너라면 쉬울 줄 알았는데. 발음도 원어민처럼 했었잖아. 외국어 듣기 문제 읽어 줄 때."

그랬었나, 작게 읊조린 손찬이 픽 웃었다.

"뭐든지 실전은 다르더라. 이해 안 가는 말도 많았고. 한국이랑은 시스템도 달라서 적응 자체가 어려웠어. 정신이 없기도 했고. 도착하고 바로 spring semester 시작에, 학년 낮추고 그런 것도 없이 시니어로 들어갔거든. 12학년. 진짜 밤낮없이 공부만 했어."

"12학년이 제일 높은 거야?"

"응. 한국으로 치면 고3. 첫 SAT 점수는 진짜 충격이라 위기의식이 확 들더라."

전혀 다른 언어로 모든 시험을 치르면 당연히 점수가 적게 나올 수밖에 없다고 가현은 생각했다. 그것도 유학 가자마자!

"그 학교에 한국인은 없었어? 요즘은 유학 많이 가잖아."

"중국이나 일본 애들은 조금 있었는데, 대부분 학년도 다르고 이상하게 우리 학교에 한국인은 나뿐이었어."

"대학도?"

"응."

"너 혼자 참…… 심심했겠다. 많이 외로웠겠다."

담담히 미소 짓는 손찬을 따라 가현도 애달픈 미소를 그렸다. 타국 생활이 얼마나 힘든지 짐작도 안 가는 주제에. 그냥, 마음이 아렸다.

"한국에서 알던 사람들은 너 미국 간 거 아예 몰랐어? 한 명도?"

"한두 명."

혹시 그가 미안해할까 봐 가현은 일부러 태연하게 반문했다.

"누구? 아, 그 카페 주인? 차 빌려준?"

"응."

치익. 그가 새 맥주 캔을 땄다.

"어떤 사람이야? 이름은? 성격은 어때? 내가 갔을 땐 그 카페 문 닫았던데. 지금은 일 안 해? 아니면 다른 일 해?"

"관심 있어? 왜 이렇게 궁금한 게 많아."

그가 입술을 삐죽 내밀었다. 당연히 장난이겠거니 생각했는데 뒤로 이어지는 말이 없는 걸 보니 진심인 모양이었다.

"말 안 해 줄 거야?"

"이선오, 나보다 다섯 살 많아. 땡."

"야."

그냥 오래된 친구라니까 궁금했던 건데, 윤손찬은 상상 이상의 유치함을 선보였다.

"됐다, 됐어."

"좋은 사람이야."

결국 대답이 돌아왔다.

"성격은 제멋대로. 배려도 제멋대로. 자기 체면이 세상에서 제일 중요한 사람인데. 그래도 누가 물어보면 좋은 사람이라고 대답할 수밖에 없는 형이야."

"그럴 것 같아. 좋은 사람일 것 같아."

손찬은 궁금해하는 가현을 위해 이선오와 어떻게 알게 됐는지부터 친구로 지내기까지의 자잘한 일과 그를 찾아 미국까지 찾아와 준 일, 한국에 돌아온 후에도 살뜰하게 자신을 챙겨 준 일을 이야기해 줬다. 그에게서 주변 사람에 대해 듣는 일은 아주 드문 것이라 가현은 소파에 머리를 기댄 채 그의 이야기를 경청했다.

그러다 가현이 입을 뗀 것은 또 한 캔의 맥주가 텅 비었을 무렵이었다.

"근데 어쩐지…… 너랑 좀 닮은 느낌이다."

"그 형이랑 나랑? 어디가?"

"어딘지는 모르겠는데 그냥 닮은 것 같아."

떨떠름해하는 손찬을 두고 그녀 혼자 실없이 웃었다. 취기가 올라서 그런가. 긴장이 풀려서 그런가. 오늘 밤은 유독 궁금한 것도 많고, 웃음도 많았다.

"한국에서 가장 그리운 건 뭐였어? 길에서 파는 매운 떡볶이, 순대, 겨울에는 어묵? 아니면 물 탄 맥주? 아, 너 떠날 땐 학생이었지. 그러고 보니까 난 니가 뭘 좋아하는지 아는 게 없다. 매운 음식은 잘 먹는지, 간식으론 어떤 걸 좋아하는지……. 좋아한다면서 정말 아는 게 하나도 없네."

함께한 시간이 짧아서라고 변명하기엔 그가 가현에 대해 아는 것이 너무나 많았다. 하다못해 수능 날 윤손찬이 사다 준 도시락 반찬까지도 하나같이 가현이 좋아하는 것뿐이었으니까. 같이 밥을 먹은 적이 거의 없는데도 그랬었다.

"알아야 할 게 많다. 너한테 들어야 할 얘기가 아주 많아."

작게 읊조린 말에 그가 픽 웃었다.

"어렵게 생각하지 마. 딱히 못 먹거나 가리는 음식은 없어. 계란말이, 불고기, 떡볶이, 순대, 어묵. 네가 잘 먹는 건 나도 다 좋아해. 쉽지?"

"그럼 회도 잘 먹어? 나 회 진짜 좋아하는데."

"아마도?"

"멍게, 해삼. 이런 것도?"

"너 그런 것도 먹어?"

도리어 놀랐다는 듯 물어 오는 그를 보며 가현이 웃었다.

"아니. 못 먹어."

"와. 내 애인이 장난을 다 치네."

"가장 보고 싶은 사람은? 나였어?"

뜬금없는 질문에 망설임 없는 대답이 돌아왔다.

"가장 보고 싶던 것도 그리웠던 사람도 언제나 남가현, 너. 앞으로 내가 어디서 뭘 하고 있더라도 언제까지나 너. 내가 다른 어떤 걸 좋아하게 되더라도 절대 너 이상은 아닐 거야. 넌 내 친구고, 가족이고, 내가 세상에서 가장 사랑하는 사람이니까."

부딪친 눈빛이 짙고, 참 따스하다.

"아 듣기 좋다."

가현이 배시시 웃음을 터뜨렸다.

폭탄주도 아니고, 소주도 아니고 겨우 맥주만 몇 캔 마셨을 뿐인데, 몇 년간 술은 입에도 대지 않았을 그보다 먼저 취한 것 같았다.

그런 가현의 상태를 바로 알아챈 손찬이 들고 있던 맥주 캔을 뺏어 갔다.

"이제 그만 마셔. 택시 부를게."

꽉. 일어선 손찬의 코트 자락을 가현이 덜컥 붙잡아 버렸다.

"부르지 마."

"……어?"

"자고 갈래."

비틀거리며 가현이 일어섰다. 손찬의 불안한 시선에 담긴 의미를 알고도 가현은 말없이 침실로 향했다. 하지만 문간에 발을 디디자마자 그에게 잡혀 돌려세워졌다. 쿵, 뒷머리를 살짝 문기둥에 박고 말았지만 띵한 감각조차 느껴지지 않았다.

"남가현."

"그렇게 부르는 것도 오랜만이다."

매섭게 저를 쏘아보는 손찬을 보며 가현이 바보처럼 웃었다.

"집으로 가."

"안 가."

"너⋯⋯."

머리가 아팠고, 피곤했고, 졸음이 쏟아졌다. 그리고 그 모든 이유들보다 더⋯⋯ 너를 더 알고 싶었다. 그게 전부였다.

"오늘은 내 방식대로. 그렇지?"

"너⋯⋯ 하아."

짧막한 한숨이 뱉어졌다. 그게 경고를 뜻한다는 걸 모를 수가 없었다. 반쯤 이성이 날아간 자리에 남은 건 이렇게 널 바라보는 것만으로는 만족할 수 없게 만드는 무언가였다.

"진짜 제멋대로지 남가현."

"너만 하겠어?"

"그러게."

픽 웃으며 그는 가현이 다른 말을 꺼내기 전에 키스했다.

얼근해서인지 평소보다 그의 입술이 훨씬 뜨겁게 느껴졌다. 그때, 거칠게 허리 언저리를 헤매던 손이 엉덩이를 스쳐 허벅지에 닿았다. 그대로 그가 그녀를 안아 든 것은 순식간의 일이었다. 놀란 가현은 잡을 곳을 더듬다 그의 목에 두 팔을 둘렀다. 그러곤 당연한 수순처럼 서로의 코끝이 부딪치고 다시 입술이 맞닿았다.

어느덧 등 뒤에 닿은 침대의 감촉을 제대로 느낄 틈도 없이 그가 깊게, 더 깊게 몸을 숙이며 키스해 왔다. 정신없이 입술, 뺨, 눈가 곳곳에 입을 맞추는 그를, 가현은 그저 강하게 끌어안아 주고 싶었다. 우린 같이 있다고, 말이 아닌 손길로 전해 주고 싶었다. 끝없이, 끝없이 너에게 알려 주고 싶었다. 우린 앞으로도 이렇게 함께 있을 거라고.

"사랑해, 가현아."

술김에도 민망해하며 가현이 얼른 대답했다.

"알아."

"알고 있어도 들어. 계속 말할 거니까."

"아."

차가운 손이 갑자기 배를 쓸어 올려 가현이 숨을 삼켰다. 아래를 내려다보니 말려 올라온 니트 때문에 시야가 거의 다 가려져 있었다. 하지만 커다란 손이 천천히 배를 쓰다듬으며 점점 위로 올라오고 있는 것만은 느낄 수 있었다. 아랫배, 윗배, 그리고 속옷 사이에 숨겨져 있던 곳까지. 살살 달래듯 어루만지다 탐욕스럽게 가득 쥐어 왔다.

"윤손……."

"씻고 싶어?"

"어?"

뭔가 많은 걸 함축한 것처럼 들리는 질문이었다.

"원하면 욕실로 가도 돼."

내려다본 브이넥 니트는 브래지어가 다 보일 정도로 깊게 파여 있었다. 위쪽을 끌어 올리든 아래를 내리든 하고 싶었지만 그는 허락하지 않았다.

훅, 드러난 쇄골에 그의 숨결이 파고들었다. 곧이어 짓눌린 쇄골에 잇댄 입술이 질척한 소리를 냈다. 이성적으로 생각힐 틈을 주지 않겠다는 듯, 달달한 사탕을 문 것처럼 장난스럽게 핥고 아프게 깨물면서도 그는 잠시도 그녀에게서 두 눈을 떼지 않았다.

아래서 올려다보는 그의 시선에 오스스 소름이 돋았다.

"혼자는 안 보내. 그래도 가고 싶으면 가자."

환한 욕실. 어두운 침대. 둘 중에 고르라면 당연히 후자였다.

"불…… 불은, 끄자."

"싫은데."

단호한 대답이 그답지가 않았다.

"윤……."

젖은 그의 입술이 묘한 미소를 그려 냈다.

"알아. 네가 원하면 난 들어줄 수밖에 없지. 그게 뭐든."

장난스러운 대꾸와 함께 푹 꺼져 있던 침대가 솟아올랐다. 그제야 가현은 계속 눕혀져 있던 몸을 반쯤이나마 일으킬 수 있었다. 불을 끄러 가는 짤막한 거리. 손찬의 뒷모습이 4년 만에 재회했던 날처럼 낯설었다. 키가 컸고, 어깨가 넓어졌고, 스위치를 누르기 직전 가현을 바라보는 눈빛까지도 전과는 확연히 달랐다.

탁.

어둠에 눈이 적응하기도 전에 가현의 뒷머리에 그의 손이 닿았다. 부드럽게 침대에 그녀를 다시 눕히는 동안에도 손찬은 가현의 입술을 놓아 주지 않고 잘근잘근 침범해 갔다. 그에게서 느껴지는 숨결이 점차 뜨거워지는 걸 가현은 느꼈다. 여전히 그의 움직임을 따라가는 것도, 얼굴에 닿는 숨도 낯선 가현이었지만 서로의 감정이 나란히 한곳을 향해 나아가고 있다는 것만은 분명히 알 수 있었다.

무얼 더 망설이고 겁내고 기다려야 할까. 그를 사랑하는 만큼 바라는데.

　입술을 뗐을 때 니트가 마치 실크처럼 부드럽게 몸에서 흘러내
렸다. 흐트러진 머리칼 탓에 고개를 흔들고 다시 바라본 그의 얼굴
이 어둠 속에서 선연히 빛났다. 예쁜 눈, 예쁜 코, 예쁜 입술. 가현
은 겨우 두 팔을 뻗어 그의 뺨을 감쌌다. 열에 달뜬 얼굴. 그녀의
손길을 느끼고 미소 짓는 그가 좋았다.

　"더 필요한 건?"

　"없어. 아직은."

　태연한 척하고 싶었지만 스스로 듣기에도 목소리가 덜덜 떨리고
있었다. 그저, 이 뒤에 이어질 행동을 상상하며 미친 듯이 뛰고 있
는 심장 고동이 그에게 닿지 않기만을 바랄 뿐이었다.

　"나……."

　"평생. 이 순간을 후회할 일이 없게 할게. 잘해 줄게."

　"……."

　가현은 두 눈을 감았다.

　툭, 어느 사이에 등 언저리를 어루만지던 그의 손이 브래지어의
후크를 풀어냈다.

　그는 그대로 고개를 숙여 평소에 가현이 한 번도 의식한 적 없는
곳을 얄궂게 깨물었다

　"아."

　저도 모르게 신음을 뱉으며 가현은 그가 자신을 아프게 하려고
작정한 것이 분명하다고 생각했다. 가끔 가쁜 숨을 참지 못하고 그
의 어깨와 팔을 꽉 쥐었지만 그는 개의치 않았다. 아니, 오히려 그
럴 때마다 더 짙은 숨결을 살갖에 새기며 열에 젖은 손길로 더 섬

세하게 가현의 곳곳을 홧홧하게 만들어 갔다.

"너, 열이 나. 아파?"

청바지 후크가 풀리는 소리마저 외설적으로 느껴지는 와중에, 그가 물었다.

"괜찮⋯⋯아. 그냥, 술 때문에 그래."

술이라는 핑계를 댈 수 있어 다행이라고 생각했을 때 차가운 공기가 다리 전체에 내려앉았다. 하지만 찰나였다. 금방 단단하고 뜨거운 그의 몸이 겹쳐 왔으니까.

"아."

그때 예고 없이 살갗을 가르고 무언가 파고들어 왔다. 스스로도 깊이 의식한 적 없던 곳에 닿는 손길에 순간 눈앞이 빙빙 돌았다.

"야, 너⋯⋯."

더는 말을 잇지 못하고 가쁜 숨이 터져 나왔다. 긁어 올리고, 꽉 누르고 가현조차 몰랐던 곳곳을 짚어 가며 손찬의 손길은 점점 속도를 높여 갔다. 여기가 어디인지, 뭘 하고 있던 건지 잊어 가던 때, 거친 숨소리만 가득하던 공간에 비닐이 뜯기는 이질적인 소리가 섞여 들었다.

"가현아."

그의 부름에 정신을 차렸을 땐, 코앞에 그의 얼굴이 다가와 있었다.

"남가현."

서로의 코끝이 닿아 잘게 쪼개진 숨결이 오고 갔다. 무언의 신호라는 걸 모를 수가 없어서. 침대 위를 더듬던 가현의 손이 그의 몸을 지탱하고 있던 팔을 꽉 쥐었다. 힘이 들어가 단단한 팔목. 조금 안심이 되려는 그때. 아래를 지분거리던 손과는 비교도 되지 않을 정도로 뜨겁고 단단한 감촉이 몸에 닿았다.

"하, 아."

저도 모르게 몸을 반쯤 일으킨 가현의 등을 손으로 받치며 이미 맞닿아 있던 그의 이마가 더 무겁게 그녀를 눌러 왔다. 괜찮다고, 괜찮다고 달래듯 계속해서 코끝이 스치듯 닿았다. 땀에 젖은 피부는 그렇게 닿는 것만으로도 끈적이며 서로를 끌어당겼다. 그래, 멈출 수는 없다. 여기까지 왔고, 더 나아가고 싶었다. 그저 조금 아파서, 조금 당황했던 거야.

"하아, 하아."

"가현아. 괜찮아?"

괜찮다고 대답하고 싶었지만 몸이 바르르 떨리고 있었다.

"가현아."

겨우 올려다본 그는 울먹이는 것처럼 보였다. 아니, 시야가 젖은 건 그녀의 눈물 때문이었다. 손찬은 그저 걱정스러운 표정으로 가현을 바라보고 있을 뿐이었다. 그는 가현과 몸을 겹친 채로 미동도 하지 않았다. 가현은 숨을 헐떡이면서도 두 팔을 뻗어 그를 제게로 끌어당겨 안았다.

"됐, 어."

겨우 건넨 대답에 픽, 웃는 소리가 들리는 것 같았다.

"근데 어쩌지. 긴장을 조금 더 풀어 줘야겠는데."

"어, 뭐?"

그는 입술로 가현의 목 부근을 장난스럽게 힐찍거리다기 다시 입을 맞춰 왔다. 위에서 깊게, 깊게 침범해 오다 뒤로 물러나고, 다시 입술만 지분거리다 얄궂게 혀끝을 깨물었을 때 긴장과 통증으로 움츠러든 다리에 그의 미끈한 손이 닿았다. 뒷무릎부터 허벅지 안 쪽까지 느른히 쓸어내리는 손, 그 오싹한 감촉에 잠시 긴장이 풀어 진 틈을 타 허벅지 사이로 그의 단단한 무릎이 파고들었다. 동시에 몸 안에서 느껴지던 낯선 감각이 더 뜨겁게 고동쳤다.

왈칵 눈물이 났다.

"너무 겁내지 마, 가현아. 시작이 반이다. 알지?"

농담을 건넨 뒤로 그는 망설이지 않았다.

가루눈처럼 부서진 햇살이 그를 덮고 있었다. 흐트러진 머리칼, 길게 내려온 속눈썹. 만지지 않아도 단단함이 느껴지는 어깨. 힘줄 이 돋아난 팔. 피로가 섞인 나른함 때문일까. 그의 침대 위에서 아 침을 맞이하고도 가현은 그와 함께 있는 지금이 꼭 꿈결처럼 느껴 졌다.

'진짜지? 진짜 우리가 같이 어제……'

혹여 그가 깰까, 조심스럽게 뻗은 손끝이 가지런한 눈썹에 닿았 다. 점을 찍듯 살금살금 만져 보던 손끝은 날카로운 콧대를 타고 내려와 그의 입술에 닿았다. 말랑한 그의 입술은 평소보다 조금 부 어 보였다.

"빨갛다."

저도 모르게 작게 읊조리곤 제 목소리에 제가 놀라 숨을 삼켰다.

'안 깼지?'

하지만 벌써 그의 입술이 실룩이고 있었다.

"뭐야, 안 잤어?"

"너 만지고 싶은 만큼 만지라고."

"그……냥 먼지가 붙어서. 여기 청소 좀 해야겠다. 왜 이렇게 먼지가 많아. 너 나 오기 전엔 청소 한 번도 안 했지?"

생각나는 대로 아무 말이나 주절거리며 자연스럽게 일어나려다 번뜩 아무것도 입고 있지 않은 걸 깨닫고 가현이 다시 침대에 주저앉아 이불을 끌어당겼다. 옷이나 입고 있을걸, 후회했지만 이미 어디로 도망칠 수도 없는 상황이었다. 손찬은 그런 가현을 보며 픽 웃더니 일으킨 몸을 천천히 기울여 왔다.

"너 또 뭘……."

가현은 말을 다 끝마치지도 못하고 두 눈을 질끈 감아 버렸다.

입술에 닿아 온 건 단단하고 건조한 무언가였다.

"어?"

"입술에. 먼지 붙어 있어서."

모아진 그의 손가락엔 아무것도 잡혀 있지 않았다.

"거짓말."

"그러게 빤한 거짓말을 왜 해. 솔직하게 만지고 싶다고 하면 될 걸."

"넌…… 그런 말이 쉬워?"

"가현아. 우리가 침대에서 뭘 하든 그건 우리가 그냥 서로 사랑한다는 뜻일 뿐이야. 다른 사람들처럼 평범하게. 너무 어렵게 생각하지 마."

아이를 달래듯 머리를 쓰다듬다가 장난스럽게 뺨을 꼬집어 왔다.

평소라면 그만하라고 짜증을 냈겠지만 속옷 한 장 안 걸치고 있다는 사실이 가현을 얌전하게 만들었다. 정말, 별거 아닌 옷 하나인데 그거 하나 안 입었다고 사람이 이렇게 착해진다.

"우리 애인은 아침에 봐도 예쁘네. 밤에도 예쁘더니."

"그만해라, 진짜."

가현의 경고에도 손찬은 태연히 대답했다.

"왜, 예쁜 건 예쁜 건데."

"어어."

확 덮쳐 오는 그림자에 놀란 가현이 얼른 손을 뻗어 다가오는 그를 막았다.

열이 오른 맨살이 닿아 와 당혹스러운 와중에도 다른 손으로는 잡고 있던 이불을 더 꽉 쥐며 가현이 말했다.

"아침이야."

"알아."

"아침이라니까?"

"안다니까."

"어제도 너……."

밤새 잠 못 자게 괴롭혔잖아, 그렇게 말하려다가 가현이 입술을 깨물었다. 그런 말은, 진짜 차마 못 하겠어서.

"귀여워 죽겠어, 남가현."

"뭐래. 나 너보다 한 살 더……."

뒷말이 이어지는 대신 쪽 소리가 들렸다. 어린애한테 하듯 쪽쪽 손찬이 뺨이며 입술이며 이마에 계속해서 뽀뽀를 해 왔다. 그런 그가 사랑스럽다는 생각이 민망한 마음을 짓누르려던 찰나에, 초인종 소리가 들려왔다.

"아침부터 뭐지?"

"손님이 올 일이 없는데. 여기에 있어, 가현아."

그가 먼저 몸을 일으키자마자 가현은 얼른 이불로 얼굴을 가렸다. 곁에서 나직한 웃음소리가 들려왔지만 어쩔 수 없었다. 훤한 아침부터 그의 전라를 볼 용기가 없는 건 사실이었으니까.

그가 방에서 나가고 잠시 두런두런 말소리가 들렸다.

그 뒤로도 손찬이 돌아오지 않아서 가현도 슬며시 일어나 옷을 껴입고 나왔다.

"뭐야?"

와 보니 사람은 없고 대신 문 근처에 짐이 가득 쌓여 있었다. 손찬이 그걸 정리할 생각은 않고 가만히 보고만 있어서 가현이 대신 무릎을 굽히고 내용물들을 살폈다. 마트에서 사 온 듯 보이는 유자차, 레몬 티, 커피, 녹차. 상자 안에 잘 포장된 것들은 예쁜 유리컵과 찻잔이었다.

"쌀이랑 와, 반찬도 있네? 게장이랑 장조림이랑 김치랑. 네가 시켰어? 아침부터?"

"아니. 선물인가 봐."

"누가?"

가현의 질문에 벽에 기대서 있던 손찬이 미소 지었다.

"엄마인가 보다."

"그래?"

가현이 웃었다.

"네가 혼자 나와서 지내니까, 걱정되셨나 보다."

461

"응."

가현은 손찬을 올려 보며 손을 잡았다. 그러곤 장난치듯 잡은 손을 흔들며 말했다.

"우리 돈 굳었다. 이걸로 밥 차릴까?"

"내 방에 따로 욕실 있어. 샤워하고 나와. 내가 차릴게."

"응."

대답하고 침실로 돌아가며 가현이 뒤를 돌아보았을 때, 손찬은 여전히 갑작스럽게 배달된 선물들을 바라보고 있었다. 가현은 잠시 고개를 갸웃하곤 혼자 침실로 돌아왔다.

18화 **관계의 재정의**

'갈아입을 만한 옷 없나?'

샤워를 마친 가현은 물기만 닦고 나와 장롱을 열었다.

'뭐야. 왜 텅 비어 있지?'

그제야 빠르게 주변을 훑어보던 가현의 눈에 구석에 던져져 있는 캐리어가 들어왔다. 반쯤 열려 있는 캐리어 안에는 아직 정리되지 않은 짐들이 가득했다.

'이걸 아직도 정리 안 했어? 옷 같은 건 얼른 빼서 제대로 걸어놔야지. 다 구겨지는데.'

가현은 쭈그리고 앉아 위에 있는 짐부터 대충 정리하다 큰 사이즈의 맨투맨을 찾아냈다.

"어, 이거 괜찮겠다."

툭. 그때 맨투맨과 함께 딸려 나온 종이 뭉치가 바닥에 떨어졌다.

'얜 정리 정돈에는 진짜 관심이 없구나. 쓰레기면 버리고 아니면 보관을 해 놔야지. 멀쩡한 책상 사서 놔두고 왜 쓰지를⋯⋯.'

옷부터 입은 후 쓰레기인지 아닌지 확인하기 위해 종이를 펼친 가현의 눈이 커졌다.

"어? 파양⋯⋯ 조정 신청?"

이게 뭐지?

신청인에 적힌 이름은 낯설었지만 피신청인 자리에 있는 이름은 그렇지 않았다.

"신청인과 피신청인은 파양한다⋯⋯라는 조정을 구합니다."

서류를 쥔 손이 덜덜 떨렸다.

"뭐?"

신청 원인을 자세히 읽어 보려 했지만 함께 딸린 입양관계증명서, 상해진단서, 그리고 온갖 영수증들을 먼저 확인하고 나니 어떤 내용도 더 읽을 용기가 나지 않았다. 이게 무슨 상황인지 머리는 앞서 이해했으나 가슴은 머리가 내놓은 정답을 받아들이길 거부하며 심란해졌다.

'파양이라니. 파양이라니⋯⋯. 백번 양보해서 입양이야 그럴 수도 있다고 쳐. 근데 파양할 거면 뭐하러 아침부터 반찬을 챙겨 보내? 비싼 돈 들여서 유학은 왜 보냈고? 파양은 철천지원수고, 평생 안 볼 사이인 사람들이 하는 거 아냐? 윤손찬은 아니잖아. 윤손찬은⋯⋯.'

아니어야 하는데.

'하지만 내가 아니라고 단언할 만한 걸 알고 있나? 내가, 윤손찬에 대해서 제대로 알고 있는 게 하나라도 있긴 했나?

4년 전, 레스토랑에서 그 두 사람이 무슨 말을 했었더라. 윤손찬이 부모님에 대해 얘기한 적은 있던가?

'누나는, 누나 얘길 하긴 했었지만, 그것도 생각해 보니까 너무 이상하잖아. 가해자는 누나였는데 왜 윤손찬이 누날 피해서 그 방에 숨었던 거지?'

이제 와서 생각해 보니 그를 둘러싼 모든 것들이 너무도 이상했다. 예전에 있었다는 사고도, 레스토랑에서의 대화도, 당당하던 윤선아의 행동도. 그리고 저런 별것 아닌 선물을 보며 기뻐하는 그의 태도도. 왜 진즉 의심하지 못했나 싶을 정도로 전부 꼬여 있었다.

"가현아. 샤워 끝났어? 나와, 밥 먹자."

손찬의 부름에 들고 있던 종이가 다시 무참히 구겨졌다.

'이대로 도망치면……. 하지만 도망치면 뭐가 달라지는데? 한국에 돌아오고 오늘까지 윤손찬은 나한테 아무 얘기도 해 주지 않았는데, 내가 여기서 도망치면 앞으로 뭘 더 알 수 있는데? 아무것도 모른 채 네 옆에서 희희낙락? 계속 그렇게?'

윤손찬은 그걸 바랐을 테지만. 그래서 이제껏 능숙하게 속여 온 거겠지만.

"가현아. 괜찮아? 아직 씻어?"

더 이상 나는 놀아나 줄 수가 없다.

"내가 들어갈까?"

"아니. 괜찮아. 지금 나갈게."

차분한 목소리로 대답하고 방을 나오자마자 맛있는 냄새가 솔솔 풍겨 왔다. 식탁 위엔 새하얀 쌀밥, 김이 올라오는 된장찌개, 그리고 아까 스치듯 본 여러 반찬이 정갈하게 올라와 있었다. 그의 엄

마라는 사람이, 아들을 이곳에 혼자 내버려 두고, 파양까지 하자고
해 놓고서 보내온 음식들. 가현의 가슴에 혐오가 휘몰아쳤다.

"앉아."

"응."

그 여자는 이 집에 한 번이라도 와 봤을까? 이렇게 넓고 커다란
곳에서 그가 혼자 지내는 걸 봤다면 어떤 기분이 들었을까? 설마
아무렇지도 않았을까? 친아들이 아니니까? 그래서 아들을 부산으
로 보내고, 또 싫다는데도 미국으로 떠나게 만들었을까? 그러고도
한국에서 본인만 편하게 두 발 뻗고 잘 살았을까? 그런 사람을 엄
마로 두고 그는, 어떻게 버려 올 수 있었을까.

"안 먹어?"

"먹어야지."

여전히 시선은 초점을 잃은 채로 손이 식탁 위를 더듬다가 숟가
락을 쥐었다.

"밥은 지금 했고, 국도 막 끓였어. 맛있어야 하는데, 걱정이다.
먹어 봐."

"응."

아득한 곳을 향해 있던 눈이 선명하게 손찬을 담아냈을 때, 가현
의 입술이 열렸다.

"어머니는 어떤 분이셔?"

반찬을 집으려던 그의 젓가락이 공중에서 멈췄다.

"갑자기 왜?"

"그냥. 저렇게 아침부터 선물이 도착하니까 궁금해서. 넌 우리
가족 다 만나 봤는데 난 그간 얘기도 못 들어 봤잖아. 어때?"

"좋은 분이셔."

자칫 실소를 내뱉을 뻔했다.

"정말로, 그래?"

"응. 내가 미국으로 떠날 때만 해도 몸이 안 좋으셔서 걱정했는데, 지금은 괜찮아지셨더라고. 다행이지."

"그 말은 어머니를 만났다는 뜻이네. 언제?"

손찬은 잠시 가현을 응시하다 고개를 살짝 옆으로 튼 채로 대답했다.

"어제."

"아, 그 선약이 그거였구나. 그럼 어제 통화할 때 그냥 오늘은 어머니 만나기로 했다고 말하면 됐을 걸 왜 아무 얘기도 안 했어? 내가 안 물어봐서? 내가 안 물어보면 너는 그렇게 언제까지고 아무것도 말 안 해 줄 생각이야?"

"밥 식겠다. 먹자."

또 회피.

'이번에도 내가 포기하지 않으면 넌, 거짓말을 하겠지?'

그걸 알고도 멈출 수가 없었다. 변명이든 거짓말이든 뭐든 종이 쪼가리가 아닌 그의 입으로 직접 듣고 싶었다. 아니, 이제는 그래야만 했다. 그가 원하지 않더라도 가현은 들어야만 했다.

"좀 식으면 어때. 내가 묻고 있잖아. 대답해 봐. 언제까지 말 안 할 생각인데?"

"가현아."

"아니면 아직도 내가 말한 적절한 시기가 아니야? 그 시기는 언제 오는데? 한 달? 두 달? 내가 널 얼마나 더 기다리면 되는데?"

"너 지금 이상한 거 알아?"

손찬의 질문에 가현이 허탈하게 웃었다. 웃는 것 말곤 제 감정을 감추는 방법을 몰랐으니까. 예전, 그 시절처럼.

"뭐가 이상해. 절대로 가족 얘기 안 하는 니가 이상하지, 물어보는 내가 이상해?"

식탁을 둘러싼 공기는 이미 날카롭게 변한 지 오래였다. 더 이상 어떤 기다림도 허용하지 못할 만큼.

"이제 말해 줘. 한국에 돌아온 이유."

단호한 요구에 그의 시선이 침실로 향했다. 그리고 다시 가현을 바라봤을 때 그의 표정에서 체념이 읽혔다. 가현은 속으로 그 시선을 향해 대답했다. 그래, 내가 전부 알아 버렸어, 그렇게 말했다. 피하지도 물러서지도 않겠다는 듯 꼿꼿하게.

'그러니까 이제 말해.'

조용히 눈빛으로 채근하며 가현은 초조함을 애써 억눌렀다. 이번에는 뭐든 들을 수 있을 거라고 믿으며.

결국 잠깐의 침묵 끝에 처음으로 제대로 된 대답이 나왔다.

"꼭 해야 할 일이 있어. 한국에 돌아온 건 그것 때문이야."

"그게 뭔데?"

"얼마 안 있으면 세상 사람들이 다 알게 될 일이야. 서두르지 마."

"서두르지 말라고?"

어떻게 그런 말을 할 수 있니, 넌.

"세상 사람들이 다 알기 전에 내가 먼저 알면 안 돼? 너한테 난! 바깥에 있는 모르는 사람들만도 못해?"

"너한테만은 밝히기 싫었으니까. 남들한텐 웃고 떠들다 보면 지나가는 가십이어도 너한텐 아닐 테니까. 그래서 말하지 못한 거야, 가현아. 그냥 그것뿐이야. 변명처럼 들리리란 걸 알지만 계속 숨길 생각은 아니었어."

"그래! 말해 줄 생각이었겠지. 전부 끝나고 나서. 내가 그런 일이 있었구나, 받아들이는 일 외엔 아무것도 할 수 없을 때. 그때가 돼서야 말해 줄 생각이었겠지, 너는!"

격해진 감정을 더 참지 못한 가현이 의자를 밀치고 벌떡 일어섰다.

"넌 사람 바보 만드는 게 취미야? 아니면 넌, 연애를 이딴 식으로 해? 곁에 두고 비참하게 만들고! 사사건건 눈치만 보게 만들고, 내가 아무 짝에도 쓸모없는 사람이라고 생각하게 만드는 거? 이게 니 방식이야?"

"널 걱정시키기 싫었을 뿐이야."

"그래. 사고도, 유학도, 한국으로 돌아온 이유까지도 넌 그래서 다 감춘 거라고 말하지. 날 위해서!"

더 눌러 담지 못한 말들과 함께 눈물이 터져 나왔다.

"날 위한다는 그 말이 얼마나 폭력적인지 넌 모르지? 다 알게 된 내가, 무슨 생각을 할지, 어떤 기분일지는 생각해 보지도 않았지?"

가현의 절규에 손찬의 눈빛이 사정없이 흔들렸다.

"날 위해서? 니가 내 옆에서 기댈 곳 없이 혼자 외로웠고, 오롯이 혼자 불행을 견딘 이유가 날 위해서란 얘기를 들었을 때 내가 기쁠 것 같았어? 내가 다 이해한다고 말하길 바랐어? 내가, 다른 사람도 아니고 널 사랑하는 내가! 정말 그럴 수 있을 거라고 생각했어?"

울음 섞인 목소리가 힘없이 갈라졌다. 온몸에 힘이 하나도 없었다. 그런 와중에도 망연한 그의 모습을 보며 마음이 아팠다.

"너한테 내 사랑은 겨우 그렇게밖엔 안 보였어? 대답해, 윤손찬."

"내가 생각이 짧았어. 실망했다는 거 알아. 상처 준 것도 알고 있어. 하지만 이렇게 싸울 필요 없는 일이야. 어차피 조금만 있으면 다 정리될 거야. 그러니까……."

"그래. 넌 알지. 너만 나에 대해 전부 알고 있지, 우리는."

"가현아. 제발."

그의 애원에도 가현은 멈추지 않았다.

"너만 날 걱정하고, 너만 날 위로하고. 넌…… 이런 게 좋아? 나 혼자 너한테 기대는 관계에 무슨 의미가 있는데?"

한쪽이 일방적으로 베푸는 관계는 그저 한 사람만 지쳐 가는 과정일 뿐이라는 걸 널 잃고 깨달았던 내가 어떻게 이 관계를 받아들일 수 있을 거라고 생각했던 걸까, 너는.

"난 정말, 널 모르겠어."

이렇게 눈앞에 있는데, 나는 네가 멀게만 느껴져. 아무리 팔을 뻗어도 닿지 않을 것 같아. 꼭 신기루처럼. 그래서 난 줄곧 불안했던 거야. 비밀이라는 안개 속에서 헤매다 널 잃어버릴까 봐, 겁이 났었던 거야.

"제발, 가현아. 이런 말 들으면 당연히 기분이 나쁘겠지만, 이건 네 일과는 달라. 너한테는 도움이 필요했지만 난, 이건 그냥 내가 혼자 정리하면 끝나는 문제야. 어렵지도 복잡하지도 않아. 도움도 필요 없는 일이고. 그래서 말하지 않았을 뿐이야. 괜히 속상하게 만들기 싫어서. 그래서였어."

"……하."

가현은 그의 말을, 걱정해 줘서 고맙다고 좋게 받아들일 수가 없었다.

"가현아."

다가서는 손찬을 두고 가현이 뒤로 물러섰다.

"아니. 싫어."

당장은 그런 마음이었다. 네가 더 다가오지 않았으면 했다.

"오늘은, 갈게."

이미 평온은 깨졌다.

이젠 더 이상 흔해 빠진 거짓말로는 이 관계를 이어 붙일 수 없을 것이다. 이 당연한 사실을 가현은 그도 느끼길 바랐다.

승혜는 정류장에서 버스를 기다리다 한 통의 전화를 받고 바로 택시를 잡았다. 분명히 어제 연락 좀 잘하라고 조언을 했고, 남가현은 카페로 돌아오지 않았다.

'당연히 지 애인한테 갔겠지, 했는데.'

갑자기 전화를 걸어 와선 누가 들어도 우는 목소리로 부탁해 왔다.

'나 좀…… 데리러 와 줄 수 있어?'

그 애에게 이런 식으로 부탁을 받은 건 처음이었다.

애초에 남에게 부탁 자체를 잘 안 하는 애다. 마치 혼자 태어나서 혼자 자라기라도 한 사람같이 좀처럼 누군가에게 도움을 청하는 걸 본 적이 없었다. 빚지는 것도 싫어하고. 이따금 핀이 나갈 정도로 취한 그 앨 직접 데리러 간 것도 승혜가 알아서 한 일이었다. 혼자 두기엔 불안하고 아무리 위태로워도 기대지 않을 애 같아서.

'진짜 걱정 끼치는 타입이지.'

택시에서 내리자마자 주머니 안의 담배를 툭툭 건드리며 승혜는 산책로를 쭉 걸어갔다.

'변했다고 생각했는데.'

꼭 이파리가 노랗게 바래서 더 가망 없어 보이던 식물이 싱싱하게 살아나듯, 윤손찬이 돌아온 후로 남가현은 많이 밝아졌다. 어지간한 일에는 눈 하나도 깜짝 안 하던 애가, 어쩌면 원래 저렇게 웃음이 많은 애였던 건 아닐까, 생각이 들 정도로 빠르게 변해 갔다.

너무나 가깝고, 너무나 깊어서 남들은 감히 끼어들지 못할 시간을 공유한 사람……

'확실히 위안이 되겠지. 그런 사람은.'

그러나 때론……

'지치겠지.'

벤치에 앉아 있는 남가현은 멀리서 보기에도 창백한 얼굴이었다. 이 추운 날씨에 겉옷 한 장 없이 부랴부랴 도망쳐 온 사람처럼 보였다.

"어휴."

울분인지 걱정인지 모를 것들을 한숨에 흘려보내고 승혜는 가현에게로 다가갔다. 바로 앞에서 내려다보는데 남가현은 눈을 마주치질 않았다. 그녀가 왔다는 사실조차 모르는 것처럼 보였다.

"나라 꼴만큼이나 개판이네. 옷은 어디다 버리고 왔어. 그 집에 두고 왔어?"

"······."

추워서일까. 코끝이 빨갛다.

"일단 택시부터 잡을게. 집으로 가. 가서 좀 쉬어."

"학교······ 오늘 발표 있어. 한경."

"지금 그 정신으로 발표나 하겠어?"

"챕터 나눠 놔서 후반만 하면 돼. 질문받고."

승혜가 미간을 찌푸리며 말했다.

"그럼 일단 우리 집이라도 가자. 옷 빌려줄 테니까. 니 가방은 어제 세영이네 맡겨 놨으니까 학교 들어가기 전에 들르면 되고."

"아냐. 세영이네 집에 옷 좀 가져다 놨어. 괜찮아."

"그래? 그럼 바로 학교로 가면 되겠네."

대화의 흐름상 이제 일어날 차례 같았는데, 가현이 뜬금없는 고해 성사를 시작했다.

"옛날에, 내가 윤손찬한테 거짓말을 많이 했어. 셀 수도 없이 많이. 나는 걔를 믿을 수가 없었거든. 그래서 걔가 다가오는 게 무섭고, 싫었어. 내가 숨기고 있는 걸 알아낼까 봐. 다른 사람들에게 전부 말해 버릴까 봐 매일이 불안하고 초조했어."

"······하아."

한숨을 쏟아 내며 승혜가 가현의 옆에 앉았다.

"그래서?"

"이제 와서 걔가 나한테 뭘 숨기고, 거짓말을 했다고 해서 내가 뭐라고 할 자격이 없다는 거 알아. 걔도 그런 생각을 했을 거야. 너도 나한테 그랬었잖아. 몇 번이고 그랬었잖아. 그러니까 이해하지? 그런 생각."

몇 년을 알아 왔지만 한 번도 이렇게 속내를 다 뱉어 낸 적이 없는 앤데. 윤손찬, 대체 그 사람이 뭐기에 얠 이렇게 만든 걸까?

살려 냈다가, 왜 다시 빛이 바래게 만들까?

"승혜야. 나는 걔 이해해. 말할 수 없는 비밀이 없는 사람이 어디 있어. 거기다 날 못 믿어서도 아니고 괜히 내가 걱정할까 봐 그랬다는데. 오죽하면 나한테도 말 못 했을까. 얼마나 외로웠을까, 힘들었을까. 그런데 그런 생각이…… 이제야 드네, 난."

울 것 같은 얼굴로 남가현이 웃었다. 누군가 억지로 쥐어짠 것처럼 힘없는 미소였다.

"아깐 화가 나서 눈에 보이는 게 없었는데."

결국 그게 미안해서 이러고 있었구나. 이 바보.

"화날 수도 있지 뭘 그거 가지고 이렇게 자기 비하를 하고 앉았어. 사람은 그냥 누구다 다 예민한 구석이 있는 거야. 너한텐 이번 일이 그런 거였나 보지."

아픈 손가락처럼. 전에 했던 거짓말 때문에 더 그럴지도 모른다. 승혜가 보기에 가현은 여전히, 미안해하는 것처럼 보였으니까.

"그때그때 사과하고 훌훌 털어 버리고. 좋지. 근데 쉽지 않으니까 그런 걸로 고민하고 머리 싸매는 사람들이 있는 거잖아. 그러니까 너무 자책 말라구."

"응……."

"그럼 사과하러 갈 거야?"

"아니."

아까까진 맥아리가 하나도 없더니 갑자기 목소리가 또렷해졌다.

"지금 내가 돌아가면, 우린 아무것도 달라지지 않을 거야. 한 사람만 이해하고, 기다리고, 믿고, 희생하고. 난 이기적인 채로, 윤손찬은 병들어 가는 채로 그렇게 지내고 싶지 않아. 그래서 안 돌아가는 거야, 나는."

"휴."

결국 승혜가 담배를 물었다.

"내가 봤을 때, 사랑싸움에서 중요한 건 하나야. 서로 바닥 내보이고 온갖 지랄 허풍 다 떨어질 때까지 계속 싸울 의지가 남아 있느냐, 그거. 두 사람 다 의지가 있으면 계속 가는 거고 없으면 거기서 딱 멈추는 거지."

"……."

말하지 않아도 서로를 완벽하게 이해할 수 있는 관계라는 건 거의 없을 테니까.

"박 터지게 싸우면서 서로 끼워 맞춰 가다 보면 답이 나올 문제야. 그래서 어때, 넌? 싸울 의지는 있어?"

가현은 잠시 말이 없었다.

'원래 이런 애였지. 무슨 말이든 쉽게 내뱉는 법 없이 몇 번이고 곰곰이 생각해 보는 애.'

그사이 정신이 좀 돌아온 것 같아 승혜가 내심 안도했다.

"의지는 있는데 자신이 없다. 아까도 그랬어. 그 앤 변하지 않을 것 같았고, 나는 고집스러웠으니까. 이대로 계속 싸우다가 우리가 영영 헤어지면 어쩌나. 겁이 났어. 그래서……."

가현은 흐려진 말끝에 미소를 보탰다.

"도망친 거야."

남가현은 똑똑하고, 완벽하고, 냉정하고, 남다르다는 수식어를 두루 갖춘 드문 학생이었다. 그러나 지금 승혜의 옆에 앉아 있는 그녀는 그저 다툼 끝에 연인과 헤어지게 될까 봐 겁내는 평범한 여자일 뿐이었다. 몇 년 간 친구로 지냈는데도 처음으로 마주한 낯선 모습이었다.

'윤손찬, 그 사람은 널 정말 많이 달라지게 만드는구나.'

어쩐지 이 두 사람은 이별할 수 있을 것 같지가 않았다. 여전히 그들의 사정에 대해 잘 모르면서 그냥 그런 느낌이 들었다.

"……날이 춥다. 이러다 감기 걸려, 너."

옆에 있던 쓰레기통에 다 피운 담배를 버리고 승혜가 먼저 일어섰다.

"빨리 싸울 기운 다시 모아 놔야지. 그래야 또 싸우고, 또 싸우다가 화해하지. 학교로 가자. 너 오늘 발표도 있다며."

"응. 가야지."

그때 갑자기 가현의 핸드폰 벨소리가 울렸다. 옆에서 슬쩍 보니 저장되지 않은 번호였다. 남가현은 잠시 망설이다가 전화를 받았다.

"여보세요? 네, 제가 남가현인데. 누구세요?"

상대의 설명을 들으며 남가현의 표정이 점점 어두워졌다. 기껏 좀 달래 놨는데, 또 무슨 일이 터진 건이 싶어 승혜의 마음이 졸아들었다.

"……그럼 잠시 보죠."

"뭐? 간다고?"

전화를 끊은 가현이 고개를 끄덕였다.

"어디 좀 들렀다 가야 할 것 같아. 미안, 먼저 가."

"누군데."

벌써 몇 걸음 앞서간 가현을 붙들고 승혜가 물었다.

"모르는 사람. 그냥, 잠깐 만나고 말 사람."

"……"

승혜는 말없이 코트를 벗어서 가현에게 쥐여 줬다.

"입고 가. 난 학교로 갈 거니까 내가 세영이네 가서 니 옷 빌려 입을게. 이따가 오후에 강의 끝나고 바꿔 입자. 그러니까 꼭 학교로 와."

"응. 갈게. 고마워."

남가현은 그대로 뒤 한 번 돌아보지 않고 다급하게 자리를 떠났다.

'별일 없겠지?'

승혜는 잠시 가현이 떠난 자리를 바라보다 덜덜 떨리는 몸을 이끌고 택시 승강장으로 향했다.

❄

'왜…… 아니, 어떻게 청설 법무 팀에서 여기까지……. 연락을 주셨으면 마중을 나갔을 텐데요. 어서 들어오시죠. 정 비서, 얼른 차 좀 내와!'

최길석은 4년 전, 남영호 사장을 만났던 날을 여전히 기억하고 있었다. 사건과 기억을 차곡차곡 머리에 담아 두는 것이 직업이기도 했고, 무엇보다 그때의 기억을 훗날 활용할 때가 있을 거라고 판단했다. 남영호를 만나 손찬이 요구한 일을 처리해 주며 얻어 낸 비밀이 그를 비행기로 태우는 티켓으로 활용된 것과 마찬가지로 말이다.

그의 기억으로, 남영호는 하청 업체 사장답게 위아래가 확실한 사람이었다. 그의 허무맹랑한 요구를 모두 들어줄 정도로.

'그 아이가 아무리 기질이 강해도 별다를 것 없겠지.'

무엇보다 그런 가혹한 대우를 받으면서까지 남영호의 아래서 살았었다는 건 이익이 없으면 몸이 부서져도 움직이지 않는 아이라는 뜻일 것이다. 그래서 최길석은 남가현을 찾아온 거였다. 스스로 계산기를 두드리게끔 이해만 시켜 주면 알아서 자신의 일을 도와줄 거라고 확신했기에.

"안녕하세요."

남가현은 카페 안을 한번 휙 둘러보고 바로 맞은편에 와서 앉았다.

이런저런 상처 사진이나 진단서만 봤지 실물로 마주한 건 처음이었다. 예쁜 얼굴, 조급해하지 않는 태도와 무심한 듯 보이는 눈빛. 묘하게 만만치 않은 느낌이 들었다. 물론 아무리 만만치 않아 봤자 꼬맹이에 불과하겠지만.

"만나게 돼서 반갑구나."

그가 내민 손을, 남가현은 쳐다만 볼 뿐 잡지 않았다.

"우리가 만나서 반가울 사이인지 아직 잘 모르겠어서요."

악수를 거절하는 대사에 최길석이 나긋한 미소를 지으며 손을 거두었다.

"갑자기 연락해서 놀란 모양이구나."

"당연히 놀랐죠. 참 대단하시구나 싶어서."

"미안하게 됐다."

"됐어요. 인사치레하자고 만난 것도 아니고. 본인 모르게 번호를 알아내서 연락해야 할 만큼 급한 일이겠죠."

코트 주머니 안에 양손을 넣은 채 남가현은 의자 등에 몸을 기댔다. 진짜 무례한 건지, 아니면 무례한 척을 하는 건지 가늠하느라 최길석의 눈이 가늘어졌다.

"찬이 가족 변호사시라고요?"

"그래. 지금 상황에 대해서는 알고 있니?"

"신청인이 피신청인과 파양하고 싶어 한다, 그 한 줄은 알죠."

최길석이 앞에 놓인 잔을 들었다. 미리 시켜 놓은 커피는 아직 식지 않아 손잡이까지 열기가 닿았다. 남가현은 미심쩍은 태도로 전화를 받았지만 이곳에는 아주 빨리 도착했다.

'날이 선 말투나 행동은 그 앨 향한 애정의 반증이지.'

잔에 닿은 입술이 씩 미소를 그렸다. 일이 어렵지 않겠다는 판단에서 오는 안심이었다. 물론, 상대는 보지 못할 미소였지만.

"아예 모르는 것보다는 훨씬 낫구나."

최길석은 잔을 내려놓고 신중하게 단어를 고르며 말을 이어 갔다.

"조정 단계에서 합의를 하건 소송까지 가선 결과는 하나란다. 이미 오래전부터 정해진 일이었지. 그래서 우린 그 과정에서 도련님이 많은 걸 챙기셨으면 하는 바람이야. 물론 여기서 말하는 재산은 강남에 건물 몇 채 같은 푼돈이 아니란다."

"……."

남가현은 말이 없었다.

"가현 양도 도련님을 많이 아끼니 귀한 시간을 내서 여기까지 와 준 걸 텐데, 기왕 도와주는 김에 조금만 더 도와주는 게 어떨까. 그리 어려운 일은 아니야. 외가 쪽에서 도련님을 돕고 싶어 하는 상황이니 도련님이 그걸 승낙하시게 설득만 하면 돼. 그쪽은 도련님과 사이가 원만하고, 또 이 상황을 막지 못한 데에 책임을 느끼고 있거든."

"……."

찌를 곳을 찌르고 건드릴 곳을 건드렸다고 생각했는데, 신중한 건지 답이 도출이 안 된 건지 남가현은 여전히 침묵을 지키고 있었다. 남영호는 가족을 잘라 내라는 제안을 받았을 때도 그의 안색을 살피느라 절절맸는데.

이 애는, 어쩌면 생각보다 남영호를 덜 닮았는지도 모르겠다.

"아저씬 걜 왜 도와주는데요? 찬이 가족이란 사람들이 부탁한 건가요?"

"난 도련님이 초등학교를 졸업하는 모습까지 지켜본 사람이란 다. 도련님이 얼마나 많은 노력을 하셨는지도 매일매일 곁에서 봐 왔고, 또 아주 좋은 분이라는 것도 잘 알지. 그래서 늦었지만 이제 라도 자유롭고 행복해지실 바랄 뿐이야. 그러기 위해서 내가 도울 수 있는 일이라면 뭐든 돕고 싶고."

적당히 예쁜 말을 골랐다. 적당히 진심을 내보였다. 그런데도 남가현의 얼굴에는 별다른 변화가 없었다.

"그래서 아저씨가 하고 싶은 말이 뭐예요? 찬이가 그쪽 사람들 한테서 돈 많이 뜯어 가게 설득시키라는 뜻이에요? 결론은 파양이 고?"

"그건……."

"그 사람들도 참 이상하네요. 정말 찬이를 도울 생각이라면 조정 신청이 기각될 방법을 제시해야 하는 것 아닌가요? 그게 아니라면 이건, 아저씨를 고용한 사람이 찬이의 외가와 손을 잡았다고밖엔 볼 수 없는 부탁이잖아요."

똑똑하긴 하네. 겉포장에 헤벌쭉하지도 않고.

"이해하기 어려운 문제라는 걸 먼저 설명했어야 하는데, 미안하 구나."

"네. 갑자기 저한테 이런 제안을 하는 아저씨도, 찬이가 가족이 라고 부르던 사람들 중에 단 한 명도 저는 이해할 수가 없네요. 이 미 오래전에 정해진 일이라구요? 그 같잖은 관계를 빌미로 실컷 이 용하다가 돈 몇 푼 쥐여 주고 내치는 짓을, 정말 전부 미리 계획했 다구요?"

'글쎄.'

사실 깊게 생각해 본 적이 없었다. 그는 그저 명령대로 움직이기 만 할 뿐이었으니까. 이제 와 생각해 보면 입양은 윤성철의 계획에 없던 것이었겠지만 그걸 허락했을 때는 이미 계산이 선 후였을 것 이다.

'회장님이 바깥에서 아가씨를 낳아 데려왔을 때부터 입상이 불 리해진 건 사실이니, 어찌 보면 합당한 대비지. 그 연세에 이혼 소송이라도 시작되면 재산 분할도 그렇고 일이 더 복잡해졌을 테니까. 청설이라는 브랜드의 가치가 하락하는 건 물론이고 말이야.'

그러나 이 모든 이야기는 남가현과는 무관한 클라이언트의 내밀한 사정일 뿐이다.

"가현 양."

최길석은 당황하지 않고 차분히 대응했다.

"우린 지금 남들은 평생 스쳐보지도 못할 액수에 대해 대화하는 중이야. 평생을 편하게 놀고먹을 수 있는 금액이지. 가현 양은 그저 도련님이 편히 지내시길 바라는 사람이 많이 있다고, 그렇게만 이해해 주면 되는 거야. 다른 문제는 가현 양이 이해할 수 있는 범주를 넘어선 부분이지. 그러니 감정에 치우치지 말고 정말 중요한 게 뭔지 잘 생각해 보는 게 좋을 거야."

"돈이요. 그래요. 돈 좋죠. 그럼 돈 얘기나 마저 할까요?"

"이제야 이해를 한 모양이구나."

"아저씨 월급은 누가 줘요?"

"뭐?"

더는 불쾌함을 감추지 못한 최길석이 냉랭히 되물었다.

"그걸 왜 묻지?"

"제 생각에 아저씬 그 사람 편일 것 같아서요. 찬이가 아니라."

"……."

"제 말이 틀렸나요?"

그제야 최길석은 번지수를 잘못 찾았다는 걸 깨달았다. 감히 이선오 쪽은 건드릴 수 없고, 그나마 윤손찬을 설득시켜 줄 유일한 사람이라고 생각했는데 그게 아니었다. 이런 아이인 줄 알았다면 시간 내 찾아오지 않았을 텐데. 실책이었다.

'사모님의 지분을 가져올 방법은 새롭게 찾는 편이 빠르겠어.'

더 이상 마주 앉아 있어 봤자 아무것도 얻어 낼 것이 없다는 판단에 확신이 섰다.

"내가 실례했군."

"세상엔."

그가 일어섰을 때 여전히 자리에 앉아 있던 남가현이 말했다.

"상처를 줘도 돈으로 보상하면 흉터 하나 안 남을 거라고 생각하는 사람이 있죠. 찬이가 겪은 불행은 그런 사람들에게 입양됐던 거 하나예요. 다시는 어디 가서 그 앨 위한다는 말은 하지 마세요. 가증스러운 거짓말에 속이 다 뒤집혔으니까."

시선은 창밖을 향해 있는데, 목소리는 날카롭게 그를 향하고 있었다.

'이 애가 옆에 있는 이상 쉽지 않겠구나.'

그런 판단이 절로 들었다. 그러길 바란 거겠지. 그렇게 전해 주길 바라고 있는 거겠지. 윤손찬의 가족들에게.

19화 변하지 않는다면

윤손찬과 싸우고 이틀이 지났다.

시간을 갖길 원한 가현의 뜻대로 윤손찬은 먼저 연락하거나 찾아오지 않았다. 심란한 와중에도 가현은 과제를 했고, 강의를 들었고, 기말고사 준비를 했다. 윤손찬에 대해 생각하고, 생각하고, 생각하면서 잠시도 멈추거나 쉬는 법 없이 눈앞에 쌓여 있던 일들을 차근히 정리했다.

그러고 나서야 가현은 이곳에 찾아올 수 있었다.

모던 타임. 빛바랜 푸른색 간판에 적힌 이름이 낯설었다. 한때는 매일같이 드나들던 곳인데도 이 카페의 이름은 오늘 처음 본 것 같았다.

딸랑.

전에는 듣지 못한 종소리가 주인보다 먼저 가현을 반겼다. 이른 오후의 카페 안은 고즈넉했고, 그녀가 기억하는 모습과 거의 흡사했다. 전에 가현이 자주 몸을 누이곤 했던 소파가 있던 자리에 고물상에서 주워 온 듯 보이는 가죽 소파가 대신 놓여 있다는 점을 빼면.

"소파가 많이 낡았죠?"

싹싹해 보이는 점원이 말을 걸었다.

"사장님이 빈티지한 걸 좋아하시거든요. 와인이든 가구든. 고집스러운 데가 있으시죠."

"그래 보이네요."

"그런데 저희가 아직 영업시간이 아니라서. 3시간 후에 다시 와주시겠어요?"

"차를 마시러 온 건 아니고, 여기 사장님 좀 뵈러 왔어요."

점원이 머리를 긁적였다.

"저희 사장님은 진짜 어쩌다 한 번 오실까 말까라서. 계속 기다리셔도 못 만날 수도 있으세요."

"그럼 번호라도 주실 수 있으세요?"

"그게, 사장님 지인이신지 확실하지 않은데 함부로 번호를 드리기가……."

"제가 정말 급해서요. 아니면 사장님께 전화라도 넣어 주세요. 기다릴게요."

난감해하는 직원에게 재차 부탁하고 가현은 소파에 앉았다.

결국 짐원은 우물쭈물 핸드폰을 꺼내 들었다.

"예, 사장님, 네. 어떤 여자분이. 네, 바쁘신 건 아는네, 이노, 처음 뵙는 분인데. 성함이요? 저기 성함이……."

"남가현이요."

"네, 남가현 씨라는데요. 네, 알겠습니다."

전화를 끊은 점원은 황급히 카운터로 돌아가 앞치마를 벗고 가방을 챙겼다. 그러곤 물 잔 두 개를 들고 돌아와 테이블 위에 놓고 말했다.

"사장님이 바로 오겠다고 하시네요."

"감사해요."

점원이 나가고 가현은 꼿꼿이 소파에 앉은 채 생각에 잠겨 있었다.

'내가 여기 찾아왔던 걸 알면 니가 싫어할지도 모르지만. 그래도 난 널 아는 사람이랑 얘기해 보고 싶어. 그 변호사처럼 위선뿐인 인간 말고 정말 널 아끼는 사람이랑. 그러니까 미안하지만 실례 좀 할게.'

초조함에 목을 축이다 앞에 놓인 잔이 다 비워졌을 때쯤, 딸랑 소리와 함께 문이 열렸다. 들어온 남자는 키가 컸고, 쏘듯이 날카로운 눈빛을 하고 있었다. 그는 가타부타 인사나 소개 한마디 없이 가현의 맞은편에 앉았다.

"남가현?"

"네."

"이렇게 보게 되네. 왜 찾아왔지? 그 새끼가 또 어디로 튀기라도 했어?"

튀다니?

"미국으로 떠났던 때를 말씀하시는 거예요?"

"아니면 말고."

굳이 빙빙 돌려서 주제로 접근할 이유가 없을 것 같았다. 그런 사람처럼 보였다.

"찬이네 집 사정 아시죠?"

"어떤 사정?"

"입양. 파양."

이선오가 픽 웃었다.

"모를 수가 없지. 아, 이건 혹시나 해서 하는 말인데, 내가 그놈 집안 사정에 대해 알고 있다고 서운해 마라. 어느 날 갑자기 그렇게 다 큰 애가 아들이랍시고 나타나면 누구라도 알았을 상황이니까. 그 집 어르신이 피 한 방울 안 섞인 앨 진짜 자식으로 받아들일 분이 아니라는 것도 마찬가지고."

"다행인 거죠. 누구라도 알았던 거라서."

"괜찮네."

이선오는 자리에서 일어나 카운터로 향했다. 다른 일 때문에 자주 오지 못해도 사장은 사장인지 이선오는 금방 글라스와 와인을 준비해 가지고 돌아왔다. 오프너로 손쉽게 코르크 마개를 딴 그가 잔에 와인을 따라 가현의 앞에 밀어 놨다.

"안주 필요해?"

"아뇨. 안주 없이 술 좋죠. 대낮부터."

꿀꺽꿀꺽 물 마시듯 단숨에 잔을 비우고 가현이 말했다.

"찬이네 변호사 만나고 왔어요."

"너한테까지 손을 뻗쳤구나."

짜증 섞인 목소리였다.

"어떻게 그렇게까지 이기적일 수가 있는 건지 하나도 이해가 안 돼요, 난."

"처음부터 걘 그 집의 목발 같은 거였거든."

빈 글라스에 다시 와인이 채워졌다. 아주 가득히.

"마음을 다친 아주머니가 일어서기 위해 필요했던 목발. 그래서 회장님이 사 준 목발. 어차피 처음부터 기간 한정으로 시작된 관계였어."

"무슨 뜻이에요?"

"아기를 잃으셨었어. 윤손찬은 그 대신이었고."

"……."

잠시 가현은 아무 말도 할 수가 없었다. 가족을 가지게 됐다고 생각했을 텐데. 많이 기뻤을 텐데. 처음부터 그저 누군가를 대신하는 목발일 뿐이었다니. 다 나으면 버려질 물건에 불과했다니.

"나 참 못됐다."

"왜."

"나도 다르지 않은 것 같아서. 미안해서."

이것도 술이라고 얼굴이 달아오르기 시작했다.

"알고 있었어요. 내 번호를 잊을 애가 아니라는 걸. 말없이 날 두고 떠날 애가 아니라는 것도. 이유가 있을 거라고 생각했는데. 그런데도 난…… 묻지 않았어요. 윤손찬이 없던 4년이 너무 힘들어서, 걔 없이 사는 것보단 함께 있는 게 낫다고 생각했으니까. 나한테도 찬이가 목발이었어요. 없으면 못 걷겠으니. 내가 나아가려고 붙들고 있는 거."

이기적이었던 자신의 행동을 4년간 후회해 놓고도 가현은 변하지 않았던 거다.

"지금도 난 찬이랑 헤어지기 싫은데 이렇게 뼛속까지 나만 아는 사람인데, 정말 내가 그 앨 잡아도 될까. 계속 이런 일방적인 관계를 유지하는 게 정답일까."

그런 생각까지 하고도 미련이 남았었다. 하지만 이선오의 말을 들으며 가현은 마음을 굳혔다. 윤손찬의 가족이었던 사람들과 같은 길을 가고 싶지는 않았으니까.

"덕분에 결론이 났어요."

"헤어지겠다고?"

"우리가 변할 수 없다면, 찬이를 위해 멈추려고 해요."

가현이 픽 웃었다.

"사랑하니까 헤어진다는 말, 평생 이해 못 할 대사라고 생각했는데 그 말을 내가 하고 있네요, 지금."

"내가 윤손찬을 좀 잘 알지."

이선오가 소파에 등을 기대고 앉았다.

"걔가 지 인생을 걸고 가장 자신할 수 있는 건 재산도 뭣도 아닌 너야. 본인이 그렇게 말했었거든. 그러니까 자신을 가지고 무슨 방법이든 써 봐. 헤어진다는 폭탄선언이든 뭐든."

"응원이 꽤 열렬하시네요."

"난 니가 윤손찬이 조정에서 바로 파양 합의까지 하도록 만들었으면 하거든."

"지금 설마 그 인간들 편을 드는 거예요?"

저도 모르게 목소리에 날이 섰다.

"왜요?"

"왜? 나야말로 묻고 싶은데? 그 싸움이 그 녀석에게 뭘 남기지?

이겨 봤자 의미 없는 호적상의 가족만 남을 뿐인데. 그 집의 재산도 명예도 걔한텐 의미가 없어. 그렇다면 하루라도 빨리 자유로워지는 편이 낫다고 생각하지 않아?"

"……."

그의 말을 듣고서야 가현은 내심 손찬이 끝까지 싸우길 바라고 있었다는 걸 깨달았다. 단지 그들이 너무 밉다는 이유만으로.

'싸우고 이기고. 보기에도 멋있고 속 시원하고 좋지만…….'

이기든 지든 그에겐 상처만 남는 무의미한 과정일 뿐이라면 이선오의 말대로 하루라도 빨리 자유로워지는 편이 낫겠지.

"하지만 싸우고 싶어 하면요? 저한텐 그런 걸 말릴 권리가……."

"위축될 필요 없어. 걔한테 이기적으로 요구하는 건 아닌가 걱정할 필요도 없고. 그게 최선이라는 걸 이미 본인도 알고 있거든. 지금은 잠깐 맛이 가서 외면하고 있을 뿐이지."

친한 사이라더니. 표현 한번 참 직설적이다.

"최선은 다해 볼게요."

"만난 보람이 있네."

다시 또 글라스에 와인을 따르며 이선오가 웃었다. 처음엔 정말 윤손찬이랑 친한 게 맞나 싶을 정도로 무서워 보이는 사람이었는데, 손등에 턱을 괸 채 웃는 얼굴이 그사이에 많이 익숙하고 친하게 느껴졌다.

"그리고 이건 내가 할 말은 아닌 것 같은데, 걔한테 니가 좀 많이 특별해서 작정하고 말하면 안 들어줄 수가 없을걸."

"알아요. 우린 그럴 수밖에 없는 시간을 나눴으니까."

"또 볼 수 있으려나. 내 애인이 널 꼭 보고 싶어 해서. 나만 만난 거 알면 질투할 것 같은데."

"질투하라고 해요. 나도 옛날에 질투했었으니까."

고맙다는 인사 대신 새침한 대답을 남기고 가현은 모던 타임을 벗어났다.

쌩쌩 달리는 차들을 바라보며 언젠가의 가현은 운전자들의 삶을 망쳐 놓을 궁리를 하곤 했었다. 자신을 둘러싼 끔찍한 굴레를 잘라 내 버리고 싶다고. 남의 인생 따윈 어찌 되건 상관없다고 생각하던 때가 있었다.

바로 그때도 윤손찬이 옆에 있었는데.

'그때 넌 무슨 생각을 하고 있었을까?'

그녀처럼 차도로 뛰어들고 싶던 적은 없었을까. 그때 가현은 왜 한 번도 그 앨 보듬어 줄 생각을 하지 못했을까.

무심했던 자신에 대한 후회가 밀려와 그를 다시 만나면 꼭 사과부터 해야지 생각했었는데.

"뭐가 더 궁금해서 찾아왔어? 최 변호사에, 형까지 만난 걸로는 부족했어?"

수척해진 얼굴로 질문을 던지는 손찬은 여전히 화가 난 듯 보였다.

"다 알고도 뭐가 더 궁금해?"

"찬아."

"내가 입양아였고, 더는 그 집에서 날 아들로 원하지 않으니까 그런 서류가 날아왔겠지. 그게 다야. 그게 다라고. 그렇게 쉽게, 겨우 두 마디로 정리되는 시간들이라고. 그게 전부라고 너한테만은 말하고 싶지 않았어. 그런데 왜 굳이 알아내려고 하는 거야? 모르고도 우린 잘 지냈었잖아. 근데 왜 이제 와서!"

아. 화가 난 게 아니라 마음이 아픈 거구나. 상처를 받은 거였구나.

'미안해.'

하지만 그래서 더더욱 가현은 준비해 둔 말을 꺼낼 수밖에 없었다. 지금의 이 아픔이 너와 내가 더 오랫동안 함께할 디딤돌이 되어 주길 바라며. 그게 아니라면 널 놓아 줄 수밖에 없다는 확고한 신념 아래에서.

"이제야 와서 나는, 너와 헤어지려고 해."

"뭐?"

마주쳐 오는 너의 시선이 쓰라리고 불어오는 바람이 따끔하다. 너와 만나 오면서 단 한 번이라도 나는 내가 아닌 너를 더 사랑했어야 했다. 하지만 그러지 않았지. 그래서 지금 벌을 받고 있는 거야. 너한테 먼저 이별을 말하는 벌. 너에게 또 상처를 주는 벌. 결국 내 마음이 몇 배는 더 아픈 벌.

"청설 그룹의 외아들이 아니면 난, 너에게 쓸모가 없어? 그래서 이래?"

"그만해, 찬아."

그런 말을 내뱉고 혼자 더 아파할 너를 아는 나에게, 그러지 마.

"그게 아니면 헤어지자는 이유가 뭔데? 내 집안일에 대해서 털어놓지 않은 거? 고작 그거? 고작 그것 때문에 이래?"

"그걸 고작이라고 말하는 너니까 이래. 아직도 모르겠어? 우리 관계는 비틀려 있어. 넌 내 모든 걸 알지만 난 널 몰라. 넌 내 얼굴만 봐도 무슨 일이 있었냐고 묻는데, 나는 늘 웃는 널 보면서 아무런 위화감도 못 느꼈지. 우린 서로에 대해 한 사람만 알고, 한 사람은 모르는 일방적인 관계야. 그런데도 넌 고작이라고 말하는 거야?"

"일방적이지 않아. 그건, 가현아."

손찬이 애원하듯 가현의 팔을 잡았다. 그러나 그 손에는 힘이 없었다. 이미 오래전에 잘려 나간 나무토막처럼. 날이 갈수록 부서져 가는 우리의 관계처럼.

"아니, 싫어. 설령 네가 그걸 원한다고 해도 내가 싫어. 언제까지 니가 힘든 날에 내가 우연히 찾아가고, 아무것도 모른 채로 널 위로해 줄 수 있을 것 같아? 우연, 운명? 그런 순간의 기적에 기대야만 하는 우리가 얼마나 갈 수 있을 것 같아?"

"가현아."

"내가 많이 바라는 줄 알지? 아니야. 난 그냥 네가 날 아는 만큼 나도 널 알고 싶을 뿐이야. 그게 싫다면 우린 더 이상 아무것도 할 수 없어. 여기가 끝이야. 친구도, 애인도 안 해. 이게 내 결정이고 사랑이야. 그러니까 너도 선택해. 서로에게 솔직해질지 이대로 영영 돌아설지. 네가 결정해."

"정말, 헤어지자고?"

미안하게도, 가슴 아프게도, 그게 널 위한 최선이라면 가현은 얼마든지 아플 준비가 되어 있었다.

"다른 사람 얘기가 아니야. 우리 얘기야. 너랑 내 얘기라고!"

그러니까 거짓말이라고, 농담이었다고, 실수였다고 말하라는 듯 손찬의 얼굴이 일그러져 있었다.

"그래. 알아. 우리 얘기지. 이 순간에도 넌 우린 절대 헤어지지 못할 거라고 생각하지? 근데 찬아, 그렇지 않아. 우리라고 별다를 거 없어. 다른 사람들이랑 똑같아. 언제든 헤어질 수 있어."

내가 바라는 사랑이 네가 하는 사랑과 다르니까. 너의 사랑이 날 아프게 만들었고, 나의 사랑이 널 외롭게 만들었으니까. 서로 함께 더 많은 날들을 사랑하며 살아가고 싶다면 우리는 이쯤에서 변하지 않으면 안 돼.

"이대로라면 우린 어차피 멀리 갈 수 없으니까."

❊

하루, 이틀, 삼 일. 그 뒤로 가현은 손찬에게 연락하지 않았다. 가현이 그랬던 것처럼 그에게도 생각할 시간이 필요할 테니까.

승혜는 손찬과 어떻게 됐는지 궁금해하는 눈치가 역력했지만 물어보진 않았다. 이 일이 해결되면 먼저 전부 얘기해 주겠다는 말을 믿어 준 듯했다.

그렇게 또 하루, 이틀이 지나가고.

어쩌면 이대로 헤어지게 되는 건 아닐까. 이별이라는 말이 그에게 너무 큰 상처를 주고 만 건 아닐까. 그 커다란 집에서 혼자 나쁜 생각만 하고 있는 것은 아닐까. 많이 외롭지 않았으면, 많이 쓸쓸해하지 않았으면, 하고 바라기만 할 때.

집 앞에 익숙한 차가 서 있었다. 물론, 그도 함께.

"……뭐 하는 거야?"

"차가 고장 난 척하고 어물쩍 묵어갈까 했는데, 여긴 택시가 너무 많네."

하마터면 픽 웃음이 날 뻔했다. 여전하구나. 다행이다.

"보고 싶었어, 가현아."

"다 얘기해 줄 수 있으면 들어와. 못하겠으면 돌아가고."

"뭐가 알고 싶은 건데?"

3일 전보다 차분해진 목소리로 그가 물었다.

"진즉 알아야 했지만, 나는 묻지 못했고, 너는 말해 주지 않았던 모든 일들."

듣고 싶고, 알고 싶었다. 한두 개의 단어로는 정리되지 않을 시간들에 대하여. 그가 분명히 느끼고도 감추거나 잊으려고 애써 왔을 감정들에 대하여. 모르는 척 덮어 두어도 언젠가 반드시 덧날 상처들에 대하여.

"……."

결정을 내리지 못했는지 손찬은 대답이 없었다.

가현은 오래 기다리지 않고 바로 돌아섰다. 그가 그리웠던 만큼. 간절한 만큼. 우리의 사랑이 변해야만 한다는 결심 또한 확고했기에.

하지만 집에 들어오고도 가현의 마음은 여전히 바깥에 남아 있었다.

'날도 추운데 저러고 있을 거면 차라리 집으로 가지.'

그런 생각을 하면서 손으로는 주전자에 두 사람 몫의 물을 담고 있었다. 가스레인지에 올려놓은 주전자가 끓기를 기다리며 가현은 창밖을 내다보지 않았다. 그저 저 물이 다 끓고 다 식어 버리기 전에 그가 문을 두드려 주기만을 기다릴 뿐.

'강요할 수 없지, 나는. 너의 방식을 내게 강요할 수 없는 것처럼.'

초인종 소리를 기다리며 가현은 잔을 꺼냈다. 잠시 고민하다 평소에 마시는 블랙커피 대신 매실액을 담아 물을 붓고, 작은 스푼으로 진득한 매실액과 물이 섞이도록 휘저으면서도 가현의 귀는 쫑긋서 있었다.

하지만 30분이 지나도록 초인종 소리는 들리지 않았다.

가현은 다시 주전자에 물을 채웠다.

'우린 정말 여기서 끝인 걸까?'

그를 위해서라는 명목으로 정말 헤어지고 만 건가. 그는 가현의 사랑을 이해할 수 없었던 걸까. 아니면 서로에게 솔직해지면서 기대고 사랑하는 방식이 싫은 건가. 그도 아니면 이기적이고 고집스러운 그녀에게 완전히 질려 버린 걸까.

갖은 생각이 꼬리에 꼬리를 물던 때, 띵동, 초인종 소리가 심장을 울렸다. 왈칵 눈물이 쏟아질 것 같아서 바로 현관으로 달려가지 못하고 가현은 잠시 부엌에 가만히 서 있었다.

'진짜지? 정말로 너지?'

띵동. 재촉하듯 다시 들려오는 소리.

가현은 숨을 삼키고 현관으로 달려가 문을 열었다. 문 너머에는, 가까운 마트의 종이봉투를 든 손찬이 있었다. 한눈에 보기에도 종이봉투는 꽉꽉 차 있었다. 그걸 보는데, 멍청이처럼 다시 눈가가 젖어 갔다.

"생각해 보니까 제대로 초대받은 건 처음인 것 같아서. 빈손으로 오긴 좀 그렇더라."

"……그냥 간 줄 알았어. 그게 네 선택인 줄 알았어."

"널 두고 떠나는 짓은 못해. 그런 시간은 4년으로 충분했어. 그러니까 오늘은 가라고 하지 마, 가현아."

봉투를 내려놓고 그가 몸을 숙여 왔다. 끌어안은 그에게서 겨울 냄새가 났다. 언제 어디서나 내가 널 생각하게 만드는 냄새. 차갑고, 그리운 향.

"어서 와."

문턱을 넘은 너를, 환영해.

✳︎

"말한다고 해도 그때 네가 봤던 서류 이상의 내용은 없어."

"직접 듣지 못하면 난 너도 모를 끔찍한 상상을 하게 될 거야. 그러길 원하는 건 아니지?"

침대 기둥에 같이 등을 대고 앉아 있는 이 여자는, 그러니까 어떻게든 다 들어야만 직성이 풀릴 모양이었다.

"아주 흔한 일이야."

다 지나가 버려서 굳이 네 마음에까지 찌꺼기를 남길 필요도 없는 일.

"흔하지. 전쟁이나 천재지변보다는 훨씬 흔한 일이겠시. 히지만 그랬다고 해서 우리가 아프지 않은 건 아니었잖아. 찬아, 나는 이제 시간이 해결해 준다는 말은 안 믿어. 잊은 것처럼 느껴져도 언젠가 생각지 못한 순간에 다시 떠오를 테니까. 내가 그걸 경험했고, 너도 그럴 테니까. 지금 전부 말해 줬으면 좋겠어."

꼭 앓아야만 지나갈 열병이라면, 옆에 있어 줄 수 있을 때 아팠으면 좋겠다는 그 마음이 손에 잡힐 듯 전해져 왔다. 우리는 다른 상황에서 그렇게 비슷한 감정을 겪어 왔으니까. 지독한 고독과 가족에게서 받은 상처가 가득한 기억 속에 서로가 있으니까.

"물론 난 너처럼은 못 할 거야. 내가 아무리 노력해도 너처럼 능숙하게 배려해 주고, 알아주고, 챙겨 주고 생각해 주고는 못 하겠지. 그래도 나는 노력할 거야. 그러니까 기회를 좀 줘. 내가 널 위해서 노력할 기회."

손찬이 팔을 뻗어 가현의 어깨를 감싸 쥐고 천천히 제 쪽으로 끌어당겼다. 살포시 제 어깨에 가현의 얼굴이 닿았다.

"구름 위를 걷는 기분이었어. 발이 빠져서 떨어지면 어쩌나 겁이 나면서도 신나고, 신기하고. 하늘 끝에 올라서 땅을 내려 보는 기분. 좋은 말로 포장할 수 없는 날들도 많았지. 무시나 냉대도 받았어. 그래도 나한테는 어머니가 있었으니까 견딜 수 있었어. 너한테 지키고 싶은 가족이 있던 것처럼 나도 그랬어."

조정 신청서를 발견한 그날, 가현은 그의 어머니에 대해서 꽤나 칠색 팔색 했었지만, 그래도 그에겐 여전히 고마운 기억이 더 많았다.

"아버지도 있고, 누나도 있는데 어머니는 왜 굳이 내가 필요하셨던 걸까. 밖에서 딸을 낳아 온 남편에게 반기를 들기 위해? 아니면 어머니가 소유한 외가의 주식을 누나에게는 상속시키기 싫어서?

아버지는 오랫동안 어머니에게 그런 말들을 해 왔지만 그건 다 답이 아니었어."

"……."

"그 집에는 그냥, 가현아. 오랫동안 불임이었던 여자가 겨우 가진 아기를 잃었는데도 따뜻하게 위로해 주는 사람 하나가 없었던 거야. 상심한 아내를 외면하는 남편. 경쟁자가 생기지 않아 다행이라고 기뻐하는 딸. 쉬쉬하려는 친척들. 어머니가 그런 사람들 틈에서 뭘 더 할 수 있었을까."

성치 않은 몸으로 병원에서 돌아오던 날 가족들은 가정부만큼의 동정심도 내보이지 않았다고 했다. 그날, 가정부가 끓여다 준 미역국은 아기를 지키지 못했다는 죄책감에 한 입도 대지 못한 채 차갑게 식어 갔고, 어머니는 혼자 울음을 삼키며 잃어버린 아이를 되찾아 오겠다는 결심을 하셨다고 했다.

그런 이야기까지 듣고 어떻게 그 사람을 동정하지 않을 수 있었을까.

"어머니는 그냥 가족이 필요해서 반대를 무릅쓰고 날 입양했던 거야. 누군가를 대신으로 삼아서 보여 준 사랑이었다고 해도 나에겐 충분했어. 원래 내가 절대로 가질 수 없던 사랑을 베풀어 주셨으니까. 평생 한 번도 누굴 엄마라고 부를 수 없던 나한테 그렇게 불러도 되는 사람이 돼 주셨으니까. 그 사랑이 고마워서 나는 그집에 남아 있고 싶었어. 우리 엄마의 아들로."

가현이 가족을 지키기 위해 학대를 견딘 것처럼, 손찬 역시 어머니를 연민해 그 집에서의 생활을 견딜 수 있었던 거였다. 저린 배은망덕한 놈은 역시 집으로 들이지 말았어야지 하는, 아버지의 비난이 어머니를 향하게 만들고 싶지 않아서.

"그래서? 아직도 거기에 남아 있고 싶다는 뜻이야? 아무리 고마웠어도 결국 널 지켜 주지 못한 사람이잖아. 물론 네가 많은 걸 받은 건 사실이지만 누구 대신으로 옆에 데려다 놓는 건 사랑이 아니야."

손찬은 가현의 잔걱정을 얕은 웃음에 흘려보냈다.

"그건 그냥 맹목적 기대고 이기적인 행동인 거야."

"알아. 널 만나고 내가 그걸 알게 됐지."

진짜 사랑. 유치하고 흔한데 그에겐 세상에서 가장 어렵던 말. 어떤 여자를 만나도 이해할 수 없었던 말. 가족들 사이에서 이해했다고 믿고 싶었던 말. 그러나 남가현이 제 가족들을 지키려 아등바등하는 모습을 지켜보며 그는 사랑을 이해했다. 진짜와 가짜는 결국 다르다는 것 또한 받아들이게 됐다. 의도했건 아니었건 결국 그를 변화시킨 건 남가현이었다.

그때도 지금도.

"여전히 나는 널 따라가기에 벅차지만 그래도 더 노력할게. 더 잘할게, 내가."

"나도."

가현이 그의 손 위에 제 손을 얹으며 미소 지었다.

"사랑해."

또 뜬금없이 날아든 말에 손찬이 픽 웃었다.

"그럼 오늘은 나 안 쫓아내는 거지?"

질문이 아닌 선언에 가까운 말을 뱉어 놓고 대답을 요구하듯 응시하자 가현이 두 손으로 제 입술을 가렸다.

"그러면 못 할 거 같지."

이마, 뺨, 눈가, 코끝, 귓불, 목, 쇄골. 그리고 옷 아래 숨겨진 더 많은 곳곳들. 입술이 닿을 수 있는 장소가 얼마나 많은지 그사이에 잊어버린 가현이 귀여웠다. 내가 이기나 네가 오래 참나 두고 보자는 듯 손찬의 장난은 계속됐고 결국 가현은 그의 입술이 목 언저리에 닿자마자 항복을 선언했다.

"그만 안 해, 진짜. 여기 내 방이야."

마치 그가 모르는 사실을 일러 주듯 가현이 말했다.

"내 방에서도 했는데, 기억 안 나?"

"그게 아니라 이러다 니가 가고 나면 난 여기서……."

또 끝까지 마무리 짓지도 못할 말의 서두를 꺼내 버리고야 만다. 평소에는 똑 부러지는 여자면서. 이럴 땐 몹시 부끄러워하는 중이라는 티를 온몸으로 낸다. 그런 갭이 보여서 더 사랑스러운 거긴 하지만.

"혼자 남아서 내 생각을 하게 되겠지. 내가 그랬던 것처럼."

늘 그랬듯 손찬이 대신 마침표를 찍었다.

"어?"

"그렇게 말하지 말걸, 진즉 다 털어놓을걸, 매일매일 후회했거든. 벌써 일주일 가까이."

그가 위로 올라서자 빈약한 매트리스가 삐걱 소리를 내며 휘어졌다.

"야, 너……."

무릎으로 전신을 지탱하며 그가 가현의 몸 위로 상반신을 겹쳤다.

"좋다."

존재에 위안을 얻고, 온기에 마음을 기대고 있는 쪽은 언제나 그였다. 4년 전에도 지금도.

"아침이면 네가 더 그리웠어."

잠든 새벽 동안에는 잠시나마 너를 잊을 수 있어도 아침이 되면 너의 얼굴이, 조심스레 나를 만져 보던 너의 손길이, 그 체온이 사무치게 그리웠다. 정말로 네가 없구나, 내 옆에 없구나, 실감하며 매일 아침마다 절실하게 너를 찾았다.

"그러니까 오늘은 안 가. 가라고…… 하지 말아 줘."

다시 그가 천천히 고개를 들었을 때, 가현은 허락하듯 미소 짓고 있었다.

"피곤하지."

질문을 던지며 바라본 가현은 여전히 이불로 제 몸을 꽁꽁 가리고 있었다. 하긴, 아무것도 걸치지 않은 몸을 대놓고 보여 주는 남가현은 아직 상상이 안 간다. 물론 부끄러운 마음도 있을 테지만, 오늘은 특히 그가 가현의 몸에 남아 있던 옛 흉터들을 하나하나 짚어 가며 더 예민하게 굴어 저러는 것 같았다.

"얼른 자."

"너 자기 전엔 못 자."

억지로 목소리를 참느라 오히려 가현의 목은 쉬어 있었다. 손찬은 그렁그렁한 그녀의 눈을 바라보며 웃었다.

"얼른 자야겠네, 내가."

"답답하진 않았어? 오랫동안."

"전혀. 그동안 하고 싶었던 말은 다 했으니까."

"거짓말. 네가 뭘 말했는데."

설핏 웃으며 핀잔을 주는 가현에게 그가 대답했다.

"좋아해. 네가 있어서 다행이었다. 4년이나 걸렸지만 다시 만날 수 있어서 좋았어. 내 손 잡아 줘서 고마워. 나를 위해 화내 줘서 기뻐. 너와 나에 대해 생각할 기회를 줘서 고마웠고, 정식으로 초대해 줘서 기뻤어. 나를 사랑해 줘서 고마워. 사랑해."

언제나 너에게 전했던 말들을 이 순간 다시 한 자 한 자 입에 담았다. 말로는 완벽하게 다 전할 수 없을 마음이 조금이라도 더 많이 너에게 닿기를 바라며.

다시 또 너에게 전한다.

"사랑해 가현아."

"……."

아무 말도 하지 못하는 가현을 바라보며 그가 장난스럽게 웃었다.

"너보다 더 솔직했지, 내가?"

"바보."

"가현아."

"응?"

이불 아래로 그가 가현의 손을 잡았다.

"사실 너한테 사과해야 할 게 있어."

"뭔데?"

"핸드폰을 잃어버린 거. 네 번호를 잊어버린 거. 떠나던 날, 너에게 연락하지 않은 거. 그날 가현아 나는, 너한테 전화할 수 있었어. 그런데 내가 하지 않았어."

가현은 말없이 눈살을 찌푸리는 것으로 뒷말을 채근했다.

"미국으로 떠나야만 한다는 걸 깨달았을 때, 나는 미치도록 네가 간절했어. 당장이라도 널 찾아가서 다 털어놓고 용서를 빌고 싶었지. 떠날 땐 떠나더라도 기다려 달라고, 꼭 돌아오겠다고 말하고 싶었어."

"왜 그러지 않았는데?"

그날, 나는 그렇게나 네가 간절해서.

"공원 쓰레기통에 핸드폰을 버렸거든."

그리고 필사적으로 기억 속에서 번호를 도려냈다. 남가현은 행복해야 했으니까. 집으로 돌아간 남가현에게 그때의 그는, 짐밖엔 되지 못했으니까.

"나중엔 아무리 떠올리려고 해도 네 번호가 생각나지 않더라. 미국에서 연락해 봤자 잘 지낸다는 말밖엔 못 했겠지만. 네 말이 맞아. 그때 너한텐 그런 말이 필요했던 거야. 무사하다, 나중에 만나자. 하다못해 살아 있다는 말이라도 전해 줘야 했는데, 내가 그러지 않았던 거야."

"미안하다는 뜻이야?"

"걱정하는 게 당연한데, 그 당연한 걸 몰랐어."

그날 내가 너에게 연락을 했어도 넌 이해해 줬을 텐데. 잘 다녀오라고, 건강 잘 챙기라고. 이메일이든 뭐든 연락하고 지내자고 말해 줬을 텐데. 그럼 우린 떨어져 있어도 또 같이 4년을 보낼 수 있었을 텐데.

"내가 돌아왔을 때, 네가 말했잖아. 우리가 4년을 놓친 건 전부 내 탓이라고. 그 말이 맞아. 내가 비겁했던 거야. 그래서 여전히 많이 미안해."

"됐어. 넌 돌아왔고 다신 안 떠난다고 약속해 줬으니까."

서로 잠들기를 기다리는 동안에 손찬은 낡은 이야기들을 끝없이 풀어 놓았다. 노력으로는 채워지지 않던 지나온 시간들에 대하여. 푸념조차 해 본 적 없이 가슴에만 담아 놓았던 감정들에 대하여.

"······나는 평생 남들처럼은 살지 못할 거라고 생각했어. 죽도록 노력해도 따라잡을 수가 없어서 내 자신이 나사 하나 빠진 하자품 같았지. 하지만 가현아. 널 만나고 나는 처음으로 내가 남들처럼은 사는 것 같았어."

머리 검은 짐승, 저능아. 자신에게 붙여진 라벨들을 그녀와 있을 때면 망각할 수 있었다.

"널 사랑하고, 너에게 사랑받으면서 나는 오랫동안 달리기만 하다가 그동안 지나온 예쁜 풍경들을 돌아보는 기분이 들었어. 봄 소풍을 떠나는 아침처럼. 네 덕분에 처음으로 매일이 설레고 내일이 기다려지곤 했어, 나는."

아무것도 걱정할 필요가 없었다. 내 손을 잡고 있는 사람이 너라면.

"앞으로도 그럴 거야. 우린."

"응······."

어느덧 가현은 손찬의 품에서 잠들어 있었다. 새벽 공기가 차가워 그는 이불을 머리끝까지 끌어 올려 주었다가 다시 빼꼼 내렸다. 평평한 이마, 피곤한 탓인지 조금 찌푸려진 미간, 촘촘한 눈썹 결과 긴 속눈썹, 열이 올라 말간 뺨. 그리고 이불에 가려져 보이지 않는 입술 전부가 내가 사랑하는 너. 언제나 날 이곳으로 데려와 주는 너.

영원히 함께할, 그런 너야.

20화 사랑에 기도하다

　엄마는 이모네 집에 가셨고, 동생도 친구 집에서 자고 오후에나 온다고 했던 만큼 마음 편히 같이 아침을 먹어도 되는데도, 가현은 내내 밥을 먹는 둥 마는 둥 했다. 그와 화해를 하긴 했어도 아직 남아 있는 문제가 있어서였다.

　'그래, 이대로 어영부영 넘어갈 순 없어.'

　고민 끝에 가현이 어렵게 입을 뗐다.

　"찬아."

　계속 어머님 음식 솜씨가 최고라며 칭찬만 늘어놓던 그가 기다렸다는 듯이 물었다.

　"그래서, 무슨 얘길 하려고 그렇게 오래 고민했는데."

　"4년 전에, 여기로 돌아오기 전에 그 집에 갇혀서 아빠의 결정을 기다리면서 난 많이 후회했어. 후련한 만큼 무서웠거든. 내가 한 선택을 후회하게 될까 봐. 그렇지만 나는 설령 그 길이 황금으로 쌓은 길이라고 해도 다시 돌아가고 싶지 않다면 내 자리가 아니라고 생각해. 돈 좋지. 나도 돈 좋아해. 하지만 행복보다 중요할 수는 없어. 내가 서울에서 배운 건 그거야."

"최 변호사야? 아니면 형?"

힐난하는 투가 아니었다. 여전히 그의 입가에는 사근사근한 미소가 남은 채였으니까.

"누구 손을 잡은 건데?"

"나도 그 인간 편들고 싶지 않아. 합의해 주면 그 사람들 좋은 일만 시키는 것 같아서 자존심 상하고 기분도 안 좋아. 근데, 그래도 찬아. 나한테는 그런 것보다 니가 더 중요해. 네가 돌아가고 싶은 곳이 그 집이라면 법정에서 싸워야겠지. 하지만 그게 아니라면 난……."

물론 강요할 수 없다는 걸 알고 있다. 너의 결정이 가장 중요한 문제니까.

"주제넘다고 생각해?"

"이런 대화 하자고 싸운 거였잖아, 우리가."

장난스럽게 대답하며 그가 팔을 뻗어 가현의 손을 잡았다.

"걱정해 주는 거 알아, 가현아. 하지만 아무래도 그 집에 한 번은 다녀와야 할 것 같아."

"그 집에, 간다고?"

"응."

가현이 더 반문할 틈을 주지 않고 그가 의자에 걸어 둔 코트를 들고 일어섰다. 정말로, 거기로 갈 생각인 것이다. 널 끝없이 시험

하고 무시하고 멋대로 낙인찍다가 필요 없어지니 바로 버리려는 사람들뿐인 그곳으로.

"가지 마."

그의 손을 붙들고 가현이 애원했다.

"그 사람들이 너 아파하는 걸 신경이나 쓸 것 같아? 아니잖아. 가 봤자 너만 상처받고 너만 또 아플 거잖아."

"가현아."

평소와 다를 바 없는 그의 미소가 가시덩굴처럼 가현의 마음을 마구 할퀴었다.

'알고 있어. 나도 알아.'

몇 번이고 몇 번이고 제 자신에게 말했듯이 이건 그가 결정할 일이니까. 그리고 그녀 역시도 4년 전, 손찬의 만류에도 불구하고 기어이 직접 담판을 지었으니까. 하지만 겪어 봤으니까, 더 잘 아니까 말리고 싶은 이 마음이 틀렸다고는 생각지 않았다. 너도 마지막까지 날 말렸으니까. 가지 말라고 붙잡아 줬으니까.

"다 거짓말이었어. 아무 일 없을 거라는 말도, 괜찮을 거라는 말도 다 거짓말이었어. 하나도 괜찮지 않았어. 하나도…… 후련하지 않았어. 그 집에 갇혀서, 난 아프기만 했어. 그러니까……."

"알아. 그래도 가야 해, 그렇지?"

"……."

이런 마음이었겠지, 그때의 너도. 누구 하나 편들어 주는 사람 없이 고독하게 혼자 싸울 모습이 눈에 선해서 날 붙잡았던 거였고. 설득하려 했었고. 그렇게, 죽으러 가는 사람 보듯 바라봤던 거겠지.

'이제야 난 네 행동이 하나하나 이해가 가는데, 여전히 겁이 나.

네가 상처받게 될까 봐.'

하지만 그럼에도 불구하고 나는 너를 보내 줘야 하는 거지? 네가 그래 줬던 것처럼.

"가현아."

"알아. 기다릴게."

내키지 않는 말을 겨우 내뱉으며 가현은 그의 손을 놨다.

"오래는 안 걸릴 거야. 약속할게."

"오래 걸리면…… 넌 나한테 죽을 줄 알아. 이렇게 약속해 놓고 또 갑자기 미국이든 어디든 날아가서 연락 두절 돼 버리면 그땐 진짜 사기죄로 신고할 거야. 뭘 해서라도 반드시 어떻게든 찾아낼 거니까. 그런 일 없게, 꼭 돌아와야 돼. 금방 돌아와야 돼."

"그래."

마지막까지 담담한 얼굴로 손찬은 집에서 나갔다. 잠깐 사이에 열렸다 닫힌 현관문을 타고 들어온 찬바람이 흥분한 탓에 달아오른 뺨에 닿았다. 어지럽혀진 방을 치워야 하고, 학교도 가야 하는데, 어느 것도 할 생각은 않고 가현은 닫힌 현관문 앞에 망연히 서 있었다.

'알고 있어. 마침표가 필요하다는 것쯤은 항상 알고 있었어.'

마침표가 없으면 다음 문장으로 나아갈 수 없듯이. 도망치듯 뒤돌아보는 일 없이, 앞으로 나아가야 하니까, 우리는. 그렇게 살아갈 거니까.

'그러니까. 다녀와 찬아.'

나는 너를 기다릴게. 네가 그래 줬던 것처럼.

꧁

　남가현이 이 골목길을 내려오며 울던 그때가 마치 어제 일처럼 선명하게 떠올랐다. 새장을 벗어난 새. 서커스 천막에서 도망친 코끼리. 자신의 발목을 잡고 있던 줄을 끊어 버린 낙타. 그리고 남가현. 구속을 벗어나 자유를 찾아낸 이들이 어떤 기분일지, 그때의 그는 상상조차 할 수 없었다.

　그건, 앞으로는 어디든 자유롭게 갈 수 있다는 해방감일까. 아니면 그녀의 말대로 황금으로 쌓은 길을 벗어났다는 불안감이었을까.

　"결국, 왔니?"

　입구에서 팔짱을 낀 채로 서 있던 윤선아가 말을 걸어왔다. 잠시만 손을 내놓고 걸어도 뼈가 시릴 만큼 추운 날씨마저 봄날처럼 느껴질 만큼. 언제나 이렇게 차갑게 그를 대하곤 했었다. 처음 만난 순간부터, 마지막인 지금까지도.

　"아버지 만나러 왔어."

　"들어가 봐. 기다리고 계시니까."

　집 안은 적막했다. 상주 도우미도, 어머니도 없는 것 같았다. 싸늘하게만 느껴지는 복도에 발을 디디며 손찬은 그것이 어머니를 위한 아버지의 배려였기를 바랐다. 늦었지만 이제라도 그런 측은지심을 가지게 되셨기를 바랐다.

　똑똑.

　누 번의 노크. 그리고 문을 열자 정말로 이제껏 수십 번은 봐 온 똑같은 모습이 펼쳐졌다. 높고 넓은 책장에 가득 꽂아진 책들, 책상 앞에 앉아 마지막으로 방문한 아들을 향해 눈길 한 번 주지 않는 아버지. 책 냄새에 섞인 알싸한 한약 냄새. 모든 게 고집스러우리만치 똑같았다.

"만만치 않은 아이라고 하더구나."

이제는 흔한 인사치레조차 않는 첫마디가 익숙했다.

"네, 그래서 제가 찾아왔죠. 분명히 말씀드리는데, 전, 외가의 주식을 아버지께 헌납해 드릴 생각이 없습니다."

어차피 조정 신청의 요지는 그 내용대로 합의할지, 말지 의사를 묻는 것일 뿐 어머니에게 배상이나 재산 분할을 청구한 게 아닌 이상, 그가 합의만 하면 끝나는 일이었다. 아버지가 아무리 원해도 그가 협조하지 않으면, 어머니의 주식은 안전하다는 뜻이었다.

"순서가 틀리셨죠. 제가 더 어리고 순진했을 때 이렇게만 해 주면 널 가족으로 인정하겠다고 속이셨어야 했는데, 꼬투리 잡아 해외로 쫓아낼 구실을 찾으려다가 다 어그러진 거죠. 제가 가현이를 만나 버렸으니까."

그에게도 돌아갈 집이 생겨 버렸으니까. 더는 혼자가 두려운 아이가 아니게 되었으니까.

"쉬운 방법을 써 보려던 것뿐이었다. 다른 방법이 없는 게 아니야. 하지만 그 전에 집 안에 낀 먼지부터 깨끗하게 청소를 해야지."

아무도 눈길을 주지 않는 곳에 처박혀 있다가 발견되면 버려지는, 먼지. 정말 감탄스러울 정도로 완벽한 비유처럼 들렸다.

"어머니가 힘들어하실 때 조금이라도 따뜻하게 위로해 주셨더라면 이 집에 괜한 먼지가 앉는 일은 없었을 텐데. 왜 이렇게 귀찮은 일을 만드셨어요. 생판 타인이어도 할 수 있는 쉬운 일이었을 텐데."

"그 여자도 참 미련스럽지. 달래자고 던져 준 걸 여직까지 붙들고 있을 줄 알았겠니."

사랑이, 미련이 되네요. 당신께는.

"그 전에 제 입에서 포기한다는 말이 나오길 바라셨겠죠."

"기다린 보람이 없지는 않구나."

원하는 것을 얻어 냈을 때만 보이던 자만 가득한 미소가 아버지의 얼굴에 떠올랐다. 기도하듯 모아 쥔 두 손을 내려 보며 그가 말을 이어 갔다.

"아침부터 남의 집에 이렇게 오래 방문해 있는 건 예의가 아니라는 것 정도는 알 거라고 생각했는데. 내가 네 수준을 너무 과대평가했던 모양이로구나."

얼른 나가 달라는 말을 참 완곡하게도 돌려 말하신다.

"아시잖아요. 머리 검은 짐승이라 예의 같은 건 찾아볼 수도 없다는 거. 오랫동안 제게 몇 번이고 하신 말씀인데, 벌써 잊어버린 건 아니시죠?"

"지금 널 보니 틀린 말은 아니었다는 생각이 드는구나."

"맞아요. 예의가 없죠, 제가. 포기도 느리고."

웃음이 날 상황이 아닌데, 백기까지 들고 찾아온 와중에 웃음이 났다.

"하고 싶은 말이 많은 줄 알았는데 생각보다 떠오르는 말이 없네요. 왜 그렇게까지 하셨냐고 따지려고 해도 아버진 거기에 앉아서 계산기만 두드리는 분이시니까. 손익 계산 앞에서 투정이 통할 것 같지는 않고. 고마웠다는 인사를 남기려니 위선 같고. 행복히시라는 말은 딱히 안 나오고. 참 예의가 없네요, 제가."

순간순간 상처받았던 마음은 남았는데, 전한 적 없이 속에 담아만 놨던 말들은 다 어디로 가 버렸을까.

"가 보겠습니다."

대답은 없을 줄 알았는데.

"내일 최 변호사 보낼 테니 조속하게 합의하고 정리해라. 어디 특출 난 데도 없던 널 십여 년간 후원해 준 은혜 잊지 말고."

그렇지. 가장 하고 싶던 말은 나중에야 꺼내는 버릇이 있으셨지, 참.

"이 집에는, 굳이 다시 찾아올 만큼 갖고 싶을 만한 게 아무것도 없어서요."

한때는 바라던 것이 있었지만 이제는 아무리 움켜쥐려 애써도 제 것이 될 수 없음을 알기에, 손찬은 자신할 수 있었다. 두 번 다시 이 집의 높은 문턱을 넘는 일은 없을 것이라고.

"그러니 아버지도 더 이상 제게 아무것도 요구하지 마세요. 그 애한테 사람을 보내는 일도 관두시고요. 남가현은, 저보다 더 사납거든요. 그 연세에 어디 아프게 물리기라도 하면 어떻게 되실지 모르잖아요. 어머니보다는 오래 사셔야 하는데."

"버릇없는 놈."

저런 말에 웃음만 나는 걸 보니, 버릇은 없어도 강하게는 컸나 보다.

오는 내내 계속 여길 왜 찾아왔을까, 궁금했었다. 그래도 마지막인데 얼굴은 한번 봬야지, 하는 마음이 들 정도로 돈독한 관계도 아니었는데. 새삼 쏟아 낼 원망도 할 말도 없으면서 온 걸까. 하지만 그 답을 손찬은 이제야 찾아냈다.

"오래된 싸움이죠, 이건. 그래요. 아버지가 이기셨어요. 하지만, 저도 이겼죠. 이 말을 하러 왔어요. 다른 말은 몰라도 이것만은 꼭 전해 드려야겠다 싶어서. 그럼 정말로 안녕히 계세요. 다신, 우연히 뵙는 일도 없었으면 좋겠습니다."

쾅.

닫힌 서재의 문을 뒤로하고 나왔을 때, 윤선아가 물었다.

"기분이 어때? 더 이상 나한테서 아무것도 빼앗지 못하게 됐는데."

"더 이상이 아니지. 아무것도 뺏은 적이 없으니까."

"내가 누구 때문에……."

"선생님이 되고 싶다던 꿈? 아니지, 그런 건 꿈이라고 부르는 게 아니지. 내가 정식 코스를 밟다가 더 많은 재산을 상속받을까 봐 지레 겁먹고 포기해 버린 거였잖아. 처음부터 어차피 누나한텐 고작 그 정도인 목적지였을 뿐이야."

꿈이라는 건, 아무리 멀리 있어도 도저히 포기할 수가 없어서 두 다리가 부러지더라도 나아가서 붙잡겠다는 정도의 욕심은 있어야 붙일 수 있는 찬란한 명찰이다.

"아니면 어머니의 사랑? 그건 누나가 바라지 않았었잖아. 필요 없다고 내친 거, 내가 주워서 갖고 있던 거잖아. 그런데도 그게 내 품에 있으니까 그렇게나 탐이 났었어?"

"너만 없었다면 금방 화해했을 거야."

"비겁한 것도 정도껏 해. 누나 선택으로 놓친 세월이야. 매 순간 누나가 선택했지. 누구도 그런 선택을 강요한 석 없고."

처음으로 그에게 당한 일갈에 윤선아는 기가 막혔는지 아무 말

515

도 더 하지 못했다.

"내가 당한 일들은 잊지 못하겠지만 그래도 난 누나가 불행했으면 좋겠다는 생각은 안 해. 그런 쓸데없는 원망까지 끌고 가고 싶지 않거든. 그러니까 평생 나랑은 볼 일 없는 자리에서 알아서 잘살아 봐."

당장이라도 욕지거리를 내뱉을 것 같은 얼굴로 그를 노려보던 윤선아가 말 한마디 없이 홱 돌아섰다. 이걸로 마지막일 것이다. 저 사람과는.

'끝이 나긴 났구나.'

홀가분한 마음으로, 손찬은 그곳을 나왔다.

오래 있지 않은 것 같았는데 하늘에서 눈송이가 떨어지고 있었다.

'와! 눈이 내려요! 진짜 산타할아버지 선물인가 봐!'

문득 14년 전, 어머니의 손을 잡고 이 집에 들어오던 날이 떠올랐다. 집이 예뻐서, 가족이 생긴 게 좋아서 마냥 해맑던 아이가, 저들이 어머니에게도 주지 않던 사랑을 자신에게 줄 리 없다는 걸 처음 깨닫게 된 건 언제였을까.

지나온 시간은 돌아볼 수는 있어도 돌이키거나 바꿀 수는 없다는 걸 알고 있다. 하지만 잘 기억나지 않는 어느 날에, 어딘가에서 절망하고 있었을 어린 날의 그 자신에게 전할 수 있다면 좋겠다.

너무 상심하지 않아도 된다고. 왜냐하면 너는 언젠가 평생을 꿈꿔 온 것처럼, 추운 날에도 눈꽃처럼 포근한 미소를 지으며 널 기다려 줄 진짜 사랑을 찾아내게 될 테니까. 바다처럼 넓고, 햇살처럼 따뜻해서 언제 어디에 있어도 외롭지 않게 해 줄 사람을 만나게 될 테니까. 넌 꼭 괜찮을 거야.

그렇게 전해 줄 수 있으면 좋겠다.

***

"찬아. 이제 여기로 와."

두 팔을 활짝 벌리며 가현이 힘차게 말했다.

설핏 그가 웃었다.

"그럴까. 너한테 갈까."

"응. 나한테 와. 이제 나한테 와, 찬아."

성큼성큼 다가오는 그를 따뜻하게 안아 줄 생각이었는데, 코앞까지 다가온 그는 가현이 뻣뻣하게 고개를 들고 올려 봐야 할 정도로 커서 도리어 그녀가 품에 안긴 꼴이 되고 말았다.

"우리 가현이가 어쩐 일로 왔대. 여기 싫어하면서."

"너 다시 만날 때도 왔었잖아, 바보야."

두 팔로 그의 허리를 꽉 끌어안고 그의 품에 얼굴을 박은 채로 말했다.

"싫어도 상관없어. 네가 있다면 언제든 몇 번이든 올 거야, 나는."

"알아. 그래도 다시는 오지 말자. 그게 더 좋겠다."

"……."

어째서 마음의 상처는 눈으로 볼 수 없는 걸까. 멍이나 상처는 보기만 해도 무슨 일이 있었는지 알 수 있는데. 네가 받아 온 학대는 더 정신적이고 정서적인 거라서, 나는 너의 한 마디 한 마디를 들으며 무슨 일이 있었을지 짐작하는 것밖엔 할 수 없어, 답답했다.

"언제 왔어?"

"눈 내리기 전에."

코트만 입고 간 그가 마음에 걸려서, 옷장에 걸려 있던 현우의 커다란 야상과 어느 겨울에 그를 위해 사 뒀다가 몇 년째 묵혀 둔 목도리를 챙겨 들고 이곳으로 왔다. 조금이라도 빨리, 그 집에서 벗어났을 널 만나고 싶었기에.

"이리 와 봐."

잡은 손을 끌고 버스 정류장에 도착해 가현은 벤치에 그를 앉혔다. 가져왔던 목도리를 꽁꽁 둘러 주고, 옷을 걸쳐 주고 선 채로 다시 찬찬히 그를 살폈다.

운 것 같진 않고. 당연히 맞은 것 같지도 않고.

"어휴, 손도 엄청 얼었네."

"내 손은 원래 차. 그리고 진짜로 아무 일도 없었어. 정말로 괜찮은……."

차가운 그의 뺨을 두 손으로 감싸고 가현이 입을 맞추었다. 피부가 뜯겨 나갈 것처럼 추운 이 바람이 잠시라도 그에게 닿지 않기를 바라면서. 제 숨결이 조금이라도 그를 따뜻하게 해 주었으면 해서. 함께 있는 지금 이 순간, 우리가 정말 함께 있다는 사실을 그가 더 분명하게 느끼길 바라며 입을 맞추었다.

"사랑해."

떨어진 입술 사이로 흘러나온 그의 말에 가현이 웃었다. 네가 그래 줬듯 담담하게.

"응. 너도 알지? 그거 내가 너한테 하는 말인 거."

"알아. 항상 알고 있어, 가현아."

몇 년 전, 이곳에는 상처를 입은 채 혼자 부산으로 떠나던 남자애가 있었다고 했다. 그가 떠나던 때는 벚꽃이 휘날리고 목련 꽃이 사근사근 밟히던 아름다운 계절이었다고 했다. 아무런 기대 없이 떠나 몇 년 후 다시 아무런 기대 없이 돌아왔을 그는, 이곳에서 자신이 누군가를 구원하게 되리라고 생각해 본 적이 있었을까?

"고마워. 말로는 다 하지 못할 만큼."

"뭐가?"

왜냐하면 몇 년 전 이곳에는 죽을 용기가 없어 봄이 오기만을 기다리던 내가 있었거든.

하지만 그렇게 대답하는 대신 가현은 말없이 그를 끌어안았다. 바람이 차고, 콧잔등이 시려도 더는 춥지 않은 겨울의 어디쯤에서. 제발 사랑에 힘이 있기를. 제발 이 사랑에 힘이 있기를. 그래서 지금 나의 사랑이 너에게 위로가 되어 주고 있기를 바라며.

—fin

외전 冬, 끝 무렵

두 달 후.

망년회 겸 신년회 겸 환영회라는 거창한 명목으로 전날 밤부터 시작된 모임은 날이 밝고도 끝날 기미가 보이지 않았다. 가현은 원래 페이스만 지키면 잘 취하지 않는 편이었고, 송영은 무알콜 칵테일로 목을 축이며 수다를 떠는 시간이 더 길어서였다.

이 중에 지쳐 마땅한 사람이 있다면 밤새 두 여자를 위해 안주를 만들고 술과 음료를 내온 이선오뿐일 것이다. 물론 그런 것치고 이선오는 별로 피곤해 보이지 않았지만.

"안 피곤해요?"

"니가 쟤랑 대신 놀아 줘서 내가 좀 편하네."

대체 평소엔 뭘 하고 노는 건지, 두 사람 다 체력이 보통은 아니었다.

"나도 마음에 들어. 진즉 만날 걸 그랬나 봐. 생각보다 훨씬 좋아! 이제껏 윤손찬이 사귄 여자들 중에 네가 1등이야."

신이 난 송영이 벌써 두 번째 와인을 비우며 말했다.

"글쎄. 난 별론데."

새침하게 말을 받긴 했어도 가현 역시 송영이 내민 잔에 건배는 해 줄 만큼 친해진 상태였다. 손찬은 자신이 한국에 없는 동안 심심하지 않았으면 좋겠다며 이 둘을 정식으로 소개시켜 주었다. 이선오에게 신세를 졌던 일도 있고 해서 몇 번 만나다 보니 최근에는 손찬보다 이들과 만나 논 시간이 더 많지 않았나 싶을 정도였다.

물론 '전 여자 친구'가 버젓이 있는 자리에 굳이 나온 이유는 따로 있었지만.

"두 달이었다고 했지?"

"그렇다니까? 별로 안 길지? 와, 생각해 보니까 심지어 고백도 내가 먼저 했어! 뭐 고백이야 누가 먼저 하든 상관없지만. 아무튼 그때 윤손찬은 누가 사귀자고 하면 별로 재지도 않고 그냥 그래, 하던 애라서. 아마 나랑은 좋은 누나 동생으로 지낸 시간이 꽤 있어서 별생각 없이 받아들인 거였을걸?"

"사귈 땐 어땠는데?"

엄연히 송영이 한 살 연상인데도 존댓말은 하긴 싫어서, 가현은 내내 반말 중이었다. 송영은 개의치 않았고.

"솔직하게?"

"어. 답한 얘긴 예의상 알아서 털어 주년 고맙겠고."

"푸하하."

별것 아닌 대답에 송영이 배를 잡고 웃었다.

"아 정말, 덜 것도 없어. 만날 땐 잘해 줬지. 근데 그건 다른 애들한테 하는 거랑 다르지가 않아서 사랑받고 있다는 느낌은 딱히? 거기다 난 친구는 친구, 애인은 애인. 둘 중엔 애인이 우선인 주의인데, 걘 어느 날 대놓고 말을 하더라? 난 너한테 더 이상은 못해 준다고. 자긴 이게 최선이니 싫으면 헤어지자고 하는데 내가 참을게, 그 말이 안 나왔어."

두 사람에게서 전해 듣는 과거의 윤손찬은 늘 낯설기만 했다. 가현이 아는 모습과는 적어도 130도쯤은 달랐으니까.

"겨우 그 정도였어, 우리는. 누가 질투할 것도 없는 관계였지."

"흠. 이걸 믿어야 하나 말아야 하나."

"믿을지 말지는 네 자유지."

발그레해진 얼굴에 미소를 가득 담으며 송영이 말을 이어 갔다.

"더 솔직해지자면 난 너희 사귀는 거 신기해. 그치 오빠? 걔가 그렇게 간이고 쓸개고 다 빼 줄 듯이 구는 모습 자체가 희귀하잖아. 다 지난 일이니까 질투는 안 나는데, 뭐랄까. 정말 죽어도 못 그럴 것 같던 사람이 그러니까 진짜 신기해."

"너 그렇게 다 털어도 되겠냐?"

빈 물 잔을 채워 주는 찰나의 틈에 이선오가 송영의 뺨을 살짝 꼬집었다.

"난 분명히 말렸다."

"왜, 백날 여기저기서 차이고 다니던 건 엄연히 사실인데."

"정말? 차이고 다녔어? 윤손찬?"

"어. 완전 웃기지. 솔직히 여자들은 딱 5분을 만나도 알잖아. 애가 나한테 마음이 있어서 앉아 있는 건가, 아닌가. 또 걘 그냥 시간 때우러 왔다는 티를 줄줄 냈었거든. 아, 그깟 자상한 면이 뭐라고 지금 생각해 보면 완전 흑역사야."

"흠."

누가 봐도 예쁜 얼굴에 어디 하나 모난 구석 없는 송영을 마주할 때마다 울컥울컥 짜증이 치밀기도 했었다. 이런 여자와 사귀었었구나, 싶어서. 하지만 그런 감정은 나날이 희미해져 갔다. 아마 이렇게 생각할 수 있게 된 건 어느 날 송영이 지나가듯 했던 말 덕분일 것이다.

'찬이랑 내가 여전히 친구로 남아 있는 건 서로한테 연인으로서 좋았던 기억보다 친구여서 좋았던 시간이 더 많았기 때문일 거야.'

윤손찬에게도 송영이 그런 사람이라면, 조금 부럽고 얄밉긴 해도 굳이 미워하고 싶지는 않았다. 억지로 떼어 내고 싶은 마음은 더더욱 들지 않았고.

"이제 잘래."

가죽 소파에 널브러진 송영을 위해 이선오가 말없이 이불을 가져와 덮어 줬다.

"잠깐 나갈래?"

이선오의 손에 들린 담배를 보고 가현이 픽 웃었다.

"고생했다."

팅. 유리컵이 부딪치며 맑은 소리를 냈다. 술자리 끝에 찾아오는 이선오 표 피나콜라다는 럼이 첨가되지 않아 입가심을 하기 좋았다. 그런 걸 알게 될 정도로 친해져 있었다. 별로 노력한 것도 없이, 송영과 이선오가 알아서 잘 엉겨 왔으니까.

"쟤가 찬이 얘기 하면 짜증 안 나요?"

반은 감탄, 반은 궁금증에서 나온 질문이었다.

"영이한테 언니라고 할 생각은 없고?"

"없죠, 아직은."

손찬이 전에 만났던 여자도 연상이구나, 생각할 때마다 짜증 나는 와중에 굳이 그걸 상기시키는 호칭은 쓰고 싶지 않았다. 물론 연하였다면 열 배는 더 속이 부글부글 끓었을지도 모르겠지만.

"마음이 넓은 건지 뭔지."

"쟤한테 사귀자고 하기 전에 윤손찬이 눈치채고 먼저 말하더라고. 자긴 별로 깊은 사이가 아니었다고. 자기보다 더 좋아해 줬으면 좋겠다면서 전남친스럽게 유치한 대사를 날렸지. 그런 말까지 듣고 질투하는 건 오히려 자존심이 허락을 안 해서."

"대단하네요."

"정 힘들면 수양이라도 해 봐. 요가, 명상 뭐 많잖아. 회원권은 내가 끊어 주지."

"수양까지 해야 되나? 찬이 친구면 앞에서만 적당히 친하면 되는 건데."

본인 앞에서 대놓고 뱉어 낸 본심에 놀랐는지 이선오가 사레 들린 사람처럼 기침을 했다.

"야, 너 진짜 계산적이네?"

"저 원래 그런데요?"

이선오가 재채기 같은 웃음을 뱉어 냈다.

"아 정말. 그 새낀 왜 하필 널 좋아하냐? 전에도 이해가 안 갔는데, 친해질수록 더 이해가 안 가네. 아주 표독스럽기만 하고. 얼굴이며 성격이며 걔 취향이랑 맞는 게 하나도 없는데. 어쩌다 너처럼 이상한 애랑 엮여서."

서로 직설적인 화법에 상처받을 위인들이 아니라는 걸 아는지라 둘 만 남으면 이렇게 쓸데없이 솔직해지곤 했다.

"그거 이해해서 뭐하시게요. 우리만 알면 됐지."

"하긴 그것도 그러네."

깔끔한 타입이다, 이선오는. 모난 구석도 없고.

"안 들어가냐?"

가현이 아직 남은 피나콜라다와 핸드폰을 들어 보였다.

"거긴 지금이 통화하기 좋은 시간일 것 같아서."

"깜빡했다."

얕은 미소를 남겨 놓고 이선오가 카페로 돌아갔다. 혼자 남은 가현은 하도 수다를 떠느라 걸걸해진 목소리를 점검하며 피나콜라다를 몇 모금 더 마셨다. 그러고 나서야 그에게로 전화를 걸 수 있었다.

"Hello?"

— 안녕.

"거긴 어때?"

— 춥고, 바쁘고, 니가 보고 싶어.

웃음이 났다.

네 졸업식 전에 깨끗하게 정리하고 홀가분하게 잠식하고 싶어, 라면서 윤손찬은 일주일 전에 미국으로 날아갔다. 워낙 급하게 한국에 들어오는 바람에 학교 쪽은 미처 정리를 하지 못했다는 이유에서였다. 거긴 이미 봄 학기가 시작됐을 때라 알아서 제적이 됐겠지만 완벽하게 마침표를 찍어 놓고 싶다고 했다. 덕분에 일주일간 가현은 생이별을 겪는 중이었고.

"그러게 누가 혼자 가래? 지금은 뭐 해? 왜 이렇게 시끄러워?"

— 말했잖아. 캘린더에도 친구들이랑 만날 거라고 적어 뒀고.

"아, 그랬지. 어디서?"

— 아, 여기…….

그가 무슨 말을 하기도 전에 핸드폰 너머에서 낯선 목소리가 들려왔다. 목소리 톤이 높아서인지, 핸드폰이 좋아서인지 선명하게 전달된 문장을 머리가 알아서 번역해 버렸다. 그러니까 지금 어떤 여자가 왜 이렇게 안 오냐고 물어본 거 맞지?

"어어, 방금 여자 목소리 들렸어."

— My girlfriend is on the phone. Just go ahead without me. I will be there in a second, sorry. 내 대답도 잘 들렸고?

당연히 들렸지. 짜증 나서 그렇지. 니가 보고 싶어서. 하지만 일일이 질투하고 일일이 캐묻는 모습은 속이 좁아 보일까 봐, 투정을 삼키고 가현이 다른 질문을 던졌다.

"대학 친구들이라고 했나?"

— 응.

"그러고 보니까 너 대학에서 무슨 과 갔어? 이젠 말해 줘도 되잖아."

— 생물학.

"뭐야. 그런 걸 어디다 써먹어? 연구원, 이런 걸로 들어가나?"

— 진짜. 그러게.

짤막한 대답 뒤로 그의 웃음소리가 따라붙었다.

"졸업하고 뭐 하는데?"

— 보통 대학원까지 갈 생각이지, 여기 애들은.

"대학원?"

거참, 공부 엄청 오래 해야 하는 학과네.

"대학원까지 졸업하면 뭐 하는데? FBI나 CSI 같은 데라도 들어가?"

— 아마, 의사?

뭐? 의사? 순간 술이고 나발이고 정신이 번쩍 들었다.

"뭐야! 그럼 너도 거기서 공부 마치면 의사 되는 거야? 생물학이 의대야? 그치, 의대면 생물학 배우겠네! 그런 거지?"

— 그냥 여러 코스 중에 하나일 뿐이야.

"그래, 의사 되는 코스라는 거잖아! 의사! 의사!"

이 조그만 나라에서도 의대 가기란 하늘의 별 따기인데. 그 큰 나라에서 의사가 되는 코스를 밟고 있던 거였다니! 역시 윤손찬이 열심히 공부했다고 하면 가현의 상상을 뛰어넘는 수준인 게 맞았던 거다. 그렇게 쉽게 미국으로 보내 주는 게 아니었는데.

"너 혹시……."

— 서류 정리 다 했어, 벌써.

가현의 속내를 다 알아챈 그가 먼저 대답해 왔다.

"아 진짜? 그거 못 물러? 실수였다고 하거나……."

결국 없어 보이는 말이 나오고야 말았다.

"내가 뭐 딱히 사회적 지위에 욕심이 있는 건 아닌데. 공부한 시간이 너무 아깝잖아. 정말 피 터지게 공부했을 거 아니야. 쉽게 가기 힘든 자리였을 거고. 다시 공부한다고 해도 또 의대에 갈 수 있을지 없을지 모르고 거기다……."

— 알아. 영주권이 있어도 가기 힘든 자리였는데, 정말 운이 좋았지.

"그러면!"

— 가현아. 그게 설령 내 인생에서 다시 만나기 힘든 큰 행운이었더라도 놓을 때 아쉽지 않았어. 후련하고 기뻐. 이제야 깨끗하게 다 정리된 기분이고.

하긴 원해서 떠난 것도 아니었고 전에도 얘기한 적이 있었다. 미국에서 열심히 공부했던 이유는 우리가 함께 있었어야 할 시간을 창피하게, 헛되게 흘려보내지 않았다고 말하기 위해서였다고. 미국으로 떠나던 날 공항에서도 말했었다. 내가 어딜 가더라도 난 결국 너에게 돌아오기 위해 떠나는 거라고. 그러니까 난 네 결정을 받아들여야 하는 거겠지.

— 지금도 난 한국이 그리워. 그보다 니가 더 그립고.

"그래. 나도."

매일 메시지를 주고받고 통화를 해도 보고 싶고, 그리웠다. 네가 공부를 마치기 위해 미국으로 떠난다고 말했어도 널 붙잡진 않았겠지만, 그랬다면 지금보다 더 많이 외로워하고 있었겠지. 너도 이런 마음이라서 금방 돌아오겠다고 말한 거겠지?

"오늘까진 춥대. 내일부턴 날이 좀 풀린다니까, 네가 한국에 돌아올 때면 더 따뜻해져 있을 거야. 꼭 봄처럼."

— 응. 얼른 갈게.

절기는 벌써 봄에 접어들었는데 바람에는 희미한 겨울 냄새가 둥둥 실려 왔다. 이 바람에 봄기운이 실려 올 때쯤에는 네가 돌아오겠지. 네가 하루라도 빨리 돌아왔으면 좋겠다. 처음으로 함께 맞이할 봄이, 너만큼이나 기다려져서.

오늘도 하루가 느릿느릿하게 흘러갈 것 같았다.

외전 春, 어디쯤

"여자 친구였죠?"

"응."

맞은편에 앉아 있던 나이 어린 동기의 질문에 손찬이 웃으며 냉큼 대답했다. 테이블에 펼쳐 둔 전공 도서와 노트북을 가방에 쓸어 담으면서.

"어떡해. 오해하셨나 보다."

보통 때라면 유리창 너머로 남자 친구가 다른 여학생과 마주 앉아 공부하는 모습만 보고 오해하지는 않았겠지만, 핸드폰을 확인해 보니 약속 시간이 한참 지나 있었다. 어쩐지 카페로 들어오지도 않고 유리창 너머로 눈이 마주치자마자 휙 가 버리더라니.

'가뜩이나 최근에 회사 일로 피곤해했는데.'

과제에 너무 집중을 해 버린 듯했다.

"밤에 연락할게. 정우한텐 내가 늦어도 10시까진 스크립트 보낸 다고 좀 전해 줘."

"네, 얼른 가 보세요. 파이팅!"

짓궂은 응원을 뒤로하고 손찬은 헐레벌떡 카페에서 튀어나왔다.

가현은 멀리 가지 않고 카페 앞의 횡단보도에 서 있었다. 가려다 가 못 간 건지, 기다려 주고 있었던 건지는 모르겠지만.

"화났어?"

"……."

어라. 눈도 안 마주쳐 주고.

'화가 많이 났나?'

신호가 바뀌자마자 앞서가 버리는 가현에게 따라붙으며 그가 해 명했다.

"어, 가현아. 물론 내 잘못이지만 알다시피 진짜 오해야. 미리 말했잖아, 과제 때문에 만나야 한다고. 그냥 후배고, 진짜 여동생 같은 애야. 아! 맞다, 걔 3년 사귄 남자 친구도 있어. 조금 있다가 남자애도 한 명 더 와서 같이 과제할 예정이었고."

"누나 같은 애는 없고? 친구 같은 애는 없어?"

"가현아."

"왜 없대. 너 아는 애 많잖아."

골치 아픈 일이 있었는지 꾹꾹 관자놀이를 누르며 가현이 한숨 을 뱉었다.

"하아, 정말. 아는 애가 많은 건 너라고."

"무슨 일 있었구나."

이 말을 해야 하나 말아야 하나, 입술을 잘근잘근 깨물며 고민하던 가현이 결국 짜증을 쏟아 냈다.

"내가 오늘 회사에서 무슨 말 들었는지 알아? 안 대리가 연하남 꼬시는 방법 좀 알려 달래. 가현 씨 보기보다 능력 좋다고. 아주 사람들만 모이면 만날 연하남, 연하남, 그놈의 연하남! 진짜 웃기지도 않아. 우린 고작 141일밖에 차이 안 나잖아. 동갑이나 마찬가지인 사이라고!"

'자기가 불리할 땐 연상이라고 그렇게 강조하면서. 이럴 때만 동갑이라고 말하지, 넌?'

하여튼 참 틈틈이 귀엽다.

"사이 앞에 애인 빠졌다."

"그래, 애인 사이!"

그가 옆에서 좋아 죽으려는 것도 모르고 가현은 혼자 씩씩댔다.

"미팅이나 회식 자리에서도 안줏거리 삼아서 끝없이 얘기한다니까. 내가 어려 보이는 남자만 보면 민증 확인 하고 어, 연하남 맞네, 그럼 사귈래요? 하는 것도 아닌데. 누가 들으면 뭐 연하남에 미친 여자인 줄 알겠어. 아, 역시 그냥 남동생이라고 해 버렸어야 했는데!"

"어어. 이 여자가. 나랑 약속했지, 그렇게는 안 하겠다고."

"지금 그 약속이 중요한 게 아니잖아."

"그 약속이 중요하지."

반지 끼워 놓고 회사 앞까지 자주 데리러 가도 잊을 만하면 한 번씩 남자 직원이 들이대는 꼴을 목격하는데.

"아, 그럼 안 대리한테 널 소개시켜 줘야겠다. 그런 팁은 니가 더 잘 알잖아. 여자 친구랑 한 약속까지 잊고 만날 정도로 절친한 동생 같은 애는 니가 있는데."

"얘기가 또 거기로 가네요."

"짜증 나서 그래."

"알아."

그가 가현의 손을 잡고 휘휘 흔들었다. 조심스럽게 그만 화해하자는 뜻을 담아서.

"늦어서 미안. 기다리게 해서 더 미안."

"잘못한 건 넌데, 어째 화는 내가 풀어 주고 있는 것 같아."

"태평양처럼 마음이 넓으니까 그렇지. 안 대리한테 전해 줘. 연하남 꼬시려면 마음이 좀 넓어야 한다고. 동생 같은 애랑 연락하며 지내도 이해해 줄 줄 알아야 한다고. 누나 같은 애, 친구 같은 애까지 봐주시면 더 감사하고."

순간 가현이 그의 손을 확 쳐 냈다.

"그래서, 나더러 이해하라고?"

부릅뜬 두 눈에서 레이저 광선이 쏘아졌다. 손찬은 터져 나오려는 웃음을 애써 참으며 열심히 고개를 저었다. 남들이 보기엔 좀 이상할지 몰라도 그는 이런 게 좋았다. 질투해 주고, 화내 주고, 연락 안 되면 닦달해 주는 거. 매 순간 네가 날 생각하고 있고, 날 사랑하고 있다는 걸 기억하게 만들어 주는 거.

"아니, 여자 있는 술자리 안 나가기, 자리 이동 시 보고, 꼬박꼬박 연락, 핸드폰 잠금 안 걸어 놓기, 집 열쇠 공유. 이 이상 추가 사항 있으면 말하라고."

일일이 열거해 주고 나니 가현은 다시 말이 없어졌다.

"왜, 또 새삼 미안해졌어?"

"······응."

"으이그."

그가 그 모든 일을 허락했다고 해서 가현이 매일같이 그의 핸드폰만 들여다보고 사는 것도 아니었다. 그저 걱정시키기 싫어서, 괜히 불안하게 만들기 싫어서, 그가 먼저 기꺼이 약속해 주었을 뿐이었다. 남가현은 그가 이해할 수 있는 이유로, 걱정이 많은 사람이니까.

"미친 여자라고 말해도 돼. 난 진짜 구제 불능이야."

"왜 그렇게 말해. 그러지 말랬잖아."

"어쩔 수가 없어. 상담을 받아도 가끔씩 예전 생각이 나고. 그냥······ 불안해."

방문을 잠그지 않고도 잘 수 있게 됐다고 해서 모든 게 괜찮아진 건 아니었다. 몸에 남은 흉터처럼 기억에도 흉터가 남아서 살려 달라고, 아무나 제발 나 좀 도와 달라고, 수년 동안 참아 왔던 말들을 꿈속에서 외치다 깨어나는 날이 있었다. 그래서 가현에게 사랑은 보기엔 예뻐도 신으면 발이 아픈 구두 같은 것이라는 걸······ 그도 알고 있었다.

"물론 지금은 괜찮아. 그냥, 잠깐 그랬다는 거야."

"전부 이해해."

지독한 외로움, 사랑을 향한 갈망. 손찬의 상처는 군데군데 구멍이 나 있을 뿐이어서 가현의 사랑만으로도 그 공백을 메울 수 있지만, 가현의 것은 산산조각 난 그릇과 같아서. 사랑도, 믿음도 처음부터 하나하나 어루만져 모양을 빚고 다시 단단하게 구워 내야만 했다.

"너한테 남자는 언제든 바람피울 수 있는 사람이고, 사랑은 믿을 수 없고, 기억엔 힘이 없지. 알아, 너에겐 당연한 거야. 그런데도 나랑 사귀어 줘서 고마워. 곁에 두고 힘들 거 뻔히 알면서 받아 줘서 고마워."

함께 발맞추어 걷는 지금과 같은 시간이 더 고마운 쪽은 언제나 그였다.

"너 믿어. 그래서 속상한 거야. 니가 아니라 나한테 화가 났던 거야."

가현이 잡아 온 손이 차근히 그의 손등을 어루만졌다. 말로는 미처 다 전하지 못한 미안함을 전해 오듯.

"알아."

"괜히 꿀꿀해졌어. 아, 역시 안 대리는 이길 수가 없다니까. 술이나 마실까? 포차 가서!"

"어어, 캘린더에 내일 또 미팅 있다고 적어 놓고 술은 무슨. 차라리 우리 집 가자. 너 저번에 먹어 보고 싶다던 아이스크림 사다 놨어. 방부제 처리 안 한 거라 빨리 먹어야 한다더라."

기껏 걱정해서 말해 줬더니 마주쳐 오는 눈빛이 묘했다.

"너 또 이러다가 집에 가면……."

이 여자가 또 그의 순수한 마음을 곡해하고 있나 보다.

"집에 가면 뭐. 어어, 그 눈빛 뭐야. 남잔 원래 다 그런 생각해."

"오늘 나 피곤해."

가현이 선수 쳐서 말했다. 말하지 않아도 알 수 있었다. 정밀 집까지 가기 피곤한 날에만 그의 집에서 묵곤 했으니까. 그런 날이 자꾸 잦아져서 그렇지.

"못된 전적도 없는데 의심 그만하고 이리 오시지요."

"어디로 가?"

"구두 신었잖아. 차 가져왔어. 이쪽으로……."

다른 쪽으로 그녀를 끌어당기려 했는데, 어째 그가 끌려가고 있었다. 길거리에서 스킨십하는 거 싫어하면서. 갑자기 가현이 그의 품에 폭 안겨 왔다.

"피곤하다며?"

"희망고문."

손찬이 픽 웃었다.

"그건 두고 봐야 알겠지."

겹쳐지는 몸. 오고 가는 숨결. 내게 낯설기만 하던 것들을 익숙하게 만든 사람. 이렇게 내 뒤에 있어도 겁이 나지 않는 유일한 남자 사람.

가현에게 나름대로 대단한 의미를 가진 그 남자는 지금 욕조 테두리에 앉아 그녀의 머리칼을 말려 주는 중이었다. 미용사 뺨치게 부드럽고 능수능란한 손길로.

"못된 전적 생겼네?"

"더 생기게 해 주고 싶다. 지금 이 순간에도."

살짝, 목을 쓸어 오는 손끝에서 아직 가라앉지 않은 감정이 느껴졌다.

"나 진짜 힘들었단 말이야. 미팅 내내 안 대리한테 시달렸지, 여기선 너한테…… 이럴 거면 나가. 혼자 하게."

어차피 옷도 다 입었고, 따뜻한 공기가 좋아서 빈 욕조에 앉아 있던 것뿐이라 일어나려 했지만 손찬이 어깨를 눌러 왔다.

"다 마르지도 않은 머리 대충 묶고 자려는 거 알아. 조금만 더 이러고 있어. 금방 말려 줄게. 넌 그냥 계단 올라가서 잠만 자면 돼. 혼자 건전하게."

위잉 위잉. 헤어드라이어 소리가 욕실을 가득 채웠다.

'찬이가 아무래도 너 회사에서 자는 거 같다고. 안 되겠다고 자기 집에서 좀 재워도 되겠냐고 해서 그러라고 했어. 얘기한 지 좀 됐는데. 걔가 말 안 했니? 그보다 넌 언제까지 걔 붙들고 연애만 할 거야? 걔 벌써 군대도 다녀왔지, 학교도 들어갔지. 콩깍지 떨어질 때도 됐어. 그만한 애 없다. 얼른 잡아서 결혼해.'

알고 있다. 엄마의 말대로 윤손찬 같은 사람은 다신 없을 거라고 확신할 수 있다.

그는, 너 대학 안 나왔다고 남들이 무시하는 거 싫다는 술주정에 다음 날 바로 재수 학원을 알아본 사람이었다. 그녀가 야근 때문에 힘들어하는 모습을 보고 회사 근처에 투룸 월세방을 계약한 사람이었고, 바쁜 가현과 군대에 가 있던 현우를 대신해 엄마에게 아들 노릇을 해 주고, 가현이 가진 온갖 트라우마를 진심으로 이해해 주는 단 한 사람이었다.

"가져다 놓은 옷 아직 있나?"

"내가 몇 벌 더 사셔나 놨어. 네 빙 옷장에. 이제 가서 자."

오직 너뿐일 거라는 걸 알아.

"윤손찬."

"응?"

무슨 말을 하고 싶은 건지도 모르면서, 그를 불러 놓기부터 했다. 계속 함께 있고 싶다는 생각에 결심 없이 그를 붙잡기부터 했던 것처럼.

그가 군대를 다녀왔고 그녀가 이직을 했고 그가 또 대학에 입학할 만큼 긴 시간이 지나 있었다. 그들의 연애는, 어느덧 그렇게나 길어져 있었다. 하지만 그에 대한 믿음과는 별개로 가현은 여전히 결혼이 사랑의 종착역이라는 걸 믿을 수가 없었다.

"니가 평생 가족 갖고 싶어 했다는 거 알아. 그게 니 진짜 꿈이라는 거 알아."

"아."

짤막한 말을 내뱉어 놓고 그가 가지런히 말린 그녀의 머리를 마구 쓰다듬었다. 흐트러진 머리칼 사이로 엿보인 그의 두 눈은 부드럽게 휘어져 있었다. 예쁘게 웃고 있는 입술만큼.

"괜찮아. 남가현은 겁이 많고 happily ever after는 동화 속에나 있다고 생각하는 사람이니까. 그게 내가 좋아하는 너야. 겁나도 괜찮아. 내가 몇 번이고 널 달래고, 흔들어 놓을 거니까. 오랫동안 많이 생각하고 많이 흔들려 봐. 갈대처럼. 그리고 나서도 나라는 확신이 들면, 약혼하자."

"……"

무릎 꿇고 꽃다발 준비해서 반지 끼워 주며 하는 프러포즈도 아닌데. 욕실에서 머리 말려 주다가 나온 말인데. 그래서일까. 그래서 더 이렇게 눈물이 날 것 같고, 배시시 미소가 그려지는 걸까. 영원히 행복하자 말하는 것도 아니고 갈대처럼 흔들리라는데.

"왜 약혼이야?"

"넌 또 흔들릴 거고, 난 널 달래고. 그러다 결혼식 전날까지 도 망가고 싶다는 생각이 안 들면, 우린 그때 결혼할 거거든. 그 뒤엔 지금처럼 별것도 아닌 걸로 싸우고, 화해하고 사랑하면서 계속 같 이 있게 되겠지."

자꾸만 웃음이 새어 나왔다.

'넌, 내가 사랑을 설명할 수 있게 만들어 주는 사람이야.'

끝없이 다정하고, 끝없이 따뜻해. 계산하지 않고. 멀어져도 사라 진 적 없이 언제나 존재해. 사랑. 사람이 살아가게 하는 것. 내가 살아 있게 만든 것.

'너. 사랑, 그리고 너……'

내겐 다르지 않아.

"난 너한테 갈 거야. 너에게만 갈 거야."

"나도 그래."

가현을 욕조 테두리에 앉히고 그는 자신이 흩뜨려 놓은 머리칼 을 다시 정리해 주며 말했다.

"결혼한다고 해서 우리가 엄청 많이 달라지지는 않을 거야. 싸워 도 피할 곳이 없는 작은 집에서 나는 널 기다리고, 너는 돌아오고. 내가 요리하는 동안 넌 옆에서 오늘 있었던 일들을 재잘거리고. 같 이 저녁을 먹고 나선 니가 좋아하는 드라이브를 다녀오고……."

"바람이 세네. 세차게 흔들리고 있어."

우리에 대해 말하는 너의 목소리가 듣기 좋아서 가현이 웃었다.

"그럼 나는 뭘 해 줄까? 넌 요리도 해 주고 나 기다려 주고, 운

전도 해 주는데. 아, 피아노라도 쳐 줄까? 녹슨 손이어도 널 웃게
만들 만큼은 칠 수 있을 거야. 넌 가끔씩 내가 건반 위에 손만 올
려도 웃잖아."

우리 가현이, 오늘 기분이 많이 좋구나, 하면서. 난 네가 웃어서
웃는 건데.

"우리가 결혼하면 이렇게 우스갯소리로 내뱉은 말들이 다 이뤄
지는 거겠지?"

"많이 넘어왔네, 이 여자."

"이런 남자, 어디에도 없을 것 같아서 얼른 데리고 살고 싶어지
게 만드네."

"결혼하지 않아도 같아. 다 이뤄질 거야. 지금처럼 우린 매일매
일 시시콜콜하게, 대단한 일 없이 살 거야. 하지만 돌아봤을 땐 지
나온 매 순간이 예쁜 색일 거야."

알고 있다. 서로의 곁에 서로가 있는 한 겨울이어도 춥지 않고,
쓸쓸하지 않을 거라는 거. 언젠가 우린, 우리의 공간 곳곳에 서로
의 흔적을 남기며 같이 살아갈 거라는 것도. 싸우고, 화해하는 매
순간 사랑하면서. 매 순간이 예쁜 색으로 물들도록 계속 같이.

안녕하세요, 한희연이라고 합니다.

방금까지 작업하다가 갑자기 후기를 쓰게 되어 부끄럽네요.

사실 글을 통해 제가 하고 싶던 말들은 주인공들의 목소리를 빌려 다 전한 것 같습니다. 특히 1부에서는 손찬의 대사에, 2부에서는 가현이의 대사에 제 마음을 가득 담았습니다. 부디 여러분께 잘 전해졌기를 바랍니다.

처음 이 이야기를 쓰기로 결심하고 벌써 11년이 지났네요.

이제까지의 어떤 글보다 저를 아프게 했고, 모든 장면마다 많은 용기가 필요했고, 차라리 포기하자 몇 번이고 도망쳤던 글이지만, 그럼에도 불구하고 이렇게 마침표를 찍게 되어 이제 저는 아주 많이 홀가분해질 것 같습니다.

여러분이 계신 그곳이 어디이건 오늘까지는 영하였더라도. 내일은 오늘보다 더 따뜻하길 기도하며, 그만 후기를 줄이겠습니다.

Thanks to

세상에서 가장 사랑하는 우리 가족들과 매일 갈대처럼 흔들리던 못난 친구를 믿고 응원해 준 주은이, 현화. 늘 할 수 있다 할 수 있다 말해 주신 비향 작가님. 황한영 작가님. 오늘까지 영하가 보기 좋은 책으로 거듭날 수 있도록 고생해 주신 이영은 팀장님, 김수정 주임님. 예쁜 표지를 제작해 주신 디자인 팀에도 감사의 말씀을 전합니다.

그리고 이 책을 읽어 주신 모든 독자님께 깊은 감사와 사랑을 전합니다.

한희연 드림

오늘까지 영하

1판 1쇄 찍음 2017년 3월 10일
1판 1쇄 펴냄 2017년 3월 17일

지은이 | 한희연
펴낸이 | 정 필
펴낸곳 | (주)뿔미디어

편집장 | 박경희
기획 · 편집 | 이영은, 김수정

출판등록 | 2002년 9월 11일 (제1081-1-132호)
주소 | 경기도 부천시 원미구 소향로 17, 303(두성프라자)
전화 | 032)651-6513 / 팩스 032)651-6094
E-mail | scarlets2012@hanmail.net
블로그 | http://blog.naver.com/dahyangs
비북스 | http://b-books.co.kr

값 9,800원

ISBN 979-11-315-7841-4 03810